# 世界上最伟大的演讲词经典集

## 上

闻一多等 著

全国百佳图书出版单位
江苏美术出版社

**图书在版编目（CIP）数据**

世界上最伟大的演讲词经典集：两卷版 / 闻一多等著.—南京：江苏美术出版社，2014.3

ISBN 978-7-5344-6600-7

Ⅰ.①世… Ⅱ.①闻… Ⅲ.①演讲-世界-选集 Ⅳ.①I16

中国版本图书馆CIP数据核字（2013）第190706号

出 品 人　周海歌

责任编辑　方立松

装帧设计　王明贵

责任校对　刁海裕

责任监印　贲　炜

出版发行　凤凰出版传媒股份有限公司

江苏美术出版社（南京市中央路165号　邮编：210009）

出版社网址　http://www.jsmscbs.com.cn

经　　销　凤凰出版传媒股份有限公司

制版印刷　南京孚嘉印刷有限公司

开　　本　718mm×1020mm　1/16

总 印 张　36

版　　次　2014年3月第1版　2014年3月第1次印刷

标准书号　ISBN 978-7-5344-6600-7

总 定 价　29.80元（全套2册）

营销部电话　025-68155677　68155670　营销部地址　南京市中央路165号

# 前言

政治家的热忱、科学家的缜密、思想家的深邃、文艺家的浪漫与典雅、外交家的机敏与睿智……在人类社会和历史这个精彩的大舞台上，英雄豪杰、时代精英、志士仁人们的一幕幕精彩演讲叩动和唤醒无数人的心灵，吹起行动的号角，产生着巨大的力量，回响在悠悠的历史长河中。流传下来的一篇篇演讲词无不显露出演讲者的智慧与才情，它们是历史的音符、时代的记录、艺术的绝唱、智慧和思想的结晶。经过时间的磨洗，这些演讲词已成为超越民族、超越国别、超越时空的不朽经典，叩击着一代又一代人的心灵，给人们以思想上和艺术上的双重享受和熏陶。

演讲是一门语言逻辑巧妙运用的学问，无论是经过深思熟虑写成的讲稿，还是慷慨激昂的即兴演说，它的背后都有数年甚至数十年的口才训练和文化积淀；演讲更是一种机智幽默激励人心的艺术，它把社会文化、道德伦理、政治军事等有机融汇在一起，把语言的美与生活的真如艺术般完美而巧妙地结合。一次成功的演讲，可以对人类历史文明的进程产生重大的影响；一篇引人入胜的演讲词，往往能给人们带来心灵的享受和情感的震撼。一个人在其一生中，阅读一定数量的优秀演讲词，不仅可以汲取其中的思想精华，增加知识储备，获得艺术熏陶，使自己的人生更加丰富完美，而且可以培养好的口才，在职位竞聘、主持活动、社交请赠等重要生活和工作场合一展才华。

鉴此，我们组织编写了这本《世界上最伟大的演讲词经典集》，精选了一百余篇古今中外著名政治家、军事家、科学家、文学家、艺术家、社会活动人士等的演讲佳作。这些经典之作，有的高屋建瓴、气势逼人，有的引经据典、高谈阔论，有的慷慨激昂、奔放热烈，有的低回舒缓、委婉哀怨，有的汪洋恣肆、游刃有余……所选的演讲词形式多样、风格各异，具有较高的思想性和艺术性，代表了中外演讲的最高成就。通过阅读它们，读者可以在较短的时间里获得绝佳阅读效果。



为了帮助读者深入理解作品，本书增设了“演讲词档案”、“历史背

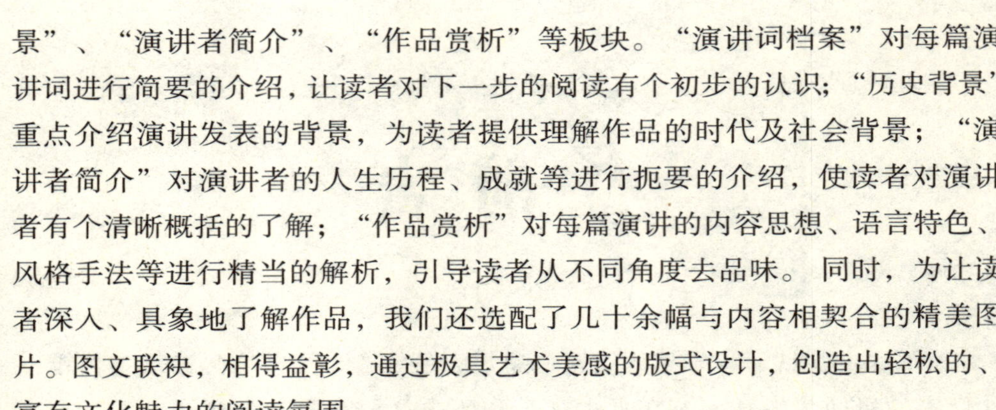

景”、“演讲者简介”、“作品赏析”等板块。“演讲词档案”对每篇演讲词进行简要的介绍，让读者对下一步的阅读有个初步的认识；“历史背景”重点介绍演讲发表的背景，为读者提供理解作品的时代及社会背景；“演讲者简介”对演讲者的人生历程、成就等进行扼要的介绍，使读者对演讲者有个清晰概括的了解；“作品赏析”对每篇演讲的内容思想、语言特色、风格手法等进行精当的解析，引导读者从不同角度去品味。同时，为让读者深入、具象地了解作品，我们还选配了几十余幅与内容相契合的精美图片。图文联袂，相得益彰，通过极具艺术美感的版式设计，创造出轻松的、富有文化魅力的阅读氛围。

我们希望通过本书，引领读者领略中外演讲的艺术魅力，进而启迪心智，陶冶性情，提高个人的演讲技巧、审美水准，为走向成功的人生打下坚实的基础。

# 目录

## 上

### 第一篇　改变历史的政治宣言





### 第二篇　将军和勇士的梦想与荣光

## 第三篇　除旧鼎新的革命豪情

## 第四篇　公平与正义的坚定信念

## 第五篇　对自由和独立的热烈呼唤

世界上最伟大的演讲词经典集



## 第六篇 捍卫人类和平的激昂声音

## 下

## 第七篇 倡言平等和尊严的不朽演说

## 第八篇　开启人类智慧的伟大教导

## 第九篇　传播科学精神的精彩演讲



## 第十篇　经济规律的发现与阐扬

## 第十一篇 文学和艺术的永恒之光



## 第十二篇 人格的高昂和成功的感言

# 第一篇

# 改变历史的政治宣言

# 美国人民的实验
## ——首任就职演说

演讲词档案

演讲者：华盛顿（1732 ~ 1799）
演讲时间：1789 年 4 月 30 日
演讲地点：纽约
演讲者身份：美国首任总统，被尊为“美国国父”

## ■历史背景

这篇演讲是华盛顿首次就任总统的演说词，作为第一任美国总统，华盛顿的这篇演说开美国总统就职演说之先河。赢得人民的拥戴，接受总统的职务，心情应该是振奋和激昂的，但是华盛顿演讲中流露出的却是一种沉重的任重道远的责任感和交织着信念与焦虑的复杂心情。

## ■原文欣赏

参议院和众议院的同胞们，本月 14 日收到根据两院指示送达给我的通知。阅悉之余，深感惶恐。我一生饱经忧患，唯过去所经历的任何焦虑均不如今日之甚。一方面，因祖国的召唤，要我再度出山，对祖国的号令，我不能不肃然景从。然而，退居林下，系我一心向往并已选定的归宿。我曾满怀奢望，也曾下定决心，在退隐之地度过晚年。对此退隐的居所，除喜爱之外，已经习惯；看到自己的健康，因长期操劳，随着时光的流逝而日益衰退之时，对之更感需要和亲切。另一方面，祖国委我以重托，其艰巨与繁重，即使国内最有才智和最有阅历的人士，亦将自感难以胜任，何况我资质鲁钝，又从未担任过政府行政职务，更感德薄能鲜，难当重任，处于此种思想矛盾中，但我一直认真致力于正确估量可能影响我执行任务的每一种情况，以确定我的职责，这是我所敢断言的。我执行任务时，如因往事留有良好的记忆而使我深受其影响，或因我的当选使我深感同胞对我高度信任，并为此种感情所左右，以致对自己从未担负过的重任过少考虑自己能力的微薄及缺乏兴趣，我希望，我的动机将减轻我的错误，国人在判断错误的后果时，也会适当考虑所以产生此种偏颇的根源。

既然这就是我在响应公众召唤就任现职时所抱有的想法，在此举行就职仪式之际，如不虔诚地祈求上帝的帮助时极欠允当，因为上帝统治着全宇宙，主宰世界各国，神助能弥补凡人的任何缺陷。愿上帝赐福，保佑美国民众的自由与幸福，及为此目的而组成的政府，并保佑他们的政府在行政管理中顺利完成其应尽的职责，在向公众和个人幸福的伟大缔造者谢恩之际，我确信我所表述之意愿同样是诸位及全国同胞的意愿。美国民众尤应向冥冥之中掌管人间一切的神力感恩和致敬。美国民众在取得独立国家地位的过程中，每前进一步，似乎都有天佑的征象。联邦政府制度的重要改革甫告完成；虽然性质不同的集团为数众多，但均能心平气和，互谅互让，经过讨论，卒底于成。若非我们虔诚的感恩得到回报，若非过去似乎已经呈现出预兆，使我们可以预期将来的赐福，这种方式是无法与大多数国家组建政府时采取的方式相比的。在目前这一紧急关头，产生这些想法，确系深有所感而不能自已。我相信你们与我会有同感，即没有任何一个政府像我们这个新的自由政府这样，从一开始就诸事顺利。

根据设立行政机构条款的规定，总统有责“将他认为必要和有益的措施提请你们考虑”。现在和你们会见的这一场合，我无法详细谈论这个问题，我只想提一提我国的伟大宪法，我们就是根据宪法的规定举行这次会议的。

1789 年 4 月 30 日在纽约的老市政厅举行的华盛顿总统授权仪式

纽约市法官罗伯特·利文斯顿领读誓词，华盛顿摩下的两名老将军以及他的密友肃立两旁。华盛顿把手放在《圣经》上，郑重地重复说：“我庄严宣誓，我将忠诚地履行美利坚合众国总统的职责，尽最大的能力维护和保卫美国宪法。愿上帝保佑！”

宪法为诸位规定了权力范围，也指出了诸位应该注意的目标。在今天这次大会上，我将不向诸位提出某些具体的建议，而是颂扬被选出来考虑和采纳这部宪法的代表们的才能、正直和爱国热忱。这样才更适合这次会议的气氛，我的感情也驱使我这样做。我从诸位这些高尚品德中，看到了最可靠的保证，一方面是，地方偏见或感情以及党派的分歧，都不能转移我们统观全局和一视同仁的视线。我们的视线是理应照顾各方面的大联合和各方面的利益的。所以，在另一方面，我们国家的政策将建筑在纯正不移的个人道德原则的基础上，这个自由政府将以它能博得公民的热爱与全世界的尊重等特点而显示出它的优越性。



### ⊙演讲者简介⊙

华盛顿，出生于美国弗吉尼亚州，父亲早年去世，后由哥哥劳伦斯抚养长大。华盛顿没有上过大学，但他勤奋上进，自学成才。16岁时，华盛顿在哥哥的帮助下成为土地测量员。1752年，哥哥去世，华盛顿继承了哥哥的遗产，成为大种植园主。同年，他担任了弗吉尼亚民兵少校副官长，开始了军旅生涯。1758年，他当选为弗吉尼亚州议员，翌年与富孀马撒·丹特里奇结婚，获得大批奴隶和60.75平方千米土地。

1773年，波士顿倾茶事件爆发，华盛顿积极投入到反对英国在北美殖民统治的斗争中。1774年，第一届大陆会议召开，华盛顿支持通过了不惜以武力抵抗为最后手段的决议。1775年4月19日，英军同北美洲殖民地民兵在莱克星顿发生枪战，北美独立战争开始。同年5月10日，在费城举行了第二届大陆会议，决定任命华盛顿为大陆军总司令。1777年秋天，华盛顿指挥美军取得萨拉托加战役的胜利，迫使英国名将柏高英的8000余人投降。1781年8月，华盛顿率军在约克敦包围康华利的7000名英军，10月19日康华利投降。1783年1月20日，美、英在巴黎签订了一项全面条约，北美独立战争以美国的胜利而告终。

华盛顿塑像

独立战争结束后，华盛顿辞去大陆军总司令职务回到家乡，开始了为期3年的田园生活。1787年，华盛顿再入政坛，被推举为制宪会议主席，主持制定了沿用至今的美国宪法，在美国建立了民主共和制。1788年3月4日，第一届国会在纽约开幕，选举团全票选举华盛顿为美利坚合众国第一任总统。此后，华盛顿又担任了一届总统。

1799年12月14日，华盛顿在家乡平静地去世。

我对祖国的热爱激励我以满怀愉悦的心情展望未来。这是因为，在我国的体制和发展趋势中，出现了又有道德又有幸福，又尽义务又享利益；又有公正和宽仁的方针政策作为切实准则，又有社会繁荣昌盛作为丰硕成果的不可分割的统一：这已是无可争辩的事实。这也因为，我们已充分认识，上帝决不会将幸福赐给那些把他所规定的秩序和权利的永恒准则弃之如粪土的国家。这还因为，人们已将维护神圣的自由火炬和维护共和政体命运的希望，理所当然地意义深远地也许是最后一次地寄托于美国民众所进行的这一实验上。

## ■ 作品赏析

华盛顿是一个伟大的政治家，他在演说中阐释重大问题，表明对政府的基本立场和政治理想都显示出一个新生国家和时代的政治高度。这篇就职演说词语言朴素平实、情感真实，但是思想深刻，见解高远，显然所有的话都经过深思熟虑的，演讲者的真挚情感和严肃的态度使得演讲给人以强烈的震撼，并从中得到极大的鼓舞和感动。华盛顿的演讲涉及许多对国家和社会的重大看法，这些看法都倾注着演讲者本人长期花费心血的思索，包含着极大的热情和责任感，而在这些问题中，宪法是当时人们关注的焦点，也就是说，一个国家，能不能真正维护好自己的宪法，关系到这个新生国家的前途和命运。华盛顿对这个问题高度重视，所以他特别提到“我们伟大的宪法”，并指出：“上帝决不会将幸福赐给那些把他所规定的秩序和权利的永恒准则弃之如粪土的国家。”这种坚定的信念同样给听众以无限的信心。华盛顿向来口才极好，言谈富于幽默感，加上在美国民众中的崇高威望，其演讲对民众产生了极大的感染力。

# 最后的演说

演讲者：罗伯斯庇尔（1758 ~ 1794）
演讲时间：1794 年 7 月 26 日
演讲地点：国民公会
演讲者身份：18 世纪法国大革命时期政治活动家，雅各宾派领袖

## ■ 历史背景

罗伯斯庇尔在出任雅各宾派政府首脑期间，面对当时法国的严峻形势，颁布宪法，摧毁封建土地所有制，严禁囤积垄断，实行恐怖的革命政策。革命初期，这一系列措施对保卫和推动法国大革命向前发展起了积极的作用。但是，也触犯了掌握国家权力的大资产阶级的利益。他们对罗伯斯庇尔大为不满，对其实施的措施更是深恶痛绝。于是，他们暗中串通，散布流言，对

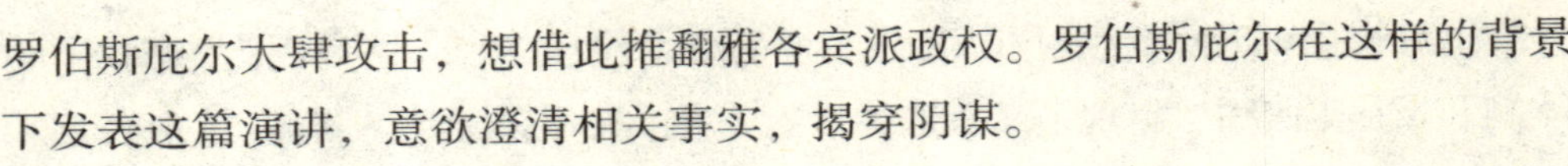

罗伯斯庇尔大肆攻击，想借此推翻雅各宾派政权。罗伯斯庇尔在这样的背景下发表这篇演讲，意欲澄清相关事实，揭穿阴谋。

## ■原文欣赏

共和国的敌人说我是暴君！倘若我真是暴君，他们就会俯伏在我的脚下了。我会塞给他们大量的黄金，赦免他们的罪行，他们也就会感激不尽了。倘若我是个暴君，被我们打倒了的那些国王就绝不会谴责罗伯斯庇尔，反而会用他们那有罪的手支持我了。他们和我就会缔结盟约。暴政必须得到工具。可是暴政的敌人，他们的道路又会引向何方呢？引向坟墓，引向永生！我的保护人是怎样的暴君呢？我属于哪个派别？我属于你们！有哪一派从大革命开始以来查出这许多叛徒，并粉碎、消灭这些叛徒？这派别就是你们，是人民——我们的原则。我忠于这个派别，而现代的一切流氓恶棍都拉帮结党反对它！

确保共和国的存在一直是我的目标；我知道共和国只能在永存的道德基础上才能建立起来。为了反对我，反对那些跟我有共同原则的人，他们结成了联盟。至于说我的生命，我早已把生死置之度外了！我曾看见过去，也预见将来。一个忠于自己国家的人，当他不能再为自己的国家服务，再不能使无辜的人免受迫害时，他怎么会希望再活下去？当阴谋诡计永远压倒真理、正义受到嘲弄、热情常遭鄙薄、有所忌惮被视为荒诞无稽，而压迫、欺凌被当做人类不可侵犯的权势时，我还能在这样的制度下继续做些什么呢？目睹在革命的潮流中，泥沙俱下，鱼龙混杂，周围都是混迹在人类真诚朋友之中的坏人，我必须承认，在这样的环境下，有时我确实害怕我的子孙后代会认为我已被他们的污秽沾染了。令我高兴的是，这些反对我们国家的阴谋家，因为不顾一切的疯狂行动，现在已和所有忠诚正直的人划下了一条深深的界限。

只要向历史请教一下，你便可以看到，在各个时代，所有自由的卫士是怎样受尽诽谤的。但那些诽谤者也终不免一死。善人与恶人同样要从世上消失，只是死后情况大不相同。法兰西人，我的同胞啊，不要让你的敌人用那为人唾弃的原则使你的灵魂堕落，令你的美德削减吧！不，邵美蒂啊，死亡并不是“长眠”！公民们！请抹去这句用亵渎的手刻在墓碑上的铭文，因为它给整个自然界蒙上一层丧礼黑纱，使受压迫的清白者失去依赖与信心，使死亡失去有益的积极意义！请在墓碑刻上这样的话吧：“死亡是不朽的开端。”我为压迫人民者留下骇人的遗嘱；只有一个事业已近尽头的人才能毫无顾忌地这样说，这也就是那严峻的真理：“你必定要死亡！”

## ■ 作品赏析

1794 年 7 月，面对反对势力的大肆攻击，罗伯斯庇尔已经察觉，于是准备迎击。7 月 26 日，他登台发表了这篇演讲。他运用大量鲜明的事实，凭借严密的逻辑，将反对势力对他的指责驳得体无完肤。演讲从侧面说明了雅各宾专政时期实行的恐怖政策在当时是完全必要的，因为它关系到共和国的生死存亡。

演讲一开始，罗伯斯庇尔就反驳反对势力攻击他是“暴君”的言论，然后一针见血地指出，反对共和国的人已经结成联盟了，呼吁人们在复杂形势下，擦亮眼睛，分清敌友。最后，罗伯斯庇尔从历史的角度谈论了个人的安危问题，认为自由的卫士历来是要受到诽谤的，也向大家表明了自己早已把生死置之度外的决心。

这篇演讲前半部分因驳斥敌人而充满理性论战色彩，后半部分则是对听众进行情感呼唤，通篇具有浓厚的诗意与哲理。特别是结尾，颇具气势，耐人回味。

**⊙演讲者简介⊙**

罗伯斯庇尔，18 世纪末法国大革命时期革命家，雅各宾派专政时期的实际政府首脑。

1758 年，罗伯斯庇尔出生于法国北部加来海峡省阿拉斯。年轻时受启蒙思想家卢梭的影响，提倡无神论和民主学说，抨击封建制度。1780 年，罗伯斯庇尔从巴黎路易大王学法院毕业后从事律师工作。1789 年，他当选为三级会议代表。1792 年巴黎人民起义后，罗伯斯庇尔被选入巴黎公社和国民公会。1793 年 5 月起义后，他领导雅各宾派政府，废除封建土地制，平定吉伦特派反革命叛乱，粉碎外国武装干涉，在保卫和推动法国大革命向前发展中起过重大作用。1794 年热月党人发动政变，罗伯斯庇尔被捕并被处死。罗伯斯庇尔以廉洁著称，被称为“不可收买的人”。他在法国大革命时期发表过许多精彩的演讲。他的演讲雄辩有力，气势磅礴。

# 反对州废除联邦法令做法的演讲

演讲者：丹尼尔·韦伯斯特（1782 ~ 1852）
演讲时间：1803 年
演讲者身份：美国政治家，辉格党的创始人之一

## ■ 历史背景

19 世纪初，美国北部资本主义迅速发展，需要“自由”劳动力，要求废除奴隶制度，并主张关税保护；而美国南方种植园奴隶主则因依赖对外贸易而主张降低关税。这时，联邦政府出台了有关关税的法令，触犯了相关州的利益，南卡罗来纳州议员罗伯特·海恩更是公然反对联邦这项法令。

在美国，联邦与各州自成法律体系。联邦政府除了在国防、外交等重要领域享有统一的立法权，其他如刑事和民商等方面的立法权基本上都属于各州。各州在教育、卫生、福利和税收等方面有较大的权力。在当时，美国刚脱离英国殖民统治不久，颁布的联邦宪法及相关法令是美国自由、发展和繁荣的基础。如果各州都有权废除联邦政府的宪法及法令，走“先自由，后联邦”道路的话，美国不仅很难发展繁荣，甚至会分崩离析。为维护联邦政府权威，捍卫联邦宪法，韦伯斯特与海恩进行了激烈辩论。

## ■原文欣赏

如果人们在国家宪法中，不论是根据原来的条款或是后来的解释，有什么不应当写入的条款，人民知道如何把它废除掉。如果确立了某种使他们无法接受的解释，以致实际上成为宪法的一部分，他们是会独立自主地来修正它的。但是，当人民决定保持它的现状时，当人民对它感到满意，并拒绝改变它时，谁曾给予，或者谁能给予州议会通过干预、解释或其他办法来改变它的权力？先生们似乎不记得人民有为他们自己做任何事情的权利。他们以为除了在州议会的密切保护下就再没有安全可言了。先生，在总的宪法方面，人民并没有把他们的安全委托给这些州议会。他们已要求了其他的保障，接受了其他的保证人。他们决定首先应该信赖宪法上明明白白的词语，他们信赖这样的解释，即政府本身在有疑问的情况下，应当发挥其本身的权力，根据他们就职时所发的誓，服从他们宣过誓要负的责任，就像一个州的人民赋予他们州的政府同样的权力一样。其次，他们信赖经常选举的效力，只要他们有理由，就可以用他们自己的力量将他们自己的仆人和代理人撤掉。再次，他们信赖司法的权力，为了使之值得信赖，他们已经使司法权成为既可实行又受人尊重、公正无私、独立自主的权力。再其次，任何时候，当经验指出宪法中的缺点和不完善之处时，在必要情况下，或利害攸关时，他们会依靠他们所知道的并认为是有效的权力和平而平静地去改变或修正宪法，如果他们认为这样做是合适的话。最后，美国人民从来没有在任何时候，以任何方式，直接或间接地授权州议会来分析或解释他们政府的最重要文件，更没有授权他们用他们自己的权力去干预和妨碍宪法的正常实施。

先生，如果人民在这些方面采取了其他的做法，而不是像他们已经做的这样，那么，他们的宪法既不可能得到保存，也不会是值得保存的。如果现在不顾宪法中明文规定的条款，而添进这些新的主张，那么宪法就会变成其

早期的或更近代的敌人所可能期望的那样软弱无能的东西。它只能作为一个依赖各州许可的可怜虫在各州存在。它必须借人家许可而存在，并且存在的时间不会长于各州凭他们高兴或由他们随意决定是否适合恩准并延长其苟延残喘的时间。

但是，先生，尽管存在着忧患，可也存在着希望，人民已经将这个宪法，这个他们自己选择的宪法保存了 40 年，他们已经看到他们的幸福、繁荣和名声随着它的发展而增长，随着它的加强而加强。总的来说，他们现在都强烈地依附于宪法。如果我们和那些将要在这里接我们班的人，作为人民的代理人和代表，能自觉地、警惕地完成公众委托给我们的两个伟大任务，即忠实地保护宪法，明智地执行宪法，那么，用直接进攻就无法推翻它，要回避它、破坏它、废除它，也将是不可能的……

先生，我还没允许我自己朝联邦以外去看，看看在后面的黑暗深处可能隐藏着什么。我还没有冷静地估量过在把我们联合在一起的那些契约被撕碎之后，保护自由的机会有多少。我还不习惯于挂在分裂的悬崖，去看看是否可以用我短浅的目光量出底下的深渊有多深，我也不可能把那种思想里考虑的主要不是联邦应该如何得到最好的保护，而是在联邦被分裂和摧毁时，人民可能容忍到什么程度的人当做政府事务的可靠顾问。只要联邦继续存在，我们就能在我们自己和孩子们面前展现出美好高尚、激动人心、令人满意的前景。除了这种前景，我不想刺破这层薄纱去看看别的什么。上帝恩准至少在我有生之年不要让那块帘升起！上帝恩准那隐藏在背后的东西永远不要让我看见！当我的眼睛转过来最后看一眼天上的太阳时，但愿我不要看到它照耀在曾是一个光荣联邦的破裂而且可耻的碎片上，照耀在彼此伤害、矛盾不和、互相交战的各州的土地上，照耀在一片为人们的仇恨所撕碎的土地上，或是一片浸染着兄弟同胞之血的土地上！让他们最后微弱而依恋的目光看到共和国光辉的旗帜，这面旗现在闻名全球，受人尊重，它仍然高高升起，它的每一条条纹和每一颗星仍然以原来的光彩飘扬着，没有一根条纹被抹去或污染，没有一颗星失去光泽，为了它的信条，它无法容忍像“这到底有何价值”这样可耻的疑问句，也不能容忍像“先自由，后联邦”这样欺世和愚蠢的话。当星星和条纹飘过大海，越过大陆时，当它们在整个天底下每一阵风里飘扬的时候，那些充满生命光辉的星星，在宽阔的褶皱里闪烁着，把另一种情感传遍世界的每一个地方，这就是每一个真正的美国人都十分珍惜的情感——自由和联邦是永存的，是不可分裂的整体！

## ■ 作品赏析

这篇演讲距今已经200多年了，但在美国的影响却依然巨大。韦伯斯特那句名言："自由和联邦是永存的，是不可分裂的整体！"至今仍在美国广泛流传。

面对当时罗伯特·海恩"一个州可以废除它认为符合宪法精神的联邦法律"的咄咄逼人的气势，韦伯斯特用严谨的逻辑、鲜明的观点，论证了联邦是自由的根基，如果挖掉根基废除联邦，那么自由也就失去了保障；只有保护联邦宪法与法令的权威，才会有美国的发展和繁荣。韦伯斯特的这场演讲，唤醒了全体公众的团结意识。许多人都因此站出来，去捍卫联邦宪法及人民的利益！

演讲中，韦伯斯特根据当时的情况，紧紧抓住时代的脉搏和听众的心理，通过连续的五个方面的正面陈述，论证了"反对州废除联邦政府法令的做法"是正义的、是合情合理的。然后再通过对废除联邦宪法后的假想，描述美国将会遭受什么样的灾难，说明"反对"是符合美国国家及公众的根本利益的；同时也证明罗伯特·海恩的理论是错误的，其本质是要分裂国家，是骗人的。

**⊙演讲者简介⊙**

丹尼尔·韦伯斯特，美国政治家，辉格党的创始人之一，曾两次担任美国国务卿。韦伯斯特是美国非常著名的律师，在其整个从政经历中，坚决维护联邦宪法和统一。同时，他也是一位杰出的演说家，是美国人公认的"美国历史上最伟大的演说家"。

杰斐逊就任总统时，丹尼尔·韦伯斯特成为其助手，为传播《独立宣言》中的民主思想立下了汗马功劳。美国人说"杰斐逊起草了《独立宣言》，韦伯斯特传播了《独立宣言》"。这突出地说明了人们对他卓越口才的认可。

演讲者：林肯（1809～1865）
演讲时间：1861年3月4日
演讲者身份：美国第16任总统

# 联邦是不容分裂的
## ——首任总统就职演说

## ■ 历史背景

本篇是林肯首任美国总统的演说，这次演说主要是针对废除奴隶制以及南北战争进行论辩。他在所有历任美国总统中是最具演说能力的总统，他本人和他的演说深深为美国人民所赞誉和钦佩。

## ■原文欣赏

合众国国民们：

按照一个与政府本身同时产生的惯例，我来到你们面前发表简短的讲话，并遵照合众国宪法对总统在“就职前”必须宣誓的规定，当着你们的面宣誓。

我想，我现在不必讨论那些并不特别令人忧虑或激动的行政问题。

南方各州人民似乎担心，共和党一旦执政，将会危及他们的财产、和平与个人安全。这种担心从来就没有什么合理的根据。实际上，足以说明相反事实的充分证据却一直存在着，并且随时可以进行检查。这种证据在现在向你们讲话的这个人的几乎所有发表过的演说中都可以找到。我只引述其中的一篇，我曾宣布——

“我无意直接或间接地干涉各蓄奴州的奴隶制度。我认为我没有那样做的合法权利，而且也没有那样做的意向。”

提名并选举我的那些人完全知道我作过这一声明和许多类似的声明，而且我从未宣布撤回这些声明；不仅如此，他们还把一个鲜明有力的决议列入竞选政纲，并为我所接受，作为彼此都应遵守的准则，我现在读一读这个决议：

维护各州的各种权利不受侵犯，特别是每一个州完全根据自己的判断决定并管理其内部机构的权利不受侵犯，这对我们政治结构的完善与持久所依赖的权力平衡是必不可少的；我们谴责非法使用武力侵犯任何一个州或准州的领土，不论其凭借何种借口，都是最严重的罪行。

我现在重申这些看法，我这样做只是提请公众注意有关这一情况的最确实的证据，即任何地区的财产、和平与安全都不会受到即将掌权的政府的危害。我还要补充一下，所有各州如果合法提出要求，政府都乐于给予符合宪法和法律的保护，而不论其出于什么原因——不分地区都一样愉快地对待。

关于从劳务或劳役中逃亡出来的人的引渡问题，人们有着许多争论。我现在要读的这个条款和宪法其他条款一样清楚：

“凡依一州法律应在该州服劳务或劳役者逃往他州时，不得依后者任何法律或法规解除该项劳务或劳役，而应依享有该项劳务或劳役的当事人的要求予以引渡。”

毫无疑问，制定这一条款的那些人的意图在于要求归还我们所说的逃奴；而立法者的意图就成了法律。所有国会议员都宣誓拥护全部宪法——包括这一条款和其他任何条款。对于把符合该条款所列条件的奴隶“予以引渡”的主张，他们的誓言是一致的。那么，如果他们能心平气和地进行努力，难道

就不能以几乎同样的一致来草拟并通过一项法律，以便使那个一致的誓言同样有效吗？

关于这一条款究竟应由联邦政府抑或由州政府来执行，现在存在某些分歧。如果奴隶要被遣还事宜，这对该奴隶或其他人来说并没有什么差别。难道会有人仅因在履行誓言的方式上存在无关紧要的争议就愿意违背誓言吗？

应该不应该把文明的、人道的法学中保证自由的所有规定都列入与这个问题有关的任何法律，以便使一个自由人在任何情况下都不会沦为奴隶？与此同时，可以不可以通过法律使宪法中关于保证“每州公民在其他各州均应享有公民的一切特权和豁免权”的条款得以实施？

我今天正式宣誓时，并没有保留意见，也无意以任何苛刻的标准来解释宪法和法律；尽管我不想具体指明国会通过的哪些法案是适合施行的，但我确实要建议，所有的人，不论处于官方还是私人的地位，都得遵守那些未被废止的法令，这比泰然认为其中某个法案是违背宪法的而去触犯它，要稳当得多。

自从第一任总统根据我国宪法就职以来已经 72 年了。在此期间，有 15 位十分杰出的公民相继主持了政府的行政部门。他们在许多艰难险阻中履行职责，大致说来都很成功。然而，虽有这样的先例，我现在开始担任这个按宪法规定任期只有短暂 4 年的同一职务时，却处在巨大而特殊的困难之下。联邦的分裂，在此以前只是一种威胁，现在却已成为可怕的行动。

从一般法律和宪法角度来考虑，我认为由各州组成的联邦是永久性的。在各国政府的根本法中，永久性即使没有明确规定，也是不言而喻的。我们有把握说，从来没有哪个正规政府在自己的组织法中列入一项要结束自己执政的条款。继续执行我国宪法明文规定的条款，联邦就将永远存在，毁灭联邦是办不到的，除非采取宪法本身未予规定的某种行动。

再者：假如合众国不是名副其实的政府，而只是具有契约性质的各州的联盟，那么，作为一种契约，这个联盟能够毫无争议地由缔约各方中的少数加以取消吗？缔约的一方可以违约——也可以说毁约——但是，合法地废止契约难道不需要缔约各方全都同意吗？

从这些一般原则往下推，我们认为，从法律上来说，联邦是永久性的这一主张已经为联邦本身的历史所证实。联邦的历史比宪法长久得多。事实上，它在 1774 年就根据《联合条款》组成了。1776 年，《独立宣言》使它臻于成熟并持续下来。1778 年，《邦联条款》使联邦日趋成熟，当时的 13 个州都信誓旦旦地明确保证联邦应该永存。最后，1787 年制定宪法时所宣布的

目标之一就是“建设更完善的联邦”。

但是，如果联邦竟能由一个州或几个州按照法律加以取消的话，那么联邦就远不如制宪前完善了，因为它丧失了永久性这个重要因素。

根据这些观点，任何一个州都不能只凭自己的决议就能合法地脱离联邦；凡为此目的而作出的决议和法令在法律上都是无效的，任何一个州或几个州反对合众国当局的暴力行动都应根据情况视为叛乱或革命。

因此，我认为，根据宪法和法律，联邦是不容分裂的；我将按宪法本身明确授予我的权限，就自己能力所及，使联邦法律得以在各州忠实执行。我认为这仅仅是我分内的职责，我将以可行的方法去完成，除非我的合法主人——美国人民，不给予我必要的手段，或以权威的方式作出相反的指示。我相信大家不会把这看做是一种威胁，而只看做是联邦已宣布过的目标：它一定要按照宪法保卫和维护它自身。

进行这项工作不需要流血或诉诸暴力，除非强加于国家当局，流血和暴力绝不会发生。委托给我的权力将被用来保持、占有和掌握属于政府的财产和土地，征以普通税和关税；但是，除了为达到这些目的所必需进行的工作外，将不会对人民有任何侵犯，不会对任何地方的人民或在他们之间使用武力。在国内任何地方，如果对联邦的敌意非常强烈而普遍，致使有能力的当地公民不能担任联邦公职，在那种地方就不要企图强使引起反感的外地人去

林肯（左三）召开废除奴隶制的内阁部长会议

废奴运动是一次资产阶级性质的民主运动，在美国人民争取民主的斗争史上占有重要地位。1861 ~ 1865 年的美国南北战争，最终以武力推翻了南方的奴隶制。

担任那些职务。尽管政府握有强制履行这些职责的合法权利，但那样做会激怒大众，它几乎是行不通的，所以我认为目前还是放弃履行这些职责为好。

邮件，除非被人拒收，将继续投递至联邦各地。我们要尽力使各地人民获得最有助于冷静思考和反省的充分的安全感。这里表明的方针必将得到贯彻，除非当前的一些事件和经验表明需要我们作适当的修正或改变。对任何事件和变故，我都将根据实际存在的情况，抱着和平解决国家困难并恢复兄弟般同情与友爱的观点和希望，以最慎重的态度加以处理。

某些地区有人企图破坏联邦，并且爱用各种借口去实现这一点，对此我既不肯定也不否认；但若真有这样的人，对他们我什么话都不必讲。然而，对于真心热爱联邦的那些人，我能不说点什么吗？

在开始讨论关系到我国的政体、它所带来的一切利益、美好的往事以及未来的希望都面临着毁灭这样一个严重问题之前，先弄清我们究竟为什么要这样做，难道不是一种明智的做法吗？当你想要逃避的灾难可能并不真正存在时，你还会不顾一切地去冒险吗？你如果是走向一个比你所躲避的灾难更大的不幸，你还甘愿冒风险去犯这么大的错误吗？

大家都声称，如果宪法所规定的各项权利都能得到保证，就愿意留在联邦内。那么，宪法明文规定的权利是否真有哪一项被否定了呢？我认为没有。幸运得很，人脑的构造使得任何一方都不敢那样做。你们能找出一个例子来说明宪法中明文规定的条款有哪一条曾被否定掉吗？如果多数人只靠数目上的力量就去剥夺少数人应该享受的任何一项明文规定的宪法权利，就道德观点而言，这就可以证明进行革命是有理的；如果那是一项重要的权利，当然应该进行革命。但是我们的情况并非如此。少数人和个人的一切重要权利都得到宪法中所列的各种肯定和否定、保证和禁止的明确保障，在这方面从未引起过任何争议。但是，任何组织法都不能在制定时就针对实际行政工作中可能出现的每一个问题都提出专门适用的条款。对于一切可能发生的问题，没有那样的先见之明，也没有任何篇幅适当的文献容得下那么多明文规定。逃避劳役的人应由联邦政府抑或由州政府遣还？宪法未作明确规定。国会可以禁止各个准州的奴隶制吗？宪法未作明确规定。国会应保护各个准州的奴隶制吗？宪法未作明确规定。

从这类问题中产生了我们有关宪法的各种争议，由于这些争议我们分成了多数派和少数派。如果少数派不能默然同意多数派，多数派就得默然同意少数派，否则政府就不能存在下去。别无其他选择，因为要使政府能继续存在，就必须有这一方或那一方默然同意对方。在这种情况下，如果少数派宁

愿退出联邦而不肯默然同意多数派，他们就创立了一个导致自我分裂和毁灭的先例，因为他们本身也有多数少数之分，一旦多数派拒绝接受少数派的控制，他们自己的少数派便会退出。举例来说，正如我们现在这个联邦的某些部分日前要求退出一样，一个新联盟的任何部分一两年后为什么就不可以任意退出呢？一切怀有分裂情绪的人正在接受着这样的熏陶。

在想要组成一个新联盟的各个州之间，是否有着完全一致的利益，足以使它们和睦相处而不会重新发生退出联盟的事呢？很明显，退出联邦的中心思想实质上是无政府主义。一个接受宪法所规定的检查和限制，并经常按照公众舆论和情绪的审慎变化而转变的多数派，乃是自由人民的唯一真正的统治者。凡拒绝接受它的人，必然走向无政府主义或者专制主义。完全一致的意见是不可能有的。由少数人实行统治，并作为一种永久的办法，是完全不能接受的；因此，如果否定少数服从多数这条原则，那么剩下的就只有某种形式的无政府主义或专制主义了。

我没有忘记某些人认为各种有关宪法的问题应由最高法院进行裁决的主张，我也不否认这样的裁决在任何案例中对诉讼各方以至诉讼的目的都具有约束力，同时它们在所有类似案例中也值得受到政府其他各部门的高度尊重与考虑。尽管在某一特定案例中，这样的裁决可能明显有误，但随之而来的不良后果却只限于这个案例，且有被驳回的可能，而决不会成为其他案例可借鉴的先例，因而同采取其他措施所产生的后果相比，这还是比较可以接受的。与此同时，诚实的公民必须承认：如果政府在那些影响到全体人民的重大问题上的政策也得由最高法院的裁决来确定的话，那么，个人之间的普通诉讼案件一经裁定，人民就不再享有自主权，因为到了那种程度，人民实际上已经将政府交给了那个显赫的法庭。上述看法不是对法院和法官的攻讦。他们无可推卸的责任便是裁定以正当方式提交给他们的案件，如果别人想把他们的裁决转用于政治目的，那绝不是他们的过错。

我国一部分地区认为奴隶制是正确的，应该得到扩展，而另一部分地区认为它是错误的，不应得到扩展。这就是唯一的实质性争论。在人民的道德观念并不完全支持法律的社会里，宪法中有关逃亡奴隶的条款和禁止贩卖外籍奴隶的法律都得和其他任何法律一样严格执行。人民中的大多数能够遵行这两项枯燥的法律义务，但每一项都被少数人触犯。我认为这是无法完全纠正的。这两种情况在上述两种地区分离之后还会更糟。如外籍奴隶贩卖，现在没有完全遭到禁止，最终会在一个地区不受限制地恢复起来；而逃亡奴隶，另一地区现在只是部分地遣返，那时就根本不会遣返。

以自然条件而言，我们是不能分开的。我们无法把各地区彼此挪开，也无法在彼此之间筑起一堵无法逾越的墙垣。夫妻可以离婚，不再见面，互不接触，但是我们国家的各地区就不可能那样做。它们仍得面对面地相处，它们之间还得有或者友好或者敌对的交往。那么，分开之后的交往是否可能比分开之前更有好处，更令人满意呢？外人之间订立条约难道还比朋友之间制定法律容易吗？外人之间执行条约难道还比朋友之间执行法律忠实吗？假定你们进行战争，你们不可能永远打下去；在双方损失惨重，任何一方都得不到好处之后，你们就会停止战斗，那时你们还会遇到诸如交往条件之类的老问题。

这个国家及其机构，属于居住在这个国家里的人民。一旦他们对现存政府感到不能容忍，就可以行使他们的宪法权利去改组政府，或者行使革命权利去解散或推翻政府。我当然知道：许多可贵的、爱国的公民渴望宪法能得到修改。尽管我未提出修改宪法的建议，但我完全承认人民对整个这一问题所具有的合法权利，他们可以施行宪法本身所有的两种方式中的任何一种；在目前情况下，我应该赞同而不是反对公平地为人民提供对此采取行动的机会。我愿大胆补充说明：在我看来，采取会议的形式是可行的，因为它可以让人民自己提出修正案，而不是只让人民去采纳或反对别人所提出的某些方

《解放黑奴宣言》发表后的华盛顿一片欢腾

美国内战期间，林肯政府于1862年9月22日颁布解放黑人奴隶的宣言。它宣布：自1863年1月1日起，凡叛乱诸州的奴隶，“从现在起永远获得自由”；政府和军队“将承认和保障他们的自由”；获得自由的人，除非必要，“应避免使用任何暴力”；合乎条件的人，“可以参加联邦军队”。《宣言》大大激发了人民群众和黑人奴隶的革命积极性，扭转了战争的形势。

案，那些人不是专为这一目的而被推选出来的，那些方案也并非恰恰就是人民想要接受或拒绝的。我知道，国会已经通过一项宪法修正案——但我尚未看到那项修正案，其大意是：联邦政府永远不得干涉各州的内部制度，包括对应服劳役者规定的制度。为了避免对我所说的话产生误解，我放弃不谈某些特定修正案的打算，而只是提出：鉴于这样一项条款现在已意味着属于宪法中的条款，我不反对使它成为明确的、不可改变的规定。

总统的一切权力来自人民，但人民没有授权给他为各州的分离制造条件。如果人民有此意愿，那他们可以这样做，而作为总统来说，则不可能这样做。他的责任是管理交给他的这一届政府，并将它完整地移交给他的继任者。

为什么我们不能对人民所具有的最高的公正抱有坚韧的信念呢？世界上还有比这更好或一样好的希望吗？在我们目前的分歧中，难道各方都缺乏相信自己正确的信心吗？如果万能的主将以其永恒的真理和正义支持你北方这一边，或者支持你南方这一边，那么，那种真理和那种正义必将通过美国人民这个伟大法庭的裁决而取得胜利。

就是这些美国人民，通过我们现有的政府结构，明智地只给他们的公仆很小的权力，使他们不能为害作恶，并且同样明智地每隔很短的时间就把那小小的权力收回到自己手中。只要人民保持美德和警惕，无论怎样作恶和愚蠢的执政人员都不能在短短 4 年的任期内十分严重地损害政府。

我的同胞们，大家平静而认真地思考整个这一问题吧。任何宝贵的东西都不会因为从容对待而丧失。假使有一个目标火急地催促你们随便哪一位采取一个措施，而你绝不能不慌不忙，那么那个目标会因从容对待而落空；但是，任何好的目标是不会因为从容对待而落空的。你们现在感到不满意的人仍然有着原来的、完好无损的宪法，而且，在敏感问题上，你们有着自己根据这部宪法制定的各项法律；而新的一届政府即使想改变这两种情况，也没有直接的权力那样做。那些不满意的人在这场争论中即使被承认是站在正确的一边，也没有一点正当理由采取鲁莽的行动。理智、爱国精神、基督教义以及对从不抛弃这片幸福土地的上帝的信仰，这些仍然能以最好的方式来解决我们目前的一切困难。

不满意的同胞们，内战这个重大问题的关键掌握在我手中。政府不会对你们发动攻击。你们不当挑衅者，就不会面临冲突。你们没有对天发誓要毁灭政府，而我却要立下最庄严的誓言：“坚守、维护和捍卫合众国宪法。”

我不愿意就此结束演说。我们不是敌人，而是朋友。我们一定不要成为敌人。尽管情绪紧张，也决不应割断我们之间的感情纽带。记忆的神秘琴弦，

从每一个战场和爱国志士的坟墓伸向这片广阔土地上的每一颗跳动的心和家庭，必将再度被我们奏响！

## ■作品赏析

作为共和党人领袖的林肯，在1860年当选为美国总统，但是他面临的困难也是空前的，因为当时南方和北方的关系已经十分紧张，内战不可避免。林肯在首任总统仪式上发表的就职演说也着重地谈论了与此相关的问题，使得这篇演讲的主题无比沉重，它关系到一个国家的存亡。在这篇张扬着自由和民主精神的演说中，林肯阐明了国家政府与人民的关系，指出人民有改组或推翻政府的绝对权利。这是一个前提，这个前提是为了说明人民没有授权给他（总统）为各州的分离制造条件。在关键的历史时期，林肯需要民众的支持，所以他强调："如果万能的主将以其永恒的真理和正义支持你北方这一边，或者支持你南方这一边，那么，那种真理和那种正义必将通过美国人民这个伟大法庭的裁决而取得胜利。"林肯是非常善于演讲的，作为一个国家的总统，他即使深知内战无法避免，也还坚持在演讲中呼吁和平解决问题。这是一种负责的态度。他在演讲中反复说理，用极其真诚的态度来对待听众，其中倾注着对民族、国家和人民的感情，使演讲达到非常良好的效果。

### ⊙演讲者简介⊙

林肯出身于肯塔基州一个农民家庭。从7岁开始帮助父母放牛、开地和打柴。年龄稍大一点，又当过雇农、船夫、小店铺里的伙计，后来又当过乡邮员和土地测量员。曾做过伊利诺斯州的律师。1830年，林肯在伊利诺斯州发表了第一次政治演说，开始走上仕途。1834年，他被选为该州的州议员。1844年，他成功当选为国会议员，来到首都华盛顿。1854年，林肯加入了主张废除奴隶制的共和党，并很快成为该党的领袖。1860年，他以共和党候选人的身份当选为美国第16任总统。

由于林肯在竞选纲领中提出坚决反对奴隶制的主张，还没等他宣誓就职，南方7州就发动了叛乱，宣布脱离联邦。林肯就职后曾试图同南方奴隶主和解，但遭到拒绝，遂宣布对南方同盟作战，美国内战爆发。内战初期，由于联邦政府没有进行充分的战争准备，加上军事指挥的失利，屡次被南方同盟打败。为了扭转不利局面，林肯在1862年先后颁布了《宅地法》和《解放黑奴宣言》，并进行了军事上的改革。1865年4月9日南方同盟向联邦政府投降，持续4年之久的内战结束，美国重新恢复了统一。

内战的胜利大大提高了林肯的威望，1864年11月8日他再次当选为美国总统。但是战争的胜利并没有消除南方奴隶主对林肯的仇恨。1865年4月14日，林肯在华盛顿的福特剧院遇刺，凶手是被南方奴隶主收买的演员蒲斯。第二天，林肯在医院去世，时年56岁。

# 关于对德宣战在国会的讲话

演讲词档案

演讲者：威尔逊（1856 ~ 1924）
演讲时间：1917 年
演讲地点：美国国会
演讲者身份：美国第 28 任总统

## ■ 历史背景

1914 年第一次世界大战爆发，起初美国没有参战，而是打起“中立国”的旗号，同时向同盟国与协约国出售军火以及发放贷款，大发战争财。1917 年，德国放弃了曾在 1916 年作出的限制潜艇战的承诺，随后击沉五艘美国商船，直接威胁到美国的利益。在这种情况下，威尔逊总统发表了这篇演讲，要求国会同意美国对德宣战。

## ■ 原文欣赏

今年 1 月 3 日我正式通知你们，德意志帝国政府发表了异乎寻常的通告，宣称从 1 月 1 日起它的宗旨是把法律的限制或仁慈的考虑统统抛置一边，用它的潜艇去击沉任何驶近英国和爱尔兰港口的船只，或驶近欧洲西海岸或地中海内德国的敌人所控制的任何港口的船只。这似乎是德国潜艇战在大战之初的目标。在这以前，德意志帝国对其潜艇指挥官们多少有所限制，以实践当时它对我们许下的诺言，即不击沉客轮，对其他的潜艇可能摧毁的船只，只要不作抵抗、留在原地，便会向它们预先发出警告，而且让它们的船员至少有机会在不设防的船上逃生。在残酷无情的战争中，一桩桩令人悲痛的事件证明，德方的克制是很不够的，而且带有任意性，但确实有一定程度的节制。而新政策把任何限制都取消了，任何种类的船只，不论它挂什么旗，具有什么性质，载什么货，驶向何处，完成什么使命，全都被击沉，不给预先警告，也全然不顾船上人员的死活；友好中立国的船只与敌国的船只同样对待。甚至连医护船以及向比利时死伤惨重的人民运送救济物资的船只——后者被德国政府允许安全通过禁海而且带有明确无误的标记——同样也被丧失同情心和原则性的德军击沉。

有一度我无法相信，这种行径竟然真是一个一贯赞同文明世界人道惯例的政府的所作所为。国际法起源于人类试图制订的某种的海洋上得到尊重和遵守的法律，该法律规定，任何国家无权统治海洋，世界各国的船只都可以在海上自由航行……德国政府以报复和必需为借口，已将这起码的法律规定

一脚踢开，因为德国在海上除了毫不顾忌人道，蔑视对国际交往的共识，穷兵黩武之外，干不了什么别的事。我现在想到的不是德国在海上造成的财产损失，尽管损失惨重，而是对大批平民生命肆无忌惮的屠杀，而这些男人、妇女和儿童所追求的目标向来——甚至在现代历史最黑暗的时期——被认为是无辜和合法的。财产可以赔偿，而和平无辜人民的生命则无法赔偿。目前德国对付海上贸易的潜艇战其实是以人类为敌。

这是针对所有国家的战争。美国船只被击沉，美国公民葬身海底，消息传来令人震惊。但其他中立或友好国家的船只和人员在海上遭到相同的厄运，没有什么差别。这是对整个人类的挑战。每个国家必须独自决定它应如何对付这一挑战。我们必须适应我国的特点和宗旨审时度势，谨慎考虑，以作出我们自己的决定。我们绝对不应感情用事。我们的动机既非为复仇也不是为了耀武扬威，而仅仅是为维护权利，维护人权，在这场斗争中我们国家仅仅是一名斗士……

我深刻认识到我正采取的步骤的严重乃至悲剧的性质，以及它所包含的重大责任，但是我对履行自己由宪法规定的义务毫不迟疑。正是以这样的态度我建议国会宣布，德意志帝国最近的行动事实上已是对美国政府和人民发动了战争；美国正式接受已强加于它的交战国地位；美国将立即行动，不仅使国家处于完全的防御状态，而且将竭尽全力，使用一切手段迫使德国政府屈服，结束战争……

当我们采取行动，这些重大行动的时候，我们自己应当清楚，也应让全世界明白我们的动机和目的是什么……我们的目的……是维护国际生活的和平与正义的原则，反对自私和专制的力量，我们要在世界上真正自由和自治的各国人民之中确立一种意志与行动的概念，有了它就能保证这些原则得到遵循。当问题涉及世界和平，涉及世界各国人民的自由时，当组织起来的势力支持某些专制政府按自己的意志而非人民的意志独断专行，从而对世界人民的和平与自由构成威胁时，中立便不再是可行或可取的了。我们看到，在这种情况下中立已成为历史。我们处在一个新时代的开端，在这个时代中人们坚决要求，凡文明国家每个公民遵循的关于行为和承担罪责的准则，各个国家和它们的政府也必须同样遵循。

我们与德国人民之间不存龃龉。对他们，我们除了同情和友谊没有别的情感。他们的政府投入战争并不是因为人民的推动，他们事先一无所知，并未表示赞同。决定打这场战争与过去不幸的岁月中决定打一场战争的方式相同。旧时统治者从不征求人民的意见，战争的挑起和发动全都是为着王朝的

利益或是为野心勃勃的人组成的小集团的利益，这些人惯于利用同胞作为走卒和工具……

我们接受这一敌意的挑战，因为我们知道与这样一个采用这种手段的政府是绝对不可做朋友的；只要它组织起来的力量埋伏着准备实现不可告人的目的，世界上一切民主政府便无法得到安全保障。我们接受的将是一场与这个自由的天敌展开的宏大战役，如有必要，将动用我国的全部力量去制止和粉碎敌人的意图和势力。我们感到欣慰，因为敌人撕去伪善的面纱，使我们看清了真相，这样我们将为世界最终和平，为世界各国人民包括德国人民的解放而战，为大大小小各国的权利和世界各地人们选择自己的生活与服从权威的方式的特权而战。世界应该让民主享有安全。世界和平应建立在政治自由历经考验的基础上。我们没有什么私利可图。我们不想要征服，不想要统治。我们不为自己索取赔偿，对我们将慷慨作出的牺牲不求物质补偿。我们只不过是为人类权利而战的斗士之一。当各国的信念和自由能确保人类权利不可侵犯之时，我们将心满意足。

在我们面前很可能有旷日持久的战火考验和惨重牺牲。把我们伟大、爱好和平的人民领入战争是件可怕的事。因为这场战争是有史以来最血腥最残酷的，甚至文明自身似已岌岌可危。然而权利比和平更宝贵。我们将为自己一向最珍惜的东西而战——为了民主，为人民服从权威以求在自己的政府中拥有发言权，为弱小国家的权利和自由，为自由的各国人民和谐一致共同享有权利以给所有国家带来和平与安全，使世界本身最终获得自由。为完成这样一个任务，我们可以献出我们的生命财产，献出我们自己以及我们所有的一切；我们满怀自豪，因为我们知道，这样的一天已经到来：美国有幸得以用她的鲜血和力量捍卫那些原则，正是它们给予她生命和快乐，给予她一向珍视的和平。上帝保佑她，她别无选择。

## ■ 作品赏析

单从这篇演讲词来看，威尔逊的演讲可谓义正词严，感人肺腑。在演讲中，威尔逊列举了德国发动潜艇战所犯下的疯狂罪行，说明了德国已经成为全人类的敌人。那么，美国对德宣战便是向人类的敌人宣战，美国也因此升华为一个为维护人类利益而战斗的角色。当时，多数美国人支持参战，但却不了解战争的起因和目的。针对美国民众的心态和思维习惯，威尔逊在演讲中有意识地运用了大量美国人酷爱的有关理想主义的词句来说明战争的目的，成功地激发了美国人民的参战热情，如：“我们接受这一敌意的挑战，因为我们知道与这样

一个采用这种手段的政府是绝对不可做朋友的；只要它组织起来的力量埋伏着准备实现不可告人的目的，世界上一切民主政府便无法得到安全保障。”这次演讲标志着美国正式参加第一次世界大战。而美国的参战，增强了协约国的力量，加速了同盟国的失败。这场大战削弱了英、法、德、意，而适时参战的美国在战争中大获其利，一举成为世界头号经济强国。

**⊙演讲者简介⊙**

威尔逊，美国第28任总统。出生于弗吉尼亚州。威尔逊毕业于普林斯顿大学，此后任教多年。1910年，威尔逊当选为新泽西州州长。1912年击败罗斯福当选美国总统，1916年连任。任内，推动美国参加第一次世界大战。

1918年1月，威尔逊提出十四点和平原则。德国战败后，此原则成为与战败国和谈方案的基础。1919年，威尔逊赴巴黎筹建国际联盟以及拟定《凡尔赛条约》。这时，美国国内政治形势出现逆转，威尔逊提出的方案未获得国会的批准。方案后来付诸公民表决，最终仍未完全通过。因此，提出建立国际联盟的美国，却未能参加国联。1920年，威尔逊因在创建国际联盟中的巨大贡献，被授予诺贝尔和平奖。4年后，他在睡眠中死去。

演讲词档案

演讲者：弗兰克林·耐特·莱恩（1864～1921）
演讲时间：1914年
演讲地点：美国国务院内政部
演讲者身份：美国内政部长

# 制造国旗的人们



## ■历史背景

6月14日是美国的国旗日。每年的这一天，全国各地的各种公共场所、大型建筑物，以至家庭都要悬挂国旗，各州还会举行各种纪念仪式。美国的国旗日是纪念1777年6月14日美国大陆会议通过由贝蒂·罗斯所设计的国旗（当年只有13颗星）。美国国旗通常被称为“星条旗”，因为它由13道红白相间的条纹和50颗白色五角星组成。美国国旗不仅象征着行政区域的划分，而且记载着美国领土扩张的历史。19世纪90年代，不少公立学校倡议在每年的6月14日举行国旗纪念活动，这一提议很快得到了广泛的响应。本篇演讲是莱恩在1914年6月14日国旗日上对内政部工作人员的演讲。



## ■原文欣赏

今天早晨，我走进土地管理局的时候，国旗飘扬着，似乎向我热情敬礼。

从那旗面的褶皱中，我仿佛听到它说："早上好，制旗者先生。"

"请原谅，光荣的老友，"我说，"你搞错了吧？我不是合众国总统，也不是国会议员，连部队里的将军也不是。我不过是个政府职员罢了。"

"我再次向你致敬，制旗者先生，"它高高兴兴地回答，"我对你熟悉得很。你就是昨天在埃达荷为移民家宅地基问题费尽心血解纷排难的那个人，或者你就是那个发现和俄克拉荷马印第安人签订的契约中有弊病的人，要不然你就是帮助了那位有前途的纽约发明家解决专利权的人，或许是开办了科罗拉多一项新的挖渠工程的人，或许是使伊利诺斯矿山更安全的人，或许是使怀俄明老兵得到救济的人。没有关系，不管你是上述哪一位做好事的人，我要向你这位制旗者先生问好。"

我正要走过去，国旗把我叫住，对我说：

"昨天总统说了一句话，使千百万在墨西哥欠债的佣工得到未来幸福。但是总统呈现在国旗上的这个行动，并不一定大于今年夏天一个男孩在乔治亚州赢得玉米俱乐部奖所作的努力。"

"昨天国会说了一句话，这句话将把阿拉斯加的大门打开；但是密歇根的一位母亲为了使儿子受到教育，从早到晚辛劳工作，这位母亲也同样是在制造国旗。"

"昨天，我们通过了一项新的法律，防止发生经济恐慌；也可能是昨天，俄亥俄州一位小学教师教他的学生学写最初几个字母，这学生也许有一天会谱出一首使我们民族千万人振奋的歌曲。我们都在制造国旗。"

我不耐烦地说："可是这些人不过是在做工作呀！"

国旗大声喊起来：

"我们做的工作就是制造国旗。"

"我不是国旗，根本就不是，我只不过是它的影子。"

"你们把我做成什么样子，我就是什么样子。"

"我是你们对自己的信心，我是你们对民族发展方向的理想。"

"我生活在变化之中，心绪起伏，感情多变，有时伤心，有时疲劳。"

"有时我会满怀豪情，感到坚强，这是人们诚实工作、井然有序的时候。"

"有时我嗒然若丧，因为我那时失去了目标，可悲地成为懦夫。"

"有时我趾高气扬，华而不实，自我中心，完全失去了判断力。"

"但是，你们希望我成为什么样子，并且有勇气努力去做，我就永远是你们希望的样子。"

"我是欢歌，我是恐惧，我是斗争，我是惊惶，我是使人高尚的希望。"

“我是最弱小者的日常工作，又是最强大者的最高梦想。”

“我是宪法和法庭，我是法规和立法者，我是士兵和大无畏的人，我是运货的马车夫，我是扫街的工人，我是厨子、律师和职员。”

“我是昨天的战争和明天的失误。”

“我是一个谜，众人不知其所以然而为之的一个谜。”

“我执著与把握一种理想，我是下定决心的人们冷静考虑去争取的目标。”

“你们相信我成为什么，我就只能成为什么；你们相信我能成为什么，我就能成为什么。”

“你们把我造成什么样子，我就是什么样子。”

“我在你们的眼前飘扬，像一束五彩的光，象征着你们自己，上面画出创造我们国家的伟大精神。我的星条是你们的梦想和劳动。它们振奋明亮，果敢光辉，信仰坚定，因为那是你们用心做成的。你们是国旗的制造者，所以你们应当为制造国旗而感到无上光荣。”

## ■ 作品赏析

在国旗日发表演讲，其最大的作用便是对国民进行爱国主义教育。莱恩的演讲旨在阐明国旗是一个国家的象征，是所有公民共同创造的，从而激发人们热爱国旗和为国旗增辉的责任感与荣誉感。可要阐述这样的理念，很可能会变得十分乏味与枯燥。但莱恩却有他的高明之处，他通过拟人化的手法，把国旗比作一个有生命、有思想和感情的人，然后通过与“国旗人”对话，让“国旗人”说出它与每个公民不可分割的关系。就这样，他把演讲主旨生动活泼地阐述出来，博得大家欢迎。

演讲中，莱特又运用了对比的手法，来说明为国旗增辉既是最强大者的梦想，也是最弱小者的希望。每个人各司其职，都是在“制造国旗”，都是在为着国旗的无限荣誉而在努力。莱恩通过多种表现手法的综合运用，把枯燥抽象的话题讲得极为轻松、有趣，从而获得演讲的成功。

### ⊙演讲者简介⊙

弗兰克林·耐特·莱恩，美国律师、政治家，曾任美国内政部长。莱恩年轻时就读于旧金山黑斯廷斯法律学院，并于1888年取得律师资格。1913年，获任威尔逊政府内政部长。莱恩崇尚平等，主张给美国印第安人较大的自主权。在任期内，他关注公益事业，促成国家公园事务局的创设。

# 热血、辛劳、眼泪和汗水

演讲词档案

演讲者：丘吉尔（1874 ~ 1965）
演讲时间：1940 年 5 月 13 日
演讲者身份：英国首相、政治家、演说家及作家

## ■ 历史背景

英国首相张伯伦下台后，1940 年 5 月 10 日，英王授权丘吉尔组织政府。丘吉尔受命于危难之际，但他很快就组成了战时内阁。5 月 13 日，下议院召开特别会议，丘吉尔要求宣布对新政府的信任，发表了这篇演讲。

## ■ 原文欣赏

上星期五晚上，我接受了英王陛下的委托，组织新政府。这次组阁，应包括所有的政党，既有支持上届政府的政党，也有上届政府的反对党，显而易见，这是议会和国家的希望与意愿。我已完成了此项任务中最重要的部分。战时内阁业已成立，由五位阁员组成，其中包括反对党的自由主义者，代表了举国一致的团结。三党领袖已经同意加入战时内阁，或者担任国家高级行政职务。三军指挥机构已加以充实。由于事态发展的极端紧迫感和严重性，仅仅用一天时间完成此项任务，是完全必要的。其他许多重要职位已在昨天任命，我将在今天晚上向英王陛下呈递补充名单，并希望于明日一天完成对

即使是在“大不列颠空战”的艰难时刻，英国人民仍然保持了一贯的坚强和平静，他们的生活一切如常，并向纳粹德国表明，他们对大英帝国的打击是徒劳的。

政府主要大臣的任命。其他一些大臣的任命，虽然通常需要更多一点的时间，但是，我相信议会再次开会时，我的这项任务将告完成，而且本届政府在各方面都将是完美无缺的。

我认为，向下院建议在今天开会是符合公众利益的。议长先生同意这个建议，并根据下院决议所授予他的权力，采取了必要的步骤。今天议程结束时，建议下院休会到5月21日星期二。当然，还要附加规定，如果需要的话，可以提前复会。下周会议所要考虑的议题，将尽早通知全体议员。现在，我请求下院，以我的名义提出决议案，批准已采取的各项步骤，将它记录在案，并宣布对新政府的信任。

组成一届具有这种规模和复杂性的政府，本身就是一项严肃的任务，但是大家一定要记住，我们正处在历史上一次最伟大的战争的初期阶段，我们正在挪威和荷兰的许多地方进行战斗，我们必须在地中海地区做好准备，空战仍在继续，众多的战备工作必须在国内完成。在这危急存亡之际，如果我今天没有向下院作长篇演说，我希望能够得到你们的宽恕。我还希望，因为这次政府改组而受到影响的任何朋友和同事，或者以前的同事，会对礼节上的不周之处予以充分谅解，这种礼节上的欠缺，到目前为止是在所难免的。正如我曾对参加本届政府的成员所说的那样，我要向下院说："我没什么可以奉献，有的只是热血、辛劳、眼泪和汗水。"

摆在我们面前的，是一场极为痛苦的严峻的考验，在我们面前，有许多许多漫长的斗争和苦难的岁月。你们问：我们的政策是什么？我要说，我们的政策就是用我们全部能力，用上帝所给予我们的全部力量，在海上、陆地和空中进行战争，同一个在人类黑暗悲惨的罪恶史上所从未有过的穷凶极恶的暴政进行战争。这就是我们的政策。你们问：我们的目标是什么？我可以用一个词来回答：胜利——不惜一切代价，去赢得胜利。无论多么可怕，也要赢得胜利。无论道路多么遥远和艰难，也要赢得胜利。因为没有胜利，就不能生存。大家必须认识到这一点：没有胜利，就没有英帝国的存在，就没有英帝国所代表的一切，就没有促使人类朝着自己目标奋勇前进，这一世代相因的强烈欲望和动力。但是当我挑起这个担子的时候，我是心情愉快、满怀希望的。我深信，人们不会听任我们的事业遭受失败。此时此刻，我觉得我有权利要求大家的支持，我要说："来吧，让我们同心协力，一道前进。"

## ■ 作品赏析

这是一篇成功的就职和施政演讲，丘吉尔先是简明扼要地向下议院汇报了

任职以来的主要工作，表明自己将尽职尽责，同时提出了严峻形势下的部署和目标，号召大家齐心协力，一道前进。这篇演讲的最大特点是诉真情、讲真话。演讲者在短短的时间内就使听众了解并信任自己，他说：“正如我曾对参加本届政府的成员所说的那样，我要向下院说：‘我没什么可以奉献，有的只是热血、辛劳、眼泪和汗水。’摆在我们面前的，是一场极为痛苦的严峻的考验，在我们面前，有许多许多漫长的斗争和苦难的岁月。”演讲既是就职演说，又是战时动员令，所以要求态度诚恳但意志坚定，所以，丘吉尔在演讲中语气是斩钉截铁的：“你们问：我们的目标是什么？我可以用一个词来回答：胜利——不惜一切代价，去赢得胜利。无论多么可怕，也要赢得胜利。无论道路多么遥远和艰难，也要赢得胜利。因为没有胜利，就不能生存。大家必须认识到这一点：没有胜利，就没有英帝国的存在，就没有英帝国所代表的一切，就没有促使人类朝着自己目标奋勇前进，这一世代相因的强烈欲望和动力。”整篇演讲简洁明了，气魄恢弘大度。

### ⊙演讲者简介⊙

丘吉尔出生在英国的历史名城布莱尼姆堡。由于出身贵族，丘吉尔就读的都是当地最好的学校。在经历了3次失败后，他终于考入了英国著名的桑德斯军事学校。1895年，丘吉尔从军校毕业后，进入英国海军。此后几年中，他先后参加过镇压古巴起义和印度西北部起义的战斗。1899年英布战争爆发，丘吉尔作为随军记者被派往南非。

丘吉尔像

1900年，丘吉尔当选为保守党议员。1908年，丘吉尔出任自由党内阁的贸易大臣，跨入了英国政府的最高行政机关。

20世纪30年代，面对希特勒法西斯政权的扩军备战和侵略扩张，丘吉尔号召英国人民积极备战。1940年5月，软弱的张伯伦政府下台，英王乔治五世授权丘吉尔组织战时内阁。1942年1月1日，丘吉尔与美、苏、中等国的代表共同签署了《联合国家宣言》，建立起反法西斯统一战线。1943年11月，丘吉尔参加德黑兰会议，决定开辟欧洲第二战场。1945年5月8日，丘吉尔通过广播向英国人民宣告战争结束。

然而，当丘吉尔在波茨坦讨论战后的世界安排时，却从国内传来保守党在议会选举中失败的消息。丘吉尔只得匆匆回国，由新当选的首相艾德礼接替他继续开会。但丘吉尔并没有退出政治舞台。1946年3月他在美国发表著名的“铁幕”演说，揭开了“冷战”的序幕。1951年，77岁高龄的丘吉尔再度当选为首相。4年后，向女王递交了辞呈。

1965年1月24日，丘吉尔因中风而病逝，享年91岁。

# 共渡危机
## ——片山哲就职演说

演讲者：片山哲（1887 ~ 1978）
演讲时间：1947 年 7 月 1 日
演讲地点：日本国会
演讲者身份：日本第 46 任首相

### ■历史背景

1945 年，在全世界反法西斯力量的打击下，日本被迫接受《波茨坦公告》，宣布无条件投降。日本是一个军事封建性的帝国主义国家，是第二次世界大战的发动者之一。“二战”中，日本发动了全面侵华战争和太平洋战争，犯下了滔天罪行。战后，它也尝到战争的恶果，国内满目疮痍、民不聊生，还要面对来自国际社会上那些饱受战争之苦的人民对其法西斯罪行的种种谴责。而片山哲，作为日本战后第一位根据新宪法由国会推选的首相，此时上任可谓“受命于危难之际”。在就职仪式上，片山哲发表了这篇演讲。

### ■原文欣赏

在按新宪法组建的首届国会上，我能代表政府发表施政演说感到无比荣幸。自着手组阁以来就努力想建立一个举国一致的四党联合政府，虽未取得圆满的成功，但现已成立的三党联合内阁，仍然希望留在阁外的自由党人士通力合作，举国一致突破危机。

在日本历史上首届国会召开之际，谈谈政府对目前时局的信心和看法，希望得到诸位的合作。

政府对贯彻新宪法的信心。政府宣誓将严格遵守新宪法，忠实于新宪法的原则精神，特别要将新宪法中的民主主义伟大精神及和平主义的远大理想，作为一切政治行动的基本目标，并毫不含糊地付诸实施。也就是说，要自觉意识到政府是由国民代表组成的国会提名的，应尊重国会，根据宪法的条款处理政府和国会的关系，避免各种矛盾。尤其要关注司法权的独立、最高法院的构成以及根据宪法精神所产生的各种民主方法，尽快实现新宪法提出的各种远大理想和目标，尽快准备向国会提出各种必要的法规。

政府的施政方针。根据目前形势，政府必须全面考虑发展理想的民主主义，建立高度民主的民主主义体制，使各个领域充满体现新时代精神的政治观念。本届内阁的最高指导思想是在各个方面都能自觉地贯彻高度民主。

毋庸说，政治上迫切需要彻底的民主。不仅如此，产业经济的各个方面也需要贯彻民主思想。产业经济的发展实际反映了组织民主化的程度。社会生活方面为发展健康的文化生活，必须改革社会领域，将民主引入人们的日常生活。生活方式的民主化是日本社会改革的当务之急。政治上实行民主，能彻底扫除封建的官僚机构；产业经济中贯彻民主，将推动产业的全面发展；在社会各领域推进民主，将提高全民的文化素养；在国际关系方面倡导民主，将会结出和平的硕果。

民主主义作为人类生活规律的政治原理，较18世纪有了更大发展，在几经周折，直至第一次与第二次世界大战后，才首次作为世界各国新生活的共同原理和准则。西方文明是希腊文明、基督教文明和现代科学的聚集。

今天我们所说的高度民主，既包括西方文明的内涵，又是以和平为基础的。没有民主，决不可能实现全面和平和世界和平。发展产业经济和提高人民生活水平的原则，也是以高度民主为基础的。

高度民主是一种人道主义、合理主义和社会民主主义。因此，在反对一切暴力的同时，严格遵循民主主义政治体制的议会政治原则，坚定地选择基于这一信念的施政方针，就是本届政府的基本政治纲领。

我国的特殊性质。鉴于目前的国际形势，必须向世界各国明确而坦率地说明我国的特殊性质，以便在谋求各国理解和援助的同时恢复国际信誉。新宪法明文规定主权在民、放弃战争和尊重人权，因而我国的性质将发生根本变化。一个崭新的日本将重现于世。我国明确宣布已不再是穷兵黩武或好战国家，并要从制度上肃清封建官僚机构，重建民主议会政治，以这些事实向全世界表明日本国民的努力和真挚的情感。

我们正在建设一个和平国家，它具有下列特征：一、保障宪法赋予国民的各种基本权利和自由；二、保障国民健康与文化生活；三、排斥暴力、非理性和非正义，铭记道德、仁爱、和平及维护正义；四、尊重劳动、科学、艺术和宗教；五、建立正确的教育制度，努力培养和平民主的一代新人。从这个意义上，我认为应该向全世界宣告，我们日本人民正在建设的是和平民主的新国家。

我国经济所面临的危机。因战争失败，诸般值得忧虑的现实问题摆在日本人民面前，如粮食匮乏、通货膨胀、企业萧条、失业增加、黑市猖獗，等等。政府组阁后立即提出这一问题，决心排除万难，克服危机，并提出了8项经济紧急对策，希望国民配合。

关于目前经济的困难程度及具体事实，在经济实况报告书中可见端倪。经济持续恶化的根本原因可归纳为下述几点：其一，我国因战败丧失了相当部分的经济资源，生产与运输设备因战争而破损老化，生产资料库存渐趋枯

竭，劳动生产率也比战前低下；其二，生产能力如此低下，人口却呈增长趋势，消费需求随战时被压抑的欲望的解放而越来越大；其三，由于战争和商品供应无法保证而爆发的巨大购买力，引起了通货膨胀，导致了经济赤字，形成了工资与物价的恶性循环并逐渐加速。

这些原因不是孤立的，它们盘根错节，互为因果，将经济引向崩溃。面对这样的经济状态，更坚定了我们竭尽全力重建日本经济的决心，只要措施正确，万众一心共同努力，相信定能挽回持续恶化的经济局面，把经济纳入重建的轨道。

政府的当务之急。政府的当务之急首先是改革行政机构，刷新人事制度。改革的精神准备是打破官僚观念，政府官员无论到哪里都担负着为国民服务的职责，对自己承担的任务要有强烈的责任感，将正义、公平作为生命来捍卫。同时，要废除内务省，彻底改革地方自治制度，实行新的警察制度、官吏任免制度和服务纪律，坚决肃正官纪。从实现行政机构民主化的精神出发，迫切希望国民也积极参加建设自主新日本的国民运动。

国民运动决不仅是思想运动和表面文章。经常可以听到粮食问题比思想运动更重要的议论，然而，政府准备将突破粮食危机与这一国民运动作为不可分离的两个方面同时贯彻执行。政府公平而全面地要求国民过艰苦生活。前景是充满光明和希望的。

与国民运动密切相关的是恢复宪法精神的文教问题。目前，全面推广第92次议会通过的新教育制度，尤其是六三学制尚有种种困难，但政府将尽可能地实现这一目标。

关于媾和会议。召开媾和会议对日本人民是充满希望和光明的大事。政府与全国人民一样，都热切盼望能尽早举行。战后两年来，波茨坦宣言规定的我国非军事化和民主化的进程，在国民共同努力下已有了明显进展。今后，政府将更加努力和诚心诚意地忠实履行我们在宣言中承诺的义务，建设真正的和平民主国家，创造回归国际社会的条件。

经联合国军司令部的同意，决定8月15日起恢复民间贸易，我衷心祝愿并希望能顺利展开。日本人民应向世界各国显示自己坦荡的胸怀和不断革新的形象。我们希望国民生活安定，重建产业经济，维持永久世界和平，谋求联合国及各国的精神和经济援助。政府将注意制定相应政策，鼓励海外同胞奋发向上。

总之，时局困难，危机深刻，为克服经济危机，迎接媾和会议，重建祖国，全国人民必须艰苦努力和忍耐。作为按新宪法和国民自由意志选举的第一届民主的国民政府和人民的公仆，政府真正意识到目前正处在生死存亡关头，更坚定了迈步重建祖国的决心。无论如何，请诸位体谅并协助政府，举国一致共度危机。

我们的道路充满艰辛，但我们的前途充满了光明和希望。我坚信，如果突破这一危机，在联合国的仁慈帮助下，是能够立于国际社会之林，建设和平、民主和文明国家，并实现生活安定和提高民族文化素质的。为了拯救祖国，为了光明的明天，我衷心希望全国人民齐心协力。

## ■ 作品赏析

第二次世界大战后的日本需要重建，而首先最需要重建的便是信心与精神，片山哲深刻意识到了这一点。在演讲中，他态度诚恳，逐一分析问题，讲困难的同时也讲有利条件。片山哲不回避问题，亦不妄自菲薄，把自己重建日本的信心传递给大臣与国民。片山哲在演讲中强调要把日本建设成和平、民主的新国家。这既有利于缓解国际社会对日本的忧虑与压力，同时也向国内民众指明了一条重建祖国的正确道路。在如何克服经济困难的问题上，片山哲分析了原因，并提出了很多改革措施，增强了国民对政府的信任感。

片山哲这篇演讲，语言朴实，态度恳切，条理清楚，论述严谨。既阐述了他的救国方略，亦向国际社会作出了承诺，提振了日本国民重建家园的信心。

**⊙演讲者简介⊙**

片山哲，日本第46任首相，第二次世界大战后第一位根据新宪法由国会推选的首相。和歌山县人。东京帝国大学毕业。1945年，片山哲任日本社会党书记长，第二年他被选为中央执行委员长。1947年，日本社会党联合民主党、国民协同党赢得首相选举，共同组阁，片山哲出任首相。1956年，片山哲与中岛健藏等发起成立日中文化交流协会。1978年5月30日，片山哲逝于日本东京，享年90岁。

# 中国人民站起来了

**演讲词档案**

演讲者：毛泽东（1893～1976）

演讲时间：1949年9月21日

演讲地点：在北平召开的中国人民政治协商会议第一次全体会议上

演讲者身份：伟大的马克思主义者，无产阶级革命家、战略家和理论家，中国共产党、中国人民解放军和中华人民共和国的主要缔造者与领导人

## ■ 历史背景

经过几十年艰苦卓绝的斗争，到1949年中国人民的解放战争终于取得了决定性的胜利。9月21日，中国人民政治协商会议第一次全体会议在北平隆重开幕。本文就是毛泽东在本次会议上所致的开幕词。全文气势磅礴，洋溢着中国人民胜利的喜悦和自豪，他向全世界庄严宣告：占人类总数四分

之一的中国人从此站起来了！这是中国人民走向新世界的伟大宣言，也是一篇记录中国革命进程的历史性文献。

## ■原文欣赏

诸位代表先生们，全国人民所渴望的政治协商会议现在开幕了。

我们的会议包括600多位代表，代表着全中国所有的民主党派、人民团体、人民解放军、各地区、各民族和国外华侨，这就指明，我们的会议是一个全国人民大团结的会议。

这种全国人民大团结之所以能够成功，是因为我们战胜了美国帝国主义所援助的国民党反动政府。在三年多的时间内，英勇的世界上少有的中国人民解放军，战胜了美国援助的国民党反动政府所有的数百万军队的进攻，并使自己转入反攻和进攻。现在，数百万人民解放军的野战军已经打到接近台湾、广东、广西、贵州、四川和新疆的地区去了，中国人民的大多数已经获得了解放。在三年多的时间内，全国人民团结起来，援助人民解放军，反对了自己的敌人，取得了基本的胜利。在这个基础上，召开了今天的人民政治协商会议。

我们的会议之所以称为政治协商会议，是因为三年以前我们曾和蒋介石国民党一道开过一次政治协商会议。那次会议的结果是蒋介石国民党及其帮凶们破坏了，但是已在人民中留下了不可磨灭的印象。那次会议证明，和帝国主义的走狗蒋介石国民党及其帮凶们一道，是不能解决任何有利于人民的任务的。即使勉强地作了决议也是无益的，一待时机成熟他们就要撕毁一切决议，并以残酷的战争反对人民。那次会议的唯一收获是给了人民以深刻的教育，使人民懂得：和帝国主义的走狗蒋介石国民党及其帮凶们绝无妥协的余地，或者是推翻这些敌人，或者是被这些敌人所屠杀和压迫，二者必居其一，其他的道路是没有的。中国人民在中国共产党的领导之下，在三年多的时间内，很快地觉悟起来，并且把自己组织起来，形成了全国规模的反对帝国主义、封建主义、官僚资本主义及其集中的代表者国民党反动政府的统一战线，援助人民解放战争，基本上打倒了国民党反动政府，推翻了帝国主义在中国的统治，恢复了政治协商会议。

现在的中国人民政治协商会议是在完全新的基础之上召开的，它代表全国人民的意愿，它获得全国人民的信任和拥护。因此，中国人民政治协商会议宣布自己执行全国人民代表大会的职权。中国人民政治协商会议在自己的议程中将要制定中国人民政治协商会议的组织法，制定中华人民共和国中央人民政府的组织法，制定中国人民政治协商会议的共同纲领，选举中国人民

政治协商会议的全国委员会，选举中华人民共和国中央人民政府委员会，制定中华人民共和国的国旗和国徽，决定中华人民共和国国都的所在地以及采取和世界大多数国家一样的年号。

诸位代表先生们，我们有个共同的感觉，这就是我们的工作将写在人类的历史上，它将表明：占人类总数四分之一的中国人从此站起来了。中国人从来就是一个伟大的、勇敢的、勤劳的民族，只是在近代是落伍了。这种落伍，完全是被外国帝国主义和本国反动政府所压迫和剥削的结果。100多年以来，我们的先人以不屈不挠的斗争反对内外压迫者，从来没有停止过，其中包括伟大的中国革命先行者孙中山先生所领导的辛亥革命在内。我们的先人指示我们，叫我们完成他们的遗志。我们现在是这样做了。我们团结起来，以人民解放战争和人民大革命打倒了内外压迫者，宣布中华人民共和国的成立。我们的民族将从此列入爱好和平自由的世界各民族的大家庭，以勇敢而勤劳的姿态工作着，创造自己的文明和幸福，同时也促进世界的和平和自由。我们的民族将再也不是一个被人侮辱的民族了，我们已经站起来了。我们的革命已经获得全世界广大人民的同情和欢呼，我们的朋友遍于全世界。

我们的革命工作还没有完结，人民解放战争和人民革命运动还在向前发展，我们还要继续努力。帝国主义者和国内反动派绝不甘心于他们的失败，他们还要作最后的挣扎。在全国平定以后，他们也还会以各种方式从事破坏

开国大典　油画　董希文

1949年10月1日下午2时55分，毛泽东、朱德、刘少奇、宋庆龄、李济深、张澜、周恩来等党和国家领导人及中央人民政府委员经新华门来到天安门，从西头马道登上天安门城楼。3时整，盛大而隆重的开国大典开始。毛泽东主席向全世界庄严地宣布：中华人民共和国中央人民政府已于今天成立了。

和捣乱，他们将每日每时企图在中国复辟。这是必然的，毫无疑义的，我们务必不要松懈自己的警惕性。

我们的人民民主专政的国家制度是保障人民革命的胜利成果和反对内外敌人的复辟阴谋的有力的武器，我们必须牢牢地掌握这个武器。在国际上，我们必须和一切爱好和平自由的国家和人民团结在一起，首先是和苏联及各新民主国家团结在一起，使我们的保障人民革命胜利成果和反对内外敌人复辟阴谋的斗争不致处于孤立地位。只要我们坚持人民民主专政和团结国际友人，我们就会是永远胜利的。

人民民主专政和团结国际友人，将使我们的建设工作获得迅速的成功。全国规模的经济建设工作业已摆在我们面前。我们的极好条件是有4.75亿人口和960万平方公里的国土。我们面前的困难是有的，而且是很多的，但是我们确信：一切困难都将被全国人民的英勇奋斗所战胜。中国人民已经具有战胜困难的极其丰富的经验。如果我们的先人和我们自己能够度过长期的极端艰难的岁月，战胜了强大的内外反动派，为什么不能在胜利以后建设一个繁荣昌盛的国家呢？只要我们仍然保持艰苦奋斗的作风，只要我们团结一致，只要我们坚持人民民主专政和团结国际友人，我们就能在经济战线上迅速地获得胜利。

随着经济建设的高潮的到来，不可避免地将要出现一个文化建设的高潮。中国人被人认为不文明的时代已经过去了，我们将以一个具有高度文化的民族出现于世界。

我们的国防将获得巩固，不允许任何帝国主义者再来侵略我们的国土。在英勇的经过了考验的人民解放军的基础上，我们的人民武装力量必须保存和发展起来。我们将不但有一个强大的陆军，而且有一个强大的空军和一个强大的海军。

让那些内外反动派在我们面前发抖吧，让他们去说我们这也不行那也不行吧，中国人民的不屈不挠的努力必须稳步地达到自己的目的。

在人民解放战争和人民革命中牺牲的人民英雄们永垂不朽！

庆贺人民解放战争和人民革命的胜利！

庆贺中华人民共和国的成立！

庆贺中国人民政治协商会议的成功！





## ■ 作品赏析

本篇演讲是一份非同寻常的历史性文献。1949 年，中国人民解放战争取得了决定性的胜利，9 月 21 日中国人民政治协商会议第一次全体会议在北平召开。伟大领袖毛泽东在会上致开幕词，庄严宣布：中国人民从此站起来了。全文气

势磅礴，洋溢着中国人民胜利的喜悦和豪迈之情，毛泽东先总结了解放战争所取得的成就，并分析了当前的形势，说明了政治协商会议召开的前提基础，指出："现在的中国人民政治协商会议是在完全新的基础之上召开的，它代表全国人民的意愿，它获得全国人民的信任和拥护。"接着介绍了政协会议所要承担的历史使命。然后，毛泽东进一步阐述了政协会议召开的重大历史意义和世界意义："这就是我们的工作将写在人类的历史上，它将表明：占人类总数四分之一的中国人从此站起来了。"毛泽东简短地回顾了中国近现代历史，指出胜利的来之不易。但是"我们的革命工作还没有完结，人民解放战争的人民革命运动还在向前发展，我们还要继续努力"。毛泽东预见了在建设国家的过程中可能出现的问题，指出："只要我们坚持人民民主专政和团结国际友人，我们就会是永远胜利的。""只要我们仍然保持艰苦奋斗的作风，只要我们团结一致，只要我们坚持人民民主专政和团结国际友人，我们就能在经济战线上迅速地获得胜利。"演讲主题宏大，高瞻远瞩，气势磅礴，振奋人心，是共和国开国第一华章。

**⊙演讲者简介⊙**

毛泽东，湖南湘潭人，出身于一个农民家庭。1914 ~ 1918 年，在湖南第一师范学校求学。1920 年，在湖南创建共产主义组织。

1921 年 7 月，出席中国共产党建党的第一次全国代表大会，后任中共湘区委员会书记。1927 年"八七"会议后领导秋收起义，并率起义部队上井冈山，发动土地革命，创立第一个农村革命根据地。1928 年，成立工农革命军第四军，毛泽东任党代表、前敌委员会书记。1931 年，中华苏维埃共和国临时政府在江西瑞金成立，被选为主席。1933 年，被补选为中共中央政治局委员。1934 年 10 月，参加红一方面军长征。1935 年 1 月的遵义会议确立了以毛泽东为代表的新的中央领导。1936 年 12 月，促使西安事变和平解决。

1942 年，领导全党开展整风运动，为夺取抗日战争和全国革命的胜利奠定了思想基础。1943 年 3 月，被选为中共中央政治局主席。1945 年，主持召开中共第七次全国代表大会，作《论联合政府》的报告。1945 年 8 月赴重庆同蒋介石谈判，表明中国共产党争取国内和平的愿望。

1947 年 3 月至 1948 年 3 月，同周恩来、任弼时转战陕北，指挥西北战场和全国的解放战争。1949 年 10 月 1 日，中华人民共和国建立，当选为中央人民政府主席。1954 年，第一届全国人民代表大会第一次会议上当选为中华人民共和国第一任主席，任职到 1959 年。1966 年，由于对国内阶级斗争形势作出了极端的估计，他发动了"文化大革命"运动，使中国许多方面受到严重的破坏和损失。但他对中国革命有着不可争论的伟大功绩，仍受到中国人民的崇敬。1976 年 9 月 9 日，在北京逝世。

# 一个国家，两种制度

演讲词档案

演讲者：邓小平（1904 ~ 1997）
演讲时间：1984 年
演讲地点：人民大会堂
演讲者身份：伟大的无产阶级革命家、政治家、军事家，改革开放的总设计师，邓小平理论的创立者

## ■历史背景

自 20 世纪 70 年代末开始，国际国内形势发生了一些重要变化：中美建立外交关系，实现了关系正常化；中国共产党召开十一届三中全会，决定把党和国家的工作重心转移到现代化经济建设上来。与此同时，海峡两岸的中国人、港澳同胞以及海外侨胞、华人，都期望两岸携手合作，共同振兴中华。在这样的历史条件下，邓小平萌发了“一国两制”的科学构想，并在实践中逐步发展和完善。

## ■原文欣赏

中国政府为解决香港问题所采取的立场、方针、政策是坚定不移的。我们多次讲过，我国政府在一九九七年恢复行使对香港的主权后，香港现行的社会、经济制度不变，法律基本不变，生活方式不变，香港自由港的地位和国际贸易、金融中心的地位也不变，香港可以继续同其他国家和地区保持和发展经济关系。我们还多次讲过，北京除了派军队以外，不向香港特区政府派出干部，这也是不会改变的。我们派军队是为了维护国家的安全，而不是去干预香港的内部事务。我们对香港的政策五十年不变，我们说这个话是算数的。

我们的政策是实行“一个国家，两种制度”，具体说，就是在中华人民共和国内，十亿人口的大陆实行社会主义制度，香港、台湾实行资本主义制度。近几年来，中国一直在克服“左”的错误，坚持从实际出发，实事求是，来制定各方面工作的政策。经过五年半，现在已经见效了。正是在这种情况下，我们才提出用“一个国家，两种制度”的办法来解决香港和台湾问题。

“一个国家，两种制度”，我们已经讲了很多次了，全国人民代表大会已经通过了这个政策。有人担心这个政策会不会变，我说不会变。核心的问题，决定的因素，是这个政策对不对。如果不对，就可能变。如果是对的，就变不了。进一步说，中国现在实行对外开放、对内搞活经济的政策，有谁改得了？如果改了，中国百分之八十的人的生活就要下降，我们就会丧失人心。我们的路走对了，人民赞成，就变不了。

我们对香港的政策长期不变，影响不了大陆的社会主义。中国的主体必须是社会主义，但允许国内某些区域实行资本主义制度，比如香港、台湾。大陆开放一些城市，允许一些外资进入，这是作为社会主义经济的补充，有利于社会主义社会生产力的发展。比如外资到上海去，当然不是整个上海都实行资本主义制度。深圳也不是，还是实行社会主义制度。中国的主体是社会主义。

“一个国家，两种制度”的构想是我们根据中国自己的情况提出来的，而现在已经成为国际上注意的问题了。中国有香港、台湾问题，解决这个问题的出路何在呢？是社会主义吞掉台湾，还是台湾宣扬的“三民主义”吞掉大陆？谁也不好吞掉谁。如果不能和平解决，只有用武力解决，这对各方都是不利的。实现国家统一是民族的愿望，一百年不统一，一千年也要统一的。怎么解决这个问题，我看只有实行“一个国家，两种制度”。世界上一系列争端都面临着用和平方式来解决还是用非和平方式来解决的问题。总得找出个办法来，新问题就得用新办法来解决。香港问题的成功解决，这个事例可能为国际上许多问题的解决提供一些有益的线索。从世界历史来看，有哪个政府制定过我们这么开明的政策？从资本主义历史看，从西方国家看，有哪一个国家这么做过？我们采取“一个国家，两种制度”的办法解决香港问题，不是一时的感情冲动，也不是玩弄手法，完全是从实际出发的，是充分照顾到香港的历史和现实情况的。

要相信香港的中国人能治理好香港。不相信中国人有能力管好香港，这是老殖民主义遗留下来的思想状态。鸦片战争以来的一个多世纪里，外国人看不起中国人，侮辱中国人。中华人民共和国建立后，改变了中国的形象。中国今天的形象，不是晚清政府、不是北洋军阀、也不是蒋氏父子创造出来的。是中华人民共和国改变了中国的形象。凡是中华儿女，不管穿什么服装，不管是什么立场，起码都有中华民族的自豪感。香港人也是有这种民族自豪感的。香港人是能治理好香港的，要有这个自信心。香港过去的繁荣，主要是以中国人为主体的香港人干出来的。中国人的智力不比外国人差，中国人不是低能的，不要总以为只有外国人才干得好。要相信我们中国人自己是能干得好的。所谓香港人没有信心，这不是香港人的真正意见。目前中英谈判的内容还没有公布，很多香港人对中央政府的政策不了解，他们一旦真正了解了，是会完全有信心的。我们对解决香港问题所采取的政策，是国务院总理在第六届全国人民代表大会第二次会议的政府工作报告中宣布的，是经大会通过的，是很严肃的事。如果现在还有人谈信心问题，对中华人民共和国、对中国政府没有信任感，那么，其他一切都谈不上了。我们相信香港人能治理好香港，不能继续让外国人统治，否则香港人也是决不会答应的。

港人治港有个界限和标准，就是必须由以爱国者为主体的港人来治理香港。未来香港特区政府的主要成分是爱国者，当然也要容纳别的人，还可以聘请外国人当顾问。什么叫爱国者？爱国者的标准是，尊重自己民族，诚心诚意拥护祖国恢复行使对香港的主权，不损害香港的繁荣和稳定。只要具备这些条件，不管他们相信资本主义，还是相信封建主义，甚至相信奴隶主义，都是爱国者。我们不要求他们都赞成中国的社会主义制度，只要求他们爱祖国，爱香港。

到一九九七年还有十三年，从现在起要逐步解决好过渡时期问题。在过渡时期中，一是不要出现大的波动、大的曲折，保持香港繁荣和稳定；二是要创造条件，使香港人能顺利地接管政府。香港各界人士要为此作出努力。

## ■ 作品赏析

这篇谈话是邓小平在 1984 年 6 月分别会见香港工商界访京团和香港知名人士钟士元等的谈话要点。邓小平在谈话中重申了“一国两制”这一决策。邓小平高屋建瓴提出的“一国两制”构想是祖国统一大业的纲领，它为和平解决香港和澳门回归祖国指出了正确的方向，奠定了坚实的基础。这篇谈话中，邓小平对人们有关“一国两制”构想的种种问题进行了一一解释；对如政策是否会变、港人治港问题、大陆制度问题等给予了透彻剖析，显示了他对这一构想有着严谨而周密的考虑。1997 年香港及 1999 年澳门的回归，就是“一国两制”构想的成功实践。这在当时极大地激发了整个中华民族的爱国热情，也对台湾问题的解决起了重要的现实示范作用。





### ⊙演讲者简介⊙

邓小平，伟大的马克思主义者，无产阶级革命家、政治家、军事家，中国社会主义改革开放和现代化建设的总设计师。四川广安人。原名邓先圣，学名邓希贤。1920 年赴法国勤工俭学。1922 年参加旅欧中国少年共产党。1924 年转为中国共产党党员。1929 年夏，邓小平作为中央代表前往广西领导起义，同张云逸先后发动百色起义和龙州起义，创建中国工农红军第七军、第八军和左江、右江革命根据地。

1947 年 6 月，邓小平与刘伯承一起率晋鲁豫野战军千里挺进大别山，揭开解放战争战略进攻的序幕。中华人民共和国成立后，邓小平曾任国务院副总理等职。“文革”期间，他受到错误的批判。1977 年 7 月，邓小平第三次复出，领导中国开创了中国特色社会主义的新局面。

在解决香港、澳门、台湾问题和实现祖国统一等方面，邓小平创造性地提出了“一个国家，两种制度”的伟大构想。长期的革命斗争，形成了以“解放思想，实事求是”为精髓的邓小平理论。1997 年 2 月 19 日，邓小平在京逝世，享年 93 岁。

# 我们必将取胜

演讲者：林登·约翰逊（1908 ~ 1973）
演讲时间：1965 年 3 月 15 日
演讲地点：美国国会
演讲者身份：美国第 36 任总统

## ■ 历史背景

1964 年，美国国会通过《民权法案》，宣布在公共设施如餐馆、车站、旅馆等实行种族隔离是违法的，另外也不得以种族、肤色、宗教、性别、国籍为由在雇佣上给予歧视，同时也保护公民的选举权。尽管《民权法案》在美国历史上意义重大，但在选举权方面，黑人仍受到歧视，一些州的黑人仍然没有选举权。

1965 年 3 月，为了推动《选举权法》的通过，马丁·路德·金等民权运动领袖在亚拉巴马州的塞尔马市举行了空前的示威游行，队伍与警察发生了冲突。《华盛顿邮报》和《纽约时报》对此作了详尽的追踪报道，并配有警察施暴的照片。在新闻媒介的刺激下，国民的良心被唤醒，公众的情绪被激怒。在此情况下，为了平息黑人的民权运动，使《选举权法》尽快通过，约翰逊在国会发表了这篇演讲，劝说两党议员支持该法案。

## ■ 原文欣赏

今天晚上，我是为了人类的尊严和民主的命运来到这里演讲的。为了这一使命，请两党人士和全国各地的所有美国人——不管宗教信仰和肤色如何——都和我站在一起。

每当历史和命运交会在一起，就成为人们不懈探求自由的转折点。在莱克星顿和康科德是这样，在一个世纪前的阿托克马斯是这样，上周在亚拉巴马州的塞尔马也是这样。在那里，饱受煎熬的男男女女和平抗议拒绝给予他们公民权，许多人遭受毒打，其中一个义人、上帝的使者被杀害了。

我们没有理由对在塞尔马发生的一切沾沾自喜；不给数百万美国人民同等的权利，我们没理由心满意足。但是，我们有理由对我们的民主、对我们今天晚上这里所发生的一切充满希望和信任。因为受压迫人民的悲号、圣歌和控诉已经唤醒了这个世界上最伟大国家政府的尊严。于是，我所面临的任务就自然回归到美国最古老的和最根本的国家职责：纠正错误、主持正义、服务人民。

当今，我们面临着一系列重大危机。我们天天沉浸于对战争与和平、繁

荣与萧条等一些严峻问题的争论，可我们很少触及美国的心灵深处，除了增长经济、丰富物质以及福利和安全外，我们很少对国家的价值、信仰和目标提出挑战。美国黑人的平等权问题就是这样的一个问题。即使我们打败了所有的敌人，即使我们的财富成倍增长，即使我们征服太空，如果我们不能公正地解决这个问题，那么我们整个民族和国家还是失败了。治国和做人的道理是一样的，“人若赚得全世界，赔上自己的生命，有什么益处呢”？

不存在美国黑人问题，不存在南方问题，不存在北方问题，我们只有一个美国问题。我们今天晚上就是作为美国人相聚在一起的——而不是民主党人或共和党人。我们作为美国人相聚在这里的目的就是要解决那个美国问题。

美国是世界历史上第一个建立在信仰基础上的国家。不管是在南方还是在北方，阐述该信仰的伟大誓词仍然在每个美国人的心中回响：“人人生而平等”、“被管辖者同意的政府”、“不自由，毋宁死”。那些誓词不是花言巧语，也不是空洞的理论。两个世纪以来，美国人民为之前仆后继、流血牺牲，今天晚上，为了捍卫我们的自由，美国军人在全世界冒着生命危险屹立在各自的阵地上。那些誓词是让每个美国公民享有做人尊严的承诺。一个人不能用财富、权势和地位换取这种尊严。这种尊严来自一个人拥有和他人平等机会的权利，也就是说，他能分享自由，他能选择自己的领导、教育自己的孩子、根据自己的能力和特长体面地照顾自己的家庭。根据一个人的肤色、种族、宗教信仰或出生地等检验标准来拒绝一个人的希望，那不仅是不公正的做法，同时也背叛了美国，玷污了那些为了美国自由而献身的先烈的英灵。

我们先辈认为，要想让神圣的人权之花更繁茂，它就必须扎根在民主的土壤里。大家最基本的权利就是选择领导的权利。这个国家的历史在很大程度上是让我们所有的人得到那种权利的历史。许多民权问题既复杂、处理起来也困难。但对于选择领导的权利这一点，不存在也不应该存在什么争论。

每个美国公民都有平等选举的权利。没有任何理由原谅拒绝给公民那种权利的行为。我们再也没有比确保那种权利更重要的职责了。

然而，残酷的现实是，在我们国家的许多地区，一些男男女女仅仅是因为他们是黑人就被禁止投票。人们想方设法地用各种手段拒绝给予黑人选举权。当一个黑人公民到选民登记处时，人们就用“日子错了”或“时间太晚了”或“负责人不在”把他给打发走了。如果他坚持要进行登记，当来到选民登记员面前，他会被轻而易举地认定不符合选民资格，仅仅是因为没有写出他的中间名字，或因为他在申请表上用了一个缩略语。如果他硬是填完了申请表，他又必须经过一次测验，而选民登记员是认定他能否通过测验的唯

一的裁判。他被要求背诵整部《美国宪法》，或解释复杂的州法律条款，即使受过高等教育的人也不可能完全理解并写出这些法律。

实际上，逾越这些障碍的唯一途径就是展示白色皮肤。经验清楚地证实，通过法律诉讼途径并不能战胜系统的、精心设计的歧视。我们现在还没有任何成文法律，刚起草的有关这方面的三个法律能够在地方官员故意刁难的情况下确保公民的选举权。在这种情况下，我们必须牢记自己的职责。《美国宪法》说：合众国公民的投票权，不得因种族、肤色或曾被强迫服劳役而被合众国或任何一州加以剥夺或限制。我们都曾在上帝面前宣誓，要拥护、捍卫《美国宪法》，现在就是我们用实际行动来履行誓言的时候了。

星期三，我将向国会递交一个消除对投票非法设置障碍的法律。明天，民主党和共和党的领袖们就可以拿到那个议案的框架。他们复议后，就会把它作为一个正式的议案拿到这里来表决。我对两院领导今天晚上邀请我来这里不胜感激，我可以借此机会把我的观点告诉朋友们，并拜访我先前的同事。我对这个法律进行了比较全面的分析，我原计划明天把它转给有关人员，看来我今天晚上就要把它交给他们。但我很想现在就和你们简要讨论一下这个立法的主要目的。

这个法案将打破在联邦、州和地方选举中对黑人选举权的限制。该法案将建立一个简单、统一的标准，我们要深思熟虑，尽最大努力不让这个法案对我们的宪法有任何蔑视。该法案将在州官员拒绝为公民进行选民登记的情况下，由联邦官员为他们登记，并将取消冗长乏味、不必要的诉讼，以免延误了投票权的行使。最后，这项立法将确保那些正当登记的选民的投票不受到阻碍。

为让这个法律更完善并使之付诸实施，我欢迎所有国会议员对该法案的方式、方法提出意见，实践证明，这是实施宪法的唯一途径。

对那些在自己管辖区内拒不执行联邦政府行动的人，对那些想方设法维持纯粹由地方控制选举的人，答案很简单：把你们的投票站向所有人开放。不管男女公民的肤色如何，都要允许他们进行选民登记和投票，让国土上的所有公民享有公民权。

这不存在宪法问题，宪法已经表述得很清楚；这不存在道德问题，拒绝你们任何美国同胞在这个国家的选举权是绝对不道德的；这不存在危害州和地方政府权力问题，我们仅仅是为人权而战。我相信，你们会给出让人满意的答案。

肯尼迪总统提交国会的人权法案包含一个在联邦选举中保护投票权的条款，那个人权法案在经过长达 8 个月的辩论后通过。当那个法案由国会转到我这里来签署的时候，发现关于投票条款的实质内容被取消了。这次，我们在这个问题上必须当机立断、毫不妥协。我们不能也一定不允许拒绝保护任

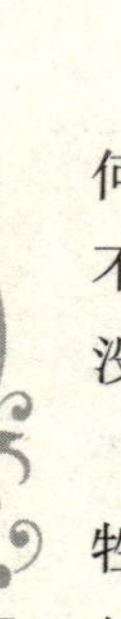

何一个美国人在任何选举中的投票权，因为他渴望参与选举。我们不应该、不会也绝对不能让这个法案再拖上 8 个月。我们已经等了一百多年了，再也没有等待的时间了。

正因为如此，我请求你们和我一道加班加点地工作，如果需要，还要牺牲晚上和周末的时间，以求尽快通过这个法案。我不是轻率地提出那个请求的，因为透过我办公室的窗户，我看到了我们国家的严峻问题。我意识到，在这个大厅外面，国家的道义在受到践踏，众多国家对此给予急切的关注，我们的行动受到严厉的历史审判。

然而，即使我们通过了这个法案，战斗仍不会停止。塞尔马发生的波澜壮阔的抗议运动已波及美国的任何一个州、任何一个角落。美国黑人为确保他们自己能够享有美国生活的所有赐福而斗争，我们必须把他们的事业当做我们的事业，因为不仅是黑人，而是我们所有的人，务必战胜历史遗留下来的极其有害的偏见和不公正。我们必将取胜。

我来自南方，知道种族情感是何等的令人痛苦，知道改变我们社会的观念和结构是多么的艰难。一个世纪过去了，黑奴已经被解放了一百多年，但他们至今仍未完全自由。一百年以前，伟大的共和党总统亚伯拉罕·林肯签署了《解放宣言》，然而，“解放”只是个“宣言”，并非是事实。自从许诺种族平等以来，已经一百多年了，然而黑人并没得到平等。宣布种族平等这个诺言到现在已经过去一个世纪了，可这个诺言并没有得到遵守。

现在，正义的时刻已经来临，我坚信，没有任何力量能够阻止它的到来。在人类和上帝的眼里，它的到来是天经地义的事情。可一旦它真的来临，必将照亮每个美国人的生命。因为黑人不是唯一的受害者，有多少白人的孩子得不到教育？有多少白人家庭生活在赤贫之中？由于我们消耗了我们的精力和物质去设置仇恨和恐怖的障碍，又有多少白人的生命留下恐惧的伤疤？所以，今天晚上我要对在座的诸位和全国人民说，那些求助于你们保住旧制度的人，也是在断送你们自己的未来。

这个伟大、富饶、生机勃勃的国家能够为所有公民提供机会、教育和希望，所有的黑人和白人，所有的北方人和南方人，所有的佃农和城市居民。我们的敌人是贫穷、愚昧和疾病，而不是我们的同胞和邻居。我们同样要战胜这些敌人——贫穷、愚昧和疾病。我们必将取胜。

现在，我们所有的人在任何一个地区都不要为另一个地区或我们邻居面临艰难而幸灾乐祸。实际上，在美国的任何一个地区，平等的许诺从来没有被完全遵守过。不管是在水牛城还是在伯明翰，不管是在费城还是在塞尔马，

美国人民正在为获得自由的果实而斗争。这是一个统一的国家，在塞尔马、在辛辛那提市发生的一切必然会影响到每个美国人。然而，让我们每个人都认真检查自己，检查自己的社区，让我们每个人都奋力推动历史车轮的前进，不管哪里有不公正，我们都毫不留情地将它铲除。

今天晚上，我们会聚在这个和平、历史性的大厅里，来自南方的人，他们有的曾经在硫黄岛驻扎过；来自北方的人，他们让“老荣誉”在世界各地飘扬，当回来的时候，上面没有一丝污染；来自东部和西部的人们不管宗教信仰、肤色和地区的差别，都在越南战场上并肩战斗。20年前，世界各地的人们都在为我们而战。面对这些危险和牺牲，南方为国家所赢得的荣誉和所表现出来的勇敢精神不亚于伟大美国的任何地区，在某些情况下，甚至比其他地区更多。

全国各地人民——从大湖区到墨西哥湾，从金门到大西洋沿岸的各个港口——为了维护所有美国人的自由，将重新团结在一起。我对此深信不疑。这是我们所有人的责任。我作为你们的总统，请求每个美国人都勇于承担此重任。

美国黑人是这次斗争的真正英雄。他们在抗议行动中表现出来的不惧危险、不怕牺牲的精神唤醒了这个国家的良知。他们声势浩大的示威引起了人们对不公正的重视，激发起人们改革的热情。他们请求我们要信守美国诺言。

深深根植于民主进程的信念的实质就是为平等而战。平等不是依靠武力或催泪弹，而是依靠正义的道德力量；不是诉诸暴力，而是遵守法律和秩序。

你们的总统承受着来自多方的压力，随着时间的推移，将会有更多的压力。但是，今天晚上我向你们发誓，不管战场在哪里——在法庭、在国会、在人们的心灵，我决心要打这场战争。

我们必须捍卫言论自由和集会自由的权利。但是，言论自由的权利并不是在拥挤的剧院中大喊“失火了”。我们捍卫集会自由的权利，但是，集会自由并不是阻塞公共交通。我们确实有抗议的权利，我们也有游行的权利，但行使这些权利的前提是不侵犯他人的宪法权利。只要还允许我在总统职位上，我就决心维护所有那些权利。

我们要防止任何暴力，因为它会危害我们手里的有效武器：发展进步、遵纪守法和对美国价值的信念。在塞尔马和其他地方一样，我们寻求和平、安定与团结。但是，我们不会寻求扼杀了权利的和平，我们不寻求恐怖笼罩下的安定，我们不寻求窒息了抗议的团结。绝不能用牺牲自由的代价来换取和平。

今天晚上，在塞尔马——我们在那里曾经有过美好的时光——和在其他城市一样，我们正在为找到公正、和平的解决方案而努力。要知道，在我今

天晚上的演讲结束后，在警察、联邦调查员和司法官都离开后，在你们尽快通过这个法案后，塞尔马和美国其他城市的市民必定还要在一起生活工作，当国家转移了那里的注意力时，他们必须医治创伤、建设一个新社会。

南方的经验已经证明，在暴力的战场上是不可能实现这一切的。近几天，如上个星期二和今天，白人和黑人明显展示出令人敬佩的责任。

我向你们提交的法案叫《选举权法》，其目标是将希望的大门向所有种族开放。因为所有美国人一定要拥有投票权，那么，我们就给他们这种权利。所有种族的美国人一定要拥有宪法赋予的基本民权，我们就不分种族地给他们那些公民权利。提请大家注意的是，落实那些权利要比单纯通过法律困难得多。它需要人们改变观念，需要一个健康的政府机构，需要体面的家和工作，需要有摆脱贫穷的机会。

当然，如果公民永远不会读写，如果他们的身体因饥饿不能健康成长，如果他们有病不能医治，如果他们生活在绝望的贫穷中，如果他们依靠福利度日，那他们就不能为国家作出贡献。所以，我们要打开希望之门，同时，我们也要帮助我们所有的人民——不管是黑人还是白人——走进希望之门。

我大学毕业后，在德克萨斯州科图拉一个不大的“墨西哥裔美国人”学校当老师。那里能讲英语的学生很少，而我的西班牙语也很糟糕。学生们很穷，他们经常饿着肚子来上学。尽管他们年纪不大，他们却饱受歧视的痛苦。从他们的眼睛里可以看出，他们似乎永远不会知道为什么人们讨厌他们，他们认为这是命运。下午放学后，我很晚才步行回家，我留下来希望把我的知识传授给他们，希望这能帮助他们战胜将面临的各种困难。

当你看到孩子们希望的脸上布满贫穷和仇恨的伤疤时，你永远不会忘记，贫穷和仇恨会带来什么。在 1928 年，我从来没有想过我会在 1965 年站在这里，我做梦也没有想到我会有机会帮助我学生的子女，帮助全国像他们一样的人们。现在，我确实有了那种机会，而且还要利用那种机会。我希望你们要和我一道利用那种机会。

我们这个最富有、最强大的国家曾称霸全世界，旧帝国势力与我们现在的相比微不足道。然而，我不想做一个帝国总统，不想做一个追求奢侈豪华或扩展疆域的总统。我想做一个教育孩子们在他们的世界出现奇迹的总统。我想做一个帮助饥饿的人吃饱饭，让他们成为纳税人而不是吃税人的总统。我想做一个帮助贫穷的人找到出路，捍卫每个公民在任何选举中的投票权的总统。我想做一个帮助结束同胞中的彼此仇恨，在所有种族、所有地区、所有党派中激发友爱的总统。我想做一个在全世界的兄弟姐妹间消灭战争的总统。

我今天晚上来到这里，不是像罗斯福总统那样否决一个补贴法案，也不像杜鲁门总统那样敦促通过一个铁路法案。我来到这里是请求你们和我一起分担任务，让国会——不管是共和党人还是民主党人——为人民做所有这些事情。

在这个大厅外面是50个州，那里有我们为之服务的人民。今天晚上，他们坐在电视机和收音机旁收看、收听我的演讲，谁能说出他们内心深处的希望是什么。我们都能从我们的生活中猜测，他们要想获得自己所追求的幸福是多么艰难，每个小家庭所面临的困难又是何其多。他们不但依靠自己寻求未来，也依靠我们帮助他们寻求未来。

合众国国徽背面的金字塔上方用拉丁文庄严地写着："上帝指引我们的事业。"上帝不会指引我们所做的一切，我们要能领悟上帝的意志。

我相信，上帝明白并真正指引我们今天晚上在这里开始的事业。

## ■ 作品赏析

1965年3月15日，约翰逊发表讲话，他引述圣歌《我们必将取胜》，呼吁美国终结种族歧视。他首次以总统身份全力支持民权运动，推动了《选举权法》的通过。演讲中，他承认黑人遭受了不公平待遇，宣称否决黑人选举权是一个错误；他要求大家必须克服这种不公正，要不拖延、不犹豫、不妥协地进行选举权立法。

约翰逊的演讲受到舆论的一致赞扬，民权评论家称之为"总统在民权方面所作的最激进的讲话"。3月17日，约翰逊把《选举权法案》正式递交参众两院。8月4日，《选举权法案》在国会最终获得通过。

### ⊙演讲者简介⊙

林登·约翰逊，美国第36任总统。1908年，约翰逊生于德克萨斯州，父亲是州议员。约翰逊从西南师范毕业后从事过多种职业。1935年，罗斯福总统任命他为全国学生事务管理局的德克萨斯州负责人。任职期间，他成绩卓著。

1948年，约翰逊当选为参议员。1951年成为民主党议员领袖。1960年，约翰逊未能获得民主党总统候选人提名，便接受了肯尼迪提名他为副总统的建议。1963年11月12日，肯尼迪遇刺身亡，约翰逊继任总统。1964年，约翰逊正式当选为总统。他在位期间，不遗余力地推行各项福利法案、民权法案、消灭贫穷法案和减税法，他提出了建立"伟大社会"的口号，并出台了一些实际措施，也取得了某些成效。外交上，他奉行前届政府的政策，并且扩大了越南战争，但遭到了国内外的普遍反对。任期届满之后，约翰逊宣布不再竞选总统。退休后，他在德克萨斯的一个牧场住了下来。1973年，他因心肌梗塞去世，享年65岁。

# 国家成功的要素

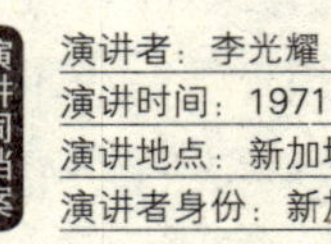


## ■ 历史背景

《国家成功的要素》是李光耀于 1971 年 4 月 28 日应邀在新加坡大会堂向大学先修班的学员所作的政治演讲。当时，新加坡国民经济发展正进入第三阶段。政府制订了 1971 ~ 1980 年经济发展十年计划，提出应该向提高“质”的方向努力，目标是发展高级技术和精密工业，以求得经济结构现代化。李光耀深知，在政治稳定的前提下，狠抓教育是发展经济、促进社会进步的重要前提。为了实现经济政策设定的目标，李光耀政府制定了一系列的措施，其中就包括这篇演讲所提的最重要一点：加强科技教育和训练工作。

## ■ 原文欣赏

1959 年到 1965 年这 6 年当中，我们是以新加坡和马来半岛合而为一作为策划基础的。但 1965 年 8 月 9 日，我们独立，自己当家，从那时起，我们不得不在我们的政治、社会和安全政策上，作一些基本的调整和改变。其中最重要的一点，是在教育方面。必须改变原来的方向和节奏，为你们纳进一个和以前不同的生活方式作准备，我们明白在安全或防卫事务上，我们须跟马来西亚多方合作，但是我们也明白，要发展经济合作，是需要慢慢来的。转口贸易将会逐渐减少。我们一定要更集中于制造业，主要是运销世界市场的输出品。因此我们需要的书记和商店职员较少，技术人员、工程师和执行人员较多。

我把政治、经济和安全这三项，按照它们对你们前途的重要性的先后加以排列。没有稳定的政治局面以及合理和现实的政治领导，那就不可能谈到经济发展。投资开设的工厂一定很少，工作职位也一定很少，失业的人数就一定很多，危险的内部安全局面也就一定跟着产生。没有繁荣的经济，你们就不必担心如何保卫你们还没有建立起来的优美家园，和还没有制造出来的财富。

不幸的是许多新兴国家的情形正是如此。在混乱的政治局面下，要争取那些教育水准不够的人民支持，往往得靠情感，而不是理性的辩论。结果，选出新政府之后，它也无从兑现所许下的诺言。人民在失望之余，暴力行动

就发生了。

像新加坡这样一个新兴国家，面对着许多问题。它所缺乏的是建立有效率政府的工具，是足够的受过训练的行政人员、工程师和技术人员；是足够的资金，是少有的工艺方面的专门人才。受过训练的人才本来已经很少，再加上没有把他们健全地组织起来，使问题变得更糟。可是，如果有了刚毅和诚实的政治领导，这些问题是可以慢慢克服的。

在西方，像英国这样根基已稳的社会，它的政府制度经过三个多世纪，一直没有什么改变，或者只是逐渐地改变。这种社会培养出大批人才，他们一方面为他们个人或一部分人的利益而斗争；另一方面，他们已经养成了把国家利益放在本身利益之上的习惯。他们从经验当中学到如果没有国家安全和强有力的经济，他们本身的利益将会跟着丧失。他们一方面求个人的生存，也同时培养出集体生存所必需的自然反应。

在发生严重危机的时候——像第二次世界大战——他们就联合组织一个全民政府，把政党之间的敌对放在一旁，以确保国家的生存。

新兴国家没有这样一个连绵不断的作为核心分子的人民，来提供政治领导方面的连续性。更糟的是他们甚至没有足够的对本国经济有任何认识的领袖，知道如何推动经济的成长。

第一代的领袖是那些领导他们的人民争取独立的人物。他们多不明白政府的任务不单是动员人民的支持，抗议殖民地主义缺乏公平正义而已。争取到独立之后，他们就没有办法向人民交代，满足他们的要求。他们没有认识到行政和经济成长的相依关系。他们不能够使人民对政府的诺言和承担产生信心，他们无法吸引外国投资来充实本国的资金。此外，他们没有教育和训练他们的青年，学习技能和养成守纪律的精神，使用资金和机器，让美好的生活得以实现。

更糟的是当第一代领袖去世时，他们的继承者都不习惯把国家利益看得比个人利益更高。他们只担心本身的前途，而不大担心人民的前途。于是，他们为个人的前途打算。结果使经济进一步衰退，社会秩序进一步恶化。

……

在新加坡，还没有足够数量的人民作为核心分子，具备国家生存该先于个人生存的反应。我们必须养成习惯，先照顾集体利益，然后才照顾个人的利益。新加坡人必须深切觉悟到，在贫困和多灾多难的亚洲，作为个别存在的民族，我们得靠自己具备能力，能够作出迅速和一致的反应，来保卫我们的经济利益。

许多人年纪太轻，对于过去所发生的事究竟坏到什么程度都记不起来了。他们把新加坡稳健的进步和持续的繁荣看做是理所当然的事。那些对过去记忆犹新的人当然明白我们现有的稳定和繁荣，都是由一小群人的团结、决心和策划所建立起来的。我们规模虽小，但我们成功地创造一个全面发展的国家。如果下一代了解成功的要素是什么，那么，新加坡就有良好的机会可以继续作为成功的国家。这些要素是：

第一，一个稳走的政治局势。

第二，一批有干劲，愿意付出代价，而又受过良好教育，并且训练有素的人口。

第三，具有吸引高度工艺水准工业的能力。

第四，具有较美好生活的水准，而又具有更清洁、更青翠、更优雅的环境。

第五，具有能力的国防部队，足以保证不让任何人相信他可以长驱直入，占据我们所创造和建立起来的一切。

目前负责策划和执行的重担，主要是落在约 300 名主要分子的肩上。他们包括人民行动党要员、国会议员和干部党员——他们负责动员民众和向民众解释政策，尤其是某些政策引起一时的不便或照顾不到局部利益的时候。此外一些杰出的文官、警察部队、武装部队人员、法定机构的主席和属下的高级行政人员——他们负责拟定政府政策的细节，并且确保政策有效实施。

千千万万人的命运往往决定于国家基本单位人员的素质、力量和眼光。这说来有些奇怪，但倒是千真万确的。一个国家是否能够在稳健的进步中团结坚强起来，或者在混乱中支离瓦解，衰败堕落，都全由他们来决定。

第二次世界大战期间，丘吉尔和他周围的一小批人使整个国家获得鼓舞和决心，与几乎不可克服的险恶环境奋斗。结果，他胜利了，而英国也胜利了。今天，英国新一代的领袖也正在设法以类似的方法，谋求国家团结，群策群力使英国能在大不相同的世界形势中，保持它在主要发达国家中的地位。这个领导层拥有几位有才干和有决心的人物。但是，他们也必须同时具有能力，激发国人为国家前途而团结，把国家利益放在第一位，把职工会利益或个人局部利益放在第二位。

戴高乐成功地在第二次世界大战局面下，把支离破碎的法国重建成一个紧密团结的国家。1945 年和 1958 年间，各政党相互攻击，带来了一连串不稳定的、短命的、没有长期打算或没有一贯政策的联合政府。最后，当他们为了 100 万名白种的法籍阿尔及利亚人而卷入阿尔及利亚动乱时，他们几乎搞出内战。法国繁荣的恢复和目前享有的进步，主要应归功于戴高乐，他的

领导，以及他周围的一群领袖。

……

我们应该给下一代人更多的共同点，以保障他们的前途。我们必须给我们的子女在他们的语言和文化方面奠下根基，同时也通过一种第二语文，使他们产生最大的共同点，在这基础上展开平等的竞争。

现在，通晓两种语文的学生人数越来越多。我们的一个难题是如何提高第二语文的程度，使学生可以在没有深厚语文家庭背景熏陶的情形下，也能够通晓两种语文——自己的母语和英文。目前已有越来越多的家长逐渐了解这样做才是对的。

未来几年中，我们的学校应该能够令学生有效地使用两种语文，不管他们在家里讲的是哪一种语文，也不管他们在哪一种语文源流学校念书，这是一定要做到的。

这样一来，我们将成为一个更紧密团结的民族，所有的人民都有他们自己的传统价值观念和文化语言作根基，而且也都有效地掌握英语，这是获取西方高深工艺知识的钥匙。

如果我们的政治局势继续保持稳定，如果我们不让机会主义者破坏人们对新加坡前途所怀的普遍信心，那么新加坡会有快速的经济发展。西方工业家将在新加坡投资，他们向我们输出的将不是货物，而是工厂，以及随着这些工厂而来的有关制造精密产品所需的工艺知识和技能。这是获得更好的工作，兴建更好的住屋、学校、医院、牙科诊疗所、公园和娱乐中心的途径。到了那时候，我们就有充裕能力负担自己的国防开支，由训练有素的国民服役人员，在素质优越的专司战斗和参谋官员的指挥下，运用特别精良和昂贵的武器，执行防卫工作。这一切都得靠领袖人才以及曾受良好教养、纪律优良的人民。有了健全的政治，才有良好的经济发展，有了良好的经济发展，才有健康的社会和巩固的国防。只有这样，才能保证我们的安全和你们的前途。

## ■作品赏析

李光耀在这次演讲中以通俗易懂的语言向青年学生阐述了新加坡成功的几大要素，如良好的教育、稳定的政治环境、民族的团结、繁荣的经济及巩固的国防等。随后，他列举了丘吉尔与戴高乐两个人物的事迹来论证领导层的团结与群策群力是一个国家繁荣进步的关键。该演讲严肃又充满热情，既把政治理念传达给学生，又能对青年学生起到良好的教育作用。

在演讲中，李光耀花了很多篇幅来讨论国民素质教育问题。他认为一批有

干劲，愿意付出代价，而又受过良好教育，并且训练有素的人口是国家成功的要素之一。他的这种狠抓科教兴国、重视教育的治国方略对于新加坡的经济迅速发展起了十分重大的作用，新加坡后来几十年的发展历程也证明了这一方略的正确性。

这篇演讲有着深刻的政治理念和无可辩驳的逻辑力量。通过细致入微的阐述，李光耀把这些理论讲得朴实亲切，让人易于接受。



**⊙演讲者简介⊙**

李光耀，新加坡前任总理、前任国务资政、现任内阁资政，被誉为“新加坡国父”。李光耀不仅是新加坡的开国元老之一，也是现今新加坡政坛极具影响力的人物之一。

1923年9月16日，李光耀出生于新加坡，是当地的第四代华裔。他曾在伦敦经济学院、剑桥大学和中殿律师学院深造。留英期间，他参加过英国工党，后回国开设律师事务所。1952年，李光耀因代表“新加坡罢工的邮差”与政府谈判而声名大噪。这次谈判也使他在工会中建立了广泛的群众基础，为他后来从政铺平了道路。

1954年，李光耀参与发起组织人民行动党，并任该党秘书长。1955年，李光耀当选为立法议会议员，之后他三次赴英谈判新加坡自治问题。1959年，他出任新加坡自治政府首届总理。自1965年新加坡独立以来，李光耀积极推动经济改革与发展，采取了诸如开发裕廊工业园区、创立公积金制度、成立廉政公署、进行教育改革等一系列措施，使新加坡在30年内发展成为亚洲最为繁荣富裕的国家之一。





# 当选为英国保守党领袖后的演说

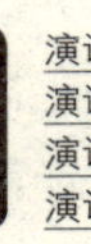

演讲词档案

演讲者：撒切尔夫人（1925 ~ 2013）
演讲时间：1975年10月
演讲地点：保守党年会
演讲者身份：英国首相，保守党领袖

## ■ 历史背景

1975年2月11日，时任英国教育大臣的撒切尔夫人在保守党选举中以130票对119票击败了前保守党领袖爱德华·希思，出人意料地当选为该党新领袖，成为英国第一位担任此职的女性。10月，保守党举行撒切尔夫人出任领袖后的第一次年会。按照惯例，在年会上，保守党领袖要发表讲话。这篇演讲稿是撒切尔夫人和高参们精心设计的。

## ■ 原文欣赏

我知道你们会理解，从我第一次出席党的大会那一年起就循着像我们的

领袖温斯顿·丘吉尔那样伟大的人——一个命中注定会把英国的名字在自由世界的历史上提高到至高无上的地位的人——的足迹前进，我所感到的那种谦卑。……还有安东尼·艾登，他为我们树立了拥有财产自由的目标。……还有哈罗德·麦克米伦，在他领导期间提出了许许多多每个公民都能实现的理想。……还有亚历克·道格拉斯—霍姆，他获得了我们所有人对他的爱慕和崇敬。……还有爱德华·希思，他成功地领导党取得了1970年大选的胜利并英明地引导我们国家在1973年加入了欧洲共同体。

……他们都有一个共同点：每个人都遇到了他那个时代的挑战。然而，我们这个时代的挑战是什么呢？我认为我们面临着两个挑战：克服我们国家的经济和财政问题；恢复英国和我们自己的自信心。

一个国家，如果它的经济和社会生活被国有化和政府控制、统治着的话，是不可能繁荣兴旺的……，还有其他一些事正在这个国家发生。我们正目睹一些人对我们的价值观念，对那些想获得荣誉和发挥所长的人，对我们的传统和伟大的过去进行蓄意攻击。还有那些腐蚀着我们民族自尊心的人把英国近几个世纪的历史歪曲成没有变化的、黑暗的、压抑和失败的历史，歪曲成为一个绝望的时代而不是充满希望的时代。

请让我向你们陈述我的观点：一个人有按他的意愿工作的权利；有花他所挣来的钱的权利；有拥有财产的权利；有把这个政府当做公仆而不是太上皇的权利。所有这些都是英国的传统，它们是一个自由国家的实质，所有其他的自由都有赖于这一点。

## ■ 作品赏析

演讲一开始，撒切尔夫人回顾了前几任首相的功绩，表明自己推崇前人的成就，同时又要勇敢地面对当前的挑战，她适时地提出“我们这个时代的挑战是什么呢”这个问题。然后撒切尔直指问题本质，提出克服经济困难与恢复民族自信心是当前英国所面临的两大挑战。最后她重申了自由是每个人都应该享有的神圣不可侵犯的权利。在演讲中，撒切尔夫人直面现实问题，毫无畏惧、坚定地提出了自己的施政纲领。

整篇演讲逻辑严谨，气势恢弘，颇具“铁娘子”风范。通过她那些斩钉截铁的语言，听众感受到她的自信与气势，开始对她刮目相看。通常担任党的领袖距担任首相只差一步，撒切尔夫人这次演讲，为下一步出任英国首相打下了良好基础。

⊙演讲者简介⊙

撒切尔夫人，英国首相，保守党领袖。1925年出生于英格兰东部的林肯郡，青年时代在牛津大学萨默维尔女子学院攻读化学。1946年，她成为牛津大学保守党协会主席，是第三位出掌这个职位的女性。毕业后，她到一家化学公司当研究员，后转为专门处理税务问题的律师。1959年，撒切尔夫人当选下议院议员，涉足政界。1970年，任教育和科学大臣。1975年，当选保守党领袖。1979年，保守党在大选中获胜，撒切尔夫人由此成为英国历史上第一位女首相。1983年6月和1987年6月她两次连任首相。1984年，她代表英国在北京签署了《中英关于香港问题的联合声明》，此声明为香港回归中国奠定了坚实的政治基础。

演讲词档案

演讲者：奥巴马（1961～）
演讲时间：2009年1月20日
演讲地点：美国国会大厦
演讲者身份：美国第44任总统

# 是的，我们能

## ■历史背景

美国共和党布什政府执政7年来，经济不振，财政巨额亏空，美元贬值，物价飞涨。随着次贷危机引发的世界性的金融危机，美国人民生活日趋艰难，没有医疗保险的人数更是高达5000万。自参加总统竞选以来，奥巴马相当关注社会底层，迅速赢得人民支持。2008年11月4日，美国总统选举落幕，奥巴马以巨大优势击败共和党对手麦凯恩，历史性地当选为美国首位黑人总统。这篇演讲是奥巴马的就职演说。

## ■原文欣赏

芝加哥，你好！

如果有人怀疑美国是个一切皆有可能的地方，怀疑美国奠基者的梦想在我们这个时代依然燃烧，怀疑我们民主的力量，那么今晚这些疑问都有了答案。

学校和教堂门外的长龙便是答案。排队的人数之多，在美国历史上前所未有。为了投票，他们排队长达三四个小时。许多人一生中第一次投票，因为他们认为这一次大选结果必须不同以往，而他们手中的一票可能决定胜负。

无论年龄，无论贫富，无论民主党人或共和党人，无论黑人、白人，无论拉美裔、亚裔、印第安人，无论同性恋、异性恋，无论残障人、健全人，所有的人，他们向全世界喊出了同一个声音：我们并不隶属“红州”与“蓝

州”的对立阵营，我们属于美利坚合众国，现在如此，永远如此！

长久以来，很多人说：我们对自己的能量应该冷漠，应该恐惧，应该怀疑。但是，历史之轮如今已在我们手中，我们又一次将历史之轮转往更美好的未来。

漫漫征程，今宵终于来临。特殊的一天，特殊的一次大选，特殊的决定性时刻，美国迎来了变革。

刚才，麦凯恩参议员很有风度地给我打了个电话。在这次竞选中，他的努力持久而艰巨。为了这个他挚爱的国家，他的努力更持久、更艰巨。他为美国的奉献超出绝大多数人的想象。他是一位勇敢无私的领袖，有了他的奉献，我们的生活才更美好。我对他和佩林州长的成绩表示祝贺。同时，我也期待着与他们共同努力，再续美国辉煌。

我要感谢我的竞选搭档——当选副总统乔·拜登。为了与他一起在斯克兰顿市街头长大、一起坐火车返回特拉华州的人们，拜登全心全意地竞选，他代表了这些普通人的声音。

我要感谢下一位第一夫人米歇尔·奥巴马。她是我家的中流砥柱，是我生命中的最爱。没有她在过去16年来的坚定支持，今晚我就不可能站在这里。我要感谢两个女儿萨沙和玛丽娅，我太爱你们两个了，你们将得到一只新的小狗，它将与我们一起入住白宫。我还要感谢已去世的外婆，我知道此刻她正在天上注视着我。她与我的家人一起造就了今天的我。今夜我思念他们，他们对我的恩情比山高、比海深。

我要感谢我的竞选经理大卫·普鲁夫，感谢首席策划师大卫·阿克塞罗德以及整个竞选团队，他们是政治史上最优秀的竞选团队。你们成就了今夜，我永远感谢你们为今夜所付出的一切。

但最重要的是，我将永远不会忘记这场胜利真正属于谁——是你们！

我从来不是最有希望的候选人。起初，我们的资金不多，赞助人也不多。我们的竞选并非始于华盛顿的华丽大厅，而是起于德莫奈地区某家的后院、康科德地区的某家客厅、查尔斯顿地区的某家前廊。

劳动大众从自己的微薄积蓄中掏出5美元、10美元、20美元，拿来捐助我们的事业。年轻人证明了他们绝非所谓“冷漠的一代”。他们远离家乡和亲人，拿着微薄的报酬，起早摸黑地助选。上了年纪的人也顶着严寒酷暑，敲开陌生人的家门助选。无数美国人自愿组织起来，充当自愿者。正是这些人壮大了我们的声势。他们的行动证明了在两百多年以后，民有、民治、民享的政府并未从地球上消失。这是你们的胜利。

你们这样做，并不只是为了赢得一场大选，更不是为了我个人。你们这

样做，是因为你们清楚未来的任务有多么艰巨。今晚我们在欢庆，明天我们就将面对一生之中最为严峻的挑战——两场战争、一个充满危险的星球，还有百年一遇的金融危机。今晚我们在这里庆祝，但我们知道在伊拉克的沙漠里，在阿富汗的群山中，许许多多勇敢的美国人醒来后就将为了我们而面临生命危险。许许多多的父母会在孩子熟睡后仍难以入眠，他们正在为月供、医药费，孩子今后的大学费用而发愁。我们需要开发新能源，创造就业机会，建造新学校，迎接挑战和威胁，并修复与盟国的关系。

前方道路还很漫长，任务艰巨。一年之内，甚至一届总统任期之内，我们可能都无法完成这些任务。但我从未像今晚这样对美国满怀希望，我相信我们会实现这个目标。我向你们承诺——我们美利坚民族将实现这一目标！

我们会遇到挫折，会出师不利，会有许多人不认同我的某一项决定或政策。政府并不能解决所有问题，但我会向你们坦陈我们所面临的挑战。我会聆听你们的意见，尤其是在我们意见相左之时。最重要的是，我会让你们一起重建这个国家。用自己的双手，从一砖一瓦做起。这是美国立国221年以来的前进方式，也是唯一的方式。

21个月前那个隆冬所开始的一切，绝不应在这一个秋夜结束。我们所寻求的变革并不只是赢得大选，这只是给变革提供了一个机会。假如我们照老路子办事，就没有变革；没有你们，就没有变革。

让我们重新发扬爱国精神，树立崭新的服务意识、责任感，每个人下定决心，一起努力工作，彼此关爱；让我们牢记这场金融危机带来的教训：不能允许商业街挣扎的同时却让华尔街繁荣。在这个国家，我们作为同一个民族，同生死共存亡。

党派之争、琐碎幼稚，长期以来这些东西荼毒了我们的政坛。让我们牢记，当来自伊利诺伊州的一位先生首次将共和党大旗扛进白宫时，伴随着他的是自强自立、个人自由、国家统一的共和党建党理念。这也是我们所有人都珍视的理念。虽然民主党今晚大胜，但我们态度谦卑，并决心弥合阻碍我们进步的分歧。

当年，林肯面对的是一个远比目前更为分裂的国家。他说："我们不是敌人，而是朋友……虽然激情可能不再，但是我们的感情纽带不会割断。"对于那些现在并不支持我的美国人，我想说，虽然我没有赢得你们的选票，但我听到了你们的声音，我需要你们的帮助，我也将是你们的总统。

对于关注今夜结果的国际人士，不管他们是在国会、皇宫关注，还是在荒僻地带收听电台，我们的态度是：我们美国人的经历各有不同，但我们的

命运相关，新的美国领袖诞生了。对于想毁灭这个世界的人们，我们必将击败你们。对于追求和平和安全的人们，我们将支持你们。对于怀疑美国这盏灯塔是否依然明亮的人们，今天晚上我们已再次证明：美国的真正力量来源并非军事威力或财富规模，而是我们理想的恒久力量：民主、自由、机会和不屈的希望。

美国能够变革，这才是美国真正的精髓。我们的联邦会不断完善。我们已经取得的成就，将为我们将来能够并且必须取得的成就增添希望。

这次大选创造了多项“第一”，诞生了很多将流芳后世的故事，但今晚令我最为难忘的却是一位在亚特兰大投票的妇女：安妮·库波尔。她和无数排队等候投票的选民没有什么差别，唯一的不同是她高龄106岁。

在她出生的那个时代，黑奴制刚刚废除。那时路上没有汽车，天上没有飞机。当时像她这样的人由于两个原因不能投票——第一因为她是女性，第二个原因是她的肤色。

今天晚上，我想到了安妮在美国过去一百年间的种种经历：心痛和希望，挣扎和进步，那些我们被告知我们办不到的年代，以及我们现在这个年代。现在，我们坚信美国式信念——是的，我们能！

在那个年代，妇女的声音被压制，她们的希望被剥夺。但安妮活到了今天，看到妇女们站起来了，可以大声发表意见了，有选举权了。是的，我们能。

安妮经历了上世纪30年代的大萧条。农田荒芜，绝望笼罩美国大地。她看到了美国以新政、新的就业机会以及崭新的共同追求战胜了恐慌。是的，我们能。

“二战”时期，炸弹袭击我们的海港，全世界受到独裁专制威胁，安妮见证了一代美国人的英雄本色，他们捍卫了民主。是的，我们能。

安妮经历了蒙哥马利公交车事件、伯明翰黑人暴动事件、塞尔马血腥周末事件。来自亚特兰大的一位牧师告诉人们：我们终将胜利。是的，我们能。

人类登上了月球、柏林墙倒下了，科学和想象把世界连成了一块。今年，在这次选举中，安妮的手指轻触电子屏幕，投下自己的一票。她在美国生活了106年，其间有最美好的时光，也有最黑暗的时刻，她知道美国能够变革。是的，我们能。

美利坚，我们已经一路走来，我们已经看到了那么多变化，但我们仍有很多事情要做。今夜，让我们问自己这样一个问题：假如我们的孩子能够活到下一个世纪，假如我的女儿们有幸与安妮一样长寿，她们将会看到怎样的改变？我们又取得了怎样的进步？

现在，我们获得了回答这个问题的机会。这是我们的时刻，我们的时代。让我们的人民重新就业，为我们的孩子打开机会的大门；恢复繁荣，促进和平；让美国梦重放光芒，再证这一根本性真理，那就是：团结一致，众志成城；一息尚存，希望就在；倘若有人嘲讽和怀疑，说我们不能，我们就以这一永恒信条回应，因为它凝聚了整个民族的精神——是的，我们能！

谢谢大家！愿上帝保佑你们，保佑美利坚合众国。



## ■ 作品赏析

2008 年 11 月 4 日，经历了两年多的美国总统大选终于落下了帷幕，历史毫无悬念地将奥巴马推上了第 44 任美国总统的宝座。奥巴马成为美国历史上第一位黑人总统。由于种族问题一直以来是美国的敏感问题，再加上当时世界处在全球经济危机的大背景下，因此，奥巴马的当选对美国、对世界都有着深刻而非凡的影响。

这是奥巴马竞选获胜时所作的演讲。他谈到了胜选的意义、麦凯恩、家庭、外婆的去世、两党合作及美国的力量等问题，宣称美国变革的时代已经到来。尤其是演讲词的后半部分，6 个“是的，我们能”的排比，读来不由得令人心潮澎湃、热血奔腾。

奥巴马演讲有激情，有力量，极具感染力。他唤起人们的希望，让人们重新看到美国梦。可以这样讲，在全球经济危机的背景下，奥巴马不仅是给美国选民传达梦想和信念，同样也给世界传达了希望与信心。





### ⊙演讲者简介⊙

奥巴马，美国第 44 任总统，民主党人。奥巴马出生于美国夏威夷檀香山，中学毕业后，他进入加利福尼亚州西方学院学习，后转入位于纽约的哥伦比亚大学，1983 年毕业。1985 年，奥巴马来到芝加哥，从事社区工作。1988 年，他进入哈佛大学法学院深造，成为院刊《哈佛法律评论》首位非洲裔负责人。1991 年在获得哈佛大学法学博士学位后，他返回芝加哥，成为一名律师，并在芝加哥大学法学院教授宪法。

1997 年，奥巴马进入政坛，当选伊利诺伊州参议员。2000 年，他竞选联邦众议员，但没有成功。2004 年 11 月，他当选伊利诺伊州联邦参议员。2007 年 2 月，奥巴马参加总统竞选。2008 年 11 月 4 日，奥巴马击败共和党候选人约翰·麦凯恩，正式当选为美国第 44 任总统。

# 第二篇

# 将军和勇士的梦想与荣光

# 我们是战无不胜的

演讲词档案

演讲者：伯里克利（约前 495 ~ 前 429）

演讲时间：公元前 432 年

演讲地点：雅典公民大会

演讲者身份：古代雅典政治家，雅典黄金时期统治者

## ■ 历史背景

公元前 432 年，斯巴达对雅典发出最后通牒，强硬地要求雅典放弃其贸易优势及提洛同盟的领导权。为此，雅典召开公民大会商议对策，但主战派与主和派意见相峙不下。于是，首席将军伯里克利发表这篇主战演讲。

## ■ 原文欣赏

雅典人，我的意见完全和过去一样：对伯罗奔尼撒人，我反对作任何让步，虽然我知道，说服人们参加战争时的热烈情绪到了战争开始行动的时候是不会保持得住的，并且人们的心理状态是随着事件的发展过程而变化的，但是我认为这时候我一定向你们提出和我过去所提出的完全相同的意见。我请求你们那些因我的言辞而被说服的人以全力支持我们现在正在一起所作出来的一些决议，我请求你们坚持这些决议，虽然在某些地方我们发现自己会遭遇着困难的；因为如果不是这样做的话在事情进行得顺利的时候，你们不能表现你们的智慧。事物发展的过程往往不会比人们的计划更来得有逻辑性些；正因为这样，所以当事物的发生出乎我们意料之外的时候，我们常常归咎于我们的命运。

很明显地，过去斯巴达是阴谋反对我们的；现在甚至更加明显了。和约上规定：我们之间的争执应当由仲裁来解决；在仲裁之前，双方应当维持现状。对于他们所抱怨的事情，他们宁愿以战争来解决，而不愿意以和平谈判的方式来解决；现在他们到这里来，不是提出抗议，而是向我们下命令。他们命令我们解除波提狄亚之围，给予厄基那以独立和撤销麦加拉法令。最后，他们到我们这里来，宣称我们应当给予希腊人以自由。

如果我们拒绝撤销麦加拉法令的话，你们任何人不要以为我们不应该为这一点小事情而作战。这一点是我们特别坚持的。他们说，如果我们撤销这

个法令的话，战争可以不发生；但是，如果我们真的作战的话，你们心中不要有一点怀疑，以为战争是为着一件小小事情的争执。对于你们来说，这点小小的事情是保证，是你们决心的证据。如果你们让步的话，你们马上就会遇着一些更大的要求，因为他们会认为你们是怕他们而让步的。但是如果你们采取坚决态度的话，你们向他们很明显地表示他们应当以平等地位来对待你们。你们打算怎样做，你们现在就一定要下定决心——不要在他们还没有伤害你们的时候，就向他们屈服；就是，如果我们将要战争的话（我认为这是应当的），就下定决心，不管外表上的理由是大的或小的；无论怎样，我们不会屈服，也不会让我们的财产经常有受人干涉的威胁。在请求仲裁之前，处于平等地位的人向他们的邻人提出要求，而把这些要求当做命令的时候，向他们屈服，就是受他们的奴役，不论他们的要求是怎么大或怎么小。

至于战争以及双方所能利用的资源，我想要你们听听我的详细报告，认识到我们的势力不是较弱的一边。伯罗奔尼撒人自己耕种他们自己的土地；无论在个人方面或国家方面，他们没有金融财富；因此，他们没有在海外作战的经验，也没有作长期战争的经验；因为他们彼此间所发生的战争，由于贫穷的缘故，都是短期的。这样的人民不能经常配备一个舰队的海员，也不能经常派遣陆军；因为这样，就会使他们离开自己的土地，花费自己的资金，何况我们还控制着海上。战争经费的支持依靠储金的积累，而不能依靠税收的突增。并且，那些耕种自己的土地的人在战争中，对他们的金钱比对他们的生命更为担心；他们有一种刻薄的观念，认为他们自己的生命是会安全地从危险中逃出的，但是他们的金钱在那时候是不是会完全被花光了，他们完

雅典卫城遗址

伯里克利先后兴建了帕特隆神庙、雅典卫城正门、赫维斯托斯神庙、苏尼昂海神庙、埃列赫特伊昂神殿等千古不朽的造型艺术杰作。

全没有把握，特别是当战争出于他们意料之外地延长的时候，战争很可能是会延长的。在单独一个战役中，伯罗奔尼撒人和他们的同盟者能够抵抗其他所有的希腊人，但是他们不能跟一个和他们完全不同的强国作战，他们没有一个慎重考虑的中央政权可以做出迅速果决的行动，因为他们都有平等的代表权，他们来自各个不同的国家，每个国家只关心它自己的利益——其结果，往往是一事无成，因为有些国家特别急于为它们自己报复一个敌人，而其他的国家并不那么焦急，以免自己受到损害。只经过很长的间隔时期后，他们才举行会议；就是在会议中，他们也只花费一小部分的时间来考虑他们的共同利益，大部分的时间都花费在处理他们个别的事件上。他们中间没有一个人想到一个国家的漠不关心会损害到全体的利益的。每个国家都认为它自己的前途是其他国家的责任；因为每个国家暗里都有这种思想，没有人注意到，这种情况使整个事业日趋衰微了。

但是最重要的一点是这样的：金钱的缺乏会使他们处于不利的地位，在筹得金钱的过程中，所需要的时间会使他们迟延。但是在战争中，机会是不等待任何人的。

并且，对于他们的海军，我们一点也用不着害怕；对于他们将来在亚狄迦建筑要塞的事，我们也用不着吃惊。关于这一点，要建筑一个城市，有足够的力量控制另一个城市的话，就是在平时，也不是一件容易的事；而现在要在敌国的境内，面临着我们自己的要塞来建筑一个城市，那么，这就更加困难得多了，何况我们的要塞有足够的力量对付他们所能建筑的任何东西。如果他们只建筑一些小的前哨据点的话，他们虽然能够从事劫掠，收容我们的逃亡者，给我们一部分土地带来一些灾祸，但是这绝对不能阻止我们利用我们的海军力量，航海到他们的领地上去，在那里建筑要塞，以资报复。因为我们从海军战役中所得到的陆战经验，远远地超过他们从陆地战役中所得到的海战经验。至于航海技术，他们会觉得这是他们所很难学得的一课。你们自从波斯战争以来，一直总是在这里学习的，至今还没有完全精通这一项技术。那么，怎么能够认为他们在这方面有什么发展呢？他们是农民，而不是水手；并且他们也绝对没有学习的机会，因为我们将用强大的海军封锁他们的。对抗一个弱小的封锁军队时，他们可能由于愚昧无知，相信自己的人数众多，而准备冒险作战；但是如果他们面对着一个强大的舰队，他们不会冒险冲出的，所以训练的缺少会使他们对于航海技术更加不能熟练了，而技术的缺少会使他们更加不敢冒失了。航海技术，也和任何其他技术一样，是一门艺术。它不是什么只是偶尔作为闲暇时的职业的；当然，一个从事航海

事业的人也不可能有闲暇去学习别的东西。

假如他们攫取奥林匹亚或特尔斐的金钱，而提供高的薪水以吸引我国海军中的外国水手，那时候，假如我们自己和住在我国的异邦人都在船舰上服务，还不是他们的敌手的话，这就是一件严重的事了。但事实上，我们总是能够对付他们的。还有一点也是很重要的：在我们自己的公民中间，所有的舵手和水手比希腊其他一切地区所有的舵手和水手总合起来还要多些。那么，我们的外国水手有多少人会为着几天的额外工资，不仅冒着被战败的危险，并且还冒着被他们自己的城市剥夺法律上的保护的危险，而去替对方作战呢？

对于伯罗奔尼撒人所处的地位，我认为我已经作了一个很公平的叙述。至于我们自己的地位，在我说到他们的缺点之中，我们一个也没有；至于其他方面，我们完全有自己的优点。如果他们从陆地上来进攻我国的话，我们一定从海上进攻他们的国家，结果，伯罗奔尼撒半岛一部分土地的破坏对于他们的影响，比整个亚狄迦的破坏对于我们的影响，更要厉害些；因为他们除了伯罗奔尼撒以外，非经过战争不能再得到土地，而我们在岛屿上和大陆上都有充足的土地。

海上势力是非常重要的。让我们从这方面看看。假如我们住在一个岛上的话，难道我们不是绝对安全，不受他人的攻击吗？事实上，我们一定要努力把我们自己看做岛上居民；我们必须放弃我们的土地和房屋，保卫海上的城市。我们一定不要因为丧失土地和房屋而愤怒，以致和远优于我们的伯罗奔尼撒陆军作战。如果我们胜利了，我们还是不得不用同样多的军队来和他们再战；如果我们战败了，我们会丧失我们的同盟国，同盟国是我们力量的基础；如果我们所剩下来的军队不够派出去镇压同盟国的话，它们马上会暴动的。我们所应当悲伤的不是房屋或土地的丧失，而是人民生命的丧失。人是第一重要的；其他一切都是人的劳动成果。假如我认为能够说服你们去做的话，我愿意劝你们往外去，并且亲手把你们的财产破坏，对伯罗奔尼撒人表示：你们是不会为了这些东西的缘故而向他们屈服的。

只要你们在战争进行中，下定决心，不再扩大你们的帝国，只要你们不自动地把自己牵入新的危险中去，我还可以举出许多理由来说明你们对于最后的胜利是应当有自信心的。我所怕的不是敌人的战略，而是我们自己的错误。但是这一点，我要在另一个机会，当我们实际作战的时候，才再说了。在目前，我建议：送回斯巴达的代表，并给他们带回我们下面的答复：我们愿意允许麦加拉人应用我们的市场和港口，只要斯巴达也同时对我们和我们的同盟者停止执行它禁止外人入境的法令（因为和约中并没有条款禁止他们

的法令，也没有禁止我们反对麦加拉人的法令）；我们愿意允许我们的同盟国独立，只要它们在订立和约的时候已经是独立了的，同时斯巴达人也要允许他们自己的同盟国独立，允许它们各自有它自己所愿意有的那种政府，而不是那种服从于斯巴达利益的政府。让我们又说：我们愿意，依照和约中明文的规定，提交仲裁；我们不会发动战争，但是我们将抵抗那些实际发动战争的人。这是一个正当的答复，同时也是我们这样一个城市所应当做的一个答复。我们要知道，这个战争是强迫加在我们身上的，我们愈愿意接受挑战，敌人向我们进攻的欲望将愈少。我们也要知道，无论对于城市也好，对于个人也好，最大的光荣是从最大的危险中得来的。当我们的祖先反对波斯人的时候，他们还没有我们现在所有的这样的资源；就是他们所有的那一点资源，他们也放弃了，但是他们驱逐了外族的入侵，把我们的城邦建成现在这个样子，这是由于他们的贤智，而不是由于他们的幸运；由于他们的勇敢，而不是由于他们的物质力量。我们要学他们的榜样：我们应当尽一切力量，抵抗我们的敌人，努力把与平常一样伟大的雅典遗传给我们的后代。

## ■ 作品赏析

当时，面对斯巴达的挑衅，雅典是战是和，国内意见不一。作为力主建立雅典在希腊世界霸权地位的国家统治者，伯里克利发表了这篇颇具说服力和鼓动性的战前动员令。他在分析时事的基础上指出雅典应战的必然性，表达了自己必战的决心。雅典的国民公会最终作出了应战的决定，明确表示雅典将不屈服于任何威胁。一开篇伯里克利便掷地有声地表明态度：反对作任何让步。然后他详细论证应战的可行性，并指出雅典必将取得胜利。他的这篇演讲充满激情，说理充分，具有极强的感染力，激励了雅典人以破釜沉舟的决心迎击敌人。

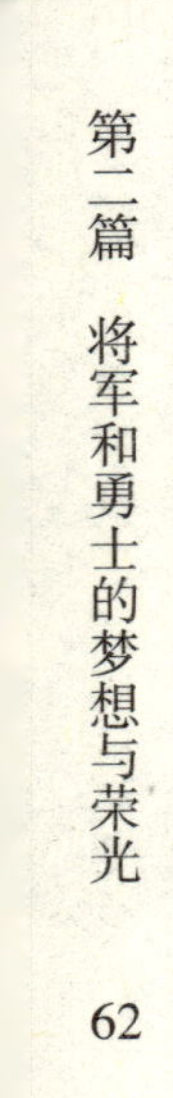

### ⊙演讲者简介⊙

伯里克利由于出身贵族，而且家庭极其富有，所以自幼就接受了良好的教育。他的青年时代是在希腊同盟抗击波斯侵略者的战火中度过的。公元前 466 年前后，他追随雅典民主派的首领埃菲阿尔特斯，成为雅典民主派的重要代表人物，埃菲阿尔特斯被雅典贵族派刺杀后，他成为雅典民主派和国家政权的重要领导人。从公元前 443 年起，他连续 15 年当选为雅典最重要的官职——首席将军，完全掌握了国家政权。公元前 431 年，雅典与斯巴达的战争爆发，斯巴达大军侵入雅典境内。战争的破坏和突然爆发的瘟疫为伯里克利的政敌提供了攻击他的借口，伯里克利在公元前 430 年被解除将军职务，并被控滥用公款处以罚款。但公元前 429 年，伯里克利再度当选为将军，不久，他就被鼠疫夺去了生命。

# 阵亡将士国葬礼上的演说

演讲词档案

演讲者：伯里克利（约前 495 ~前 429）
演讲时间：公元前 431 年
演讲地点：公葬典礼
演讲者身份：古代雅典政治家，雅典黄金时期统治者



## ■历史背景

公元前 431 年，古希腊两大强国斯巴达和雅典之间为争夺霸权爆发了战争，史称“伯罗奔尼撒战争”。战争激烈，双方都死伤许多将士。在雅典，按照风俗，每年冬季都要为那些在战争中阵亡的人举行公葬。当将士遗骨埋葬后，还需发表葬礼演说以歌颂死者。当时，雅典在伯里克利的正确领导下，第一年的战争进展顺利。因此，他被推举来发表葬礼演说。

## ■原文欣赏

过去许多在此地说过话的人，总是赞美我们在葬礼将完时发表演说的这种制度。在他们看来，对于阵亡将士发表演说，似乎是对阵亡将士一种光荣的表示。这一点，我不同意。这些在行动中表现自己勇敢的人，我认为，在行动中就充分宣布他们的光荣了，正如你们刚才从这次国葬典礼中所看见的一样。我们相信，这许多人的勇敢和英雄气概毫不因为一个人对他们说好或说歹而有所变更。

首先我要说到我们的祖先们，因为在这样的典礼上，回忆他们所做的，以表示对他们的敬意，这是适当的。在我们这块土地上，同一个民族的人世世代代住在这里，直到现在；因为他们的勇敢和美德，他们把这块土地当做一个自由国家传给我们。无疑地，他们是值得我们歌颂的。尤其是我们的父辈，更加值得我们歌颂，因为除了他们所继承的土地之外，他们还扩张成为我们现在的帝国，他们把这个帝国传给我们这一代，不是没有经过流血和辛勤劳动的。今天我们自己在这里集合的人，绝大多数正当盛年，我们已经在各方面扩充了我们帝国的势力，已经组织了我们的国家，无论在平时或战时，都完全能够照顾它自己。





我要说，我们的政治制度不是从我们邻人的制度中模仿得来的。我们的制度是别人的模范，而不是我们模仿任何其他的人的。我们的制度之所以被称为民主政治，因为政权是在全体公民手中，而不是在少数人手中。解决私人争执的时候，每个人在法律上都是平等的；让一个人负担公职优先于他人

的时候，所考虑的不是某一个特殊阶级的成员，而是他们有的真正才能。任何人，只要他能够对国家有所贡献，绝对不会因为贫穷而在政治上湮没无闻。正因为我们的政治生活是自由而公开的，我们彼此间的日常生活也是这样的。当我们隔壁邻人为所欲为的时候，我们不至于因此而生气；我们也不会因此而给他以难看的颜色，以伤他的情感，尽管这种颜色对他没有实际的损害。在我们私人生活中，我们是自由的和宽恕的；但是在公家的事务中，我们遵守法律。这是因为这种法律深使我们心悦诚服。

对于那些我们放在当权地位的人，我们服从；我们服从法律本身，特别是那些保护被压迫者的法律，那些虽未写成文字，但是违反了就算是公认的耻辱的法律。

现在还有一点。当我们的工作完毕的时候，我们可以享受各种娱乐，以提高我们的精神。整个一年之中，有各种定期赛会和祭祀；在我们的家庭中，我们有华丽而风雅的设备，每天怡娱心目，使我们忘记了我们的忧虑。我们的城邦这样伟大，它使全世界各地一切好的东西都充分地带给我们，使我们享受外国的东西，正好像是我们本地的出产品一样。

在我们对于军事安全的态度方面，我们和我们的敌人间也有很大的差别。下面就是一些例子：我们的城市，对全世界的人都是开放的；我们没有定期的放逐，以防止人们窥视或者发现我们那些在军事上对敌人有利的秘密。这是因为我们所依赖的不是阴谋诡计，而是自己的勇敢和忠诚。在我们的教育制度上，也有很大的差别。从孩提时代起，斯巴达人即受到最艰苦的训练，使之变为勇敢；在我们的生活中没有一切这些限制，但是我们和他们一样，可以随时勇敢地对付同样的危险。我们是自愿地以轻松的情绪来应付危险，而不是以艰苦的训练；我们的勇敢是从我们的生活方式中自然产生的，而不是国家法律强迫的；我认为这些是我们的优点。我们不花费时间来训练自己忍受那些尚未到来的痛苦；但是当我们真的遇着痛苦的时候，我们表现我们自己正和那些经常受到严格

伯罗奔尼撒战争绘画　公元前 5 世纪

这场战争从公元前 431 年开始，到公元前 404 年结束，打了 27 年。因为是以斯巴达为首的伯罗奔尼撒同盟首先进攻，所以被称为伯罗奔尼撒战争。这场战争使希腊的经济遭到严重破坏，各大城邦无论战胜或战败，都没有力量恢复过去的繁荣。

训练的人一样勇敢。我认为这是我们的城邦值得崇拜的一点。当然还有其他的优点。

我们爱好美丽的东西，但是没有因此而至于奢侈；我们爱好智慧，但是没有因此而至于柔弱。我们把财富当做可以适当利用的东西，而没有把它当做可以自己夸耀的东西。至于贫穷，谁也不必以承认自己的贫穷为耻；真正的耻辱是不择手段以避免贫穷。在我们这里，每一个人所关心的，不仅是他自己的事务，而且也关心国家的事务：就是那些最忙于他们自己的事务的人，对于一般政治也是很熟悉的——这是我们的特点：一个不关心政治的人，我们不说他是一个注意自己事务的人，而说他根本没有事务。我们雅典人自己决定我们的政策，或者把决议提交适当的讨论；因为我们认为言论和行动间是没有矛盾的；最坏的是没有适当地讨论其后果，就冒失开始行动。这一点又是我们和其他人民不同的地方。我们能够冒险；同时又能够对于这个冒险，事先深思熟虑。他人的勇敢，由于无知，当他们停下来思考的时候，他们就开始疑惧了。但是真的算得勇敢的人是那个最了解人生的幸福和灾患，然后勇往直前，担当起将来会发生的事故的人。

再者，在关于一般友谊的问题上，我们和其他大多数的人也成一个显明的对比。我们结交朋友的方法是给他人以好处，而不是从他人方面得到好处。这就使我们的友谊更为可靠，因为我们要继续对他们表示好感，使受惠于我们的人永远感激我们。在这方面，我们是独特的。当我们真的给予他人以恩惠时，我们不是因为估计我们的得失而这样做的，乃是由于我们的慷慨，这样做而无后悔的。因此，如果把一切都结合起来考虑的话，我可断言，我们的城市是全希腊的学校；我可断言，我们每个公民，在许多生活方面，能够独立自主；并且在表现独立自主的时候，能够特别地表现温文尔雅和多才多艺。为着说明这并不是在这个典礼上的空自吹嘘，而是真正的具体事实，你们只要考虑一下：正因为我在上面所说的优良品质，我们的城邦才获得它现有的势力。我们所知道的国家中，只有雅典在遇到考验的时候，证明是比一般人所想象的更为伟大。在雅典的情况下，也只有在雅典的情况下，入侵的敌人不以战败为耻辱；受它统治的属民不因统治者不够格而抱怨。真的，我们所遗留下来的帝国的标志和纪念物是巨大的。不但现代，而且后世也会对我们表示赞叹。我们不需要一个荷马的歌颂，也不需要任何他人的歌颂，因为他们的歌颂只能使我们娱乐于一时，而他们对于事实的估计不足以代表真实的情况。因为我们的冒险精神冲进了每个海洋和每个陆地；我们到处对我们的朋友施以恩德，对我们的敌人给予痛苦；关于这些事情，我们遗留了永

久的纪念于后世。

那么，这就是这些人为它慷慨而战、慷慨而死的一个城邦，因为他们只要想到丧失了这个城邦，就不寒而栗。很自然地，我们生于他们之后的人，每个人都应当忍受一切痛苦，为它服务。因为这个缘故，我说了这么多话来讨论我们的城市，因为我要很清楚地说明，我们所争取的目的比其他那些没有我们的优点的人所争取的目的要远大些；因此，我想用实证来更清楚地表达我对阵亡将士们的歌颂。

在我看来，像这些人一样的死亡，对我们说明了英雄气概的重大意义，不管它是初次表现的也好，或者是最后证实的也好。无疑地，他们中间有些人是有缺点的；但是我们所应当记着的，首先是他们抵抗敌人、捍卫祖国的英勇行为。他们的优点抵消了他们的缺点，他们对国家的贡献多于他们在私人生活中所作的祸害。他们这些人中间，没有人因为想继续享受他们的财富而变为懦夫；也没有人逃避这个危难的日子，以图偷生脱离穷困而获得富裕。他们所需要的不是这些东西，而是要挫折敌人的骄气。在他们看来，这是最光荣的冒险。他们担当了这个冒险，愿意击溃敌人，而放弃了其他一切。至于成败，他们让它留在不可预测的希望女神手中；当他们真的面临战斗的时候，他们信赖自己。在战斗中，他们认为保持自己的岗位而战死比屈服而逃生更为光荣。所以他们没有受到别人的责难，把自己血肉之躯抵挡了战役的冲锋；顷刻间，在他们生命的顶点，也是光荣的顶点，而不是恐惧的顶点，他们就离开我们而长逝了。

他们的行动是这样的，这些人无愧于他们的城邦。我们这些还生存的人们可以希望不会遭遇着和他们同样的命运，但是在对抗敌人的时候，我们一定要有同样的勇敢精神。这不是单纯从理论上估计优点的一个问题。关于击败敌人的好处，我可以说得很多（这些，你们和我一样都是知道的）。我宁愿你们每天把眼光注意到雅典的伟大。它真正是伟大的；你们应当热爱它。当你们认识到它的伟大时，然后回忆一下，使它伟大的是有冒险精神的人们，知道他们的责任的人们，深以不达到某种标准为耻辱的人们。如果他们在一个事业失败了，他们下定决心，不让他们的城邦发现他们缺乏勇敢，他们尽可能把最好的东西贡献给国家。他们贡献了他们的生命给国家和我们全体；至于他们自己，则获得了永远常青的赞美，最光辉灿烂的坟墓——不是他们的遗体所安葬的坟墓，而是他们的光荣永远留在人心的地方；每到适当的时机，永远激动他人的言论或行动的地方。因为著名的人们是把整个地球作他们的纪念物的：他们的纪念物不仅是在自己的祖国内他们坟墓上指出他们来

的铭刻，而且也在外国；他们的英名是生根在人们的心灵中，而不是雕刻在有形的石碑上。你们应该努力学习他们的榜样。你们要下定决心：要自由，才能有幸福；要勇敢，才能有自由。在战争的危险面前，不要松懈。那些不怕死的人不是那些可怜人和不幸者，因为他们没有幸福生活的希望；而是那些昌盛的人，因为他们的生活有变为完全相反的危险，他们敏锐地感觉到，如果事情变糟了的话，对于他们将有严重的后果。一个聪明的人感觉到，因为自己懦弱而引起的耻辱比为爱国主义精神所鼓舞而意外地死于战场，更为难过。

因为这个原因，我不哀吊死者的父母，他们有很多是在这里的。我要努力安慰他们。他们很知道他们生长在一个人生无常的世界中。但是像阵亡将士一样死得光荣的人们和你们这些光荣地哀吊他们的人们都是幸福的；他们的生命安排得使幸福和死亡同在一起。我知道，关于这一点，我很难说服你们。当你们看见别人快乐的时候，你们也会想起过去一些常常引起你们快乐的事情来。一个人不会因为缺少了他经验中所没有享受过的好事而感到悲伤的：真正悲伤是因为丧失了他惯于享受的东西才会被感觉到的。

现在依照法律上的要求，我已经说了我所应当说的话。我们暂时对死者的祭献已经作了，将来他们的儿女们将由公费维持，直到他们达到成年时为止。这是国家给予死者和他们的儿女们的花冠和奖品，作为他们经得住考验的酬谢。凡是对于勇敢的奖赏最大的地方，你们也就可以找到人民中间最优秀的和最勇敢的精神。现在你们对于阵亡的亲属已致哀吊，你们可以散开了。

## ■作品赏析

作为一个优秀的演说家，同时作为一个成熟的政治家、军事家，伯里克利巧妙利用葬礼习俗来鼓舞士气。首先，他从雅典的祖先传统、根本制度及生活方式等这些宏大的背景盛赞雅典的伟大，这也就把为雅典而牺牲的将士提升到一个为祖国、为人民而死的崇高地位。接着，伯里克利大声疾呼，雅典人要继承死者的遗志，以死者为榜样，学习他们的精神，为独立自由而战。

伯里克利的这篇演讲铿锵有力，文情并茂，具有极大的感染力与鼓动性。他在演讲中用了很多富有激情的语句，如赞颂为国捐躯的雅典英雄时，伯里克利说“他们自己，则获得了永远常青的赞美，最光辉灿烂的坟墓——不是他们的遗体所安葬的坟墓，而是他们的光荣永远留在人心的地方”，“他们的英名是生根在人们的心灵中，而不是雕刻在有形的石碑上”。这些激昂的语句，令人热血沸腾。

# 要么胜利，要么死亡

演讲者：汉尼拔（前 247 ~ 前 183）
演讲时间：公元前 218 年
演讲地点：前线军营
演讲者身份：迦太基军事统帅

## ■ 历史背景

第一次布匿战争结束后，罗马掌握了地中海西部的制海权。战败的迦太基受条款所限，无法建立能与其抗衡的海军。为了收复失地，汉尼拔制定了一个前所未有的进攻策略。公元前 218 年春，他率领 38000 步兵、8000 骑兵，及 37 头战象从新迦太基出发，率军翻越比利牛斯山，穿过高卢人的领土，在 9 月渡过隆河，避开罗马派往高卢拦截的军队，于秋天抵达阿尔卑斯山脉附近。

面对难以忍受的气候、险峻的地形，统率一支种族语言混杂的军队，还要挡住高卢和蛮族不断的骚扰，汉尼拔完成了在罗马人眼中绝不可能达成的任务。他率军在冬季成功跨过阿尔卑斯山，兵力损失过半。《要么胜利，要么死亡》是汉尼拔率军翻越阿尔卑斯山后，准备向意大利出击时的战前鼓动演说。

## ■ 原文欣赏

士兵们：

你们在考虑自己的命运时，如果能记住前不久在看到被我们征服的人溃败时的心情，那就好了；因为那不仅是一种壮观的场面，还可以说是你们的处境的某种写照。我不知道命运是否已给你们戴上了更沉重的锁链，使你们处于更紧迫的形势。你们在左面和右面都被大海封锁着，可用于逃遁的船只连一艘都没有。环绕着你们的是波河，它比罗纳河更宽，水流更急；后面包围着你们的则有阿尔卑斯山，那是你们在未经战斗消耗、精力充沛时，历尽艰辛才翻越过来的。

士兵们，你们已在这里同敌人初次交锋，你们必须战胜，否则便是死亡；命运使你们不得不投身战斗，它现在又站在你们面前。如果你们战胜，你们就能得到即使从永生的众神那儿都不敢指望得到的最大报酬。我们只要依靠勇敢去收复敌人从我们先辈手里强夺去的西西里和萨迪尼亚，我们就会得到足够的补偿；罗马人通过多次胜利的战斗所取得和积聚起来的财富，连同这些财富的主人，都将属于你们。在众神的庇护下，赶快拿起武器去赢得这笔丰厚的报酬吧。

你们在荒凉的卢西塔尼亚和塞尔蒂韦里亚群山中追逐敌人为时已久，历经许多艰辛危难却一无所获；你们跋山涉水，转战数国，长途劳顿，现在是打响夺取丰富收获的战役，为你们的劳苦求得巨大报酬的时候了。这里的命运允许你们结束辛苦的努力，这里她将赐予与你们的贡献相称的报酬。你们不要按照这场战争表面上的巨大规模，而担心难于取胜。敌对双方受藐视的一方往往坚持浴血抗争，而一些著名的国家和国王却常被人并不费力地征服。

因为，撇开罗马徒有其表的显赫名声，它还有什么可与你们相比的？默默地回顾你们20年来以勇敢和成功而著称的战绩吧，你们从赫拉克勒斯支柱，从大洋和世界最遥远的角落来到这里，一路上征服了高卢和西班牙的许多最凶悍的民族；如今你们将同一支缺乏经验的军队作战，它就在今年夏天曾被高卢人击败、征服和包围过，至今它的统帅还不熟悉他的军队，而军队也不知道它的统帅。要把我同他作一比较吗？我的父亲是最杰出的指挥官，我在他营帐中出生、长大，我荡平了西班牙和高卢，我不仅征服了阿尔卑斯山诸国，还征服了阿尔卑斯山本身；而那个就任仅6个月的统帅是他的军队里的逃兵。如果把迦太基人和罗马人的军旗拿掉，我敢肯定他不知道自己是哪一支军队的指挥官。

你们中每一个人都看到了我的累累战功，同样地，我作为你们英雄气概的目击者，能列举每一个勇敢人作战的具体时间和地点。士兵们，我认为这一点很重要。我在成为你们的指挥官以前是你们大家的学生，我将率领曾千百次地受过我表彰和犒赏的士兵，阵容威武地阔步迎击那支官兵互不熟悉的军队。

不论我把眼光转向何处，我看到的都是斗志旺盛、精神饱满的士兵，一支由各个最英勇的民族组成的久经沙场的步兵和骑兵——你们，我们最可靠、最勇敢的盟军，你们，迦太基人，即将为你们的国家并出于最正义的愤恨而出征。我们是战争中的攻击者，高举仇恨的旗帜 进入意大利，将以远远超出敌方的胆量和勇气发起进攻，因为攻击者的信心和骁勇总是大于防卫者。此外，我们所受的痛苦、损伤和侮辱燃烧着我们的心：它们首先要求我、你们的领袖，其次要求曾围攻过萨贡塔姆的你们大家去惩罚敌人；如果我们畏缩怯战，它们将使我们受到最严厉的折磨。

那个最为残暴、狂妄的民族认为，一切都应归它所有，听它摆布；应当由它决定我们同谁交战、同谁媾和；它划定界限，以我们不得逾越的山脉河流把我们封锁起来，而它却不遵守自己规定的界限。它还说，不得越过伊比利亚半岛，不得干预萨贡廷人；萨贡塔姆在伊比利亚半岛，你们不得朝任何方向跨出一步！拿走我们最古老的省份——西西里和萨迪尼亚是件小事吗？你们还要拿

走西班牙吗？让我从那里撤走，以便你们横渡大海进入阿非利加吗？

我说他们要横渡大海，是不是？他们已经派出本年度的两位执政官，一个派往阿非利加，一个派往西班牙。除了我们用武器保住的地方外，他们什么地方都没有给我们留下。有后路的人可能成为懦夫，他们可以通过安全的道路逃跑，回到自己的国土家园请求收容。但你们必须勇敢无畏。你们在胜利和覆灭之间绝无回旋余地，或者战胜，或者死亡。如果命运未卜，与其死于逃亡，毋宁死于沙场。如果这就是你们大家确实不变的决心，我再说一遍，你们就已经战胜了；这是永生的众神在人们夺取胜利时所赐予的最有力的鼓励。

## ■ 作品赏析

这篇演讲是战前鼓动演说中颇为成功的典范之作。演讲一开始，汉尼拔就明确指出当时的形势是背水一战："你们必须战胜，否则便是死亡；命运使你们不得不投身于战斗。"汉尼拔以巨大的热情和坚定的意志，鼓励将士们奋勇作战。他从袍泽之情出发，以鲜明的对比向部下传递必胜的信心，激励将士们必战的决心。这篇演说提振了本来有些低落的士气，为军队取得后来一系列战役的胜利提供了保障。

接下来，汉尼拔降伏了都灵地区的敌对部落，解除了后方的威胁。随后在波河流域提契诺附近，他运用骑兵优势打败罗马军队，罗马在当地的统治崩溃。不久，整个意大利北部部落全部倒向迦太基阵营，高卢与利古里亚佣兵也加入了汉尼拔的军队，汉尼拔的军队达到全盛状态。

### ⊙演讲者简介⊙

汉尼拔，北非古国迦太基统帅、军事家。迦太基将领哈米尔卡·巴卡之子。汉尼拔时代正逢古罗马共和国势力的崛起。他幼年随父渡海远征西班牙，受过良好的教育和军事训练。公元前221年，仅26岁的汉尼拔被任命为迦太基军事统帅。

第二次布匿战争爆发后，汉尼拔率大军征战高卢南境，翻越阿尔卑斯山，同年秋进入意大利。随后他率军粉碎罗马人的阻击，绕过敌人重兵设防的阵地向罗马挺进。公元前217年，在特拉西米诺湖战役中，汉尼拔指挥军队重创罗马军。次年坎尼战役，汉尼拔又获大胜，罗马陷于困境。但长期转战，汉尼拔军力耗竭。罗马人积蓄力量，派兵反击，占领新迦太基。公元前204年，罗马军在北非登陆，危及迦太基。翌年秋，汉尼拔奉命回国救援。公元前202年，汉尼拔在扎马战役中惨遭失败，迦太基被迫求和。

公元前196年，汉尼拔任迦太基最高行政长官。实行改革后，汉尼拔遭到贵族派反对和政敌诬陷，逃亡叙利亚。公元前183年，流亡小亚细亚的汉尼拔在罗马人的追捕下服毒自杀。

# 非战胜，决不离开战场

## ——在法萨卢之役战前的演讲

演讲词档案

演讲者：恺撒（前100～前44）
演讲时间：公元前48年6月
演讲地点：法萨卢前线军阵
演讲者身份：古罗马军事统帅、政治家



### 历史背景

恺撒在出任高卢总督期间，势力迅速膨胀。这引起了元老院的恐慌，于是元老院联合庞培势力，拥戴庞培当上史无前例的“单独执政官”。公元前50年，元老院和庞培通过决议，拒绝延长恺撒担任高卢总督的任期，令其遣散军队。恺撒拒不执行这一决定。公元前49年，恺撒率领身边仅有的一个军团，跨过卢比孔河，进军罗马。庞培猝不及防，逃亡希腊。公元前48年，他们又在法萨卢展开了一场对决，当时，恺撒军队只有2万人左右，而庞培军队的人数是恺撒的两倍。在决战前夕，面对数量上占绝对优势的敌军，恺撒发表了这篇鼓舞全军士气的演讲。

恺撒遇刺

表现恺撒被刺死的绘画。尽管事先受到威胁，恺撒还是没带武器便来到元老院，在凶手中，他认出布鲁图斯——他之前非常信任的人，死前他说到：“你也这样，我的儿子！”

## ■原文欣赏

我的朋友们，我们已经克服了我们更可怕的敌人，现在我们所要对抗的不是饥饿和贫乏，而是人。一切决定于今日。记着你们在提累基阿姆时所给我的诺言。记着你们是怎样当着我的面，彼此宣誓：非战胜，决不离开战场。同伴士兵们啊，这些人就是我们过去在赫丘利的石柱所遇着的那些人，就是在意大利从我们面前溜跑了的那些人。他们就是在我们十年艰苦奋斗之后，在我们完成那些伟大战争之后，在我们取得无数胜利之后，在我们为祖国在西班牙、高卢和不列颠增加了400个属国之后，不给我们以荣誉，不给我们以凯旋，不给我们以报酬，而要解散我们的那些人。我向他们提出公平的条件，不能说服他们；我给他们以利益，也不能争取他们。你们知道，他们中间有些人是我释放的，不加伤害，希望我们可以使他们有一点正义感。今天你们要回忆所有这些事实；如果你们对于我有些体会的话，你们也要回忆我对你们的照顾、我的忠实和我所慷慨地给予你们的馈赠。

吃苦耐劳的老练士兵战胜新兵也是不难的，因为新兵没有战斗经验，并且他们像儿童一样，不守纪律，不服从他们的指挥官。我听说，他害怕，不愿作战。他的时运已经过去了；他在一切行动中，变为迟钝而犹疑；他已经不是自己发号施令，而是服从别人的命令了。我说这些事情，只是对他的意大利军队而言。至于他的同盟军，不要去考虑他们，不要注意他们，根本不要和他们战斗，他们是叙利亚的、福里基亚的和吕底亚的奴隶，总是准备逃亡或做奴役的。我知道得很清楚，你们马上就会看见的，庞培自己不会在战斗行列中给他们以地位的。纵或这些同盟军像狗一样向你们周围跑来威胁你们的时候，你们也只要注意意大利的士兵。当你们已经击溃敌人的时候，让我们饶恕意大利士兵，因为他们是我们的同族人，而只屠杀同盟军，使其他的人感到恐怖。为了使我知道你们没有忘记你们不胜即死的诺言起见，当你们跑去作战的时候，首先摧毁你们军营的壁垒，填起壕沟；这样，如果我们不战胜的话，我们就没有逃避的地方，使敌人看见我们没有军营，知道我们不得不在他们的军营里驻扎。



## ■作品赏析

一支军队取得战争的胜利，兵力的多少固然重要，但更重要的是军队的战斗力，而影响军队战斗力最重要的因素便是士气的高低。法萨卢战役前夕，恺撒的演讲成功地鼓舞了军队的士气。面对两倍于自己的庞培军，恺撒军

队最终以少胜多，彻底击败庞培。此役之后，恺撒迅速平定了庞培剩余势力，胜利结束内战。公元前 45 年，恺撒集大权于一身，实现了他的军事独裁统治。

恺撒在演讲中首先指出这场战斗的重要性，“一切决定于今日”，激励将士们勇敢杀敌，夺取彻底胜利。然后指出庞培军队的弱点，坚定将士们必胜的决心。演讲语言简洁干练，对比鲜明有力，展现了恺撒卓越的演讲才华。

**⊙演讲者简介⊙**

恺撒（前 100 ～前 44），古罗马军事统帅、政治家。他以军事才能和政治手腕著称于世。其所作所为改变了希腊—罗马的历史进程。

恺撒出身贵族。从政初期，支持平民反对苏拉派。公元前 60 年，他与庞培、克拉苏结成“前三头同盟”。公元前 59 年，恺撒当选执政官，随后出任山南高卢总督。自公元前 58 年起，8 年间他率军屡次征服高卢全境。此后，他权势日重。公元前 49 年，元老院与庞培联合，解除恺撒军权并召之回国。他率军占领罗马，打败庞培，集执政官、终身保民官、大将军等大权于一身，实行独裁统治。公元前 45 年，恺撒被元老院封为终身独裁官。恺撒的专制日益招致元老院内贵族共和派的反对。公元前 44 年 3 月 15 日，恺撒被布鲁图斯、卡西乌等刺杀。

恺撒带兵打仗几十年，指挥过几十个战役，大都是以少胜多，出奇制胜。他的战略思想和战术原则为西方许多著名军事统帅所效法，对西方军事学的发展作出了杰出的贡献。

# 让敌人摸不清我们的行踪

演讲者：苏沃洛夫（1730 ～ 1800）

演讲时间：1799 年 6 月

演讲地点：特雷比亚河前线

演讲者身份：第二次反法联盟俄奥联军司令

## ■ 历史背景

1799 年 6 月 1 日，法军将领麦克唐纳率领 3.6 万人向北意大利的奥特支队发起攻击。此时，奥特支队再加上前去支援它的梅拉斯支队总共才 9 千人。这 9 千人面对数倍于自己的法军的强势攻击，随时都有覆灭的可能，情况万分紧急。6 月 4 日，苏沃洛夫率领联军 2.6 万人火速前去救援。苏沃洛夫率领 4 个哥萨克团，顶着意大利 6 月狠毒的太阳，以前所未有的速度强行军，奇迹般地赶在法国军队到达之前，联合奥特支队同法军展开搏斗。连续 3 天，联军打退了麦克唐纳的 3 次大规模进攻，法军损失惨重，退到特雷比亚河。这时候，只要苏沃洛夫乘胜追击，战争的胜利便几乎是唾手可得了。然而，

由于强行军及连续作战，联军早已不堪重负。但苏沃洛夫知道，这样一个绝好的击溃法军的机会，不可错失。于是，苏沃洛夫作了这篇动员演讲。

## ■ 原文欣赏

你们好！弟兄们，神奇的勇士们！老伙伴们，你们好！

我们一定要战胜敌人！光荣属于我们！进行观察！快速！猛攻！让敌人摸不清我们的行踪，以为我们在 100 俄里之外，我们就从远处，从 200 俄里、300 俄里以至更远的地方杀过去。我们突然杀向他们，如神兵天降，敌人就会晕头转向！我们坚决进攻，有什么武器就用什么武器！骑兵，冲！劈啊，刺啊，追杀不舍，断敌退路，不要让他们跑了！步兵，用刺刀捅！弟兄们，你们都是勇士！敌人在你们面前发抖！你们是俄国人！

## ■ 作品赏析

苏沃洛夫这篇演讲只有 200 来字，虽简短但却非常有力量。在演讲中他用了一连串的短句，只强调了 4 个字："快速！""猛攻！"演讲铿锵有力，富有极大的鼓动性。也正是这样，苏沃洛夫调动了他手下那支疲惫军队的战斗热情，激励了士兵们的斗志。在克服重重困难后，他率领军队一举取得了特雷比亚河之战的全胜，歼灭麦克唐纳军队 1.8 万余人。

这篇演讲不仅鼓舞了士气，而且开创了一个先河。那就是在战斗最危急的时候，统帅把自己长期积累的克敌制胜的方法传授给战士们，教会部队如何去赢得战争，取得教与战两方面的良好效果。

### ⊙演讲者简介⊙

苏沃洛夫，俄国伟大的军事家、军事理论家、战略家、统帅。1730 年，苏沃洛夫出身于莫斯科一军人贵族家庭。他从小酷爱军事，喜欢读军事历史书籍，崇拜亚历山大、恺撒、汉尼拔、彼得大帝等著名军事统帅。1748 年到部队服役，从此开始他的军事生涯。1756 ~ 1758 年，他在陆军院供职。七年战争中，苏沃洛夫在鲁缅采夫麾下任职，崭露头角。1773 年，他率部参加俄土战争，屡建战功。1787 ~ 1791 年的俄土战争中，苏沃洛夫率部在勒姆尼克河之战中打败土军主力。1794 年，他率军镇压波兰民族起义，晋升元帅，后任驻波兰和乌克兰俄军司令。1798 年，俄国参加欧洲第二次反法联盟，苏沃洛夫被任命为意大利北部战场俄奥联军总司令。1799 年，他率军远征意大利，在特雷比亚河和诺维等地交战中歼灭法国大部驻军，解放北意大利。1799 年 10 月，苏沃洛夫获大元帅称号。后来俄奥联盟破裂，他奉命回师俄国，不久再遭贬谪，从此心灰意懒，于 1800 年抑郁而死。

# 一旦出击，必歼顽敌

演讲词档案

演讲者：华盛顿（1732 ~ 1799）

演讲时间：1775 年

演讲者身份：美国首任总统，被尊为美国国父

## ■历史背景

1775 年 4 月 19 日，英军同美洲殖民地民兵在莱克星顿发生枪战，北美独立战争由此拉开序幕。同年 5 月 10 日，第二届大陆会议在费城召开。会议通过以武力对抗英国的宣言，决定建立“大陆军”，并任命华盛顿为大陆军总司令。接受大陆会议赋予他的这一重任时，华盛顿诚惶诚恐，因为他即将面对的是世界上最强大的英国。当时英国拥有世界第一流的海军，在北美驻军 3 万，且装备精良，训练有素；华盛顿将要领导的大陆军却是一支装备差、训练和经验不足且军纪散漫的民兵部队。率领这样一支军队同强大的英军作战，作为一名军人，华盛顿清楚这意味着什么。鼓舞参战军队士气，激发士兵必胜的信念是当时华盛顿迫在眉捷的工作。因此，他发表了这篇演讲。

1789 年就职典礼日的早晨，纽约市熙熙攘攘的街景

美国是世界上第一个实行总统制的国家，因此美国第一届总统乔治·华盛顿就职时没有任何先例可循。这次就职典礼简单而庄严，它既满足了美国人民对华盛顿的敬仰和崇拜之情，也适应了美国当时的经济状况，没有过分铺张。

## 原文欣赏

美国人能成为自由人，还是沦为奴隶；能否享有可以称之为自己所有的财产；能否使自己的住宅和农庄免遭洗劫和毁坏；能否使自己免于陷入非人力所能拯救的悲惨境地——决定这一切的时刻已迫在眉睫。苍天之下，千百万尚未出生的人的命运取决于我们这支军队的勇敢和战斗。敌人残酷无情，我们别无他路，要么奋起反击，要么屈膝投降。因此，我们必须下定决心，若不克敌制胜，就是捐躯疆场。

祖国的尊严，我们的尊严，都要求我们进行英勇顽强的奋斗，如果我们做不到这一点，我们将感到羞愧，并将为全世界所不齿。所以，让我们凭借我们事业的正义性和上帝的恩助——胜利掌握在他手中——鼓励和鞭策我们去创造伟大而崇高的业绩。全国同胞都注视着我们，如果我们有幸为他们效劳，将他们从企图强加于他们的暴政中解救出来，我们将受到他们的祝福和赞颂。让我们相互激励、互相鞭策，并向全世界昭示：在自己国土上为自由而斗争的自由民胜过世上任何受人驱使的雇佣兵。

自由、财产、生命和荣誉都在危急存亡之中，我们正在流血受辱的祖国寄希望于我们的勇敢和战斗，我们的妻儿父老指望我们去保护。他们有充分理由相信，上苍一定会保佑如此正义的事业获得胜利。

华盛顿在普林斯顿战役中挥剑越过英军的头顶指向胜利。随着局势的不断发展，美军正一步步走向胜利。

敌人将炫耀武力，竭力恫吓，但是，别忘了，在许多场合，他们已被为数不多的勇敢的美国人所击败。他们的事业是邪恶的——他们的士兵也意识到了这一点，如果我们在他们开始进攻时，就沉着坚定地予以反击，凭着我们有利的工事和熟悉的地形，胜利必将属于我们。每一位优秀的士兵都将枕戈待旦——整装待命，一旦出击，必歼顽敌。

## 作品赏析

这篇演讲节奏感很强。因为

这是对即将投入战斗的战士的动员，所以华盛顿用语简短有力，给人以急促、紧迫之感。一开始，华盛顿就将战争的紧迫性和“要么奋起反击，要么屈膝投降”的抉择摆在全军战士面前，从而点燃他们胸中仇恨的火焰，坚定了他们战斗的决心。1776 年 3 月，华盛顿率军首战告捷，大大鼓舞了北美人民争取独立战争胜利的斗志。

华盛顿在演讲中以极精练的语言阐明了这次战争的性质和意义，并对交战双方的力量作出了令人置信的判断“在自己国土上为自由而斗争的自由民胜过世上任何受人驱使的雇佣兵”，从而激发了战士们的战斗激情。接着华盛顿又以自由、财产、生命和荣誉系于战士一身来强调了这场战争的意义，客观地分析了敌我双方强弱力量的对比，从而再次表明了“胜利必将属于我们”的坚定信念。演讲中，一些排比句式的运用，加强了演讲的气势。

演讲者：丹东（1759 ~ 1794）
演讲时间：1792 年 9 月 2 日
演讲地点：法国国民议会
演讲者身份：法国政治家

# 勇敢些，再勇敢些！

## ■ 历史背景

1789 年，法国资产阶级大革命爆发。对此，普鲁士、奥地利、俄国深感恐惧，组织联军干涉法国革命。1792 年 8 月 24 日，法国边境要塞龙维被普鲁士军队攻陷，敌军长驱直入兵临凡尔登城下。该城是法国东北部军事重镇，一旦失守，通向巴黎的大门便被打开，后果不堪设想。8 月 30 日，普奥联军大举围攻凡尔登。消息传来，巴黎一片混乱，人心惶惶。许多官员主张放弃抵抗，逃往外省；而丹东临危不惧，坚决反对投降。为鼓舞士气，打退侵略者，丹东发表了这篇战前演讲。

## ■ 原文欣赏

一个自由民族的政府官员能够向人民宣告国家将得到拯救，似乎是最称心的事了。于是所有人都被激励起来，热情奔放地投身于斗争中。

你们知道凡尔登城目前尚未陷入敌手，守卫部队誓称要处死第一个说出投降二字的人。

我们一部分人将守卫边界，一部分人构筑工事，设堑防御，其余持长矛者将担任城内的警卫工作。巴黎将支持我们的巨大努力。各公社委员要向公

民发出庄严号召，要求他们拿起武器奔赴保卫祖国的战斗。在这时刻，你们可以公开宣告，我们的首都值得全法兰西敬重。在这时刻，国民会议成了名符其实的作战委员会。我们要求你们一同领导这场崇高的人民运动，指定一定的委员支持和协助实现所有这些伟大的措施。任何人拒绝供职或提供武器，我们要求判处他们死刑。我们要求恰当地指示公民领导各种活动。我们要求派人到一切部门去传达你们在这里公布的各项指令。我们不敲报险的警钟而要吹响向法兰西的敌人冲锋的军号。为了胜利，我们需要勇敢，勇敢些，再勇敢些吧！这样，法兰西的安全就能得到保障。

## ■ 作品赏析

本篇演讲是丹东一生中最精彩、最著名的一次演讲。在这次演讲中的那句“勇敢些，再勇敢些吧”在当时产生了巨大的鼓动力，鼓舞了法国人民抗击普奥联军的斗志，并因此成为千古名句流传下来。

在普奥大军压境之际，时间是最宝贵的。因此丹东一开始便直奔主题，围绕战前动员紧密展开，抛弃了那些冗长的华而不实的语句。这篇演讲显得短小精悍，明快简洁。但是，虽然短小，丹东还是向公众表明了自己无畏的斗争气概，并冷静细致地指挥人们做好迎战的准备。演讲的每个句子，都仿佛是指挥员发布的战斗命令，坚定果断，不容置疑。他用自己饱满的热情和坚定的信念激励人们，号召人民为保卫祖国而战斗。深受鼓舞的人民武装起来，迅速开往前线，击败了来犯之敌，捍卫了革命成果。

### ⊙演讲者简介⊙

丹东，法国政治家、法国大革命领袖。18世纪法国大革命时期的社会活动家，雅各宾派的主要领导人之一。1759年，丹东出生于奥布河畔阿尔西镇。1785年，他在巴黎高等法院任律师，后任枢密院律师。受启蒙思想家孟德斯鸠、卢梭等人影响，崇尚自由、平等。革命初期，丹东参加了科尔得利俱乐部和雅各宾派俱乐部。1791年，他带领群众向政府请愿，要求废黜国王、宣布共和。1792年8月10日，丹东在吉伦特派掌权的临时政府任司法部长。1792年9月被选入国民公会，他与马拉、罗伯斯庇尔同为雅各宾派著名领袖。

1793年6月雅各宾派取得革命政权后，在许多重大问题上，丹东与罗伯斯庇尔发生严重分歧，逐渐变成雅各宾派的右翼。在对外政策上，他反对法国继续进行反对欧洲干涉的战争，主张与英国议和。在对内政策上，他要求取消革命恐怖政策，对一切反革命分子实行大赦。丹东还主张取消最高限价，实行商业自由。1794年3月，丹东被捕，4月被处死。

# 让我们前进吧

## ——在米兰的演说

演讲词档案

演讲者：拿破仑（1769 ~ 1821）

演讲时间：1796 年

演讲者身份：法国近代史上著名的军事家和政治家，法兰西第一帝国皇帝

### ■ 历史背景

这篇演讲是 1796 年拿破仑军队攻占意大利王国首都米兰后，旨在勉励全军将士保持恒久的战斗士气，以荣誉相砥砺，进而激发全军，乘胜追击，一鼓作气，廓清残敌，以争取最后的胜利。

### ■ 原文欣赏

士兵们：

你们像山洪一样从亚平宁高原上迅速地猛冲下来。你们战胜并消灭了一切阻挡你们前进的敌人。

从奥地利暴政下解放出来的皮埃蒙特，表现了与法国和平友好相处的天然感情。

米兰是你们的，在全伦巴迪亚上空，到处都飘扬着共和国的旗帜。

帕尔马公爵和莫德纳公爵能够保留政治生命，完全归功于你们的宽宏大量。号称能够威胁你们的敌军，再也找不到更多的可以凭借的障碍物，来抵挡你们的勇气了。波河、提契诺河和阿达河不再阻挡你们前进了。意大利这些所谓了不起的堡垒看来都是不堪一击的，你们像征服亚平宁山脉一样迅速地征服了它们。

你们取得这样多的胜利使祖国充满喜悦。你们的代表们规定了节日，以表示对你们胜利的庆贺，共和国所有的公社都在庆祝这个节日。你们的父亲、母亲、妻子、姊妹以及你们所有心爱的人，都为你们的胜利而欢欣鼓舞，他们都以自己是你们的亲人而感到自豪！

是的，士兵们！你们做了许多事情。可是，这是不是说你们再没有什么事可做了呢？人们在谈到我们时会不会说，我们善于取得胜利，却不善于利用胜利呢？后代会不会责备我们，说我们在伦巴迪亚碰上了卡普亚呢？不过我已经看见你们在拿起武器，懦夫般的休养生活已经使你们烦恼啦！你们为荣誉而花去的时光，也就是为了自己的幸福而花去的时光。总而言之，让我

们前进吧！目前我们还需要急行军，我们必须战胜残敌，我们要给自己戴上桂冠，必须报复敌人给我们的侮辱！

让那些准备在法国挑起内战的人等着吧！让那些卑鄙地杀死我们的驻外使节和烧毁我们土伦军舰的人等着吧！复仇的时刻到了。

但是，要叫老百姓放心。我们是一切老百姓的朋友，特别是布鲁图家族、西庇阿家族和一切我们奉为典范的大人物的后裔的忠实朋友。恢复卡皮托利小山上的古迹，在那儿恭敬地树起一些能使古迹驰名的英雄雕像。唤醒罗马人，使他们摆脱几百年的奴役造成的昏沉欲睡的状态。这些将是你们的胜利果实，这些果实将在历史上创造一个新的时代。不朽的荣誉将归于你们，因为你们改变了欧洲这一最美丽地方的面貌。

自由的、受全世界尊敬的法国人民正在给全欧洲带来光荣的和平，这种和平将补偿它在六年中所忍受的一切牺牲。那时你们回到自己的家乡，你们的同胞就会指着你们说：他是在意大利方面军服过役的！

## ■ 作品赏析

本篇演讲是 1796 年拿破仑和他的军队进驻米兰后他对士兵发表的演说，拿破仑的演说非常富于激情，具有极大的鼓动性和号召力，他在演讲中高度赞扬

拿破仑加冕典礼

1804 年 12 月 2 日，加冕典礼在巴黎圣母院大教堂隆重举行。为了给典礼罩上豪华的气派，凡是金钱和艺术能做到的事都做到了。皇帝和皇后加冕时所穿的皇袍，耗费了 112.3 万法郎，而他们的冠冕所花的钱还要多得多。当庇护七世像一千年前他的前辈圣皮埃尔主教给查理大帝戴上皇冠一样，举起沉重的皇冠给皇帝戴上的时候，拿破仑突然从教皇手里夺过皇冠，自己戴上；接着，约瑟芬跪在皇帝面前，拿破仑把一个比较小些的皇冠给她戴上。

了士兵们在战争中英勇的表现和所建立的卓越功勋："你们战胜并消灭了一切阻挡你们前进的敌人。""号称能够威胁你们的敌军，再也找不到更多的可以凭借的障碍物，来抵挡你们的勇气了。""你们的父亲、母亲、妻子、姊妹以及你们所有心爱的人，都为你们的胜利而欢欣鼓舞，他们都以自己是你们的亲人而感到自豪！"这些华丽壮美的语言充分体现了拿破仑在演讲和修辞方面的天赋。拿破仑在演讲中对前景胜利的期许和对前景的展望极大地鼓舞了士兵，更加激发了他们无畏的战斗精神和坚强的战斗力量。"人们在谈到我们时会不会说，我们善于取得胜利，却不善于利用胜利呢？"这样的反问实际上更加地起到了激励的作用，"我们还需要急行军，我们必须战胜残敌，我们要给自己戴上桂冠，必须报复敌人给我们的侮辱！"拿破仑的这篇演讲大量使用呼告和排比，充满战斗的激情和意志力。

### ⊙演讲者简介⊙

拿破仑出生在科西嘉岛的阿雅克修城。15岁那年进入巴黎陆军学校学习，在校深受法国启蒙思想的影响，毕业后成为一名炮兵少尉。

1793年，拿破仑奉命参加土伦战役，因战功卓著被破格提升为准将。1796年3月初，年仅26岁的拿破仑被任命为法国意大利军司令官。他统率数万大军直驱意大利，取得了一系列的辉煌胜利。1798年4月12日，拿破仑被任命为埃及军团司令官。5月18日，拿破仑挥师东下，远征埃及。1799年，拿破仑率亲信离开埃及，返回巴黎。11月9日，发动雾月政变成功，成为第一执政官。1804年，加冕称帝，即拿破仑一世，法国进入了法兰西第一帝国时期。

拿破仑越过圣伯尔纳山　法国　大卫

1805年，奥、英、俄结成反法同盟，拿破仑率军东进应战，取得了乌尔姆、奥斯特里茨等大战的胜利，并乘胜组建"莱茵同盟"。1807年10月，拿破仑发动了征服伊比利亚半岛的战争，并占领葡萄牙和西班牙的大部分。1809年5月12日，拿破仑打败奥军主力，随后占领维也纳、罗马等地。1812年，拿破仑集兵50万远征俄罗斯。但俄罗斯人的顽强抵抗和严寒的气候最终使法军大败而归。1814年的莱比锡战役中拿破仑又败给了反法同盟，拿破仑被流放到意大利的厄尔巴岛。1815年，拿破仑成功逃出流放地，返回法国，再次登上皇帝宝座。但在滑铁卢战役中法军惨败，拿破仑第二次退位，流放到更加遥远的圣赫勒拿岛。1821年5月5日，拿破仑在岛上病逝，终年52岁。

# 葛底斯堡演说

演讲词档案
演讲者：林肯（1809 ~ 1865）
演讲时间：1863 年 11 月 19 日
演讲地点：葛底斯堡国家公墓
演讲者身份：美国第 16 任总统

## ■ 历史背景

1863 年 7 月，南北战争正在进行，北军统帅米德率军和南方军队在葛底斯堡展开了会战，经过三天三夜的激战，政府军终于取得胜利。为了纪念在这次战斗中牺牲的战士，在葛底斯堡建立了一座烈士公墓。在公墓落成典礼上，林肯作了这篇演讲。

## ■ 原文欣赏

87 年前，我们的先辈们在这个大陆上创立了一个新国家，它孕育于自由之中，奉行一切人生来平等的原则。

现在我们正从事一场伟大的内战，以考验这个国家，或者任何一个孕育于自由和奉行上述原则的国家是否能够长久存在下去。我们在这场战争中的一个伟大战场上集会，烈士们为使这个国家能够生存下去而献出了自己的生命，我们来到这里，是要把这个战场的一部分奉献给他们作为最后安息之所。我们这样做是完全应该而且非常恰当的。

但是，从更广泛的意义上来说，这块土地我们不能够奉献，不能够圣化，不能够神化。那些曾在这里战斗过的勇士们，活着的和去世的，已经把这块土地圣化了，这远不是我们微薄的力量所能增减的。我们今天在这里所说的话，全世界不大会注意，也不会长久地记住，但勇士们在这里所做过的事，全世界却永远不会忘记。毋宁说，倒是我们这些还活着的人，应该在这里把自己奉献于勇士们已经如此

葛底斯堡战役

1863 年 7 月 2 日至 4 日的葛底斯堡战役中 5000 名美国人阵亡，是美国历史上阵亡人数最多的一次战役，成为南北战争中最著名的战役。这次战役的焦点是乔治·皮克特将军带领 15000 名南军发起对开阔地的进攻，最终以南军的失败而告终。

崇高地向前推进但尚未完成的事业。倒是我们应该在这里把自己奉献于仍然留在我们面前的伟大任务——我们要从这些光荣的死者身上汲取更多的献身精神，来完成他们已经完全彻底为之献身的事业；我们要使国家在上帝福佑下得到自由的新生，要使这个民有、民治、民享的政府永世长存。

## ■ 作品赏析

伟大的演讲必须诞生于伟大的智慧和伟大的人格。林肯演讲的成功正好包含这两方面的因素，作为一个正直的人，他恳切的言辞能够被民众信任，他智慧的表达能够被听众接受，并且被进一步感动。在这篇演讲中，林肯热情讴歌了勇士们为自由民主而献身的精神，鼓舞活着的人完成他们未竟之事业，为民有、民治、民享的政治理想而奋斗。这篇演讲的词语运用非常简洁凝练，但是充满了强烈的感情色彩，非常真切深沉，包含着对烈士的崇敬和缅怀之情，因此深深地打动了在场的所有听众。从演讲者本身来说，我们可以想象，按照林肯的一贯作风，深入人心的优秀品质也是他打动听众的一个重要因素。全文短小精当，催人奋进，被公认为演讲史上的典范之作。

# 责任·荣誉·国家

演讲者：麦克阿瑟（1880 ~ 1964）
演讲时间：1962 年 5 月 2 日
演讲地点：西点军校
演讲者身份：美国著名军事家，美国陆军五星上将

## ■ 历史背景

麦克阿瑟是一位富有激情的演说家。这篇演讲发表于 1962 年 5 月 2 日，82 岁高龄的麦克阿瑟回到阔别多年的母校——西点军校，接受美国军事学院的最高荣誉奖——西尔韦纳斯·塞耶荣誉勋章，并在授勋仪式上发表了这篇最动人，也是最后的公开演讲。

## ■ 原文欣赏

今天早晨，我走出旅馆时，看门人问道："将军，您上哪儿去？"一听说我到西点时，他说："那是个好地方，您从前去过吗？"

这样的荣誉是没有人不深受感动的，长期以来，我从事这个职业；我又如此热爱这个民族，这样的荣誉简直使我无法表达我的感情。然而，这种奖赏主要的并不意味着尊崇个人，而是象征一个伟大道德情操——捍卫这块可

爱土地上的文化与古老传统的那些人为的行为与品质的准则。这就是这个大奖章的意义。从现在以及后代来看，这是美国军人道德标准的一种表现。我一定要遵循这种方式，结合崇高的理想，唤起自豪感；也要始终保持谦虚。

责任——荣誉——国家，这三个神圣的名词尊严地命令您应该成为怎样的人，可能成为怎样的人，一定要成为怎样的人。它们是您振奋精神的转折点；当您似乎丧失勇气时鼓起勇气；似乎没有理由相信时重建信念；几乎绝望时产生希望。遗憾的是，我既没有雄辩的辞令，诗意的想象，也没有华丽的隐喻向你们说明它们的意义。怀疑者一定要说它们只不过是几个名词，一句口号，一个浮夸的短语。每一个迂腐的学究，每一个蛊惑人心的政客，每一个玩世不恭的人，每一个伪君子，每一个惹是生非者，很遗憾，还有其他个性完全不同的人，一定企图贬低它们，甚至达到愚弄、嘲笑它们的程度。

但这些名词却能完成这些事。它们建立您的基本特性，它们塑造您将来成为国防卫士的角色；它们使您坚强起来，认清自己的懦弱，而且，让您勇敢地面对自己的胆怯。它们教导您在真正失败时要自尊，要不屈不挠；胜利时要谦和，不要以言语代替行动，不要贪图舒适；要面对重压以及困难和挑战的刺激；要学会巍然屹立于风浪之中，但是，对遇难者要寄予同情，要律人得先律己；要有纯洁的心灵，崇高的目标；要学会笑，不要忘记怎么哭；要长驱直入未来，可不该忽略过去；要为人持重，但不可过于严肃；要谦逊，这样您就会记住真正伟大的淳朴，真正智慧的虚心，真正强大的温顺。它赋予您意志的韧性，想象的质量，感情的活力，从生命的深处焕发精神，以勇敢的优势克服胆怯，甘于冒险胜过贪图安逸。它们在你们心中创造奇境，意想不到的无尽无穷的希望，以及生命的灵感与欢乐。它们以这种方式教导你们成为军官或绅士。

您所率领的是哪一类士兵？他们可靠吗？勇敢吗？他们有能力赢得胜利吗？他们的故事您全部熟悉，那是美国士兵的故事。我对他们估计是多年前在战场上形成的，至今并没有改变。那时，我把他看做世界上最高尚的人物；现在，仍然这样看待他，不仅是具有最优秀的军事品德，而且也是最纯洁的一个人。他的名字与威望是每一个美国公民的骄傲。在青壮年时期，他献出了一切人类所能给予的爱情与忠贞。他不需要我与其他人的颂扬，他自己用鲜血在敌人的胸前谱写自传。可是，当我想到他在灾难中的坚韧，在战火里的勇气，胜利中的谦虚，我满怀的赞美之情是无法言状的。他是历史上一位成功的爱国者的伟大典范；他是后代的，作为对子孙进行解放与自由主义的教导者；现在，他把美德与成就献给我们。在二十次战役中，在上百个战场

上，围绕着成千堆的营火，我亲眼目睹不朽的坚忍不拔的精神，爱国的自我克制以及不可战胜的决心，这些已经把他的形象铭刻在他的人民的心坎上。从世界的这一端到那一端，从天涯到海角，我们已经深深地喝干勇敢的美酒。

……

这几个名词的准则贯穿着最高的道德准则，并将经受任何为提高人类而传播的伦理或哲学的检验。它所要求的是正确的事物，它所制止的是错误的东西。高于众人之上的战士要履行宗教修炼的最伟大的行为——牺牲。在战斗中，面对着危险与死亡，他显示出造物者按照自己意愿创造人类时所赋予的品质，只有神明的援助能支持他，任何肉体的勇敢与动物的本能都代替不了。无论战争如何恐怖，召之即来的战士准备为国捐躯是人类最崇高的进化。

现在，你们面临着一个新世界——一个变革中的世界。人造卫星进入星际空间，星球与导弹标志着人类漫长的历史开始了另一个时代——太空时代的篇章。自然科学家告诉我们，花费了五十亿年或更长的时期造成的地球，在三万万年才出现人类，再没有比现在发展得更快、更伟大的了。我们现在不但是从这个世界，而且涉及不可估量的距离，还要从神秘莫测的宇宙来论述事物。我们正在伸向一个崭新的无边无际的界限。我们谈论着不可思议的话题：控制宇宙的能源；让风与潮汐为我们工作；创造空前的合成物质，补充甚至代替古老的基本物质；净化海水供我们饮用；开发海底作为财富与粮食的新基地；预防疾病，延长寿命几百岁；调节空气，使冷热晴雨分布均衡……使生命成为有史以来最扣人心弦的那些梦境与幻想。

通过所有这些巨大的变化和发展，你们的任务就是坚定与不可侵犯地赢得我们战争的胜利。你们的职业中只有这个生死攸关的献身，此外，什么也没有。其余的一切公共目的、公共计划、公共需求，无论大小，都可以寻找其他的方法去完成；而你们就是训练好参加战斗的，你们的职业就是战斗——决心取胜。在战争中明确的认识就是为了胜利，

麦克阿瑟与士兵在菲律宾

胜利是任何都代替不了的。假如您失败了，国家就要遭到破坏，唯一缠住您的公务职责就是责任——荣誉——国家。其他人将争论着国内外的，分散人思想的争论的结果，可是，您将安详、宁静地屹立在远处，作为国家的卫士，作为国际矛盾怒潮中的救生员，作为战斗竞技场上的领头人士。一个半世纪以来，你们曾经防御、守卫、保护着解放与自由、权力与正义的神圣传统。让老百姓的声音来辩论我们政府的功过，是否因联邦的家长式统治力量过大，权力集团发展过于骄横自大，政治太腐败，罪犯太猖獗，道德标准降得太低，捐税提得太高，极端分子的偏激衰竭；我们个人的自由是否像完全应有的那样完全彻底，这些重大的国家问题无须你们的职业去分担或军事来解决。你们的路标：责任——荣誉——国家，这抵得上夜里的十倍灯塔。

你们是联系我国防御系统全部机构的发酵剂。从你们的队伍中涌现出战争警钟敲响时刻手操国家命运的伟大军官。从来也没有人打败过我们。假如您这样做，一百万身穿橄榄色、棕卡其、蓝色和灰色制服的灵魂将从他们的白色十字架下站起来，以雷霆般的声音响起神奇的词句：责任——荣誉——国家。

这并不意味着你们是战争贩子。相反，高于众人之长的战士祈求和平，因为他必须忍受战争最深刻的伤痛与疮疤。可是，在我们的耳边经常响起大智大慧的哲学之父柏拉图的不祥之言："只有死者看到战争的终结。"

我的年事渐高，已过黄昏。我的过去已经消失了音调与色彩，它们已经随着往事的梦境模模糊糊地溜走了。这些回忆是非常美好的，是以泪水洗涤，以昨天的微笑抚慰的。我渴望的耳朵徒然聆听着微弱的起床号声的迷人旋律，远处咚咚作响的鼓声。在我的梦境里，又听到噼啪的枪炮声、啪啪的步枪射击声、战场上古怪而忧伤的低语声。可是，在我记忆的黄昏，我总是来到西点，那里始终在我的耳边回响着：责任——荣誉——国家。

今天标志着我最后一次检阅你们。但是，我希望你们知道，当我死去时，我最后内心深处一定是这个部队的——这个部队的——这个部队的。

我向你们告别了。

## ■ 作品赏析

这是一篇热情洋溢的演讲，家常的开场白创造了良好的氛围，然后麦克阿瑟围绕着责任、荣誉、国家这三个核心名词，展开了他的宏论，同时用充满激情的语言描绘了一幅幅波澜壮阔的感人画卷，属于军人的责任、荣誉的画卷，这也是麦克阿瑟一生的经验总结、西点军校学生奋斗的目标。演讲的语言朴素而真挚，演讲者用真挚、饱含深情的话语对听众动之以情、晓之以理，意蕴博大精深、意味深长幽远。西点军校是麦克阿瑟军人生涯的起点，现在他告别西点，告别军旅生活，内心的依依不舍之情流露在话语之间，这种浓烈的感情也打动着每一位听众：“在我记忆的黄昏，我总是来到西点，那里始终在我的耳边回响着：责任—荣誉—国家。”演讲的结构严谨，层次有序，主旨鲜明，军人的荣誉是承担责任、保卫国家这样一个主题贯穿全文，明确表达了麦克阿瑟对军人价值的理解以及对西点军校的深厚感情。本篇演讲充满了诗意般的魅力，作者大量运用修辞，如排比、比喻、夸张、引用等，非常得体，绚丽多彩，造成磅礴的气势和强烈的感染力。

## ⊙演讲者简介⊙

麦克阿瑟像

麦克阿瑟出身于军人世家，1903 年毕业于西点军校后，在工程部队任职。第一次世界大战中，于 1917 年 10 月起在美驻法军队中任师参谋长，后任旅长，大战结束时任第 42 师师长。1919 ~ 1922 年任西点军校校长，主持西点军校教学工作。

1930 年 11 月，50 岁的麦克阿瑟出任参谋长，成为美国陆军史上最年轻的参谋长。第二次世界大战爆发后，1941 年 7 月麦克阿瑟又应召服现役，并以中将衔任远东美军司令，统管远东全部陆军和空军，驻守菲律宾群岛。1942 年 3 月，在准备反攻的军事调整中，麦克阿瑟任西南太平洋盟军三军总司令。5 月，他指挥了太平洋战场上的珊瑚海战役，使南进的日军第一次没达到预定的目标。此后，麦克阿瑟逐渐转入主动。他亲自指挥了各次重大战役，先后解放了菲律宾，收复吕宋岛。1944 年 12 月，由于他战绩突出，被授予美国特等军衔“五星上将”。

1945 年 9 月 2 日，麦克阿瑟登上停泊在东京湾的美国“密苏里号”军舰，接受了日本正式向盟军的投降。随后，65 岁的麦克阿瑟担任了盟军驻日本占领军的最高统帅。此后 5 年中，他成了“八千多万日本国民的绝对统治者”。在日本的权力和地位，成了他一生军人生涯的顶峰。

1950 年 6 月 25 日，朝鲜战争爆发，在朝鲜战场上，麦克阿瑟忠实地执行了杜鲁门政府的侵略政策。在中朝军民的痛击下，美国侵略军遭到可耻失败。杜鲁门妄图挽回败局，借口麦克阿瑟违令抗上，肆意扩大事态，于 1951 年 4 月 11 日解除了他的一切职务，并调回美国。于是，麦克阿瑟成了杜鲁门侵略政策失败的替罪羊。

麦克阿瑟回国后，应邀参加雷明顿—兰德公司的工作，1952 年 7 月 31 日就任该公司的董事长。1964 年 4 月 5 日病故。

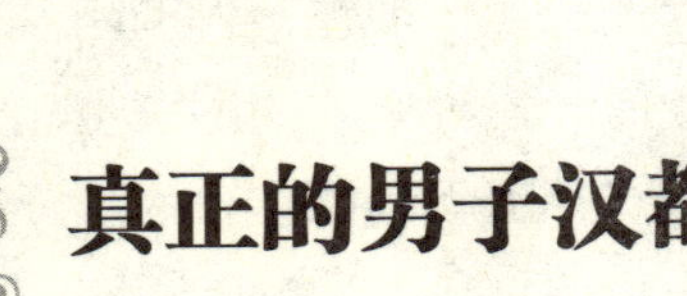

# 真正的男子汉都喜欢打仗

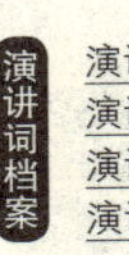

演讲词档案
演讲者：巴顿（1885 ~ 1945）
演讲时间：1944 年 6 月 5 日
演讲地点：英国东南部的多佛尔地区
演讲者身份：美国陆军四星上将

## ■ 历史背景

在诺曼底登陆战役前夕，为了迷惑德军统帅部，保障登陆作战的隐蔽性，盟军运用了双重特工、电子干扰，以及在英国东南部地区伪装部队及船只的集结等一系列措施。这期间，盟军司令部还让巴顿将军在英国进行战前演讲以蒙蔽敌人。

这些措施再加上严格的保密，使德军统帅部在很长时间里对盟军登陆地点、时间都作出了错误判断。当盟军在诺曼底登陆，并建立起滩头阵地时，德军仍认为只是牵制性的佯攻。当时，德军在西线的大部分兵力部署在加莱地区，而在诺曼底，则因兵力单薄无法抵御。这篇演讲是诺曼底登陆战前夕，巴顿将军对第 3 集团军将士的战前动员。

## ■ 原文欣赏

弟兄们，最近有些小道消息，说我们美国人对这次战争想置身事外，缺乏斗志。那全是一堆臭狗屎！美国人从来就喜欢打仗。真正的美国人喜欢战场上的刀光剑影。你们今天在这里，有三个原因。一、你们来这，是为了保卫家乡和亲人。二、你们来这，是为了荣誉，因为你此时不想在其他任何地方。三、你们来这，是因为你们是真正的男子汉，真正的男子汉都喜欢打仗。当今天在座的各位还都是孩子的时候，大家就崇拜弹球冠军、短跑健将、拳击好手和职业球员。美国人热爱胜利者。美国人对失败者从不宽恕。美国人蔑视懦夫。美国人既然参赛，就要赢。我对那种输了还笑的人嗤之以鼻。正因为如此，美国人迄今尚未打输过一场战争，将来也不会输。一个真正的美国人，连失败的念头，都会恨之入骨。

你们不会全部牺牲。每次主要战斗下来，你们当中只可能牺牲百分之二。不要怕死。每个人终究都会死。没错，第一次上战场，每个人都会胆怯。如果有人说他不害怕，那是撒谎。有的人胆小，但这并不妨碍他们像勇士一样战斗，因为如果其他同样胆怯的战友在那奋勇作战，而他们袖手旁观的话，他们将无地自容。真正的英雄，是即使胆怯，照样勇敢作战的男子汉。有的

战士在火线上不到一分钟，便会克服恐惧。有的要一小时。还有的，大概要几天工夫。但是，真正的男子汉，不会让对死亡的恐惧战胜荣誉感、责任感和雄风。战斗是不甘居人下的男子汉最能表现自己胆量的竞争。战斗会逼出伟大，剔除藐小。美国人以能成为雄中之雄而自豪，而且他们也正是雄中之雄。大家要记住，敌人和你们一样害怕，很可能更害怕。他们不是刀枪不入。在大家的军旅生涯中，你们称演习训练为“鸡屎”，经常怨声载道。这些训练演习，如军中其他条条框框一样，自有它们的目的。训练演习的目的，就是培养大家的警惕性。警惕性必须渗透到每个战士的血管中去。对放松警惕的人，我决不手软。你们大家都是枪林弹雨里冲杀出来的，不然你们今天也不会在这儿。你们对将要到来的厮杀，都会有所准备。谁要是想活着回来，就必须每时每刻保持警惕。只要你有哪怕是一点点的疏忽，就会有个狗娘养的德国鬼子悄悄溜到你的背后，用一坨屎置你于死地！

在西西里的某个地方，有一块墓碑码得整整齐齐的墓地，里面埋了四百具阵亡将士的尸体。那四百条汉子升天，只因一名哨兵打了个盹。令人欣慰的是，他们都是德国军人。我们先于那些狗杂种发现了他们的哨兵打盹。一个战斗队是个集体。大家在那集体里一起吃饭，一起睡觉，一起战斗。所谓的个人英雄主义是一堆马粪。那些胆汁过剩、整日在星期六晚间邮报上拉马粪的家伙，对真正战斗的了解，并不比他们搞女人的知识多。

我们有世界上最好的给养、最好的武器设备、最旺盛的斗志和最棒的战士。说实在地，我真可怜那些将和我们作战的狗杂种。真的。

我麾下的将士从不投降。我不想听到我手下的任何战士被俘的消息，除非他们先受了伤。即便受了伤，你同样可以还击。这不是吹大牛。我愿我的部下，都像在利比亚作战时的一位我军少尉。当时一个德国鬼子用手枪顶着他胸膛，他甩下钢盔，一只手拨开手枪，另只手抓住钢盔，把那鬼子打得七窍流血。然后，他拾起手枪，在其他鬼子反应过来之前，击毙了另一个鬼子。在此之前，他的一侧肺叶已被一颗子弹洞穿。这，才是一个真正的男子汉！

不是所有的英雄都像传奇故事里描述的那样。军中每个战士都扮演一个重要角色。千万不要吊儿郎当，以为自己的任务无足轻重。每个人都有自己的任务，而且必须做好。每个人都是一条长链上的必不可少的环节。大家可以设想一下，如果每个卡车司机都突然决定，不愿再忍受头顶呼啸的炮弹的威胁，胆怯起来，跳下车去，一头栽到路旁的水沟中躲起来，那会产生什么样的后果。这个懦弱的狗杂种可以给自己找借口：“管他娘的，没我地球照样转，我不过是千万分之一。”但如果每个人都这样想呢？到那时，我们怎

么办？我们的国家、亲人甚至整个世界会是怎么一个样子？不，他奶奶的，美国人不那样想。每个人都应完成他的任务。每个人都应对集体负责。每个部门，每个战斗队，对整个战争的宏伟篇章，都是重要的。弹药武器人员让我们枪有所发，炮有所射。没有后勤人员给我们送衣送饭，我们就会饥寒交迫，因为在我们要去作战的地方，已经无可偷抢。指挥部的所有人员，都各有所用，即使是个只管烧水帮我们洗去征尘的勤务兵。

每个战士不能只想着自己，也要想着身边一起出生入死的战友。我们军队容不得胆小鬼。所有的胆小鬼都应像耗子一样被斩尽杀绝。否则，战后他们就会溜回家去，生出更多的胆小鬼来。老子英雄儿好汉，老子懦夫儿软蛋。干掉所有狗日的胆小鬼，我们的国家将是勇士的天下。我所见过的最勇敢的好汉，是在突尼斯一次激烈的战斗中，爬到电话竿上的一个通讯兵。我正好路过，便停下问他，在这样危险的时候爬到那么高的地方瞎折腾什么？他答道："在修理线路，将军。"我问："这个时候不是太危险了吗？"他答道："是危险，将军，但线路不修不行啊。"我问："敌机低空扫射，不打扰你吗？"他答："敌机不怎么打扰，将军，你倒是打扰得一塌糊涂。"弟兄们，那才是真正的男子汉，真正的战士。他全心全意地履行自己的职责，不管那职责当时看起来多么的不起眼，不管情况有多危险。还有那些通往突尼斯的路上的卡车司机，他们真了不起。他们没日没夜，行驶在那狗娘养的破路上，从不停歇，从不偏向，把四处开花的炮弹当成伴奏。我们能顺利前进，全靠这些天不怕地不怕的美国硬汉。这些司机中，有人连续开车已经超过四十小时。他们不属战斗部队，但他们同样是军人，有重要的任务要完成。任务他们是完成了，而且完成得真他娘的棒！他们是大集体的一部分。如果没有大家的共同努力，没有他们，那场战斗可能就输掉了。只因所有环节都各司其职，各尽其责，整个链条才坚不可破。

大家要记住，算我没来过这里。千万不要在信件里提及我。按理说，我是死是活，对外界要保密，我既不统率第3集团军，更不在英国。让那些狗日的德国佬第一个发现吧！我希望有一天看到，那些狗杂种屁滚尿流，哀鸣道："我的天哪！又是那挨千刀的第3集团军！又是那狗娘养的巴顿！"

我们已经迫不及待了。早一日收拾掉万恶的德国鬼子，我们就能早一日掉转枪口，去端日本鬼子的老巢。如果我们不抓紧，功劳就会全让狗娘养的海军陆战队抢去了。

是的，我们是想早日回家。我们想让这场战争早日结束。最快的办法，就是干掉燃起这场战争的狗杂种们。早一日把他们消灭干净，我们就可以早

一日凯旋。回家的捷径，要通过柏林和东京。到了柏林，我要亲手干掉那个纸老虎、狗杂种希特勒，就像干掉一条蛇！

谁要想在炮弹坑里蹲上一天，就让他见鬼去吧！德国鬼子迟早会找到他的头上。我的手下不挖猫耳洞，我也不希望他们挖。猫耳洞只会使进攻放缓。我们要持续进攻，不给敌人挖猫耳洞的时间。我们迟早会胜利，但我们只有不停战斗，比敌人勇敢，胜利才会到来。我们不仅要击毙那些狗杂种，而且要把他们的五脏六腑掏出来润滑我们的坦克履带。我们要让那些狗日的德国鬼子尸积成山，血流成河。战争本来就是血腥野蛮残酷的。你不让敌人流血，他们就会让你流。挑开他们的肚子，给他们的胸膛上来上一枪。如果一颗炮弹在你身旁爆炸，炸了你一脸灰土，你一抹，发现那竟是你最好伙伴的模糊血肉时，你就知道该怎么办了！

我不想听到报告说，“我们在坚守阵地。”我们不坚守任何见鬼的阵地。让德国鬼子坚守去吧。我们要一刻不停地进攻，除了敌人的卵子，我们对其他任何目标都不感兴趣。我们要扭住敌人的卵子不放，打得他们魂魄出窍。我们的基本作战计划，是前进前进再前进，不管要从敌人身上身下爬过去，还是要从他们身体中钻过去。我们要像挤出鹅肠或小号的屎那样执著，那样无孔不入！

有时免不了有人会抱怨，说我们对战士要求太严，太不近情理。让那些抱怨见鬼去吧！我坚信一条金玉良言，就是“一杯汗水，会挽救一桶鲜血”。我们进攻得越坚决，就会消灭越多的德国鬼子。我们消灭的德国鬼子越多，我们自己人死得就会越少。进攻意味着更少的伤亡。我希望大家牢牢记住这一点。

凯旋后，今天在座的弟兄们都会获得一种值得夸耀的资格。二十年后，你会庆幸自己参加了此次世界大战。到那时，当你在壁炉边，孙子坐在你的膝盖上，问你：“爷爷，你在第二次世界大战时干什么呢？”你不用尴尬地干咳一声，把孙子移到另一个膝盖上，吞吞吐吐地说：“啊……爷爷我当时在路易斯安那铲粪。”与此相反，弟兄们，你可以直盯着他的眼睛，理直气壮地说：“孙子，爷爷我当年在第3集团军和那个狗娘养的乔治·巴顿并肩作战！”

## ■ 作品赏析

在演讲一开始，巴顿就开宗明义，明确地对士兵提出来打仗的三个目的：保卫家乡和亲人、为了荣誉和真正的男子汉都喜欢打仗。这三个目标层次分明，为下一步的激励埋好了伏笔。接着，巴顿在阐述道理的同时列举了一些真实的故事，使他的演讲更具有说服力。巴顿这篇像旋风一样的演讲使将士们热血沸腾，激励他们以百倍的勇气冲向前线。巴顿的演讲风格独特，粗犷豪放，中间穿插了很多带着他强烈的军人特质和个人烙印的粗词糙语。不过这并不影响他演讲的效果，相反，这样的语言更合乎即将上战场的美国大兵的口味，使他们充满必胜的信念和激昂的斗志。

这篇演讲也不时闪烁着巴顿的军事思想。如他认为个人英雄主义一文不值，军队集体的力量才是强大的；他倡导不要防守，只管进攻的作战策略等。

**⊙演讲者简介⊙**

巴顿，1885年出生于加利福尼亚州一个军人世家。1909年6月，巴顿军校毕业，到骑兵部队服役。1917年，随美国远征军赴法参战。1918年9月指挥参加圣米耶勒战役。

1940年7月，巴顿受命组建一个装甲旅。同年，巴顿被任命为第2装甲师师长。1942年1月，巴顿升任第1装甲军军长。11月，作为北非远征军西部特遣部队司令，巴顿率部参加北非登陆战役，占领法属摩洛哥。1943年3月5日，接任被隆美尔击败的美第2集团军军长，4月升任美第7集团军司令。1943年7月9日，盟军发起西西里岛登陆战役，巴顿率美第7集团军攻取巴勒莫，随后占领墨西拿城。

1944年1月，巴顿在英国就任美国第3集团军司令。7月赴法国诺曼底，8月1日率部投入战斗，突入布列塔尼半岛和法国中部。1945年12月9日，巴顿在外出打猎时突遇车祸，伤重不治，享年60岁。



# 告别演讲

演讲者：蒙哥马利（1887 ~ 1976）
演讲时间：1943年12月30日
演讲地点：英国第8集团军驻地
演讲者身份：英国陆军元帅、战略家、军事家

## ■ 历史背景

在敦刻尔克大撤退、北非阿拉曼战役、西西里战役等大型的军事行动中，蒙哥马利将军均表现出优秀的指挥能力与军事才干，声名远扬。当时的英国首相丘吉尔及英国陆军部对他特别重视，在西西里战役后，把他调去指挥第21集团军。当时，第21集团军被赋予开辟“第二战场”的光荣使命。这篇演讲就是蒙哥马利赴任前，离开第8集团军时发表的告别演讲。

## ■ 原文欣赏

亲爱的官兵们：

在这里讲话很易激动，但我当努力控制自己。如果说不下去时，请你们

原谅。

我不得不遗憾地告诉你们，我离开第 8 集团军的时刻来到了。我受命去指挥在英国的英国军队。

我实在很难把离别之情适当地向你们表达出来。我就要离开曾经和我一起战斗的战友。在艰苦作战与赢得胜利的岁月中，你们忠于职守的勇敢与献身精神，永远令我钦佩。我觉得，在这支伟大的军队中，我有许多朋友。我不知道你们是否会想念我，但我对你们的思念，特别是回忆起那些个人的接触，以及路上相遇时愉快致意的情景，实非言语所能表达。

蒙哥马利指挥盟军在诺曼底登陆的场面

我们共同作战，从未失败过。我们共同所做的每件事，总是成功的。我知道，这是由于每个官兵忠于职守、全心全意合作的结果，而不是我一人之力所能做到的。正因为这样，你们和我彼此建立了信任。司令官与他的部队之间的相互信任是无价之宝。

我激动得说不出话，但我还是同你们说：第 8 集团军之所以有今天，是你们的功劳，是你们，使得它在全世界家喻户晓。因此，你们一定要维护它的良好名声和它的传统。

再见吧！希望不久又再见面，希望在这次大战的最后阶段，会再次并肩作战！

## ■ 作品赏析

在发表这篇《告别演说》后，蒙哥马利就要离开第 8 集团军，前去担任第 21 集团军司令。在演讲中，蒙哥马利表达了与并肩作战战友分别的感伤，回忆起一起战斗，相互信任，并取得胜利的光荣岁月，不由得感慨万千，激动得难以自制。他把部队取得胜利归功于全体将士的忠于职守和精诚团结，指出“司令官与他的部队之间的相互信任是无价之宝”。在总结获胜的原因之后，他又向第 8 集团军官兵们提出希望与嘱托，并期待再次并肩作战。

蒙哥马利的告别演说摒弃空洞虚浮的华丽词句，以情动人。从头至尾我们都可以感受到那种浓烈的情感。据说，蒙哥马利在接到新的任命后，早早就把演讲稿写好了。按说，一个久经沙场的老兵会很理性，但在演讲现场，蒙哥马利却激动不已，只好极力克制，并放慢语速讲下去。当时在场的官兵受到极大的感染和鼓舞，不少人都感动得热泪盈眶。

**⊙演讲者简介⊙**

蒙哥马利，英国陆军元帅、战略家、军事家，第二次世界大战中盟军杰出的指挥官。

蒙哥马利像

1887 年 11 月 17 日，蒙哥马利出身于伦敦肯宁敦区圣马克教区的一个牧师家庭。1907 年，考入桑德赫斯特皇家军事学院。第一次世界大战期间，蒙哥马利在法国、比利时战场服役。1920 年，他进入坎伯利参谋学院学习。1934 年，蒙哥马利调任奎塔参谋学院任主任教官，1937 年任旅长、师长。第二次世界大战爆发后，蒙哥马利率远征军赴法作战，曾参加指挥敦刻尔克大撤退。1942 年 8 月，蒙哥马利受命赴北非，接管第 8 集团军。1942 ~ 1943 年，蒙哥马利指挥北非战争，在阿拉曼地区击溃“沙漠之狐”隆美尔指挥的德军。1944 年，蒙哥马利率 21 集团军参加诺曼底登陆。1944 年 9 月 1 日，他晋升为元帅。此后，历任英驻德占领军总司令、西欧联盟统帅、北大西洋公约最高司令部副司令等。1958 年，蒙哥马利结束了 50 年的军旅生涯而退休。1976 年，病逝于伦敦汉普郡奥尔顿。

# 反攻动员令

演讲者：艾森豪威尔（1890 ~ 1969）

演讲时间：1944 年 6 月 6 日

演讲地点：英国

演讲者身份：美国第 34 任总统，美国陆军五星上将

## ■ 历史背景

第二次世界大战爆发不久，英法等国一败涂地，西欧大陆几乎全部被德军控制。苏德战争爆发后，苏联曾多次要求美国和英国在西欧开辟第二战场。1943 年，在德黑兰会议上，斯大林、罗斯福和丘吉尔正式商定，美英盟军于 1944 年 5 月在法国北部地区登陆，行动代号为“霸王”。会后，艾森豪威尔被任命为“霸王”行动的盟军最高司令。

盟军经过反复分析研究，最终确定以诺曼底地区的奥恩河口到科塘坦半岛南端的地域作为盟军的登陆地域。原先选定6月5日发动登陆进攻，然而6月初风浪颇大，大多数将领主张延后行动。艾森豪威尔权衡利弊，毅然决定利用6月6日这天天气有短暂好转的间隙展开攻击行动。这就是著名的诺曼底登陆战役。作战前，艾森豪威尔发表了这篇《反攻动员令》。

## ■ 原文欣赏

各位联合远征军的海陆空战士们：

你们马上就要踏上征程去进行一场伟大的圣战，为此我们已精心准备了数月。全世界的目光都注视着你们，各地热爱和平的人们的期望与祈祷伴随着你们。

你们将与其他战线上的英勇盟军及兄弟一起并肩战斗，摧毁德国的战争机器。推翻压在欧洲人民身上的纳粹暴政，保卫我们在一个自由世界的安全。这是一个艰巨的任务。你们的敌人训练有素，装备精良，久经沙场，他们肯定会负隅顽抗。但是现在是1944年。与纳粹1940、1941年连连取胜时大不相同。联合国家在正面战场予以德军迎头痛击，空军削弱了德军的空中力量和陆上战斗能力；后方弹药充足、武器精良、部署得当、后备力量丰富。潮流已经逆转，全世界自由的人们正在一起向胜利迈进。我对你们的勇敢、责任心和作战技巧充满了信心，我们迎接的只会是彻底的胜利。

祝你们好运，并让我们祈求万能的上帝祝福这伟大而崇高的事业获得成功。

## ■ 作品赏析

在诺曼底登陆进攻前夕发表这篇演讲，艾森豪威尔可谓用心良苦。盟军经过大半年的准备，成败就在此一举。面对强大的德国法西斯，只有激发士兵们必胜的信心，登陆才有可能顺利进行。该演讲鼓舞了盟军的士气，为诺曼底登陆的胜利开启了序幕。诺曼底登陆的胜利，标志着盟军在欧洲大陆成功开辟第二战场。

演讲一开始，艾森豪威尔便指出这次行动是一场伟大的“圣战”，点明这是一场世界人民期待的正义之战。接着，他冷静而自信地分析了盟军与德国法西斯的力量对比以及这场战争的发展趋势，指出最后的胜利必将属于盟军，属于全世界自由的人们。演讲十分简短，这可能与战前时间紧迫有关，但正是这

些简短而充满力量的话语，给了士兵最大的鼓励。严谨的逻辑，冷静的分析，使演讲具有很强的说服力。从这篇演讲中，我们可以看出艾森豪威尔是一位兼具政治家眼光的优秀军人。

### ⊙演讲者简介⊙

艾森豪威尔，美国第34任总统，美国陆军五星上将。1890年10月14日，艾森豪威尔出生于美国德克萨斯州的丹尼森。1915年，他从西点军校毕业，到步兵团队服役。第一次世界大战期间，他留在国内任科尔特坦克训练中心主任。1933年，艾森豪威尔任陆军参谋长麦克阿瑟的副官。1939年欧战爆发后回国，历任营长、师参谋长、军参谋长、集团军参谋长。

第二次世界大战期间，艾森豪威尔受命担任欧洲盟军最高统帅。1944年6月，他指挥了历史上规模最大的诺曼底登陆战役。1944年，艾森豪威尔晋升五星上将。战后历任美国陆军参谋长、北大西洋公约组织武装部队最高司令、哥伦比亚大学校长。

1953～1961年，艾森豪威尔连任两届美国总统。他在任内继续推行杜鲁门的“冷战”政策，扩大核武器生产，加速发展战略空军，推行“大规模报复战略”。1969年3月28日，艾森豪威尔在华盛顿病逝，终年79岁。

# 第三篇

# 除旧鼎新的革命豪情

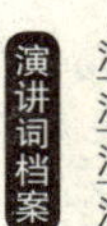

演讲词档案

演讲者：马丁·路德（1483 ~ 1546）

演讲时间：1521 年

演讲地点：沃姆斯帝国会议

演讲者身份：著名的宗教改革家

# 在沃姆斯国会上的讲话

## ■ 历史背景

1520 年 6 月 2 日，教皇颁布敕令，希望马丁·路德在 60 天内撤回《九十五条论纲》中的 41 条，否则就开除教籍。路德不为所动，公开把教皇的敕令付之一炬。1521 年，路德被捕，并被要求在德皇召集的沃姆斯帝国会议上承认错误。

## ■ 原文欣赏

最尊贵的皇帝陛下、各位显赫的亲王殿下和仁慈的国会议员们：

遵照你们的命令，我今天谦卑地来到你们面前。看在仁慈上帝的份上，我恳求皇帝陛下和各位显赫的亲王殿下，聆听我为千真万确的正义事业进行辩护。请宽恕我，要是我由于无知而缺乏宫廷礼仪，那是因为我从未受过皇帝宫廷的教养，而且是在与世隔绝的学府回廊里长大的。

昨天，皇帝陛下向我提出了两个问题。第一个问题是：我是否就是人们谈到的那些著作的作者；第二个问题是：我是想撤回还是捍卫我所讲的教旨。关于第一个问题，我已经作了回答，我现在仍坚持这一回答。

关于第二个问题，我已经撰写了一些主题截然不同的文章。在有些著作中，我既是以纯洁而明晰的精神，又是以基督徒的精神论述了宗教信仰和《圣经》，对此，甚至连我的对手也丝毫找不出可指责的内容。他们承认这些文章是有益的，值得虔诚的人们一读。教皇的诏书虽然措辞严厉（指利奥十世 1520 年 6 月签发的《斥马丁·路德谕》，限路德 60 天内取消自己的论点，否则施以重罚。路德当众烧毁诏书，与教廷公开决裂），但又不得不承认这一点。因此，如若我现在撤回这些文章，那我是在做些什么呢？不幸的人啊！难道众人之中，唯独我必须放弃敌友一致赞同的这些真理，并反对普天下自

豪地予以认可的教义吗？

其次，我曾写过某些反对教皇制度的文章。在这些著述中，我抨击了诸如以谬误的教义、不正当的生活和丑恶可耻的榜样，致使基督徒蒙受苦难，并使人们的肉体和灵魂遭到摧残的制度。这一点不是已经由所有敬畏上帝的人流露出的忧伤得到证实了吗？难道这还未表明，教皇的各项法律和教义是在纠缠、折磨和煎熬虔诚的宗教徒的良知吗？难道这还未表明，神圣罗马帝国臭名昭著的和无止境的敲诈勒索是在吞噬基督徒们的财富，特别是在吞噬这一杰出民族的财富吗？

如若我收回我所写的有关那个主题的文章，那么，除了是在加强这种暴政，并为那些罪恶昭著的不恭敬言行敞开大门外，我是在做些什么呢？那些蛮横的人在怒火满腔地粉碎一切反抗之后，会比过去更为傲慢、粗暴和猖獗！这样，由于我收回的这些文章，必须会使现在沉重地压在基督徒身上的枷锁变得更难以忍受——可以说使教皇制度从而成为合法，而且，由于我撤回这些文章，这一制度将得到至尊皇帝陛下以及帝国政府的确认。天哪！这样我就像一个邪恶的斗篷，竟然被用来掩盖各种邪恶和暴政。

第三点，也是最后一点，我曾写过一些反对某些个人的书籍，因为这些人通过破坏宗教信仰来为罗马帝国的暴政进行辩护。我坦率地承认，我使用了过于激烈的措辞，这也许与传教士职业不相一致。我并不把自己看做是一个圣徒，但我也不能收回这些文章。因为，如果我这样做了，就定然是对我

宗教改革时期，路德派与天主教正在讨论一些分歧的观点

宗教改革时期，德国的政治舞台上形成了三派势力：保守派支持罗马教廷，反对宗教改革；温和改革派支持路德，主张没收教产，取消教会特权、等级制和繁琐的崇拜仪式，要求建立一个摆脱教皇控制的国家教会，但反对暴力；激进改革派在宗教改革的旗帜下要求变革整个社会制度。

的对手们不敬上帝的言行表示认可，而从此以后，他们必然会乘机以更残酷的行为欺压上帝的子民。

然而，我只不过是个凡夫俗子，我不是上帝，因此，我要以耶稣基督为榜样为自己辩护。耶稣说："如若我说了什么有罪的话，请拿出证据来指证我。"（《圣经·新约·约翰福音》第18章第23节）我是一个卑微、无足轻重、易犯错误的人，除了要求人们提出所有可能反对我教义的证据来，我还能要求什么呢？

因此，至尊的皇帝陛下，各位显赫的亲王，听我说话的一切高低贵贱的人士，我请求你们看在仁慈上帝的份上，用先知和使徒的话来证明我错了。只要你们能使我折服，我就会立刻承认我所有的错误，首先亲手将我写的文章付之一炬。

我刚才说的话清楚地表明，对于我处境的危险，我已认真地权衡轻重，深思熟虑，但是我根本没有被这些危险吓倒，相反，我极为高兴地看到今天基督的福音仍一如既往，引起了动荡和纷争。这是上帝福音的特征，是命定如此。耶稣基督说过："我来，并不是叫地上太平，乃是叫地上动刀兵。"（《圣经·新约·马太福音》第10章第34节）上帝的意图神妙而可敬可畏。我们应当谨慎，以免因制止争论而触犯上帝的圣诫，招致无法解脱的危险，当前灾难以至永无止境的凄凉悲惨。我们务必谨慎，使上天保佑我们高贵的少主查理皇帝不仅开始治国，且国祚绵长。我们对他的希望仅次于上帝。我不妨引用神谕中的例子，我不妨谈到古埃及的法老、巴比伦诸王和以色列诸王。他们貌似精明，想建立自己的权势，却最终导致了灭亡。"上帝在他们不知不觉中移山倒海。"（《圣经·旧约·约伯记》第9章第5节）

我之所以这样说，并不表示诸位高贵的亲王需要听取我肤浅的判断，而是出于我对德国的责任感，因为国家有权期望自己的儿女履行公民的责任。因此，我来到陛下和诸位殿下尊前，谦卑地恳求你们阻止我的敌人因仇恨而将我不该受的愤怒之情倾泻于我。

既然至尊的皇帝陛下、诸位亲王殿下要求我简单明白，直截了当地回答，我遵命作答如下：我不能屈从于教皇和元老院而放弃我的信仰，理由是他们错误百出，自相矛盾，犹如昭昭天日般明显。如果找出《圣经》中的道理或无可辩驳的理由使我折服，如果不能用我刚才引述的《圣经》文句令我满意信服，如果无法用《圣经》改变我的判断，那么，我不能够，也不愿意收回我说过的任何一句话，因为基督徒是不能说违心之言的。这就是我的立场，我没有别的话可说了。愿上帝保佑我。阿门！

## ■ 作品赏析

作为一次答辩，路德的演讲在语言上修辞非常谨慎，但是充满了毋庸置疑的正义感，演讲直接针对问题，非常有条理地回答了德皇向他提出的两个问题，并重点针对第二个问题作了阐释，其核心主题是他坚持自己的论点的理由，在自己的立场上，路德认为，他不能收回自己论点是因为它们是敌友一致赞同的真理和普天下自豪地予以认可的教义。也就是说，他不能够背叛自己认定的真理；路德认为自己所写的反对教皇制度的文章是抨击诸如谬误的教义、不正当的生活和丑恶可耻的榜样，致使基督徒蒙受苦难，并使人们的肉体和灵魂遭到摧残的制度，如果他收回有关这些主题的文章，就会成为邪恶的斗篷；路德认为自己写过反对某些个人的文字，是因为这些个人通过破坏宗教信仰来为罗马的暴政进行辩护，如果收回这些文章就等于对不敬上帝的人的言行表示认可，他坚持自己的论点是在充分意识到自己处境危险的基础上作出的选择，但是他缜密理性的演讲表明他的立场是坚定不移的，不可动摇的。

### ⊙演讲者简介⊙

马丁·路德，出生于德国萨克森州的埃斯勒本，两岁那年举家迁往曼斯费尔德。父母都是虔诚的基督教徒，马丁·路德从小接受了严格的宗教教育。18岁时，马丁·路德进入爱尔福特大学攻读法律，4年后获硕士学位。大学期间，他把主要精力集中于宗教思想的研究，逐渐对教皇的权威产生怀疑。

马丁·路德像

1505年，22岁的马丁·路德进入圣奥古斯丁修道院当修士。1512年，他获得维登堡大学的神学博士学位，并成为该校的一名教授。他在维登堡大学的图书馆里潜心研读《圣经》，创立了"因信称义"的宗教学说，认为"信仰耶稣即可得救"，否定教皇和教会的权威。1517年万圣节前夕，教皇又派人到德国大量兜售"赎罪券"，宣称只要交钱给上帝就会免除其罪行。马丁·路德对教皇的做法非常不满，于是写了《九十五条论纲》张贴在维登堡卡斯尔教堂的大门上，引起了强烈反响，由此拉开了德国宗教改革的序幕。1519年，马丁·路德在莱比锡与天主教神学家艾克进行了一场大辩论，他借机宣传自己的宗教改革主张。1520年，为了更加广泛地传播自己的思想，马丁·路德撰写了一系列文章和小册子。后来，为了避免遭到教会的迫害，他隐居到瓦特堡，从事《圣经》的德文翻译工作。1546年2月，因病去逝，被葬于维登堡大教堂墓地。

马丁·路德的主要著作有：《最神圣的圣餐论》、《致德意志民族基督教贵族公开书》、《教会被囚于巴比伦》、《论基督徒的自由》和《圣经》德译本。

# 关于对路易十六判刑的意见

演讲词档案

演讲者：罗伯斯庇尔（1758 ~ 1794）
演讲时间：1792 年
演讲者身份：18 世纪法国大革命时期政治活动家，雅各宾派领袖



## ■历史背景

1792 年 8 月 10 日，巴黎人民起义，推翻王权和君主立宪派。起义前夕成立并且领导了这次起义的巴黎公社，在 8 月 10 日胜利后实际上成了巴黎的第二个政权，与当权的吉伦特派统治相对立。9 月 31 日，新的议会——国民公会召开。国民公会已没有君主立宪派的席位了，吉伦特派与雅各宾派成为两个对立的主要派别。双方斗争的实质在于，是否继续把革命向前推进。围绕处理路易十六的问题，两派展开一场激烈斗争。吉伦特派极力拯救路易十六，雅各宾派则坚持处死路易十六。罗伯斯庇尔在此期间发表了两次演讲。

## ■原文欣赏

一个共和国里被废位的国王是危险的泉源：或者扰乱国家的安宁，破坏自由，或者两者同时进行……

为了巩固这个年轻的共和国，应该怎样做才是健全的政策呢？我们的目的应该是在人们心中深深铭刻对王室的蔑视，使国王的一切支持者感到恐怖。现在，如果我们把他的罪当做可以讨论的问题向世界提出来……你们就会发现，这里允许他继续威胁自由的真正秘密所在。

……

路易是不能加以审判的。他的罪已定了，否则我们也不会有共和国了。现在再建议我们开始审讯路易十六，那就等于倒退到君主专制或立宪专制上去。这是反革命的想法，因为这不折不扣是对革命本身的起诉……

审讯路易十六是王室向制宪会议提出的请求。如果为路易十六的律师提供讲坛，你们就为专制反对自由的斗争开辟了道路，使诬蔑和亵渎共和国成为名正言顺的事……你们在给予一切被打倒的集团以新的生命；你们鼓励他们，你们使被打倒的君主制取得新的力量，你们承认人们有权毫无阻碍地拥护或反对国王……

所有外国专制主义的嗜血匪帮都准备假路易十六之名对我们作战。路易在监狱的角落里同我们进行斗争，可是我们仍然在考虑他是不是有罪，仍然

在考虑是不是可以把他当做敌人看待。我不认为共和国这个词可以等闲对待，我不认为共和国是为了让人对它开玩笑而存在的。现在所做的事是有利于王朝复辟的事。

有人说这次审讯是重大的事件，应该慎重处理。但是，恰恰是你们自己在给予这件事以巨大的重要性！这有什么重要性呢？有任何困难吗？没有！是因为所牵涉到的人物吗？在自由的眼中，他比谁都藐小。在人道的眼中，他比谁都有罪……你们难道是害怕伤害人民的情感吗？要知道，人民所害怕的只是他们的代表的怯懦和野心……你们害怕国王们联合起来反对你们吗？如果你们愿意被他们打败，只要让他们得到你们害怕他们的印象就行了。你们只要稍微表现出对废位的国王们的帮手和同盟的尊敬，你们就一定会被打败……也许你们害怕后代的议论吧？毫无疑问，后代是会迷惑不解的。但是，他们迷惑不解的是我们的软弱，我们的偏见，我们的动摇。

国家要生存，路易就必须死。在内外都平静无事、我们获得自由和受人尊敬的时候，也许可以考虑宽大的处理办法。但是，在还没有获得自由的今天，在我们作了那样多的牺牲和战斗以后，严刑峻法还只适用于不幸者的今天，在暴君的罪行还成为争论题目的今天——在这样的时刻，不能有慈悲的想法；在这样的时刻，人民要求的是报复，打倒君主制取得新的力量，你们承认人们有权毫无阻碍地拥护或反对国王……

1793年1月21日路易十六作为“民族的叛徒”、“人类自由的敌人”而被送上断头台

1793年1月15日晚上，法国议会大厅里召开国民公会表决对国王路易十六的判刑问题。表决的方法叫“唱名表决”，被点到的议员逐个上台发表意见。当点到罗伯斯庇尔时，他步伐矫健地走上台，以充满哲理的语言发表了自己的意见，坚决地投票赞成死刑。表决整整进行了两天三夜，大多数议员赞成判处死刑。

## ■ 作品赏析

1792 年 9 月 31 日，国民公会召开。围绕处理路易十六的问题，吉伦特派和雅各宾派展开激烈的争论，吉伦特派极力拯救路易十六，而雅各宾派坚持要处死路易。罗伯斯庇尔的演讲就是在此期间发表的，作为政治演讲，罗伯斯庇尔的措辞激烈，气势磅礴，观点鲜明，不容置辩，而且涉及事实非常具体：共和国和国王是势不两立的，“在内外都平静无事、我们获得自由和受人尊敬的时候，也许可以考虑宽大的处理办法。但是，在还没有获得自由的今天，在我们作了那样多的牺牲和战斗以后，严刑峻法还只适用于不幸者的今天，在暴君的罪行还成为争论题目的今天——在这样的时刻，不能有慈悲的想法”。罗伯斯庇尔滔滔不绝的演讲具有排山倒海、不可阻挡的气势，其中的逻辑论证无懈可击，分析透彻，使人折服，最终使国民公会的 726 名代表中半数以上的人赞成判处路易十六死刑。

演讲者：伊墨刺多（1780 ~ 1803）
演讲时间：1803 年
演讲者身份：爱尔兰爱国志士

# 名誉重于生命

## ——辞世演说

## ■ 历史背景

为反抗英国统治，爱尔兰爱国志士进行了不屈的斗争。在一次袭击达布林的战斗中，爱国志士伊墨刺多被捕。之后，爱尔兰政府判处伊墨刺多死刑，主要借口是说他卖国投法。面对死亡，伊墨刺多无所畏惧，在法庭上发表了《名誉重于生命》这一庄严的演说。

## ■ 原文欣赏

法官先生：

先生今天要宣告我的死刑，这件事，已经法律上正当的审理，我还有什么话说呢？我想变更先生既定的严命，还是甘心受先生的严命？或者用卑劣的手段，请求先生减轻刑罚么？这都不是我愿意的，这我都不愿意辩论，不值得辩论。可是比我生命更加贵重的一点，却不得不辩论一下。现在我要在没有证据的许多虚言中，为救济我的名誉起见，不得不辩论，不得不抗议。

名誉重于生命，我不愿意为生命辩论，我不得不为名誉来辩论。

我知道先生的良心被名利迷惑了，我的言语决不能感动先生的良心。况且在残忍无情的法官所组织的法庭里，要救护我的名誉，更加不容易。但不得不望先生虚心，听一听我的辩论。我快要渡过大风大浪的人海中，宿于清风凉月的坟墓里。如果我愿意受先生死刑的宣告，不注意于名誉，我就可以默默承受，笑着欢迎；但是我将从先生管理的法庭，交付我的身体，给执行死刑的刽子手，用法律的威势，把我的名誉埋没在暧昧之中，使后世的人，不知道哪个是，哪个不是，这真可痛！为什么呢？因为“是”和“非”是势不两立的：要是先生的宣告不对，那么我的行为便是对的；要是我的行为不对，那么先生的宣告，自然有理。究竟是什么人对，什么人不对，后世的人，也自有公论。

要是把没有罪的人送到断头台上去，强迫他屈服，造成虚伪的证据，那么我的心痛，比杀头之痛，痛过万倍！先生是堂堂的法官，判我区区的平民有罪，我又哪里敢和先生辩论。可是先生是一个男子汉，我也是一个男子汉，不过因权势的不同，先生的地位才和我不同。我们的地位虽然可以变更，我们的性格，却不能变更。假使立在先生之前，我不能辩护我的名誉，那便没有公理了。如我在这法庭上，不能保护我的名誉，那么先生便是诬告。唉！先生能杀我的躯体，先生又怎么永远杀我的名誉呢？刽子手虽然能缩短我的寿命，但是在我的眼睛未闭，呼吸未绝的时候，我万不能不为我的名誉辩护。唉！名誉是极贵重的东西呢！啊！我的名誉，比我的生命更加贵重的啊！我的名誉，决不能和我共死，我的名誉，一定要留给我的同志，做极可宝贵的遗产。我们的良心，自然有上帝知道：谁是为正义牺牲的？谁是做情感的奴隶的？先生要虐待我么？我的良心，与先生的良心，上帝看得很清楚的。先生能杀死我的身体，先生却不能挖去上帝的眼睛啊！先生指控我是法国的侦探，那真是荒谬！侦探的目的在哪里呢？无非是我把本国卖给法国。我为什么要卖国呢？先生编造成许多牵强附会的证据，说我卖国。法官先生！我不是丧心病狂的人，我的所作所为，决不是卖国，更不是法国的侦探。我的希望，我的所为，不是为我个人权利，实在是为我的好名誉。我要模仿爱尔兰的义士，所以我替国民出力，替国家出力。不料先生一定要说我是卖国贼！我如果卖爱尔兰的独立于法国，只不过将法国的虐政，来换英国的虐政啊！出死力换到了，仍是没有幸福享。我不是疯子，我肯做这种疯子做的事情么？

啊呀！我本国的爱尔兰诸君，我爱本国自由，我望本国独立，我照着我

的门第及教育，承袭祖先的位置，如做高傲专制的魔王，我也可和先生相比。我的本国是我崇拜的偶像呀！我对此偶像，我应当牺牲私利之念，变恋爱之情，再奉以我的生命，来求爱尔兰的独立自由。我既为爱尔兰的男子，不得不希望本国的独立，依此希望，所以要扑灭专制魔王使本国独立于世界之上。上帝原来给了爱尔兰以独立的资格，有此天赋的资格，爱尔兰的独立，所以是我终身的大希望。

先生看我是叛徒之命、叛党之血，除去我这条命，这点血，其余的党徒，自然会灭尽。先生这种推想，先生这样的看重我，真叫我受当不起。先生知道胜过我的人杰极多，他们都不愿立于先生的下风，我常尊重他们的聪明。他们都不愿以先生等做英杰的朋友，他们因为与先生等的血手相握后，自己便染得不洁了。法官先生！流我的血在断头台上，只说是我的罪，却不深辨罪的性质，只想流我无罪之血以为快，照先生如此行为，为什么不痛痛快快地流尽天下无罪人的血，造成一个大血池，好让先生在其中游泳呢！

我也愿意死，但是我死之后，请勿把不良的名誉来污辱我。我愿意为着本国的独立自由，牺牲我的身体。除去这种爱国的事实以外，先生千万不要捏造没有证据的诬说，辱没我的名誉。我们同志所组织的“地方政府”的宣言书，足以代表我的意见。我反抗本国压制的理由，便是防御外国攻击的道理，我为着自由独立而死，死也值得。可是活着的时候，受暴政的虐待，死了以后，又受先生的诬蔑，我实在觉得痛心！

先生为什么急急地要牺牲我的身体呢？先生所渴望的我的鲜血，已经被围绕我身边的刽子手所威吓，受了他们的威吓，所以鲜血已经不凝结了。我的鲜血，我的可贵的热血，他通行在我的身体之中，洋洋地流动，漫漫地溢出。

请先生忍耐一下，让我临死的时候，还能够说几句话。我现在将到荒凉寂寞的坟墓里面去，我生命的灯光，从今以后消灭无存。唉！我的事业已经终了了，无情的黄土，伸手来欢迎我，我将要长眠在黄土之下了。

唉！可爱的国民，切勿替我立墓碑！如果知道我死的原因，死的事实，一行行写到墓碑上去，那么作者也将受暴政的虐待，也要死在无情的刑具之下。况且时势一转，后世人对于我，如果不能下极公允的评论，那么我的事实反不如任他埋没。要是我可爱的爱尔兰，国运勃兴，能够独立，得到自由，和别的国家并立，这时候再来替我做墓碑，那真不嫌迟，那我死在黄泉之下也高兴。否则，千万不要替我立碑啊！这是我的希望，我到了此时也没有话讲了！亲爱的爱尔兰，亲爱的国民，我与你们长别了！请你们努力自爱！

## ■ 作品赏析

23 岁的伊墨刺多在这篇辞世演说中，阐述了生与死、是与非、肉体消亡与名誉永存之间的关系。他强调名誉是极其贵重的东西，比生命更加贵重。因此，他发出强烈的呼声："我的名誉，决不能和我共死，我的名誉，一定要留给我的同志，做极可宝贵的遗产。"肉体死了，但名誉活着，依然闪烁着光芒。他的精神激励着爱尔兰的爱国志士继续战斗，为祖国的独立解放而奋斗。

伊墨刺多在演讲中对政府强加到他头上的卖国罪的诬陷进行了驳斥，指出爱尔兰当局专制反动，以爱国志士的鲜血去讨英国统治者的欢心。23 岁的他以一种无所畏惧的气概抒发了自己未酬的壮志，义正词严地争回自己的名誉。这种为祖国独立自由而献身的青春热情，仿佛让人看到他喋血沙场的战斗姿态。这篇演讲犹如一曲慷慨悲歌，喷射出他牺牲小我拯救大我的至悲至爱，撼人心魄、震人心弦。

**⊙演讲者简介⊙**

伊墨刺多，爱尔兰爱国志士。自从 17 世纪英国资产阶级革命以来，爱尔兰就正式沦为英国的殖民地。这期间，一批批爱尔兰爱国志士为了民族独立而奋起斗争。伊墨刺多就生活在爱尔兰沦为英国统治的时代。他 18 岁参加革命，和许多爱国志士一样，扛起反英斗争的旗帜。1803 年，年仅 23 岁的伊墨刺多被爱尔兰政府逮捕并以通敌罪名判处死刑。他把自己有限的一生都献给了反英帝国主义的民族独立斗争及反对本国统治者的专制压迫斗争。

# 在南京同盟会会员饯别会的演说

演讲者：孙中山（1866 ~ 1925）
演讲时间：1912 年 4 月 1 日
演讲地点：南京同盟会会员饯别会
演讲者身份：中国近代民主革命的伟大先行者，中华民国第一任临时大总统

## ■ 历史背景

孙中山自 1912 年 1 月 1 日就任临时大总统以来，致力于继续推进革命，然而却遇到重重阻力。在帝国主义国家逼迫和袁世凯诱胁兼施下，再加上革命党人内部存在种种问题，孙中山不得不以清帝退位，实行共和为条件，同意推举袁世凯为总统。1 月 22 日，孙中山提出辞职五项条件，经各省代表会议通过。2 月 12 日，清帝下诏退位。13 日，袁世凯通电全国，声明赞成

共和。2 月 14 日，孙中山到临时参议院辞去了临时大总统一职，让位袁世凯。4 月 1 日，孙中山正式辞去临时大总统职务。辞职当天，孙中山发表了这篇演讲。

## ■原文欣赏

诸君：

今日同盟会会员开饯别会，得一最好机会，大家相见，诚一幸事。今日中华民国成立，兄弟解临时总统之职。解职不是不理事，解职以后，尚有比政治紧要的事待着手。自二百七十年前，中国亡于满洲，中国图光复之举，不知凡几。各处会党遍布，皆是欲实行民族主义的。五十年前，太平天国即纯为民族革命的代表。但只是民族革命，革命后仍不免为专制，此等革命，不能算成功。八九年前，少数同志在日本发起同盟会，定三大主义：一、民族主义，二、民权主义，三、民生主义。今日满清退位、中华民国成立，民族、民权两主义俱达到，唯有民生主义尚未着手，今后吾人所当致力的即在此事。社会革命为全球所提倡，中国多数人尚未曾见到，即今日许多人以为改造中国，不过想将中国弄成一个极强大的国，与欧美诸国并驾齐驱罢了。其实不然。今日最富强的莫过英、美，最文明的莫过法国。英是君主立宪，法、美皆民主共和，政体已是极美的了，但是贫富阶级相隔太远，仍不免有许多社会党要想革命。盖未经社会革命一层，人民不能全数安乐，享幸福的只有少数资本家，受痛苦的尚有多数工人，自然不能相安无事。中国民族、民权两层已达到，只民生还未做到。即本会中人亦有说种族革命、政治革命皆甚易，唯社会革命最难。因为种族革命，只要将异族除去便了，政治革命，只要将机关改良便了，唯有社会革命，必须人民有最高程度才能实行。中国虽然将民族、民权两革命成功了，社会革命只好留以有待。这句话又不然。英美诸国因文明已进步，工商已发达，故社会革命难。中国文明未进步，工商未发达，故社会革命易。英美诸国资本家已出，障碍物已多，排而去之故难。中国资本家未出，障碍物未生，因而行之故易。然行之之法如何？今试设一问，社会革命尚须用武力乎？兄弟敢断然答曰：英美诸国社会革命，或须用武力，而中国社会革命，则不必用武力。所以刚才说，英美诸国社会革命难，中国社会革命易，亦是为此。中国原是个穷国，自经此次革命，更成民穷财尽，中人之家已不可多得，如外国之资本家，更是没有。所以行社会革命是不觉痛楚的，但因此时害犹未见，便将社会革命搁置，是不可的。譬如一人医病，与其医于已发，不如防于未然。吾人眼光

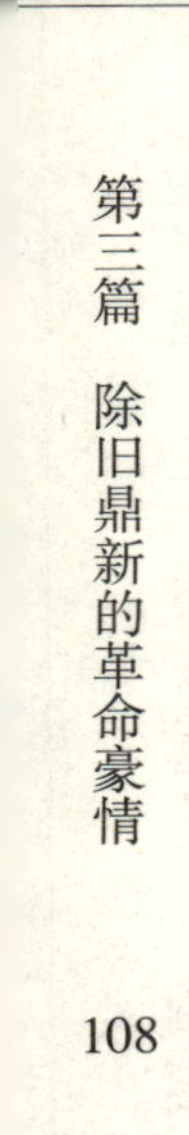

不可不放远大一点，当看至数十年、数百年以后，及于全世界各国方可。如以为中国资本家未出，便不理会社会革命，及至人民程度高时，贫富阶级已成，然后图之，失之晚矣。英美各国从前未尝着意此处，近来正在吃这个苦。去冬英国煤矿罢工一事，就是证据。然罢工的事，不得说是革命，不过一种暴动罢了。因英国人欲行社会革命而不能，不得已而出于暴动。然社会革命，今日虽然难行，将来总要实行。不过实行之时，用何等激烈手段，呈何等危险现象，则难于预言。吾人当此民族、民权革命成功之时，若不思患预防，后来资本家出现，其压制手段恐怕比专制君主还要甚些，那时杀人流血去争，岂不重罹其祸么！

本会从前主义，有平均地权一层。若能将平均地权做到，那么社会革命已成七八分了。推行平均地权之法，当将此主义普及全国，方可无碍。但有一事此时尤当注意者，现在旧政府已去，新政府方成，民政尚未开办。开办之时，必将各地主契约换过，此实历代鼎革时应有之事。主张社会革命，则可于换契约时少加变改，已足收效无穷。从前人民所有土地，照面积纳税，分上中下三等。以后应改一法，照价收税。因地之不同，不止三等。以南京土地较上海黄浦滩土地，其价相去不知几何，但分三等，必不能得其平。不如照价征税，贵地收税多，贱地收税少。贵地必在繁盛之处，其地多为富人所有，多取之而不为虐。贱地必在穷乡僻壤，多为贫人所有，故非轻取不可。三等之外，则无此等差别。譬如黄浦滩一亩纳税数元，乡中农民有一亩地亦纳税数元，此最不平等也。若照地价完税，则无此病。以后工商发达，土地腾贵，势所必至。上海今日之地价，与百年前相较，至少亦贵至万倍。中国五十年后，应造成数十上海。上年在英京，见一地不过略为繁盛，而其价每亩约值六百万元。中国后来亦不免到此地步。此等重利，皆为地主所得。比如在乡间有田十亩，用人耕作，不过足养一人。如发达后，可值六千万，则成一大富翁。此家资从何得来，则大抵为铁道及地业发达所坐致，而非由己力之作成。数十年之后，有田地者，皆得坐享此优先莫大之权，据地以收人民之税，就是地权不平均的说话了。求平均之法，有主张土地国有的。但由国家收买全国土地，恐无此等力量，最善者莫如完地价税一法。如地价一百元时完一元之税者，至一千万元则当完一十万元。此在富人视之仍不为重。此种地价税法，英国现已行之，经解散议会数次，始得通过。而英属地如澳洲等处，则早已通行。因其法甚美，又无他力阻碍故也。然只此一条件，不过使富人多纳数元租税而已。必须有第二条件，国家在地契之中，应批明国家当须地时，随时可照地契之价收买，方能无弊。如人民料国家将买此地，

故高其价，然使国家竟不买之，年年须纳最高之税，则已负累不堪，必不敢。即欲故低其价以求少税，则又恐国家从而买收，亦必不敢。所以有此两法互相表里，则不必定价而价自定矣。在国家一方面言之，无论收税买地，皆有大益之事。中国近来患贫极了，补救之法，不但收地税，尚当收印契税。从前广东印契税，每百两取九两，今宜令全国一律改换地契，定一平价，每百两取三两至五两，逾年不换新契者，按年而递加之，则人民无敢故延。加以此后地价日昂，国家收入益多，尚何贫之足患。地为生产之原素，平均地权后，社会主义则易行。如国家欲修一铁路，人民不能抬价，则收买土地自易。于是将论资本问题矣。

国家欲兴大实业，而苦无资本，则不能不借外债。借外债以兴实业，实内外所同赞成的。前日闻唐少川先生言：京奉铁路借债，本可早还，以英人不欲收，故移此款以修京张。此可见投资实业，是外人所希望的。至中国一言及外债，便畏之如酖毒，不知借外债以营不生产之事则有害，借外债以营生产之事则有利。美洲之发达，南美、阿金滩（阿根廷）、日本等国之勃兴，皆得外债之力。吾国借债修路之利，（如京奉）以三年收入，已可还筑路之本，此后每年所进皆为纯利。如不借债，即无此项进款。美国铁道收入，岁可得七万万美金，其他附属之利，尚可养数百万工人，输送各处土货。如不早日开办，迟一年即少数万万收入。西人所谓时间即金钱，吾国人不知顾惜，殊为可叹！昔张之洞议筑芦汉铁道，不特畏借外债，且畏购用外国材料。设立汉阳铁厂，原是想自造铁轨的，孰知汉阳铁厂屡经失败，又贴了许多钱，终归盛宣怀手里，铁道又造不成功。迟了二十余年，仍由比国造成，一切材料，仍是在外国买的。即使汉阳铁厂成功，已迟二十余年，所失不知几何？中国知金钱而不知时间，顾小失大，大都如是。中国各处生产未发达，民人无工可作，即如广东一省，每年约有三十万“猪仔”输出，为人作牛马。若能输入外资，大兴工作，则华人不用出外佣工，而国中生产又不知增几倍。余旧岁经加拿大，见中国人在煤矿用机器采挖，每人日可挖十余吨，人得工资七八元，而资本家所入，至少犹可得百数十元。中国内地煤矿工人，每日所挖不足一吨，其生产力甚少。若用机器，至少可加十数倍。生产加十数倍，则财富亦加十数倍，岂不成一最富之国。能开发其生产力则富，不能开发其生产力则贫。从前为清政府所制，欲开发而不能。今日共和告成，措施自由，产业勃兴，盖可预卜。然不可不防一种流弊，则资本家将从此以出是也。

如有一工厂，佣工数百人，人可生二百元之利，而工资所得不过五元，

养家糊口，犹恐不足，以此不平，遂激为罢工之事，此生产增加所不可免之阶级。故一面图国家富强，一面当防资本家垄断之流弊。此防弊之政策，无外社会主义。本会政纲中，所以采用国家社会主义政策，亦即此事。现今德国即用此等政策。国家一切大实业，如铁道、电气、水道等事务皆归国有，不使一私人独享其利。英美初未用此政策，弊害今已大见。美国现时欲收铁道为国有，但其收入过巨，买收则无此财力，已成根深不拔之势。唯德国后起，故能思患预防，全国铁道皆为国有。中国当取法于德，能令铁道延长至二十万里，则岁当可收入十万万。只此一款，已足为全国之公用而有余。尚有一层，为中国优于他国之处。英国土地多为贵族所有，美国已垦之地，大抵归人民，惟未垦者，尚未尽属私有。中国除田土房地之外，一切矿产山林，多为国有。英国矿租甚昂，每年所得甚巨，皆入于地主之手。中国矿山属官，何不可租与人民开采以求利？使中国行国家社会政策，则地税一项，可比现在收入加数十倍。至铁道收入，三十年后，归国家收回，准美国约得十四万万，矿山租款约十万万。即此三项，共为国家收入，则岁用必大有余裕。此时政府所患已不在贫。国家岁用不足，是可忧的。收入有余而无所用之，亦是可虑的。此时预筹开销之法，则莫妙于用作教育费。法定男子五六岁入小学堂，以后由国家教之养之，至二十岁为止，视为中国国民之一种权利。学校之中，备各种学问，务令学成以后，可独立为一国民，可有参政、自由、平等诸权。二十以后，自食其力，幸者为望人、为富翁，可不须他人之照顾。设有不幸者，半途蹉跎，则五十以后，由国家给予养老金。此制英国亦已行之，人约年给七八百元。中国则可给数千元。如生子多，凡无力养之者，亦可由国家资养。此时家给人乐，中国之文明，不止与欧美并驾齐驱而已。凡此所云，将来必有达此期望之日，而其事则在思患预防。采用国家社会政策，使社会不受经济阶级压迫之痛苦，而随自然必至之趋势，以为适宜之进步。所谓国利民福，莫不逾此，吾愿与我国民共勉之。

## ■ 作品赏析

在本篇演讲中，孙中山提出了发展中国的设想，第一次系统地阐述了民生主义思想。他从“平均地权”、“振兴实业”等方面对民生主义进行了论述，指出民生主义是当时形势下的紧要事情。孙中山在演讲中将抽象的政治理想和具体的事物及社会实践结合起来，简洁透彻，用语风格自然，容易让人接受。

这篇演讲很快就译成英文发表在美国《独立杂志》上，之后又被译成法文、俄文，在世界范围内得到广泛传播。不过我们也应该认识到，孙中山的这些思想都没有脱离资本主义的框架。因此，列宁把这篇演讲称之为“中国民主主义者的主观社会主义思想和纲领”。

**⊙演讲者简介⊙**

孙中山，中国近代伟大的革命家、政治家，中华民国第一任临时大总统。

1866年11月12日，孙中山出生于广东省香山县。1894年，孙中山上书李鸿章，提出改革主张，遭到拒绝。同年11月，他在檀香山创立兴中会。1905年，中国同盟会在东京成立，孙中山系统地提出三民主义思想。1895年至1911年，孙中山策划多次反清武装起义均遭失败。

1911年，辛亥革命推翻了清朝专制统治。1912年元旦，孙中山就任中华民国临时大总统，创立了中国第一个共和政体。袁世凯窃踞大总统职位后阴谋复辟帝制，孙中山相继发动“二次革命”、“护国运动”反袁。1917年，开展护法运动。1919年，孙中山改组中华革命党为中国国民党。1921年，孙中山在广州就任非常大总统，再举护法旗帜。1923年，孙中山接受苏俄建议，决定国共两党实行合作，以推进国民革命。1924年1月，中国国民党召开第一次全国代表大会，孙中山重新解释三民主义。同年秋，冯玉祥发动“北京政变”，邀孙中山北上。1925年3月12日，孙中山因肝癌不治，逝世于北京。



# 致中国革命作家的祝词

演讲者：高尔基（1868 ~ 1936）
演讲时间：1934年9月2日
演讲地点：莫斯科
演讲者身份：苏联伟大的无产阶级作家

## ■ 历史背景

高尔基反对帝国主义的侵略行径，支持被侵略国家开展争取民族独立和民族解放的斗争。他十分关注中国人民的革命斗争，从1900年中国义和团反帝斗争到1931年“九一八”事变，他曾经多次写信撰文表达对中国革命的支持。1934年9月2日，高尔基得知中国红军在湖南取得胜利的消息，十分高兴。当晚，中国革命作家们在莫斯科举行庆祝大会，高尔基到会发表了这篇热情洋溢的祝词。

## ■ 原文欣赏

亲爱的革命中国的文学家同志们！

今天的报纸上发表了有关中国红军的新的胜利的喜讯。

中国同志们！我代表苏联的文学界，庆贺你们获得新的胜利，我深信你们一定能够最后战胜敌人，谨对你们国家的无产者们的勇敢精神表示崇敬！无产者在今天所显示出的那种英勇的力量，世界上还从来没有显示过；并且在文学家面前，也从来没有出现过这样的可能性，使他们能如此广泛而又现实地参加各国劳动人民、世界各族人民的历史活动。因此，我们每个文学家的责任——要意识到自己是为整个世界而工作的人，要培养自己和感觉自己是所有各国革命烈火的鼓舞者。

工人的力量创造着新的历史，在无产阶级走向建立工人力量的国际社会主义团结的道路上，我们每个人都应该像火炬一样燃烧起来。我们这个星球上的劳动人类，已经受够了它的共同的敌人——资本家的磨难，从国籍上来说，不管他是英国人、德国人、俄国人，还是日本人，都毫无区别。一个文学家，假如他是一个马克思主义者、列宁主义者、斯大林主义者，他就不是俄国人，不是中国人，不是法国人，他首先是革命家，是同志，而且一方面是无产阶级的导师，另一方面又是它的学生。他不拒绝参加发展本民族文化的工作，同时又是一个国际主义者，假如语言——文字——允许他的话，他在使用不同语言的一切国家里，也是为革命无产阶级的同一历史事业服务的。

同志们！假如我们，国际主义者的革命家，通晓世界各国的语言，假如我们能避免相对哑口无言，我们革命语言的力量的影响将会扩大到什么程度，这种语言将更能够包容对无产者的热爱、对它的功绩的赞美，并能表现出和

作为苏联无产阶级文学的领旗人物，高尔基为苏联培养了一批杰出的作家，图为高尔基在书房与到访的斯大林等人讨论文学的发展情况。

燃烧起对它的敌人的憎恨与蔑视。但在我们今天，还不是幻想那些尚未存在的东西的时候，我们今天要求我们加强那些已经存在的东西，加强那些由劳动群众的力量已经创造出来和正在创造着的东西。

同志们！我们今天的任务，是要唤起无产阶级的战斗力量，鼓舞它必须勇敢地抵抗那驱使西方和东方的无产者进行新的全世界规模的互相残杀的卑鄙而血腥的企图，抵抗那想用某些国家的无产者的体力来奴役另一些国家的无产者的企图，抵抗日本和欧洲奴役中国人、德国人奴役法国人、法国人和英国人奴役德国人的企图，抵抗欧洲和日本的资本家奴役苏联无产阶级的企图。

我们的任务，是要揭穿法西斯主义的陈旧腐朽的内容、它的虚伪的宗教的基础、按种族来分化各民族的理论、异族通婚有害的理论，这种理论早已被自古以来的生活实践的令人信服的力量驳倒了。这个实践向我们指出，血缘的交流能创造出更高级的人，地中海的人民富有才能，正是因为他们先增加了野蛮人的血液，后来又加上了以阿拉伯等民族为代表的闪族人的血液。

我们的武器，是语言，我们的责任，是尽可能在思想上更好地锻炼自己，把我们的语言磨炼得更加锋利，并且使它深入到世界各国无产阶级的心灵中去，成为他们自己的语言。

中国同志们，向你们致热烈的布尔什维克的敬礼！



## ■ 作品赏析

在这篇祝词中，高尔基以他高度的政治敏感，指出中国红军表现出的英勇力量是世界上还从来没有显示过，点出红军胜利的伟大意义。同时，他也为中国及世界各国的革命作家指出他们的历史使命：“我们的任务，是要揭穿法西斯主义的陈旧腐朽的内容、它的虚伪的宗教的基础、按种族来分化各民族的理论、异族通婚有害的理论，这种理论早已被自古以来的生活实践的令人信服的力量驳倒了。”高尔基的演说，思想深刻，话语中充满革命激情和对中国人民的深情，体现了他坚定的马克思主义信念和对全世界无产阶级的浓厚感情。



在发表的第二天，祝词便被苏联《真理报》刊发。祝词对红军胜利的热烈祝贺和对中国无产阶级的伟大力量的颂扬，给当时处于第二次国内革命战争时期的中国革命战士和作家极大鼓舞。从另一个角度说，这不仅是一篇祝词，更是一篇号召全世界革命作家投身无产阶级革命斗争的宣言书。

⊙演讲者简介⊙

高尔基，苏联伟大的无产阶级作家，社会主义文学奠基人，列宁说他是“无产阶级艺术最伟大的代表者”。

1868 年 3 月 28 日，高尔基出生于俄国伏尔加河畔的下诺夫哥罗德城。4 岁丧父，他和母亲寄居在经营小染坊的外祖父家。11 岁，他开始独立谋生，当过学徒、搬运工和面包师。1892 年，高尔基发表处女作《马卡尔·楚德拉》。1898 年，高尔基出版两卷集《随笔和短篇小说》，从此蜚声俄国和欧洲文坛。1905 年革命前夕，高尔基的创作转向了戏剧。此后，他相继写出了《小市民》、《底层》和《野蛮人》等剧本。1906 年，高尔基完成长篇小说《母亲》和剧本《敌人》。这两部作品标志着其创作达到了新的高峰。1907 年春，他和列宁建立了密切的联系和深厚的友谊。1913 年，主持《真理报》文艺栏。1913 年到 1922 年，高尔基发表了自传体三部曲《童年》、《在人间》和《我的大学》。1934 年，第一次全苏作家代表大会召开，高尔基当选为苏联作家协会主席。1936 年逝世。

# 在伯尔尼国际群众大会上的演说

演讲词档案

演讲者：列宁（1870 ~ 1924）
演讲时间：1916 年 2 月 8 日
演讲地点：伯尔尼国际群众大会
演讲者身份：列宁主义创始人，国际无产阶级的伟大导师和领袖

## ■历史背景

曾经多次聆听过列宁演讲的日本共产党人片山潜在回忆中说：“列宁同志没有用任何专为加强听众印象的矫揉造作的词句和修饰，但是却具有非凡的魔力，每当他一开始讲话，场内马上就肃静下来，所有的眼睛都集中到他身上。”本篇是列宁在伯尼尔国际群众大会上所作的政治演说。

## ■原文欣赏

同志们！欧战逞狂肆虐已经一年零六个多月了，战争每拖长一月，每拖长一天，工人群众就更加清楚地知道齐美尔瓦尔得宣言说的是真理：“保卫祖国”之类的词句不过是资本家骗人的话。现在人们一天比一天看得更清楚，这是资本家、大强盗的战争，他们所争的不过是谁能分到更多的赃物，掠夺更多的国家，蹂躏和奴役更多的民族。

这些话听起来似乎不足信，特别是对于瑞士的同志们，然而这些话都是确实的，就在我们俄国，不但血腥的沙皇政府，不但资本家，而且有一部分

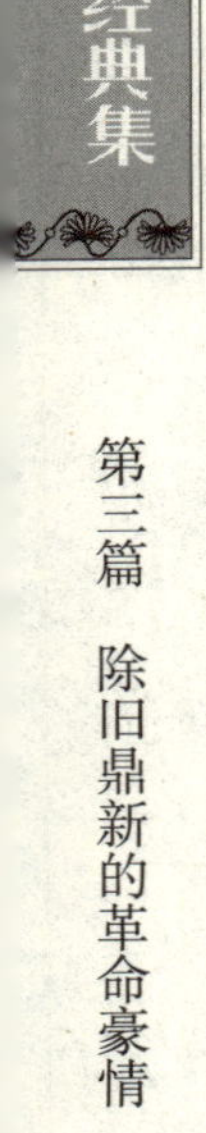


所谓的或过去的社会主义者，也说俄国进行的是“自卫战争”，也说俄国反对的不过是德国的侵略。其实全世界都知道，沙皇政府压迫俄国境内其他民族的1亿多人民，已经有好几十年，俄国对中国、波斯、阿尔明尼亚和加里西亚实行掠夺政策，也已经有好几十年了。无论是俄国、德国其他任何一个强国，都没有权利谈什么“自卫战争”；一切强国所进行的都是帝国主义的、资本主义的战争，都是强盗性质的战争和压迫弱小民族及其他民族的战争，都是保证资本家利润的战争，使资本能够以群众遭受的骇人听闻的痛苦和无产阶级流出的鲜血换得亿亿万万纯金的收入。

4年以前，在1912年11月，当战争日益逼近这一形势已经很明显的时候，全世界社会主义者的代表在巴塞尔召开的国际社会党人代表大会。那时对于将来的战争是列强之间的、大强盗之间的战争，战争的罪过应当由各强国的政府和资本家阶级承当，已经是无可怀疑的了。全世界的社会主义政党一致通过的巴塞尔宣言，公开说出了这个真理。巴塞尔宣言没有一句话提到“自卫战争”，提到“保卫祖国”。它无一例外地抨击各强国的政府资产阶级。它公开说，战争是滔天的罪行，工人认为相互射击就是犯罪，战争的惨祸和工人对这种惨祸的愤怒，必然会引起无产阶级革命。

后来战争真正爆发了，大家都看到，巴塞尔宣言对这次战争性质的估计是正确的。但是，社会主义组织和工作组织不是一致地拥护巴塞尔决议，而是发生了分裂。现在我们都看到，世界各国的社会主义组织和工作组织是怎

虽然俄国的大部分地区都遭受到战争的蹂躏，但布尔什维克领袖的决心和力量极大地促进了革命的发展。革命后，列宁提出《四月提纲》，号召广大人民群众把革命从资产阶级民主革命推向社会主义革命阶段。

样分成两大阵营的。一小部分人，就是那些领袖、干事、官僚，背叛了社会主义，站到各国政府那一边去了。另一部分人，包括自觉的工人群众，继续聚集力量，为反对战争、实现无产阶级革命而奋斗。

后一部分人的观点也反映在齐美尔瓦尔得宣言里。

在我们俄国，战争一开始，杜马中的工人代表就进行了反对战争和沙皇君主制的坚决的革命斗争。彼得罗夫斯基、巴达也夫、穆拉诺夫、沙果夫、萨莫依洛夫这五名工人代表广泛发出了反对战争的革命号召，努力进行了革命鼓动。沙皇政府下令逮捕了这五名代表，法庭判处他们终身流放西伯利亚。这些俄国工人阶级的领袖已经在西伯利亚受了好几个月的折磨，但是他们的事业并没有被摧毁，全俄自觉的工人正循着同样的方向继续干着他们的工作。

同志们！你们在这里听到了各国代表的关于工人如何进行反战革命斗争的演说。我只想给你们举一个最富强的国家，即美国的例子。这个国家的资本家现在由于欧战而得到巨大的利润。他们也鼓动战争。他们说，美国也应当准备参战，应当向人民榨取几亿金元来进行新的军备、无穷无尽的军备，美国的一部分社会主义者也响应这种骗人的、罪恶的号召。但是我要把美国社会主义者的最有声望的领袖，美国社会党的共和国总统候选人尤金·德布兹同志写的一段话念给你们听一听。

在1915年9月11日的美国《呼吁理智报》上，他说道："我不是资本家的士兵，而是无产阶级的革命者，我不是财阀的正规军的士兵，而是人民的非正规军的战士。我坚决拒绝为资本家阶级的利益作战。我反对任何战争，但是有一种战争我是衷心拥护的，那就是为了社会革命而进行的世界战争。如果统治阶级迫不及待地需要战争，那么我决心参加这种战争。"

美国工人热爱的领袖，美国的倍倍尔——尤金·德布兹同志就是这样向美国工人们讲的。

同志们，这又向我们表明，世界各国的工人阶级真正在集聚力量。人民在战争中所受的灾难和痛苦是难以设想的，但是我们不应当，也没有任何理由对将来悲观失望。

在战争中阵亡的和由于战争而丧生的几百万人并不是白白地牺牲的。千百万人在忍饥挨饿，千百万人在战壕中牺牲性命，他们不但在受苦受难，而且也在聚集力量，思索大战的真正原因，锻炼自己的意志，他们对革命有了越来越清楚的认识。在世界上所有的国家里，群众的不满越来越增长，风潮、罢工、游行示威和抗议战争的运动越来越激烈。对于我们这就是保证，保证反对资本主义的无产阶级革命一定会在欧战以后到来。

## ■ 作品赏析

演说的核心目的就是要通过通俗简明的语言、确切的事实和有力的论证来说明："一切强国所进行的都是帝国主义的、资本主义的战争，都是强盗性质的战争和压迫弱小民族及其他民族的战争，都是保证资本家利润的战争，使资本能够以群众遭受的骇人听闻的痛苦和无产阶级流出的鲜血换得亿亿万万纯金的收入。"列宁综观国际风云，准确地揭示其实质，立场鲜明，用词极具感情色彩，对听众造成极强的感染力，从而形成强大的号召力，作者在分析了这些罪恶的事实之后，并没有形成悲观的看法，而是科学地得出无产阶级必然取得胜利的光明的结论："在世界上所有的国家里，群众的不满越来越增长，风潮、罢工、游行示威和抗议战争的运动越来越激烈。对于我们这就是保证，保证反对资本主义的无产阶级革命一定会在欧战以后到来。"整篇演讲感情充沛，气势磅礴。

### ⊙演讲者简介⊙

列宁像

列宁原名弗拉基米尔·伊里奇·乌里扬诺夫，列宁是他参加革命后的名字。列宁出生于伏尔加河畔的辛比尔斯克。1887年中学毕业后，进入喀山大学学习法律。1888年，参加了马克思主义小组，开始阅读马克思和恩格斯的著作。1889年，列宁随全家迁往萨马拉，组织了当地第一个马克思主义小组。1891年，列宁以校外生资格通过圣彼得堡大学法律系的国家考试，获得大学毕业文凭。1895年，列宁在圣彼得堡建立工人阶级解放斗争协会，在俄国第一次实现了社会主义运动和工人运动的结合。同年12月，在领导首都工人进行罢工斗争的过程中，列宁遭逮捕，被流放到西伯利亚。

流放期满后，由于革命工作的需要，列宁于1900年出国侨居。1900年年底，他创办了《火星报》，促进了各地方小组之间的联系。1903年，列宁参加在伦敦举行的俄国社会民主工党第二次代表大会。这次大会宣告了以列宁为首的布尔什维克党的建立，标志着列宁主义的诞生。

1905年俄国资产阶级民主革命爆发后，列宁领导布尔什维克制定了马克思主义的路线，并于11月回到圣彼得堡直接领导革命斗争。12月莫斯科工人武装起义失败，列宁被迫再次流亡国外。1917年俄国二月革命推翻沙皇统治后，列宁从瑞士回到圣彼得堡。1917年11月6日，列宁在圣彼得堡领导武装起义，取得十月革命的胜利，建立了人类历史上第一个社会主义国家。

列宁的全部著述达55卷，大部分收集在《列宁全集》里。主要文章有：《唯物主义和经验批判主义》、《马克思主义和修正主义》、《什么是"人民之友"以及他们如何攻击社会民主主义者？》、《帝国主义是资本主义的最高阶段》。

# 关于军国主义问题的发言

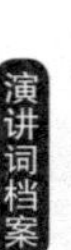


演讲者：罗莎·卢森堡（1871 ~ 1919）
演讲时间：1900 年 9 月 27 日
演讲地点：巴黎国际社会党人代表大会
演讲者身份：德国社会民主党和第二国际左派领袖，德国共产党创始人之一

## ■ 历史背景

军国主义是把国家完全置于军事控制之下，使国家生活的各方面都为军事侵略目的服务的思想和政治制度。现代军国主义是帝国主义战争和侵略政策的产物，又是推行侵略战争政策的一种手段。本篇演讲是罗莎·卢森堡在巴黎国际社会党人代表大会上的发言，这次大会的重要任务是形成一个反对军国主义的决议。

## ■ 原文欣赏

社会主义活动家一贯赞成与军国主义作斗争的基本原则，军国主义首先是工人阶级的大敌，它力图压垮我们，使我们挨饿，败坏我们的道德。老的国际发出了反对资本主义和军国主义势力的呼声；每一次国际社会党代表大会都抗议并谴责军国主义这一资产阶级和资本家阶级的最有力的工具。从这一意义上说，公民们，我们的代表大会通过一个同以前的历次代表大会的决议相类似的反对军国主义的决议，并没有做什么新的事情。

但是，我所要宣读的以及我们准备投票表决的内容，并不是重复这一观点；相反，我很高兴地看到，在两个委员会中，我们大家一致希望做得更远一些，提出某种新的东西，首先是某种实际的东西。这就是在讨论我们的决议时大家一致同意接受的纲领。

某种新的东西？难道军国主义不是资产阶级社会的最老的祸害之一，最老的罪行之一？会产生什么新东西呢？这就是：这种军国主义政策已经普遍化，并且在帝国主义世界政策的形势下变本加厉。这不再仅仅是在两个或三个邻国之间为可能发生的战争作准备的大规模武装；这是一种军国主义，它经常地促使世界列强进行新的殖民掠夺，它把美利坚合众国变成一个纯粹的军国主义国家，英国也同样；迄今为止，德国几乎是唯一致力于不断扩充自己的军队和舰队的国家，现在这种政策成了整个世界的口号。这种政策以中日战争为发端，接着是美西战争、德兰士瓦战争以及欧洲国家联合反对中国的战争。公民们，如此迅速地接连发生酷烈战争，军国主义为何这样疯狂！

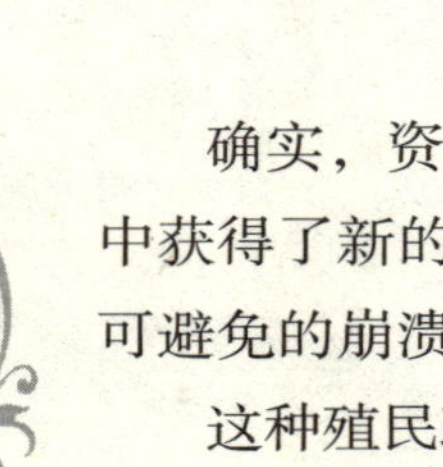

确实，资产阶级进入了一个新的发展阶段，资本主义世界在自己的发展中获得了新的推动力；但是它将耗尽自己的最后的力量，从而加快自己的不可避免的崩溃时刻的到来。

这种殖民政策开始对资本主义世界的全部对内对外政策起决定性作用，因此在社会主义的政策中必须准备好应付的办法。现在该是社会党通过自己的代表对世界政策公开表明态度的时候了，这正是我们想要通过这个决议所指出的。

我现在谈一谈这个决议的实际方面。决议建议经常地开展反对军国主义的国际性行动。公民们，迄今为止，社会主义者的国际团结主要表现在一些原则宣言和社会主义的代表们在各次代表大会上进行定期的磋商；至于自己的行动，它迄今主要只限于经济领域，只限于工会领域。国际团结迄今只具有这样的性质，这不是没有原因的。无产阶级的经济状况在所有国家几乎都是同样的，而政治状况则差别很大。但是，这种世界政策也将改变所有国家的政治状况。

自从这个新时代开始以来，无论在法兰西共和国或俄国专制制度下，无论在古老的英国或年轻的德意志帝国，我们到处看到同样的军国主义统治、同样的殖民政策、同样的反动，所有国家都处于经常的战争状态。正是这种同样的反动，在所有国家为社会主义者的行动和宣传造成了新的基础和一致性。正是这种不断的战争状态导致无产者不断地团结起来维护和平！

然而不仅为了给予我们的日常斗争以新的推动力，而且从我们的最终目的来看，各国无产者在政治方面更紧密地团结起来在目前是迫切需要的。公民们，在社会主义运动开始的时候，一般设想，一次大规模的经济危机将成为资本主义末日的开头，资本主义大崩溃的开端。现在这种设想在许多方面失去了可能；恰恰相反，越来越可能的是，一次大规模的世界政治危机将敲响资本主义的丧钟。

因此，公民们，既然资本主义的马尔波罗（约翰·丘吉尔·马尔波罗公爵，英国统帅和政治活动家，1702 ~ 1711 年在西班牙王位继承战争中任英军总司令）不断地处于战争状态，既然世界政策引起各种冲突和突然的、难以预料的事变，那么，我们就必须为我们迟早必然要担负起的重大任务做好准备。

当然，我十分清楚，大崩溃并不是在今天或明天就会到来，也许，我们的被奴役状态比我们所设想的还要长久，还要痛苦。但是这个时刻必将到来，我们的代表大会敲起警钟，号召全体无产者联合起来，结成联盟，进行政治行动！

全世界无产者，联合行动的时刻到来了，让我们手挽着手，共同前进，组成一支队伍，为反对共同敌人的斗争做好准备！

## ■作品赏析

发表这篇演讲时，卢森堡是德国社会民主党和第二国际左派领袖，她的演讲重在分析军国主义的根源和本色，以此来说明反对军国主义的必要性和迫切性。卢森堡在演讲中指出，军国主义是工人阶级和整个人类文明的死敌，“它力图压垮我们，使我们挨饿，败坏我们的道德”，而且“这种军国主义政策已经普遍化，并且在帝国主义世界政策的形势下变本加厉。这不再仅仅是在两个或三个邻国之间为可能发生的战争作准备的大规模武装”，“它经常地促使世界列强进行新的殖民掠夺，它把美利坚合众国变成一个纯粹的军国主义国家”。卢森堡尖锐地揭露了军国主义的本质以及在全球产生的灾难性后果，并说明它将耗尽自己的最后的力量，从而加快自己的不可避免的崩溃时刻的到来。所有这些都造成了与军国主义斗争的必要性，无产者必须团结起来维护和平。卢森堡的演讲条理非常清晰，逻辑严密，揭露现象深刻透彻，对世界形势的分析具有非同一般的高度，演讲主旨清楚、观点鲜明、分析精辟、语言简练有力，充满激情和斗志，给人以信心和力量。

### ⊙演讲者简介⊙

罗莎·卢森堡像

罗莎·卢森堡，出身于波兰一犹太商人家庭。她中学时代就参加反对沙皇俄国侵略的斗争。1887年加入波兰无产阶级社会主义革命党。1893年参与创建波兰王国和立陶宛社会民主党。1898年取得德国国籍，移居柏林。此后，积极投入德国社会民主党的活动。1899年发表《社会革命还是社会改良》一书，率先对伯恩施坦主义作了系统的批判。1900年出席第二国际巴黎代表大会，就反对军国主义问题支持法国的盖德派，对米勒兰入阁表示严厉谴责。在1907年第二国际斯图加特代表大会上，同列宁一起对倍倍尔关于军国主义问题的决议草案提出原则性的修正意见。1912年在第二国际巴塞尔代表大会上，支持大会通过符合马克思主义原则的反战宣言。

第一次世界大战爆发后，同梅林、李卜克内西、蔡特金一起创办《国际》杂志。在德国国内，于1916年1月1日建立左派社会民主党人的革命组织斯巴达克同盟。1917年4月该派加入中派建立的德国独立社会民主党。大战期间，曾两次被捕。1918年获释出狱，即投身德国十一月革命。12月29日，斯巴达克同盟召开代表大会，决定立即脱离中派控制的德国独立社会民主党，成立德国共产党。30日，德共成立大会在柏林举行，卢森堡作了关于党纲问题的报告。1919年1月，领导柏林工人举行武装起义。12日，起义被镇压。15日，和李卜克内西一起被右派社会民主党临时政府杀害。

# 少年中国说

演讲者：梁启超（1873～1929）
演讲时间：1900年2月10日
演讲者身份：中国近代资产阶级著名的改良主义政治家，启蒙宣传家，近代著名政治、学术演说家

## ■历史背景

梁启超目睹清廷的腐败、列强的凌辱，心中的烈火熊熊燃烧，于1900年发表了这篇著名的演讲。他饱含爱国激情，抨击了清政府的腐败政治，极力歌颂了少年的精神作用，强烈地表达了使中国“雄于地球”、自立于世界民族之林的愿望。

## ■原文欣赏

日本人之称我中国也，一则曰老大帝国，再则曰老大帝国。是语也，盖袭译欧西人之言也。呜呼！我中国其果老大矣乎？梁启超曰：恶是何言？是何言，吾心目中有一少年中国在！

我中国其果老大矣乎？是今日全地球之一大问题也。如其老大也，则是中国为过去之国，即地球上昔本有此国，而今渐渐灭，他日之命运殆将尽也。如其非老大也，则是中国为未来之国，即地球上昔未现此国，而今渐发达，他日之前程且方长也。欲断今日之中国为老大耶，为少年耶？则不可不先明“国”字之意义。夫国也者，何物也？有土地，有人民，以后于其土地之人民，而治其所居之土地之事，自制法律而自守之；有主权，有服从，人人皆主权者，人人皆服从者。夫如是，斯谓之完全成立之国。地球上之有完全成立之国也，自百年以来也。完全成立者，壮年之事也；未能完全成立而渐进于完全成立者，少年之事也。故吾得一言以断之曰：欧洲列邦在今日为壮年国，而我中国在今日为少年国。

夫古昔之中国者，虽有国之名，而未成国之形也，或为家族之国，或为酋长之国，或为诸侯封建之国，或为一王专制之国。虽种类不一，要之，其于国家之体质也，有其一部而缺其一部，正如婴儿自胚胎以迄成童，其身体之一二官肢，先行长成，此外则全体虽粗具，然未能得其用也。故唐虞以前为胚胎时代，殷周之际为乳哺时代，由孔子以来至于今为童子时代，逐渐发达，而今乃始将入成童以上少年之界焉……譬犹童年多病，转类老态，或且疑其死期之将至焉，而不知皆由未完全、未成立也，非过去之谓，而未来之谓也。

且我中国畴首，岂尝有国家哉？不过有朝廷耳。我黄帝子孙，聚族而居，

立于此地球之上者既数千年，而问其国之为何名，则无有也。夫所谓唐、虞、夏、商、周、秦、汉、魏、晋、齐、梁、陈、隋、唐、宋、元、明、清者，则皆朝名耳。朝也者，一家之私产也；国也者，人民之公产也。朝有朝之老少，国有国之老少，朝与国既异物，则不能以朝之老少而指为国之老少明矣。文、武、成、康，周朝之少年时代也。幽、厉、桓、赧，则其老年时代也；高、文、景、武，汉朝之少年时代也，元、平、桓、灵，则其老年时代也。自余历朝，莫不有之。凡此者，谓为一朝廷之老也则可，谓为一国之老也则不可。一朝廷之老且死，犹一人之老且死也，于吾所谓中国者何与焉？然则吾中国者，前此尚未出现于世界，而今乃始萌芽云尔。天地大矣，前途辽矣，美哉，我少年中国乎！

玛志尼者，意大利三杰之魁也，以国事被罪，逃窜异邦，乃创立一会，名曰“少年意大利”。举国志士，云涌雾集以应之，卒乃光复旧物，使意大利为欧洲之一雄邦。夫意大利者，欧洲第一之老大国也，自罗马亡后，土地隶于教里，政权归于奥国，殆所谓老而濒于死者矣。而得一玛志尼，且能举全国而少年之，况我中国之实为少年时代者耶？堂堂四百余州之国土，凛凛四百余兆之国民，岂遂无一玛志尼其人者！

龚自珍氏之集有诗一章，题曰《能令公少年行》。吾尝爱读之，而有味乎其用意之所存。我国民而自谓其国之老大也，斯果老大矣；我国民而自知其国之少年也，斯乃少年矣。西谚有之曰：有三岁之翁，有百岁之童。然则国之老少，又无定形，而实随国民之心力以为消长者也。吾见乎玛志尼之能令国少年也。吾又见乎我国之官吏士民能令国老大也，吾为此惧。夫以如此壮丽浓郁、翩翩绝世之少年中国，而使欧西、日本人谓我为老大者何也？则以握国权者皆老朽之人也。非哦几十年八股，非写几十年白折，非当几十年差，

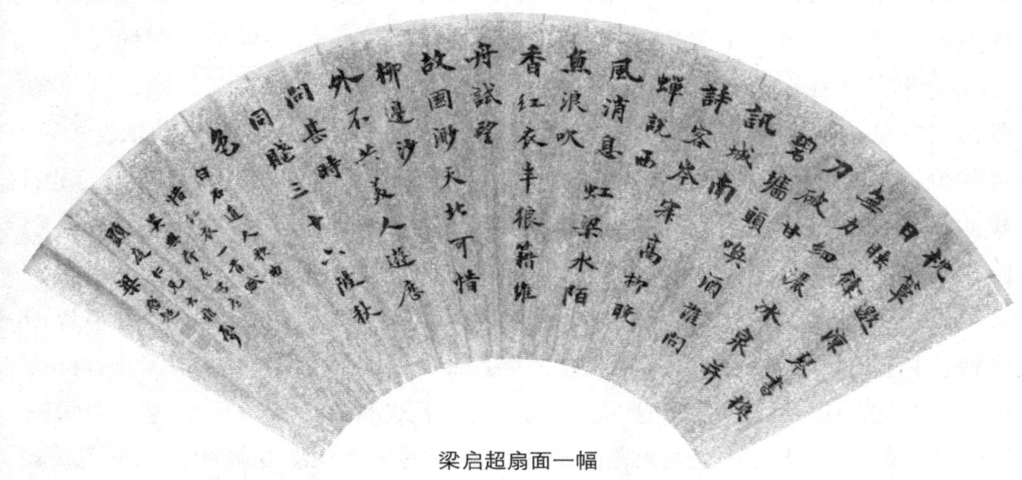

梁启超扇面一幅

非捱几十年俸，非递几十年手本，非唱几十年喏，非磕几十年头，非请几十年安，则必不能得一官、进一职。其内任卿贰以上、外任监司以上者，百人之中，其五官不备者，殆九十六七人也，非眼盲，则耳聋，非手颤，则足跛，否则半身不遂也。彼其一身饮食、步履、视听、言语，尚且不能自了，须三四人在左右扶之捉之，乃能度日，于此而乃欲责之以国事，是何异立无数木偶而使之治天下也。且彼辈者，自其少壮之时，既已不知亚细亚、欧罗巴为何处地方，汉祖、唐宗是哪朝皇帝，犹嫌其顽钝腐败之未臻其极，又必搓磨之、陶冶之，待其脑髓已涸，血管已塞，气息奄奄，与鬼为邻之时，然后将我二万里山河、四万万人命，一举而畀于其手，呜呼！老大帝国，诚哉其老大也！而彼辈者，积其数十年之八股、白折、当差、捱俸、手本、唱诺、磕头、请安，千辛万苦，千苦万辛，乃始得此红顶花翎之服色，中堂大人之名号，乃出其全副精神，竭其毕生力量，以保持之。如彼乞儿，拾金一锭，虽轰雷盘旋其顶上，而两手犹紧抱其荷包，他事非所顾也，非所知也，非所闻也。于此而告之以亡国也，瓜分也，彼乌从而听之？乌从而信之？即使果亡矣，果分矣，而吾今年既七十矣八二矣，但求其一两年内，洋人不来，强盗不起，我已快活过了一世矣。若不得已，则割三头两省之土地奉申贺敬，以换我几个衙门；卖三几百万之人民作仆为奴，以赎我一条老命，有何不可？有何难办？呜呼，今之所谓老后、老臣、老将、老吏者，其修身、齐家、治国、平天下之手段，皆具于是矣。西风一夜催人老，凋尽朱颜白尽头。使走无常当医生，携催命符以祝寿。嗟乎痛哉！以此为国，是安得不老且死，且吾恐其未及岁而殇也。

造成今日之老大中国者，则中国老朽之冤业也；制出将来之少年中国者，则中国少年之责任也。彼老朽者何足道？彼与此世界作别之日不远矣，而我少年乃新来而与世界为缘。如僦屋者然，彼明日将迁居地方，而我今日始入此室处，将迁居者，不爱护其窗栊，不洁治其庭庑，俗人恒情，亦何足怪。若我少年者前程浩浩，后顾茫茫，中国而为牛、为马、为奴、为隶，则烹脔鞭箠之惨酷，唯我少年当之；中国如称霸宇内、主盟地球，则指挥顾盼之尊荣，唯我少年享之。于彼气息奄奄、与鬼为邻者何与焉？彼而漠然置之，犹可言也；我而漠然置之，不可言也。使举国之少年而果为少年也，则吾中国为未来之国，其进步未可量也；使举国之少年而亦为老大也，则吾中国为过去之国，其澌亡可翘足而待也。故今日之责任，不在他人，而全在我少年。少年智则国智，少年富则国富，少年强则国强，少年独立则国独立，少年自由则国自由，少年进步则国进步，少年胜于欧洲，则国胜于欧洲，少年雄于地球，则国雄于地球。红日初升，其道大光；河出伏流，一泻汪洋；潜龙腾渊，鳞爪飞扬；

乳虎啸谷，百兽震惶；鹰隼试翼，风尘吸张；奇花初胎，矞矞皇皇；干将发硎，有作其芒；天戴其苍，地履其黄；纵有千古，横有八荒；前途似海，来日方长。美哉，我少年中国，与天不老！壮哉，我中国少年，与国无疆！

## ■ 作品赏析

本篇演讲发表于1900年，当时清廷腐败垂朽，昏聩无能，列强辱华，争相分割，民不聊生，有论调以为中国要灭。梁启超的这篇演讲，饱含爱国激情，猛烈抨击了清廷的腐败政治，极力歌颂少年精神，指出中华的希望所在。演讲开门见山，直呼主旨："吾心目中有一少年中国在！"然后旁征博引，纵横捭阖，贯古通今，分析深刻，语言气势磅礴，采用反复对比的手法说明中国确实已经老了的事实，但他认为："造成今日之老大中国者，则中国老朽之冤业也；制出将来之少年中国者，则中国少年之责任也。彼老朽者何足道？彼与此世界作别之日不远矣，而我少年乃新来而与世界为缘。"语言酣畅淋漓，骈散结合，情绪饱满，格调高昂，具有强烈的时代感。

### ⊙演讲者简介⊙

梁启超，字卓如，号任公，又号饮冰室主人。广东新会人，光绪举人。1890年拜康有为为师。1896年在上海办《时务报》，提倡维新变法，宣传改良主义。还介绍了西方资产阶级哲学和政治学说，对当时思想界有重大影响。1898年戊戌变法失败后，因受清政府通缉逃亡日本。创办《清议报》，坚持改良主义。辛亥革命后回国，一度与袁世凯、段祺瑞合作共事。"五四"时期以学术研究为名，反对马克思主义在中国传播。1925年任清华大学研究院导师，京师图书馆馆长。晚年致力于著书讲学，其著作编为《饮冰室全集》共148卷。

# "五四"运动的精神是什么

演讲词档案

演讲者：陈独秀（1879 ~ 1942）
演讲时间：1920年
演讲地点：上海中国公学
演讲者身份：新文化运动的领袖，中国共产党创始人之一

## ■ 历史背景

第一次世界大战结束后，战胜国在巴黎召开"和平会议"。会议在帝国主义列强的操纵下，对中国收回山东、取消列强特权及二十一条等合理要求置若罔闻，激起了中国人的强烈反对。1919年5月4日，北京爆发了一场中国人民轰轰烈烈的反对帝国主义、封建主义的爱国运动，即"五四"运动。

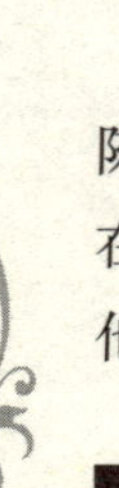



陈独秀对这场运动十分关注，并加入到反帝反封建的行列当中。1920年4月，在“五四”运动一周年纪念前夕，陈独秀被邀请到武汉、上海演讲。本篇是他在上海中国公学所发表的演讲。

## ■ 原文欣赏

如若有人问“五四”运动的精神是什么？大概的答词必然是爱国救国。我以为“五四”运动的发生，是受了日本和本国政府的两种压迫而成的，自然不能说不是爱国运动。但是我们的爱国运动，远史不必说，即以近代而论，前清末年，也曾发生过爱国运动，而且上海有爱国学社和爱国女学校。10年前就有标榜爱国主义的运动。何以社会上对于“五四”运动无论是赞美、反对或不满足，都有一种新的和前者爱国运动不同的感想呢？他们所以感想不同的缘故，是“五四”运动的精神，的确比前者爱国运动有不同的地方。这不同的地方，就是五四运动特有的精神。这种精神就是：一、直接行动；二、牺牲的精神。直接行动就是人民对于社会国家的黑暗，由人民直接行动，加以制裁，不诉诸法律，不利用特殊势力，不依赖代表。因为法律是强权的护符，特殊势力是民权的仇敌，代议员是欺骗者，决不能代表公众的意见。清末革命的时候，人人都以为从此安宁了，不料袁世凯秉政结果，反而不好。袁世凯死的时候，人人又以为从此可以安宁了，不料现在的段祺瑞、徐世昌执政，国事更加不好。这个时候，中国人因为对于各方面的失望，大有坐以待毙的现象。自从德国大败，俄国革命以后，世界上的人思想多一变。于是，中国人也受了两个教训：一是无论南北，凡军阀都不应当存在；一是人民有直接行动的希望。“五四”运动遂应运而生。一般工商界所以信仰学生，所以对于“五四”运动有新的和前次爱国运动不同的感想，就是因为学生运动是直接行动，不是依赖特殊势力和代议员的卑劣运动呵。中国人最大的病根，是人人都想用很小的努力牺牲，得很大的效果。这病不改，中国永远没有希望。社会上对于“五四”运动，与以前的爱国运动的感想不同，也是因为有无牺牲的精神的缘故。然而我以为“五四”运动的结果，还不甚好。为什么呢？因为牺牲小而结果大，不是一种好现象。在青年的精神上说起来，必定要牺牲大而结果小，才是好现象。此时学生牺牲的精神，若是不如去年，而希望的结果，却还要比去年的大，那更不是好的现象了。以上这两种精神，就是“五四”运动重要的精神。我希望诸君努力发挥这两种精神，不但特殊势力和代议员不是好东西，就是工商界也不可依赖。不但工商界不可依赖，就是学界之中，都不可依赖。最后只有自己可靠，只好依赖自己。

## ■ 作品赏析

在这篇演讲中，陈独秀总结了“五四”运动的意义，阐述并宣扬了“五四”精神。那么，什么是“五四”精神？陈独秀指出，“五四”运动不是一般意义上的爱国救国运动，而有独特的内涵，“五四”精神的特质就是“直接行动”和“牺牲精神”。“直接行动”是指“人民对于社会国家的黑暗，由人民直接行动，加以制裁，不诉诸法律，不利用特殊势力，不依赖代表”；而“牺牲精神”则是指大无畏的革命牺牲精神。他认为人们希冀“牺牲小而结果大，不是一种好现象”，而要“牺牲大而结果小，才是好现象”。陈独秀号召青年学生努力发扬“五四”精神，以不怕牺牲的豪情投身中国革命。

**⊙演讲者简介⊙**

陈独秀，新文化运动的主将，中国共产党的创始人。陈独秀早年留学日本，曾参加反对清王朝和反对袁世凯的斗争。1915 年创办《新青年》杂志，举起民主与科学的旗帜，提倡新文化，宣传马克思主义，成为新文化运动的主要领导人之一。1916 年任北京大学教授。1920 年初前往上海，在共产国际的帮助下，创立共产党早期组织。1921 年，与其他各地的先进分子联系，发起成立中国共产党。7 月，在上海举行的中国共产党第一次全国代表大会上，被选为中央局书记。后被选为中共第二、第三届中央执行委员会委员长，第四、第五届中央委员会总书记。第一次国共合作时期，他的决策多有失当，导致大革命失败。1927 年 7 月中旬，他离开中央领导岗位。此后，他接受托派观点。1932 年 10 月，他在上海被国民党政府逮捕，判刑后囚禁于南京。1942 年 5 月 27 日，他在贫病交加中去世。

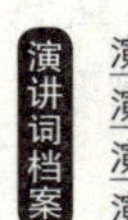


演讲者：鲁迅（1881 ~ 1936）
演讲时间：1927 年 3 月 1 日
演讲地点：中山大学
演讲者身份：伟大的文学家、思想家和革命家

# 读书与革命

## ——在中山大学开学典礼上的演讲

## ■ 历史背景

1927 年 1 月 16 日，鲁迅由厦门到广州中山大学任教，担任中山大学教务主任兼文学系主任。当时，蒋介石已经窃取了北伐军的实权，他一方面利用共产党人和工农群众的力量，一方面却一再挑起事端，准备对共产党人和工农群众动手。鲁迅对这一时局有着非常清楚的认识。作为新文化运动的主

将，他十分反对国民党反动势力鼓吹“国粹”、提倡旧道德的做法。鲁迅十分关心青年，他担心中国青年在读死书、读“古书”中沉寂下去，因此，借中山大学开学典礼之机，作了这篇题为“读书与革命”的演讲。

## ■原文欣赏

现在我因为职务上的关系，不能不说几句话，可是有许多好的话，以前几位先生已经讲完了，我再没有什么话可讲了。

我想中山大学，并不是今天开学的日子才起始的，三十年前已经有了。中山先生一生致力革命，宣传，运动，失败了又起来，这就是他的讲义。他用这样的讲义教给学生，后来大家发表的成绩，即是现在的中华民国。中山先生给后人的遗嘱上说，“革命尚未成功，同志仍须努力”。这中山大学就是“努力”的一部分。为要贯彻他的精神，在大学里，就得如那标语所说，“读书不忘革命，革命不忘读书”。因为大学是叫青年来读书的。

本来，青年原应该都是革命的。因为在科学上已经证明：人类是进步的。以前有猿人，或者在五十万年以前吧——这是地质学上的事，我不大清楚，好在我们有地质学专家在这里，问一问便知道，——后来才有了原人。虽然慢得很，但可见人本来是进化的前进的。前进即革命，故青年人原来尤应该是革命的。但后来变做不革命了，这是反乎本性的堕落，倘用了宗教家的话来说，就是：受了魔鬼的诱惑！因此，要回复他的本性，便又另要教育、训练、学习的工作去了。

鲁迅与进步文学青年在一起

鲁迅是新文化运动的主将之一，一生著作近1000万字，而且他还十分关心和支持青年的文艺活动，帮助他们学习和战斗，因而成了进步青年爱戴的导师。

中山大学不但要把不革命反革命的脾气去掉，还要想法子，引导人回复本性，向前进行到革命的地方。

说革命是要有经验的，所以要读书。但这可很难说了。念书固可以念得革命，使他有清晰的、二十世纪的新见解。但，

也可以念成不革命，念成反革命。因为所念的多属于这一类的东西，尤其是在中国念古书的特别多。

中山大学在广东革命政府之下，广东是革命青年最好的修养的地方，这不用多说了。至于中山大学同人应共同负的使命，我想，是在中山大学的名目之下，本着同一的目标，引导许多青年往前进，格外努力。

然而有一层又很困难。这实在是中国青年最吃力的地方了，就是一方要学习，一方又要革命。

有许多早应该做的，古人没有动手做便放下了，于是都压在后人的肩膀上，后人要负担几千年积下来的责任。这重大的事，一时做不成，或者要分几代来做。

因此，青年们要读书不忘革命，的确是很吃苦，很吃力的了。但，在现在社会状况之下，又不能不这样。

青年应该放责任在自己身上，向前走，把革命的伟力扩大！

要改革的地方很多：现在地方上的一切还是旧的，这些都尚没有动手改革，我们看，对于军阀，已有黄埔军官学校同学去攻击他，打倒他了。但对于一切旧制度、宗法社会的旧习惯、封建社会的旧思想，还没有人向他们开火！

中山大学的青年，应该以从读书得来的东西为武器，向他们进攻——这是中大青年的责任。

## ■ 作品赏析

鲁迅一直认为，青年是中国的希望。当他看到一些青年在反动势力威迫下逐渐退缩，并消沉下去时，痛心疾首。于是，在中山大学开学典礼上，他作了这篇演说。他首先以孙中山先生的遗志激励学子，鼓励他们承担起“革命”和“读书”的双重责任。接下来，他以进化论为依据，倡言“革命”乃是青年的本性，呼吁青年学生不忘革命本性。然后，他阐述了读书与革命的关系，鼓励青年多读进步书籍，少读“古书”。在讲述当前青年们所应承担的沉重的历史使命后，他热情呼吁青年们向前走，把革命的威力扩大，呼吁青年起来打倒腐朽的一切，向反动势力勇敢进攻。这篇演讲振聋发聩，激发广大青年投身到革命的战斗中去，对中国革命产生了巨大深远的影响。

鲁迅这篇演讲，言辞犀利，直面社会现实，体现了一个循循善诱的师长对青年学子们热切的关怀与殷切的期望。

⊙演讲者简介⊙

鲁迅像

鲁迅，伟大的文学家、思想家和革命家。原名周树人，字豫才。1881年，鲁迅出生浙江绍兴的一个书香门第，少年时家道中落。1902年，鲁迅去日本留学，到仙台医学院学医，后从事文艺，希望以此改变国民精神。1909年回国，先后在杭州、绍兴任教。辛亥革命后，鲁迅在北京政府教育部任职，兼在北京大学、女子师范大学等校授课。1918年5月，鲁迅发表了中国现代文学史上第一篇白话小说《狂人日记》。1918到1926年，陆续创作出版了小说集《呐喊》、《彷徨》、散文诗集《野草》、散文集《朝花夕拾》、杂文集《热风》、《华盖集》等专集。

1927年1月，鲁迅到中山大学任教务主任。1927年10月，定居上海。1930年起，先后参加左翼作家联盟和民权保障同盟，反抗国民党政府的独裁统治和政治迫害。1936年10月19日，因肺结核病逝于上海。

# 庶民的胜利

演讲者：李大钊（1889～1927）
演讲时间：1918年11月15日
演讲地点：北京大学在天安门前举行的演讲大会
演讲者身份：伟大的无产阶级革命家，中国共产党创始人之一

## ■ 历史背景

1918年11月，第一次世界大战以德国战败而告结束，15日，北京大学在天安门前举行演讲大会，李大钊发表了这篇演讲。这篇演讲高瞻远瞩、主题鲜明、条理清晰、论证有力，具有非凡的气度。

## ■ 原文欣赏

我们这几天庆祝战胜，实在是热闹得很。可是战胜的，究竟是哪一个？我们庆祝，究竟是为哪个庆祝？我老老实实讲一句话，这回战胜的，不是联合国的武力，是世界人类的新精神。不是哪一国的军阀或资本家的政府，是全世界的庶民。我们庆祝，不是为哪一国或哪一国的一部分人庆祝，是为全世界的庶民庆祝。不是为打败德国人庆祝，是为打败世界的军国主义庆祝。

这回大战，有两个结果：一个是政治的，一个是社会的。

政治的结果，是“大……主义”失败，民主主义战胜。我们记得这回战争的起因，全在“大……主义”的冲突。当时我们所听见的，有什么“大日

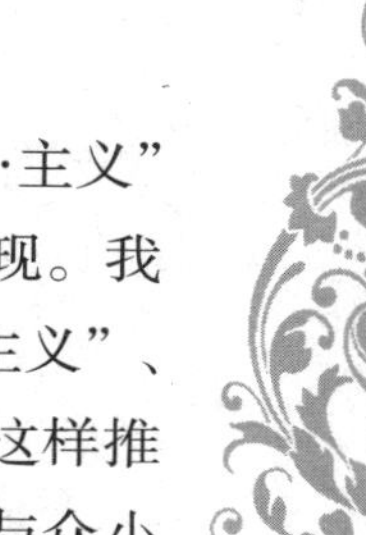

尔曼主义”咧，“大斯拉夫主义”咧，“大塞尔维主义”咧，“大……主义”咧。我们东方，也有“大亚细亚主义”、“大日本主义”等等名词出现。我们中国也有“大北方主义”、“大西南主义”等等名词出现。“大北方主义”、“大西南主义”的范围以内，又都有“大……主义”等等名词出现。这样推演下去，人之欲大，谁不如我。于是两大的中间有了冲突，于是一大与众小的中间有了冲突，所以境内境外战争迭起，连年不休。

“大……主义”就是专制的隐语，就是仗着自己的强力蹂躏他人、欺压他人的主义。有了这种主义，人类社会就不安宁了。大家为抵抗这种强暴势力的横行，乃靠着互助的精神，提倡一种平等自由的道理。这等道理，表现在政治上，叫做民主主义，恰恰与“大……主义”相反。欧洲的战争，是“大……主义”与民主主义的战争。我们国内的战争，也是“大……主义”与民主主义的战争。结果都是民主主义战胜，“大……主义”失败。民主主义战胜，就是庶民的胜利。社会的结果，是资本主义失败，劳工主义战胜。原来这回战争的真因，乃在资本主义的发展。国家的界限以内，不能涵容他的生产力，所以资本家的政府想靠着大战，把国家界限打破，拿自己的国家做中心，建一世界的大帝国，成一个经济组织，为自己国内资本家一阶级谋利益。俄、德等国的劳工社会，首先看破他们的野心，不惜在大战的时候，起了社会革命，防遏这资本家政府的战争。联合国的劳工社会，也都要求和平，渐有和他们各国的同胞取同一行动的趋势。这亘古未有的大战，就是这样告终。这新纪元的世界改造，就是这样开始。资本主义就是这样失败，劳工主义就是这样战胜。世间资本家占最少数，从事劳工的人占最多数。因为资本家的资产，不是靠着家族制度的继袭，就是靠着资本主义经济组织的垄断，才能据有。这劳工的能力，是人人都有的，劳工的事情，是人人都可以做的，所以劳工主义的战胜，也是庶民的胜利。

民主主义、劳工主义既然占了胜利，今后世界的人人都成了庶民，也就都成了工人。我们对于这等世界的新潮流，应该有几个觉悟：第一，须知一个新生命的诞生，必经一番苦痛，必冒许多危险。有了母亲诞孕的劳苦痛楚，才能有儿子生命。这新纪元的创造，也是一样的艰难。这等艰难，是进化途中所必须经过的，不要恐怕，不要逃避的。第二，须知这种潮流，是只能迎，不可拒的。我们应该准备怎么能适应这个潮流，不可抵抗这个潮流。人类的历史，是共同心理表现的记录。一个人心的变动，是全世界人心变动的征兆。一个事件的发生，是世界风云发生的先兆。1789 年的法国革命，是 19 世纪中各国革命的先声。1917 年的俄国革命，是 20 世纪中世界革命的先声。第三，

须知此次和平会议中，断不许持“大……主义”的阴谋政治家在那里发言，断不许有带“大……主义”臭味，或伏“大……主义”根蒂的条件成立。即或有之，那种人的提议和那种条件，断归无效。这场会议恐怕必须有主张公道破除国界的人士占列席的多数，才开得成。第四，须知今后的世界，变成劳工的世界。我们应该用此潮流为使一切人人变成工人的机会，不该用此潮流为使一切人人变成强盗的机会。凡是不做工吃干饭的人，都是强盗。强盗和强盗夺不正的资产，不是强盗，便是乞丐，总是希图自己不做工，抢人家的饭吃，讨人家的饭吃。到了世界成一大工厂，有工大家做，有饭大家吃的时候，如何能有我们这样贪惰的民族立足之地呢？照此说来，我们要想在世界上当一个庶民，应该在世界上当一个工人。诸位呀！快去做工呵！

## ■ 作品赏析

在演讲中，李大钊充分展现了其善于发现问题、分析和探讨问题的能力，他在演讲中一针见血地提出问题：欧战的胜利究竟是谁的胜利？尖锐犀利，他运用马克思唯物史观分析了战争的根源，性质和结果，在分析问题时具有极强的逻辑性，并且得出一个光明的结论，即“全世界庶民”的胜利，并进一步为中国的革命指出了新的方向。他在演讲中说：劳工主义的战胜，也是庶民的胜利。“民主主义、劳工主义既然占了胜利，今后世界的人人都成了庶民，也就都成了工人。”李大钊指出这是历史的潮流，而俄国的十月革命则是这个潮流的先兆；是20世纪无产阶级被压迫民族革命的先声，中国人民也应该顺应这个历史潮流，走俄国革命的道路。李大钊的这一主张对中国近现代历史具有非常重要的意义，对无产阶级登上历史舞台起到了极其重要的启迪作用。李大钊在演讲中使用了设问、排比等修辞手法，形成一种排山倒海的气势，而语气斩钉截铁，毫不含糊，使听众信服。

### ⊙演讲者简介⊙

李大钊，字守常，河北省乐亭县人。他16岁考入天津北洋法政专门学校，24岁留学日本，入早稻田大学本科，学习法律和经济。1916年回国后，李大钊先后担任《新青年》、《少年中国》、《每周评论》和《晨钟报》等进步刊物的编辑或主任编辑。1918年他受聘担任北京大学图书馆主任。1920年，他发起组织马克思主义学说研究会。同年，任北京大学教授，在史学、经济、法律等系，以及北京朝阳大学、中国大学、女子高师等院校授课，并参加了筹建中国共产党和领导北京地区党组织的革命活动。1927年4月6日他被奉系军阀逮捕，28日遇害。

# 最后一次演讲

演讲词档案

演讲者：闻一多（1899 ~ 1946）

演讲时间：1946 年

演讲地点：李公朴先生的追悼会上

演讲者身份：中国民主同盟早期领导人，著名诗人、文史学者

## ■ 历史背景

1946 年 2 月，国民党特务制造重庆较场口惨案，李公朴与郭沫若等遭特务殴打致伤，引发了一场延及全国的反对国民党反动派暴行的民主运动。此后，李公朴返回昆明为民主而奔走。昆明“整肃”期间，李公朴的名字已排在国民党特务暗杀名单第一位。许多朋友劝其离开以暂避，而其依然一副“死何惧之”的凛然正气。他说：“既然要从事民主运动，就要抱着跨出了门就不准备再跨回来的决心！”7 月 11 日雨夜，李公朴终于未能再跨回来，倒在国民党特务黑色的枪口之下。这篇演讲为闻一多在李公朴的追悼会上所作。

## ■ 原文欣赏

这几天，大家晓得，在昆明出现了历史上最卑污、最无耻的事情！李先生究竟犯了什么罪，竟遭此毒手？他只不过用笔写写文章，用嘴说说话，而他所写的、所说的，都无非是一个没有失掉良心的中国人的话！大家都有一支笔，有一张嘴，有什么理由拿出来讲啊！有事实拿出来讲啊！为什么要打要杀，而且不敢光明正大地来打来杀，而偷偷摸摸地来暗杀，这成什么话？

今天，这里有没有特务？你站出来！是好汉的站出来！你出来讲！凭什么要杀死李先生？杀死了人，又不敢承认，还要诬蔑人，说什么“桃色事件”，说什么共产党杀共产党，无耻啊！无耻啊！这是某集团的无耻，恰是李先生的光荣！李先生在昆明被暗杀，是李先生留给昆明的光荣，也是昆明人的光荣！

去年“一二·一”昆明学生为了反对内战，遭受屠杀，那算是青年的一代，献出了他们最宝贵的生命！现在李先生为了争取民主和平，而遭受了反动派的暗杀，我们骄傲一点说，这就是像我们这样大年纪的一代，我们的老战友，献出了最宝贵的生命。这两桩事发生在昆明，这算是昆明无限的光荣！

反动派暗杀李先生的消息传出后，大家听了都悲愤痛恨。我心里想，

闻一多（左三）等教授为死难学生送葬、致意

为了反对内战，呼吁和平，1945年11月25日，西南联大、云南大学等4校学生在街上进行宣传活动。12月1日，数批国民党军人与特务袭击联大新校舍、联大师院、云南大学等大中学校，造成20多师生死伤，此即震惊全国的“一二·一惨案”。惨案发生后，全省和全国各阶层人民以极大的愤怒声讨国民党反动派的暴行。

这些无耻的东西，不知他们是怎么想法？他们的心理是什么状态？他们的心怎样长的？其实很简单，他们这样疯狂地来制造恐怖，正是他们自己在慌啊！在害怕啊！所以他们制造恐怖，其实是他们自己在恐怖啊！特务们，你们想想，你们还有几天，你们完了，快完了！你们以为打伤几个，杀死几个，就可以了事，就可以把人民吓倒了吗？其实广大的人民是打不尽的，杀不完的，要是这样可以的话，世界上早没有人了。你们杀死一个李公朴，会有千百万个李公朴站起来！你们将失去千百万人民！你们看着我们人少，没有力量。告诉你们，我们的力量大得很！多得很！看今天来的这些人，都是我们的人，都是我们的力量！此外还有广大的市民，我们有这个信心：人民的力量是要胜利的，真理是永远存在的。历史上没有一个反人民的势力不被人民毁灭的！希特勒，墨索里尼，不都在人民之前倒下去了吗？翻开历史看看，你还站得住几天！你完了，快完了！我们的光明就要出现了。我们看，光明就在我们眼前，而现在正是黎明之前那个最黑暗的时候。我们有力量打破这个黑暗，争到光明！我们的光明，就是反动派的末日！

反动派故意挑拨美苏的矛盾，想利用这矛盾来打内战。任你们怎样挑拨，怎么样离间，美苏不一定打呀！现在四外长会议已经圆满闭幕了。这不是说美苏间已没有矛盾，但是可以让步，可以妥协，事情是曲折的，不是直线的。

李先生的血，不会白流的！李先生赔上了这条性命，我们要换来一个代价。“一二·一”四烈士倒下了，年轻的战士们的血，换来了政治协商

会议的召开，现在李先生倒下了，他的血要换取政协的重开！我们有这个信心！

“一二·一”是昆明的光荣，是云南人民的光荣，云南有光荣的历史，远的如护国，这不用说了。近的如“一二·一”，都是属于云南人民的，我们要发扬云南光荣的历史！

反动派挑拨离间，卑鄙无耻，你们看见联大走了，学生放暑假了，便以为我们没有力量了吗？特务们，你们错了！你们看见今天到会的一千多青年，又握起手来了，我们昆明的青年绝不会让你们这样蛮横下去的！

反动派，你看见一个倒下去，可也看得见千百万个站起的？正义是杀不完的，因为真理永远存在！

历史赋予昆明的任务是争取民主和平，我们昆明的青年必须完成这任务！

我们不怕死，我们有牺牲的精神，我们随时像李先生一样，前脚跨出大门，后脚就不准备再跨进大门！

## ■ 作品赏析

这是一篇著名的演讲，浸透着烈士和正义者的鲜血，这次演讲因为暗杀的事情而起，而演讲结束后不久，演讲者闻一多即遭国民党反动派特务暗杀，在全国引起极大轰动。这篇演讲发表在李公朴先生的追悼会上，演讲的场合与内

### ⊙演讲者简介⊙

闻一多像

闻一多，湖北浠水人。1913年考入北京清华大学，“五四”运动时参加学生运动，曾代表学校出席全国学联会议。抗战开始后在昆明西南联大任教，并投身爱国民主运动，最后为国民党特务刺杀。闻一多是“新月诗派”的主将之一，他提倡新诗的音乐美、绘画美和建筑美，为新格律诗完成了理论奠基工作。在诗歌创作中，他大力地歌颂自然、歌颂青春，感情热烈，形式精美，突出地抒发了强烈的爱国主义情感。新诗集《红烛》、《死水》是现代诗歌经典之作。他对《周易》、《诗经》、《庄子》、《楚辞》四大古籍的整理研究，为我国传统文化的研究作出了巨大贡献，被郭沫若称为“前无古人，后无来者”。他的散文抨击社会时弊、批判传统文化，其中尤以《最后一次演讲》最为惊心动魄。1946年李公朴惨遭杀害，闻一多义无反顾地参加公朴先生的追悼活动。追悼会后，闻一多又出席了民盟在《民主周刊》社为李公朴被暗杀事件举行的记者招待会。在回家途中，遭到国民党特务杀害。

容配合非常密切，闻一多所讲之事是他所亲身经历，也是听众确切知道的，演讲者和听者都感同身受，所以演讲具有很强的说服力和感染力。演讲开门见山，直接说明事实和提出问题，言辞激烈，慷慨激昂，大义凛然，具有极强的战斗性和鼓动性。这是正面的直接的斗争，“今天，这里有没有特务？你站出来！是好汉的站出来！你出来讲！凭什么要杀死李先生？杀死了人，又不敢承认，还要诬蔑人，说什么‘桃色事件’，说什么共产党杀共产党，无耻啊！无耻啊！”全篇的诘问和排山倒海的排比句，句句愤怒谴责，气势磅礴，其中“正义是杀不完的，因为真理永远存在”，尤其“前脚跨出大门，后脚就不准备再跨进大门”等已经成为人们广为传诵的名句。

# 第四篇

# 公平与正义的坚定信念

# 临终辩词

演讲词档案

演讲者：苏格拉底（前 469 ~前 399）
演讲时间：公元前 399 年
演讲地点：雅典法庭
演讲者身份：古希腊著名哲学家

## ■历史背景

古希腊的民主制度是一种直接民主制度，也就是每一位雅典公民都能够充分地行使自己的权利，政府还在关键性投票中采用给与参与者一天口粮的方式鼓励公民参与。还采用陶片放逐制度，把威胁雅典民主制度的人逐出雅典。主张言论自由的苏格拉底与雅典民主制度发生了严重冲突，因此，被三个希腊城邦的公民起诉。审判苏格拉底的是由 500 个雅典普通公民组成的陪审法院，也就是公民大会。苏格拉底的审判大会经历了初审和复审，初审中 500 个公民进行了投票，结果是 280 票对 220 票判处苏格拉底有罪；复审是决定苏格拉底是否该判死刑，复审之前，苏格拉底有为自己脱罪的辩护权利。但苏格拉底的临终辩词不但没有说服希腊民众，相反还激怒了他们，结果是 360 人对 140 人判苏格拉底死罪。

## ■原文欣赏

亲爱的雅典同胞们：

所剩的时间不多了，你们就要指责那些使雅典城蒙上污名的人，因为他们把那位智者苏格拉底处死。而那些使你们也蒙上污名的人坚称我是位智者，其实并不是。如果你们再等一段时间，自然也会看见一个生命终结的事情，因为我的年纪也不小，接近死亡的日子实在也不远了。但是我并不是要对你们说话，而是要对那些欲置我于死地的人说话。同胞们：或许你们会以为我被定罪是因为我喜好争辩，其实如果说我好辩的话，那么只要我认为对的话我或许还可以借此说服你们，并替自己辩护，尚可免除死刑，其实我并不是因好辩被判罪，而是被控竟敢胆大妄为向你们宣传异端邪说，其实那些只不过像平常别人告诉你们的话一样罢了。

但是我不以为，为了避免危险起见，就应该去做不值得一个自由人去做的事，也不懊恼我用现在这样的方式替自己辩护。我宁可选择死亡，也不愿因辩护得生存。因为不管是我还是任何其他的人，在审判中或打仗时，利用各种可能的方法来逃避死亡，都是不对的。在战时，一个人如想逃避死亡，他可以放下武器，屈服在敌人的怜悯之下，其他尚有许多逃避死亡之策，假如他敢做、敢说的话。

但是，雅典的同胞啊！逃避死亡并不难，要避免堕落才是难的，因它跑得比死要快。我，因为上了年纪，动作较慢，所以就被死亡赶上了；而控告我的人，他们都年轻力壮，富有活力，却被跑得较快的邪恶、腐败追上了。现在，我因被他们判处死刑而要离开这个世界，但他们却背叛了真理，犯了邪恶不公之罪。既然我接受处置，他们也应该接受裁决，这是理所当然之事。

下一步，我要向你们预言到底是谁判我的罪，及你们未来的命运如何：因为人在将死之际，通常就成了先知，此时我正处于这种情况。同胞们！我告诉你们是谁置我于死地吧！而在我死后不久，天神宙斯将处罚你们，比你们加害在我身上的更加残酷，虽然你们以为对自己的所作所为不需负责，但我敢保证事实正相反。控告你们的人会更多，而我此时在限制他们，虽然你们看不见；并且他们会更加凶猛，由于他们较年轻，而你们也将更愤怒。如果你们认为把别人处死就可以避免人们谴责你们，那你们就大错特错了。这

苏格拉底之死　1787 年　雅克－路易·达维特　法国

苏格拉底因坚持自己的信念将被判处鸩刑，但他神色安然，面无惧色。他手指更高的天国，表明那是他的最终归宿。苏格拉底的死是对雅典的一种抗议，他必须在法律上忠诚才能在精神上反抗。就在他死的那天，他留给我们的遗言是：“尽可能少去想苏格拉底，更多地去探索真理吧！”

种逃避的方式既不可能也不光荣，而另有一种较光荣且较简单的方法，即是不去抑制别人，而注意自己，使自己趋向最完善。对那些判我死刑的人，我预言了这么多，我就此告辞了。

但对于那些赞成我无罪的人，我愿意趁此时法官正忙着，我还没有赴刑场之际，跟你们谈谈到底发生了什么事。在我死前陪着我吧！同胞们！我们就要互道再见了！此时没有任何事情能阻碍我们之间的交谈，我们被允许谈话，我要把你们当成朋友，让你们知道刚刚发生在我身上的事是怎么一回事。公正的审判官们！一件奇怪的事发生在我身上，因为在平常，只要我将做错事，即使是最微小的琐事，我的守护神就会发出他先知的声音来阻止我；但是此时，任何人都看到了发生在我身上的事，每个人都会认为这是极端罪恶的事，但在我早上离家出门时，在我来此赴审判时，在我要对你们做演讲时，我都没有听到神的警告，而在其他场合，他都常常在我说话说到一半时就阻止我再说下去。现在，不管我做了什么，或说了什么，他都不来反对我。那么，这是什么原因呢？我告诉你们：发生在我身上的事，对我来讲反而是一种祝福；我们都把死视为是一种罪恶，那是不正确的，因为神的信号并没有对我发出这样的警告。

再者，我们更可由此归纳出，死是一种祝福，具有很大的希望。因为死可以表示两回事：一者表示死者从此永远消灭，对任何事物不再有任何感觉；二者，正如我们所说的，人的灵魂因死而改变，由一个地方升到另一个地方。如果是前者的话，死者毫无知觉，就像睡觉的人没有做梦，那么死就是一种奇妙的收获。假如有人选择一个夜晚，睡觉睡得很熟而没做什么梦，然后拿这个夜晚与其他的晚上或白天相比较，他一定会说，他一生经过的白日或夜晚没有比这个夜晚过得更好、更愉快的了。我想不只是一个普通人会这样说，即使是国王也会发现这点的。因此，如果死就是这么一回事的话，我说它是一种收获，因为，一切的未来只不过像一个无梦的夜晚罢了！

反之，如果死是从这里迁移到另一个地方，这个说法如果正确，那么所有的死人都在那里，审判官啊！那又有什么是比这个更伟大的幸福呢？因为假如死者到了阴府，他就可以摆脱掉那些把自己伪装成法官的人，而看到真正的法官在黄泉当裁判，像弥诺斯（希腊神话人物，冥府判官之一，决定鬼魂未来的命运，惩罚犯罪者的灵魂）、刺达曼堤斯、埃阿科斯、特里普托勒摩斯，及其他一些半神半人，跟他们活着的时候一样。难道说这种迁移很可悲吗？而且，还可见到像俄耳甫斯、穆赛俄斯、赫西俄德及荷马等人。如果真有这回事，我倒真是希望自己常常死去，对我来讲，寄居在那儿更好，我

可以遇见帕拉墨得斯、忒拉蒙的儿子埃阿斯及任何一个被不公平处死的古人。拿我的遭遇与他们相比，将会使我愉快不少。

但最大的快乐还是花时间在那里研究每个人，像我在这里做的一样，去发现到底谁是真智者，谁是伪装的智者。判官们啊！谁会失去大好机会不去研究那个率领大军对抗特洛亚城的人？或是俄底修斯？或是西绪福斯？或是其他成千上万的人？不管是男是女，我们经常会提到的人。跟他们交谈、联系，问他们问题，将是最大的快慰。当然了，那里的法官是不判人死刑的，因为住在那里的人在其他方面是比住在这里的人快乐多了，所以他们是永生不朽的。

因此，你们这些判官，要尊敬死，才能满怀希望。要仔细想想这个真理，对一个好人来讲，没有什么是罪恶的，不管他是活着还是死了，或是他的事情被神疏忽了。发生在我身上的事并非偶然。对我来说，现在死了，即是摆脱一切烦恼，对我更有好处。由于神并没有阻止我，我对置我于死地的人不再怀恨了，也不反对控告我的人，虽然他们并不是因这个用意而判我罪，控告我，只是想伤害我。这点他们该受责备。

然而，我要求他们做下面这些事情：如果我的儿子们长大后，置财富或其他事情于美德之上的话，法官们，处罚他们吧！使他们痛苦，就像我使你们痛苦一样。如果他们自以为了不起，其实胸中根本无物时，责备他们，就像我责备你们一样。如果他们没有做应该做的事，同样地责罚他们吧！如果你们这么做，我和儿子们将自你们的手中得到相同的公平待遇。

已到了我们要分开的时刻了——我将死，而你们还要活下去，但也唯有上帝知道我们中谁会走向更好的国度。

## ■ 作品赏析

古希腊伟大的哲学家苏格拉底死于雅典的民主，对于了解雅典的民主运行方式和程序的人来说，这一点很容易理解。公元前399年，雅典法庭以“传播异端”和“腐蚀青年”罪将苏格拉底判处死刑。本文是苏格拉底在雅典法庭上所作的临终演讲，他在法庭上慷慨陈词，或反诘原告，为自己辩护，或抨击现实政治，或表达自己的人生哲学，都表现出超于常人的大气魄和大智慧。在演讲中，苏格拉底的主题集中在两个问题上，一是那些控诉他和判他死刑的人是邪恶的已经堕落了的雅典文明的践踏者，在谈论这些问题的时候苏格拉底基本采用诘问的方式；二是死亡问题，苏格拉底认为死是一种祝福，具有很大的希望。他无畏地选择了死亡，以此来表示对统治者的蔑视和对真理的坚定信念，在这

一部分，苏格拉底更多地直抒胸臆。苏格拉底在演讲的开头就说明他不打算辩论，因为他宁可选择死亡，也不愿因辩护得生存：“因为不管是我还是任何其他的人，在审判中或打仗时，利用各种可能的方法来逃避死亡，都是不对的。”他坚持认为逃避死亡是不难的，要避免堕落才是难的，但是他的演讲仍然充满了理性思辨和智慧的光芒，修辞和语言都非常精彩。

**⊙演讲者简介⊙**

苏格拉底，出生于伯里克利统治的雅典黄金时期，出身贫寒，父亲是一名雕刻师，母亲为助产士。自幼随父学艺，后来，当过兵，曾经三次参战，他在伯罗奔尼撒战争中是一个勇敢、顽强的战士。在40岁左右苏格拉底出了名，并进入五百人会议。

苏格拉底与他的学生之一柏拉图及柏拉图的学生亚里士多德并称“希腊三贤”。苏格拉底一生未曾著述，其言论和思想多见于柏拉图和色诺芬的著作，他是柏拉图哲学路线的创始者。苏格拉底长期靠教育为业，他的教学方式独特，他常常用启发、辩论的方式来进行教育。他重视伦理学，是古希腊第一个提出要用理性和思维去寻找普遍道德的人，是道德哲学的创始人。在欧洲哲学史上，他最早提出唯心主义的目的论，认为一切都是神所创造与安排的，体现了神的智慧与目的。在逻辑学方面，他提出归纳论证，从具体事实中找出确定的论点，并注意一般定义的方法，对概念作出精确的说明。

苏格拉底像

大约公元前399年，苏格拉底因触犯了当时权贵的利益而被冠以“不敬国家所奉的神，并且宣传其他的新神，腐蚀青年思想”的罪名被判死罪，在狱中被迫饮毒堇汁而死，终年70岁。

# 对敌人不能心慈手软

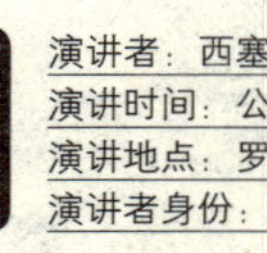

演讲词档案

演讲者：西塞罗（前106～前43）
演讲时间：公元前44年
演讲地点：罗马元老院
演讲者身份：古罗马政治家、哲学家

## ■历史背景

公元前44年，恺撒被刺身亡。当时，唯一的执政官安东尼继续奉行恺撒的路线，并与恺撒的外孙屋大维展开激烈的斗争，而西塞罗支持屋大维。公元前44年，安东尼在执政官任期届满时提出要得到高卢行省的统治权，西塞罗和元老院中的大多数人都看穿了安东尼这一要求的目的是想控制罗马

政局，当然不予批准。于是双方爆发冲突。之后，手握重兵的安东尼在没有得到元老院的允许之下夺取了山南高卢的政权。

针对这一事件，西塞罗提议元老院把安东尼列为“祖国公敌”，但当时的保民官萨尔维阿斯并不赞成西塞罗的提议。为了说服萨尔维阿斯和元老院，西塞罗发表了这篇演讲。

## ■ 原文欣赏

关于安东尼，我们应当作出什么样的决议来，昨天我们已经决定了。当我们把荣誉加在他的敌人身上的时候，我们就因此表决了他是敌人。只有萨尔维阿斯一个人阻止我们的议程，不是因为他比所有的其余的人都聪明些，就是因为他从私人的友谊出发，或者因为他不知道目前的形势。从一方面说来，如果所有的人的知识不如一个人的话，那么，这是我们最大的耻辱；从另一方面说来，如果他宁愿为了私人的友谊而牺牲公众的福利的话，那么，这是萨尔维阿斯的最大的耻辱。如果他对于目前的形势不很清楚的话，他应当信任执政官们，而不要只信任自己，应当信任大法官们，信任他的同僚保民官们和其他元老们；他们在职位上这样显赫，在人数上这样众多，在年龄和经验上都超过他，他们宣布安东尼为有罪。在我们的选举中，在我们的陪审法庭中，正义总是在大多数人一边的。如果还需要把我们这样做的理由告诉他的话，我愿意简单地陈述主要的理由以提醒他。

在恺撒死后，安东尼占有了我们的金钱。我们任命他为马其顿总督之后，他没有得到我们的允许，夺取山南高卢的政权，他接受了去进攻色雷斯人的一支军队之后，把那支军队带到意大利来进攻我们。这两个权力都是他为了他自己不可告人的动机而向我们请求的；当我们拒绝了他的时候，他就擅自行动了。他在勃隆度辛组织武装的士兵作为他私人的卫队和守夜的巡逻兵，以口令行事。他领导其余的全部军队从勃隆度辛到罗马来，其目的在于从捷径达到和恺撒所计划的同样的阴谋。因为恺撒和他的军队占了他的先，他恐慌起来了，改变他的方向到高卢行省去，作为进攻我们的便利据点，因为当恺撒做我们的主宰的时候，他也是利用这个地方作为他的根据地的。

为了威吓他的士兵去做他所命令的各种非法行为起见，他对他们实行十人杀一的办法，虽然他们并没有叛变，也没有在战时离开他们的岗位或行列；军法只允许犯了这种罪的人才受到这样残酷的处罚的，而且只有很少数的将军在极端危急、非这样做不可的时候，才勉强用这种方法来处罚他们的士兵的。因为一句话或者一个笑声，安东尼就把这些公民置之于死地；并且这些

人之死不是由于正式判决，而是由抽签决定的。因为这个缘故，那些能够做得到的人，就叛离了他；昨天你们通过表决，认为他们做得好，而给予他们一笔赏金。那些不能叛离他的人，在恐惧影响下，和他联合在一起做坏事情，进攻我们的行省，围攻我们的军队和我们的将军，把他们当做敌人。你们写信去命令我们的将军坚守这个行省，而安东尼现在命令他撤退。究竟是我们在这里通过安东尼为敌人呢，还是安东尼在那里向我们作战了呢？这些事情，我们的保民官还不知道，在狄西摩斯被打败，我们边疆上这一个大行省以及狄西摩斯的军队都一起落在安东尼手中以作为他想进攻我们的资源以前，他还是不会知道的。我认为这位保民官一定要等到安东尼做了我们的主宰的时候，才会马上表决安东尼为敌人。

## ■ 作品赏析

这篇演讲是西塞罗 14 篇反对安东尼的演讲中的第 5 篇。他摆出事实，把当前的政治形势及其中的利害关系阐述给元老院的贵族们听，使元老们明白安东尼已经成为极其危险的人物，必须予以铲除。演讲一开始，西塞罗便设法说明保民官萨尔维阿斯主张的不合理性。他首先对萨尔维阿斯维护安东尼的理由提出三个假设，然后又论证这三点都是不能成立的。接着，西塞罗便列举事实，证明安东尼确实与共和为敌。他着重指出两点：其一，安东尼非法夺取山南高卢作为其行省，大有步当年恺撒后尘之势；其二，安东尼把进攻其他地方的军队带到意大利来，并以残酷的军事纪律加以约束，是想把军队变成他自己的私人工具。最后，西塞罗还不忘讽刺一下萨尔维阿斯。

整篇演讲，结构周密严谨，丝丝入扣，具有无可辩驳的逻辑力量和很强的鼓动性。

### ⊙演讲者简介⊙

西塞罗，古罗马著名政治家、演说家、法学家和哲学家。早年从事过律师工作，后进入政界。公元前 63 年，他在贵族的拥护下担任执政官。在任职期间，西塞罗镇压了卡提利那的阴谋暴乱。他因此而荣获“祖国之父”的称号。

公元前 50 年，当庞培和恺撒的矛盾日渐升级之时，西塞罗倾向支持庞培，但他也努力避免与恺撒为敌。公元前 49 年，恺撒侵入意大利，西塞罗逃往罗马。恺撒被刺后，西塞罗反对安东尼。他曾模仿德摩斯提尼反对马其顿国王腓力二世的演讲，连续发表了 14 篇反对安东尼的演讲。后来，安东尼和屋大维、雷必达结成了“后三头联盟”。在为恺撒复仇的口号下，他们对元老院共和派进行疯狂报复。公元前 43 年，西塞罗被安东尼所杀。

# 论出版自由

演讲词档案

演讲者：弥尔顿（1608～1674）
演讲时间：1644年11月24日，
演讲地点：英国国会
演讲者身份：英国诗人、政论家



## ■历史背景

1643年，弥尔顿未经官方的许可出版了《离婚的教义和规章制度》，该书还于1644年2月进行了再版，再版时同样也没有经过官方的许可。当时，保威斯特敏斯特立法会议组织宣布宗教信仰自由思想有罪。为此，他们在英国议会提议查禁所谓的非法出版物，并将《离婚的教义和规章制度》列为不符合道德规范的书籍。而且，伦敦书籍印刷出版经销同业公会的书商们也在下院抱怨包括弥尔顿的著作在内的一些所谓的非法书籍的恶劣影响。1644年11月，因为这类小册子，弥尔顿被国会招去质询。恼怒之余，他慷慨陈词，言论出版史上里程碑式的文献——《论出版自由》诞生，以下节选了其中的部分内容。

## ■原文欣赏

因为我们想获得的自由并不是要使我们共和国中怨恚从此绝迹，世界上任何人都不能指望获得这种自由；我们所希望的只是开明地听取人民的怨诉，并作深入的考虑和迅速的改革，这样便达到了贤哲们所希求的人权自由的最大限度。……

尽管如此，有三个条件如不具备，一切赞扬就将成为纯粹的谄媚和奉承；首先，被赞扬的事情必须是确实值得称赞的；其次，必须尽最大可能证明被称赞的人确实具有被称赞的优点；另外，赞扬人的人如果说明他对被赞扬者确实具有某种看法时，便必须能够证明他所说的并非阿谀。……

最后，我要说明这一法令非但使我们的才能在已知的事物中无法发挥，因而日趋驽钝；同时宗教与时俗界的学术中本来可以进一步求得的发现，也会因此而受到妨碍。这样一来，它的主要作用便只是破坏学术，窒息真理了。……

因为书籍并不是绝对死的东西，它包藏着一种生命的潜力，和作者一样活跃。不仅如此，它们还像一个宝瓶，把作者活生生的智慧中最纯净的菁华保存起来，我知道它们是非常活跃的，而且繁殖力也是极强的，就像神话中

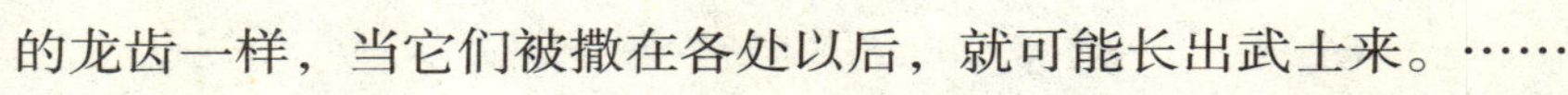

的龙齿一样，当它们被撒在各处以后，就可能长出武士来。……

许多人的生命可能只是土地的一个负担；但一本好书则等于把杰出人物的宝贵心血熏制珍藏了起来，目的是为着未来的生命。……

我将不厌其烦地从历史上引证古代著名的国家关于制止出版界紊乱情况的办法，然后追溯到这种许可制怎样从宗教法庭中产生出来，再说明它怎样被我们的主教们抓住，同时它本身又怎样抓住了许多长老会的长老。……

有时在一篇标题页上就可以发现五条出版许可令，一唱一和地写在上面，就好像几个秃头僧侣在点头互相恭维一样，而作者则只能莫名其妙地站在旁边，不管他那申请书下批的是付印还是退回都是如此。……

于是他们便如法炮制地制定了那种气派十足的出版许可令，把我们弄得晕头转向……这一切都是死抄罗马，连命令都是用拉丁文字写的。……

这是从最反基督的宗教会议和最专横的宗教法庭上发出的。以往书籍和生灵一样，可以自由进入这个世界。心灵的生育受到扼杀并不比身孕的生育受到得多。并没有一个妒嫉的约诺架着腿在诅咒任何人的心灵子嗣的出生。……

但一本书在出生到世界上来以前，就要比一个有罪的灵魂更可怜地站在法官面前受审，它在乘渡船回到光天化日之下来以前就要在阴森黑暗的环境中受到拉达马都斯那一伙人审判；这种事是从未听说过的。……

但目前我还是要按照前面所提出的顺序，先说以下的问题：不论书籍如何，我们对于阅读问题应采取什么看法？阅读的利弊如何？……

固然，坏肉纵使用最合卫生的烹调法也不能产生什么好的营养，但坏的书籍在这一点上却有所不同，它对一个谨慎而明智的人来说，在很多方面都可以帮助他善于发现、驳斥、预防和解释。……

我们知道，在这个世界中，善与恶几乎是无法分开的。关于善的知识和关于恶的知识之间有着千丝万缕的联系和千万种难以识别的相似之处，甚至连赛克劳碌终生也拣不清的种子都没有这样混乱。……

谁要是能理解并估计到恶的一切习性和表面的快乐，同时又能自制并加以分别而选择真正善的事物，他便是一个真正富于战斗精神的基督徒。……

的确，我们带到世界上来的不是纯洁，而是污秽。使我们纯化的是考验，而考验则是通过对立物达到的。……

但邪恶的风俗却完全能够不通过书籍而找到上千条其他的途径传播，这些途径是没法堵塞的。邪恶的说法只要有人指点，完全不凭书籍就可以流传。……

根据以上各点，我不难指出这为害多端的书籍出版许可制应作为无用而又不可能实现的事情立即予以撤除。纵使是操乐观看法的人也不能不把这制度比做一位高明的先生用关园门来拦住乌鸦的办法。……

对于所有成熟的人来说，这些书籍并不是引诱或无用之物，而是有用的药剂和炼制特效药的材料，而这些药品又都是人生不可或缺的。……

如果我们想要通过管制印刷事业来移风易俗，那我们就必须同样管制快人心意的娱乐活动。……

所有这一切都将存在，而且必然存在。至于如何使它为害最少、引诱最小，那就是当轴诸公的治术所在了。……

如果对成年人每一种行为的善恶问题都加以规定、限制和强迫，那么美德就将徒具空名，善行也就无须赞扬了，严肃公正和节制也就没有好处了。……

纵令我们可以用这种办法消除罪恶，但应当注意的是我们像这样消除了多少罪恶，就会破坏同样多的美德。因为德与恶本是一体，消除其中之一，便会把另外一个也一起消除了。……

我们最好能认识到：法律如果限制了本性无定，并且可以无分轩轾地产生善果与恶果的东西，它本身必定也是漂浮不定的。……

另外还有一条理由也可以说明这项法令达不到自己的目的，我们只要看一看许可制检查员所应具有的品质就明白了……他们的勤恳、学识和公正都必须在一般人之上。……

假如他的品质足以胜任这样的工作，那么叫他不断地、毫无选择地读那些书籍（往往还是庞然巨册）和小册子，便是一桩极其枯燥而又无聊的工作；在时间上也是一个极大的浪费。……

世间有一种人是浑身铜臭的冒牌学者。而另一种人则是富于自由精神和天才的人，他们显然生来就宜于研究学问，而且是为着学术本身而爱好学术；他们不为金钱和其他的目的，而只为上帝和真理服务；并且追求一种流芳百世的令名和永垂不朽的赞誉，这是上帝和善良的人们对于出版书籍促进人类福利的人乐于赠与的。……

如果我们从老师的教鞭底下逃出来又落到了出版许可制的刑棍底下，如果严肃而认真的写作不过是课堂上一个文法练习题，不经过草率从事的检查员胡乱检查一下就不能发表，那么作为一个成年人又比一个学童能好多少呢？……

当一个人准备向外界发表作品时，他必然会运用自己的全部智慧和思虑。

他辛勤地探讨、思索，甚至还征求贤明友人的意见。做过这一切之后，他才认为自己对于行将写出的东西的了解，已经不下于以往任何作家。……

要是一个作者想象力特别丰富，他在书籍获得许可以后但还没有印出之前，可能会想起许多值得增补的东西，这是最好和最勤谨的作家常有的事。有时在一本书中可能发生十几次。……

一个人要是教书，就必须有威信，因为威信是教学的生命；他如果要写书，就必须成为一个学者，否则就不如什么也不写。……

假如一个已故的作者的作品在生前和死后都一直极享盛名，而要经由他们许可重新付印的话，事情就更糟了。……

假如有力量挽回颓局的人对这些事情不及时地加以严重的指斥，那么这一批铁锈式的人物就将为所欲为地把最优秀的书中最精彩的段落腐蚀掉。……

英国的发明、艺术、智慧以及庄严而又卓越的见解决不是一二十人所能包容的；……不论他们的禀赋多么好，我也不能如此轻视英国的文化。真理和悟性绝不能像商品一样加以垄断，或凭提单、发票，掂斤播两地进行交易。……

《失乐园》的插图

弥尔顿从小喜爱读书，尤其喜爱文学。晚年他专心写诗，为实现伟大的文学抱负而艰苦努力，在亲友的协助下，共写出3部长诗：《失乐园》（1667年），《复乐园》（1671年）和《力士参孙》（1671年）。

同时，这对一般人说来都是一种责骂，因为我们如果这样两眼盯住他们，连一本英文的小册子也不敢让他们看，那我们就是把他们当成糊涂、恶劣、没有原则和没有人格的人民看待，并认为他们在信念和判断力方面都已病入膏肓，不由检查员拿着管子喂就吃不下任何东西了。……

最后，这对我们的神职人员也是一桩不光彩的事，对他们的工作和教民们从他们那里获得的教化，我们的估计并没有这样坏。……

为了防止这一点，我可以把我在宗教法庭猖狂一时的国家中所看到和所听到的一切复述出来。……

然而他们却一再劝说和请求我决不要灰心失望，而要把我在公正理性

的指导下为争取废除这一奴役学术的制度所产生的想法提供出来。……

某些人在不久之前几乎被人家禁止宣教，然而现在又转过来限制我们，除了他们自己高兴的以外决不让我们念其他的书；因此我们就无法理解这些人的意图究竟是什么，而只能认为他们是企图再度对学术进行暴君式的统治。……

主教那一套鬼把戏又重新发芽滋长了，真理的瓶子就不能再流油了，出版自由又必须用主教式的20人委员会加以钳制，人民的特权就会被取消，更糟糕的是学术自由又必须在老的桎梏下发出呻吟，而这一切都是在堂堂议会之下发生的。

圣·阿尔巴斯子爵（即培根）曾说过，“责罚一种智慧就将增加它的威信。禁止一种写作，就会让人认为它是一种真理的火花，正好飞在一个想要熄灭这种真理的人的脸上”。

只要肯动脑筋就可以清楚地知道，我们的信仰和知识，正和我们的肢体和面容一样，愈运动愈健康。真理在圣经中被比作一泓泉水，如果不经常流动，就会干涸成为一个传统与形式的泥淖。……

既然有许多人把为真理而战作为自己的职责，那么如果必须驳斥时，像这样公开写作就更容易驳斥了。……

在我已经说明的以外，这个许可制的阴谋给我们带来的难以令人置信的损失和危害还有许多没有提出来。它比一个海上的敌人堵塞我们的港口与河流更厉害，它阻挠了最有价值的商品——真理的输入。……

因此，上天赐给我们光，不是要我们对着光注视，而是要我们利用光来发现我们还远不知道的东西。……

这不是一个迟钝愚笨的民族，而是一个敏捷、颖慧、眼光犀利的民族。他们勇于创造，精于辩论，其程度决不下于全人类的禀赋可能达到的最高度。……

上议员和下议员们！你们自己英勇而又指挥如意的谋划给我们带来了这种自由，而这自由则是一切伟大智慧的乳母。它像天国的嘉惠，使我们的精神开朗而又高贵。它解放了、扩大了并大大提高了我们的见识。……

让我有自由来认识、发抒己见，并根据良心作自由的讨论，这才是一切自由中最重要的自由。……

虽然各种学说流派可以随便在大地上传播，然而真理却已亲自上阵，我们如果怀疑她的力量而实行许可制和查禁制，那就是伤害了她。让她和虚伪交手吧。谁又看见过真理在放胆地交手时吃过败仗呢？她的驳斥就是最好的

和最可靠的压制。……

当贤哲们劝告我们日夜辛勤地像探寻宝藏一样去寻求智慧时，竟有另一些人命令我们除开法律所规定的以外什么也不许知道，这又是一个多么大的阴谋啊？！……

谁都知道，除开全能的主以外就要数真理最强了。她根本不需要策略、计谋或许可制来取得胜利。这些都是错误本身用来防卫自己、对抗真理的花招。……

如果我们竟致采用查禁制，那就非常可能是查禁了真理本身。因为我们的眼睛久已被偏见和流俗所蒙蔽，一眼看见真理时，很可能认为它比许多错误更不堪入目，更不受人欢迎。……

我们既然看到，所有尝试过学术的人都会认为，不满足于接受陈旧意见的人都可能精通并向世界上解说新的论点，使我们在许多方面获得益处，那么我们就不管对方为自己都应当这样做。……

他们虽然在不久以前吃了不少苦头，但没有怎么吸取教训，一旦飞黄腾达之后就趾高气扬起来了。……

那项法令规定："除出版者与作者或至少印刷者的姓名已登记备案以外，任何书籍不得付印。"一切不遵守这一法令所出的书籍，如果有毒素或进行诽谤，查禁或焚烧它就是人们所能拿出的最有效的办法了。……

但有一点我却知道，一个好政府和一个坏政府同样容易发生错误。试问哪一个官员又能保证不听错消息？尤其当出版自由被少数人操纵的时候就更容易如此了。

可敬的上议员与下议员们：如果能迅速纠正一个错误，如果处在最高地位的人对一个平易的忠谏能比其他人对一笔大贿赂更重视，这就是最符合诸位的高尚行为的美德，而且只有最伟大和最贤明的人才能具有这种美德。

## ■ 作品赏析

在向英国议会发表的《论出版自由》中，弥尔顿痛斥出版许可和查禁制度的罪恶，呼呼出版自由，主张让真理参加自由而公开的斗争。弥尔顿是第一个提出新闻自由口号的政治家，但这次充满激情和思辨的演讲在当时并未引起太大反响。在半个世纪后，出版许可制度才在英国被叫停。不过，美国独立战争和法国大革命时期，弥尔顿的思想逐渐被世人认识并受到推崇。《论出版自由》中的思想为自由主义媒介规范理论奠定了重要基础。

弥尔顿在整个演讲中，不仅谈到了教会，也对当时的政局进行了剖析。弥

尔顿新闻自由思想的主要观点有：1. 资产阶级的天赋人权说是新闻自由思想的理论基础；2. 观点是公开市场；3. 反对政府的干预。弥尔顿在这篇演讲中提出的新闻自由口号被列宁称为“一个伟大的口号”。

这篇演说雄辩滔滔、说理严密，并且措词幽默、语言灵活，充满了热情，奔放自如。

**⊙演讲者简介⊙**

弥尔顿，英国诗人、政论家。1608 年 12 月 9 日，弥尔顿出生于伦敦。1625 年，他进入剑桥大学，并开始写诗，1632 年取得硕士学位。因目睹当时国教日趋反动，他放弃了当教会牧师的念头，闭门攻读文学。1638 年，弥尔顿到当时的欧洲文化中心意大利旅行，拜会了当地的文化名人，其中有被天主教会囚禁的伽利略。翌年，英国革命爆发，他中止旅行，回国投身革命。1641 年，弥尔顿站在革命的清教徒一边，开始参加宗教论战，反对封建王朝的支柱国教。1644 年又为争取言论自由而写了《论出版自由》。1649 年，查理一世被推上断头台，英国成立共和国。为巩固革命政权，弥尔顿发表了《论国王与官吏的职权》等文，并参加革命政府，担任拉丁文秘书。1652 年因劳累过度，他双目失明。

弥尔顿像

王朝复辟后，他受到迫害，著作被焚毁，生活贫困。这一时期，他完成了三部杰作：《失乐园》、《复乐园》和《力士参孙》。1674 年 11 月 8 日，弥尔顿在伦敦去世。

演讲词档案

演讲者：威廉·皮特（1708 ~ 1778）
演讲时间：1766 年
演讲地点：英国议会下院
演讲者身份：英国首相

# 反对征收印花税

## ■ 历史背景

七年战争结束后，英国同北美殖民地之间的矛盾迅速全面激化。

1765 年，英国议会颁布“印花税法令”，规定北美殖民地一切印刷品、商业票据、法律文件乃至报纸、小册子、广告、遗书、历书和毕业文凭等都必须购买半便士至 20 先令的印花票附贴于上。该法的颁布，意味着北美殖民地几乎一切经济与文化活动都要向英国支付税金，因此，北美人民强烈抵制该法，开展抗税运动。面对激烈的冲突，身为英国首相的皮特在下院发表了这篇演说。

## ■原文欣赏

我只准备说一点，这一点看来没有被人普遍理解，这就是关于权利的问题。有几位先生似乎把这看成是有关荣誉的问题。假如他们那样想，就等于抛弃了衡量一切是非的标准，沉迷于幻想之中，面临毁灭而无所觉察。我认为这王国无权向各殖民地征税。同时，我又完全肯定，不论政府和立法机构情况如何，这王国对各殖民地享有至高无上的权威。殖民地人民都是这王国的臣民，跟你们一样享有一切天赋的人权和英国人特有的权利；他们受自己国家的法律约束，也同样分享、分担英国这自由国家宪法所规定的权利和义务。北美人民是英国的亲生儿，不是私生子！征税权不是统治权与立法权的一部分。税租是自愿捐献的赠款，唯有下议院才能接受。英国的三个等级同样有立法权；可是，贵族议员和王室批准税收的权力只是法律形式所需。赠礼和捐款只属于下议院议员。

古时候的王室、贵族和教会拥有土地。那时，贵族与教会向王室纳贡。他们缴纳属于自己的东西！自从发现美洲以后，加上其他情况，土地归平民拥有了。上帝保佑，教会拥有的土地真是少得可怜。贵族的地产与平民相比，也不过是沧海一粟。本院代表土地拥有者平民；土地拥有者实质上代表了其余的所有居民。因此，我们在下议院决定纳贡是我们自己的东西。但是，如果我们向北美征税，那是什么意思呢？“我们，您大不列颠国王陛下的下议院议员，向陛下进贡。”进贡的是什么？我们自己的财产吗？不是的！“我们向陛下您进贡北美平民的财产！”这说法是荒唐的。

清楚地区分立法权与征税权，对于维护自由极其重要。国王和贵族同平民一样享有立法权。如果征税权只是立法权简单的一部分，那么国王和贵族就同你们一样有权征税了。只要权力可以支持这原则，他们就要要求征税权利，享受征税权利。

有些人认为下议院实际上已经代表了殖民地人民。我倒想知道到底是谁在这里代表北美人？是这王国中某州某郡的哪一位代表北美人说话吗？要是那样，但愿这些代表的人数大大增加！也许你们会告诉一位北美人说，某市镇的代表已在这里替他说话了。但是这代表可能从没到过这市镇来！这就是宪法上失策的地方，这情况不能长久延续下去。如果再不停止，就必须删掉。认为下议院里确实有北美的代表因而下议院有权决定征税，这想法非常可鄙，不值一驳。

北美平民在北美各州州议会中有自己的代表，他们一直享有宪法所赋予

的纳税权利。如果他们不享有此种权利，早就成为奴隶了！与此同时，作为最高统治与立法力量的英国，一直以各种法律、规章及各方面的限制，包括贸易、海上交通、制造业等方面，来约束管理各殖民地。可是，未得北美平民的同意，英国没有权力去掏北美平民的腰包。

……

总之，我请求议会容许我陈述意见，那就是：印花税法必须绝对地、完全地、立即地废除。废除的理由已经明确指出，即这法案是以错误的原则为根据。与此同时，让我们以最强烈的词句再次肯定我国对殖民地的最高权威，并从一切立法的观点加以确认这点。我们可以约束他们的贸易，限制他们的企业，行使我们的一切权力，但却无权未经他们的同意掏他们的腰包。

## 作品赏析

演讲中，作为英国首相，皮特似乎是在支持北美平民的抗税运动。但是，他反对征收印花税的根本目的是想为英国谋取更长远的利益，是想巩固大英帝国对各殖民地的统治。不过，也确实在客观上维护了北美人民的权利。

一开始，皮特便指出征税是有关权利的问题。他认为英国无权向各殖民地征税，但同时，为了争取下议院的支持，他又肯定王国对各殖民地享有至高无上的权威。接着，皮特进一步对立法权与征税权进行阐述，确认税收权只有下议院才能决定。但皮特又指出下议院虽然有北美的代表，但在实质上并不能真正代表北美平民的意愿。因此未得北美平民的同意，英国没有权力去掏北美平民的腰包。最后，皮特斩钉截铁地指出：“印花税法必须绝对地、完全地、立即地废除。”整篇演讲在阐述事实和道理的基础上，对错误观点进行了严厉驳斥，逻辑严谨，说理充分。

### ⊙演讲者简介⊙

威廉·皮特，英国政治家、演说家，英国首相。1708年，皮特出生于伦敦，在家中是次子。曾就读伊顿公学和牛津大学。1735年，皮特当选下议院议员，他靠自己出色的演说和卓越的见识获得了很高的声望。他特别关注英国的对外政策，主张维护商业利益，同法国争夺殖民地，反对罗伯特·沃波尔外交上的温和方针。

1756年11月，七年战争初期英国失利。国王任命皮特为国务大臣兼下院领袖，全面主持外交和军事。他指挥英国海军主动出击，取得全面胜利，使英国最终在加拿大、印度取代了法国的统治，为英国争取海上霸权作出了重要贡献。1766年，皮特出任首相，并被英王封为查塔姆伯爵。皮特晚年极力反对英国对北美殖民地的税收政策，支持北美“无代表不纳税”的权利。

# 限制搜查和扣押的要求

演讲者：奥蒂斯（1725～1783）
演讲时间：1761年2月
演讲地点：法庭
演讲者身份：美国政治家

## ■历史背景

七年战争胜利后，英国政府为了增加收入，对北美殖民地颁布了一系列税收法令。这些税收给北美平民带来了沉重的负担。为逃避英国政府无理且苛刻的税收，走私物品一时间在北美泛滥成灾。为此，英国政府大力整顿海关，颁布“搜查令状”，授权海关官员可以闯入任何人的屋里搜查走私物品。奥蒂斯反对这项法令，遂借法庭辩论，作了这篇演说。

## ■原文欣赏

阁下，本法庭一位法官要求我审阅这些卷宗，并考虑现在摆在他们面前的关于“搜查令状”的问题。我已根据他的要求考虑了这个问题，现在出庭不仅是服从你们的命令，而且也代表本城居民，他们考虑到了这个问题所允许的权限，又提出一份申诉。我想借此机会宣布，不论是收费还是不收费（因为在这样一桩诉讼案中，我是不屑收费的），我至死也要以上帝赋予我的一切力量和才能，一方面反对一切这样的制造奴役的文件，另一方面反对像这个“搜查令状”这样的卑劣行为。

在我看来，这是在一本英国法律档案里所能找到的表明专制权力的最坏的文件。这是对英国自由和法律根本原则的最严重的破坏。因此，我得请求阁下不仅要耐心注意听完全部的辩论，也许这个辩论会在许多事情上出现与众不同的看法，同时也要注意那些更细微更不同寻常的学术观点。这样，我的意图的整个倾向就可以更容易被理解，结论就能更好地得出，而且其力量也会被更好地感觉到。在这桩诉讼案中我并不在乎我个人所受的痛苦，因为我是为原则而参与这桩案子的。我是被恳请作为总辩护律师来为本案辩护的，由于我不想这么做，我已被指控犯了擅离职守罪。对于这项指控，我可以作一个非常充分的答复。我断然拒绝那个职务。出于同样的原则，我来为此案辩护。我是以极大的乐趣来为此案辩护的，因为这是在支持英国的自由。我曾听到世上最伟大的君主宣布说，他为不列颠人感到光荣，对他来说他的臣民的基本民权比他自己最宝贵的君主特权更珍贵。而且还因为这是在反对一

种权力，在过去的历史里，行使这种权力曾使一个国王丢了脑袋，另一个丢了王位……

阁下将在关于治安法官职责的古老卷宗里找到搜查涉嫌房屋的一般许可证的先例。但在更现代的卷宗里，你只能找到搜查某间房子的特别许可状。这许可状是特别指名的，而且由原告事先宣誓怀疑他的东西被藏在这间屋里。阁下将发现法律判定只有特别许可状才是合法的。同样地，我完全相信在这份申诉状中所强烈请求取消的令状，由于是一般的令状，也是不合法的。这是一份将每个人的自由都交给一个小官吏的授权证书。我承认搜查特指的地方时，“搜查令状”可以经宣誓授予某些人。但是，我决不认为现在请求取消的这个令状可以授予某些人。在我转而辩论议会其他法案之前，我请求允许我就这令状本身谈几点看法。首先，这个令状是适用于任何情况的，因为这是发给“每一个法官、司法官、巡警和所有其他警官和百姓”的，因此，简单地说，这是发给王土之中每一个臣民的。有了这个令状，每一个人都可能成为暴君。如果这个授权状成为合法，那么一个暴君也可以用合法的方式，在他管辖的区域内控制、监禁或杀害任何人。其次，这个令状是永久的，不必送还法院。一个人不必为他做的事对任何人负责。每个人都可能独霸一方，成为小小暴君，在他周围制造恐怖和荒凉，直至天使长的喇叭在他的灵魂里激起不同的感情为止。第三，有了这个令状，一个人便可在光天化日之下随意进入任何商店、房屋等，并命令所有的人来协助他。第四，根据这个令状，不仅副警长等人，甚至他们的奴才都可以爬到我们头上作威作福。除了让我们确定无疑地遭到伽南的诅咒，成为仆人的仆人，成为上帝造物中最卑下的东西之外，这又算什么呢？英国自由的最重要的一部分便是一个人的房屋的自由。一个人的房屋就是他的城堡，只要他安分守己，他在自己的城堡里就应当受到像王子一样的保护。这个令状如被宣布为合法，将完全破坏这种特权，海关官员只要他们高兴，就可进入我们的房子。我们被命令要允许他们进入。他们的奴才也可以进入，也可以打掉锁、栅栏，打掉一切妨碍他们的东西。不管他们是蓄意破坏或是报复，没有人，也没有任何法庭可对此进行调查。没有宣誓仅有怀疑就够了。这种不负责任地行使这个权力的行为不是我头脑发热凭空捏造出来的。我将举一些实例，皮尤先生有这样一个令状，韦尔先生接他职务时，他就将这令状批转给韦尔先生。因此，这个令状是可转让的，可以从一个官员手里转到另一个官员手里。这样，阁下就没有机会断定

哪些是被授予这么大权力的人。还有一个例子是：沃利法官曾令一巡警把这同一个韦尔先生带到他面前来回答关于违反《安息日法案》的问题，或者污言咒骂的问题。结束时，韦尔先生就问他是否完了。他回答："是的。"韦尔先生说："好了，那么我来向你显示我的一点权力。我令你让我搜查你的房子，寻找未报关的物品。"而且接着就从阁楼搜到地下室。然后以同样的方式对那个巡警进行搜查！但是，为了指出这个令状的另一荒唐之处，我坚持认为，如果这个令状被确立，根据查理二世第十四条令，每个人都应当与海关官员有同样的权力。令状上的文字应当是这样："这对于授权的任何人或人们都是合法的。"等等。这将造成一个什么景况！每个人只要出于报复，心情不佳，或蛮横任性想去邻居屋里查看，都可以得到"搜查令状"。其他人出于自卫，也会要求得到"搜查令状"，一个人一意孤行将刺激另一个人也一意孤行，直至社会陷入骚乱和流血之中……

## ■ 作品赏析

在这篇有名的法庭辩论中，奥蒂斯首先表达了自己反对"搜查令状"的坚定态度，然后断然指出，这项法令是英国法律档案里所能找到的标名专制权力的最坏的文件。接下来，他讲述了专制法令给英国政府造成的恶果，并从法理上层层阐述"搜查令状"与"自由"和"权利"的冲突。最后结合实际，再次说明这项法令可能对人们自由和权利的损害，强烈要求取消这一不合理的制度。

全篇义正词严，雄浑有力，斩钉截铁，震撼人心。不愧是一篇杰出的法庭辩词。虽然奥蒂斯在这次庭审中败诉，但后来英国政府最终还是撤回了"搜查令状"。奥蒂斯通过此举保护了人民的权益，捍卫了正义和真理。

**⊙演讲者简介⊙**

奥蒂斯，美国政治家。1750年，奥蒂斯在波士顿从事律师职业。10年后，他成为英国国王在附属海事法庭上的总辩护律师。后来，英国政府在北美颁布"搜查令状"。奥蒂斯不想执行这一命令，于是辞掉了职务。1761年2月在法庭辩论中，他明确表示反对该项法令。之后，奥蒂斯成为一个政治活动家。1761年5月，奥蒂斯被选入马萨诸塞州议会。1766年，当选议长。1769年，一个英国军官在奥蒂斯头部猛击一拳，使他罹患精神病，他的政治生涯就这样突然中止了。

# 在贵族院的演说

演讲词档案

演讲者：拜伦（1788～1824）
演讲时间：1812 年
演讲者身份：英国著名诗人

## ■ 历史背景

1809 年，拜伦承袭了在贵族院的议席。1812 年，他在议会中发表了第一次演说，为那些被判处死刑的纺织工人辩护。此后拜伦又在议会发表了两次演说。

## ■ 原文欣赏

你们把这些人叫做贱民，放肆、无知而危险的贱民；你们认为似乎只有砍掉它的几个多余的脑袋才能制伏这个“Bellua multotum Capitum”，你们是否还记得你们在好多方面都有赖于这种贱民？这些贱民正是在你们田地上耕作、在你们家里伺候，并且组成你们海军和陆军的人。

……

但在这个时候，即成千成百陷入迷途而又惨遭不幸的同胞正在极端困苦与饥饿中挣扎的时候，你们那种远施于国外的仁慈，看来现在应该推及国内了。

……

抛开不谈新法案中显而易见的欠缺公道和完全不切实际，难道你们现有的法典中判处刑罚的条文还不够多么？

……

你们打算怎样实施这个新法案？你们能够把全郡同胞都关到监狱里去么？你们是否要在每块土地上都装上绞刑架，像挂上稻草人那样绞死活人？既然你们一定要贯彻这项措施，你们是否准备十个人中必杀一个？是否要宣布该郡处于戒严状态，把周围各地都弄得人烟稀少，满目荒凉？这些措施，对饥饿待毙、走投无路的人民来说，又算得什么？难道那些快要饿死的、在你们的刺刀面前拼命的困苦到极点的人，会被你们的绞架吓退么？当死成为一种解脱时，而看来这是你们所能给出的唯一解脱，死能够迫使他们俯首听命么？

## ■ 作品赏析

本篇是 1812 年 2 月 27 日，拜伦在贵族院讨论通过惩治机器破坏罪法案时发

表的演说。在这篇演说里，拜伦对上层社会展开了暴风雨式的诘问和批判，充满热烈的激情和斗争精神，连续的排比和责问揭露了大量的血腥和残酷事实。拜伦的立场非常鲜明，不容置疑，凛然的正气激荡着贵族院，当然，也给他自己带来了麻烦。不久，拜伦就明白了，议会不过是掩饰大资产阶级和封建地主阶级暴力统治的遮羞布，它不会为人民做一点好事的，于是他决意和它分道扬镳。由于他卓越的诗歌创作有力地支持了法国大革命后席卷全欧的民主民族革命运动，并在一定程度上批判了资本主义社会的种种弊端，他成为欧洲文学界的一面光辉旗帜。

**⊙演讲者简介⊙**

拜伦像

拜伦，出身于英国一个破落的贵族家庭。生于伦敦，长于苏格兰。10 岁时承袭了拜伦爵士称号。在剑桥大学就读期间，他发表诗集《闲暇的时刻》（1807 年）。面对某些评论的围攻，他以长诗《英国诗人和苏格兰评论家》（1809 年）作为反击，产生了很大的影响。20 岁时，他出国游历，先后去过许多国家。1811 年回国。

拜伦在欧洲游历期间，最重要的成果是完成了长诗《恰尔德·哈洛尔德游记》第一、二章（第三、四章分别完成于 1816 年和 1818 年）。长诗在 1812 年 3 月出版后，轰动文坛，风靡全国。

此后，拜伦又写了《异教徒》、《阿比托斯的新娘》和《海盗》（1814 年）等 6 部长篇叙事诗，总称为“东方叙事诗”。诗歌中塑造了一系列高标独举、孤行傲世、富有叛逆精神的主人公形象，这一类形象被称作“拜伦式英雄”。

1816 年夏天，拜伦的妻子提出分居的要求，上流社会借此毁谤和攻击，拜伦愤然移居瑞士。这一时期写的诗剧《曼弗雷德》（1817 年），其实反映了诗人心中的苦闷。

# 反对墨西哥战争

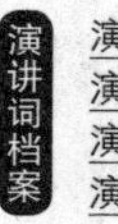


演讲者：科温（1794 ~ 1865）
演讲时间：1847 年 2 月 11 日
演讲地点：美国国会
演讲者身份：美国政治家

## ■历史背景

德克萨斯原先是墨西哥的土地，后来被美国兼并。1836 年，原墨西哥德克萨斯的美国开拓者们反叛墨西哥当局，宣布独立，成立一个共和国。德克萨斯宣布独立后，美国乘机宣布承认德克萨斯国，并于 1845 年宣布德克萨斯加入美利坚合众国，德克萨斯成了美国的一个州。1846 年，美国开拓者

进军加利福尼亚，挑起纠纷。不久，美国与墨西哥边界谈判破裂，对墨西哥的战争爆发，战争获得了美国舆论的普遍的支持。在这种情况下，美国参议员科温力排众议，挺身而出发表了这篇演讲，公开谴责这场战争。

## ■原文欣赏

总统先生，你提议从墨西哥夺取的领土是什么？是墨西哥古老的卡斯提长老通过多少次浴血奋战才获得并成为墨西哥神圣核心的土地。墨西哥人的邦克山、萨拉托加和约克敦全在这一带！墨西哥人会说："我在这儿为了自由流血！我能把我心爱的神圣的家园拱手交给盎格鲁撒克逊入侵者吗？他们要这土地干什么？他们已经把德克萨斯弄到手了。他们已经拥有从新亚西斯河到格兰德河之间的土地，他们还要什么？如果我将失去这些战场，那么我能传给儿孙哪些独立之丰碑呢？"

先生，倘若有人向马萨诸塞州的人民索取邦克山，倘若英国狮在那儿露面，又有哪个年龄在13岁到93岁之间的人不会毅然决然地去迎战他呢？这片土地上的哪一条江河不会被鲜血染红呢？倘若要把这些神圣的自由之战的战场从我们手中夺走，又有哪一片土地不会堆起一层又一层被杀戮而又来不及掩埋的美国人的尸骨呢？但就是这些美国人践踏姐妹邻邦，对贫穷软弱的墨西哥人说："放弃你们的国土吧，你们不配拥有它。我已经有了一半了，我向你要的不过是那另一半！"英国人，在上述情况下，可能吩咐我们说："放弃大西洋坡地吧——放弃从阿勒格尼山到海边的那片不起眼的土地，那只不过从曼恩到圣·马雷，不到你们共和国的三分之一领土，又是令人最不感兴趣的那部分领土。"那么，我们将如何回答呢？他们会说，我们必须把这土地让给约翰·布尔。为什么？"他缺少空间"。密执安的参议员说他必须要这片土地。天哪，我尊敬的基督徒兄弟，这是根据哪条正义的原则呢？"我缺少空间！"

先生，瞧瞧这条缺少空间的借口吧。两千万人口，拥有一亿公顷的土地。以各种能够想象出来的理由招募人去开发，每公顷的地价低到二十五美分，并且允许任何人选择他喜欢的任何地方。但是，密执安的参议员说，数年内，我们的人口将达到两亿，所以我们缺少空间。倘若我是墨西哥人，我就会告诉你，"在你们自己的国家，没有埋葬人的空间吗？如果你们到我的国家来，我们将用带血的双手迎接你们，欢迎你们到好客的坟墓中去"。

前些日子，我有点惊讶地听那位来自密执安的参议员宣称，欧洲已经快把我们忘得干干净净了，除非用这些战争来唤醒他们的注意力。我想，参议

员先生很感激总统先生，因为他“唤醒”了欧洲。我希望总统先生通晓民事与军事的知识，他是否记得有人说过他曾长期思考过历史，长期思考过人类、人的本质和人的真正命运。孟德斯鸠对这种“唤醒”方式没有什么好感。他说：“如果一个民族的年鉴是枯燥无味的话，那么这个民族就有福了。”

密执安的参议员先生的观点则不同。他认为，一个民族除非以战争著称，否则就不是一个杰出的民族。他担心酣睡的欧洲无能力察觉这儿有两千万盎格鲁撒克逊人，在铺铁路、开运河，正飞速地将所有和平的手段发展到优秀文明的最完美的程度！他们对此一无所知！那么，为了使我们声名远扬，这种创造历史的民主方式将采取的绝妙手段是什么呢？轰炸城市，摧毁和平、幸福的家园，枪杀男人——唉，先生，这就是战争——而且还枪杀妇女……

有一个与这个问题相关的话题，每次提及这话题，便使我发抖。可是，我却忍不住要留意它。你每采取一个步骤都会碰到它，无论你以何种方式发动这场战争，它都威胁着你。我指的是奴隶制问题。显而易见，反对奴隶制的进一步蔓延是一个深深植根在我们称之为非蓄奴州的所有党派人士心中的决心。纽约、宾夕法尼亚、俄亥俄这三个最强大的州已经把他们的法律指令送交到此。我相信，所有其他州也会这样做。现在推测其缘由毫无用处。南方的先生们可能会称之为偏见、欲望、虚伪和狂热。在这一点上，我现在不与他们争论。事实的确如此。我们关切的是了解这一个重要的事实。你我都无法变更或改变这个观点，即使我们愿意的话。这些人只会说，我们不会、也不能同意你在不存在奴隶制的地方实行奴隶制。如果你们州里存在奴隶制，他们不想打扰你，你就好好受用吧，如果你想而且能够的话。这就是他们的语言；这就是他们的打算。南方的情况如何呢？指望他们同样流血出资来谋取那片广袤的土地，然后，又指望他们心甘情愿地放弃他们把奴隶带到那儿，并居住在那被征服的国土的权利，如果他们想那样干的话。这怎么可能呢？先生，我太了解南方人的感情和观点了。我对他们丝毫不抱这种指望。我相信，他们会竭尽全力争取这种权利，即使他们并不想行使这种权利。我相信，在这可怕的问题上，双方都同样固执己见（我承认，当我想到这一点的时候，我颤抖了）。

那么，如果我们坚持发动战争，如果战争不是仅仅以无端浪费生命与财富而告终，就必然（正如此议案所提议的那样）以取得领土而告终，而这场争论必然立刻与这片领土联系在一起——那么，这项议案就似乎是彻头彻尾的一项引发内部混乱的议案。倘若我们再延长这场战争一分钟，或再多花上一美元来购买或占领哪怕是一公顷墨西哥的土地的话，北方和南方便将被带

入一场双方都不会妥协的冲突之中。谁能预见或预知其后果！谁会如此大胆或鲁莽以至于面对这种冲突而无动于衷！如果一个人能意识到这种冲突的可能性，而又不至于被痛苦的感情所折服，那么，我决不会羡慕这种人的心灵。那么，我们作为合众国各主权州的代表，作为被挑选来捍卫合众国的人们，为什么我们明知道战争的结果必然迫使我们立刻面对一场内战，却要继续这场战争以加速这场可怕的冲突的来临呢？先生，确切地说，这是背叛，是对合众国的背叛，是对我们选民的最宝贵的利益、最崇高的理想、最珍惜的希望的背叛。冒引起这种冲突的风险是一种犯罪，一种十恶不赦的罪孽，任何邪恶与之相比，都将升华为美德。哦，总统先生，在我看来，如果地狱能够张口吐出囚禁在它炼狱中的妖魔，吩咐他们来破坏这世界的和谐，来捣碎人们憧憬的最美好的幸福前景的话，那么完美实现这个魔鬼意图的第一步便将是点燃内战的战火，将合众国的姐妹州全都抛进这无底的内乱的深渊。今天，我们就站在这深渊的正在崩溃的边缘之上——我们看它血腥的浪潮在我们跟前翻滚——趁现在还来得及，我们为什么不能停下来呢？在这儿，道路是明摆着的。我可以说，这是唯一负责任的、谨慎的、真正爱国的路。让我们抛弃一切进一步获取领土的念头，进而立刻停止发动这场战争。让我们把军队召回来吧，立刻把他们召回到我们自己承认的边界内。向墨西哥表明，当你们说你们不希望占领任何东西时，你们是真诚的。墨西哥知道她无法同你们诉诸武力。如果她不曾诉诸武力的话，那是因为她太软弱了，不能在这儿打搅你们。给予她和平，我以性命担保，她就将接受和平。不过，不论她同意与否，你们没有她的同意，照样还会有和平。你们的侵略导致了这场战争；你们的撤军将会恢复和平。那么，让我们永远地封闭通往内部敌对的途径，回到古老的和谐和古老的通往民族昌盛和永恒的光荣的道路上来。让我们在这儿，在这奉献给合众国的神圣殿堂里，举行庄严的驱除邪恶的仪式；洗去我们手上沾着的墨西哥人的鲜血，在这圣坛上，在这庇佑我们的圣父的神像前，发誓保卫光荣的世界和平，保卫彼此间永恒的兄弟之情。

## ■ 作品赏析

演讲充满了爱国激情，表达了科温对和平的渴望以及对新殖民主义的不满。演讲一开始，他便责问美国总统："你提议从墨西哥夺取的领土是什么？"然后，他从三个方面论证这场战争是不可取的观点，揭露了美国发动战争借口的荒谬性，指出这场战争师出无名的侵略本质。接着，科温忧心忡忡地指出，墨西哥战争将有可能会导致美国内部混乱，加剧美国南北之间的矛盾。最后，科温指

出唯一有效的途径，就是停止发动战争。在演说里，他描述了战争的残酷和对人民的危害，强烈要求美国放弃非正义战争，尽管科温最终没能阻止这场战争，但他对正义与和平的坚持显示出不同寻常的伟大意义。

整篇演讲逻辑严谨，环环相扣。科温采用了反诘、比喻、排比等多种手法，强烈地表达了他希望和平的愿望。

**⊙演讲者简介⊙**

科温，美国政治家，共和党人。科温出生于美国俄亥俄州，靠自学成才当上律师。后来从政，历任美国众议院议员、俄亥俄州州长、美国参议院议员和美国财政部长等职。



# 论公民的不服从

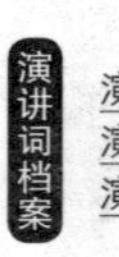

演讲词档案

演讲者：梭罗（1817 ~ 1862）

演讲时间：1849 年

演讲者身份：美国作家、哲学家

## ■ 历史背景

在瓦尔登湖隐居期间，梭罗对自然、社会、自我、自由等问题进行了深刻的思考，提出了回归自然、精神自由等一系列生活准则，反对政府对公民个性和人格自由的限制。

1846 年 7 月的一天，当地警察突然闯入梭罗的小木屋，向他索取投票税。梭罗隐居深林，很久没有行使过选举权，于是他拒绝交税。当晚，他即被警方拘留，第二天被保释。为了表明自己的观点，对自己的行为作出解释，他创作了这篇《论公民的不服从》。

## ■ 原文欣赏

我由衷地同意这个警句——“最好的政府是管得最少的政府”。我希望看到这个警句迅速而且系统地得到实施。我相信，实施后，其最终结果将是——“最好的政府是根本不进行治理的政府”。当人们做好准备之后，这样的政府就是他们愿意接受的政府，政府充其量不过是一种权宜之计，而大部分政府，有时所有的政府却都是不得计的。对设置常备军的反对意见很多、很强烈，而且理应占主导地位，它们最终可能转变成反对常设政府。常备军队不过是常设政府的一支胳臂。政府本身也只不过是人民选择来行使他们意

志的形式，在人民还来不及通过它来运作之前，它同样也很容易被滥用或误用，看看当前的墨西哥战争，它是少数几个人将常设政府当做工具的结果，因为，从一开始，人民本来就不同意采取这种做法。

目前这个美国政府——它不过是一种传统，尽管其历史还不久，但却竭力使自己原封不动地届届相传，可是每届却都丧失掉一些自身的诚实和正直。它的活力和气力还顶不上一个活人，因为一个人就能随心所欲地摆布它。对于人民来说，政府是支木头枪。倘若人们真要使用它互相厮杀，它就注定要开裂。不过，尽管如此，它却仍然是必不可少的，因为人们需要某种复杂机器之类的玩意儿，需要听它发出的噪声，借此满足他们对于政府之理念的要求。于是，政府的存在表明了，为了人民的利益，可以如何成功地利用、欺骗人民，甚至可以使人民利用、欺骗自己。我们大家都必须承认，这真了不起。不过，这种政府从未主动地促进过任何事业，它只是欣然地超脱其外。它未捍卫国家的自由，它未解决西部问题。它未从事教育。迄今，所有的成就全都是由美国人民的传统性格完成的，而且，假如政府不曾从中作梗的话，本来还会取得更大的成就。

但是，现实地以一个公民的身份来说，我不像那些自称是无政府主义的人，我要求的不是立即取消政府，而是立即要有个好一些的政府。让每一个人都表明能赢得他尊敬的是什么样的政府，这样，也就为赢得这种政府迈出了一步。

到头来，当权力掌握在人民手中的时候，多数派将有权统治，而且继续长期统治，其实际原因不是因为他们极可能是正义的，也不是因为这在少数派看来是最公正的，而是因为他们在物质上是最强大的。但是，一个由多数派作出所有决定的政府，是不可能建立在正义之上的，即使在人们对其所了解的意义上都办不到。在一个政府中，如果对公正与谬误真正作出决定的不是多数派而是良知，如果多数派仅仅针对那些可以运用便利法则解决的问题作出决定，难道是不可能的吗？公民必须，哪怕是暂时地或最低限度地把自己的良知托付给议员吗？那么，为什么每个人还都有良知呢？我认为，我们首先必须做人，其后才是臣民。培养人们像尊重正义一样尊重法律是不可取的。我有权承担的唯一义务是不论何时都从事我认为是正义的事……

那么一个人应当怎样对待当今的美国政府呢？我的回答是，与其交往有辱人格。我绝对不能承认作为奴隶制政府的一个政治机构是我的政府。

人人都承认革命的权利，即当政府是暴政或政府过于无能令人无法忍受的时候，有权拒绝为其效忠，并抵制它的权利。但是，几乎所有人都说，现

在的情况并非如此。他们认为，1775年的情况才是如此。如果有人对我说，这个政府很糟糕，它对运抵口岸的某些外国货课税。我极有可能会无动于衷，因为没有这些外国货，我照样能过日子。所有的机器都免不了产生摩擦，但是这也许却具有抵消弊端的好处。不管怎么说，为此兴师动众是大错特错的。可是，如果摩擦控制了整部机器，并进行有组织的欺压与掠夺，那么，就让我们扔掉这部机器吧。

不公正的法律仍然存在：我们必须心甘情愿地服从这些法律，还是努力去修正它们、服从它们直至我们取得成功，或是立刻粉碎它们呢？在当前这种政府统治下，人们普遍认为应等待，直到说服大多数人去改变它们。人们认为，如果他们抵制的话，这样修正的结果将比原来的谬误更糟。不过，如果修正的结果真比原来的谬误更糟的话；那是政府的过错，是政府使其变得更糟的。为什么政府不善于预见改革并为其提供机会呢？为什么政府不珍惜少数派的智慧呢？为什么政府不见棺材不落泪呢？为什么政府不鼓励老百姓提高警惕，为政府指出错误而避免犯错误呢？为什么政府总是把基督钉在十字架上，把哥白尼和路德逐出教会，并指责华盛顿和富兰克林是叛乱分子呢？

在一个监禁正义之士的政府统治之下，正义之士的真正栖身之地也就是监狱。当今马萨诸塞州为自由和奋发图强之士提供的唯一妥当的处所，是监狱。在狱中，他们为州政府的行径而烦恼，被禁锢在政治生活之外，因为他们的原则已经给他们带来麻烦了。逃亡的奴隶，被假释的墨西哥囚犯和申诉白人犯下的罪孽的印第安人可以在监狱里找到他们，在那个与世隔绝，但却更自由、更尊严的地方找到他们。那是州政府安置不顺其道的叛逆者的地方，是蓄奴制州里一个自由人唯一能够骄傲地居住的地方。如果有人以为他们的影响会消失在监狱里，他们的呼声不再能传到政府的耳朵里，他们无法在囹圄四壁之内与政府为敌，那么他们就弄错了。真理比谬误强大得多，一位对非正义有了一点亲身体验的人在与非正义斗争时会雄辩有力得多。投下你的一票，那不仅仅是一张字条，而是你的全部影响。当少数与多数保持一致时，少数是无足轻重的，它甚至算不上是少数，但是当少数以自身的重量凝聚在一起时，便不可抗拒。要么把所有正直的人都投入监狱，要么放弃战争与奴隶制，如果要在这二者之间作出选择的话，州政府会毫不犹豫地作出选择。如果今年有一千人不交税，那不是暴烈、血腥的举动，但是若交税则不然。那是使政府得以施展暴行，让无辜的人流血。事实上，这正是和平革命的定义，如果和平革命是可能的话。如果税务官或其他政府官员问我，正如有位官员问我的那样："那么，我怎么办呢？"我的回答是："如果你真希望做

什么的话，那你就辞职。”如果臣民拒绝效忠，官员辞职，那么革命就成功了。即使假定这会导致流血的话，难道当良心受伤害的时候就不流血吗，从良心的创伤里流出的是人的气概和永生，将使他永世沉沦于死亡之中。此时此刻，我就看到这种流血……

我已经六年未交投票税了。我还一度为此进过监狱，关了一夜。当我站在牢房里，打量着牢固的石壁，那石壁足有二三尺厚，铁木结构的门有一尺厚，还有那滤光的铁栅栏。我不由得对当局的愚昧颇有感触。他们对待我，就好像我不过是可以禁锢起来的血肉之躯。我想，当局最终应当得出这么个结论：监禁是它处置我的最好办法，而且我还从未想到我还能对它有什么用处。我知道，如果说我与乡亲之间挡着堵石墙的话，那么他们若想要获得我这种自由的话，他们还得爬过或打破一堵比这石墙更难对付的墙才行。我一刻也不觉得自己是被囚禁着。这墙看来是浪费了太多的石头和灰泥了。我觉得，似乎所有公民中，只有我付清了税款。他们显然不知道该怎样对付我，他们的举止就像些没教养的人。他们的威胁恭维，样样都显得荒唐可笑。他们以为我惦记的是挪到这堵墙的另一边。我不禁觉得好笑，我在沉思时，他们却像煞有介事地锁起牢门，全然不知我的思绪就跟在他们身后出了牢房，丝毫不受任何阻碍，而他们自己才真正是危险的。他们既然奈何不了我，便打定主意惩罚我的身躯，就像群顽童，无法惩罚他们憎恨的人，就冲他的狗撒野。我看，州政府是个傻子，如同一位揣着银匙的孤女，怯生生的，连自己的朋友和敌人都分不出来。我已经对它失去了所有的敬意，我可怜它。

州政府从未打算正视一个人的智慧或道德观念，而仅仅着眼于他的躯体和感官。它不是以优越的智慧或坦诚，而是以优越的体力来武装自己。我不是生来让人支使的。我要按照我自己的方式来生活。让我们来看看谁是最强者。什么力量能产生效果？他们只能强迫却无法使我顺从。因为我只听命于优越于我的法则。他们要迫使我成为像他们那样的人。我还不曾听说过，有人被众人逼迫着这样生活或那样生活。那会是什么样的生活呢？当我遇到的政府对我说：“把你的钱给我，不然就要你的命！”我为什么要忙着给它钱呢？那政府可能处境窘迫不堪，而且不知所措。我不能帮它的忙。它必须像我一样，自己想办法。不值得为这样的政府哭哭啼啼。我的职责不是让社会机器运转良好。我不是工程师的儿子。我认为，当橡果和栗子并排从树上掉下来时，它们不是毫无生气地彼此谦让，而是彼此遵循各自的法则，发芽、生长，尽可能长得茂盛。也许直到有一天，其中的一棵超过另一棵，并且毁了它。如果植物不能按自己的本性生长，那么它就将死亡，人也一样……

政府的权威，即使是我愿意服从的权威——因为我乐于服从那些比我渊博、比我能干的人，并且在许多事情上，我甚至乐于服从那些不是那么渊博，也不是那么能干的人——这种权威也还是不纯正的权威：从严格、正义的意义上讲，权威必须获得被治理者的认可或赞成才行。除非我同意，否则它无权对我的身心和财产行使权力。从极权君主制到限权君主制，从限权君主制到民主制的进步是朝着真正尊重个人的方向的进步。民主，如同我们所知道的民主，就是政府进步的尽头了吗？不可能进一步承认和组织人的权利了吗？除非国家承认个人是更高的、独立的权力，而且国家的权力和权威是来自于个人的权力，并且在对待个人方面采取相应的措施；否则就绝对不会有真正自由开明的国家。我乐于想象国家的最终形式，它将公正地对待所有的人，尊重个人就像尊重邻居一样。如果有人履行了邻居和同胞的职责，但却退避三舍，冷眼旁观，不为其所容纳的话，它就寝食不安。如果，一个国家能够结出这样的果实，并且听其尽快果熟蒂落的话，那么它就为建成更加完美、更加辉煌的国家铺平了道路。那是我想象到，却在任何地方都不曾看到的国家。

## ■ 作品赏析

在《论公民的不服从》中，梭罗开宗明义提出自己的观点——最好的政府是管得最少的政府，主张限制政府的权力。随即他号召公民对政府强奸民意的政策采取消极抵抗，不盲目听从权势的指挥，要保持个人的独立、自由。演说充分体现了他关于人权、民主等政治观念的思考，极为深刻。19 世纪末，人们才认识到梭罗思想的价值，《论公民的不服从》成了人权主义的经典之作，对后世产生了重要的影响。托尔斯泰、圣雄甘地、马丁·路德·金都曾从梭罗的思想中汲取营养，从而完善自己的学说。

### ⊙演讲者简介⊙

梭罗，美国作家、哲学家。1817 年 7 月 12 日，梭罗出生于马萨诸塞州康科德城。1837 年毕业于哈佛大学。毕业后他回到家乡教书，1841 年起转为写作。在爱默生的支持下，梭罗在康科德住下并开始了他的先验主义实践。1845 年 7 月，梭罗移居到离家乡康科德城不远的瓦尔登湖畔的次生林里，尝试过一种简单的隐居生活，1847 年 9 月离开。1854 年，他出版了《瓦尔登湖》，这本散文集详细记载了他在瓦尔登湖畔两年多的生活经历，书中集中反映了他的精神自由和回归自然的人生哲学。后来，梭罗曾经到科德角、阿基奥科楚科和缅因州的卡塔丁山等地旅行。1862 年，梭罗因患肺病去世，被安葬于马萨诸塞州康科德城的斯利培山谷公墓。

# 反对帝国主义

演讲词档案

演讲者：乔治·弗里斯比·霍尔（1826 ~ 1904）
演讲时间：1902 年 5 月
演讲地点：美国参议院
演讲者身份：美国麻省共和党议员

## ■ 历史背景

19 世纪末，美国进入了帝国主义时期，垄断资本财团迫切需要开辟新的市场、投资场所和原料产地。1898 年 2 月，美国船只“缅因”号在哈瓦那港被击沉，美国便以此为借口对西班牙宣战。1898 年年底，西班牙放弃了对古巴的主权，把关岛、波多黎各和菲律宾移交给美国管辖。美国对西班牙的战争在美国国内引起了激烈争论，不少人支持战争，而麻省的共和党议员乔治·弗里斯比·霍尔则极力反对。1902 年 5 月，他在参议院会议上发表了这篇演讲，反对美国兼并菲律宾。

## ■ 原文欣赏

议员们发表各种政见，谈论理想，但他们更注重讲求实际效果的政治主张。总统先生，过去 4 年里的辩论一直是两种政见之间的争论，双方都提出了许多切实可行的主张，您那一方已经把你们的主张付诸行动，而另一方还在苦苦恳求也让他们的主张得到采纳实行。我们这一方一直坚持一些原则，这些原则是我们革命先辈的理想，从那时一直传到亚伯拉罕·林肯和查尔斯·萨姆纳时代。这些原则是：人类生而平等；政府的正当权力是经被统治者同意而产生的，正是为了保障这种权力，人们才建立政府；每个民族——这里指的不是无组织分散的街坊或村落，也不指人民中一部分暂时感到不满的人，而是指作为一个政治实体的民族——都有权利建立自己的政府，而政府所依据的原则和用以组织其权力的方式必须使人民认为这样才最可能保障他们的安全和幸福。遵循这些原则和主张，许多实际上采用的治国方法已经收到了满意的效果。我们先辈在这些原则的基础上建立了 45 个州，使南美洲许多国家也建立了共和制，在西半球消灭了专制君主制度，把美国建成了世界上最自由、最强大、最繁荣昌盛的国家。他们使共和制成了世界上最有影响的制度。由于这些原则，美国的星条旗——对热爱它的人来说美如花朵，对恨它的人来说如流星般恐怖——飘扬在世界各地，维护着和平，并在世界贸易中作为爱好和平的至高无上的权力和主权国的象征，在世界各友好口岸

受到欢迎。

赞成帝国主义的朋友们，你们也有你们的理想与原则，其一是，一旦星条旗在某个地方升起就永远不应该降下来；其二是，你们不愿意与手中拿着武器的民族对话或谈判；其三是，可以用金钱购买某国的主权，而该国人民却不愿出售这种主权；其四是，可以用武力夺取某一国家的主权，作为赃物或战利品。

你们的理想和原则所导致的后果如何呢？你们浪费了6亿美元的财力；断送了将近一万美国人的生命——我们最优秀的年轻人的生命；践踏了外国人民的家园；为了从他们身上得到好处，杀害了无数无辜的人们；你们建立了集中营；你们的将军满载着战利品凯旋，却留下无数伤病残疯的人们在痛苦中呻吟挣扎终其余生。在许多人的眼中，星条旗成了基督教教堂里亵渎的象征，烧杀抢的标志。

3年前，当美国士兵在这些岛屿上登陆时，那里的人民成群结队地尾随着他们，把他们看做是救世主，对他们感激涕零。而你们所采取的政纲却激怒了那里的人民，把他们变成了与我们不共戴天的敌人，与我们结下了世代冤仇……

有时我想，我们可以在首都树起一座美国自由纪念碑，在高度上它可以是首都唯一的可与我们所建造的美丽而又朴素的华盛顿纪念碑相似的建筑物。我想象我们每一代人带着献词来到这唯一的象征自由的纪念碑前，列举他们对自由民主的贡献。

移民到美洲的英国清教徒和胡格诺派教徒那一代人在纪念碑座前，自豪地说道："我们跨过大海，把自由的火炬带到了这片土地上，我们开垦荒野，征服土人和野兽，我们以基督教的自由和法律为帝国奠定了基础。"

下一代人来到纪念碑前说："父辈奠基，我们建造。我们离开了海滩，向荒野进军，我们盖起了学校、法院和教堂。"

接着，殖民地时期的一代人走上前说："我们在许多艰苦的战役中站在英国一边，帮助压下法国的气焰，看到在路易斯堡和魁北克法国败给了英国。我们在马提尼克和哈瓦那，佩戴着圣乔治十字勋章欢庆胜利。大海上风暴时起，我们却熟知它的航线。我们顶酷暑冒严寒，劈波斩浪，走南闯北，追捕鲸鱼，正如伟大的英国演说家所描述的'我的渔船经受了大海大洋的考验，狂风暴雨是我辛劳的见证'。"

接着美国革命时期的一代人走上前，说道："我们与英国发生了冲突，我们宣布独立而且赢得了独立。我们的独立宣言以永存的平等正义为基础，

向全世界宣告了这些原则，总有一天全人类都将遵循这些准则。我们使人类的尊严得到了保障，为人民赢得了管理自己的权利。我们制定了防范草率欺骗行为的措施来保障人民的权利，我们创建了最高法院和参议院，开天辟地第一回让人民自治的权利有了保障，我们还建立了各种制度以保障人民永远享有这种权利。”

下一代人说：“我们又与英国发生冲突。我们捍卫美国船只在公海上不受骚扰的权利，就像当年我们的父辈创造条件让美国农民安居乐业那样，我们让美国水手走遍天涯海角安全有保障。面对俄、普、奥三国的神圣同盟，我们宣布了门罗主义的原则。在门罗主义的旗帜下，十六个共和国组成了联盟，在西半球从五大湖到合恩角，到处都建立了共和国，各国都牢牢地掌握了自己的命运，维护了国家的主权。”

接着下一代人走过来说：“我们留下了惊天动地的业绩，你们小时候曾见过，你们的父辈曾给你们讲过，我们挽救了联邦，平息了叛乱，解放了奴隶。我们让所有的奴隶都成了自由人，让所有的自由人都成了公民，又让所有的公民都有了选举权。”

接着走过来的是内战后在和平建设时期立下丰功伟绩的一代人，这伟绩中也包含了我们当中不少人的贡献。他们说：“我们守信用，偿还了债务。我们带来了和解安定而不是战争。我们促进各国赞成并实践有关移居国外的规定，我们制定了分给定居移民耕地的制度，让千百万移民在北美大草原和平原上安家落户，建立起强大的州。我们修通了横贯北美大陆连接东西海岸的铁路干线。像当年我们的先辈宣告美国在政治上独立那样，我们宣告美国在制造业方面可以不依赖外国。我们建立起庞大的商业体系，使美国成了地球上最富有、最自由、最强大、最幸福的国家。”

现在轮到我们这一代人了，我们该说些什么呢？我们是否能跻身于这光荣的行列呢？我们是否要在碑上刻下“我们废除了独立宣言，改变了门罗主义，将经被统治者同意的永存的平等和正义的原则改为残忍的自私自利的原则。我们摧毁了亚洲唯一的共和国，对亚洲唯一信奉基督教的民族发动了战争，把原先正义的战争转化成了可耻的非正义的战争。我们玷污了星条旗，在战争中背信弃义，逼迫手无寸铁的人们招供，残杀儿童，设立集中营，践踏外国领土，破坏了一个民族对自由的向往”。

不，总统先生，我们决不能这样说。更好的政纲应被采纳，一个伟大民族的历史发展是缓慢的，事情还没有发展到不可挽救的地步。

让我们至少有这些话可说：“我们也坚持了先辈们的原则，我们解放了

古巴，使古巴挣脱了西班牙的长期统治，我们欢迎古巴加入到世界民族大家庭中来，我们在胜利面前保持谦虚谨慎，为人类树立了从未有过的榜样……我们行军经过残酷野蛮怀有敌意的国家，既没有被激怒也不图报复，我们以善报恶，以德报怨，我们使美国在东方得到像在西方一样的爱戴。我们忠于菲律宾人民，忠于我们自己的历史，我们没有玷污国家的名誉，我们从先辈手中接过的旗帜完美如初。”

## ■作品赏析

在这篇演讲中，霍尔重申了一个原则：人类生而平等。他指出政府的正当权力来自人民，它也应当服务于人民。他认为共和制是能给世人带来幸福的最有影响力的制度；而帝国主义推行的则是强权政治，不仅给美国，也给其他国家的人民带来灾难。虽然霍尔反对美国兼并菲律宾的主张没有被采纳，但他的《反对帝国主义》所表达的思想却流传于世，成为人类政治史上的宝贵财富。

演讲措词犀利，具有很强的政治评论性。同时，霍尔采用了多种手法，如对比、联想、比喻等，增强了演讲的效果。

**⊙演讲者简介⊙**

乔治·弗里斯比·霍尔，美国麻省共和党议员。霍尔推崇共和思想，反对帝国主义。1902年，他在反对兼并菲律宾的辩论中与共和党决裂。

# 我也是义和团

演讲者：马克·吐温（1835～1910）
演讲时间：1900年
演讲地点：纽约勃克莱博物馆
演讲者身份：美国著名作家

## ■历史背景

因为投资破产，从1891年开始，马克·吐温不得不到世界各地讲演，赚钱偿还债务。在长达10年的奔波旅行中，他亲眼看到了美国的帝国主义势力各种欺压和掠夺殖民地人民的行径，十分痛恨。1900年，他回国后积极参加反帝活动，声明“我已是一个反帝国主义者”。八国联军侵入北京后，清政府卖国求荣，伙同帝国主义列强血腥镇压义和团运动。马克·吐温同情中国人民，支持中国人民进行反抗斗争。1900年11月23日，他在美国纽约勃克莱博物馆举行的公共教育协会上发表了这篇演讲。

## ■ 原文欣赏

我想，要我到这里来讲话，并不是因为把我看做一位教育专家。如果是那样，就会显得在你们方面缺少卓越的判断，并且仿佛是要提醒我别忘了我自己的弱点。

我坐在这里思忖着，终于想到了我之所以被邀请到这里来，是有两个原因。一个原因是让我这个曾在大洋之上漂流的不幸的旅客懂得一点你们这个团体的性质与规模，让我懂得，世界上除了我以外，还有别的一些人正在做有益于社会的事，从而对我有所启迪。另一个原因是你们之所以邀请我，是为了通过对照来告诉我，教育如果得法，会有多大的成效。

尊敬的主席先生刚才说，曾在巴黎博览会上获得赞扬的有关学校的图片已经送往俄国，俄国政府对此深表感谢——这对我来说，倒是非常诧异的事。因为还只是一个钟点以前，我在报上读到一段新闻，一开头便说："俄国准备实行节约。"我倒是没有料到会有这样的事。我当即想，要是俄国实行了节约，能把眼下派到满洲去的3万军队召回国，让他们在和平生活中安居乐业，那对俄国来说是多大的好事。

我还想，这也是德国应该毫不拖延地干的事，法国以及其他在中国派有军队的国家都该跟着干。

为什么不让中国摆脱那些外国人，他们尽是在她的土地上捣乱。如果他们都能回到老家去，中国这个国家将是中国人多么美好的地方啊！既然我们并不准许中国人到我们这儿来，我愿郑重声明：让中国自己去决定，哪些人可以到他们那里去，那便是谢天谢地的事了。

外国人不需要中国人，中国人也不需要外国人。在这一点上，我任何时候都是和义和团站在一起的。义和团是爱国者。他们爱他们自己的国家胜过爱别的民族的国家。我祝愿他们成功。义和团主张要把我们赶出他们的国家。我也是义和团。因为我也主张把他们赶出我们的国家。

我把俄国电讯再看了一下，这样，我对世界和平的梦想便消失了。电讯上说，保持军队所需的巨额费用使得节约非实行不可，因而政府决定，为了维持这个军队，便必须削减公立学校的经费。而我们则认为，国家的伟大来自公立学校。

试看历史怎样在全世界范围内重演，这是多么奇怪。我记得，当我还是密西西比河上一个小孩子的时候，曾有同样的事发生过。有一个镇子也曾主张停办公立学校，因为那太费钱了。有一位老农站出来说了话，说他们要是

把学校停办的话，他们不会省下什么钱。因为每关闭一所学校，就得多修造一座牢狱。

这如同把一条狗身上的尾巴用作饲料来喂养这条狗。它肥不了。我看，支持学校要比支持监狱强。

你们这个协会的活动，和沙皇和他的全体臣民比起来，显得具有更高的智慧。这倒不是过奖的话，而是说的我的心里话。

## ■作品赏析

在这篇演讲中，马克·吐温严厉抨击了八国联军对中国的侵略行为，他认为中国人不需要外国人，呼吁俄国3万军队召回国，德国、法国以及其他在中国派有军队的国家都该跟着干。他颂扬义和团的爱国精神，并称自己也是义和团，“主张把他们赶出我们的国家”。接着，马克·吐温讽刺俄国为维持军队而削减公立学校经费的行为，并预言这个措施不会取得成功。这篇演讲打击了帝国主义势力嚣张的气势，声援了中国人民的革命运动。马克·吐温因此遭到了统治阶级御用报纸的大肆攻击，被污蔑为与“杀人犯”结为同盟。

这篇演讲观点鲜明、爱憎分明。如同马克·吐温的文学作品一样，演讲充满了尖锐的批评和辛辣的讽刺。比如他以“把一条狗身上的尾巴用作饲料来喂养这条狗”的比喻来讽刺俄国实行节约政策不可能达到目的，十分形象。

### ⊙演讲者简介⊙

马克·吐温，美国作家。原名塞谬尔·朗赫恩·克莱门斯，马克·吐温是其笔名。他被誉为“美国文学中的林肯”。

马克·吐温像

马克·吐温出身于密苏里州佛罗里达一个贫穷的律师家庭，从小出外拜师学徒。他先后投资多项产业，均告失败，倒是写作上取得了非凡的成就。马克·吐温是美国批判现实主义文学的奠基人，世界著名的短篇小说大师。他经历了美国从自由资本主义到帝国主义的发展阶段，其思想和创作也随着时代不断变化。他的早期创作，如短篇小说《竞选州长》等，以幽默、诙谐的笔法嘲笑了美国“民主选举”的荒谬；中期作品，如《哈克贝里·费恩历险记》等，则以深沉、辛辣的笔调讽刺和揭露美国的投机、拜金思想狂热，及黑暗的社会现实与罪恶的种族歧视；后来，马克·吐温作品的批判性减弱，而绝望神秘情绪则有所增长。

# 我投反对票

演讲词档案

演讲者：李卜克内西（1871 ~ 1919）
演讲时间：1914 年
演讲地点：帝国议会
演讲者身份：德国社会民主党领袖，德国共产党创始人之一

## ■ 历史背景

1914 年 7 月，第一次世界大战爆发。同年 9 月，德军在马恩河战役受挫，在西线速决战略破产。但这次失败并没有使德国军国主义分子清醒过来，他们继续追加军费、扩充军备，推动战争向纵深发展，并打出“爱国主义”和“反对沙皇制度”等口号，蛊惑国内民众支持罪恶战争。李卜克内西反对军国主义，他积极领导德国社会民主党人同军国主义、好战分子进行斗争。为反对议会增加军费预算，李卜克内西发表了这篇《我投反对票》。当时议会 110 名议员投票赞成“增加军费预算案”，只有他一个人投了反对票。

## ■ 原文欣赏

我投票反对这项提案，理由如下：

目前的战争是任何一个参战国的人民都不想要的，它不是为了德国或其他任何国家的人民的利益而发动起来的。这是一场帝国主义战争，一场为了实现资本主义对世界市场的统治，为了从政治上控制运用工业资本和银行资本的主要地区而引起的战争。如果从军备竞赛的观点来看，那么这场战争是德国和奥地利的好战集团在半专制制度日暮途穷、秘密外交逐渐失效的情况下，为了先发制人而挑动起来的。同时，这场战争还是一种企图分化和瓦解日益高涨的工人运动的拿破仑式的阴谋。尽管有人粗暴地歪曲事实，但是过去几个月的情况还是日益清楚地证明了这一点。

德国提出的“反对沙皇制度”这个口号，跟现在英国和法国提出的“反对军国主义”的口号一样，其目的在于利用人民的无比崇高的天性、革命的传统和理想，来煽起民族之间的仇恨。德国是沙皇制度的同谋犯，一直到今天还是政治落后的典型，它不配起各族人民的解放者的作用。俄国人民和德国人民的解放，应当是这两国人民自己的事情。

这场战争对于德国来说并不是什么防御战。这场战争的历史性质和截至目前为止的进程，都不能使人相信资本主义政府的这种说法，即诉诸武力是为了保卫祖国。





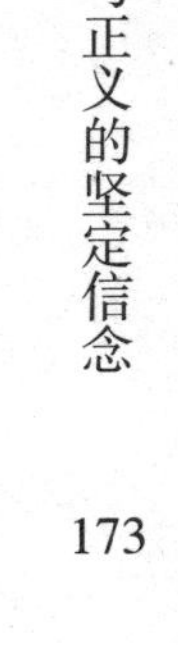

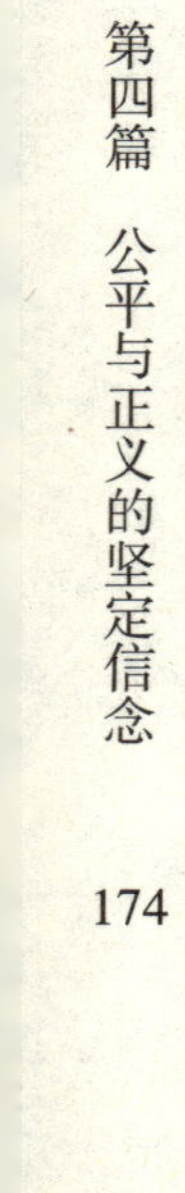

目前要求迅速实现一种对任何一方来说都不是屈辱的和平，也就是一种不通过征服而实现的和平。在这方面所作的任何努力，都是值得欢迎的。只有当争取这样和平的力量同时在一切交战国内不断地壮大起来，这场血腥的屠杀才能够在这些国家弄得民穷财尽以前被制止。只有在工人阶级国际团结和各国人民自由的基础上发展起来的和平，才可能是巩固的和平。世界各国无产阶级，即使是在目前战争仍然进行的情况下，也必须从事争取和平这项社会主义的共同事业。

我本来可以同意按所要求的数额拨付紧急预算，在我看来这个数额还是远远不够的；同样地，我会同意为改善我们在战场上的弟兄以及伤病员的不幸遭遇所能做的一切，我对这些人的遭遇是无限同情的；这对于我来说，任何要求都不是过分的。但是，由于我反对战争、反对战争的元凶祸首、反对导致战争的资本主义政策、反对战争所追求的资本主义目的、反对破坏比利时和卢森堡的中立、反对军国主义独裁、反对政府和统治阶级至今仍然在政治和社会方面所表现的那种不负责任的态度，因此，我反对所提出的军费预算。

## ■ 作品赏析

这篇演讲是第一次世界大战期间最著名的演讲之一。演讲一开始，李卜克内西就指出这场战争的实质是“帝国主义战争”，目的是“为了实现资本主义对世界市场的统治，为了从政治上控制运用工业资本和银行资本的主要地区”。接着，他分析了战争的口号的欺骗性，认为只有争取“和平的力量同时在一切交战国内不断地壮大起来”才能真正制止战争。通过四个方面的阐述，他义正词严地表达了自己的观点：反对增加军费预算案。

整篇演讲气势逼人，铿锵有力。特别在结尾，连续运用了 7 个“反对”组成排比句，把演讲推向高潮，使演讲具有强大的感染力。

### ⊙演讲者简介⊙

1871 年 8 月 13 日，李卜克内西生于莱比锡。青年时期，他先后入莱比锡大学和柏林大学攻读法律。1900 年，李卜克内西加入德国社会民主党。1907 年当选社会主义青年国际联合会主席。同年，李卜克内西发表小册子，反对军国主义。10 月，他因此书被捕入狱，判处 1 年半徒刑。1912 年，李卜克内西当选德国议会议员，他利用议会讲坛进行反对帝国主义战争的宣传。1916 年 3 月，李卜克内西参加社会民主党左派秘密举行的全国代表会议，发表反战讲话。5 月，由于在柏林领导反战示威游行，他被军事法庭判处 4 年徒刑。1918 年 10 月获释之后，他马上投身到德国十一月革命中，并参加德国共产党创建工作。次年 1 月 15 日，李卜克内西与卢森堡同遭右派社会民主党临时政府杀害。

# 置人类于末日还是弃绝战争

演讲词档案

演讲者：罗素（1872 ~ 1970）
演讲时间：1957 年
演讲地点：科学和世界事务会议
演讲者身份：英国著名哲学家、数学家、逻辑学家



## ■历史背景

第二次世界大战中，美国在日本的长崎和广岛投下了两颗原子弹，造成数十万人丧生。全世界的人都感受到原子弹摧毁一切的强大威力。战后，美国与苏联为了争夺霸权，大搞军事竞赛，巨大的核武器库无时无刻不在威胁人类的存在。作为一位颇具影响力的和平主义者，罗素反对战争，更担心美苏争霸会引发第三次世界大战。为此，他提出“世界政府”的设想，后来认识到这是个空想，转而把精力放在禁用和销毁核武器的努力上。1957 年 7 月，罗素在有 10 个国家 22 名科学家参加的“科学和世界事务会议”上发表了这篇演讲，呼吁人类要热爱和平，禁止使用核武器。

## ■原文欣赏

在人类所面临的悲剧性的情况下，我们觉得科学家应当集会对这种由大规模毁灭性武器所引起的危险作出估计，并且按照所附草案的精神进行讨论，以达成一项决议。

我们此刻不是以这个或者那个国家、这个或者那个大陆、这种或者那种信仰的成员的资格来讲话，而是以人类、以其能否继续生存已成为问题的人类成员资格来讲话的。这个世界充满着冲突，而使一切较小冲突相形见绌的则是共产主义同反共产主义之间的巨大斗争。

几乎每个有政治意识的人，对于这些争端中的一个或几个问题都有强烈的感情。但是我们希望你们，如果可能的话，把这种感情丢在一边，而只把你们自己当做是生物学上一个种的成员，这个种有过极其惊人的历史，我们谁也不愿意看到它绝迹。

我们尽可能不说一句为某一集团所中听而为另一集团所不中听的话。大家都同样处在危险之中，如果理解到了这种危险，就可希望大家会共同避开它。

我们必须学会用新的方法来思考。我们必须认识到向我们自己提出的问题，不是要采取什么措施能使我们所支持的集团取得军事胜利，因为已不再

存在这样的措施。我们向自己提出的问题应当是：能采取怎样的措施来制止一场其结局对一切方面都必然是灾难的军事竞赛？

一般公众，甚至许多当权的人都没有认识到使用核弹的战争究竟会引起怎样的后果。一般公众仍然用城市的毁灭来想象。据了解，新的核弹比旧的核弹有更大的威力，一颗原子弹能毁灭广岛，而一颗氢弹就能毁灭像伦敦、纽约和莫斯科那样的大城市。

毫无疑问，在氢弹战争中，大城市将被毁灭掉。但这还只是不得不面临的一个较小的灾难。如果伦敦、纽约、莫斯科的每个人都被消灭了，在几个世纪内，世界还是会从这种打击中恢复过来的。可是我们现在知道，尤其在比基尼试验以后知道，核弹能逐渐把破坏作用扩展到一个非常广阔的范围，这个范围比原来所设想的还要大得多。

据非常可靠的权威人士说，现在能制造出的核弹，威力要比炸毁广岛的大 2500 倍。

这种炸弹，如果在接近地面的空中或者在水下爆炸，就会向上层空气散放出带有放射性的粒子。它们以剧毒的尘埃或雨点的形式逐渐下降到地面。沾染了日本渔民和他们所捕到的鱼的，就是这种尘埃。

现在谁也不知道这种致命的放射性的粒子会扩散得多远，但最可靠的权威人士都异口同声地说：氢弹战争十分可能使人类走到末日。令人担忧的是，如果使用了许多颗氢弹，结果将是普遍的死亡——只有少数人会突然死去，而大多数人会受着疾病和萎蜕的慢性折磨。

科学界的著名人士和军事学的权威都曾发出了多次警告。他们谁也不会说这些最坏的结果是一定要发生的。他们只是说，这些结果是可能的，而且谁也不能肯定说它们不会成为现实。迄今我们还未曾发觉，专家们的这些观点同他们的政治见解或偏见有什么关系。就我们的研究结果所揭示的来说，这些观点只同各个专家的知识水平有关。我们发觉，知道得最多的人，也就最忧心忡忡。

因此，我们在这里向你们提出的，是这样一个严峻的、可怕的、无法回避的问题：我们要置人类于末日，还是人类该弃绝战争？人们不敢正视这样的抉择，因为要废止战争是非常困难的。

要废止战争就要对国家主权作出种种令人不愉快的限制。但是成为理解这种情况的障碍的，除了别的原因之外，更主要的，恐怕还是“人类”这个名词使人感到模糊和抽象。人们在想象中几乎没有认识到，这种危险不仅是对被模糊理解的人类的，而且是对他们自己和他们子孙后代的。他

们简直理解不到，他们每个人和他们所爱的亲人都处在即将临头的苦痛死亡的危险之中。因此他们希望，只要现代化武器被禁止了，战争也许还不妨让它继续存在。

这种希望是虚妄的。尽管在和平时期达成了禁用氢武器的协议，但在战时，这些协议就会不再被认为有束缚力，一旦战争爆发，双方立即就会着手制造氢弹，因为要是一方制造氢弹，而另一方不制造，那么制造氢弹的一方就必定会取得胜利。

尽管作为普遍裁军一个部分的禁用核武器的协议并不提供最后的解决办法，但它还是适合于某些重要的目的。

首先，东西方之间的任何协议，就消除紧张局势来说都是有益的。其次，销毁热核武器，如果双方都相信对方是有诚意去这样做了的，就会减轻对珍珠港式突然袭击的那种恐惧，而这种恐惧心理在目前正使双方都保持着神经质的不安状态。所以我们应当欢迎这样一种协议，哪怕只是作为第一步。

我们中间的大多数人在感情上并不是中立的。但作为人类，我们必须记住，如果东方和西方之间争端的解决，对于无论是共产主义者还是反共产主义者，无论是亚洲人还是欧洲人或者美洲人，无论是白种人还是黑种人，都能给以可能的满足，那么就决不可用战争去解决这些争端。我们希望东方和西方都了解这一点。

如果我们这样作出抉择，那么摆在我们面前的就是幸福、知识和智慧的不断增进。难道我们由于忘不了我们的争吵，竟然要舍此而选择死亡吗？作为人，我们要向人类呼吁：记住你们的人性而忘掉其余。要是你们能这样做，展示在面前的是通向新乐园的道路；要是你们不能这样做，那么摆在你们面前的就是普遍死亡的危险。

## ■ 作品赏析

演讲一开始，罗素便呼吁每个有政治意识的人都应该放下个人情感，共同拯救处于危险当中的人类。接着，他提到曾经毁灭广岛的原子弹，提醒人们当前核弹的巨大威力及核战争的毁灭性结果，指出禁用核武器是人类通向幸福新乐园的道路。在这篇演讲中，罗素以一个世界和平主义者高度的历史责任感阐述了一个可怕的命题：核武器战争没有胜利者，结果只能是共同毁灭。那么，如何解决这个问题呢？罗素在分析问题的基础上也给出了答案，那就是禁用核武器、销毁核武器和弃绝核战争。罗素这篇演讲具有巨大的影响力。在这之后

的几十年，全世界热爱和平的人们都在他观点的影响下为全面禁止使用核武器而进行不懈的努力。

整篇演讲庄严郑重，说理透彻，把对核武器深切的忧患传递给了每个热爱和平的人。

## ⊙演讲者简介⊙

罗素像

罗素，20世纪英国哲学家、数学家、逻辑学家、社会活动家。1872年5月18日，罗素生于英国一个贵族世家。4岁时，他失去双亲，由祖母抚养。1890年，他考入剑桥大学三一学院，学习数学、哲学和经济学。毕业后留校任教，成为三一学院的研究员。1920～1921年，罗素曾到中国讲学。后来，他在美国芝加哥大学、加利福尼亚大学任客座教授。1944年，罗素回到英国，继续三一学院的研究员职位，并在那里完成了最后一部重要的哲学著作《人类的知识》。1950年，罗素获得诺贝尔文学奖。在数学上，罗素从事数理逻辑和数学基础的研究，创立"罗素悖论"。在哲学上，他是逻辑实证主义者，提出逻辑原子论和中立一元论。在政治上，反对侵略战争，主张和平主义。

# 第五篇

# 对自由和独立的热烈呼唤

# 拔去狼的牙齿

演讲词档案

演讲者：亚当斯（1722 ~ 1803）

演讲时间：1776 年 8 月

演讲地点：费城议会大厦

演讲者身份：美国独立战争时期革命家、政治家

## ■历史背景

1776 年 7 月 4 日，第二届大陆会议在费城通过了由杰斐逊、富兰克林等人起草的《独立宣言》，北美殖民地宣布脱离英国殖民统治，美国正式独立。此时，独立战争刚刚开始不久，华盛顿率领的军队，人数最多的时候也只有 1.8 万人，军事物资奇缺，甚至几个人合用一把步枪。除了军事上的不利外，北美还存在着一股效忠英国的势力，他们对独立持怀疑和反对态度。在一些城市如纽约、新泽西，效忠派甚至占居多数。当时的形势对独立战争十分不利，在此种情况下，亚当斯发表了这篇演讲。

## ■原文欣赏

此时，令世人极感惊讶，我们 300 万条心为了同一个理想而结合在这块土地上，我们有训练及装备优良的庞大军队，有军事技能不亚于任何一个国家的优秀指挥官，并且在活动及热诚方面不劣于别国。国库里储存着超出我们预料的军需品，各国都等着联合来褒扬我们的成功，而且还有很多出人意料的上帝保佑我们的实例，我们的成功使敌人徘徊不前，使无宗教信仰者获得信心。所以我们可以说，真正解放我们的，并非只有我们自己的军队。

在上帝伟大而完美的安排中，上帝之手引导我们变得谦虚，我们已从政治的罪恶之城逃出，我们决不能再回头。实现和平的勇气及上下团结一心却会造成未来没必要的为自由而斗争，一个能把狼身上的链子松开，而没有拔去它的牙齿的人，也就算个疯子。

除了独立，我们别无选择，否则只有受最可鄙、最毒恶的奴役了。敌人的军队在我们的领土上扩张，并用血腥的手段进行屠杀，而我们的战士仿佛

从天上向我们哭诉。

现在我们已组织完成，宪法也正准备通过。此时，你们都是自己自由的保卫者，我们可以告诉你们："我们所提议的每件事，只有全部得到你们的认同才算合法。美国的人民啊！你们是制定法律的主人，你们的幸福就建立在法律之上！"

现在，你们所在国家其军队的力量足以抵制敌人的势力，他们为正义的理想而精神抖擞。因此，前进吧！发挥你们的进取精神，我不祈求更大的祝福，只希望能与你们同甘共苦。如果说我有一个比把我的尸体和华伦将军的尸体葬在一起更大的愿望，那即是——我希望美国各州能够永远自由、独立。

## ■ 作品赏析

演讲一开始，亚当斯便列举了革命的有利条件——人心团结、军队优良、统帅优秀、军需充足，激发人们必胜的信心。接着，他指出"除了独立，我们别无选择"。并以"自己自由的保卫者"赞美军人，激励他们要为自由而战。最后，亚当斯抱着不惜牺牲自己来换取美国独立的信念振臂高呼："前进吧！发挥你们的进取精神。"演讲篇幅不长，但字字有力，句句铿锵，表达了亚当斯将独立革命进行到底的意志和决心。演讲将《独立宣言》的原则传递给每个受殖民压迫的美国人，促使他们为国家的自由、独立勇敢战斗。

演讲观点鲜明，主题突出，逻辑严谨，比喻形象。亚当斯把殖民者比作凶残的狼，认为如果要达到狼不再危害人的目的，只有拔去它伤人的牙齿。亚当斯通过比喻启发和提醒人们要战斗到底、把殖民者彻底消灭，十分生动形象。

### ⊙演讲者简介⊙

亚当斯，美国独立战争时期革命家、政治家。1722年，亚当斯出身于马萨诸塞州波士顿的一个制酒商之家，幼时受过良好的教育。之后，他进入哈佛大学学习，逐渐对英国王权产生不满。从哈佛毕业后，亚当斯经过商、做过收税官，均未成功。但他积极参加革命活动，为美国独立作出了杰出贡献。

亚当斯是"自由之子社"的创建者之一和领导人，他领导殖民地人民反对食糖条例、印花税条例、《唐森德税法》，取得了一系列的成果。1773年，亚当斯策动了波士顿倾茶事件，震惊全美。他是两届大陆会议的代表，签署了《独立宣言》，参与起草了邦联宪法。1787年，反抗州政府对农民漠视的谢伊斯起义爆发后，他支持詹姆斯·鲍登严厉镇压起义。1794至1797年，亚当斯任马萨诸塞州州长。1803年，在波士顿逝世。

# 不自由，毋宁死

演讲词档案

演讲者：帕特里克·亨利（1736 ~ 1799）

演讲时间：1775 年 3 月 23 日

演讲地点：弗吉尼亚州第二届议会

演讲者身份：美国独立战争时期重要的演说家和政治家

## ■ 历史背景

七年战争结束以后，英国加强了对北美殖民地的统治和掠夺，限制殖民地工商业的发展，使宗主国与殖民地之间的矛盾尖锐起来。北美殖民地面临着历史性的抉择，要么拿起武器，争取独立；要么妥协退让，甘受奴役。为了激励千百万北美人为自由独立而战，帕特里克·亨利在弗吉尼亚州第二届议会上发表了这篇演讲。亨利以敏锐的政治家眼光、饱满的爱国激情和铁的事实驳斥了主和派的种种谬误，阐述了武装斗争的必要性和可能性。从此，“不自由，毋宁死”的口号激励了千百万北美人为自由独立而战。

## ■ 原文欣赏

议长先生：

我比任何人更钦佩刚刚在议会上发言的先生们的爱国精神和才能。但是，对同一事物的看法往往因人而异。因此，尽管我的观点与他们截然不同，我还是要毫无保留地、自由地予以阐述，并且希望不要因此而被认为是对先生们的不敬。现在不是讲客气的时候，摆在议会代表们面前的问题关系到国家的存亡。我认为，这是关系到享受自由还是蒙受奴役的大问题，而且正由于它事关重大，我们的辩论就必须做到各抒己见。只有这样，我们才有可能弄清事实真相，才能不辜负上帝和祖国赋予我们的重任。在这种时刻，如果怕冒犯别人而闭口不言，我认为就是叛国，就是对比世间所有国君更为神圣的上帝的不忠。

议长先生，对希望抱有幻觉是人的天性。我们易于闭起眼睛不愿正视痛苦的现实，并倾听海妖惑人的歌声，让她把我们化作禽兽。在为自己而艰苦卓绝的斗争中，这难道是有理智的人的作为吗？难道我们愿意成为对获得自由这样休戚相关的事视而不见、充耳不闻的人吗？就我来说，无论在精神上有多么痛苦，我仍然愿意了解全部事实真相和最坏的事态，并为之做好充分准备。

我只有一盏指路明灯，那就是经验之灯。除了过去的经验，我没有什么别的方法可以判断未来。而依据过去的经验，我倒希望知道，10 年来英国

政府的所作所为，凭什么足以使各位先生有理由满怀希望，并欣然用来安慰自己和议会？难道就是最近接受我们请愿时的那种狡诈的微笑吗？不要相信这种微笑，先生，事实已经证明它是你们脚边的陷阱。不要被人家的亲吻出卖吧！请你们自问，接受我们请愿时的和气亲善和遍布我们海陆疆域的大规模备战如何能够相称？难道出于对我们的爱护与和解，有必要动用战舰和军队吗？难道我们流露过决不和解的愿望，以至为了赢回我们的爱，而必须诉诸武力吗？我们不要再欺骗自己了，先生们。这些都是战争和征服的工具，是国王采取的最后论辩手段。我要请问先生们，这些战争部署如果不是为了迫使我们就范，那又意味着什么？哪位先生能够指出有其他动机？难道在世界的这一角，还有别的敌人值得大不列颠如此兴师动众，集结起庞大的海陆武装吗？不，先生们，没有任何敌人了。一切都是针对我们的，而不是别人。他们是派来给我们套紧那条由英国政府长期以来铸造的铁链的。我们应该如何进行抵抗呢？还靠辩论吗？先生，我们已经辩论了 10 年了。难道还有什么新的御敌之策吗？没有了。我们已经从各方面经过了考虑，但一切都是枉然。难道我们还要苦苦哀告，卑词乞求吗？难道我们还有什么更好的策略没有使用过吗？先生，我请求你们，千万不要再自欺欺人了。为了阻止这场即将来临的风暴，一切该做的都已经做了。我们请愿过，我们抗议过，我们哀求过；我们曾拜倒在英王御座前，恳求他制止国会和内阁的残暴行径。可是，我们的请愿受到蔑视，我们的抗议反而招致更多的镇压和侮辱，我们的哀求被置之不理，我们被轻蔑地从御座边一脚踢开了。事到如今，我们怎么还能沉迷于虚无缥缈的和平希望之中呢？没有任何希望的余地了。假如我们想获得自由，并维护我们多年以来为之献身的崇高权利，假如我们不愿彻底放弃我们多年来的斗争，不获全胜，决不收兵。那么，我们就必须战斗！我再重复一遍，我们必须战斗！我们只有诉诸武力，只有求助于万军之主的上帝。

议长先生，他们说我们太弱小了，无法抵御如此强大的敌人。但是我们何时才能强大起来？是下周，还是明年？难道要等到我们被彻底解除武装，家家户户都驻扎英国士兵的时候？难道我们犹豫迟疑、无所作为就能积聚起力量吗？

1765 年，英国政府在殖民地通过《印花税法案》，掀起轩然大波。图为帕特里克·亨利在弗吉尼亚下议院发表激烈的演讲，抨击该法案。

在帕特里克·亨利的这篇演讲发表三星期后，也就是1775年4月18日，在莱克星顿公有草地上，身着红制服的英军向殖民地民兵开火，从而拉开了北美独立战争的序幕。

难道我们高枕而卧，抱着虚幻的希望，呆到敌人捆住了我们的手脚，就能找到有效的御敌之策了吗？先生们，只要我们能妥善地利用自然之神赐予我们的力量，我们就不弱小。一旦300万人民为了神圣的自由事业，在自己的国土上武装起来，那么任何敌人都无法战胜我们。此外，我们并非孤军作战，公正的上帝主宰着各国的命运，他将号召朋友们为我们而战。先生们，战争的胜利并非只属于强者。他将属于那些机警、主动和勇敢的人。何况我们已经别无选择。即使我们没有骨气，想退出战斗，也为时已晚。退路已经切断，除非甘受屈辱和奴役。囚禁我们的枷锁已经铸成。叮当的镣铐声已经在波士顿草原上回响。战争已经不可避免——让它来吧！我重复一遍，先生们，让它来吧！

企图使事态得到缓和是徒劳的。各位先生可以高喊：和平！和平！但根本不存在和平。战斗实际上已经打响。从北方刮来的风暴把武器的铿锵回响传到我们的耳中。我们的弟兄已经奔赴战场！我们为什么还要站在这里袖手旁观呢？先生们想要做什么？他们会得到什么？难道生命就这么可贵，和平就这么甜蜜，竟值得以镣铐和奴役作为代价？全能的上帝啊，制止他们这样做吧！我不知道别人会如何行事；至于我，不自由，毋宁死！

## ■ 作品赏析

著名革命家帕特里克·亨利的这篇讲演《不自由，毋宁死》发表于弗吉尼亚州第二届议会，当时北美殖民地正面临历史性的抉择。本篇演讲直接指出了武装争取独立的必要性，对美国独立战争的爆发产生过重要的积极影响，这篇演讲以热烈激昂的情绪和对事实的分析，在揭露殖民者对殖民地的各种手段的事实之后得出一个无可辩驳的结论，唯有以生命的代价获得真正的独立和自由，才是殖民

地摆脱压迫和奴役，获得真正和平幸福生活的途径。紧接着帕特里克·亨利铿锵有力地说：“对希望抱有幻觉是人的天性。我们易于闭起眼睛不愿正视痛苦的现实，并倾听海妖惑人的歌声，让她把我们化作禽兽。在为自己而艰苦卓绝的斗争中，这难道是有理智的人的作为吗？难道我们愿意成为对获得自由这样休戚相关的事视而不见、充耳不闻的人吗？就我来说，无论在精神上有多么痛苦，我仍然愿意了解全部事实真相和最坏的事态，并为之做好充分准备。”一旦有了这样一种冲锋陷阵的大无畏精神，则后面所谈的一系列问题就不至于成为纸上谈兵。在会上，亨利热血沸腾地疾呼：“难道生命就这么可贵，和平就这么甜蜜，竟值得以镣铐和奴役作为代价？”他的喊声未落，独立战争的第一枪就在三个星期后打响了。

**⊙演讲者简介⊙**

帕特里克·亨利是美国独立战争时期一个显赫的人物。1763 年，他以律师的身份凭借激昂的演讲，赢得了“教区牧师的起因”案件的胜诉，引起了英国政府的震惊。1765 年，亨利进入弗吉尼亚殖民地的立法机关议院。同年，他提出了弗吉尼亚邮票法案决议。1775 年 3 月 23 日，亨利作了敦促市民议院对英国殖民统治者采取反抗的报告。美国独立战争期间，为保卫弗吉尼亚亨利作出了不懈的努力。战争结束后，亨利对宪法的修正也作出了很大的贡献。从 1776 年开始，他连续担任了两届弗吉尼亚第一州长。晚年与华盛顿总统政见不合，拒绝在新政府中供职。

1799 年，亨利去世，享年 63 岁。

# 捍卫自由

演讲者：杰克逊（1767 ~ 1845）
演讲时间：1829 年
演讲者身份：美国第 7 任总统

## ■历史背景

在 1828 年的选举总统中，杰克逊获胜，本文是杰克逊发表的就职演讲。全国仰慕杰克逊的普通民众都前来聆听他的就职誓言。

## ■原文欣赏

公民们：

在我即将承担一个自由的民族经过挑选所委派于我的艰巨职责时，我谨利用这一合乎惯例而又庄严的时刻来表达我被你们的信任所激起的感激

之情，并接受我的职守所规定的责任。你们极大的关注使我深信，任何感谢之词都不足以报答你们所授予我的荣誉；同时又告诫我，我所能作出的最好的报答，就是将我微薄的能力热忱地奉献给为你们谋福利尽义务的事业。

作为联邦宪法的工具，在一段规定的时期内，执行合众国的法律，主管外交及联邦各州关系，管理税收，指挥武装部队，通过向立法机构传达意见，普遍保护并促进其利益等职责将移交给我。现在由我简要地解释一下我将赖以努力完成这一系列职责的行动准则是颇为适当的。

在实施国会的法律时，我将始终铭记总统权力的限制及范围，希望借以执行我的职能而不越权。在与外国的交往方面，我将致力于研究调停各种可能存在和可能产生的争端，以更多地表现出适合于一个大国的克制而不只是一个勇敢的民族所具有的敏感，在公正和体面的条件下维护和平及缔结邦交。

在我可能被要求执行的有关各州权利的措施里，我希望对我们合众国各个自主州的适当尊敬将能激励我工作，我将小心翼翼，绝不混淆他们为自己保留的权利和他们赋予联邦政府的权力。

国家税收的管理——在所有的政府中这都是一件棘手的工作——是我们政府中最微妙和最重要的职责之一，它当然不会只引起我无足轻重的关注。从各个方面来考虑厉行节约，看来将大有裨益。我之所以热切希望能达到这个目标，是因为它既有利于偿清国债，而不必要的漫长期限是同真正的独立不相容的，也由于它将能抵制政府和个人恣意浪费的趋势，而政府的庞大开支是极易造成这种浪费的。国会明智地制定了关于公款的拨用和政府官员欠账偿付期限责任的规定，这将大大有助于达到这一良好的目的。

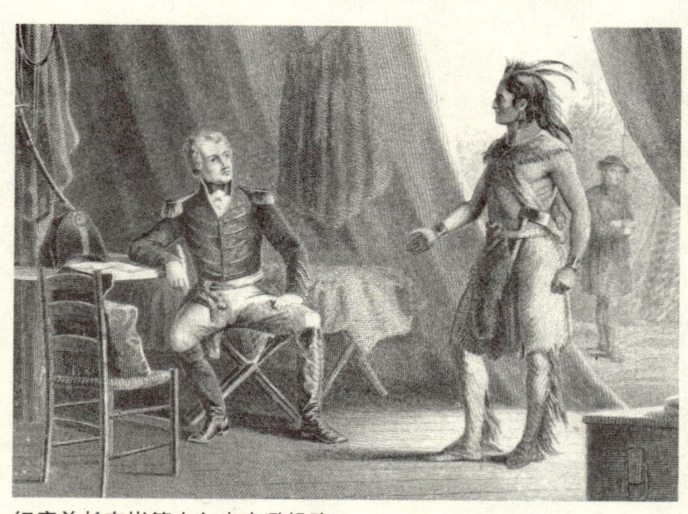

红鹰酋长在帐篷内向杰克逊投降

杰克逊于1814年3月27日率领2000士兵与8000克里克人在马蹄湾交战。作战中，杰克逊指挥灵活，派出盟军和志愿军骑兵堵死印第安人的退路，同时猛攻敌军的工事。美军大获全胜后，大开杀戒，彻底消灭了印第安人，甚至连杰克逊也承认“残杀惨不忍睹”。

至于旨在充实国家纳税对象的适当选择，我以为构成宪法的公正、谨慎和互让的精神，要求农业、商业和

制造业的巨大利益应当受到同样的关照（亚当斯于1828年签署了“可憎的关税率”法案，引起南方强烈不满。杰克逊竞选时曾对这一税率大加攻击，得到了南方支持）也许这一原则唯一的例外在于，对其中任何一种于民族独立必不可缺的产品给以特殊的鼓励。

国内的进步以及知识的传播是极其重要的，它们将能受到联邦政府宪法条例的尽力鼓励。

考虑到常备军在和平时期对自由政府构成的危险，我将不寻求扩大现在的编制，我也不会无视政治经验提供的有益教训，即军方必须隶属于文官政府。我国海军要逐步增强，让它的战旗在遥远的海域飘扬，显示出我们航海的技术和武器的声誉；我们的要塞、军火库和码头要得到维持，我们的两个兵种在训练和技术上要采用先进的成就等，这些都有审慎的明文规定，恕我在此不絮谈其重要性。但是我们的国防堡垒是全国的民兵，在我国目前的才智和人口的状况下，它一定会使我们坚不可摧。只要我们的政府为民众谋福利，按他们的意志进行管理；只要它保障我们人身和财产的权利，保护信仰自由和出版自由，它定将值得捍卫；只要它值得捍卫，一支爱国的民兵将以坚不可摧的盾来护卫它。我们可能会遭受部分的伤害和偶尔的屈辱，但是成百万掌握作战方法的武装的自由人绝不会被外国敌人所征服。因此，对任何以加强国家的这个天然屏障为目标的正义制度，我都乐于尽力给以支持。

对我们境内的印第安部落，我真诚地永久希望遵循一项公正和宽容的政策，我们将对他们的权利和要求给予人道的和周到的考虑，而这种权利和要求是同我国政府的习惯和人民的感情相一致的。

最近表露出来的公众情绪已经在行政任务表里铭刻了改革的任务，字字清晰，不容忽视。这项任务特别要求纠正那些使联邦政府的保护同选举的自由发生冲突的滥用职权的弊端，并抵制那些扰乱合法的任命途径和将权力交给或继续留在不忠实和不称职的人的手中的情况。

在执行这样大致阐述过的任务时，我将努力选择这样一些人，他们的勤勉和才干将确保他们在各自的岗位上有效和忠实地进行合作，为了推进这项公职，我将更多地仰赖政府官员的廉正和热忱，而不在于他们的数量。

我对自己的资格缺乏自信，也许这是正确的，这将教导我对我杰出的前任留下的公德的榜样无比敬仰，对那些缔造和改革我国制度的伟人的光辉思想敬慕不已。这种缺乏自信同样促使我希望得到与政府并列的各个部门的教诲和帮助，以及广大公民们的宽容和支持。

我坚定地仰赖着上帝的仁慈，它的天佑保护了我们的民族于襁褓之中，迄今为止在各种盛衰荣枯之中维护我们的自由，这将激励我奉献热忱的祈祷，愿上帝继续给我们可爱的国家以神佑和美好的祝福。

## ■ 美文赏析

这篇演讲词最大的特点在于简单务实，语言简练，所谈的事情无一例外都是与国家和政府以及民众生活密切相关的事情，看上去像是一篇例行公事的演说。杰克逊在阐明自己对将拥有的权力的认识之后，面面俱到地说明了自己在外交、州与联邦政府之间的权力分配关系、国家的税收管理、文化教育、军队建设、与少数民族关系、政治改革等方面的打算，其中税收管理和军队建设以及政府改革在演讲中被着重强调，杰克逊表明自己将从各个方面来考虑厉行节约，在税收对象的原则上将坚持公正、谨慎和互让的精神，对其中任何一种于民族独立必不可缺的产品给予特殊的鼓励。显然地，这些问题都不是泛泛而谈，而是具有现实意义和针对性。杰克逊对国防表示出极大的信心，他阐明了自己对国家和军队关系的认识："只要我们的政府为民众谋福利，按他们的意志进行管理；只要它保障我们人身和财产的权利，保护信仰自由和出版自由，它定将值得捍卫；只要它值得捍卫，一支爱国的民兵将以坚不可摧的盾来护卫它。"杰克逊在演讲中还表明了政务改革的决心，这个决心同样通过简短的言语来表达。这篇演讲看似简单朴实，但是细读会发现其中蕴涵的严谨和实际的力量。

### ⊙演讲者简介⊙

杰克逊像

杰克逊是第一位出身于贫穷人家的总统。他的父母来自爱尔兰，在他出生前父亲就去世了。13岁时，他参加了部队。在此之前，他已经是一名优秀的骑手，承担在部队之间传送情报的任务。1781年，他被英军俘虏。美英战争结束后，他开始学习法律，后来成为律师。1796年，他成为田纳西州在国会中的一名众议员。当田纳西州的居民组织起军队同印第安人的一支克里克人交战时，杰克逊当选为将军。他虽然没有受过什么军事训练，但事实证明，他是一名优秀的将领——他打败了克里克印第安人。1812年战争爆发后，由于其政治上的名望，他于1814年被联邦军队任命为少将。在1828年的选举总统中，杰克逊获得了压倒性的胜利。1832年，他得以连任。他任内最著名的政绩，是要求废除美国中央银行。

# 为红旗而斗争

演讲词档案

演讲者：布朗基（1805～1881）
演讲时间：1848年2月26日
演讲地点：巴黎贝热尔街音乐学院
演讲者身份：法国早期工人运动活动家，革命家

## ■ 历史背景

1848年2月，法国民众发生二月革命，推翻了七月王朝，成立了以右翼资产阶级共和派组织的临时政府。但让人没有想到的是，临时政府敌视无产阶级，拒绝工人参与政府管理，拒绝在市政大厅悬挂象征共和国的红旗。2月25日，布朗基来到巴黎，参加了反对临时政府的集会，并与其他革命者一起成立了"中央共和社"。第二天，他发表了《为红旗而斗争》这一演讲。

## ■ 原文欣赏

三色旗不是共和国的旗帜；它是路易·菲力浦和君主国的旗帜。

正是这面三色旗指挥了特朗斯诺南大街、韦斯郊区和圣埃蒂安的大屠杀。它曾多次沉浸在工人的血泪中。

人民在1848年的街垒上高高地举起了红旗，正像他们曾在1832年6月、1834年4月、1839年5月在街垒上举起过红旗一样。这面旗帜经历过胜利的失败的斗争，今后它就成了人民的旗帜。

昨天，红旗还光荣地在我们的大厦前面飘扬。

今天，反动派无耻地把它扔到污泥中，并且胆敢诽谤污蔑它。

有人说，这是一面血的旗帜。它是用先烈的鲜血染红的，先烈的鲜血使它成了共和国的旗帜。

红旗倒下对人民是一个侮辱，对先烈是一种亵渎。市卫队的旗帜将会盖上先烈的坟墓。

反动派赤膊上阵了。人们再一次认清了它的凶恶面目。保卫党分子跑遍了大街小巷，进行破口辱骂和恫吓，撕掉公民身上佩戴的红色领章。

工人们！你们的旗帜倒下去了，你们听着！共和国不久将随着红旗倒下去。

## ■ 作品赏析

旗帜是一种象征，是一个政党政治态度的集中体现。临时政府拒绝悬挂象征共和国的红旗，表明了其反动的本质。演讲中，布朗基回顾了半个世纪来无产阶

级高举红旗进行革命的奋斗历程，并用三色旗与红旗进行鲜明而强烈的对比，指出“三色旗”象征着反动，而“红旗”则是革命和共和国的象征，随后表达了他对反动派抛弃红旗行为的极度愤慨。为了保卫红旗，他提醒工人阶级要坚持革命。

**⊙演讲者简介⊙**

布朗基，1805 年 2 月 1 日出生。1825 年入巴黎大学攻读法律和医学，1827 年辍学从事革命活动，参加反对国王查理十世的街垒战，失败后出国。1829 年 8 月回到巴黎，积极参加 1830 年七月革命。其后加入共和派组织人民之友社，进行推翻七月王朝的活动，成为该社左翼领导人之一。1830 ~ 1879 年组织工人起义，曾多次被捕。前后在狱中度过 30 多年，有革命囚徒之称。出狱后仍保持旺盛斗志，继续积极参加工人运动。1881 年 1 月 1 日逝世。

演讲词档案

演讲者：马志尼（1805 ~ 1872）
演讲时间：1848 年
演讲地点：米兰
演讲者身份：意大利资产阶级革命家

# 致意大利青年

## ■历史背景

1845 ~ 1846 年，意大利农业歉收，并爆发经济危机。当时粮食奇缺，失业工人人数剧增。这激起了人民的普遍不满，革命形势迅速形成。1848 年，意大利爆发了反对奥地利支持的专制政府的革命，马志尼参加了这次革命。但由于革命力量比较薄弱，再加上撒丁国王没有采取坚决的军事行动，一场轰轰烈烈的革命以失败告终。本篇是马志尼 1848 年在米兰为纪念反抗奥地利斗争中牺牲的战友班狄拉等人而发表的演讲。

## ■原文欣赏

年轻人，我受你们委托，在这神庙里，为纪念班狄拉兄弟及在柯先萨与他们同时蒙难的烈士作简单献词，我想，有些听到我讲话的人可能会激于义愤说：“伤悼逝者有什么用处？对为自由而献身的烈士，最有价值的悼念是为他们未竟的事业取得胜利；现在，先烈们殉难之地柯先萨还在受奴役；先烈们出生的城市威尼斯还在外敌围困之中。让我们解放这些地方吧！在这之前，除了战争二字，一句闲话也不要出口！”

但是，有人提出了另一个问题：“为什么我们还没有取得胜利？为什么我们

在意大利北方为独立而战时，南方却失去了自由？为什么我们本应像雄狮那样一举将战场推到阿尔卑斯山麓，现在却拖延了四个月，像被一圈火围住的蝎子趑趄不前？我们这个刚刚复兴的民族原来具有朝气蓬勃敏感果断的民族意识，为什么会一落千丈，好似病入膏肓的人，辗转反侧、呻吟床席？”啊，如果我们所有人都已振奋精神，树立起烈士们曾为之献身的信念；如果烈士曾高举的圣旗已经引导我们的青年奔赴疆场；如果我们已经达到使烈士如此坚强有力，使我们每一行动都基于同一思想，每一思想都形成一致行动的精诚团结；如果我们已把他们的遗言铭刻心头，向他们学习，认识到自由与独立永不可分，认识到对于每一个要自强建国的民族，上帝和人民、祖国和人类两者是不可分的；如果我们认识到意大利若不成为一个整体，不崇尚平等、爱护子民、信奉永恒真理、忠于自己伟大事业，并成为欧洲各民族中具有高度道德信仰的民族，意大利就不可能得到真正的生命。如果我们认识到和做到上述的一切，战争早就成为过去，胜利早就在握了。那时，柯先萨不用秘密地纪念自己的烈士，威尼斯敢于公开为他们树起纪念碑。我们可以聚集在这里兴高采烈地称颂他们的英名，不用愁眉不展地为莫测的未来命运忧心忡忡了。我们会对先驱们说：“愿你们的英灵欢欣鼓舞，因为你们的精神已经融化到弟兄们身上，他们无愧为你们的后来者。”

青年人啊，热爱理想、崇敬理想吧。理想是上帝的语言。高于所有国家和人类的是精神的王国，是灵魂的故乡。在其中，所有人都是兄弟，相信思想不容侵犯，相信我们不朽的灵魂是神圣尊严的。死节殉难是得到这种兄弟关系的洗礼。唯有出自那种崇高境界的原则能够拯救各民族。你们要为实现这些原则而奋起，不要因为邪恶、愤怒、自大、野心以及物质欲望使你们受苦、使你们害怕、使你们难以忍受而奋起。因为这些都是人民与压迫者可以共同使用的武器，即使你们今天用这些武器取得胜利，明天你们还是会失败的。唯有原则单属于人民，压迫者找不到战胜原则的武器。崇高奔放的热情，追求贞洁灵魂的理想和青春的憧憬吧，因为这是灵魂从造物者手中得到的天堂的芳香。你们必须尊重良心，视良心高于一切其他事物。我们口中只能说上帝种于我们心田中的真理。在解放我们国土的一切努力中，要团结一致，甚至要团结和你们意见分歧的人，同时又要高举你们自己的旗帜，大胆地传播你们的信仰。

年轻人啊，如果柯先萨的烈士仍然活着，他们也会对你们说这番话。现在，他们圣洁的灵魂被我们的爱所感动，可能正翱翔在我们的头顶。我号召你们铭记这番话并牢牢珍藏于心。我们口呼烈士的英名，心怀烈士的信仰，就定能战胜将临的狂风暴雨。

愿上帝与你们同在，与意大利同在！

■ **作品赏析**

马志尼是一位深谋远虑的革命领袖，他没有简单地把这次讲话当做一般性的纪念演讲。借这个机会，他把革命的思想传递给意大利全体血性青年，鼓励受压迫的人们振奋起精神为民族独立而奋战。战友牺牲了，却无法立即报仇，甚至无法公开悼念。马志尼用了连续的4个问句和5个“如果”排比句，来表达他压抑在心中的痛苦，并委婉地批评了那些尚处于麻木状态的人。同时，这也是间接地对他们提出了要求：应该振奋起精神。接下来，他告诫大家，不能因为邪恶、愤怒、仇恨、自负等个人因素而反抗，应该为实现崇高的原则奋起，展示出他无与伦比的高尚情操和崇高追求。

整篇演讲层次清晰，结构完整，逻辑严密，前后呼应，语言生动光彩，具有不同凡响的气势。

**⊙演讲者简介⊙**

马志尼，意大利资产阶级革命家，民族独立运动中民主共和派领袖。1805年6月22日，马志尼出生于热那亚。1827年，他大学毕业后以律师为业，并为进步刊物撰写文章。1830年，马志尼加入烧炭党，同年被驱逐出意大利。1831年8月，他在法国马赛创立青年意大利党。1833年7月，该党在热那亚发动起义，失败后马志尼被迫流亡伦敦。

1848年意大利革命期间，马志尼回到米兰。1849年2月9日罗马共和国成立后，他被推选为共和国三执政之一，成为政府的实际首脑。后因法国、奥地利、西班牙干涉，革命失败，马志尼被迫再次流亡国外。1850年，马志尼建立欧洲民主派中央委员会。1852～1853年，他先后发动与组织伦巴第反奥起义和米兰反奥起义。1860年，马志尼支持加里波第对西西里和那不勒斯的远征，主张建立共和国。1872年3月10日，马志尼在比萨去世。



# 只有民主的波兰才能获得独立

演讲者：马克思（1818～1883）
演讲时间：1848年2月22日
演讲者身份：国际无产阶级革命导师、马克思主义创始人



■ **历史背景**

1846年，波兰南部城市克拉科夫人民为争取独立自由，举行了反抗沙皇俄国统治的武装起义，在内外反动势力的联合镇压下，起义遭到失败。1848年2月22日，在纪念这次起义两周年的集会上，马克思发表了这篇著名的演说。

## ■原文欣赏

先生们！

历史上常常有惊人的相似之处。1793 年的雅各宾党人成了今天的共产主义者。1793 年俄罗斯、奥地利、普鲁士瓜分波兰的时候，这三个强国就以 1791 年的宪法为借口，据说这个宪法具有雅各宾党的原则因而遭到一致的反对。

1791 年的波兰宪法到底宣布了什么呢？充其量也不过是君主立宪罢了，例如宣布立法权归人民代表掌握，宣布出版自由、信仰自由、公开审判、废除农奴制等等。所有这些当时竟被称为彻头彻尾的雅各宾原则！因之，先生们，你们看到了吧，历史已经前进了。当年的雅各宾原则，在现在看来，即使说它是自由主义的话，也变成非常温和的了。

三个强国的时代并驾齐驱。1846 年，因为把克拉柯夫归并给奥地利而剥夺了波兰仅存的民族独立，它们把过去曾称为雅各宾原则的一切东西都说成是共产主义。

克拉柯夫革命的共产主义到底是什么呢？是不是由于这革命的目的是光复波兰民族，因而就是共产主义的革命呢？要是这么说，欧洲同盟为拯救民族而反对拿破仑的战争何尝不可以说成共产主义的战争，而维也纳会议又何尝不可以说成是由加冕的共产主义者所组成的呢？也许由于克拉柯夫革命力图建立民主政府，因而就是共产主义的革命吧？可是，谁也不会把共产主义意图妄加到伯尔尼和纽约的百万豪富身上去。

共产主义否认阶级存在的必要性，它要消灭任何阶级，消除任何阶级的

全世界无产者联合起来

工业革命的到来，使欧洲出现了一个饱受苦难的工人阶级，而马克思则成了所有无产者的代言人。马克思的人文关怀是超越了阶级局限的，是对人类的命运和前途的关怀，是人类解放的思想。

差别。而克拉柯夫革命家只希望消除阶级间的政治差别：他们要给不同的阶级以同等的权利。

到底在哪一点上说克拉柯夫的革命是共产主义的革命呢？

也许是由于这一革命要粉碎封建的锁链，解放封建劳役的所有制，使它变成自由的所有制，现代的所有制吧？

要是对法国的私有主说："你们可知道波兰的民主主义者要求的是什么吗？波兰民主主义者企图采用你们目前的所有制形式。"那么，法国的私有主会回答说："你们干得很好。"但是，要是和基佐先生一同再去向法国私有主说："波兰人要消灭的是你们1789年革命所建立的、而且如今依然在你们那里存在的所有制。"他们定会叫喊起来："原来他们是革命家，是共产主义者！必须镇压这些坏蛋！"在瑞典，废除行会和同业公会，实行自由竞争现在都被称为共产主义。《辩论日报》还更进一步，它说："剥夺20万选民出卖选票的收益，这就意味着消灭收入的来源。消灭正当获得的财产，这就意味着是一个共产主义者。"毋庸置疑，克拉柯夫革命也希望消灭一种所有制。但这究竟是怎么样的所有制呢？这就是在欧洲其他地方不可能消灭的东西，正如在瑞士不可能消灭分离派同盟一样，因为两者都已不再存在了。

谁也不会否认，在波兰，政治问题是和社会问题联系着的。它们永远是彼此不可分离的。

但是，最好你们还是去请教一下反动派吧！难道在复辟时期，他们只和政治自由主义及作为自由主义必然产物的伏尔泰主义这一沉重的压力战斗吗？

一个非常有名的反动作家坦白承认，不论德·梅斯特尔或是博纳德的最高的形而上学，最终都可以归结为金钱问题，而任何金钱问题难道不就是社会问题吗？复辟时期的活动家们并不讳言，如要回到美好的旧时代的政治，就应当恢复美好的旧的所有制，封建的所有制，道德的所有制。大家知道，不纳什一税，不服劳役，也就说不上对君主政体的忠诚。

让我们再回顾一下更早的时期。在1789年，人权这一政治问题本身就包含着自由竞争这一社会问题。

在英国又发生了什么呢？从改革法案开始到废除谷物法为止的一切问题上，各政党不是为改变财产关系而斗争又是为了什么呢？他们不正是为所有制问题、社会问题而斗争吗？

就在这里，在比利时，自由主义和天主教的斗争不就是工业资本和大土

地所有制的斗争吗?

难道这些讨论了 17 年之久的政治问题，实质上不正是社会问题吗?

因而不论你们抱什么观点，自由主义的观点也好，激进主义的观点也好，甚至贵族的观点也好，你们怎么能责难克拉柯夫革命把政治问题和社会问题联系在一起呢?

领导克拉柯夫革命运动的人深信，只有民主的波兰才能获得独立，而如果不消灭封建权利，如果没有土地运动来把农奴变成自由的私有者，即现代的私有者，波兰的民主是不可能实现的。要是你们使波兰贵族去代替俄罗斯专制君主，那只不过是使专制主义改变一下国籍而已。德国人就是在对外的战争中也只是把一个拿破仑换成了三十六个梅特涅的。

即使俄罗斯的地主不再压迫波兰的地主，骑在波兰农民脖子上的依旧是地主，诚然，这是自由的地主而不是被奴役的地主。这种政治上的变化丝毫也不会改变波兰农民的社会地位。

克拉柯夫革命把民族问题和民主问题以及被压迫阶级的解放看做一回事，这就给整个欧洲做出了光辉的榜样。

虽然这次革命暂时被雇用凶手的血手所镇压，但是现在它在瑞士及意大利又以极大的声势风起云涌。在爱尔兰，证实了这一革命原则是正确的，那里狭隘的民族主义政党已经和奥康奈尔一起死亡，而新的民族政党首先就要算是改革派和民主派的政党了。

波兰又重新表现了主动精神，但这已经不是封建的波兰，而是民主的波兰，从此波兰的解放将成为欧洲所有民主主义者的光荣事业。

## 作品赏析

这篇演讲的开头非常简洁有力，直接提出一个显而易见又发人深省的问题：反动派常常把一切革命的举动都称为共产主义，那么到底什么是共产主义？在这篇演说中，马克思借用了大量反面的事实和说辞，并一一予以反驳，而且分析了在人民的心中记忆犹新的克拉科夫人民起义的性质和意义，进一步有力地阐述了共产主义的本质，高度概括地分析了所有政治制度和经济制度的本质，实际上都是财产问题、所有制问题。语言激烈，逻辑严密，充满极强的感染力和激烈的斗争精神。历史的、现实的、正面和反面的、世界各国的材料在马克思的演说中都是信手拈来，加以深刻的分析，充分显示了他的博学和睿智，马克思的语言风趣幽默，但是非常具有锋芒和战斗力，尖锐地提问、反问以及深邃的思考都能达到振聋发聩的效果。

⊙演讲者简介⊙

马克思像

马克思出身于普鲁士特利尔城的一个律师家庭。他从小勤奋好学，善于独立思考。17 岁时，进入波恩大学攻读法律，不久转入柏林大学。就学期间，曾加入青年黑格尔派。1841 年，马克思获得美国耶鲁大学哲学博士学位。

1842 年 4 日起，他开始为《莱茵报》撰稿，随后又担任了该报的主编，并使这份报纸越来越鲜明地倾向于革命民主主义。普鲁士政府对《莱茵报》的观点十分恼火，1843 年查封了该报。马克思遂迁居巴黎，在那里结识了众多的工人运动领袖，并开始研究法国的社会主义思潮和英国的古典政治经济学。1844 年 8 月，恩格斯到巴黎专程拜访马克思，两人倾心交谈了 10 天，从此开始创立科学世界观的伟大合作。

1845 年法国根据普鲁士政府的要求，将马克思逐出巴黎。马克思迁居到比利时的布鲁塞尔，恩格斯也来到这里。两人于 1846 年在布鲁塞尔建立了共产主义通讯委员会，给各国、各地区的工人运动领导人写了大量信件，帮助他们与各种社会主义流派划清界限。1847 年 11 月 29 日，马克思和恩格斯主持召开了共产主义者同盟第二次代表大会，并受大会委托起草同盟的纲领。1848 年 2 月，《共产党宣言》发表，成为无产阶级的思想指南和行动纲领，标志着马克思主义的诞生。

1849 年，马克思被比利时反动政府驱逐，流亡至伦敦。1867 年，马克思出版了一生中最重要的著作《资本论》的第一卷。长期的贫困生活和过度的劳累，严重损害了马克思的健康。1883 年 3 月 14 日下午，马克思在他的安乐椅上与世长辞。



# 印度面对的问题

演讲词档案

演讲者：泰戈尔（1861 ~ 1941）
演讲时间：1916 年
演讲地点：美国
演讲者身份：印度作家、诗人、艺术家和社会活动家

## ■ 历史背景

泰戈尔自 1913 年获得诺贝尔文学奖之后，不断应邀出访。他先后 10 余次远涉重洋，访问许多国家和地区，传播和平友谊。1916 年，泰戈尔访问美国，期间发表了一系列演讲，这是其中的一篇。

## ■ 原文欣赏

我们印度的真正问题不是政治问题，而是社会问题。这不仅是印度的情

况，而且是所有国家的情况。我不相信什么单纯的政治利益。西方的政治已经支配西方的理想，我们印度正在努力模仿你们，我们不能不记住，欧洲各国人民一开始就拥有种族团结，那里的自然资源不能满足居民的需要，它的文明自然具有政治侵略和商业侵略的性质。因为一方面他们没有内部纷争，另一方面他们不得不对付强大的、具有掠夺性的邻国。他们把自己完善地组织起来，并且对别人采取敌视的戒备态度，以此作为他们解决问题的办法。过去，他们组织起来进行抢劫，现在，依然保持同样态度——他们组织起来剥削全世界。

但是印度有史以来一直有它自己的问题——种族问题。每个民族都要意识到自己的使命，而我们在印度必须认识到，当我们力图成为一个政治实体的时候，我们的形象是很难看的，这完全是因为我们还没有能够完成上天交给我们的使命。

种族团结问题是我们多年来力图解决的问题，也是在你们美国面临的问题。这个国家的许多人问我，印度的种姓制度是怎么回事。对我提出这个问题的人常常带有一种优越感。我不由得以稍加改变的提法向批评我们的美国人提出同样的问题："你们是怎样对待红种印第安人和黑人的？"因为你们并没有改变对待他们的种姓态度。你们使用残暴的方法避开其他种族，但是在你们美国解决这个问题之前，你们没有权利质问印度。

尽管我们有很大困难，然而印度仍然做了一些事情，它设法在种族之间进行调整，承认真正存在于种族之间的差别，并且寻求团结的某种基础。这个基础来自我们的先哲那纳克、喀毕尔、柴特纳雅等人，他们倡导印度所有种族信奉一个上帝。

在寻求解决我们的问题的办法时，我们也会有助于世界问题的解决。印度的过去就是全世界的现在，由于科学提供的便利，全世界正在变成一个国家。你们也必须找到一个非政治的团结基础，这样的时刻正在到来。如果印度能够向世界提供它的解决办法，那将是对人类的贡献。只有一种历史，那就是人类的历史。一切民族的历史不过是这种巨大历史的一些篇章。我们在印度情愿为实现这个伟大事业含辛茹苦。

每个人都有他的利己主义。因此，他的兽类本能使他为了单纯追求自身利益，而同别人斗争。但是人类还有更崇高的同情和互助的本能。缺乏这种崇高的道义力量而且彼此不能结成伙伴关系的人，他们一定会灭亡，或者在堕落中生活。唯有具备强烈的合作精神的人，才能生存，并创造文明。因此，我们发现有史以来人们就不得不在两者之间作出抉择：互相斗争或者联合。

为自己的利益服务或者为全体的共同利益服务。

在我们早期的历史上，每个国家的地理疆域和交通设施的规模都很小，这个问题就其范围来说是比较小的。人们在他们各自分离区域内培育他们的团结感也就足够了。那时候他们自己联合起来，同别人斗争。然而正是这种联合的道义精神才是他们伟大之处的真正基础，并且抚育了他们的艺术、科学和宗教。那时候，人们不得不注意的最重要的事实，就是一个特定的人类种族的成员彼此密切接触的事实。只有那些通过他们的崇高本性真正了解这个事实的人，才能在历史上占有他们的地位。

现代最重要的事实是，所有不同的人类种族都亲密地来到一起。我们两次遇到两种抉择。问题是属于不同集团的人不是继续互相斗争，就是找出某种和解的真正基础并且互相帮助；不是无休止的竞争就是合作。

我毫不怀疑地说，拥有爱的道义力量和精神团结的眼光的人，对异族人的敌对感情最少并且能够设身处地对别人有同情心的人，将是我们面临的这个时代最适合占有永久地位的人；而那些不断发展他们的斗争本能和不容异己的人，将被消灭。这就是我们面临的问题，我们必须凭借我们更崇高的本性的帮助来解决它，从而证明我们的人性。为了伤害他人并避开别人打击、为了挣钱而把别人拖在后边的庞大组织，不会帮助我们。相反，由于它们的沉重躯体，它们的高昂代价和它们对活的人性的有害影响，它们会在更高文明的更广阔的生活中严重地妨碍我们的自由。

在民族的演变过程中，兄弟情谊的道德文明受到了地理疆界的限制，因为那时候这些疆界是实在的。可是现在它们已经成为传统上的想象的界线，并不具有真正障碍的性质。因此人类的道义本性必须极端认真地对待这个重大事实，否则就要灭亡。环境改变的首次刺激，酿成了人类的贪欲和残酷仇恨的卑鄙感情。如果这种情况无限期地持续下去，军备扩充到不可想象的荒唐地步，机器和仓库以它们的污秽、烟雾和丑恶，包围这个美好的世界，那么世界将在自杀的熊熊烈火中毁灭。所以人类必须运用他的爱的全部力量和明澈的眼力作出另一次伟大的道义上的调整，这种调整将包括整个人类世界，而不只是分散的民族。现代的每个人为了争取新时代的黎明都要使自己和自己的环境有所准备，这样的号召已经来到。在新时代的黎明，人将在全人类的精神团结中发现自己的灵魂。

## ■作品赏析

这篇演讲集中体现了泰戈尔以“泛爱”调和社会矛盾的思想。演讲中，他

指出印度现在面临的真正问题不是政治问题而是种族问题。接着，他对种族问题进行了深入的分析，指出每个人都有利己主义倾向，但同时也有崇高的同情和互助的本能，人们在这两者之间面临着抉择。然后，泰戈尔提出了自己的主张：要用爱的道义力量和团结的眼光去解决所面临的问题，要运用爱的全部力量和明澈的眼力去调整整个人类世界。

整篇演讲洋溢着泰戈尔爱憎分明的情感。他以美国也存在种族问题回击指责印度种族问题的美国人，维护了自己的民族尊严。他严厉指责了由于人类的贪欲和残酷仇恨所造成的军备扩充、环境污染，竭力颂扬和倡导爱的精神。演讲逻辑严谨、思想深刻，体现了泰戈尔崇高博大的情怀以及对种族问题的周密思考。

**⊙演讲者简介⊙**

泰戈尔，印度作家、诗人、艺术家和社会活动家。1861年5月7日，泰戈尔出生于西孟加拉邦加尔各答市。他曾在东方学院、师范学校和孟加拉学院学习。1878年，他留学英国，入伦敦大学学习英国文学和西方音乐。两年后回国，从事文学创作。

1905年，参加印度民族解放运动。但后来因与运动的其他领袖发生意见分歧，他于1907年前往圣地尼克坦，埋头创作。1913年，他凭借英文版《吉檀迦利》荣获诺贝尔文学奖，从此闻名世界文坛。第一次世界大战爆发后，他先后访问过几十个国家和地区，从事文化交流。1921年，他创办国际大学。第二次世界大战爆发后，他写文章斥责希特勒的不义行径。他始终关心世界政治和人民命运，支持人类的正义事业。

泰戈尔一生创作了50多部诗集、30多部散文、12部中长篇小说、近百篇短篇小说和30多个剧本，为人类留下了丰厚的文化遗产。

# 中国决不会沦亡

演讲者：孙中山（1866～1925）
演讲时间：1905年8月13日
演讲地点：日本东京
演讲者身份：中国近代民主革命的伟大先行者，中华民国第一任临时大总统

## ■历史背景

1905年7月，孙中山从欧洲来到日本，受到各革命团体、革命留学生和爱国华侨的热烈欢迎。鉴于当时反清团体力量分散的情况，孙中山以及黄兴决定将兴中会与华兴会、光复会等团体联合起来，建立统一的革命政党——中国同盟会。7月末，在同盟会筹备会议上，孙中山被选为会议主席，会议把他提出的“驱除鞑虏，恢复中华，建立民国，平均地权”作为革命宗旨。

孙中山成为东京留学生心目中的“中国英雄”和“四万万人之代表”。8月13日，孙中山出席了东京留学生在富士见楼举行的欢迎大会，在会上他发表了这篇《中国决不会沦亡》。

## ■原文欣赏

兄弟此次东来，蒙诸君如此热心欢迎，兄弟实感佩莫名。窃恐无以负诸君欢迎之盛意，然不得不献兄弟见闻所及，与诸君商定救国之方针，当亦诸君所乐闻者。兄弟由西至东，中间至米国（即美国，下同）圣路易斯观博览会，此会为新球开辟以来的一大会。后又由米至英、至德、至法，乃至日本。离东二年，论时不久，见东方一切事皆大变局，兄弟料不到如此，又料不到今日与诸君相会于此。近来我中国人的思想议论，都是大声疾呼，怕中国沦为非、澳。前两年还没有这等的风潮，从此看来，我们中国不是亡国了。这都由我国民文明的进步日进一日，民族的思想日长一日，所以有这样的影响。从此看来，我们中国一定没有沦亡的道理。

今日试就我游历过各国的情形，与诸君言之。

日本与中国不同者有二件：第一件是日本的旧文明皆由中国输入。五十年前，维新诸豪杰沉醉于中国哲学大家王阳明知行合一的学说，故皆具有独立尚武的精神，以成此拯救四千五百万人于水火中之大功。我中国人则反抱其素养的实力，以赴媚异种，故中国的文明遂至落于日本之后。第二件如日本衣、食、住的文明乃由中国输入者，我中国已改从满制，则是我中国的文明已失之日本了。后来又有种种的文明由西洋输入。是中国文明的开化虽先于日本，究竟无大裨益于我同胞。

渡太平洋而东至米国，见米国之人物皆新。论米人不过由四百年前哥伦布开辟以来，世人渐知有米国；而于今的文明，即欧洲列强亦不能及。去年圣路易斯的博览会为世界最盛之会，盖自法人手中将圣路易斯买来之后，特以此会为纪念。米国从前乃一片洪荒之土，于今四十余州的盛况，皆非中国所能及。兄弟又由米至英、至法、至德，见各洲从前极文明者，如罗马、埃及、希腊、雅典等皆败，极野蛮者如条顿民族等皆兴。中国的文明已有数千年，西人不过数百年，中国人又不能由过代之文明变而为近世的文明；所以人皆说中国最守旧，其积弱的缘由也在于此。殊不知不然。不过我们中国现在的人物皆无用，将来取法西人的文明而用之，亦不难转弱为强，易旧为新。盖兄弟自至西方则见新物，至东方则见旧物，我们中国若能渐渐发明，则一切旧物又何难均变为新物？如英国伦敦，先无电车而用马车，百年后方用自

行车而仍不用电车。日本去年尚无电车，至今而始盛。中国不过误于从前不变，若如现在的一切思想议论，其进步又何可思议！又皆说中国为幼稚时代，殊不知不然。中国盖实当老迈时代。中国从前之不变，因人皆不知改革之幸福，以为我中国的文明极盛，如斯已足，他何所求。于今因游学志士见各国种种的文明，渐觉得自己的太旧了，故改革的风潮日烈，思想日高，文明的进步日速。如此看来，将来我中国的国力能凌驾全球，也是不可预料的。所以各志士知道我们中国不得了，人家要瓜分中国，日日言救中国。倘若是中国人如此能将一切野蛮的法制改变起来，比米国还要强几分的。何以见之？米国无此好基础。虽西欧英、法、德、意皆不能及。我们试与诸君就各国与中国比较而言之：

日本不过我中国四川一省之大，至今一跃而为头等强国；

米国土地虽有清国版图之大，而人口不过八千万，于今米人极强，即欧人亦畏之；

英国不过区区海上三岛，其余都是星散的属地；

德、法、意诸国虽称强于欧西，土地人口均不如我中国；

俄现被挫于日本，土地虽大于我，人口终不如我。

则是中国土地人口，世界莫及。我们生在中国，实为幸福。各国贤豪皆羡慕此英雄用武之地，而不可得。我们生在中国，正是英雄用武之时。反而都是沉沉默默，让异族儿据我上游，而不知利用此一片好山河，鼓吹民族主义，建一头等民主大共和国，以执全球的牛耳，实为可叹！

所以西人知中国不能利用此土地也，于是占旅顺、占大连、占九龙等处，谓中国人怕他。殊不知我们自己能立志恢复，他还是要怕我的。即现在中国与米国禁约的风潮起，不独米国人心惶恐，欧西各国亦莫不震惊。此不过我国民小举动耳，各国则震动若是，倘有什么大举动，则各国还了得吗？

所以现在中国要由我们四万万国民兴起。今天我们是最先兴起一日，从今后要用尽我们的力量，提起这件改革的事情来。我们放下精神说要中国兴，中国断断乎没有不兴的道理。

即如日本，当维新时代，志士很少，国民尚未大醒，他们人人担当国家义务，所以不到三十年，能把他的国家弄到为全球六大强国之一。若是我们人人担当国家义务，将中国强起来，虽地球上六个强国，我们比他还要大一倍。所以我们万不可存一点退志。日本维新须经营三十余年，我们中国不过二十年就可以。盖日本维新的时候，各国的文物，他们国人一点都不知道；我们中国此时，人家的好处人人皆知道，我们可以择而用之。他们不过是天然的进步，我们这方才是人力的进步。

又有说中国此时的政治幼稚、思想幼稚、学术幼稚，不能猝学极等文明。殊不知又不然。他们不过见中国此时器物皆旧，盖此等功夫，如欧洲著名各大家用数十余年之功发明一机器，而后世学者不过学数年即能造作，不能谓其躐等也。

又有说欧米共和的政治，我们中国此时尚不能合用的。盖由野蛮而专制，由专制而立宪，由立宪而共和，这是天然的顺序，不可躁进的；我们中国的改革最宜于君主立宪，万不能共和。殊不知此说大谬。我们中国的前途如修铁路，然此时若修铁路，还是用最初发明的汽车，还是用近日改良最利便之汽车，此虽妇孺亦明其利钝。所以君主立宪之不合用于中国，不待智者而后决。

又有说中国人民的程度，此时还不能共和。殊不知又不然。我们人民的程度比各国还要高些。兄弟由日本过太平洋到米国，路经檀香山，此地百年前不过一野蛮地方，有一英人至此，土人还要食他，后来与外人交通，由野蛮一跃而为共和。我们中国人的程度岂反比不上檀香山的土民吗？后至米国的南七省，此地因养黑奴，北米人心不服，势颇骚然，因而交战五六年，南败北胜，放黑奴二百万为自由民。我们中国人的程度又反不如米国的黑奴吗？我们清夜自思，不把我们中国造起一个二十世纪头等的共和国来，是将自己连檀香山的土民、南米的黑奴都看做不如了，这岂是我们同志诸君所期望的吗？！

所以我们决不能说我们同胞不能共和，如说不能，是不知世界的进步，不知世界的真文明，不知享这共和幸福的蠢动物了。

若使我们中国人人已能知此，大家已担承这个责任起来，我们这一份人还稍可以安乐。若今日之中国，我们是万不能安乐的，是一定要劳苦代我四万万同胞求这共和幸福的。

若创造这立宪共和二等的政体，不是在别的缘故上分判，总在志士的经营。百姓无所知，要在志士的提倡；志士的思想高，则百姓的程度高。所以我们为志士的，总要择地球上最文明的政治法律来救我们中国，最优等的人格来待我们四万万同胞。

若单说立宪，此时全国的大权都落在人家手里，我们要立宪，也是要从人家手里夺来。与其能夺来成立宪国，又何必不夺来成共和国呢？

又有人说，中国此时改革事事取法于人，自己无一点独立的学说，是事先不能培养起国民独立的性格来，后来还望国民有独立的资格吗？此说诚然。但是此时异族政府禁端百出，又从何处发行这独立的学说？又从何处培养起国民独立的性格？盖一变则全国人心动摇，动摇则进化自速，不过十数年后，这“独立”两字自然印入国民的脑中。所以中国此时的改革，虽事事取法于

人，将来他们各国定要在中国来取法的。如米国之文明仅百年耳，先皆由英国取法去的，于今为世界共和的祖国；倘是仍旧不变，于今能享这地球上最优的幸福不能呢？

若我们今日改革的思想不敢法乎上，则不过徒救一时，是万不能永久太平的。盖这一变更是很不容易的。

我们中国先是误于说我中国四千年来的文明很好，不肯改革，于今也都晓得不能用，定要取法于人。若此时不取法他现世最文明的，还取法他那文明过渡时代以前的吗？我们决不要随天演的变更，定要为人事的变更，其进步方速。兄弟愿诸君救中国，要从高尚的下手，万莫取法乎中，以贻我四万万同胞子子孙孙的后祸。

## ■ 作品赏析

演讲一开始，孙中山就指出“我们中国一定没有沦亡的道理”。接着，他列举了日、美、英、德、意等世界发达国家与中国对比，中国地大物博、人口众多，只要“我们放下精神说要中国兴，中国断断乎没有不兴的道理”。然后，孙中山以满腔的愤慨对改良派的陈词烂调进行了严厉驳斥，向大家宣扬共和思想。在《中国决不会沦亡》中，孙中山严厉抨击了改良派的庸俗进化论观点，以雄伟的气魄向与会者描绘了中国的光明前途。这篇演讲使许多当地华侨了解了革命与保皇的区别，唤醒了不少受康有为、梁启超鼓动而误入保皇会的人，使他们重拾革命派立场。这场演讲有力地宣扬了资产阶级革命思想，使以孙中山为首的革命派取得了思想上、政治上的领导权。

演讲感情澎湃，气势宏大，充分表达了孙中山的忧国忧民之心。其中运用对比的手法，使演讲更具说服力。

# 论不合作

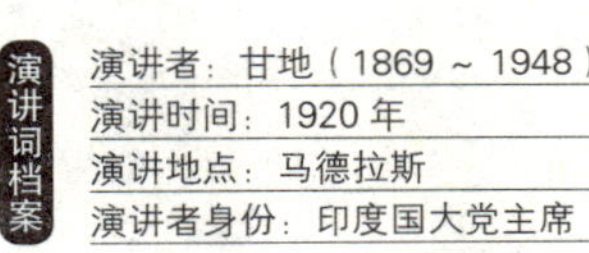


## ■ 历史背景

1919 年 4 月，英国殖民者当局制造了阿姆利则大屠杀，导致印度反英大起义，次年 9 月印度国大党通过了“非暴力不合作”方案。本篇演讲是甘地在此方案通过前于马德拉斯发表的。

## ■原文欣赏

有关不合作这个问题，你们已经颇有所闻。那么，什么叫不合作，我们为什么要提出不合作？借此，我愿直抒己见。我们这个国家面临着两个问题：首先是基拉法（又称哈里发运动，为印度穆斯林反对英殖民统治的运动）问题，印度的穆斯林为此心如刀割。英国首相经过深思熟虑的、以英国名义许下的诺言已陷入泥潭。由于印度穆斯林的努力，并经英国政府斟酌再三后作出的许诺，现已化为乌有，伟大的伊斯兰宗教正处于危险之中。穆斯林教徒们坚持认为——我敢相信他们是正确的——只要不列颠不履行诺言，他们对不列颠就不可能有真心实意和忠诚。如果让一位虔诚的穆斯林在忠诚于与不列颠的关系还是忠诚于他的信仰和穆罕默德之间作出抉择，他会不假思索地作出抉择——他已经宣布了自己的抉择。穆斯林们直言不讳地、公开而又体面地向全世界声明，如果不列颠的部长们和不列颠民族违背诺言，不想尊重居住在印度、信奉伊斯兰教的7000万臣民的感情，就可能失去穆斯林对他们的忠诚。然而，这对其他印度人来说也是一个值得考虑的问题，即是否要与穆斯林同胞一起履行自己的义务。如果你们这样做，你们便抓住了向穆斯林同胞表达友好亲善和深情厚谊的一个千载难逢的机会，并证明你们多年来所说的话：穆斯林是印度教的兄弟。如果印度教徒认为，你们同穆斯林的兄弟般的血肉情谊胜于同英国人的关系，如果你们发现穆斯林的要求是公正的，是出自真挚的感情的，是伟大的宗教情感，那么我要提醒你们，只要他们的事业依然是正义的，为达到最终目标而做的一切是正义的、体面的、无损于印度的，你们就要对穆斯林一帮到底，别无选择。印度的穆斯林已

在这艘象征印度驶向光明、自由彼岸的大船上，手持竹竿的甘地是领路人和掌舵者。紧随其后的是其夫人嘉斯杜白，印度杰出的妇女运动领导人。印度社会中的各阶层不管是穷人还是富人，都加入了这支反抗的大军当中。在他们的共同努力下，1948年5月，印度终于完全摆脱了英国的殖民枷锁，走向自由和新生。

经接受了这些简单的条件。这是在他们发现，他们可以接受印度教徒提供的援助，可以永远在全世界面前证明他们的事业和他们所做的一切是正义的时候，才决定接受同伴伸出的援助之手的。然后，印度教和伊斯兰教将以联合阵线的面貌出现在欧洲所有基督教列强面前，并向后者表明，尽管印度还很懦弱，但她还是有能力维护自己的自尊，并知道如何为自己的信仰和自尊而献身。

基拉法问题的核心就在于此。还有一个旁遮普问题。在过去一个世纪里，没有任何问题像旁遮普问题那样令印度心碎。我并非没有考虑到1857年（1857年印度人民大起义，先由英国土著雇佣兵于5月兵变，后席卷广大地区）暴动，印度在暴动期间曾蒙受极大的痛苦。然而，在通过《罗拉特法案》（英国于1919年通过《罗拉特法案》，残酷镇压一切旨在要求印度解放的"骚乱"）期间和此后所遭受的凌辱，在印度史上却是空前的。因为，在同旁遮普暴力事件（1919年4月13日英军对旁遮普省阿姆利则举行和平示威游行的数千名居民开枪射击，死伤1516人）有关的问题上，你要求从英国那里得到公正，但你不得不寻求得到这种公正的途径和方法。无论是上议院、下议院，还是印度总督和蒙塔古先生，谁不知道印度在基拉法和旁遮普问题上的感情。但在议会两院的辩论中，蒙塔古先生和总督大人的所作所为淋漓尽致地向你证实，他们谁愿意给予属于印度并为印度所急需的公正呢？我建议，我们的领导人必须设法摆脱这一困境。除非我们使自己同印度的英国统治者平起平坐，除非我们从他们手中获得自尊，否则我们同他们之间就根本不可能有互相联系和友好交往。因而，我敢于提出这个绝妙的而又无可辩驳的不合作办法。

有人告诉我，不合作违反宪法。我敢否认这是违反宪法的。相反，我确信，不合作是正义的，是一条宗教原则，是每一个人的天赋权力，它完全符合宪法。一位不列颠帝国的狂热推崇者曾说过，在不列颠的宪法里，甚至连一场成功的叛乱也是全然合法的。他还列举了一些令我无法否认的历史事件以证明自己的观点。只要叛乱就其通常含意是指用暴力手段夺取公正，我认为无论成败都是不合法的。相反，我反复向我的同胞言明，暴力行为不管能给欧洲带来什么，绝不适合印度。

我的兄弟和朋友肖卡特·阿里（基拉发运动领导人之一，后参加不合作运动，以换取甘地的支持）相信暴力方法。如果他要行使自己的权力，抽出利剑去反击不列颠帝国，我知道他有男子汉的勇气，他能够看清应该向不列颠帝国宣战。然而，作为一个名副其实的勇士，他认识到暴力手段

不适合于印度，于是他站到我一边，接受了我的微薄援助并保证：只要与我在一起，只要相信这个道理，他就永远不会有对任何一个英国人，甚至对地球上任何人施行暴力的念头。此时此刻我要告诉你们，他言必行，行必果，始终虔诚地信守诺言。在此我能作证，他不折不扣地执行了这个非暴力的不合作计划，同时，我要求印度接受这一计划。我告诉你们，在我们这个英属印度的战士行列中，没有哪个人胜过肖卡特·阿里。当剑出鞘的一刻来临，如果确实来临的话，你们会发现他会抽出利剑，而我就会隐退到印度斯坦的丛林深处。一旦印度接受利剑的信条，我将结束作为印度人的生命。因为我相信印度肩负着独特的使命，因为我相信几百年的历史教训已经告诉印度先辈们，人类的公正不是建立在暴力的基础上，真正的公正是建立在自我牺牲、道义和无私奉献的基础上。我对此忠贞不渝，我将一如既往地坚持这一信念。为此，我告诉你们，我的朋友在相信暴力的同时，也相信非暴力是弱者的一种武器。我相信，一个最坚强的战士才敢于手无寸铁、赤裸着胸膛面对敌人而死。这就是不合作的非暴力的关键所在。因而，我敢向睿智的同胞们说，只要坚持非暴力的不合作主义，这种不合作主义就没有什么违反宪法之处。

请问，我对不列颠政府说"我拒绝为你服务"，难道这违反宪法？难道我们受人尊敬的主席先生恭敬地辞去所有政府授的官衔也违反宪法？难道家长从公立学校或政府资助的学校领回自己的孩子也违反宪法？难道一个律师说"只要法律非但没有提高反而降低我的地位，我就不再拥护法律"也违反宪法？难道一个文职人员或法官指出"我拒绝为一个强奸民意的政府服务"也违反宪法？再请问，如果一位警察或一位士兵，当他知道自己是被征来效忠于迫害自己同胞的政府时，提出辞呈也违反宪法？如果我到克里希纳河畔对一位农民说："假如政府不是用你的税款来提高你的地位，相反地在削弱你的地位，你交税是不明智的"，难道这也违反宪法？我确信并敢于指出，这没有违反宪法，根本没有！况且，我一生就是这样干的，并没有人提出过疑义。在盖拉，我曾在70万农民中间工作过，他们停止了交税，整个印度都支持我。没有谁认为这是违反宪法的。在我提出的一整套不合作计划中，无一是违反宪法的。但是，我敢说，在这个违反宪法的政府中间，在这个已经庄严地制定了宪法的国度里确有严重的违反宪法的行为——使印度成为一个懦弱的民族，只得在地上爬行，让印度人民忍受强加于她的侮辱才是严重的违反宪法；让7000万印度穆斯林屈从于对他们的宗教施行不道德的暴力才是不折不扣的违反宪法；让整个印度麻木不仁地同一

个践踏旁遮普尊严的非正义的政府合作才是真正的违反宪法。同胞们，只要你们还有一点尊严，只要你们承认自己是世代相传的高尚传统的后裔和维护者，你们不支持不合作立场就是违反宪法，同这样一个变得如此非正义的政府合作就是违反宪法。我不是一个反英主义者，不是一个反不列颠主义者，更不是一个反政府主义者。但是，我反对虚伪，反对欺骗，反对不公。这个政府坚持非正义一天，就会视我为敌一天——把我视为死敌。在阿姆利则的国会上——我对你们开诚布公——我曾跪在你们中的一些人面前，恳求你们同这个政府合作。我曾信心满怀地希望那些通常被认为是英明的不列颠部长们会安抚穆斯林的感情，他们会在旁遮普暴行事件中完全主持公道。因此我当时说，让我们与他们重归于好吧，握住伸向我们的友谊之手吧，因为我认为这是通过皇家宣言给我们传递友谊。正因为如此，我当时才保证给予合作。但是今天，这种信念已烟消云散，这要归咎不列颠部长先生的所作所为。现在我请求，不要在立法委员会内设置无为的障碍，而要采取真正的、名副其实的不合作立场，这样就会使这个世界上最强大的政府瘫痪。这就是我今天的立场。

只有当政府保护你们自尊心的时候，合作才是你们唯一的职责。同样，当政府不但不保护你，反而剥夺你的尊严时，不合作就是你的天职。这就是不合作之真谛。

## ■ 作品赏析

“圣雄”甘地将托尔斯泰的“勿抗恶”和梭罗的“不合作”等个人思想演变成一项声势浩大的政治运动——非暴力不合作运动，从而走出了人类历史中“以暴易暴”之外的另一条出路：用非暴力的抵抗、不合作的方式，把印度从英国殖民统治下解放出来，这是世间少有的大智大勇。作为运动领袖，甘地本人面对着双重压力：世界上最强大的英国殖民政府和自己同胞的误解。甘地的演讲非常出色，他曾被美国《展示》杂志称为近百年来世界最有说服力的八大演说家之一，他的演说不但理论清晰、言辞晓畅，而且贯穿着一种非常顽强的意志力，一种震慑听众的信念。在演讲中，甘地认为，“当政府不但不保护你，反而剥夺你的尊严时，不合作就是你的天职”。而“非暴力”不是弱者的武器，他相信，“一个最坚强的战士才敢于手无寸铁、赤裸着胸膛面对敌人而死”。非暴力是最大程度的谦让，是以最弱者的姿态做着最强者的事业，是柔弱胜刚强的极致。因为甘地，“不合作”已成为人世间将弱者锻造为强者的典范之路。

### ⊙演讲者简介⊙

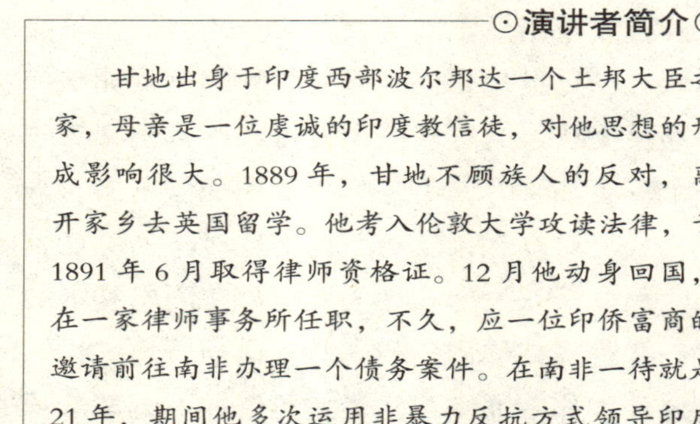

甘地出身于印度西部波尔邦达一个土邦大臣之家，母亲是一位虔诚的印度教信徒，对他思想的形成影响很大。1889 年，甘地不顾族人的反对，离开家乡去英国留学。他考入伦敦大学攻读法律，于 1891 年 6 月取得律师资格证。12 月他动身回国，在一家律师事务所任职，不久，应一位印侨富商的邀请前往南非办理一个债务案件。在南非一待就是 21 年，期间他多次运用非暴力反抗方式领导印度侨民争取平等待遇。

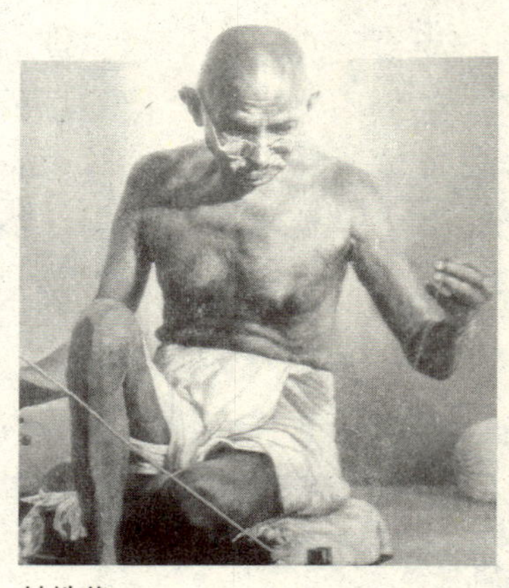

甘地像

1914 年，甘地从南非回到印度，很快就成为国大党主要领导人之一。第一次世界大战后，因为英国不兑现诺言，甘地开始组织非暴力反抗运动。随后英国殖民当局逮捕了甘地，并判处 6 年监禁，后因病被提前释放。1924 年，甘地当选为国大党主席。接下来又领导了第二次、第三次非暴力不合作运动。虽然经过几个阶段的努力，但非暴力不合作运动最终还是失败了。

1945 年底，在甘地的不懈努力下，英国终于答应印度独立。但为了继续维护英国在印度的利益，1947 年英国政府通过了“分而治之”的“蒙巴顿方案”，导致了激烈的教派冲突。为了制止教派冲突，甘地采取绝食的方式来感化大家。甘地要求各教派写出书面保证，不再发生宗教冲突，并赔偿巴基斯坦 5 亿卢比。正是这条要求，激怒了一些印度教徒。1 月 30 日，甘地在一次祈祷会上被一名激进的印度教徒枪杀，享年 79 岁。

# 印度获得了新生和自由

演讲者：尼赫鲁（1889 ~ 1964）
演讲时间：1947 年 8 月 15 日
演讲地点：印度德里广场
演讲者身份：印度独立后首任总理

## ■历史背景

1849 年，英国占领印度全境，印度沦为英国殖民地。第二次世界大战后，印度人民的反英运动高涨。1946 年 2 月 18 日，印度 2 万名海军士兵在塔瓦尔、孟买、卡拉奇和马德拉斯等地举行了反英起义，得到了广大群众的支持，动摇了英国的殖民统治。1947 年 2 月，英国政府派蒙巴顿任印度总督。6 月，英国公布了印巴分治的《蒙巴顿方案》，把原来英属印度分为印度和巴基斯坦两个自治领。同年 8 月，印巴分治，印度实现独立。8 月 15 日，印度独

立后首任总理尼赫鲁在印度德里广场上发表了这篇独立宣言。

## ■原文欣赏

多年以前，我们曾相信命运，如今却到了履行我们的誓言的时候……午夜时分，当世界正在酣睡之中，印度奋起获得了新生和自由。一个历史上罕见的时刻业已来临：当一个国家的人民告别旧世界，迈向新未来，当一个时代宣告结束，当一个长期受压抑的民族心灵得到了解放……在这历史的黎明，印度开始了无穷无尽的求索；从蒙昧时代起，它的过去目睹了它的努力和成败。不管运气好坏，它从未失去自己的目标，也未忘记它从中汲取力量的理想。今天，我们结束了不幸的时代。印度又重新上路了……

现在不是进行狭隘的、破坏性批评的时候，也不是怨恨和指责的时候。我们应该建设自由印度的崇高的大厦，在这座大厦中，它的所有儿女都会受到欢迎。

## ■作品赏析

作为民族独立运动的领袖，尼赫鲁在独立斗争过程中经历了重重磨难，现在苦尽甘来，他不由得感慨万千。他回顾了这些年来的努力，向全世界庄严宣告印度作为殖民地的苦难历史从此结束，印度人民获得了“新生和自由”，并阐述了印度独立的重大意义。但他也清楚即将面临的困难，因此呼吁全体印度人要抛弃狭隘的、破坏性的批评，抛弃怨恨和指责，重新上路，去“建设自由印度的崇高的大厦”。

这篇发自肺腑的演讲，充满了尼赫鲁在民族独立之时的豪情和对印度的深情，以朴实的语言，表达了作为独立后第一任总理为印度的未来领航把舵的决心与信心。它是印度独立的宣言书，是印度历史上最珍贵的文献。

### ⊙演讲者简介⊙

1889年11月4日，尼赫鲁出生于联合省阿拉哈巴德市。1905年，尼赫鲁到英国剑桥大学求学，1912年携律师证书回到印度。1916年，尼赫鲁在国大党勒克瑙年会上首次见到甘地。甘地的影响以及阿姆利则惨案的发生，促使他走上职业政治家的道路。

1918年，尼赫鲁开始任国大党全国委员会委员。1920年，他参加了甘地领导的非暴力不合作运动。此后，他成为国大党领袖，屡次当选该党主席。1939年任全印度邦会议主席、全国计划委员会主席。1946年，尼赫鲁应英印总督的邀请组织临时政府，并担任临时政府副总理。1947年8月印度独立后任总理兼外交部长。1954年，他访问中国，同周恩来总理共同倡导和平共处五项原则。1961年又同铁托、纳赛尔共同发起不结盟运动。1964年5月27日，尼赫鲁病逝。

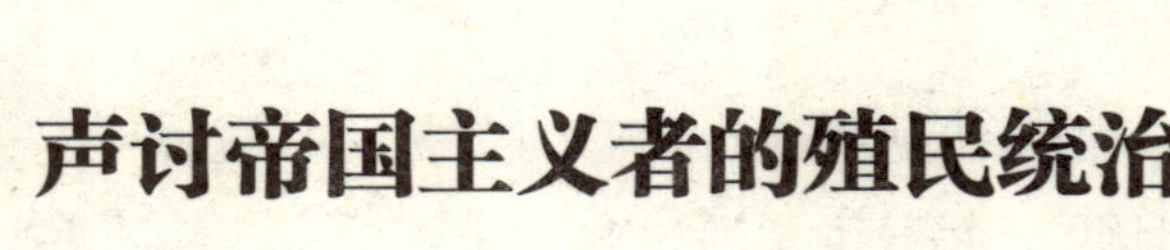

# 声讨帝国主义者的殖民统治

演讲词档案

演讲者：胡志明（1890～1969）

演讲时间：1920 年

演讲地点：法国社会党第十次代表大会

演讲者身份：越南民主共和国主席

## ■ 历史背景

19 世纪中叶，越南开始被法国控制，沦为殖民地。法国殖民者对越南进行了残酷的经济剥削和政治压迫，由此也引来了越南人民不屈的抗争。但越南人民的起义和斗争都遭到了法国殖民者的残酷镇压。看到国内爱国主义运动纷纷失败，胡志明十分痛心，决定到国外寻求救国之路。1912 年起，胡志明开始深入研究帝国殖民体系，研究马克思、恩格斯、列宁主义和社会主义。经过了长时间的理论研究和实践运动，胡志明深刻领会了马列主义关于无产阶级革命的内涵。1920 年，法国社会党第十次代表大会召开，作为印度支那的代表，胡志明在会上发表了这篇讲话。

## ■ 原文欣赏

社会党必须为支持被压迫的殖民地人民而进行切实的活动。

各位同志，我今天来到这里本来是为了和同志们一起为世界的革命事业献出一分力量，但是，我以社会党党员的资格，带着深刻的痛苦来到这里，反对帝国主义者在我的家乡所犯下的滔天罪行。同志们都知道，法国帝国主义入侵印度支那已经半个世纪，为了它的利益，它以刺刀征服我们的国土。从那时起，我们不仅遭受耻辱的压迫和剥削，而且还遭受凄惨的虐待和毒害。更明白地说，我们遭受了鸦片、酒精等的毒害。但在几分钟内，我不可能把这伙资本主义强盗在印度支那的暴行全都揭露出来。监狱比学校还多，任何时候都挤满了囚犯。任何本地人员只要有社会主义思想就都被捕，而且有时候不需要经过审判就被杀害。所谓印度支那的公理就是如此，在那个地方，越南人被歧视，他们没有得到像欧洲人或者欧洲国籍的人所得到的那些保障。我们没有新闻自由和言论自由，连集会和结社的自由也没有。我们没有在外国居住或到外国旅行的权利；我们要生活在黑暗蒙昧中，因为我们没有学习的自由。在印度支那，殖民主义者为毒害我们，使我们愚昧无知，千方百计地强迫我们抽鸦片和喝酒。他们已经害死和屠杀了成千越南人来维护原来并非属于自己的利益。

同志们，2000 多万越南人民，等于法国人口的半数以上，就是遭受这样

的待遇。奇怪的是，他们还是得到法国保护的人呢！社会党必须为支持被压迫的殖民地人民而进行切实的活动。

## ■ 作品赏析

这是一篇争取民族独立、反对殖民统治的不朽演讲。在演讲中，胡志明以血淋淋的事实描述了法国殖民统治者在越南所犯下的滔天罪行：侵占土地，用鸦片和酒精毒害越南人民，无所顾忌地杀害敢于表达不同意见的人。在法国殖民者的残暴统治下，越南人民失去了最起码的自由和生命保障。而法国殖民者实行这种血腥统治只是为了“维护原来并非属于自己的利益”。最后，胡志明发出对殖民者的强烈控诉和无情的嘲讽，同时呼吁社会党要进行切实的反抗活动来解救被压迫的殖民地人民。演讲不长，但却十分有气势，铿锵有力，尖锐深刻，具有强大战斗精神和巨大的鼓动力量。

### ⊙演讲者简介⊙

胡志明，越南民主共和国主席，越南劳动党的创始人。1890年5月19日，胡志明生于义安省。他早年当过教师、海员和杂役。1920年，胡志明在法国加入共产党。1923年到苏联学习，1924年参加共产国际第五次代表大会。1925年，胡志明在广州组织越南青年革命同志会。1930年2月，他领导建立印度支那共产党（后改名为越南劳动党，现为越南共产党）。1941年他发起建立“越南独立同盟”，领导越南人民反对法国殖民者和日本帝国主义的斗争。

1945年8月革命胜利后，胡志明发表《独立宣言》，出任临时政府主席。1946年3月，在越南第一届国会上当选为越南民主共和国主席，并兼任总理。1951年后，他一直担任越南劳动党中央委员会主席。1945至1954年，他领导越南人民进行了为期9年的抗法战争；20世纪60年代又领导越南人民进行了抗美救国战争。1969年9月在河内逝世。

# 在普拉的演说

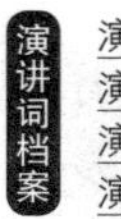


演讲者：铁托（1892～1980）
演讲时间：1956年11月11日
演讲地点：南斯拉夫西部海滨城市普拉
演讲者身份：南斯拉夫共产主义者和民族解放的领袖

## ■ 历史背景

1956年2月14日至25日，苏联共产党第二十次代表大会在莫斯科举行。大会最后一天上午，苏共中央第一书记赫鲁晓夫出乎世人意料地在会上作了《关于斯大林个人崇拜及其后果》的秘密报告。这一报告引发了世界范围内

的大讨论，铁托也在南斯拉夫西部海滨城市普拉发表演说。

## ■ 原文欣赏

同志们：

昨天我曾经表示希望利用我在布里俄尼治病的机会，到你们这里来，向你们谈一谈我们对于目前非常错综复杂的国际问题的看法。

你们都读报纸，可是报纸并不能包罗一切而加以全面的说明，特别是报纸上没有说明今天匈牙利所发生的事件以及在埃及——在那里，发生了以色列—法国—英国的侵略——发生的事件的原因。今天的形势相当复杂，我们不能够说目前不存在发生大规模冲突的一定危险，但是世界上爱好和平的力量——我国也是其中之一——已经在联合国中表明，依靠它们坚持不懈的努力，它们能够减少发生国际冲突的可能性，而且它们已经使得世界能够希望和平仍然能够保持。

首先，我愿意谈一谈今天匈牙利所发生的事件和波兰发生过的事件，这样我们对于这些事件就会有一个正确的概念。这些事件非常复杂，特别是在匈牙利。在那里，很大一部分工人阶级和进步人士手执武器在街头同苏联武装部队发生了战斗。当匈牙利工人和进步分子开始以示威，接着以抵抗和武装行动来反对拉科西的方法，来反对进一步执行这个路线的时候，我深信，是谈不上革命倾向的。人们只能说，反动派竟能够在那里找到非常肥沃的土壤，使事情逐渐对自己有利，利用匈牙利发生的正当反抗来达到自己的目的，这是令人遗憾的和可悲的。

你们大体上知道造成波兰和匈牙利事件的原因。我们有必要回溯到1948年，当时南斯拉夫第一个给斯大林有力的答复，当时南斯拉夫说，它希望保持独立，它希望按照它国内的具体情况来建设它的生活和社会主义，它不允许任何人干涉它的内政。当然，当时没有发生武装干涉，因为南斯拉夫已经是团结一致的。由于我们在人民解放战争中已经消灭了反动派的主力，各种反动分子无法进行各种挑衅。其次，我们有着一个非常强大的、磐石般团结一致的共产党，它经过了战前时期和人民解放战争时期的锻炼，我们也有着一支强大的和经过锻炼的军队，而且，最重要的是，我们有着体现了这一切的人民的团结。

一旦关于我国的真相大白，同那些在那不光彩的决议通过之后跟我们继绝了关系的国家恢复正常关系的时期就开始了，东方国家的领导人表示，希望我们不再提起对我们所做的事，希望我们不究既往，我们同意了，这

完全是为了尽速改善同这些国家的关系。但是你们后来就会看到，对于那些今天又在开始诽谤我们的国家，那些在东方国家的，甚至某些西方国家的共产党中占居领导地位的某些人，的确是有必要提醒一下，他们过去在这四五年里，甚至更久一些，对南斯拉夫所做的事。当时我们不得不在各方面进行斗争，来维护我们人民革命的成就，维护我们已经开始建设的东西——社会主义基础，一句话，洗雪他们希望用各种各样的诽谤加在我们身上的耻辱，证明真理在哪里。我们应该提醒他们说，就是这一些人当时用一切可能的办法谴责我国，说我国是法西斯主义者，说我们是嗜血成性的人，说我们正在毁掉我国人民，说我国劳动人民不拥护我们，等等。今天他们又希望把波兰和匈牙利事件的责任推到我们肩上，我们应当提醒他们，叫他们记住这一点。这种背信弃义的倾向起源于那些顽固的斯大林主义分子，他们在各国党内设法继续保持他们的职位，他们再一次希望巩固他们的统治，把这种斯大林主义的倾向强加在他们人民头上，甚至别国人民的头上。关于这一点，我以后还要谈到。现在我只希望告诉你们，我们必须根据整个发展情况来看匈牙利事件。

1955 年赫鲁晓夫（右）与铁托（左）一起检阅仪仗队

1955 年 5 月 26 日，以苏共中央第一书记赫鲁晓夫为首的政府代表团访问了南斯拉夫。这是自 1948 年苏南关系破裂以来，两国政府首脑第一次会谈。6 月 2 日，两国发表了《贝尔格莱德宣言》，强调在彼此关系中以及在同其他国家的关系中均应互相尊重主权、独立、领土完整、平等、和平共处、互不干涉内政、反对侵略和控制他国、发展经济和文化合作等原则。

问题不仅仅是个人崇拜，问题是使得个人崇拜得以产生的制度。

由于苏联的希望和倡议，我们同苏联恢复了正常关系。斯大林死后，苏联的新领导人看到，由于斯大林的愚蠢，苏联处于一种非常困难的境地，处于一条死胡同里，不论是在外交政策和国内政策上都是如此。而且，由于斯大林的吹毛求疵和强迫采用他的方法，在其他人民民主国家里也是如此。他们了解到所有一切困难的主要原因在什么地方，他们在第二十次代表大会上谴责了斯大林的行动和他的政策，但是他们错误地把整个事情当做一个个崇拜问题，而不是当做一个制度问题。而个人崇拜，实际上是一种制度的产物，他们没有同这个制度进行斗争，或者，就是说他们进行了斗争，也是在暗地里这样做的，而口头上却说，总的来说一切都很好，只是到了最近由于斯大林老了，他开始有点愚蠢起来，犯了各种错误。

我们从一开始就说，这里不仅仅是一个个人崇拜问题，而是一种使得个人崇拜所以产生的制度问题，根源就在这里，这就是需要不断坚持根除的东西，而这也是最难以做到的事。这些根源在哪里呢？在于官僚主义组织机构，在于领导方法和所谓一长制，在于忽视劳动群众的作用和愿望，在于各种各样的恩维尔·霍查之流、谢胡之流以及有些西方和东方国家党的其他领导人，他们抗拒民主化和第二十次代表大会的决议，而且他们对斯大林制度的巩固出了不少的力，他们今天正在努力恢复这个制度，使它继续占上风。根源就在这里，这就是需要纠正的。

## ■ 作品赏析

铁托发表的演说，是世界社会主义阵营在20世纪50年代历史上的一件大事，在东欧及亚洲社会主义国家引起极大震荡。当时整个社会主义阵营都面临一个如何对斯大林的历史作出客观正确评价的问题。铁托在演讲中提出，波兰和匈牙利事件的根源，是有人把斯大林主义的倾向强加在他们头上，而斯大林错误的产生，“问题不仅仅是个人崇拜，问题是使得个人崇拜得以产生的制度”，“在于官僚主义组织机构”等。他说：“这里不仅仅是一个个人崇拜问题，而是一种使得个人崇拜所以产生的制度问题，根源就在这里，这就是需要不断坚持根除的东西，而这也是最难以做到的事。这些根源在哪里呢？在于官僚主义组织机构，在于领导方法和所谓一长制，在于忽视劳动群众的作用和愿望。”这个大胆的论述使东欧社会主义阵营产生不安，引起国际广泛关注，这跟赫鲁晓夫报告的意见大相径庭，赫鲁晓夫是把整个事情当做一个个人崇拜问题，而不是当做一个制度问题。铁托在演讲中则坚持认为斯大林现象“是一种制度的产物”

而不是“由于斯大林老了，他开始有点愚蠢起来，犯了各种错误”。这种对苏联政治体制的直接质疑在当时是罕见的。

**⊙演讲者简介⊙**

铁托，出身于克罗地亚库姆罗韦茨村的农民家庭。1913 年应征入奥匈帝国军队。第一次世界大战爆发时，因从事反战宣传被捕，后被派往前线作战。1915 年 3 月战斗负伤，为俄军俘虏。1917 年 10 月，在鄂木斯克参加“国际赤卫队”。1920 年回国，同年加入南斯拉夫共产党。1935 年在莫斯科共产国际巴尔干书记处工作，研究马克思主义军事理论。1937 年，西班牙反法西斯战争期间，在巴黎等地为西班牙政府军派送南斯拉夫志愿人员，并为国际筹措军需。年底临时主持南共中央工作。1940 年当选为南共总书记。1941 年德、意法西斯军队入侵南斯拉夫时，担任民族解放游击队总司令，领导人民开展反侵略的武装斗争。1942 年下半年，根据形势发展需要创建人民军，组建了师和军，同占领军进行艰苦卓绝的斗争，保存了人民军队的骨干力量。1943 年 11 月 29 日，在第二次南斯拉夫人民解放反法西斯会议上，当选为人民解放全国委员会主席和国防委员，被授予元帅军衔。1944 年 10 月贝尔格莱德市解放后，获英雄称号。

铁托像

1945 年 3 月，在盟军配合下，指挥人民军和游击队 80 万人向侵略者发动总反攻。5 月，全歼敌人，解放南斯拉夫全部国土。解放后任联邦政府总理和国防部长。1953 年起任共和国总统和武装部队最高统帅，1974 年当选为南共联盟主席。1980 年 5 月 4 日在卢布尔雅那逝世。

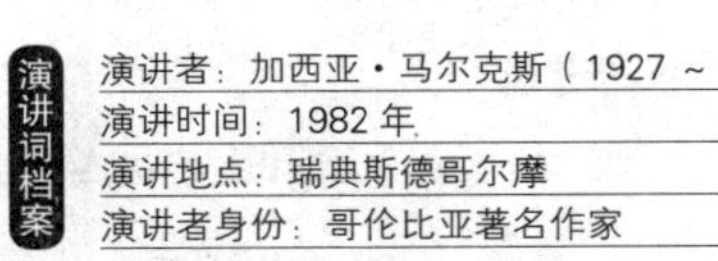
演讲词档案
演讲者：加西亚·马尔克斯（1927 ~ ）
演讲时间：1982 年
演讲地点：瑞典斯德哥尔摩
演讲者身份：哥伦比亚著名作家

# 拉丁美洲需要自由与独立
## ——诺贝尔文学奖获奖演说

## ■历史背景

加西亚·马尔克斯是位典型的见义勇为、爱打抱不平的伟大作家。1973 年，他为抗议智利军人发动军事政变而举行了著名的“文学罢工”。1975 到 1981 年，整整 5 年的时间，马尔克斯中断了自己的文学创作。“文学罢工”产生了颇大的影响，不仅声援了惨遭皮诺切特蹂躏的智利人民，而且使世界很多国家认清了政变军事当局的真面目，同时提高了马尔克斯在文学界和世界人民中的威望。

被誉为“再现拉丁美洲历史社会图景的鸿篇巨著”的《百年孤独》，是加西亚·马尔克斯的代表作，也是拉丁美洲魔幻现实主义文学作品的代表作。全书近30万字，内容庞杂，人物众多，情节曲折离奇，再加上神话故事、宗教典故、民间传说以及作家独创的从未来的角度来回忆过去的新颖倒叙手法等，令人眼花缭乱。作者通过布恩地亚家族七代人充满神秘色彩的坎坷经历来反映哥伦比亚乃至拉丁美洲的历史演变和社会现实。从1830年至19世纪末的70年间，哥伦比亚爆发过几十次内战，使数十万人丧生。该书以很大的篇幅描述了这方面的史实，并且通过书中主人公带有传奇色彩的生涯集中表现出来。1982年，马尔克斯凭借《百年孤独》获得了诺贝尔文学奖，《拉丁美洲需要自由与独立》是他获奖时所发表的演讲。

## ■原文欣赏

在拉丁美洲异乎寻常的荒诞的现实里，充满了诗人和乞丐、音乐家和预言家、战士和无赖；要呈现这种现实，并不需要花太多的想象力，因为我们最大的问题，正是找不到一种方式来使人相信我们真实生活的情况。诸位朋友，这正是我们孤寂的关键所在……

跟麦哲伦一起从事首次环球航行的佛罗伦萨航海家皮加费塔，在经过南美洲时，曾忠实地写下了他的见闻，可是读起来却更像一篇引人入胜的虚幻游记。他在游记中写道，他看到了肚脐长在背脊上的猪，看到了无爪的鸟，而且这种鸟的雌鸟将卵产在雄鸟的背上孵化；还有没有舌头的鹈鹕，鸟喙像一把汤匙。他又提到一种奇形怪状的动物：头和耳朵活像骡子，身体却像骆驼，腿又像鹿，嘶叫又如马啸声。他又描绘说，在巴塔哥尼亚当他遇到的第一个土著人在镜子面前看见自己的形象时，竟会被吓得惊恐万分。

在这一部简短而引人入胜的游记里，已显露出我们今天称之为小说的雏形。然而，此书所写的绝非那个时代现实生活中最令我们惊奇的事物。史学家们在《印第安纪事》中告诉了我们许多奇闻逸事，许多人在贪婪地寻找那个传说中的埃尔多拉多，这个纯属虚构的国家竟然多年来不断地出现在各种不同版本的地图上，而且以制图者的不同想象而反复改变它的位置和形状。那位传奇式的人物阿尔瓦尔·德瓦卡为了寻找长生不老之泉，在墨西哥北部探险达8年之久。这支着了魔的探险队出发时多达6百人，后来他们互相残杀以至到人吃人的地步，结果生还者仅有5人。还有一个至今未解的谜，说

的是：有一天有11000头骡子，每头骡驮着100磅黄金，从秘鲁的库斯科出发，前去赎回印加王国的最后一位国王阿塔瓦帕，可是这批骡子始终未抵达目的地。后来在殖民时期的哥伦比亚北部卡塔基纳，有人出售在沙金产地养大的母鸡，在这些鸡的砂囊中有许多小块的金粒。直至现在，我们中间还蔓延着对黄金寻求的贪念。上世纪有个研究兴建一条跨越巴拿马运河的铁路计划的德国代表团，甚至得出这样的结论：只有用黄金而不是用当地缺乏的钢铁来锻造铁轨，这一兴建计划才能行得通。

“在文学创作的道路上，作家永远是孤军奋战的，这跟海上遇难者在惊涛骇浪里挣扎一模一样，是啊，这是世界上最孤独的事业。”
——加西亚·马尔克斯

我们已经摆脱了西班牙的统治而独立，却仍未使我们中的某些人摆脱这种疯癫的行径。曾3次连任墨西哥总统的独裁者安东尼奥·罗帕斯·德·圣安纳将军竟为他在“糕点铺战争”中丧失的右臂举行盛大的葬礼。统治厄瓜多尔达16年之久的独裁者加夫列尔·加西亚·莫伦洛将军，在他死后，尸体还要穿上挂满勋章的全套军礼服坐在总统宝座上。自称能通神的萨尔瓦多暴君马丁内斯将军，曾在一次疯狂的屠杀中使3万农民丧生。他还发明了一种摆锤来检验是否有人在他的食物中下毒；并下令把路灯用红纸包起来，以防止猩红热的传染。在洪都拉斯首都特古西加尔巴的大广场上树立的英雄佛朗西斯·莫拉桑将军的塑像，实际上竟是从巴黎一家旧货店买来的法国元帅奈伊的像。

11年前，当代最伟大的诗人之一，智利的聂鲁达也曾在此发表过精彩的演说，向听众们披露了拉丁美洲的真相。此后，正义的欧洲人，当然也包括居心不良的欧洲人，开始以极大的热情关注起在拉丁美洲辽阔的土地上，那些着了魔似的男男女女无休止的怪诞行为，他们的奇闻怪事竟可以与神话传说相提并论。我们简直没有片刻得到过安宁。一位热爱人民的普罗米修斯式的总统，竟然被围困在火焰冲天的总统府中孤身奋战为国捐躯。两件至今原因不明的空难事件，使另一位正直的总统和一位为恢复本国同胞的尊严而奋斗的民主勇士丧生。在此期间还发生了5次战争、17次军事政变；还出现过一个残暴的独裁者，他假上帝之名进行了当代拉丁美洲第一次种族屠杀。同时，2000万的拉丁美洲儿童不满周岁即告夭折，这项数字比1970年以来

欧洲出生的婴儿总数还多。在政府镇压下有12万人失踪，这等于贵国乌默奥全城的人不知去向。许多孕妇被捕后在狱中生育，却无法知道她们的孩子的下落。军事当局则下令把这些孩子交人秘密收养，或被送进孤儿院。在南美大陆有多达20万人无辜丧生，在尼加拉瓜、萨尔瓦多和危地马拉三个中美洲国家，死去的人则有10万以上。

一向拥有好客传统的智利，近来竟有一百万人外逃，占了该国人口的十分之一。人口仅250万的乌拉圭一向被认为是南美洲最文明的国家，但却有五分之一的人流亡国外。自1979年以来，萨尔瓦多的内战致使当地几乎每20分钟就多出一个难民。如果把拉丁美洲所有难民和流亡者人数加在一起，则远远超过挪威的全国人口。

我甚至可以说，引起瑞典文学院注意的，不仅是拉丁美洲的文学表现，更是因为这种异乎寻常的社会现实。这种情形不是表现在纸上，而是活在我们心中，每天都有不计其数的人死亡，正是受到这种现状摆布的结果。这一现实，却又蕴育出一股充满美好与不幸的永不枯竭的创作源泉。借着这股源泉，我这个流浪及怀旧的哥伦比亚人，侥幸地被选中得奖，为呈现拉丁美洲的现实添加了其中一章。在这种荒诞的现实里，诗人和乞丐、音乐家和预言家、战士和无赖，以及一切要呈现这种异乎寻常现实的人们，无须太多的想象力，因为我们遇到的最大的问题，正是无法运用一种正当的方式使人们相信我们生活的真实现状。诸位朋友，这正是我们孤独之关键所在。

因而，倘使我们自己都遇到了无法表达这种境遇的困难；那么生活在世界另一边的、正陶醉在他们自身文化的有识之士，找不到一种确切的方式来理解我们的拉丁美洲，就毫不奇怪了。他们往往以自身的尺度来衡量我们，忘记了不同的民族在生活道路上遭到的命运大有差异，忘记了我们在追求平等——正如他们曾经经历过的——过程中的艰难和残酷。运用不属于我们的生活模式来解释我们的社会现实，只能使别人更不了解我们，使我们更不自由、更加孤独。具有令人尊敬的往昔的欧洲，假如能回顾他们的历史来对照我们的今天，也许对我们的理解会深入透彻一点。他们应该记得，伦敦的第一座城墙是花了300年才建立起来的，后来又过了300年才出现当地的第一位主教；罗马更是在黑暗和蒙昧中度过了2000年光阴，直至伊达拉里亚的一位君王确立了它在历史上的地位；如今以盛产奶酪和钟表著称于世的瑞士人以崇尚和平为荣，然而他们不应忘记，在16世纪时那儿还是一个庞大的兵营，曾对整个欧洲有过野蛮的血洗屠杀。甚至在文艺复兴的高峰时期，还有12000名东罗马帝国豢养的德国雇佣军，在罗马烧杀抢掠，使8000余当

地平民死在他们刀剑之下。

53年前，托马斯·曼曾竭力表现过他笔下的托尼阿·柯洛格尔的幻想，主张把北方人的朴实和南方人的热忱统一起来。我没有这种幻想，然而我相信，那些思想敏锐而且在努力地建立一个更公正、更人道的社会的欧洲人，如果能重新修正衡量我们的方式，他们将会对我们有更大的帮助。拉丁美洲的人民渴望在世界的变化中占有一席地位，希望外界人民不仅仅是支持我们的幻想，更应该变成具体的行动，否则无法减轻我们的孤独感。

拉丁美洲不希望任人摆布，也没有理由成为他人的附属品。她并没有任何不切实际的幻想，只追求在西半球中的独立地位。航海技术的发达虽然缩短了我们与欧洲之间的距离，然而却拉大了双方之间在文化上的距离。我们在文学上的独创性已经得到了世界的承认，可是我们在要求改变社会方面的努力却遭到了怀疑和拒绝。究竟是什么原因呢？为什么有人认为，拉丁美洲无法和欧洲的进步一样，为在自己的国家也努力造就社会正义而以不同的方式、不同的条件下达到同样的目标呢？我们的历史所呈现出来的无穷无尽的暴乱和痛苦，是世世代代的不公平和难以数尽的苦难导致而成的，而不是由于远隔数千里外的地方策使而成的。可是，许多欧洲的思想家和领袖却不是这样认为，他们忘却了祖辈的奋斗经历，认为整个世界除了任凭两个大国摆布之外就毫无别的选择。诸位朋友，这正是我们孤独之关键所在。

尽管如此，面临种种的压迫、掠夺和卑视，我们决心是生活下去。无论是洪水、瘟疫，还是饥荒、动乱，甚至是连续几百年的战争灾祸，都不能削弱生命战胜死亡的威力。这种威力还在不断长大和加速：每年全世界出生人数超出死亡人数达7400万，这些新的生命相当于纽约总人口的6倍。但他们中间的大部分都出生在资源缺乏的穷国里，当然也包括拉丁美洲。与此相反，一些经济发达的国家，却积蓄了足以毁灭当今人类百倍的破坏能力，而且可以消灭在这个不幸的星球上存在的所有生物。

我所敬仰的文学大师威廉·福克纳，当年在接受诺贝尔文学奖时也在这个大厅里说过："我拒绝接受人类末日的说法。"我明白，他在32年之前拒绝接受这一悲剧观点，在今天从科学角度来判断也仅仅是一种可能。因为自从生命起源以来，人类还是首次拥有如此强大的毁灭力量。要是我没有认识到这一点，我就认为自己没有资格站立在他曾经站立过的地方。面对这出人意外的、自人类产生以来似乎属于乌托邦式的现实存在，我们作为人类寓言的创作者，在这可怕的现实面前，有责任呼吁建立一种与此相反的理想。我们希望在这种新的乌托邦社会里，任何人无权决定他人应该如何生活和如

何死亡；在那时，人们可以享受真正的爱情，人人可以追求幸福；而那些曾经被命运注定成为百年孤独的民族，也终将在地球上获得永生的第二次机会。

## ■作品赏析

马尔克斯是一位有着强烈社会责任感的作家。他在诺贝尔文学奖的领奖台上发表的这篇演讲，丝毫不谈有关《百年孤独》的创作心得与成就，而是借这个机会为争取拉美独立与自由大声疾呼。首先，马尔克斯描述了拉丁美洲存在的种种"荒诞的现实"，引人兴趣也发人深思。接着，他介绍了许多比这些更荒诞的事情，那就是拉丁美洲各国的独裁统治者的愚昧、专横和残暴的"疯癫的行径"。他指出，这种行径给拉丁美洲人民带来的巨大的灾难，严重损害了拉美人民的权利和自由。因此，马尔克斯呼吁希望外界人民不仅仅是支持他们的幻想，更应该变成具体的行动。他认为拉丁美洲不希望任人摆布，也没有理由成为他人的附属品。

本篇演讲情感丰富，表达了演讲者对拉美人民前途与命运的关心与担忧，引起了世界的关注。马尔克斯引用了许多材料，使演讲显得十分生动有趣，引人入胜。

### ⊙演讲者简介⊙

加西亚·马尔克斯，哥伦比亚作家、记者，20世纪拉丁美洲魔幻现实主义文学的杰出代表。1927年，马尔克斯生于哥伦比亚马格达莱纳省阿拉卡塔卡镇。他自小在外祖父家中长大。13岁时，他迁居首都波哥大，就读于当地教会学校。这一时期，马尔克斯阅读了大量经典作品。18岁，他进入国立波哥大大学攻读法律，并加入自由党。1948年内战爆发时，马尔克斯中途辍学。不久，他进入报界，任《观察家报》记者，同时从事文学创作。1954年起，任《观察家报》驻欧洲记者，到过意、法、英、苏、波、捷、匈等国。1959年，担任古巴"拉丁社"驻哥伦比亚办事处的负责人，1961年任该社驻联合国记者。随后，他迁居墨西哥，从事文学、新闻和电影工作。1972年，获得拉美文学最高奖——委内瑞拉加列戈斯文学奖。1982年，凭借《百年孤独》，获诺贝尔文学奖。

马尔克斯作品的主要特色是幻想与现实的巧妙结合。他创作了大量的作品，以此来反映社会现实生活，审视人生和世界，对世界文学产生了巨大影响。

# 第六篇

# 捍卫人类和平的激昂声音

# 在饯别宴会上的演讲

演讲者：狄更斯（1812～1870）
演讲时间：1868年4月18日
演讲地点：纽约饯别宴会
演讲者身份：英国著名作家

## ■历史背景

狄更斯不仅是一位伟大的作家，还是一名擅长朗诵的表演艺术家。19世纪40年代，他受邀在一些慈善和娱乐团体进行朗诵表演。他的表演赢得了广泛的欢迎，美国的观众热情地邀请他去美国巡回朗诵。1867年11月，狄更斯开始访美。之后的5个月时间里，他在波士顿、纽约、费城、华盛顿等城市演出不下370多场。过度的劳累损害了他的健康，因此不得不提前结束在美国的演出。在即将离开纽约之际，纽约出版者私立协会为他准备了饯别宴会。在宴会上，他发表了这篇演讲。

## ■原文欣赏

各位先生：

我首先要讲的，没有比套用主席先生所说的有关“你我之间悠久自然的友谊”更恰当的了。当我接到纽约出版者私立协会邀请我今天与他们共同进餐时，我由衷感激地接受了这份美意，同时想起这项一度是我的职业的工作。在精神上，我从来没有舍弃过这份忠诚的兄弟之谊。我年轻时，总是将我初步的成就归功于那些有益的报社艰苦工作的训练，以后我也会对我孩子说：我始终以这得以进步的梯子为荣。所以，各位先生，无论如何，这个晚会都令我十分高兴和满意。

谈到这里，使我想到一点，自从我去年11月来到此地以后，我就注意到一种有时想打破的静肃沉默感。蒙你们善意的允许，我现在要与你们谈谈这一点。这就是报道人物的出版物，时有误传或误解之外，有一两次，我发现它有关我的报道资料并不十分正确，有时我看到的报道我生活现况的文章简直令我惊讶。

过去几个月来，我一直在收集资料，埋头写一本有关美国的新书，我所付出的精神和毅力实在令我自己吃惊。现在我已经计划并决定（这就是我想要透露给你们的事情），在我回英国之后，再写下今晚我已透露的有关贵国

各种重大的变化作为见证。同样的，我要写下我所受到的至高的礼遇、佳肴、亲切温和的款待、体贴、照顾。只要我活着，只要我的子孙拥有我的作品的合法版权，我就要把这些证言翻印在我所写的两本有关美国的作品的附录上。我之所以要如此做，并不只是出于热爱和感谢，而且由于我只有这样才能表现出公道和荣誉。

各位先生，我对美国的感情和兴趣，很自然地会转移到我对自己同胞的感情和兴趣。大约是去年圣诞节，在这都市里有人问我："美国人在英国是否会受到礼遇？"而他认为英国人会视美国人为外国人。他的这种想法使我的心情变得十分沉重。

依我过去所受到的礼遇，我觉得美国人在英国也应受到最热忱的尊重与款待的。我举两个例子。有一个对艺术很有修养的美国绅士，在某一个星期日，走到某一个以绘画展览闻名的英国历史性城堡墙外，根据那天城堡的严格规定，他是不准入内参观的，但是，这位观光旅游的美国绅士，却破例参观了画廊和整个城堡。另外一个是在伦敦停留的女士，她极为渴望看看大英博物馆著名的阅览室，陪伴她的英国人却告诉她，很不幸，这是不可能的，因为这个场所要关闭一个星期，而她只剩下 3 天的停留时间了。然而当那位女士单独来到博物馆门口，自我介绍是美国人时，那门迅速打开了，仿佛有魔术一般。我不愿再说一句"她一定很年轻，而且十分漂亮"，但是据我对那博物馆守门者的最仔细的观察，此人体质肥胖，感受力并不佳。

各位先生，我现在谈到这些小事是为了能间接地告诉你们，就像我希望的一样，那些很谦逊努力地在英国本土对美国犹如对祖国般忠诚的英国人，已无昔日的偏见作祟。在这两个大民族之间一直存在着不同的特点，现在如此，将来恐怕还是如此。但是，英国广播一直在传播英美两民族本质为一的情绪。要维护主席先生所谈到的盎格鲁撒克逊民族及其对世界所有的伟大成就，是他们二者共同的意愿。假如我了解我的同胞的话，我知道英国人的心会随着美国星条旗的飘扬而激动，就像它只会为它自己的国旗飘扬兴奋一样。

各位先生，最后我要就教于各位的是，我深信两国大多数正直人士内心宁愿这个世界遭地震撕裂、彗星燃烧、冰川覆盖、北极狐和熊践踏，也不愿这两大国家各行其道，我行我素，一再地显示自己，防备对方。各位先生，我十二万分地感谢贵主席及各位对我身心的照顾，以及对我贫乏言辞的注意。我以最诚挚的心感谢各位。

## ■作品赏析：

饯别晚宴是纽约出版者私立协会为狄更斯准备的，因此，狄更斯用自己从事报社工作的经历引起话题，拉近了与听众的距离。接下来，他围绕与协会有密切联系的话题——“出版”，透露自己将会出版两本有关美国的书，并且强调要“写下我所受到的至高的礼遇、佳肴、亲切温和的款待、体贴、照顾”，这是在间接地表达自己对美国人们的谢意。狄更斯在美国受到了热烈的欢迎和很高的礼遇，他相信如果美国人去英国，也会受到最热忱的尊重与款待，并且他还列举了两个美国人在英国受到礼遇的例子来证明自己的推测是正确的。最后他用铿锵的语言说出了英美两国人民希望一直交好下去的心声，将演讲推向高潮。

狄更斯在演讲中运用了幽默的语言和夸张手法，如在讲述第二个小例子时，他说：“此人体质肥胖，感受力并不佳。”在讲两国人民的友谊时，用了“地震撕裂、彗星燃烧、冰川覆盖、北极狐和熊践踏”的夸张语言，这让演讲变得生动起来，活跃了现场的气氛，使听众们沉浸在温暖的友谊之中，加强了演讲赞美两国友谊的感染效果。

### ⊙演讲者简介⊙

狄更斯，生于英国南部朴次茅斯的波特西地区一个贫寒的小职员家庭。父亲因为无法偿还债务而进监狱，因此，狄更斯10岁时就到一家鞋油作坊当童工。16岁开始，他先后做过抄写员、信差、速记员。1832年，当上了《晨报》的国会记者。从当采访记者时，狄更斯就开始了文学创作，并最终结集为《博兹札记》出版，这是他的第一部散文集。1836～1837年，狄更斯分期发表了他的第一部小说《匹克威克外传》，受到读者的普遍欢迎。之后，他辞去新闻工作，开始专门从事文学创作。1846年，他创办进步报刊《每日新闻》，并担任主编。1850年，狄更斯创办了自己的周刊《家常话》。

狄更斯像

狄更斯是位多产的作家，代表作有《雾都孤儿》、《大卫·科波菲尔》、《双城记》等。他热爱创作，1870年6月9日，在写作最后一部书稿时突发脑溢血去世。

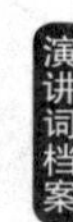


演讲者：斯大林（1879～1953）
演讲时间：1941年7月3日
演讲者身份：苏联共产党和国家主要领导人，武装力量最高统帅，战略家，苏联大元帅

# 广播演说

## ——为保卫苏联国土而战斗

### ■ 历史背景

1941年6月22日，德国法西斯背信弃义，撕毁了《苏德互不侵犯条约》，不宣而战。苏联党和政府立即紧急动员，号召苏联红军和苏联人民投入反法西斯的卫国战争，坚决粉碎德国法西斯的进攻。同年7月3日，苏联人民的伟大领袖斯大林发表广播演说，号召苏联人民同红军一道奋起保卫祖国，捍卫每一寸国土。

### ■ 原文欣赏

同志们！公民们！兄弟姊妹们！我们的陆、海军战士们！我的朋友们，我现在向你们讲话！

希特勒德国从6月22日起向我们祖国发动的背信弃义的军事进攻，现仍持续着。虽然红军英勇抵抗，虽然敌人的精锐师团和精锐空军部队被击溃，被埋葬在战场上，但是敌人又向前线投入了新的兵力，继续向前进犯。我们的祖国面临着严重的危险。

我们光荣的红军怎么会让法西斯军队占领了我们的一些城市和地区呢?难道德国法西斯军队真的像法西斯吹牛宣传家所不断吹嘘的那样，是无敌的军队吗?

当然不是！历史表明，无敌的军队现在没有，过去也没有过。拿破仑的军队曾被认为是无敌的，但是这支军队却先后被俄国、英国和德国的军队击溃了。在第一次帝国主义战争时期，威廉的德国军队也曾被认为是无敌的军队，但是这支军队曾经数次败在俄国军队和英法军队手中，终于被英法军队击溃了。现在希特勒的德国法西斯军队也是这样。这支军队在欧洲大陆还没有遇到重大的抵抗，只是在我国领土上，德国才遇到了重大的抗击。由于我们的抵抗，德国法西斯军队的精锐师团已被我们红军击溃。这就是说，正像拿破仑和威廉的军队一样，希特勒法西斯军队也是能够被击溃的，而且一定

斯大林格勒保卫战

会被击溃。

为了消除我们祖国面临的危险，需要做些什么呢？为了粉碎敌人，应该采取哪些措施呢？首先，我们苏联人必须了解到威胁我国的危险的严重程度，坚决克服泰然自若、漠不关心的心理，克服和平建设的情绪；这种情绪在战前是完全自然的，但是现在，战争使形势根本改变了，这种情绪就会置我们于死地。敌人是残酷无情的，他们的目的是要侵占我们用汗水浇灌出来的土地，掠夺我们凭劳动获得的粮食和石油。他们的目的是要恢复地主政权，恢复沙皇制度，摧残俄罗斯人、乌克兰人、白俄罗斯人、立陶宛人、拉脱维亚人、爱沙尼亚人、乌兹别克人、鞑靼人、摩尔达维亚人、格鲁吉亚人、亚美尼亚人、阿塞拜疆人以及苏联其他各自由民族的民族文化和国家制度，把他们德意志化，使他们变成德国王公贵族的奴隶。因此，这是苏维埃国家生死存亡的问题，是苏联各族人民生死存亡的问题，是苏联各族人民继续享受自由还是沦为奴隶的问题。苏联人民必须了解这一点，不要再漠不关心。他们必须动员起来，把自己的全部工作转到新的战时轨道上，拿出对敌人毫不留情的气概。同法西斯德国的战争，绝不能看成普通的战争。这场战争不仅是两国军队之间的战争，也同时是全体苏联人民反对德国法西斯军队的伟大战争。这场反法西斯压迫者的全民卫国战争的目的，不仅是要消除我国面临的危险，还要帮助那些在德国法西斯主义枷锁下呻吟的欧洲各国人民。在这场解放战争中，我们不是孤立的。

同志们！我们的力量是无穷无尽的。骄横的敌人很快就一定会相信这一点。同红军一道对进犯我国的敌人奋起作战的，有成千成万的工人、集体农庄的农民和知识分子。我国千百万人民群众都将奋起作战。莫斯科和列宁格勒的劳动者已经开始成立有成千上万人的民兵队伍来支援红军。在我们反对德国法西斯主义的卫国战争中，在每一个遭到有敌人侵犯的危险的城市里，我们都应当成立这样的民兵队伍，发动全体劳动者起来斗争，挺身捍卫我们的自由、我们的荣誉和我们的祖国。

## 作品赏析

斯大林的这篇广播演讲发表于反法西斯战争初期，演说开宗明义，首先讲明了卫国战争的局势，强调社会主义祖国正遭受到希特勒法西斯德国进犯。斯大林在演说中首先说明一个道理："历史表明，无敌的军队现在没有，过去也没有过。"这样的表述就大大增强了人们战胜困难的信心和决心。接着，斯大林特别强调了局势的严峻和形势的危急，"这是苏维埃国家生死存亡的问题，是苏联各族人民生死存亡的问题"。这就使人民充分认识到紧迫感和急切性。接着斯大林分析了法西斯对苏联国家和人民的危害，指出坚决与之战斗的必要性和必然性，在充分讲明了这些道理之后，演讲的内容就主要放在对全体人民的动员和部署上。这一部分的论述也是详尽和毫不含糊的：军队的组织和补充、军需物品的制造、国内于形势不利的各种可能问题的应对策略、部队撤退时的方式和策略、敌占区游击战争的开展方式等，战略上的部署非常详尽周密，而这些充分表明，苏联内部是胸有成竹的。然后斯大林分析了国内国际形势，指出国际形势对于反法西斯是非常有利的，也就是说，胜利的到来是必然的。这些建立在事实上的论述具有极大的说服力，对于鼓舞士气起到不可估量的作用。全篇演讲分析深刻全面，说理透彻，具有极大的鼓动性和号召力。

### ⊙演讲者简介⊙

斯大林出生在高加索格鲁吉亚的哥里城。1917 年十月革命爆发，斯大林被选入领导起义的革命军事总部，参与组织彼得格勒的武装起义，为夺取十月革命的胜利立下了汗马功劳。1922 年 4 月，依照列宁的建议，斯大林当选为党的总书记。1924 年列宁逝世后，经过残酷的党内斗争，斯大林成为苏联党和国家的最高领导人。1925 年斯大林在党的十四大上作政治报告，提出苏联实现社会主义工业化的方针。在斯大林的领导下，苏联迅速实现了工业化和农业集体化，1937 年苏联的工业产值已跃居欧洲第一、世界第二，仅次于美国。

斯大林像

面对德国法西斯日益严重的威胁，为了赢得战前准备的时间，1938 年 8 月斯大林与希特勒签订了《苏德互不侵犯条约》。1941 年 6 月 22 日，德国法西斯对苏联发动突然袭击，第二次世界大战全面爆发。斯大林以钢铁般的毅力和远见卓识，领导苏联人民先后取得了莫斯科保卫战、斯大林格勒会战和库尔斯克战役的胜利，最终打败了德国法西斯，为世界反法西斯战争的胜利作出了重大贡献。

1953 年 3 月 5 日，斯大林因中风去世。

# 一个遗臭万年的日子

演讲词档案

演讲者：富兰克林·罗斯福（1882 ~ 1945）
演讲时间：1941 年 12 月 8 日
演讲地点：美国国会
演讲者身份：美国第 32 任总统

## ■ 历史背景

1941 年 12 月 7 日晨（夏威夷时间），日本未经宣战，偷袭美军基地珍珠港，美国太平洋舰队损失惨重。罗斯福获悉后不到 24 小时就赶到国会，向参众两院联席会议发表了这篇著名演讲，揭露日军通过偷袭发动战争的罪行，表明当时面临的紧急状态和决心反击的意志，要求国会对日本宣战。这篇演讲结构严谨，语言准确简练，鲜明表达了演讲者的思想感情，产生了巨大的感染力。据说，演讲仅仅 6 分钟，但不断被掌声打断。后来国会仅用 32 分钟就通过宣战法案。

## ■ 原文欣赏

副总统先生、议长先生、参众两院各位议员：

昨天，1941 年 12 月 7 日——一个遗臭万年的日子——美利坚合众国遭到了日本帝国海空军部队突然和蓄谋的进攻。

合众国当时同该国处于和平状态，而且，根据日本的请求，当时仍在同该国政府和该国天皇进行着对话，对于维护太平洋的和平有所期待。实际上，就在日本空军中队已经开始轰炸美国瓦胡岛之后一小时，日本驻合众国大使及其同事还向我们国务卿提交了对美国最近致日方的信函的正式答复。虽然复函声言继续现行外交谈判似已无用，但它并未包含着有关战争或武装进攻的威胁或暗示。

应该记录在案的是：由于夏威夷同日本的距离，这次进攻显然是许多天乃至若干星期以前就已蓄意进行策划的。在策划过程之中，日本政府通过虚伪的声明和表示希望维系和平而蓄意对合众国进行了欺骗。

昨天对夏威夷群岛的进攻，给美国海陆军队造成了严重的损害，我遗憾地告诉各位，很多美国人丧失了生命，据报，美国船只在旧金山和火奴鲁鲁之间的公海上也遭到了鱼雷袭击。

昨天，日本政府已发动了对马来西亚的进攻。

昨夜，日本军队进攻了香港。

昨夜，日本军队进攻了关岛。

昨夜，日本军队进攻了菲律宾群岛。

昨夜，日本人进攻了威克岛。

今晨，日本人进攻了中途岛。

因此，日本在整个太平洋区域采取了突然的攻势。昨天和今天的事实不言自明。合众国的人民已经形成了自己的见解，并且十分清楚地关系到我们国家的安全和生存的本身。

作为海陆军总司令，我已指示，为了防备我们采取一切措施。

但是，我们整个国家都将永远记住这次对于我们进攻的性质。

不论要用多长的时间才能战胜这次预谋的入侵，美国人民以自己的正义力量一定要赢得绝对的胜利。

富兰克林·罗斯福下达命令向德国和意大利正式宣战

富兰克林·罗斯福曾不止一次向人民许诺："你们的孩子不会被送上任何一个海外战场。"而现在箭已在弦上，不得不发。

我现在断言，我们不仅要作出最大的努力来保卫我们自己，我们还将确保这种形式的背信弃义永远不会再危及我们。我这样说，相信是表达了国会和人民的意志。

敌对和行动已经存在。毋庸讳言，我国人民，我国领土和我国利益都处于严重危险之中。

信赖我们的武装部队——依靠我国人民的坚定信心——我们将取得必然的胜利——上帝助我。

我要求国会宣布：自 1941 年 12 月 7 日——星期日日本进行无缘无故和卑鄙怯懦的进攻时起，合众国和日本之间已处于战争状态。

## ■ 作品赏析

罗斯福顺着斜坡走上讲坛后，以极大的克制，用平实舒缓的语言陈述了日军在 24 小时内的所作所为，并郑重指出，日本政府通过虚伪的声明和表示希望维系和平而蓄意对合众国进行了欺骗。他最后请求国会宣布："自 1941 年 12 月 7 日——星期日日本进行无缘无故和卑鄙怯懦的进攻时起，合众国和日本帝国之间已处于战争状态。"没有过多的渲染，演说历时 6 分钟。参众两院几

乎以全票通过了罗斯福的宣战要求，只在众议院有 1 张反对票。现在回头来看这篇演讲，我们首先感到的是其中蕴涵的巨大的力量。在演说的语言中，冷静和理性的表述显然是占了上风的，罗斯福首先通报了战前近期和日本的外交状况，以确凿的事实说明，日本对合众国进行了最无耻的欺诈，然后最为简洁地列出了日本在太平洋地区所采取的军事行动及其对美国造成的巨大创伤。简短的论述表明：合众国已经处于严重的危险之中，结论和对策已经在毋庸置疑中。演讲的结构非常严谨，语言精练，毫不拖沓和感情用事，但是收到了巨大的效果，国会仅用 32 分钟就通过了宣战法案。收效之快，与这篇简洁有力的演讲不无关系。

**⊙演讲者简介⊙**

富兰克林·罗斯福像

富兰克林·罗斯福生于纽约州的海德公园村，小时候经常随父母游历欧洲，积累了不少生活阅历。1904 年，罗斯福从哈佛大学毕业后，进入哥伦比亚大学法学院学习法律。1910 年，28 岁的罗斯福迈出了走上政坛的第一步，当选为纽约州参议员。

1913 年，罗斯福出任海军部助理部长，主张建设强大而有作战能力的海军。1920 年，他被民主党提名为副总统候选人，竞选失败后，担任一家保险公司的副经理。1921 年夏天，他染上了小儿麻痹症，导致两腿终身瘫痪。1928 年，罗斯福成功当选纽约州州长，任期内美国发生严重经济危机，他采取措施，建立救济机构，深得人心。1933 年 3 月 4 日，罗斯福就任美国第 32 届总统。入主白宫后，他积极推行“新政”，使美国摆脱了经济危机。在 1936、1940 和 1944 年的大选中，罗斯福又连续三次当选，成为美国历史上唯一蝉联四届的总统。

1937 年日本发动全面侵华战争后不久，罗斯福发表著名的“防疫演说”。第二次世界大战爆发后，罗斯福积极备战，迫使国会通过了一些有利于反法西斯国家的条款，给英国和苏联提供援助。1941 年 8 月，罗斯福与丘吉尔联合发表《大西洋宪章》，声明必须摧毁希特勒法西斯暴政，解除侵略国的武装，奠定了世界反法西斯联盟的基础。同年 12 月 8 日，罗斯福在国会发表咨文并对日宣战。1942 年 1 月 1 日，在罗斯福倡议下，中、美、英、苏等 26 国代表在华盛顿签署《联合国家宣言》，国际反法西斯同盟正式成立。1943 年 11 月，罗斯福与蒋介石、丘吉尔举行开罗会议，签署《开罗宣言》，要求日本无条件投降。随后，他与丘吉尔、斯大林在德黑兰举行会议，决定开辟欧洲第二战场。1945 年 2 月，罗斯福前往雅尔塔，与斯大林、丘吉尔再次会晤，确定了战后的世界秩序。

1945 年 4 月 12 日，即在德国投降前夕，罗斯福因患脑溢血逝世，享年 63 岁。

# 这是自由打败暴政的胜利

## ——在日本投降日发表的广播演说

演讲词档案

演讲者：杜鲁门（1884～1972）
演讲时间：1945年9月2日
演讲者身份：美国第33任总统

### ■ 历史背景

第二次世界大战是人类历史上惨痛的一页，1945年9月2日，作为轴心国的日本签署了无条件投降书，第二次世界大战以同盟国和世界人民的胜利而告终。当天，杜鲁门以总统的身份向美国人民发表广播演说。

### ■ 原文欣赏

全国同胞们：

全美国的心思和希望——事实上整个文明世界的心思和希望——今天晚上都集中在密苏里号军舰上。在这停泊于东京港口的一小块美国领土（根据国际法，停泊在外国或公海上的船只为本国领土）上，日本人刚刚正式放下武器，签署无条件投降书。

四年前，整个文明世界的心思与恐惧集中在美国另一块土地上——珍珠港。那里曾发生对文明巨大的威胁，现在已经清除了。从那里通到东京的是一条漫长的、洒满鲜血的道路。

我们不会忘记珍珠港。

日本军国主义者也不会忘记美国军舰密苏里号。

日本军阀犯下的罪行是无法弥补，也无法忘却的。但是他们的破坏和屠杀力量已经被剥夺了。现在他们的陆军以及剩下的海军已经毫不足惧了。

当然，我们首先怀着深深感激之情想到的是，在这场可怕的战争中牺牲或受到伤残的亲人们。在陆地、海洋和天空，无数美国男女公民奉献出他们的生命，换来今日的最后胜利，使世界文明得以保存。但是，无论多么巨大的胜利都无法弥补他们的损失。

我们想到那些在战争中忍受亲人死亡的悲痛人们，死亡夺去了他们挚爱的丈夫、儿子、兄弟和姐妹。无论多么巨大的胜利也不能使他们和亲人重逢了。

“密苏里”号上的士兵和水手见证日本代表团的到来

1945年9月2日，日本投降的签字仪式在停泊于东京湾的美国战舰“密苏里”号上举行。日本外相重光葵代表天皇和日本政府、参谋总长梅津美治郎代表日本帝国大本营在投降书上签字。投降仪式结束后，数千架美式飞机越过“密苏里”号军舰上空，庆祝这个具有伟大历史意义的时刻。

只有当他们知道亲人流血牺牲换来的胜利会被明智地运用时，他们才会稍感安慰。我们活着的人们，有责任保证使这次胜利成为一座纪念碑，以纪念那些为此牺牲的烈士。

这次胜利不仅是军事上的胜利。这是自由对暴政的胜利。

我们的兵工厂源源生产坦克、飞机，直捣敌人的心脏；我们的船坞源源制造出战舰，沟通各大洋，供应武器与装备；我们的农场生产出食物、纤维，供应我们海陆军以及世界各地的盟国；我们的矿山与工厂生产出各种原料与成品，装备我们，战胜敌人。

然而，作为这一切的后盾是一个自由民族的意志、精神与决心。这个民族知道自由意味着什么，他们知道为了保持自由，值得付出任何代价。

正是这种自由精神给予我们武装力量，使士兵在战场上战无不胜。现在，我们知道，这种自由的精神、个人的自由以及人类的个人尊严是世界上最强大、最坚韧、最持久的力量。

胜利是值得欢庆的，但同时有其负责和责任。

我们以极大的信心与希望面对未来及其一切艰险，美国能够为自己造就一个充分就业而安全的未来。连同联合国一起，美国是能够建立一个以正义、公平交往与忍让为基础的和平世界的。

我以美国总统的身份宣布1945年9月2日星期日——日本正式投降的日子——为太平洋战场胜利纪念日。这一天还不是正式停战和停止敌对行为的日子，但是我们美国人将永远记住这是报仇雪耻的一天，正如我们将永远记住另一天是国耻日一样。

从这一天开始，我们将憧憬一个国内安全的新时期，我们将和其他国家一同走向一个国与国之间和平、友善和合作的更美好新世界。

上帝帮助我们取得了今天的胜利，我们仍将在上帝的帮助下得到我们以及全世界的和平与繁荣。

## ■ 作品赏析

杜鲁门在演说中首先宣布了日本投降的喜讯，继之谴责了日本军国主义的罪行，同时讴歌了为国捐躯的将士，号召人民“以极大的信心与希望面对未来及其一切艰险”。杜鲁门的演讲铿锵有力，充满了判断和结论式的语言，极具大国风范，而只有这样的表述才能在最简短的语言中概括出这一重大历史时刻对于世界历史和世界文明的意义：“日本军阀犯下的罪行是无法弥补，也无法忘却的。”“这次胜利不仅是军事上的胜利。这是自由对暴政的胜利。”这样的表述充满感情力量，同时又饱含理性，显示出一种政治意义上的智慧和面对历史的理智与慎重，“胜利是值得欢庆的，但同时有其负责和责任”。广播演说有其自身的特点，决定着其内容一般具有通报、声明性质或者广泛动员、感召的性质，本篇演说虽语言朴素但是具有极强的感染力，其发出的通报信息使人欢欣鼓舞，其判断和结论又发人深省。

### ⊙演讲者简介⊙

杜鲁门像

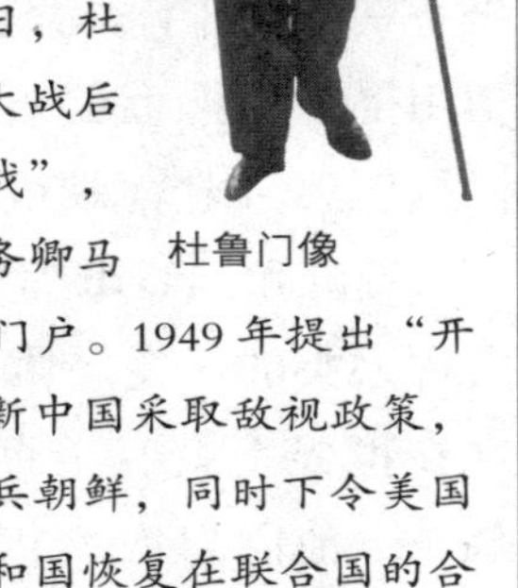

杜鲁门，生于美国密苏里州拉玛小镇，出身农家，中学毕业后参加工作。1917 年第一次世界大战时参加军队，被派赴法国作战。1917 ~ 1918 年在俄克拉荷马州西尔堡炮兵学校学习。1919 年以少校衔退役。在独立城经营服饰用品店，1921 年该店倒闭后投身于政界。1922 年任杰克逊县法官，1926 年任首席法官。1935 ~ 1944 年任联邦参议员。1944 年罗斯福第四次竞选总统时，被提名为副总统候选人，同年 11 月当选为副总统。次年 4 月 12 日罗斯福病逝，杜鲁门继任总统。1948 年竞选连任获胜。1945 年 8 月 6 日和 9 日，杜鲁门下令向日本长崎和广岛投掷两枚原子弹。在第二次世界大战后的对外政策上，杜鲁门积极谋求世界霸权，同苏联进行“冷战”，对社会主义国家实行“遏制”政策。他于 1947 年 6 月支持国务卿马歇尔提出的“欧洲复兴计划”，以“美援”为手段，打开欧洲门户。1949 年提出“开发落后地区”的“第四点计划”，向第三世界进行渗透。对新中国采取敌视政策，并实行军事包围、政治孤立、经济封锁。1950 年 6 月下令出兵朝鲜，同时下令美国第七舰队在台湾海峡巡逻，干涉中国内政，阻挠中华人民共和国恢复在联合国的合法席位。1952 年他宣布不竞选下届总统，次年 1 月任期届满后回到故乡独立城。

1972 年 12 月逝世。著有《杜鲁门回忆录》。

# 要为自由而战斗

演讲者：卓别林（1889 ~ 1977）
演讲时间：1940 年
演讲者身份：好莱坞著名的喜剧演员及反战人士

## ■ 历史背景

著名的喜剧大师卓别林是一个正义者，他拍摄了大量自编自导自演的电影作品，在影片中饰演被损害和被侮辱的社会底层小人物形象，他善于用喜剧形式来揭露资本主义社会的罪恶和底层小人物的苦难与欢乐。本篇演讲是他在自己编导的电影《大独裁者》中插入的长达 6 分钟的一段演讲，体现了他民主和进步的思想意识。

## ■ 原文欣赏

遗憾得很，我并不想当皇帝，那不是我干的行当。我既不想统治任何人，也不想征服任何人。如果可能的话，我倒想帮助任何人，不论是犹太人还是基督徒，是黑种人还是白种人。

我们都要互相帮助。做人就是应该如此。我们要把幸福建筑在别人的幸福上，而不是建筑在别人的痛苦上。我们不要互相仇恨，互相鄙视。这个世界上有足够的地方让人生活，大地是富饶的，是可以使每一个人都丰衣足食的。

生活的道路可以是自由的，美丽的，只可惜我们迷失了方向。贪婪毒化了人的灵魂，在全世界筑起仇恨的壁垒，强迫我们踏着正步走向苦难，进行屠杀。我们发展了进步，但我们反而给我们带来了贫困；我们有了知识，反而看破了一切；我们学得聪明乖巧了，反而变得冷酷无情了。我们头脑用得太多了，感情用得太少了。我们更需要的不是机器，而是人性；我们更需要的不是聪明乖巧，而是仁慈、温情。缺少了这些东西，人生就会变得凶暴，一切也都完了。

飞机和无线电缩短了我们之间的距离。这些东西的性质，本身就是为了发挥人类的优良品质，要求全世界的人彼此友爱，要求我们大家互相团结，现在世界上就有千百万人听到我的声音——千百万失望的男人、女人、小孩——他们都是一个制度下的受害者，这个制度使人受尽折磨，把无辜者投进监狱。我要向那些听得见我讲话的人说：“不要绝望啊！”我们现在受到苦难，这只是因为那些害怕人类进步的人在即将消逝之前发泄他们的怨毒，满足他们的贪婪。这些人的仇恨会消失的，独裁者会死亡的，他们从人民那

里夺去的权力会重新回到人民手中的。只要我们不怕死，自由是永远不会消失的。

战士们，你们别去为那些野兽们卖命啊——他们鄙视你们——奴役你们——统治你们——吩咐你们应当做什么，应当想什么，应当具有什么样的感情！他们强迫你们去操练——限定你们的伙食——把你们当牲口，用你们当炮灰。你们别去受这些丧失了理性的人的摆布了——他们都是一伙机器人，长的是机器人的脑袋，有的是机器人的心肝！可是你们不是机器！你们是人！你们心里有着人类的爱！不要仇恨呀！只有那些得不到爱的人才仇恨别人——只有那些丧失了理性的人才仇恨别人！

卓别林在《狗的生涯》影片中的扮相

卓别林是20世纪最伟大的批判现实主义电影艺术家，他以独特的喜剧艺术表演风格，尖锐地批判了资本主义社会的罪恶。他喜剧性的表演令人捧腹大笑，但是又使人笑后感到泪水的苦味，充满了对受压迫受欺凌的人们的同情。

战士们！不要为奴役而战斗！要为自由而战争！《路加福音》第十七章里写着："神的国就在人的心里。"——不是在一个人或一群人的心里，而是在所有人的心里！在你们的心里！你们人民有力量——有创造机器的力量，有创造幸福的力量！你们人民有力量建立起自由美好的生活——使生活更有意义。那么，为了民主，就让我们使出力量来吧，就让我们团结一起吧；就让我们进行战斗，建设一个新的世界——一个美好的世界。它将使每一个人都有工作的机会，它将使青年人都有光明的前途，老年人都有安定的生活。

那些野兽也就是用这些诺言窃取了权力。但是他们是说谎！他们从来不去履行他们的诺言。他们永远不会履行他们的诺言！独裁者自己享有自由，但是他们使人民沦为奴隶。现在就让我们进行斗争，为了解放全世界，为了消除国家的弊政，为了消除贪婪、仇恨、顽固，让我们进行斗争；为了建立一个理智的世界——在那个世界上，科学与进步将使我们所有的人获得幸福。战士们，为了民主，让我们团结在一起！

哈娜，你听见我在说什么吗？不管你在哪里，你抬起头来看哪！抬起头来看哪，哈娜，乌云正在消散，阳光照射进来！我们正在离开黑暗，进入光明！我们正在进入一个新的世界——一个更可爱的世界。那里的人将克服他

们的贪婪、他们的仇恨、他们的残忍。抬起头来看哪，哈娜，人的灵魂已长了翅膀，他们终于要展翅飞翔了。他们飞到了霓虹里——飞到了希望的光影里。抬起头来看哪，哈娜！抬起头来看呀！

## ■作品赏析

本篇演讲的观点非常鲜明，立意深刻，措辞激烈，表达直接痛快，而且语言非常朴素、风趣幽默，充分体现了对为恶者的憎恶和蔑视。开篇作者就直接地摆明了自己的思想立场："遗憾得很，我并不想当皇帝，那不是我干的行当。我既不想统治任何人，也不想征服任何人。如果可能的话，我倒想帮助任何人，不论是犹太人还是基督徒，是黑种人还是白种人。"接着，他指出："贪婪毒化了人的灵魂，在全世界筑起仇恨的壁垒，强迫我们踏着正步走向苦难，进行屠杀。"因为这些根本的原因，一切本来可以创造财富的东西反而给我们带来了穷困和灾难。但是卓别林的态度并不是悲观的，他充满自信地号召人们去争取自由和幸福，为了民主而团结起来进行斗争。全篇语言生动有力，极富激情，听来令人振奋。

### ⊙演讲者简介⊙

卓别林小时候当过流浪儿、小听差、学徒，生活得十分艰辛。然而，卓别林很有表演天赋，能歌善舞，不到10岁时就参加了"兰开夏八童伶剧团"，随团在英国多次巡回演出。

1907年，卓别林被卡尔诺剧团录用，他的第一场演出就取得了圆满的成功。1910年，卓别林随剧团第一次到美国演出，在《英国杂耍剧场的一个晚上》和《哑鸟》等剧中，卓别林担当头牌，获得了美国观众的热烈喝彩。1912年，他在美国作了第二次演出，名气越来越大。1913年，他和美国制片商签订了合同，开始在美国拍摄电影。1914年，他的第一部电影《谋生》问世。这一年，他一共拍了35部短片，并自编、自导了其中的21部。1940年，卓别林在纽约首次公映了讽刺战争狂人希特勒的影片《大独裁者》，以自己的独特方式表达了对纳粹德国的憎恶和反感。

卓别林像

第二次世界大战后，卓别林因为一部谴责战争贩子和军火商的电影《凡尔杜先生》开罪了美国政府，而受到了迫害。1952年9月，卓别林带着家眷去欧洲参加《舞台生涯》的首映礼时，美国司法部发表声明，拒绝卓别林再次进入美国国境。卓别林后来移居瑞士。

1954年5月，在柏林召开的世界和平理事会为卓别林颁发了国际和平奖金。1977年12月25日，卓别林在瑞士与世长辞，享年88岁。

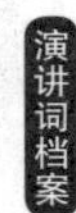

# 谁说败局已定

演讲者：戴高乐（1890～1970）
演讲时间：1940年6月18日
演讲者身份：法兰西第五共和国的缔造者

## ■ 历史背景

1940年5月10日，德军对法国发动闪电战。法国的马其诺防线没能挡住德军的入侵，不久法军全线溃退。6月6日，总理雷诺改组法国政府，任命戴高乐为国防部副部长，负责与英国的联络工作。形势继续恶化，雷诺被迫辞职，贝当组成新政府。戴高乐知道法国向德军投降的大局已定，为了继续抵抗，6月17日他乘坐英军一架飞机飞往伦敦。在贝当投降的第二天，戴高乐通过英国广播公司发表了这篇讲话。

## ■ 原文欣赏

担任了多年军队领导职务的将领们已经组成了一个政府。

这个政府借口军队打了败仗，便同敌人接触，谋取停战。

是的，我们的确打了败仗，我们已经被敌人陆、空军的机械化部队所困。

但是难道败局已定，胜利已经无望？

不，不能这样说！

请相信我的话，因为我对自己所说的话完全有把握。我要告诉你们，法兰西并未失败，总有一天我们会用目前战胜我们的同样手段使自己转败为胜。

因为法国并非孤军作战。她并不孤立！绝不孤立！她有一个幅员辽阔的帝国作后盾，她可以同控制着海域并在继续作战的不列颠帝国结成联盟。她和英国一样，可以得到美国雄厚工业力量源源不断的支援。

这次战祸所及，并不限于我们不幸的祖国，战争的胜败也不取决于法国战场的局势。这是一次世界大战。我们的一切过失、延误，以及所受的苦难都没关系，世界上仍有一些手段，能够最终粉碎敌人。

我们今天虽然败于机械化部队，将来，却会依靠更高级的机械化部队夺取胜利。世界命运正在于此。

我是戴高乐将军，现在在伦敦发表广播讲话。我向目前在英国国土上或将来可能来到英国国土上的持有武器或没有武器的法国官兵发出号召，请你们和我取得联系；我向目前在英国国土上或将来可能来到英国国土上的军火

1944 年 6 月，戴高乐凯旋，受到法国人的热烈欢迎。

工厂的一切有制造武器技术的工程师、技师与技术工人发出号召，请你们和我联系。

无论发生什么情况，法兰西抗战的烽火都不可能被扑灭，也绝对不会被扑灭。

明天我还要和今天一样，在伦敦发表广播讲话。

## ■ 作品赏析

1940 年 5 月 10 日，法西斯德国对法国发动闪电战争，后不久绕过马奇诺防线，大举入侵法国。因为法军司令部昏聩无能，法军节节败退，德军长驱直入，兵临巴黎城下，贝当政府奉行卖国投降政策，法国沦陷在即。6 月 18 日，戴高乐在伦敦通过广播发表了这篇演说，他以铿锵有力的坚定语气庄严宣告：“无论发生什么情况，法兰西抗战的烽火都不可能被扑灭，也绝对不会被扑灭。”在当时，戴高乐的声音是陌生的，然而这个声音是鼓舞人心的，在陷于混乱和痛苦的法国人心头重新燃起希望之火。戴高乐的演讲篇幅不长，但是却收到了非凡的效果。就演讲本身来看，它之所以取得成功，有以下原因：戴高乐明白晓畅、富于激情的语言和积极乐观的态度，先是简单地讲明了形势，然后进行了对现

实局面的反问：难道败局已定？戴高乐很快否定了这个说法，但是并不是空谈，他举出更有力的事实并分析这些事实，说明他的结论是正确可行的。情感真实而饱满，很快就能激起法国人民复兴祖国的爱国情感共鸣，使他们树立起抗击法西斯德国的坚定信念。

**⊙演讲者简介⊙**

戴高乐出生在法国里尔市。1909 年，戴高乐中学毕业后考入圣西尔军校，开始军人生涯。从军校毕业后，戴高乐来到贝当任团长的第 33 步兵团担任少尉，由于受贝当赏识，不久被提拔为中尉。第一次世界大战期间，戴高乐英勇作战，获一枚最高荣誉十字勋章。第二次世界大战期间，当法国政府准备同德国谈判停战时，戴高乐离开法国前往英国，并于 1940 年 6 月 18 日在伦敦发表著名的坚持抗战讲话。戴高乐号召在英国的法国人同他联络，开始组成“自由法国”运动。1944 年 6 月 6 日，“自由法国”的军队随盟军在诺曼底登陆，8 月 25 日攻下巴黎，9 月西方世界各国承认戴高乐所领导的政府是法国的唯一主权政府。

戴高乐像

1958 年阿尔及利亚要求独立，法兰西第四共和国无力解决危机，不得不请戴高乐出山。戴高乐上台后制定了一部扩大总统权力的新宪法，宣布成立法兰西第五共和国，并当选第一任总统。1964 年，戴高乐不顾美国的反对与中国建立大使级外交关系。戴高乐使法国摆脱了“二战”投降的阴影，重新成为世界级大国。

1968 年，由于对学生运动和工人罢工解决不力，戴高乐被迫辞职，结束了 10 年的总统生涯。1970 年 11 月 9 日，戴高乐因心脏病突发去世。

# 中国的自由与反战斗争

演讲词档案

演讲者：宋庆龄（1893 ~ 1981）
演讲时间：1933 年 9 月 30 日
演讲地点：上海远东反战会议
演讲者身份：新中国缔造者之一，爱国主义、民主主义、共产主义伟大战士

## ■历史背景

1933 年，世界反对帝国主义战争委员会决定派调查团来华，重新调查日本侵略东北事件，并在中国召开远东反战会议。宋庆龄担任远东反战会议上海筹备委员会主席，负责筹备远东会议。

8 月 18 日，世界反战委员会调查团到上海。9 月 30 日，在中国共产党

的领导下，远东反战大会在上海秘密召开，出席会议的国际代表有英国的马莱爵士、法国《人道报》主编古久列和国内代表65人，由宋庆龄主持。会上，宋庆龄发表了这篇题为《中国的自由与反战斗争》的长篇演说。

## ■原文欣赏

同志们和朋友们：

如果没有帝国主义者和国民党当局的恐怖和干涉，而我们能够公开举行一个会议的话，那就会有成千成万的代表，为中国亿万被剥削人民发出他们的呼声。虽然出席这个会议的代表人数为了明显的理由不得不受限制，可是这个较小的集会仍然充分地代表劳苦大众的利益，代表着他们抗议日本以及其他帝国主义者对中国人民的屠杀战争。

我不想笼统地、全面地讲那日益增长的战争危险。可以说，中国早就在战争中，而且侵略中国的战争发展成为世界大战的烈火，只不过是短暂的时间问题了。

目前是资本主义制度垂死的时代。资本主义正在不顾一切地寻求出路，解决自身的矛盾，资本主义者面前的唯一出路，就是加重对人民的剥削和压迫，并准备进行重新瓜分世界市场的新战争。资本主义制度陷入混乱中，越陷越深。日趋衰亡的资本主义的全部特征是：经济制度崩溃，帝国主义对立尖锐化，法西斯主义抬头，民族沙文主义的最野蛮的表现登峰造极，对劳苦大众及其领导者施用了最残酷的压迫、酷刑和残杀，文化与生产的进步停滞。

但是资本主义制度带来了毁灭它自己的阶级——无产阶级。无产阶级凭着它在生产上所占的地位和明确的阶级利益，已经发展了自己的思想意识；而且今天已经取得了领导地位，领导着全世界被剥削和被压迫的人民——一切资本主义国家、殖民地和半殖民地国家里的工人和农民从事斗争。

因此，目前的时代标志了一个新的社会制度——社会主义——的诞生。因为资产阶级和地主的阶级利益与阶级势力妨碍了社会向更高的形式和平地发展，因为如果生产与分配的工具仍然掌握在少数剥削者手里，群众便不能生活下去。所以无产阶级革命便成为我们这一时代最迫切的社会需要了。

资本主义者在战争中寻求自己的生路，劳苦大众必须在革命中寻求自己的生路。

历史很明显地指示我们：战争的破坏性必然一次比一次厉害，战争所带来的灾难必然一次比一次惨重，战争中间相隔的时间必然一次比一次缩短。但同时战争并不能解决而只能加深资本主义制度的矛盾。随着一次次的战争，

革命势力积聚了力量，壮大了自己，更加走近它们最后的胜利。

1870 至 1871 年的普法战争产生了巴黎公社；1904 至 1905 年的日俄战争加速了俄国资产阶级民主革命的发展。1914 至 1918 年的世界大战大大地推进了全世界的革命运动，而且使俄国工农革命获得胜利，奠定了大规模的社会主义建设的基础。

很明显的，以日本帝国主义为首的瓜分中国的运动，将加速整个亚洲、中国和整个资本主义世界的革命势力的发展。

我很想在这里说明我自己对于各种不同形式的战争的态度。战争是一种政治工具，是用以实施一种特定政策的工具。多数的战争是为了要征服土地和民族、占领新的市场以及夺取新的原料来源而发生的。所有这些战争都是反人民的。这些战争给终生勤劳的人们带来无穷的忧患和无比的苦痛。战争如不导向革命，便使工人农民遭受更深的奴役。这些战争以及战后的“和平条约”往往增加规模更大的新战争危机。因此，以自己全部的力量来反对这样的帝国主义战争，“把战争变成内战以推翻资产阶级”，以摧毁统治阶级的政权，便成为广大群众的任务了。

现在，帝国主义者为了克服那分裂它们日益尖锐化的矛盾，正竭力企图以重新分割中国和发动反苏的干涉战争来取得暂时的妥协。侵略并不从日本对中国的强盗战争开始。远在日本夺取台湾以前，其他帝国主义国家早已控制了中国的一切战略要地，强迫中国人民吸食鸦片，支配中国的财政经济政策，阻碍中国的经济发展并利用中国的军阀和其他反动分子作他们的爪牙，来达到各帝国主义不同的目标。

孙中山谋求中国独立的努力已经被地主和大资产阶级的国民党所破坏。国民党背叛了 1925 至 1927 年的群众运动，并且自那时起，一贯地采取屠杀工农、敌视苏联、向帝国主义摇尾乞怜的政策。正因为国民党采取了这个政策，才使日本帝国主义能够顺利无阻地侵略中国，夺取东北，深入控制华北，而且现在正野心勃勃地向南窥伺，图谋攫取全中国。

也正是这种政策，鼓励并帮助了英帝国主义者窥伺川西边界。也正是这种政策，帮助了法帝国主义蓄意侵略云南。也正是这种政策，帮助了美国在中国建立财政和政治霸权；帮助了国际联盟（英国和法国）更进一步实施帝国主义共管中国的恶毒计谋。目前还看不到侵略的终结。这还不过是帝国主义在国民党继续不断的卖国行为的帮助下，从事中国历史上最大规模的掠夺的开始而已。如果人民大众不起来阻止帝国主义列强和他们的国民党傀儡的罪恶行为，中国一定会全部被瓜分，中国人民也将遭受更惨重的奴役。

不仅如此。帝国主义列强将来一定还要以中国人民为牺牲来从事彼此间的相互厮杀。战争将继续不断地发生，而在这些战争中，帝国主义列强将利用中国的人力和物力来实现他们自己的目的。今天，中国东北的人民已经在替日本帝国主义当炮灰了；将来，全中国的人民，在中国军阀、地主和资本家的帮助之下，将被迫给各帝国主义者充当炮灰。

日本帝国主义正在把东北建造成将来反苏战争的根据地。它并且在企图扩大它的根据地，想先控制黄河以北的土地，然后加以占领，再进一步侵略内蒙和蒙古人民共和国，最后征服全中国。至于英帝国主义，它和美国有尖锐的矛盾，和日本帝国主义在亚洲的冲突也在增加，对印度革命怀着畏惧，并对苏联怀抱仇恨；它正在拼命设法组织欧洲帝国主义者的反苏集团，以图延缓帝国主义强盗间不可避免的战争。

这是目前局势的真相。希望从任何帝国主义者或国际联盟那里取得帮助是犯了叛国之罪。希望从国民党的政策中获得生路，简直是愚蠢。国民党今天正在更有意识地、缜密地计划着向日本帝国主义及其他帝国主义作全部的、无条件的投降。国民党的领袖只有一个要求和希望，那就是，希望帝国主义者允许他们继续执掌政权，以便分得一份由躁躏和榨取中国人民而得来的利益。

只有从人民大众本身才能获得帮助和生路。中国的亿万民众——在工人阶级领导下的广大农民群众——如果联合起来为粮食和土地而与帝国主义及国民党作斗争，那是不可抗拒的。 亿万工人和农民已经在进行这个斗争了。广大的苏维埃区域已经在中国存在了许多年，这个事实便是广大的中国人民将走上这同一条道路的希望、诺言和保证。

只有从这些斗争中才能发展出权力和力量，来解放中国，统一中国，驱逐帝国主义，收回东北和其他失地，给中国人民以土地、粮食和自由，并给各个民族以生存、发展的自由。

只有这些斗争，才能把中国从连年战争的无穷苦难与长期资本主义剥削的残暴行为之中解救出来。只有实现无产阶级革命、土地革命与反帝革命，才可以建立使中国将来发展到社会主义的基础。

帝国主义的支持者问我们：“你们既然反对帝国主义战争和白色恐怖，那么为什么不反对革命中使用武力呢？”

对于这一个问题，我们可以明白地回答：“革命阶级为反抗压迫而使用武力，是完全有理由的。被压迫人民为争取民族解放而使用武力，是完全正确的。在这两种情形之下，武装斗争是必需的，因为反动势力永远不会自动放弃它们的权力。”

帝国主义战争、军阀战争、干涉苏维埃中国或是干涉苏联的战争、对民众的压迫和恐怖行动，这一切都是为了反动的目的。反动的武力只能以革命的武力来对抗。只有在这样的立场上，我们才可以明了目前中国民族革命危机中我们的任务。我们并不是反对一切战争。如果是这样，那我们就会直接受帝国主义者的利用，帮助他们来解除中国人民在目前和将来的斗争中的武装。我们是拥护中国的武装人民反对帝国主义的民族革命战争的。

只有在人民千百万地奋起的时候，中国才能获得解放。法国人民在大革命中反对优势的外国侵略者的斗争，俄罗斯的工农击退一切帝国主义者的联合武力的斗争，这种历史的先例指示了中国人民的出路。

现在有句很流行的问话是：“中国被压迫的人民如何能够与这样强大的敌人作斗争而获得胜利呢？”可是，我们祖国的历史不是已经给我们一个回答了吗？北伐战争教导我们：革命的武力远胜于反动的武力，而且能够以寡胜众。中国的工农红军屡次与十倍于自己力量的军队作战，而且取得了胜利。武装不是唯一的决定因素；思想意识也有其作用的。

当然，有力的革命意识和精良的武装配合在一起，是战胜帝国主义和反动势力的最好保证。很明显的，东北英勇的义勇军长期间的抗日斗争现在还在继续，假如不是惨遭反动政权罪恶地加以破坏，早就达到更高的程度了。

除却蒋介石政府方面的破坏，还有另一个因素阻挠这运动的进展。抗日义勇军的领袖们畏惧群众，解除了群众的武装，只武装了以地主、豪绅和资本家的阶级观点看来认为“稳健”的分子。东北的工人农民不得不拿起武器来反对这些义勇军的领袖如马占山、李杜之流，同时与日本帝国主义者作战。在这样的情况之下，他们就不可能迅速成功了。

中国人民在击败日本以及其他帝国主义的强大的军事机构之前，首先便要从中国的军阀、地主和资本家的枷锁下解放出来。

国民党还在削弱我们广大劳动群众的抵抗力。国民党对于群众进行抗日斗争的任何形式的运动，都予以镇压。国民党以最残酷的方法镇压工人、农民、学生以及在它的统治区域里的义勇军。国民党动员了一切可用的武力，来大规模地进攻苏区。国民党和日本帝国主义者商谈秘密条件，将东北和华北奉送给日本，而把其余的中国领土贬为帝国主义的殖民地。国民党向外国乞求援助：金钱、武器和子弹，来和中国的人民作战，因此就更加完全依赖帝国主义者。这不是生路，这是中国民族的死路。

我们在进行着反日反帝的民族革命战争的同时，必须为建立真正的中国

人民政府而斗争。这样的政府只能由工人农民自己来组织。中华苏维埃共和国临时中央政府给中国劳动人民指示了出路。苏维埃政府和工农红军愿与任何军队订立军事协定，抵抗日本帝国主义（附加的条件是武装人民和给人民以民主权利），这提议指明苏维埃政府准备与帝国主义作战的认真态度。这些呼吁虽然获得了群众和兵士的同情，但至今还没有得到任何有效的响应。这表明各军事单位的长官要不是亲帝的、国民党的工具，便是没有进行真正斗争的勇气。

总而言之，我们反对帝国主义战争，但是我们拥护武装人民的民族革命战争。只有这样的战争才能把中国从帝国主义的统治下解放出来；也只有在民众从国民党统治下解放出来，建立了自己的工农政府之后（像中国有些地方已经做到的），民族革命战争才能胜利完成。

我们坚决反对中国的军阀战争。各派军阀不断地为争夺地盘进行战争。国民党内的各系派不顾民众的利益，不断地为争权夺利而动武。帝国主义各集团则利用军阀来扩张自身的利益，并削弱中国。这些战争给中国广大人民和兵士带来了无比深重的灾害。很明显的，这些依附国民党和帝国主义者的中国军阀，必须消灭尽。

最后，我们对全体中国人民，对劳苦大众还有一个呼吁，呼吁大家在反对日本和其他帝国主义的斗争中，即在争取中国统一、独立和领土完整的斗争中，团结一致！让我们团结起来，向那些背叛国家，把我们的国土一省一省地出卖给帝国主义者的人们作斗争！让我们团结起来，用我们最大的力量来保卫那已经由帝国主义统治和封建剥削的羁绊中解放出来的中国工人和农民，他们现在正受着国民党军队第五次而且是最大规模的进攻。这次的进攻直接受到美国贷与蒋介石政府的五千万美元中一千六百万美元的帮助，受到美国的飞机、炸弹和飞行教练的帮助，受到日、意、美、法的军舰对国民党的全力帮助（如最近的闽变），受到帝国主义各色各样物质的与精神的帮助。

让我们联合起来保卫苏联，反对干涉苏联的战争！让我们在整个远东，尤其在中国，发动一个强有力的运动，反对帝国主义战争！

## ■ 作品赏析

在《中国的自由与反战斗争》中，宋庆龄指出“目前的时代标志了一个新的社会制度——社会主义——的诞生”。她认为中国人民只有在革命斗争中才能找到出路。宋庆龄分析了日本侵华及其发展趋势，把制止日本侵华提到全世界战争与和平的战略的高度。她强烈呼吁，反对帝国主义战争、拥护民族革命

战争，号召整个远东发动一个强有力的反对帝国主义战争的运动。

这篇演讲通过外国代表在《大美晚报》上公开发布，产生了巨大效果。演讲的发表打击了中外反动势力的嚣张气焰，有力地声援了中国人民的反帝斗争。本篇演讲语言朴实，态度恳切，充分展现了一名真正的国际和平运动伟大战士的风采。

**⊙演讲者简介⊙**

宋庆龄，著名的爱国主义者，杰出的国际政治活动家。宋庆龄原籍广东文昌，1893 年 1 月 27 日诞生在上海。毕业于美国威斯里安女子学院文学系。1913 年，宋庆龄开始追随孙中山，致力于中国革命事业。在漫长岁月里，经过护法运动、第一次大革命、第二次国内革命战争、抗日战争、解放战争直到中华人民共和国成立，她始终忠贞不渝地坚持孙中山的革命主张。

宋庆龄像

1949 年 9 月 21 日至 30 日，在全国政协一届全会上，宋庆龄当选为中华人民共和国中央人民政府副主席。1950 年，宋庆龄被选为世界和平理事会理事。1952 年，被选为亚洲及太平洋区域和平联络委员会主席。在长期的国际政治活动中，宋庆龄为反对侵略战争，保卫世界和平，促进社会进步和人类幸福，增进各国人民的了解和友谊，作出了杰出的贡献。因而，她受到广泛的崇敬，被誉为20世纪最伟大的女性之一。1981 年 5 月 29 日，宋庆龄在北京逝世。

# 在万隆会议上的补充发言

演讲词档案

演讲者：周恩来（1898 ~ 1976）
演讲时间：1955 年 4 月 19 日
演讲地点：亚非万隆会议
演讲者身份：伟大的无产阶级革命家、政治家、军事家和外交家，中国共产党和中华人民共和国主要领导人之一

## ■ 历史背景

1955 年 4 月 18 日，亚非会议冲破了重重障碍终于在万隆隆重召开，29 个亚非国家共计 340 名代表出席了会议，并有 5 个国家派代表团列席了会议。中国代表团基于对当时形势和与会国的复杂性的分析而确定的参加亚非会议的总方针是：争取扩大世界和平统一战线，促进民族独立运动，并为建立和加强我国同亚非国家的关系创造条件，力求会议取得成功。

会议在前两天一般性发言中，少数不明真相的邻国，受西方大国挑拨，

发表了一些对中国不友好的言论，一时间，会场气氛十分紧张。为了挫败殖民主义者的图谋，保证大会的顺利进行，轮到周恩来发言时，他当即决定将原来准备的正式发言稿改用书面散发,另外针对形势作了这番即席补充发言。

## ■原文欣赏

主席，各位代表：

我的主要发言现在印发给大家了。在听到了许多代表团团长的一些发言之后，我愿补充说几句话。

中国代表团是来求团结而不是来吵架的。我们共产党人从不讳言我们相信共产主义和认为社会主义制度是好的。但是，在这个会议上用不着来宣传个人的思想意识和各国的政治制度,虽然这种不同在我们中间显然是存在的。

中国代表团是来求同而不是来立异的。在我们中间有无求同的基础呢?有的。那就是亚非绝大多数国家和人民自近代以来都曾经受过，并且现在仍然受着殖民主义所造成的灾难和痛苦。这是我们大家所承认的。从解除殖民主义痛苦和灾难中找共同基础，我们就容易互相了解和尊重、互相同情和支持，而不是互相疑虑和恐惧、互相排斥和对立。这就是为什么我们同意五国总理茂物会议所宣布的关于亚非会议的四项目的，而不另提建议。

本来，对于美国一手造成的台湾地区的紧张局势，我们很可以在这里提出如同苏联所提出的召开国际会议谋求解决的议案，请求会议加以讨论。中国人民解放自己领土台湾和沿海岛屿的要求是正义的，这完全是内政和行使自己的主权，并得到许多国家的支持。我们也可以提议会议讨论承认和恢复中华人民共和国在联合国的合法地位问题。去年，科伦坡五国总理会议，还有亚非其他国家，都曾经支持中华人民共和国在联合国的地位。而且，中国在联合国所受的不公正待遇，也可以在这里提出批评。但是，我们并没有这样做，因为这样一来，就很容易使我们的会议陷入对这些问题的争论而得不到解决。

我们的会议应该求同而存异。同时，会议应将这些共同愿望和要求肯定下来。这是我们中间的主要问题。我们并不要求各人放弃自己的见解，因为这是实际存在的反映。但是不应该使它妨碍我们在主要问题上达成共同的协议。我们还应在共同的基础上来互相了解和重视彼此的不同见解。

现在，我首先谈不同的思想意识和社会制度问题。我们应该承认，在亚非国家中是存在有不同的思想意识和社会制度的，但这并不妨碍我们求同和团结。第二次大战后，亚非两洲兴起了许多独立国家，一类是共产党领导的国家，一类是民族主义者领导的国家。前一类国家并不多。但是某些人所不

喜欢的，就是6亿中国人民选择了中国共产党领导的、属于社会主义体系的政治制度，而不再为帝国主义所统治了。后一类国家很多，像印度、缅甸、印度尼西亚和亚非许多国家都是。我们这两类国家都是从殖民主义的统治下独立起来的，并且还在继续为完全独立而奋斗。我们有什么理由不可以互相了解和尊重、互相同情和支持呢？五项原则完全可以成为在我们中间建立友好合作和亲善睦邻关系的基础。我们亚非国家，中国也在内，不论在经济上或文化上都落后。我们亚非会议既然不要排斥任何人，为什么我们自己反倒不能互相了解、不能友好合作呢？

周恩来在第一次亚非会议上作发言

中国是万隆会议的积极参与者，周恩来率领中国代表团，提出并始终坚持求同存异的方针，为促成会议成功举行作出了重要贡献。周恩来以他的人格魅力、政治智慧和平等态度释疑、解惑、息争，促进了亚非团结事业，赢得了各方的崇敬和钦佩。

次之，我要谈有无宗教信仰自由的问题。宗教信仰自由是近代国家所共同承认的原则。我们共产党人是无神论者，但是我们尊重有宗教信仰的人。我们希望有宗教信仰的人也应该尊重无宗教信仰的人。中国是有宗教信仰自由的国家，它不仅有700万共产党员，并且还有以千万计的回教徒和佛教徒，以百万计的基督教徒和天主教徒。中国代表团中就有虔诚的伊斯兰教的阿訇。这些情况并不妨碍中国内部的团结，为什么在亚非国家的大家庭中就不能将有宗教信仰的和没有宗教信仰的人团结在一起呢？挑起宗教纷争的时代应该过去了，因为从挑起那种纷争中得到利益的并不是我们中间的人。

第三，我要谈所谓颠覆活动的问题。中国人民为反对殖民主义所进行的斗争超过100年。中国共产党领导的民族、民主的革命斗争也经历了近30年的艰难困苦的过程，才终于达到了成功。中国人民在帝国主义、封建主义和蒋介石统治下所受的苦难是数也数不尽的，最后才选择了这个国家制度和现在的政府。中国革命是依靠中国人民的努力取得胜利的，决不是从外输入的，这一点连不喜欢中国革命胜利的人也不能否认。中国古话说："己所不欲，勿施于人。"我们反对外来干涉，为什么我们会去干涉别人的内政呢？有人说，中国在国外有1000多万华侨，可能利用他们的双重国籍来进行颠覆活动。

但是，华侨的双重国籍问题是旧中国遗留下来的，蒋介石至今还在利用极少数的华侨进行对所在国的破坏活动。新中国的人民政府却准备与有关各国政府解决华侨的双重国籍问题。又有人说，在中国有傣族自治区威胁了别人。中国境内有几十种少数民族共4000多万人。其中傣族和相同系统的壮族将近千万人。他们既然存在，我们就必须给他们自治权利。好像缅甸有掸族自治邦一样，在中国境内各个少数民族都有他们的自治区。中国少数民族在中国境内实行自治权利，如何能说威胁邻邦呢？我们现在准备在坚守五项原则的基础上与亚非各国，乃至世界各国，首先是我们的邻邦，建立正常关系。现在的问题不是我们去颠覆别人的政府，倒是有人在中国的周围建立进行颠覆中国政府的据点。比如在缅甸边境就存在着蒋介石集团的残余武装分子，对中缅两国进行破坏。因为中缅友好，我们一直尊重缅甸的主权，信任缅甸政府去解决这个问题。

中国人民选择和拥护自己的政府，中国有宗教信仰自由，中国决无颠覆邻邦政府的意图。相反的，中国正在受着美国政府公然不讳地进行颠覆活动的害处。大家如果不信，可亲自或派人到中国去看。我们是容许不知真相的人怀疑的，中国俗语说："百闻不如一见。"我们欢迎所有到会的各国代表到中国去参观，你们什么时候去都可以。我们没有竹幕，倒是别人要在我们之间施放烟幕。

16亿亚非人民期待着我们的会议成功。全世界愿意和平的国家和人民期待着我们的会议能为扩大和平区域和建立集体和平有所贡献。让我们亚非国家团结起来，为亚非会议的成功努力吧！

## ■ 作品赏析

周恩来在演讲中明确表示：中国代表团是来求团结而不是来吵架的，是来求同而不是来立异的。"求同存异"是他这篇演讲的基调。他指出亚非国家在求同的基础，可以相互了解和尊重、互相同情和支持。接着，他从三个方面阐述了亚非国家求同存异的可能以及表明中国希望能与第三世界国家和平友好、共同发展的诚意。周恩来指出：五项原则完全可以成为在国家间建立友好合作和亲善睦邻关系的基础。这篇演讲提倡的"求同存异，协商一致"原则，得到绝大多数与会国代表的拥护和支持，为会议的成功奠定了基础。

整篇演讲逻辑严密、措辞恰当、理直气壮却又平易近人。周恩来在演讲中不批评任何一个亚非国家，把矛头引向帝国主义、殖民主义者的做法体现了巧妙的斗争策略，为中国赢得了声誉和朋友。

### ⊙演讲者简介⊙

周恩来，生于江苏淮安。1917 年从天津南开学校毕业后赴日本求学，开始接触马克思主义。1919 年回国，9 月入南开大学。1920 年到欧洲勤工俭学。1921 年加入中国共产党。国共合作期间任广东黄埔军校政治部主任、国民革命军第一军政治部主任、第一军副党代表等职，并先后任中共广东区委员会委员长、常务委员兼军事部长。1927 年 3 月，领导上海工人第三次武装起义。同年 5 月在中共第五次全国代表大会上当选为中央委员，在中共五届一中全会上当选为中央政治局委员。7 月 12 日中共中央改组，任中共中央政治局临时常务委员会委员。国共合作破裂后，于 8 月 1 日在江西南昌领导武装起义，任中共前敌委员会书记。1928 年在中共六届一中全会上当选为中央政治局常务委员。后任中央组织部长、中央军委书记。1931 年 12 月，离开上海到中央革命根据地，先后任中央苏区中央局书记、中国工农红军总政治委员兼第一方面军总政治委员、中央革命军事委员会副主席。1933 年春与朱德一起领导和指挥红军战胜了国民党军队对中央革命根据地的第四次“围剿”。1934 年 10 月参加长征。1936 年 12 月“西安事变”后，赴西安同蒋介石谈判，促使团结抗日局面的形成。抗日战争胜利后，为制止内战率中共代表团同国民党谈判。1946 年后，任中共中央军委副主席兼代总参谋长。中华人民共和国成立后，一直任政府总理，1949 ~ 1958 年曾兼任外交部长。1950 年朝鲜战争爆发，他协助毛泽东指挥中国人民志愿军作战，并担负了后勤保障的组织工作，领导了中国代表团的停战谈判。1955 年在万隆会议上使中国独立自主的和平外交政策得到积极贯彻。文化大革命期间，起到了控制和稳定局势的重要作用。在外交方面，他为实现中美关系缓和、中日关系正常化和恢复中国在联合国的席位，作出了卓越贡献。1976 年 1 月 8 日在北京逝世。

# 作家和战争

演讲者：海明威（1899 ~ 1961）
演讲时间：1937 年 6 月 14 日
演讲地点：美国作家同盟大会
演讲者身份：美国著名作家

## ■历史背景

1936 年 7 月 18 日，西班牙驻摩洛哥的殖民军首领佛朗哥发动叛乱，反对人民阵线政府。西班牙人民奋起反击叛军，内战由此爆发。随后，德、意法西斯公然对西班牙进行武装干涉，英、法则对法西斯的侵略采取“不干涉”政策。但也有 50 多个国家的进步人士和共产党人组成了“国际纵队”，到西班牙同共和国军民并肩作战，反抗法西斯。

海明威参加了西班牙反对佛朗哥的战斗。从1937年2月到1938年11月，他四次去西班牙，以战地记者身份进行采访，后来干脆直接参加了“国际纵队”，直到战争失败才回国。这篇演讲是海明威1937年6月14日在美国作家同盟大会上的讲话，此前他正在西班牙内战前线，报道法西斯分子围攻马德里之战。



## ■ 原文欣赏

作家的任务是不会改变的。作家本身可以发生变化，但他的任务始终只有一个。那就是写得真实，并在理解真理何在的前提下把真理表现出来，并且使之作为他自身经验的一部分深入读者的意识。

没有比这更困难的事情了，正因如此，所以无论早晚，作家总会得到极大的奖赏。如果奖赏来得太快，这常常会毁掉一个作家。如果奖赏迟迟不至，这也常常会使作家愤懑。有时奖赏直到作家去世后才来，这时对作家来说，一切都已无所谓了。正因为创作真实、永恒的作品是这么困难，所以一个真正的优秀作家迟早都会得到承认。只有浪漫主义者才会认为世界上有所谓“无名大师”。

一个真正的作家在他可以忍受的任何一种现有统治形式下，几乎都能得到承认。只有一种政治制度不会产生优秀作家，这种制度就是法西斯主义。因为法西斯主义就是强盗们所说出的谎言。一个不愿意撒谎的作家是不可能在这种制度下生活和工作的。





法西斯主义是谎言，因此它在文学上必然是不育的。就是到它灭亡时，除了血腥屠杀史，也不会有历史。而这部血腥屠杀史现在就已尽人皆知，并为我们中的一些人在最近几个月所亲眼目睹。

一个作家如果知道发生战争的原因，以及战争是如何进行的，他对战争就会习惯。这是一个重要发现。一想到自己对战争已经习惯了，你简直会感到吃惊。当你每天都在前线，并且看到阵地战、运动战、冲锋和反攻，如果你知道人们为何而战，知道他们战得有理，无论我们有多少人为此牺牲和负伤，这一切就都有意义。当人们为把祖国从外国侵略者手中解放出来而战，当这些人是你的朋友，新朋友，老朋友，而你知道他们如何受到进攻，如何一开始几乎是手无寸铁地起来斗争的，那么，当你看到他们的生活、斗争和死亡时，你就会开始懂得，有比战争更坏的东西。胆怯就更坏，背叛就更坏，自私自利就更坏。

在马德里，上个月我们这些战地记者一连19天目睹了大屠杀。那是德国炮兵干的，那是一场精心策划的屠杀。

我说过，对战争是会习惯的。如果对战争科学真正感兴趣（而这是一门

伟大的科学），对人们在危急时刻如何表现的问题真正感兴趣，那么，这会使人专心致志，以致于考虑一下个人的命运就会像是一种卑鄙的自爱。

但是，对屠杀是无法习惯的。而我们在马德里整整目睹了19天的大屠杀。

法西斯国家是相信总体战的。每当他们在战场上遭到一次打击，他们就将自己的失败发泄在和平居民身上。在这场战争中，从1937年11月中旬起，他们在西部公园受到打击，在帕尔多受到打击，在卡拉班切尔受到打击，在哈拉玛受到打击，在布里韦加城下和科尔多瓦城下受到打击。每一次在战场遭到失败之后，他们都以屠杀和平居民来挽回不知由何说起的自己的荣誉。

我开始描述这一切，很可能只会引起你们的厌恶。我也许会唤起你们的仇恨。但是，我们现在需要的不是这个。我们需要的是充分理解法西斯主义的罪恶和如何同它进行斗争。我们应该知道，这些屠杀，只是一个强盗、一个危险的强盗——法西斯主义所作的一些姿态。要征服这个强盗，只能用一个方法，就是给它以迎头痛击。现在在西班牙，正给这个法西斯强盗以痛击，像130年以前在这个半岛上痛击拿破仑一样。法西斯国家知道这一点，并且决心蛮干到底。意大利知道，它的士兵们不愿意到国外去作战，他们尽管有精良的装备，却不能同西班牙人民军相比，更不能同国际纵队的战士们相比。

德国认识到，它不能指望意大利，在任何一场进攻战中不能依赖这个盟国。不久前我读到，冯·布龙贝尔克参加了巴多略元帅为他举行的声势浩大的演习。但是，在远离任何敌人的威尼斯平原演习是一回事，在布里韦加和特里乌埃戈依之间的高原上，同第十一和十二国际纵队以及里斯特、康佩希诺和麦尔的西班牙精锐部队作战中遭到反攻并损失三个师，那就是另一回事了。轰炸阿尔美利亚和占领被出卖的不设防的马拉加是一回事，在科尔多瓦城下死伤七千人和在马德里的失败的进攻中死伤三万人则又完全是另一回事。

我开始时说过要写得好而真实是多么困难，说过能够达到这种技巧的人都一定会得到奖赏。但是，在战时（而我们现在，正不由自主地处于战争时期），奖赏是要推迟到将来的。描写战争的真实是有很大危险的，而探索到真实也是有很大危险的。我不确切知道美国作家中有谁到西班牙寻求真实去了。我认识林肯营的很多战士。但是，他们不是作家。他们只会写信。很多英国作家、德国作家到西班牙去了，还有很多法国作家和荷兰作家。当一个人到前线来寻求真实时，他是可能不幸找到死亡的。如果去的是12个人，回来的只是两个人，但是，这两个人带回来的真实，却将实实在在是真实，而不是被我们当做历史的走了样的传闻。为了找到这个真实，是否值得冒这么大的危险，这要由作家自己决定。当然，坐在学术讨论会上探讨理论问题

要安全得多。各种新的异端，各种新的教派，各种令人惊叹的域外学说，各种浪漫而高深的教师，对那些人来说，总是可以找到的——他们也似乎信仰某种事业，但却不想为这个事业的利益而奋斗。他们只想争论和坚持自己的阵地，这种阵地是巧妙地选择的，是可以平平安安占据的。这是由打字机支撑并由自来水笔加固的阵地。但是，对于任何一个希望研究战争的作家来说，现在正有，而且在相当长的时期内一直都会有可去的地方。看来，我们还会经历很多不宣而战的年代。作家们可以用不同的方式参加这些战争。以后也许会有奖赏。但是，作家们不必为此而感到不好意思，因为奖赏很久都不会来的。对此也不必特别寄于希望，因为，也可能像拉尔夫·福克斯和其他一些作家那样，当领取奖赏的时间到来时，他们已经不在人间了。

## ■ 作品赏析

演讲一开始，海明威阐述了一些基本的文学创作观点。但作为一个亲身经历过战争，对法西斯无比痛恨的作家，他是不可能只谈论文学方面的问题的。接下来，他痛陈法西斯的罪恶，指出法西斯主义对作家与文学的破坏。由此引出了他要讲的主题：作家的使命是什么？海明威认为作家应该到前线去，去了解战争发生的原因，分析战争双方的正义与非正义。“要征服这个强盗，只能用一个方法，就是给它以迎头痛击”。他号召作家们对法西斯的罪恶不能停留在仇恨上，要进行斗争。整篇演讲充满了作家对法西斯的憎恨之情。

演讲产生了强大的感召力，激发了广大作家反对法西斯的革命热情。海明威用语含蓄简洁，演讲使人听后回味思考，余音不绝。

### ⊙演讲者简介⊙

海明威，美国作家，诺贝尔文学奖获得者。1899 年 7 月 21 日，海明威出生在美国芝加哥。中学毕业后，他到堪萨斯市《星报》担任见习记者。第一次世界大战中，海明威赴意大利做战地救护工作。1921 年，担任《星报》驻欧记者。1922 年，他开始在报刊上发表作品，包括寓言、诗歌和短篇小说。1924 至 1927 年，海明威任赫斯特报系的驻欧记者。驻欧期间，他一直坚持写作。1937 年，他以记者身份赴西班牙，支持西班牙人民的反法西斯斗争。第二次世界大战期间，海明威曾参加解放巴黎的战斗。1954 年，海明威获得诺贝尔文学奖。

他的早期长篇小说《太阳照常升起》、《永别了，武器》成为表现美国“迷惘的一代”的主要代表作。20 世纪三四十年代他转而塑造摆脱迷惘、悲观，为人民利益而英勇战斗和无畏牺牲的反法西斯战士形象。在艺术上，他那简约有力的文体和多种现代派手法的出色运用，在美国文学中曾引起过一场“文学革命”，许多欧美作家都明显受到了他的影响。

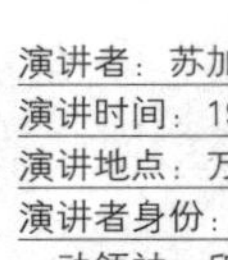

# 让新的亚洲和新的非洲诞生吧

演讲词档案

演讲者：苏加诺（1901–1970）
演讲时间：1955 年 4 月 18 日
演讲地点：万隆会议
演讲者身份：印度尼西亚民族独立运动领袖，印尼总统

## ■ 历史背景

苏加诺素有“演讲台上的雄狮”之称，1955 年，在印尼的万隆举行了亚非首脑会议，4 月 18 日，苏加诺在开幕式上用英语发表了这篇演说作为开幕词。这是一篇具有宏大气魄、深邃思想和饱含深情的演说。

## ■ 原文欣赏

阁下们，
各位女士，各位先生，
各位姊妹，各位兄弟：

我能够在这个历史性的日子代表处在主人地位的印度尼西亚人民和政府欢迎诸位来到印度尼西亚，感到非常荣幸。假使我国有些条件不符合诸位的期望，我请求诸位谅解和原谅。我向诸位保证，我们已经尽了最大努力使诸位在我们中间的逗留对于宾主双方都是难忘的。我们希望，我们的热烈欢迎将补偿可能会有的任何物质缺点。

在我环顾这个大厅和在此聚会的贵宾的时候，我内心十分感动。这是人类有史以来第一次有色人种的洲际会议。我对我国能够款待诸位，感到自豪；我对诸位能够接受 5 个发起国家的邀请，感到高兴。然而，当我回想起我们许多国家的人民最近经历的苦难的时候，我不由得感到悲伤。这些苦难使我们在生命、物质和精神方面都付出沉重的代价。

我认识到：我们今天在这里聚会，是我们的祖先、我们自己一代和年纪更轻的人牺牲的结果。我看到，这个大厅不仅容纳了亚洲和非洲国家的领袖们，而且容纳了先我们而去的人们不屈不挠的不可战胜的不朽精神。他们的斗争和牺牲，为世界上最大两洲的独立主权国家的最高级代表的这个集会开辟了道路。

亚非两洲各国人民的领袖能在他们自己的国家内济济一堂讨论和商议共同有关的事项，这是世界历史上的新的起点。不过在几十年前，我们各国人民的代表往往不得不到其他国家甚至别的洲去，才能聚会。

在这方面，我想起大约将近30年前在布鲁塞尔举行的“反对帝国主义和殖民主义同盟”的会议。在那个会议上，许多今天在场的杰出代表曾聚在一起，在他们争取独立的斗争中找到了新的力量。

但是，那是一个在数千英里之外、在异邦人中间、在异邦的国土上、在别的洲上的会议地点。在那个地方集会，并不是由于选择，而是由于必要。

今天，对比很鲜明。我们各个民族和国家不再是殖民地了。现在，我们已经取得自由、主权和独立，我们重新当家做主，我们不需要到别的洲去开会了。

在亚洲土地上，已经举行了几次亚洲国家的重要会议。

如果我们寻找我们这次伟大的集会的先驱者，那么我们必须望着科伦坡——独立的锡兰的首都——和1954年在那里举行的五国总理会议。而1954年12月的茂物会议表明，走向亚非团结的道路已经扫清了，今天我荣幸地欢迎各位来参加的会议就是这种团结的实现。

我国是你们的东道主，我感到很骄傲。

但是我想到的并不全是印度尼西亚今天享受的荣誉。不，我的一部分心情由于其他的考虑而黯淡下来。

你们并不是在一个和平、团结和合作的世界中聚集一堂的。在国与国之间，国家集团与国家集团之间，存在着巨大的裂痕。我们不幸的世界支离破碎，受着折磨，所有国家的人民都怀着恐惧的心情，担心尽管他们没有过错而战争的恶犬仍会再一次被放出笼来。

如果尽管各国人民作了一切努力，竟仍然发生这种情形，那时将会怎样呢？我们新近恢复的独立将会怎样呢？你们的子女和父母将会怎样呢？

出席这次会议的代表们的责任是不轻的，因为我知道，这些关系人类本身生死存亡的问题一定会放在你们的心上，正像它们放在我的心上一样，而亚洲和非洲国家是无法逃避它们对于寻求这些问题的解决办法所负的责任的，即便他们想逃避也做不到。因为这是独立本身的责任的一部分，这是我们为我们的独立而愉快地付出的代价的一部分。

许多代以来，我们这些国家的人民一直是世界上无声无息的人民。我们一直不被人注意，一直由那些把自己的利益看得高于一切的别的国家代为作出决定，一直生活在贫困和耻辱中。于是我们各个民族要求独立，并且为独立而战，最后终于获得了独立。随着独立的获得，就担负了责任。我们对我们自己，对世界和那些还未出生的后代负有沉重的责任。但我们并不因负有这些责任而懊悔。

在1945年，我们民族革命的第一年，我们印度尼西亚人碰到了在我们

最后获得独立时——我们从不怀疑我们将获得独立——我们对独立怎样办的问题。我们知道如何反对和破坏，然后我们突然碰到了必须给予我们的独立以内容和意义的问题。不仅是物质的内容和意义，而且还有伦理的和道德的内容，因为没有伦理内容和道德内容的独立，将是我们所寻求的东西的一种可怜的赝品。独立的职责和负担，独立的权利、义务和特权，必须看做是独立的伦理内容和道德内容的一部分。的确，我们欢迎使我们负起新的负担的变化，我们都决心尽我们的一切力量和勇气来承担这些负担。

兄弟姊妹们，我们的时代是多么有生气呀。我记得，几年以前我曾有机会公开分析过殖民主义，我当时曾促请大家注意我所说的“帝国主义的生命线”。这条线从直布罗陀海峡起，穿过地中海、苏伊士运河、红海、印度洋、南中国海和日本海。在这个遥远的距离的大部分，这条生命线两边的土地都是殖民地，那里的人是不自由的，他们的前途抵押给了一种外国的制度。沿着这条生命线，帝国主义吮吸着殖民主义赖以生存的鲜血。

今天在这个会议厅里聚集的，就是那些国家的人民的领袖。他们已经不再是殖民主义的受害者了，他们已经不再是别人的工具和他们不能影响的势力的玩物了。今天，你们是自由的人民，在世界上有着不同的身份和地位的

亚非会议部分代表团的代表合影

万隆会议与会国既有中国、印度这样人口众多的大国，也有菲律宾、尼泊尔等人口较少的国家；既有儒家文明和伊斯兰文明的代表，也有印度文明。29个不同的国家共聚一堂，表明不同文化、各种文明的国家完全可以求同存异，和睦相处。

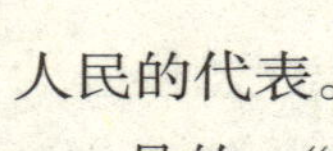

人民的代表。

是的，“亚洲有风暴”，非洲也是如此。在过去几年中发生了巨大的变化，许多民族和国家从许多世纪的沉睡状态中苏醒过来了。被动的人民已经过去了，表面的平静已让给斗争和活动。不可抗拒的力量横扫了两个大陆。整个世界的心理的、精神的和政治的面貌已经改变了，这种改变的进程还没有完结，世界上到处产生新的情况、新的概念、新的问题、新的理想。民族觉醒和复苏的狂风横扫了大地，震撼它，改变它，把它改变得更好。

20 世纪是一个具有巨大活力的时期。近 50 年来的发展和物质进步，或许比以往 500 年所发生的还要多。人学会了控制一度威胁他的许多天灾。他学会了缩短距离。他学会了把他的声音和形象穿过海洋和大陆传到远方。他深入地探测自然的奥秘而学会了如何使沙漠开花，使地球上的植物增加产量。他学会了如何把封锁在最小的物质分子中的无限力量解放出来。

但是，人的政治技能是否和技术的和科学的技能同时并进呢？人能够控制闪电，但是他能否控制他所生活的社会呢？答案是不能！人们的技术技能已经远远超过他的政治技能，他不能肯定地控制他所制造的东西。

这种情况产生了恐惧，人们渴望安全和道义。

目前的社会、政府和政治家的态度也许比世界历史上任何其他时候都更需要以道义和伦理的最高准则为基础。在政治方面，什么是道义的最高准则呢？那就是一切都要服从人类的幸福。但是，我们今天面对的情况是，人类幸福并不总是在人们的考虑中占首要的地位。许多掌握大权的人却是在想如何控制世界。

的确，我们生活在恐惧的世界中。今天人们的生活受到恐惧的腐蚀，而且因为恐惧而变得很痛苦。恐惧将来、恐惧氢弹、恐惧意识形态。这种恐惧也许是比危险本身更大的一种危险，因为恐惧使得人们采取愚蠢的行动、轻率的行动和危险的行动。

兄弟姊妹们，我恳求你们，你们在讨论中不要为这些恐惧所左右，因为恐惧是一种酸素，把人们的行动腐蚀得怪模怪样。请大家以希望和决心为指针，以理想为指针，并且以梦想为指针！

我们属于许多不同的国家，我们有许多不同的社会背景和文化条件。我们的生活方式是不同的，我们的民族特性、色彩或主旨——你们愿意怎样称呼它都可以——是不同的，我们的种族是不同的，甚至我们的肤色也是不同的。但是这有什么关系呢？人们是由于这些东西以外的考虑而分裂或团结的。冲突并不起于肤色的不同，也不起于宗教的不同，而起于欲望的不同。

我深信，我们大家是由比表面上使我们分开的东西更为重要的东西联合

起来的，例如：我们是由我们对不论以什么形式出现的殖民主义的共同厌恶联合起来的，我们是由对种族主义的共同厌恶联合起来的，我们是由维护和稳定世界和平的共同决心联合起来的。这些不就是你们接受的邀请书中提到的那些目的吗？

我坦白地承认，对于这些目的，我不是漠不关心的，也不是为纯粹和个人无关的动机所驱使的。

怎么可能对殖民主义漠不关心呢？对于我们来说，殖民主义并不是什么很遥远的东西，我们知道它的全部残酷性。我们曾看到它对人类造成的巨大破坏，它所造成的贫困，以及它终于无可奈何地在历史的不可避免的前进下被赶出去后留下的遗迹。我国人民和亚非两洲许多国家的人民都知道这些事情，因为我们曾都亲历其境。

的确，我们还不能说，我们这些国家的全部地区都已经自由了。有些地区仍然在皮鞭下受苦，没有派代表到这里来的亚非两洲某些地区也仍然在这种情况下受难。

是的，我们这些国家的某些地区现在还不是自由的。这就是为什么我们大家还不能认为现在已经达到目的的原因。只要祖国的一部分还不是自由的，任何民族都不能认为他们是自由的。像和平一样，自由是不可分割的。半自由的事情是不存在的，正如半生半死的事情不存在一样。

我们时常听说："殖民主义已经死亡了。"我们不要为这种话所欺骗或甚至为这种话所麻痹。我告诉你们，殖民主义并没有死亡。只要亚非两洲的广大地区还不自由，我们怎么能说它已经死亡了呢？

我请你们不要仅仅想到我们印度尼西亚人和我们在亚非两洲各个地区的兄弟们所知道的那种古典的殖民主义。殖民主义也有它的现代化的外衣，它可以表现为由一个国家之内的一个小小的，然而是外国的集团进行经济控制、思想控制、实际的物质上的控制。它是一个狡猾的、坚决的敌人，它以各种各样的伪装出现，它不轻易放弃它的赃物。不管殖民主义在何地、何时、如何出现，它总归是一个邪恶的东西，一个必须从世界上铲除的东西。

反对殖民主义的斗争是一个长期的斗争，诸位知道今天是这个斗争的一个著名的纪念日吗？就在 180 年前的今天，在 1775 年 4 月 18 日，保罗·里维尔在半夜骑着马穿过新英格兰的乡间，警告人们说英国军队来了，美国独立战争——历史上第一次胜利的反殖民战争——已经开始了。关于这件午夜骑马奔驰的事，诗人朗弗洛写道：

一个反抗的而不是畏惧的呼唤，

一个黑暗中的声音，一阵敲门声，

一个将永远萦绕的呼声。

是的，这个呼声将永远萦绕，正如在我们斗争的最艰苦的日子里使我们感到宽慰和安心的其他反殖民的话语将永远萦绕一样。但是请记住，180 年以前开始的斗争还没有完全取得胜利；在我们能够环顾我们自己的这个世界，说殖民主义已经死亡以前，这个斗争就没有完全取得胜利。

所以，在我谈到反殖民斗争的时候，我并不是超然的。

在我谈到争取和平的斗争的时候，我也不是超然的。我们中间谁又能对和平采取超然态度呢？

就在不很久以前，我们提出理由说，和平对我们是必要的，因为要是在世界上我们所在的这个地区爆发战争的话，那就会危及我们不久以前以十分重大代价赢得的宝贵的独立。

今天，景象更黑暗了，战争不仅意味着对我们的独立的威胁，还可能意味着文明、甚至是人类生命的毁灭。在世界上这么一种已经解放出来的力量，没有人真正知道它有多么大的造成恶果的潜力。哪怕是在战争的演习和预演中，它的影响很可能扩大成为某种不测的恐怖。

不太久以前，我们还可以多少引以自慰的是：战争如果发生的话，说不定还能够以所谓“常规武器”，即炸弹、坦克、大炮、人力等来解决。但是在今天，我们连那么一点点安慰也得不到了。因为事情已经很明显，将来必然要使用极端恐怖的武器，各国军事计划工作也是在这个基础上进行的。非常规武器成了常规武器，而且谁知道会发现其他什么用非其所、穷凶极恶的科学技术祸害人类呢？

不要认为浩瀚大洋能保护我们。我们吃的食物，喝的水，就连我们呼吸的空气都能够染上数千英里以外的毒，而且即使我们自己侥幸逃过的话，我们后代畸形的身体上也可能留下标记，说明我们没有能控制已经在世界上解放出来的力量。

没有比维护和平更迫切的任务了。没有和平，我们的独立就没有什么意义，我们国家的复兴和建设也就没有什么意义，我们的革命就无法进行到底。

那么我们能做些什么呢？亚非人民所拥有的物质力量是很小的，就连他们的经济力量也是分散而薄弱的。我们不能迷恋强权政治。外交对我们说来也不是一件挥舞大棒的事情。我们的政治家大体上都不是有密集的喷气轰炸机队伍作后盾的。

那么，我们能做些什么呢？我们能做许多事情。我们能把理智的声音贯

注到世界事务中。我们能够动员亚非两洲的一切精神力量、一切道义力量和一切政治力量来站在和平的一边。是的，我们！我们亚非两洲有 14 亿人民，远超出世界总人口的一半。我们能够动员我称之为各国的道义暴力来拥护和平。我们能够向在其他各洲的世界上的少数派表明，我们多数人是要和平而不要战争的，并且表明，我们所拥有的一切力量总是要投到和平方面的。

这个斗争已经取得了一些胜利。我想大家都承认，邀请诸位到这里来的发起国的总理们的活动在结束印度支那战事方面，发挥了不是不重要的作用。

请看，亚非人民发出了声音，全世界都倾听着。这不是一个很小的胜利，也不是一个可以忽视的先例。这五位总理没有进行威胁，他们没有发出最后通牒，他们没有动员军队。相反地，他们共同磋商，讨论问题，集合他们的意见，并汇集他们各自的政治才能，提出健全而合理的建议，这些建议形成了解决印度支那长期斗争的基础。

我从那时起就经常自问道，为什么这五位总理获得成功，而其他具有长期外交经验的人却不成功，并且事实上曾让恶劣的局势更加恶化下去，以致冲突有扩大的危险呢？是不是因为他们是亚洲人呢？也许这是一部分答案，因为战火已经烧到他们门口了，战火的任何进一步扩大将会造成对他们自己住房的直接威胁。但是我认为，答案实际上在于这一事实：这五位总理对问题采取了一种新的看法。他们并不是谋求自己国家的好处，他们没有实行强权政治的企图，他们所关心的只是一件事，那就是如何结束那里的战事并且进而增加保持和平和稳定的可能性。

我的兄弟姊妹们，这是一件有历史意义的事件。自由亚洲的某些国家发言，世界各国倾听。他们所谈论的是同亚洲有直接关系的问题。他们这样做表明，亚洲的事务是亚洲人民自己的事，亚洲的前途可以由遥远的其他的民族来决定的日子现在早已一去不复返了。

但是，我们不能够、也不敢把我们的关心限于我们自己的大陆的事务。今天，世界各国是互相信赖的，没有一个国家能够把自己孤立起来。光荣的孤立也许一度是可能的，但是情况再也不是这样了。全世界的事务也就是我们的事务，我们的将来有赖于一切国际问题——不论这些问题看来可能与我们多么无关——的获得解决。

当我环视这个大厅的时候，我的思想回到了亚洲各国人民所举行的另一个会议。1949 年初——从历史上说，还是不久以前——我国在宣告独立后从事于生死存亡的斗争。我们的国家被包围、围攻，我们广大的领土被占领，我们很大一部分的领袖被监禁或放逐，我们国家的生存受到威胁。

问题不是在会场里决定而是在战场上决定。当时我们的使节就是步枪、大炮、炸弹、手榴弹和竹枪。我们在物质上和精神都受到了封锁。

就是在我们国家历史上这个悲惨然而光辉的时刻，我们的好邻邦印度在新德里召开了一次亚洲和非洲国家会议，来抗议对印度尼西亚的非正义行为并支援我们的斗争。精神上的封锁被打破了，我们的代表飞抵新德里，亲身体会对我们争取民族生存的斗争的巨大支持。亚洲和非洲国家人民为援救一个处境危殆的亚洲兄弟国家而表现的这种团结一致在人类历史上是空前的，我们的亚洲和非洲邻邦的外交家、政治家、报纸和普通人全都支持我们。这样我们有了新的勇气来继续进行斗争，直到最后胜利。我们再次充分体会到德斯穆林话的真理："不要怀疑自由人民的全能。"

也许，今天在这里举行的会议有几分起源于6年前亚非国家的这种团结一致的表现。

无论情况如何，事实仍然是，诸位每一个人都负起重责，我要向上苍祈祷，大家勇敢地明智地履行责任。

兄弟姊妹们，让这个会议取得伟大的成就吧！尽管与会者之间存在差异，让这个会议取得伟大的成就吧！

不错，我们之间是有差异的，谁也不否认。派代表出席会议的大小国家的人民所信奉的宗教几乎是世界上每一种宗教：佛教、基督教、儒教、印度教、耆那教、锡克教、拜火教、神道及其他宗教。我们在这里几乎可以碰到每一种政治信仰：民主主义、君主主义、神权政体和它们的数不尽的派别。几乎每一种经济学说都有代表在这个大厅里面：各种各样的不同的和混合的平民主义、社会主义、共产主义。

但是，只要有团结一致的愿望，多样化又有什么害处呢？这个会议不是要互相反对，而是一个兄弟会议。它既不是伊斯兰教会议，也不是基督教会议，也不是佛教会议。它既不是马来人会议，也不是阿拉伯人会议，也不是印度雅利安人会议。这不是一个排他性的俱乐部，也不是一个设法反对任何其他集团的集团。它可以说是一部分开明的具有宽容精神的舆论，它要让全世界所有的人和所有的国家在太阳底下都有他们的地位，要让全世界知道有可能在不失个别的特殊的情况下在一起生活，共聚一堂，互相交谈，而有助于对共同关心的问题获得普遍的谅解，并促进这样的真正的认识：各国为了自己的幸福和在世界上生存就要互相信赖。

我知道，亚洲和非洲比世界上其他各洲有更多的宗教、信仰和信念。但这完全是自然的事情。亚洲和非洲是那些已经传布全世界的各种信仰和概念

的古老的诞生地，因此，我们应该特别注意保证那个通常称为“自己活也让别人活”的原则——请注意我不是说那个已经陈腐的“放任和自流”的自由主义的原则——首先由我们自己的亚洲和非洲的地区以内最充分地加以实行，然后才能把它充分地推广到我们和各邻国的关系方面，以及推广到更远的关系。

宗教是非常重要的，尤其是在世界上这一部分地区。大约这里的宗教比世界上其他地区的宗教更多。而且，我们这些国家都是宗教的诞生地。难道我们一定要让我们宗教生活的多样性把我们分开吗？不错，每一个宗教都有它自己的历史，有它自己的特点，有它自己的“宗旨”，有它自己的信仰特别引以自豪的地方，有它自己的使命，有它所希望宣传的特殊的真理。但是除非我们认识到所有伟大的宗教都启示我们要宽容，要坚持“自己活也让别人活”的原则，除非每一种宗教的信徒们都愿意对于任何地方的别人的权利都给以同样的考虑，除非每一个国家都能尽到职责来保证对于各种信仰的人们都给以同样的权利，除非做到这一切，否则宗教就会堕落，它真正的宗旨就会被歪曲。除非亚非各国认识到它们在这个问题上的责任，并共同采取步骤来履行这些责任，否则应该成为团结的源泉和反对外国干涉堡垒的宗教信仰的力量本身就会使它分裂，并且结果可能毁灭亚非大部分地区由于共同行动而获得的得来非易的自由。

兄弟姊妹们，印度尼西亚是亚洲和非洲的缩影。它是一个拥有许多宗教和许多信仰的国家。在印度尼西亚，我们有穆斯林，我们有基督教徒，我们有湿婆教徒，我们有信仰其他教义的民族。此外，我们还有许多种族单位，例如亚齐人、马达人、中苏门答腊人、巽他人、中爪哇人、马都拉人、托拉贾人、里人等等。但是感谢真主，我们有团结的意志，我们有我们的建国五原则，我们实行“自己活也让别人活”的原则，我们彼此容忍。殊途同归是印度尼西亚的立国格言，我们是一个民族。

因此，让这个亚非会议取得伟大成就吧！使“自己活也让别人活”的原则和殊途同归的格言成为团结的力量；使我们团结起来，通过友好的没有拘束的讨论，设法使我们每个国家能和平融洽地过自己的生活，并让其他国家也能按照它们自己的方式来过活。

如果我们在这方面获得成功，那么这在整个世界对人类自由、独立和幸福的影响是很大的。谅解的光芒已经再度燃起，合作的威信已经再度树立，会议成功的可能性已经由于各位今天来到这里而得到了证实。我们的任务是给予会议以力量，使会议具有鼓舞的力量，把会议的言论散布到全世界。

会议如果失败，那将意味着在东方刚露出的谅解的光芒，过去在这里诞生的所有伟大的宗教所期望的这种光芒，将再一次被不友好的乌云所掩盖，使人们得不到它温暖的照耀。

但是让我们充满着希望和信心吧。我们是有着非常多的共同之处的。

相对地说，我们今天在这里聚会的都是邻邦，我们几乎都有身受殖民统治的经验的联系。我们之中许多国家有着共同的宗教。我们之中许多国家有着共同的文化基础。我们之中许多国家，所谓“落后国家”，有着或多或少相似的经济问题，因此我们能够从彼此的经验中得到好处，进行帮助。我认为我也许可以说，我们都很珍视民族独立和自由的理想。是的，我们有这么多的共同之处，但是，我们互相了解却这么少。

如果这个会议使有代表在这里开会的东方人民彼此更能了解一些，彼此更能尊重一些，对彼此的问题更能同情一些，如果能做到这几点，那么这个会议当然是值得召开的，不论它可能取得其他什么成就。但是，我希望这个会议将不仅取得谅解和建立善意。远在国外的一个外交家说：“我们将把亚非会议变成一个午后茶会。”我希望会议将揭破和证明这种说法是无稽之谈。我希望，会议将证明这样的事实：我们亚洲和非洲的领袖们都了解到，亚洲和非洲只有团结起来才能得到繁荣，若没有一个团结的亚洲和非洲，甚至全世界的安全也不能得到保证。我希望，这个会议将给人类以指导，指出他们取得安全和和平所必须遵循的道路。我希望，它将证明亚洲和非洲已经再生了，不，新的亚洲和新的非洲已经诞生了！

我们的任务首先是彼此取得谅解，从谅解中将产生彼此间的更大的尊重，从尊重中将产生集体的行动。我们应当记住亚洲最伟大的儿子之一所讲过的话：“说易行难知最难，一旦知后行就易。”

最后，我祈求真主，但愿诸位的讨论有很多收获，但愿诸位的智慧从今日环境的坚硬燧石上击出光明的火花来。

让我们不记旧怨，让我们的目光坚定地注视未来。让我们记住，真主的任何祝福也不如生命和自由甘美。让我们记住，只要是有的国家或国家的一部分仍未得到自由，全人类的气概就为之减色。让我们记住，人类的最高目的是，把人类从恐惧的羁绊中，从人类堕落的羁绊中，从贫困的羁绊中解放出来，把人类从长久以来阻碍多数人发展的肉体、精神和智识的羁绊中解放出来。

兄弟姊妹们，让我们记住，为了这一切，我们亚洲和非洲人必须团结起来。

作为印度尼西亚共和国总统并代表印度尼西亚8000万人民，我欢迎你

们来到这个国家。我宣布亚非会议开幕，我祈求真主祝福这次会议，使会议的讨论有益于亚洲和非洲人民以及一切国家的人民。

真主啊！祝诸位成功！

## ■ 作品赏析

20 世纪亚非拉民族独立解放斗争和所争取到的独立自主的成就显然是激动人心的，来之不易的和平也是令人感动和感慨的，作为世界现代史上具有深远意义的一次第三世界大会，万隆会议承担着巨大的历史使命并开创了辉煌的国际外交新局面，苏加诺的这篇开幕词对这次会议显然产生了巨大的影响。作为一名杰出的政治家和演说家，苏加诺的演说不仅仅表现出一种普遍意义上的外交风范，而是充满对人类，尤其是对被压迫民族政治前途的真切关注和忧虑。苏加诺在演讲中首先高度评价了亚非拉民族解放独立的重大历史意义和世界政治意义，指出亚非国家和民族团结的重大现实意义，同时坦率地表明了自己的焦虑：人民渴望和平，然而怎样才能保证和平？人民生活在恐惧中，怎样才能克服和消除这种恐惧？科学技术文明在 20 世纪取得了空前的发展，然而人类的政治文明是否取得了进步？寻求一种更为文明的政治和外交，在人类的今天显得尤为迫切。苏加诺在演讲中表明了他对大会的期待，也就是在这些问题上，产生了显著的效果，“目前的社会、政府和政治家的态度也许比世界历史上任何其他时候都更需要以道义和伦理的最高准则为基础”，苏加诺的期望也是当时世界政治的主题。

### ⊙演讲者简介⊙

苏加诺像

苏加诺，印度尼西亚总统。1901 年 6 月 6 日，苏加诺出生于东爪哇苏腊巴亚。1925 年毕业于万隆工学院，获工学学士学位。大学期间，苏加诺参与了爱国民主活动，反抗荷兰殖民统治。1927 年 7 月，苏加诺创设印度尼西亚民族联盟并任主席。1928 年 12 月，印度尼西亚民族政治联盟成立，苏加诺当选为主席。1945 年 6 月 1 日，发表“印尼建国五原则”。

1945 年 8 月 17 日，苏加诺发表《独立宣言》，宣布印度尼西亚共和国成立，并当选为总统。1948 年 12 月，荷兰殖民者发动战争，苏加诺遭逮捕并被流放到邦加岛。次年 8 月，荷兰被迫承认印尼独立。12 月，苏加诺再次当选为印尼联邦共和国总统。1955 年，苏加诺积极倡导并参加万隆会议，促进亚非人民的团结。1965 年“九三〇事件”以后，其总统权力逐步被军人集团剥夺。1967 年 3 月，苏加诺被撤销总统职权，1970 年在雅加达病逝。

# 和平属于我们大家

## ——在以色列国会的演说

演讲词档案

演讲者：萨达特（1918～1981）

演讲时间：1977 年 11 月 20 日

演讲地点：以色列国会

演讲者身份：埃及总统

## ■ 历史背景

1973 年，第四次中东战争结束之后，埃及和整个阿拉伯地区都与以色列处在严重的对抗之中，阿以矛盾尖锐，关系十分紧张。1977 年，埃及总统萨达特冲破重重内部阻力，决定接受邀请到以色列访问。这一消息传出，所有的阿拉伯国家反应都十分强烈，反对萨达特访问以色列。但是，为了人类的和平，萨达特顶住各方的压力，毅然赴以色列进行和平外交。这篇演说，便是他访问以色列时在其国会上发表的。

## ■ 原谅欣赏

总统先生，

女士们，先生们，

你们好。愿真主怜悯你们。

蒙真主允许，和平属于我们大家。

和平属于我们大家，属于在阿拉伯土地上的，在以色列的，在这个充满着血淋淋的争斗、为尖锐的矛盾所困扰、不时遭受流血战争威胁的广袤世界的每一个地方的所有的人。人类制造战争，以此最终消灭自己的兄弟——人类。在人类所建树的一切的废墟上、在人类牺牲者的尸骨中间，是没有征服者和被征服者的。真正的被征服者永远是人类——真主创造的最高之物、真主创造的人类。正如和平的圣徒甘地所说：“为了建设生活、为了崇拜真主而奔走。”

今天，我以坚定的步伐来到你们这里，为的是我们大家——生活在这个地球上、真主的土地上的所有穆斯林、基督教徒、犹太教徒——一起来为了建立和平而创造一种新的生活。我们崇拜真主，此外，我们没有任何别的崇拜。真主的教诲和戒律是友爱、信任、纯洁与和平。

在经过长时期的思考以后，我确认对真主、对人民的责任的忠诚要求我

走遍天涯海角，而且要到耶路撒冷去，去向以色列人民的代表、国会成员说明我考虑已久的全部事实，然后让你们自己考虑并作出你们的决定。最后，让真主按照他的意旨为我们安排一切。

女士们，先生们：

战争的牺牲品是：人类。在战争中灭亡的生命是人的生命——不管是阿拉伯人还是以色列人；失去丈夫的妻子是应该生活在幸福家庭中的妇女，不管是阿拉伯的还是以色列的妇女。

失去父亲的照料和爱抚的儿童是我们大家的孩子。无论是在阿拉伯的还是以色列的土地上，我们都应该担负起为他们创造快乐的今天和美好的明天的巨大责任。

为了这一切，为了保卫我们所有孩子和兄弟的生命，为了我们社会的安居乐业，为了人类的发展，使他们幸福，给他们以崇高的生活权利，为了我们对子孙后代的责任，为了降生在我们土地上的每一个孩子的欢笑，为了所有这一切，我甘冒一切风险，我决定来到你们这儿，发表我的意见。

我曾经担负起、现在仍然担负着历史责任提出的要求。为此，几年以前，确切地说是在 1971 年 2 月 4 日，我宣布我准备同以色列签订一项和平条约。这是阿以冲突开始以来阿拉伯负责人发表的第一个公开声明。出于领导责任应有的这一切动机，我在 1973 年 10 月 16 日在埃及人民议会宣布呼吁召集一次国际会议，以便确立持久的公正的和平。

让我们用没有任何隐晦曲折的直截了当的语言和明确的思想进行坦率的交谈，让我们今天坦率地交谈。包括东方和西方在内的整个世界都在注视着这个珍贵的时刻，它可能成为世界这一地区——如果不是说整个世界的话——的历史进程中的根本转折点的时刻。

让我们坦率地回答这样一个重大问题：怎样才有可能实现持久、公正的和平。

在我向你们公布我的回答以前，我希望向你们强调，我在这个明确的、坦率的回答中，根据的是任何人都必须承认的若干事实：

第一个事实：任何人的幸福都不能建立在别人的痛苦上。

第二个事实：我从来没有，也绝不会用两种语言说话。我从来没有，也绝不会用两种政策同别人打交道。我只用一种语言、一种政策、一个面貌同任何人打交道。

第三个事实：直接对话和直截了当的路线是达到明确目标的最近也是最成功的道路。

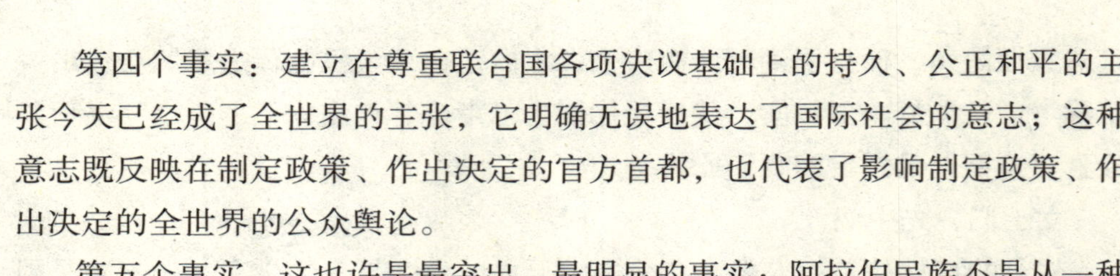

第四个事实：建立在尊重联合国各项决议基础上的持久、公正和平的主张今天已经成了全世界的主张，它明确无误地表达了国际社会的意志；这种意志既反映在制定政策、作出决定的官方首都，也代表了影响制定政策、作出决定的全世界的公众舆论。

第五个事实，这也许是最突出、最明显的事实：阿拉伯民族不是从一种软弱或动摇的地位出发去为争取持久公正和平而进行活动的。恰恰相反，它拥有实力和稳定的基础。因此，它的意见出自对和平的真诚意愿，发自为了避免将要落在我们和你们以及全世界头上的一场灾难的明智理解。没有任何东西可以取代确立公正的和平。核弹不能撼动它。怀疑不能损害它。不管是别有用心还是隐晦曲折的意图都不能动摇它。

这里，我再回来回答这个重大的问题：我们怎样实现持久公正的和平？我在这个讲坛向全世界宣布，我的意见是，回答不是不可能的，不是困难的，尽管在血的仇恨、愤怨、憎恶中，尽管在完全的隔膜和根深蒂固的敌意中经过了几代人的情况下，已经经过了漫长的岁月。

回答是不困难的，不是不可能的，如果我们以全部诚挚、忠诚沿着正直的方针前进的话。

你们愿意同我们一起共同生活在世界的这个地区。

我十分真诚地告诉你们：我们欢迎你们平安地、忠恕地生活在我们中间。

这本身就构成具有决定意义的历史转折中的巨大的转折点。

我们同你们之间有一堵巨大的高墙，在四分之一世纪的时间里你们一直在努力建造这堵墙。但是，它在 1973 年被摧毁了。这是一堵一直在燃烧，逐步上升的心理战的墙。

这是一堵用能够把整个阿拉伯民族扫荡殆尽的力量进行威胁的墙。

这是一堵散布关于我们已经成为一具动弹不得的尸体的民族的墙；甚至你们有人说即使再过五十年，阿拉伯人也不可能重新站起来。这是一堵以能够达到任何地方、任何距离的长臂来进行威胁的墙。

这是一堵警告我们，如果我们想要行使解放我们被占领的土地的合法权利的话，就要遭致毁灭和灭亡的墙。

我们都应该承认这堵墙已经在 1973 年垮台了，摧毁了。但是还有另一堵墙。

这另一堵墙造成了我们彼此之间复杂的心理障碍。

同时也造成了怀疑和疏远的障碍，对任何做法、行动和决定都产生担心受骗上当和错觉的障碍，对每一件事情或每一次谈话都作出错误的小心翼翼

的解释的障碍。

这一心理障碍，就是我在历次正式声明中所说的，问题的百分之七十都是由它造成的。

今天，在我对你们的访问中，我要问你们：为什么我们不诚恳地、坚定地、坦率地伸出我们的双手来一起摧毁这一障碍呢？

为什么不能以诚恳、信任和忠实的态度使我们的愿望一致起来，以便共同消除一切恐惧的疑虑、背信弃义、隐晦曲折和隐瞒真实意图的现象呢？

为什么我们不能以男子汉的英雄气概、以那些把毕生的精力献给一个最崇高目标的英雄们的胆略一起采取行动呢？

为什么我们不能以这种勇气和胆略一起采取行动，以便建造一座受到保护而不受到威胁的和平大厦，为我们的子孙后代放射出人道主义的光芒，使他们朝着建设、发展和人类尊严的方向前进呢？

为什么我们要为这些后代留下流血、杀害生灵、制造孤儿寡妇、毁灭家庭、使牺牲者辗转呻吟的后果呢？

为什么我们不相信哲人苏莱曼·哈基姆格言所引证的造物者的睿智呢？格言说：

“求恶之心多欺诈，倡导和平有欢乐。”

“和平中的一口粗茶淡饭，胜于敌对中的满屋佳肴珍馐。”

为什么我们不能吟诵旧约中大卫先知的雅歌呢？雅歌说：

“主啊，我向你呼喊，如果我向你求助，请听取我恳切的声音。我把手举到你圣所的正位，不要把我同坏人、同为非作歹者、同那些对朋友口蜜腹剑的人拉在一起。你根据他们的行动、根据他们行为的丑恶，给他们以报应吧！我要求平安，我为它而努力。”

女士们，先生们，

我向你们实说，只要和平不是建立在公正基础上，就绝不会有名副其实的和平。和平不能建立在占领别国领土的基础之上。

让我毫不犹豫地对你们说，我来到你们中间，来到这个圆顶大厅，不是为了恳求你们从被占领的土地上撤退。从 1967 年后占领的阿拉伯土地全面撤退是不容争辩的明显的事，任何人都不要对此抱什么幻想，或者对别人抱这种幻想。

在你们用武装力量占领着阿拉伯土地的时候，任何关于持久、公正和平的言论，任何保证我们平安、安全地一起生活在世界这一地区的步骤都是毫无意义的，因为在占领别人的土地的情况下，不能建立和平。

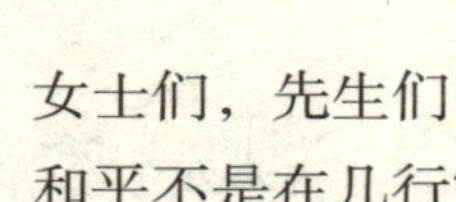



女士们，先生们，

和平不是在几行官样文章上签个字，而是重新撰写历史。

和平不是为维护某种贪欲或掩盖某种野心的宣传竞赛。和平在本质上是反对一切野心和贪欲的重大斗争。

古今历史经验也许能告诉我们大家：火箭、炮舰和核武器不能建立安宁。恰恰相反，它将破坏安宁所建树的一切。

我们应该：为了我们各国人民，为了人类所创建的文明，保卫各地的人们不受武力的控制。

我们应该以提高人类地位的道德观念和原则的全部力量，提高人道主义的威力。

如果你们允许我在这个讲台上向以色列人民发出我的呼吁的话，那么我要向以色列的每个男人、女人和孩子发表诚恳的、忠诚的讲话：我从祝福争取和平的神圣使命的埃及人民那里给你们带来了使命。

我给你们带来了和平的使命——埃及人民的使命；埃及人民不懂得偏见，它正以穆斯林、基督教徒、犹太教徒的每个人都具有的友爱、友好、谅解的精神生活着。

这就是埃及；它的人民要我忠实地肩负起神圣的使命，安全、平安、和平的使命。

以色列的男人、女人和孩子们，鼓励你们的领导为和平而斗争，让他们把力量集中到建造和平大厦上来，而不要以毁灭性的火箭建造碉堡和坚固的掩体。

为全世界提供世界这一地区的新人的形象吧！并使之成为现代人类、在各地的和平人类的榜样。

告诉你们的孩子们，最后一次战争、痛苦的最后阶段已经过去，新生活的新起点已经来到；这是友爱、幸福、自由、和平的生活。

失去儿子的母亲，

失去丈夫的妻子，

失去父兄的孩子，

一切战争的牺牲者，

你们要对和平满怀希望，要使歌曲成为活生生的富有成果的现实，要使希望成为工作和斗争的准则。各国人民的意志就是真主的意志。

女士们，先生们，

在我来到这个地方以前，在我在阿克索清真寺进行节日礼拜时，在我访

问复活教堂的时候，我以赤诚的心向至高无上的真主提出祈求，祈求他给我力量，祈求他实现我的坚定信念：这次访问将达到为了幸福的现在和更加幸福的明天我所期望的目的。

我已经决定跳出一切交战国所通行的先例和传统。尽管阿拉伯土地还在被占领之中，尽管我宣布准备来到以色列一事是使许多人感情上受到震动和思想上感到茫然的非常之举，甚至有些人怀疑这一举动的意图，尽管如此，我还是以纯洁的信仰、以完全忠实地表达我的人民意志和愿望的感情作出了这一决定，选择了这条艰难的道路，甚至是很多人认为非常艰难的道路。

我决定坦率地、光明磊落地来到你们这里。

我决定给全世界为争取和平所作出的努力以这样一个推动力。我决定在你们的家里向你们提供不带任何偏见和倾向的真相。

我不是为了故作姿态。

我不是为了赢得一个回合，现代历史上最严峻的回合和战斗。

这是公正和持久和平的战斗。

这不仅是我的战斗，也不仅是以色列领导者们的战斗。

这是生活在我们土地上的、有权生活在和平之中的全体人民的战斗。这场战斗对蕴藏在千百万人心中的天良和责任感来说是必要的。

当我提出这一主动行动时，很多人问到我关于这次访问可能达到的结果的设想和对这次访问的期望。

作为对询问者的答复，我要向你们宣布，我并不是从在访问期间可能实现的结果作为出发点来考虑进行这一倡议的。我来到这里是为了转达一项使命。我做到了这点没有？真主啊，你可以作证。

真主啊！我要重复先知扎克利亚的一句话：“你们热爱正义和和平吧！”

我引用珍贵的睿智的古兰经中的一段话，它说：“你说相信真主吧，相信真主对我们的启示吧，相信他对易卜拉欣、伊斯梅尔、伊斯哈克、雅各布和对犹太部族的启示吧！相信穆萨、耶稣和先知们从他们的真主那里得到的启示吧！我们不歧视他们中间的任何人；我们是信仰真主的穆斯林。”

“伟大的真主是至诚的。”

祝你们和平！

## ■作品赏析

在敌国的国会发表有关和平的演讲，需要极大的勇气、极坚定的决心和高

超的技巧，所幸萨达特全都拥有。他用真诚的语言突破双方敌对的心理障碍，告诉听众，他是经过长时间思考，本着对真主、对人民负责的态度来演讲的，并用几个“为了”来说明自己发表这篇演讲的原因。言辞中闪现出的人格魅力，让人无法再对他的演讲怀有抵抗的心理。

接着，萨达特提出了“怎样才有可能实现持久、公正的和平”这一核心问题，在强调存在着的、任何人都必须承认的5个事实后，萨达特指出“回答不是不可能的，不是困难的”，只要人们愿意真挚地对待对方。战争摧毁了现实中的墙，却没有摧毁国家之间人们心中的墙，萨达特认为和平与否百分之七十取决于这无形的墙。他连续用7个“为什么”的句式，表达了想拆除这堵墙的强烈愿望。萨达特的这篇演讲呼吁结束带给人们苦难的战争，呼吁和平，引起了敌国人民的强烈共鸣，萨达特饱含感情的言辞和震撼着在场的每一位听众。这次演讲获得了空前的成功，两年之后，代表着和平的协议签订，以色列撤军。

**⊙演讲者简介⊙**

萨达特，1918年12月25出生于埃及米努夫省迈特阿布库姆村。1936年，进入开罗军事学院。1939年，秘密建立“自由军官”小组，从事反英活动，曾两次被捕入狱。1950年，加入纳赛尔的自由军官组织。1952年7月，参加了推翻法鲁克王朝的七月革命。1964～1970年，曾两度担任副总统。1970年10月15日纳赛尔逝世，萨达特继任总统。1977年11月，与以色列总理会晤，打破阿以政治僵局。1980年，埃及同以色列正式建交。1978年，萨达特获诺贝尔和平奖。1981年10月6日，遇刺身亡。

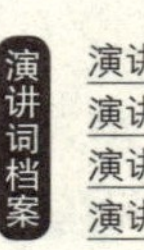

演讲词档案

演讲者：拉宾（1922～1995）

演讲时间：1993年9月13日

演讲地点：华盛顿

演讲者身份：以色列总理

# 睦邻友好的新起点

## ■ 历史背景

以色列宣布建国后，阿拉伯国家先后与以色列进行了5次大规模战争。以色列多次击败阿拉伯联军，占领了大量的巴勒斯坦领土。巴勒斯坦的阿拉伯人为了争取民族独立，开始了针对以色列的长期武装斗争。战争给双方人民带来巨大灾难，制造了无数悲剧。进入20世纪，在国际社会的斡旋下，认识到谁都无法消灭对方的巴以双方开始寻找政治解决的途径。1992年，

拉宾出任以色列总理，他顶着种种压力，历尽艰难，以无畏的勇气与巴勒斯坦领导人阿拉法特于1993年9月达成和平协议。1993年9月13日，巴以和约在华盛顿签订，这是拉宾在签约仪式上的演讲。

## ■ 原文欣赏

今天在此签署的以色列——巴勒斯坦原则宣言，无论是对以色列战争的一名军人来说，还是对以色列人民和散居在世界各地的犹太人来说，都是不容易的。这些犹太人正抱着希望和忧虑的心情注视着我们。对于战争、暴力和恐怖活动的受害者的家属来说，这当然也是不容易的。他们遭受的痛苦是永远无法治愈的。对于以其自身的生命保卫我们的生命、甚至为了我们而牺牲他们的生命的成千上万人来说，这也是很不容易的。显然，对他们来说，这个签字仪式的举行为时太晚了。

今天，在实现和平，也许也是结束暴力活动和战争的前夕，我们永远铭记着他们中的每个人，并永远对他们怀着敬爱的心情。我们来自犹太人民古老和永恒的首都耶路撒冷。我们来自遭受痛苦和悲伤的国度。我们来自这样的人民和家庭：那里的母亲没有一年，甚至没有一个月不为她们的儿子而哭泣。我们到这里来是为了设法结束这种敌对行动，以便让我们的子子孙孙不再经受战争、恐怖和暴力行动带来的磨难。我们来到这里是为了不使他们的生命受到伤害，是为了减轻他们因想到过去而产生的痛苦。我们抱着希望到这里来并祈求和平的到来。

巴勒斯坦人，让我对你们说，我们命中注定要共同生活在同一声土地、同样的土壤上。我们的军人已从鲜血染红的战场上回来；我们亲眼目睹了我们的亲朋好友在我们的面前被杀害；我们参加了他们的葬礼，却不敢正视他们父母的眼睛；我们来自一块父母掩埋孩子们的土地；我们同你们巴勒斯坦人作战，今天，我们用洪亮而又清晰的声音、饱含着鲜血和热泪的声音对你们说："够了！"

我们不想报复，也不想记恨你们。和你们一样，我们也是人——都想建立一个家、想栽一棵树，希望友爱，和你们一道像人、像自由人那样体面、和睦地生活在一起。我们今天给了和平一个机会，我对你们说，再次对你们说："够了！"让我们祈祷，我们共同战斗的一天终将来临。我们希望，我们共同生活的悲惨历史掀开一个新的篇章，一个相互承认的篇章，一个睦邻友好的篇章，一个相互尊重的篇章和一个相互理解的篇章。我们希望，将开辟一个尊重的篇章和一个相互理解的篇章。我们希望，将开辟一个中东历史

新时期。

今天在这里，在华盛顿的白宫，我们将在两个民族的关系中，在厌倦战争的父母的关系中，在不知道战争为何物的孩子们的关系中，拉开一个新的帷幕。

## ■作品赏析

这篇演讲在中东和平历史上有着重要的意义。经过几十年的战争，和平来之不易，拉宾在演讲的开始就说，巴以和约的签订，无论对军人，对以色列，还是对犹太人来说，都是很不容易的，并感叹道："这个签字仪式的举行为时太晚了。"接着，他结合战争给人们带来的苦难，表明了以色列希望求得和平的恳切之情，强调巴、以生活在同一片土地上，之前的战争已经足够了，现在需要的是和平。拉宾向巴基斯坦人说："我们不想报复，也不想记恨你们。和你们一样，我们也是人——都想建立一个家、想栽一棵树，希望友爱，和你们一道像人、像自由人那样体面、和睦地生活在一起。"这句话让人不禁想象一番和平的景象，给人以美好的憧憬。拉宾认为，巴以和约的签订会给中东历史打开一个新的篇章，并特别强调了和平对父母和孩子的有利影响，这更能引起人们对和平的共鸣。

### ⊙演讲者简介⊙

拉宾，出生于耶路撒冷，中学毕业后，到美国伯克利加利福尼亚大学留学，学习灌溉工程专业。第二次世界大战后，他弃笔从戎，加入反对轴心国的军事组织。1964 年，他被任命为以色列国防军参谋长。1967 年，他亲自指挥"六五战争"，打败了约旦、埃及和叙利亚联军。1968 年，拉宾退役从政，出任驻美国大使。1974 年，出任以色列总理，后因妻子拥有非法账户而下台。1984 年以色列成立联合政府，他担任国防部长。1992 年，拉宾在大选中击败沙米尔，再度出任总理。1993 年 11 月 13 日，以色列和巴勒斯坦在美国白宫签署了第一个和平协议——《加沙—杰里科自治原则宣言》。1994 年 10 月，以色列与约旦签署了和平条约。1995 年 11 月 4 日，在特拉维夫国王广场上举行的 10 万人的和平集会上，拉宾在演讲后离开集会之际，被一名犹太极端分子刺杀身亡。

# 世界上最伟大的演讲词经典集

## 下

闻一多等 著

全国百佳图书出版单位
江苏美术出版社

# 第七篇

# 倡言平等和尊严的不朽演说

# 西雅图酋长的演说

演讲词档案

演讲者：西雅图酋长（1786 ~ 1866）
演讲时间：1854 年 12 月
演讲地点：西雅图市
演讲者身份：印第安部落酋长

## ■历史背景

在美国建国之前，白人一直从东向西驱赶印第安人，这种行为也得到政府支持。19 世纪 40 年代，美国的疆域已东临大西洋、西濒太平洋。1846 年英美战争之后，西北部的俄勒冈地区也归属了美国，但是这片土地上依然生存着印第安人的部落。1850 年以后，美国为了进一步扩张领土，给居住在西部的印第安部落下达了迁居到划定的"保护区"去的命令。这是西雅图酋长答复美国政府之前，在一次集会上发表的演讲。

## ■原文欣赏

……说不清有多少世纪了，苍天为我的人民洒下了多少动情的泪水，它在我们看来是永恒不变的，但却可能要变了。今天晴空万里，明天却可能乌云密布。不过，我的话却像那些星星，永世不变。如同日落日出，四季周而复始是不容置疑的一样，西雅图酋长说的一切，华盛顿的大首领同样也无须置疑。白人头领说，华盛顿的大头领向我们表示友谊和善意。这是他的好意，因为我们知道，他根本无须我们以友谊作为回报。他们人多，多得就像那覆盖着广阔草原的青草。我的人民人少力薄，就像风暴肆虐后零星留在平原上的树木。白人大首领，我姑且认为他是善良的首领，捎信给我们，说他希望购买我们的土地，不过愿意允许我们拥有足够我们安逸生活的土地。这看来的确是公正，甚至是慷慨的，因为红种人不再拥有他必须尊重的权利了；这可能也是明智的，因为我们已不再需要辽阔的乡土了。

我们的人民曾一度像大风搅乱的大海覆盖着布满贝壳的海床一样覆盖着这片土地，但是，那时代早已同庞大的部落一道成为过去，而那些部落现在只不过是一桩令人忧伤的回忆。我不想细述或哀悼我们不合时宜的衰败；我

也不想斥责那些加速了我们衰败过程的白脸兄弟，因为我们对此可能也有责任。

青年是容易感情冲动的。当我们的年轻人对某些真正的或臆想的冤屈而气愤的时候，他们用黑颜料来改变他们的面容。这表明他们的心是黑的。他们常常是残暴冷酷的，我们年迈的老头子和老太婆无法约束他们。事情向来如此。当白人最初将我们的祖先往西赶时，情况就是这样。不过，让我们希望我们之间的敌意永远别再复生。我们将丧失一切，而一无所获。年轻人又琢磨着报仇了，即使牺牲他们自己的生命，也在所不辞。但是，那些在战时留在家中的老年人，那些将失去儿子的母亲比较明智些，他们不会答应的。

我们在华盛顿的慈父——因为我姑且承认他现在是我们的父亲，也是你们的父亲，既然乔治国王已经将他的边界往北移了——我们伟大的慈父捎信给我们，表示如果我们按照他说的话办，他就保护我们。他英勇的战士对我们来说，将成为严阵以待的铜墙铁壁，而他那顶呱呱的战舰将遍布我们的港口，这样，我们北方的宿敌——海达斯和茨姆先斯部落就不能吓唬我们的妇女、儿童和老人了。那么，实际上他将成为我们的父亲，而我们将成为他的孩子吗？这可能吗？你们的上帝不是我们的上帝！你们的上帝疼爱你们的人民，但却憎恨我的人民。你们的上帝用他有力的胳臂疼爱地搂着白人，保护他，像父亲领着幼儿一样手把手地领着他——但是，他却遗忘了他的红种子女——如果他们真是他的子女的话。我们的上帝是伟大的神灵，但他似乎也遗忘了我们。你们的上帝使你们的人口日益增长，很快他们就将充斥整个大地。而我们的人口，却像迅速退去而且永不再涨的潮水一样，越来越少。白人的上帝不可能疼爱我们的人民，不然他就会保护他们的。他们就像无依无靠的婴儿。这样，我们怎么能成为兄弟呢？你们的上帝怎么会成为我们的上帝呢？你们的上帝怎么会再现我们的繁盛，唤醒我们心中要求重新强大起来的梦想呢？如果说我们同有一位天国之父，那么他一定是偏心的——因为他只看望他的白人子女。我们从未见过他。他赋予你们法律，可是对他的红种子女却没有片言只语，尽管他的这些子女曾人丁兴旺，一度充斥这片广袤的大陆，就像繁星充斥了太空一样。不！我们是两个不同的种族，起源不同，命运也不同。我们之间没有什么共同之处。

祖先的骨灰对我们来说是神圣的，他们安息之场所是圣地。你们远离祖先的墓地漫游，并且似乎毫无任何遗憾的感觉。你们的宗教是你们的上帝用他铁一般的手指，书写在石碑上，这样你们就不会遗忘。红种人永远无法理解，也无法记住你们的宗教。我们的宗教是我们祖先的传统——是伟大神灵

在深夜庄严的时刻交给我们老人的梦想，是我们酋长心中的幻象。我们的宗教就写在我们人民的心中。

你们的死者一旦迈进坟墓的门槛，便远游星际，不再钟爱你们，不再钟爱养育了他们的故土。他们很快便被遗忘，也永远不再回返。我们的死者永远不会忘却那给予他们身心的美丽家园。他们依旧留恋那碧绿的山谷，潺潺的流水，巍巍的丛山，与世隔绝的溪谷，镶着翠绿堤岸的湖泊和海湾。他们甚至柔情脉脉地思慕那些仍然活在世间的心中寂寞的人们，常常从欢乐的狩猎场抽身回来探望、指引、抚问和安慰他们。

昼夜不能同在。红种人一向在白种人来临时遁去，就像晨雾在晨曦前逃逸一样。

不过，你们的建议看来还公平。我想，我的人民会接受，并且将退到你们为我们提供的保护区内。那时，我们就将分别生活在和平之中，因为白人大首领的话似乎就是那冥冥无知的自然对我的人民说的一样。

我们的余生在何处度过没有多大关系。反正所剩的时日也不多了。印第安人的夜看来是漆黑一片。地平线上连颗希望之星都没有。凄风在远处呻吟。冷酷无情的命运看来是跟定了红种人的足迹。无论他走到哪里，都会听到凶残的杀手逼近的脚步声。他木然地准备迎接死亡，就像受伤的母鹿听到猎人逼近的脚步声时一样。

再过几个月，再过几个冬天——昔日在伟大神灵庇佑下，驰骋在这片辽阔的土地上或安居在幸福家园的强大主人们，到头来将连一个在坟头哀悼的后人都不会留下——那是一度曾比你们更强大、更有希望的民族的坟冢啊。不过，为什么我要对我的人民过早夭折的命运哀悼呢？一个部落取代另一个部落，一个民族取代另一个民族，就像大海的波浪，一浪接一浪。这就是自然的法则，悔恨是无济于事的。你们衰败的时日也许还很遥远，但是它终究会到来，因为即使白人与他的上帝一道漫步、交谈，有如朋友，白人也逃脱不了相同的命运。我们最终可能成为兄弟。我们等着瞧。

我们将考虑你们的建议，一旦我们作出了决定，便会通知你们。不过，倘若我们接受了你们的建议，此时此地我要提出这个条件，我们将有权不受干扰地祭扫我们祖先、朋友和子女的坟墓。在我的人民看来，这儿的每一寸土地都是神圣的。每一个山坡，每一条山谷，每一块平原和树林都由于一些在那早已消逝的岁月里的悲伤或愉快的事件，而变成了圣地。岩石貌似麻木、毫无生气，但却在那阳光普照的静悄悄的海岸边淌着汗水，颤栗着回想起那些与我的人民联系在一起的动人往事；那片就在你们脚底下的沙土响应他们

脚步比起响应你们脚步来，要带着更多的爱与情，因为它饱含着我们祖先的鲜血，而我们赤裸的双足能感觉到它满怀同情的爱抚。我们逝去的勇士、慈祥的母亲、欢快的少年，甚至还有孩童，他们曾在这儿生活，曾在这儿庆祝过短暂的时光，他们将热爱这些幽暗僻静的地方。当潮汐平息时，他们在这儿迎候返乡人的身影。倘若最后一位红种人也泯灭了，关于我的部落的回忆将成为白人之间的传说。这些海岸将充满我部落中冥冥不可见的死者，当你们孩子的孩子以为他们是独自呆在田野上、商店里、店铺里、公路上或者寂静无径的树林里时，他们却并不孤单。在这地球上，没有僻静的地方。深夜，当你们的城市、乡村的街道寂静无声的时候，你们以为这些街道已经被人舍弃了，而实际上，它们却熙熙攘攘挤满了那些还乡的主人。他们曾经充斥了这些街道。他们仍然钟情于这片美丽的土地。白人永远不会孤单的。

愿他公正善良地对待我的人民。死去的并不是无能为力的。死去的？我这么说了吗？世上没有死亡，只有转世。

## ■作品赏析

这篇演讲通篇抒情，感情深沉，催人泪下。富含感情的演讲让人回顾了印第安人从以前的那种自由快乐的生活，到现在被驱赶的现实。和每一个印第安人一样，西雅图酋长也充满了不满和不舍，哀怨地诉说着心中的痛苦。虽然他对白人很友好，但是在演讲中还是发出了心中的愤怒："一个部落取代另一个部落，一个民族取代另一个民族，就像大海的波浪，一浪接一浪。这就是自然的法则，悔恨是无济于事的。你们衰败的时日也许还很遥远，但是它终究会到来，因为即使白人与他的上帝一道漫步、交谈，有如朋友，白人也逃脱不了相同的命运。我们最终可能成为兄弟。我们等着瞧。"这是演讲中唯一一处言辞比较激昂的地方。此语表达了印第安人的心声，听后发人深省。

接着，他向政府提出请求，请允许他们有权祭拜自己祖先和亲人的坟墓，并公正善良地对待他的人民。最后，他只能用毫无希望"世上没有死亡，只有转世"的话来安慰自己的同胞。因其深沉的哀伤，人们把这篇演讲称作"葬礼演说"或"天鹅临终之歌"。

**⊙演讲者简介⊙**

西雅图酋长，美国华盛顿州境内的印第安人部落的领袖。这位酋长信奉天主教，主张与白人和平共处，并同西雅图的创立者之一戴维·斯温森·梅纳德建立了深厚的私人友谊。西雅图市得名于西雅图酋长，就是出于梅纳德的建议。由于西雅图酋长对白人很友好，白人居民还在他的墓地上建立了纪念碑。

# 对有色人种的偏见

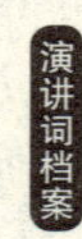


演讲者：西奥多·莱特（1797 ~ 1847）
演讲时间：1837 年 9 月 20 日
演讲地点：纽约乌拉提
演讲者身份：美国教士和废奴主义者

## ■历史背景

北美地区对有色人种的歧视由来已久，即便是在独立战争胜利后，美国依然保留了黑人奴隶制度。1830 年前后，广大黑人和废奴主义者开始开展废奴斗争。1833 年，“美国反对奴隶制协会”成立，这标志着有组织有纲领的废奴运动的开始。到 1837 年美国北部已经有大约 2000 个废奴组织。1837 年 9 月 20 日，美国反对奴隶制协会在纽约乌拉提举行集会，在这次集会上，莱特发表了以下演说。

## ■原文欣赏

主席先生，我是以满怀激动的心情站起来向大会发言的。即使没有人要求我这样做我也会当仁不让的。我承认我本人对此决议甚感兴趣。然而，只有受鞭打的人才懂得皮鞭的滋味，只有戴镣铐的人才知道镣铐的伤痛。要不是本着这样的事实，我是不会发言的。

事情很严重，先生。当下存在着对有色自由人的偏见就像大气一样无处不有。诚然，在美国，在我们这个州，是有像我这样黑皮肤的人，他们没有受过鞭打，没有妻离子散的遭遇，也没有人从他们手上夺走《圣经》。诚然，我们可以到国外走走，可以享受国内的舒适便利以及家庭之乐，可以独处私室，可以上教堂礼拜，可以允许劝告我们的子女和邻人好自为之。但是，先生，我们依然是奴隶——镣铐的伤痛无所不在地折磨着我们。由于现存如此偏见，大会的决议谴责奴隶制的幽魂，谴责现行的法律。奴隶制思想不以上帝之规对待芸芸众生，无视人的道德和文化修养。在这种情形下，败坏了的公众感情就助长了奴隶制幽魂的猖獗和现行法律的肆无忌惮。这种幽魂使希望之花枯萎，并常常使黑人父母面对自己的子女而叹息，觉得他们还是不出生为好。一个黑人母亲怀抱自己的幼儿时，内心往往充满了悲伤。她想到的是，由于人们的偏见，自己的子女无望在这块土地上成为有用之人。先生，这种偏见是邪恶的。

要是国家和教会明白这一点的话，我就不会对这种置有色人种的名誉于死地的偏见的影响发表任何言论了。这种影响夺走了我们的一切，伴随着我

们从小到大，使我们失去了获利、成才、享有荣誉等所有机会，使我们失去争取成为对世界和对我们自己的有用之材所有奋发上进的动机。

首先，它几乎完全剥夺了我们通过掌握技艺本领来获得各种利益的机会。一个黑人难有机会学一门本事，即使能做到这一点，在我们州的任何地方都难以找到雇主而发挥专长。多数大城市都有技工协会，它们设立规章将黑人排除出本行业。在许多情况下，即使我们的年轻人掌握了技术，也不得不因为在这个行业领域里发展无望而低就其他的行业。

要是在我们这个地方黑人父母有受教育的权利，该多令人鼓舞！要是在我们这个地方黑人父母能让子女入学掌握本领，该多令人鼓舞！然而，现在学校大门对他们是紧闭的。

我就不用提及自己和其他黑人所遇到的诸多不便了，尽管上帝也是按自己的形象塑造了我们。我也不用说明我们在旅行时碰到多少麻烦，别人是怎么对我们轻蔑地皱起眉头的。无论我们如何低三下四，也摆脱不了无处不在的窘迫难堪。

但是，先生，这种偏见是变本加厉的。它将人们摒弃于天堂之外。先生，当奴隶制将有色人种从大家庭中剔除出来剥夺他们的宗教权利时，他们就成了异教徒。人们要问，你们的基督教精神究竟是什么？你们是怎么对待你们的同胞兄弟的？你们口里谈论着未开化的人们并漂洋过海把《圣经》分发四处，同时却把同胞拒之门外，这是什么逻辑？碰到这种事情使我们痛心疾首……

感谢上帝，有一个振奋人心的道义在此情况下鼓舞着历经践踏的有色贫苦人——这就是：每个人的价值得到如实的社会评价；事实上当他们仰望天堂时，心里明白上帝将他们一并视为苍生之员而不论他们的种族和背景；处于羞辱与难堪，身受讥讽与蔑视之时，他们提起精神，满怀希望：他们不久将获得解放，像飞出樊笼的鸟儿，展开双翅，投入耶稣的怀抱欢欣雀跃；他们将怜悯地俯瞰那些蔑视奴隶，认为自己是上帝造就的人们，俯瞰那些蔑视自己、将自己等同于奴隶的人们。赞美上帝！因为他制定了《福音书》的道义。要是没有这一切，要是新生活的曙光遥遥无期，我将不愿继续存活于世。——为了废奴运动，赞美上帝！为了反奴隶制之战，为了花岗岩石就要从它的基座高高滚下，赞美上帝！然而，只要有色人种被看成是劣等民族，人们就会继续置他们的哭泣、呻吟和惨叫而不顾。

先生，身处这个协会我欢欣鼓舞。加入这个协会的那一天是我有生以来最感自豪的一天，我知道，如果今天要我去死，我会死得其所，死得泰然的，因为我明白会有人为了我的子女的事业奔走呼吁的。

我要通过你，先生，要求与会代表们抓紧这个议题。奴隶主们想对我们说：

你们对奴隶的爱到哪儿去了？你们对踩在你们脚下的黑人的爱到哪里去了？你们叫我们解放我们的奴隶，而你们自己却在感情上奴役着他们，这样，你们以你们的偏见看待他们，比我们用我们的方式对待他们，所造成的伤害要严重得多了。抓紧这个议题，我们就可以让他们住口，他们在提醒我们根据每个人自身的价值，尊重人的存在，把黑人当人看，以表示我们对沦为奴隶的人们的热爱。

## ■ 作品赏析

演讲开始，莱特就激动地说："要不是本着这样的事实，我是不会发言的。"这一句话就增强了演讲的说服力。莱特自己虽然可以享受家庭的幸福，也可以自由出国，但是作为黑人，他对黑奴正在忍受的痛苦也是深有体会的。他描述说，"这种幽魂使希望之花枯萎，并常常使黑人父母面对自己的子女而叹息，觉得他们还是不出生为好"。他还感叹黑人得到的不平等的教育权和就业权，这些关系人们切身利益的方面，能最大程度上引起人们的共鸣。

演讲中，莱特并没有喊出激进的口号或鼓动奴隶们起来造反，而是希望通过和平的方式把问题解决。

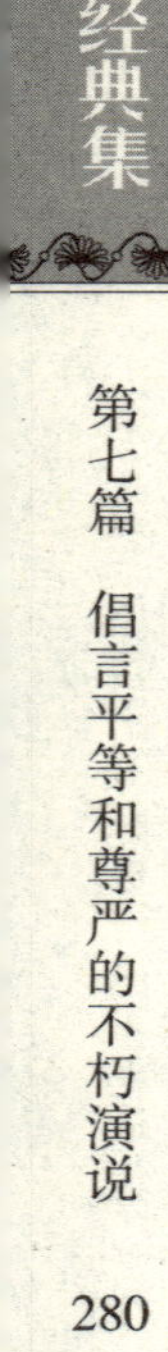


**⊙演讲者简介⊙**

西奥多·莱特，美国杰出的废奴主义者和教士。1797年出生于新泽西州。他在普林斯顿神学院受过良好的教育，是神学院毕业的第一个黑人。莱特担任过纽约黑人长老会教堂的牧师，也是美国反对奴隶制协会的创始人之一。同时，他也长期从事戒酒运动，并为争取黑人选举权和推进土地改革而不懈努力。

# 生命的最后一刻

演讲者：约翰·布朗（1800～1859）
演讲时间：1859年11月
演讲者身份：美国废奴运动领袖





## ■ 历史背景

美国南北战争前夕，废奴运动领袖约翰·布朗于1859年10月16日在弗吉尼亚州发动武装起义，遭到奴隶主的残酷镇压，布朗受伤后被俘。同年11月2日，州法院以"谋反罪"判处他绞刑。本篇演说是他被判处死刑后在法庭上即兴发表的。

## ■原文欣赏

如果法庭允许的话，我有几句话要说。

首先，除了我始终承认的，即我的解放奴隶计划之外，我否认其他一切指控。我确实有意完全消灭奴隶制。如去年冬天我曾做过的，当时我到密苏里，在那里双方未放一枪便带走了奴隶，通过美国，最后把他们安置在加拿大。我计划着扩大这行动的规模。这就是我想做的一切。我从未图谋杀人、叛国、毁坏私有财产或鼓励、煽动奴隶造反、暴动。

我还有一个异议，那就是：我受这样的处罚是不公平的。我在法庭上所承认的事实已经得到相当充分的证明，我对于证人提供的大部分事实的真实和公允是很钦佩的。但是，假如我的作为，是代表那些富人、有权势者、有才智者，即所谓大人物的人，或者是代表他们的朋友——无论是其父母、兄弟、姐妹、妻子、儿女，或其中任何人的利益，并因此而受到我在这件事上所受到的痛苦和牺牲，那就会万事大吉。这法庭上的每个人都认为，我的行为不但不应受罚，而且值得奖赏。

我想，这法庭也承认上帝的法律是有效的。我看到这里有一本你们吻过的书，我想是《圣经》或至少是《新约全书》。它教导我：要人怎样待我，我也要怎样待人；它还教导我：记着缧绁中的人们，就如同和他们被监禁在一起一样。我努力遵循这训条行事。我说，我还太年轻，不能理解上帝是会偏袒人的。我相信，我一直坦率地为上帝穷苦子民所做的事，并没有错，而且是正确的。现在，在这个奴隶制的国度里，千百万人的权利全被邪恶、残暴和不义的法制所剥夺，如果认为必要，我应当为了贯彻正义的目的付出我的生命，把我的鲜血、我子女的鲜血和千百万人的鲜血流在一起，我请求判决，那就请便吧！

请让我再说一句。

我对在这次审讯中所受到的处置感到完全满意。考虑到各种情况，它比我所料想的更为宽大。但是，我不认为我有什么罪。我开始时就已经说过什么是我的意图，什么不是我的意图。我从未想过要去破坏别人的生活、要去犯叛国罪、去煽动奴隶造反或发动全面起义。我从未鼓动任何人

为了点燃奴隶暴动的火种，1859年10月16日，布朗率领由20个人组成的武装队伍袭击了哈珀斯费里。第二天，一支海军陆战队袭击了工厂，并逮捕了布朗。

去这样做，却总是打消任何这种想法。

请还允许我说一句那些与我有关的人们所说的话。我听到他们中有人说我引诱他们与我联合，但事实恰恰相反。我这样说并非要伤害他人，而是深为他们的软弱感到遗憾。他们与我的联合没有一个人不是出于自愿的，而且他们中大部分是自费与我联合的。他们中间有很多人直到来找我的那天，我从未与他们见过面，也没有与他们交谈过，这就是为了我已经阐明的目的。

现在，我的话已经说完了。

## ■作品赏析

本篇演说的最大特点是突破了一般演讲的程式，没有什么开场白，也没有严谨的结构，各段落之间似乎没有什么逻辑上的必然联系，每段各陈述和论证一个问题。但是阅读全篇，就会发现，布朗通篇都是在用事实设辩，以谴责敌人滥杀无辜为主旨，无情地揭露了在“公允”论辩后面的政治偏见和阶级私利，断然否认法庭强加给他的一切“叛国”指控，演说在这样的一个主题下浑然成为一个整体。演说的语言朴实无华，用词准确犀利，具有很强的论辩性质。演说的最后，布朗以双方都承认的权威理论《圣经》设辩：“我看到这里有一本你们吻过的书，我想是《圣经》或者至少是《新约全书》。它教导我：要人怎样待我，我也要怎样待人。”布朗通过这样的引证严正地指控法庭的非正义和不公正，充分地发挥了引证法在辩论中的作用。整篇辩护演讲层层深入，表现了一位废奴领袖为真理和正义而献身的大无畏精神。

### ⊙演讲者简介⊙

约翰·布朗出生在康涅狄克州托林顿一个白人农民家庭。布朗的童年是在美国北部山林中度过的，后来他当过硝皮匠，经营过牧羊业。

约翰·布朗像

从19世纪20年代起，废除奴隶制的呼声激荡着北美大陆。1834年，布朗组织了一个废奴主义团体。1854年，南方种植园奴隶主派遣武装匪徒窜犯堪萨斯，激起了美国人民的反对。布朗听到堪萨斯血战的消息后，立即派他的5个儿子前往当地参加战斗。不久布朗自己也赶去了，并在达奇亨利渡口歼灭了一批敌人，从此，布朗的名字传遍各地。

1859年10月16日晚，布朗在哈帕斯渡口发动武装起义。18日，经过最后一场激烈战斗，布朗率领的起义军终因寡不敌众而失败了。起义军9人牺牲，6人逃脱，布朗等7人被俘。1859年12月2日，布朗英勇就义。

# 对美利坚合众国黑奴们的演说

演讲词档案
演讲者：亨利·海兰德·加尼特（1815～1882）
演讲时间：1843 年
演讲地点：纽约布法罗全美黑人大会
演讲者身份：美国废奴运动的领袖

## ■历史背景

1830 年，美国的废奴运动蓬勃兴起，1833 年 4 月，全国性的反对奴隶制协会成立，总部设在纽约。到 1840 年，参加废奴协会的人数超过 20 万，形成声势浩大的废奴运动。废奴主义者不仅通过各种形式进行宣传活动，而且还组织“地下铁道”，指引和协助大批黑人奴隶逃离南方。1840 年以后，废奴运动出现分化，有人主张采取政治斗争，有人力主武装斗争。加尼特本人积极支持废奴运动，主张武装斗争，这是他在纽约布法罗全美黑人大会上发表的激烈演说。

## ■原文欣赏

你们在北部、东部和西部的同胞们常常举行全国大会表达对彼此的同情之心，为你们的不幸处境哭泣流泪。在这些大会上，我们向所有自由的阶级发出了呼吁，但还从未对你们说过一句慰问和建议之词。我们迄今只停留在按兵不动地对你们的苦难表示哀痛，诚心希望神圣的自由早该回到你们身边。但是，我们的希望落空了。时光已经流逝，成千上万的人们在血流冲刷着的永恒的海滩上降生。你们所经历的压迫我们感同身受；只要你们还是奴隶，我们就谈不上自由。因此，正因为我们彼此命运相连，我们就向你们写下这番话。

你们之中许多人和我们命运相连，不仅是由于我们之间有人性的共同纽带，而且还因为我们之间存有父母、妻子、丈夫、姐妹和朋友的更具亲情的关系。因此，我们满腔挚爱地向你们说话。

奴隶制在你们和我们之间挖下了一条深沟，它使你们受不到你们的朋友们乐意给予的同情和抚慰，更使你们遭受到在魔鬼横行的地狱里都罕见的磨难和迫害。但是，仁慈、万能的天父还是留给了我们一线希望之光，在阴云密布的空中闪耀着孤星似的微亮。人类正在变得愈来愈聪慧、善良——压迫者的势力正在削弱，你们也一天天耳目灵通，力量日益壮大。兄弟姐妹们，你们有许许多多的哀怨；在这篇短短的发言里，我们不能期望向这个世界列数这个国家里出现的所有罪恶，而这也实在没有必要，因为这是你们每天都感受到的；这个世界全体文明的人们也惊愕不已地目睹了这些罪恶。

227年前，我们饱受伤害的民族首次被带到美洲的海滩上来。他们并非是心怀喜悦地来这个新世界里建立家园的。他们也并非是心甘情愿地来这里接受这片丰饶的土地给予他们天伦享乐之祝福的。他们与那些自称基督徒的人第一次打交道，就感受到了腐败、龌龊透顶的人心种种。他们也因此确认，在贪欲的驱使下，哪怕在文明人的眼里，任何残忍、任何邪恶、任何劫掠都是不足为过的。他们也不是乘着自由的双翼来到一片自由的乐土上来的。相反，他们怀着一颗颗破碎的心远离亲爱的故土来到这里，辛勤劳作，毫无报偿，沦落在悲惨的深渊。即便是死亡都不能解脱他们身上的枷锁，因为枷锁一代又一代地相传下去。成百上千万的人们从混沌降生于世，再回到魂灵的世界，一辈子受美国奴隶制度的诅咒和摧残。

奴隶制的繁衍者和他们的接班人们很快就发现了这个制度愈发膨胀的邪恶，也私下许诺说要将其摧毁。现在拥有奴隶的民族自己原来是为了自由才“漂洋来此”的，他们严重的自相矛盾如此显而易见，不容全然忽视。自由之声呐喊道：“解放你们的奴隶”；人们热泪盈眶地哀告释放来自非洲的子孙们；智慧女神庄重地提出她的恳求；流血的囚徒们喊冤叫屈，面向对着十字架痛哭流涕的基督教义；耶和华向这个恶毒的制度紧皱双眉；上苍电闪雷鸣，复仇的火焰呼之即出，欲劈死维护奴隶制罪恶的卑鄙之徒。然而，所有这一切都徒然无功。奴隶制还是展开了它漆黑的死亡翅膀，在这块土地上遮天盖日。教会在袖手旁观——教士发出虚假的预言，而人们又情愿如此。奴隶制的王权业已建立，它统治在握，得意非常。

法律和舆论（在这个国家它比法律还强大）禁止近300万你们的公民同胞读《生命之书》。你们的智慧尽其可能地被摧残。他们企图掐灭你们心存的一丝火花。压迫者们自己在此企图中也身陷囹圄。他们变得软弱无能、荒淫无耻、贪得无厌——他们诅咒了你们，他们也诅咒了自己，他们还诅咒了他们践踏在脚下的大地。

奴隶制！这三个字包藏了多少灾难！哪一颗心不会在这令人毛骨悚然的三个字前抽搐痉挛？人人珍藏热爱自由之心，除非上帝的形象已在人的灵魂中抹去。一个在刚果的野地里漫跑、未开化的非洲人，对自由权利的热爱丝毫不亚于一个目光炯炯的政治经济学家；每个人同其他任何人一样都有充分享受自由的权利。自由的种子孕育在每个人的心田里。谁将他的同胞贬置于对奴隶制心满意足的境地，谁就对上帝和人类犯下了滔天罪行。

弟兄们，时机已到，你们该为自己行动起来了。老话说得对：“世代奴隶要想自由，就该打出自己的拳头。”你们能够为自己的事业摇旗呐喊，能够比其他任何人更

能为自己赢得解放……想想非洲这个古老的名字所孕含着的不朽的光辉吧——也别忘了自己是土生土长的美国公民。既然如此，你们理应享受赋予最自由的人们的所有权利。想想看你们含辛茹苦却一无所得；用自己的鲜血养肥的这块土地上你们挥洒了多少的泪水！然后，找到趾高气扬的奴隶主们，直截了当地说你们决心已定：要自由。唤醒他们的正义感，对他们说他们没有权利压迫你们，正如你们没有权利奴役他们一样。要求他们卸掉强加在你们身上的重负，赋予你们的劳动以报偿。答应他们说如果你们的劳动得到了应有的报偿，你们是会重新在土地上辛勤耕耘的。告诉他们，《解放法案》在英属西印度群岛公布后，给当地带来了更多的快乐和繁荣。明确无误地对他们说奴隶制罪恶滔天，将受到末日审判，受到愤怒的上帝给予的应得报应。告诉他们你们要求的是自由，其他任何东西都不足使你们满意。就这样做吧，再也不要为那些鞭笞辱骂你们、让你们一无所有的恶霸卖命了。要是他们为此想置你们于死地，那么，应承当后果的不是你们，而是他们。如果你们想继续生为奴隶、让你们的后代继续遭受你们的苦难，那你们最好一死了事——现在就死吧。

同胞们！默默的受难者们！请注意，你们最宝贵的权利正惨遭作践；你们的儿女们正受到杀戮；你们的妻子、母亲和姐姐正沦为娼妓。以上帝的名义，为了珍贵的生命，让我们再也不要争论选择自由还是死亡孰好孰坏了。

1822年，南卡罗来纳州的登马克·维希为解放他的同胞订立了一个计划。在整个人类历史上还从来有人为推翻奴隶制的统治而制订出比这更详尽、更宏伟的计划了。然而，他自己的同胞背信弃义告发了他。维希死为自由的烈士。许多勇敢的英雄们倒下了，但历史信守她的职责，将他们的英名镌刻在摩西、汉普登、退尔、布鲁斯、华莱士、图森－路维杜尔、拉菲特、华盛顿等人的同一座纪念碑上。

纳撒尼尔·特纳是登马克·维希的追随者。邪恶和不公把他逼得走投无路。专制暴政将他的名字钉在耻辱柱上，而人民却世代景仰他，将他视为高尚、无畏的人。

接下来是不朽的约瑟夫·辛克，阿密斯达的勇士。他在非洲土生土长。在上帝的护佑下，他在公海解救了整整一艘船的同胞弟兄。此时，在非洲阳光铺洒的山峰上，在故乡的棕榈树下，高歌欢唱自由，聆听雄狮的吼叫，感到自己与森林之王一样自由自在。

还有麦迪逊·华盛顿，那颗自由的明星，在真正英雄主义的星座上占有一席之地。他与104名其他黑奴一起关在里士满的“克里奥”号双桅帆船上，运往奴隶大市场新奥尔良州。他们19个人拼死为自由而搏斗，结果死了一人，

而全体其他人都得到了解放。帆船最后驶往新普罗维登斯的拿骚。

高尚的人们！那些为自由而献身者，真诚而敬畏上帝的子孙后代会永世铭记着他们的。那些活着的人们，他们的名字环绕着荣誉的祥光。

弟兄们，站起来，站起来吧！为你们的生命和自由战斗吧！时机已来临，让这块土地上的每一个奴隶都起身战斗，奴隶制灭亡之日不会久远了。你们已受尽了压迫，你们已受尽了残暴，宁可死为自由人，不可生为奴隶。记住，你们有400万人！

你们的信条是抵抗！抵抗！抵抗！受压迫者没有不经抵抗而获得自由的。采取什么方式来抵抗，则要根据你们所处的具体情况而定，也要见机行事。弟兄们，再见吧！望你们坚信无所不在的上帝，望你们为人类的和平而努力。记住，你们有400万人！

## ■作品赏析

演讲中加尼特运用对比的手法来引导听众的思维。他首先描述了奴隶们正在遭受压迫的现实，言辞激烈，“我们不能期望向这个世界列数这个国家里出现的所有罪恶”，犀利的语言如同当头棒喝，令人惊醒。接着他回顾了白人们的历史，“现在拥有奴隶的民族自己原来是为了自由才‘漂洋来此’的”。是的，为了自由而来的人们却剥夺了别人的自由，奴隶们还有什么理由不对他们的行径感到愤怒呢？

加尼特的演讲极具鼓动性，他希望奴隶们能够站起来反抗压迫者们，而不再是沉默。他向黑人呼吁：“老话说得对：‘世代奴隶要想自由，就该打出自己的拳头。’”加尼特提倡奴隶们进行暴力反抗，而不是通过和平的谈判和立法。

加尼特在演讲结尾的激烈言辞，把演讲推向了高潮，“弟兄们，站起来，站起来吧！为你们的生命和自由战斗吧！”“你们的信条是抵抗！抵抗！抵抗！”这极大地鼓舞了黑人的战斗情绪，也为黑人暴力斗争打下了舆论的基础。

### ⊙演讲者简介⊙

亨利·海兰德·加尼特，1815年出生于马里兰州的一个奴隶制种植园。19世纪20年代，美国废奴主义者采取极为隐蔽的形式，经由秘密的路线和食宿站，协助大批黑人奴隶逃到北方或加拿大。1824年，9岁的加尼特成为幸运的一员，在公谊会教友的帮助下逃到纽约，成为一名自由人。之后，他在纽约的奥奈达神学院上学，毕业后便成为了牧师。他在传教的时候不忘鼓动解放黑奴，成为废奴运动史上最负盛名的领袖之一。

# 我们需要与男人同等的权利
## ——在纽约立法机关关于女权的讲话

演讲词档案

演讲者：伊丽莎白·凯蒂·斯坦顿（1815～1902）
演讲时间：1854年2月
演讲地点：纽约州立法会议
演讲者身份：美国女权运动的领袖

## ■历史背景

19世纪中叶，女权运动的中心从欧洲转向美国。1848年，美国女权主义者要求制定妇女权利法案，并陈述了妇女受歧视的社会现状。7月19日至20日，在斯坦顿、莫特和安东尼等人的推动下，在纽约州召开了美国第一届妇女权利大会，发表了《妇女伤感宣言》，呼吁妇女争取男女平等，争取“生命权、自由权和追求幸福的权利”。此后，整个美国掀起了轰轰烈烈的妇女参政运动。1854年2月，斯坦顿与安东尼一起出席了纽约州立法会议。在会议上，斯坦顿发表了这篇重要讲话。

## ■原文欣赏

先生们，在共和制的美国，在19世纪，我们作为1776年革命英雄的女儿，要求你们洗雪我们的冤屈——修定你们的州宪法——制定一部新的法典。请允许我们尽可能简要地提请你们注意使我们吃尽苦头的所谓法律上的无资格。

第一点，请看看妇女作为女人的地位。依照法律，我们可以生存、呼吸，有权从我们法律上的保护人处索取生活必需品——为我们所犯的罪过受罚；但是，仅仅如此是不够的。我们是人，是本地人，生来就是自由民，是财产持有者，是付税人；可是，人们却拒不允许我们享有选举权。我们养活我们自己，而且还部分地负担了学校、大学、教会的费用，部分地负担了你们的贫民院、监狱、陆军、海军和整个国家机器的费用。但是，我们在你们的议会里却没有发言权。除了性别之外，我们完全符合宪法规定的合法投票人所必备的条件。我们讲道德，守贞节，聪明理智，在各个方面都与骄傲的白人男子不相上下。可是，你们的法律却把我们同白痴、疯子和黑人划归一类。尽管我们觉得这样一种地位并不会给我们带来任何荣耀，但是实际上，我们的法律地位比他们还要低。因为，如果黑人拥有250美元，便有权成为投票人；疯子可以在他理智清醒的瞬间投票；白痴，只要是男性，只要不是彻头

彻尾的傻瓜，就也能投票。可是我们呢？我们领导了伟大的慈善运动，设立了慈善机构，编辑杂志，出版论述历史、经济和数理统计的著作；我们领导了国家、军队，出任教授，给当代的学者讲授哲学与数学；我们发现星球，驾驶船舶漂洋过海。可是，人们却拒不给予我们公民的最神圣的权利，其原因，就因为，天哪，我们来到这个共和国时未被赋予男人的尊严！难道说，在这个我们认为没有皇家血统，没有使徒后裔的地方，在这个宣称人人生而平等的地方，在这个宣称政府的正当权力来自被治理的人民的同意的地方，你们却一心要建立这样一种贵族制度，它将无知、粗俗的人置于有教养的、高雅的人士之上，将外人和苦力置于当代作家、诗人之上，将儿子置于生养了他们的母亲之上吗？

第二点，请看看妇女作为妻子的地位。婚姻事实上是建立在英国的古老习惯法之上的，是一个仅仅由于文明进步才得到一点改善的种种野蛮习俗的混合体。你们有关婚姻的法律公开违背了我们关于正义、关于我们本性中最神圣的感情的开明观念。如果你们对婚姻持最神圣的看法，视其为神圣的关系，是唯有爱情才能建立和满足的关系，那么，人类立法所能做的当然仅仅是承认这种关系。人既不能人为地系上也不能松开婚姻的约束，因为这个特权仅属于上帝，是上帝创造了男人与女人，以及将他们结合在一起的吸引法则。但是，如果你们视婚姻为民间契约，那么就让它服从制约所有其他契约的同样法则。不要把婚姻弄成一种半人半神的机制，一种你能建立但却不能管理的机制。你们不要为这种契约制定特殊的法令，从而将自己卷入最荒唐、最严重的矛盾之中。

根据你们的法律，凡是不满 21 岁的人不得签约购买马匹或土地，而且，如果签约中有欺骗行为，或签约人未完全履约，那么他还可以不受该契约的束缚。根据你们法律，所有民事契约的签约方，只要仍保留他们签约前的身份、能力和独立性，便有充分的权利以任何理由按他们自己的意愿和选择来解除合作关系和契约。那么，你们是根据什么民事法律原则，允许 14 岁的男孩与 12 岁的女孩违背一切自然法则地订立比任何其他契约都更具有巨大重要性的契约，并且，不论发生什么情况，即使他们感到失望，感到受骗上当，感到痛苦，他们也必须终生恪守这个契约呢？而且，签署这种契约意味着签约的一方立刻丧失其公民权利。仅仅在昨天还傲视跪地求婚者的女子，昨天在人类天平上的读数还高到足以与一位骄傲的撒克逊男子以同等条件签定契约的女子，今天便全无公民的权利，全无社会自由了。妻子不能继承财产，其法律地位与南方种植园里的奴隶毫无两样。她什么也不能占有，什么

也不能出售。她甚至连支配自己赚来的工资的权利都没有。她的身子，她的时间，她的劳动都是另一个人的财产……

第三点，请看看妇女作为寡妇的地位。每当我们试图指出法律对妻子的不公正时，那些总要我们相信法律已无法改善了的人便向我们指出寡妇的特权、权力和要求权。让我们稍微看看这些吧……瞧瞧法律的宽宏大量吧：它允许寡妇终生保留、享有地产的三分之一利息，享有丈夫个人财产的二分之一，而法律自己却占有了大部分的财富！如果妻子先于丈夫去世，那么房产和土地却仍将全部属于丈夫。没人胆敢干扰他家的清静，或骚扰他神圣的忧伤避难所。请问，如此区别对待男人与妇女，能叫作正义吗？

人们多次而且常常一本正经地问我们，“你们女人缺什么呢？你们的目的是什么呢？”许多人表现出一种值得称颂的好奇心。他们想知道，在共和制的美国，妻子和女儿有什么可抱怨的。她们的先生和儿子曾经那么英勇地为了自由而战，并且光荣地赢得了独立，将所有的暴政、偏执和等级制度统统踩在脚下，向企盼着的世界宣布了一条神圣的真理——人人生而平等。在这样的政府下，妇女能缺少什么呢？承认在性别上的根本差异，那么你就得要求获得不同的地位——有如水之于鱼，空气之于鸟雀一样。

人们无法使南方的种植园主相信他的奴隶同他一样有感觉，能思维。人们无法使他相信，对于他的奴隶来说，非正义与压迫就像对他一样痛苦。人们无法使他相信：他的奴隶也能像主人一样强烈地感受到按照他人意志生活的屈辱，感受到听凭他人癖性的支配，任凭他人情欲的摆布的奴役性。如果你能强迫他违心地看一幅黑人蒙受冤苦的写照，使他的灵魂一时受到震动，那么他的逻辑会立刻使他得到安慰。他会说，奴隶感觉不到我所感觉到的。先生，这就是我们困难之所在。当我们面对共和国的议员和学者，为我们的事业辩护时，他们无法接受男人和女人是相像的观点。只要这些人都处于这种错觉之中，那么公共舆论对于所揭示出的妇女地位的不公正和低下所表示的惊讶，将比不上对妇女终于觉醒、并且意识到这一不公正事实所表示出的惊讶……

但是，先生们，如果你们以男人与女人相像为由，进而认为你们是我们忠实的代表的话，那么，你们为什么要为妇女制定出这些特殊的法律呢？难道同一部法典不能满足所有类似的需要吗？基督的金科玉律胜过所有凡人才子能够设想出的特殊法令，“己所不欲，勿施于人”。先生兄弟们，这就是我们对你们的要求。我们要求的权利，仅仅是与你们为你们自己制定的相同的权利。我们需要的保障，仅仅是现行法律为你们提供的保障。

最后，让我们代表全州的妇女声明，我们所要求的，正是你们自从“五月花”号在普利茅斯港抛锚以来，在开发过程中你们为自己所要求得到的。理由很简单——每个人的权利都是相同的，彼此一样的。你们可能会说，本州的大部分妇女并未提出这个要求，提出要求的只是一些失望的、令人讨厌的老处女和没有子女的女人。

你们错了。广大妇女是通过我们来发言的。本州绝大部分妇女自食其力，而且还供养孩子，许多人还供养她们的丈夫……

那么，你们真的认为这些妇女不希望掌握她们挣来的工资，不希望拥有自己购买的土地和自己建起的房子吗？你们真的认为她们不希望将自己的孩子置于自己的支配之下，而不必遭受一位一钱不值、花天酒地的懒汉的没完没了的干涉和躁躏吗？你们以为任何女人都是如此虔诚、驯服，以至于心甘情愿地终日缝纫，却仅仅挣得可怜的50美分吗？你们以为她们希望遵照你们的法律，享受那个为丈夫支付烟钱和酒钱的无法言喻的特权吗？试想想，一个十足畜生一样的酒鬼，他的妻子会同意与他分享她的家和她的床吗，如果法律和公共舆论允许她解除这种粗野的伴侣关系的话？很明显，她绝对不会不同意！

我们为所有的这些妇女说话，如果在这长长的单子上，你们再加上那些大声疾呼要求赔偿她们没完没了的劳动的妇女；再加上那些在我们的私立女子学校、高等学府和公立学校任教，却仅仅换来微薄收入的女子；再加上那些被无情课以税款的寡妇；再加上那些被关在感化院、贫民院和监狱里的不幸的妇女；那么，我们还有什么人不能代表呢？我们不能代表的只不过是一些时髦的轻浮女子，她们像蝴蝶一样，在短暂的夏日里，追逐阳光和花朵，但是秋季的凉风和冬天的白霜很快便会驱走阳光和花朵，那时，她们也将需要、也将寻求保护。到那时，将轮到她们通过别人的嘴向你们提出争取正义与平等的要求。

## ■作品赏析

斯坦顿开篇点题，急切呼吁议会修改宪法和法律。但是她没有接着就阐述希望法典包含的内容，而是分析了妇女们在法律上不合理的无资格。叙述过程中，斯坦顿用事实说话，夹叙夹议，清晰、透彻地讲述了妇女在法律上的不平等，引人深思。“妇女们到底要什么呢？”斯坦顿接着说道，“人们多次而且常常一本正经地问我们，‘你们女人缺什么呢？你们的目的是什么呢？’”美国在独立的时候宣告人人平等，而妇女们想要的也只是这一点平等，“我们要求的

权利，仅仅是与你们为你们自己制定的相同的权利。我们需要的保障，仅仅是现行法律为你们提供的保障。”斯坦顿针对“本州的大部分妇女并未提出这个要求”的怀疑，作出了回答，她运用了一系列的反问句解除疑问，加强了语气，增大了说服力度。

斯坦顿的演讲整体结构层次分明，观点突出，语言切题而又准确，且气势宏大。也正是她的这篇演讲给女权主义者树立了榜样，加速了妇女争取平等权利的进度。

**⊙演讲者简介⊙**

伊丽莎白·凯蒂·斯坦顿，出生于纽约州的约翰镇，是美国女权运动的先驱之一，同时也是优秀的作家和演说家。1848 年，由斯坦顿作为主要发起者的美国第一次妇女权利大会在纽约州的赛尼卡福尔斯召开，标志着美国妇女运动的开始。1869 年，她与苏珊·布朗威尔·安东尼成立了全国妇女选举权协会。1902 年，斯坦顿在纽约市逝世。她把自己的一生都献给了女权运动。

演讲词档案

演讲者：露西·斯通（1818 ~ 1893）

演讲时间：1855 年 10 月

演讲地点：美国全国妇女权利大会

演讲者身份：女权主义者和废奴主义者

# 妇女，要争回自己的权利

## ——在全国妇女权利大会上的演讲

### ■历史背景

1840 年后，随着废奴运动的兴起，美国许多白人妇女开始关注自己本身的权利，关注妇女的自由和男女平等问题。由此，一场轰轰烈烈的女权运动在美国兴起。1848 年 7 月，第一次全国妇女权利大会在纽约州赛尼卡福尔斯举行。之后，美国各地出现大量女权组织，并且每年都要举行一次妇女权利大会。1855 年 10 月，全国妇女权利大会在俄亥俄州的辛辛那提举行，露西·斯通在大会上作了以下演讲。

### ■原文欣赏

上一位发言者暗示说这个运动是一些失望妇女的运动。从我记忆中最早的年代起，我就一直是个失望的女子。当我与我的兄弟一道追求寻觅知识的

源泉时，人们责备我说："那对你不合适；那不属于女人。"那时，世界上只有一所大学录取女学生，而那所大学在巴西。我本来会想办法到那儿去的。不过，当我准备上路的时候，在年轻的俄亥俄州开办了一所大学——美国第一所允许妇女和黑人享有与白种男人同样机会的大学。当Z我要寻求一个能使英名永垂青史的职业时，我失望了——除了教师、裁缝和管家之外，所有职业的大门都对我紧锁着。在教育、婚姻、宗教方面，在各个方面，失望是妇女的命运。我毕生的工作是加深每个妇女心中的这种失望感，直至她们不再向它低头为止。我希望妇女不要成为会走路的摆设，不要向她们的父亲和兄弟索讨最时髦、最华丽的新帽子，而要向他索要她们的权利。

妇女的权利问题是个实际的问题。占主导地位的观点认为，这只是个短时间的问题，它只不过是妇女要求有权在马路上抽烟，有权常常光顾酒吧间。其他人以为它是个相对说来属于知识界的问题；还有一些人则认为，它只是个事关地位、身份的问题。关于妇女的地位和身份，人们已经写得、说得太多了。所有这些说法归根到底，都仅仅是建立在一些时代习俗和偏见之上。这一点可以从以下事实中得到证明——某个国家的妇女可以做的事情，另一个国家的妇女却不许做。温德尔·菲利浦说："一个人能够从事的最好而且最伟大的事情，是找到他的地位和身份。"我相信天父，当他赋予我们某种办事能力时，他不会铸下什么大错。那么，就让妇女去寻找她们自己的地位和身份吧。不要在我们出生之前就吩咐我们说，我们的领域就是烧饭、补袜和钉纽扣。……

## ■ 作品赏析

露西·斯通围绕"失望妇女"展开演讲，并对这个问题进行了深刻的阐述。露西·斯通现身说法，列举了自己在求学、工作上的失望，指出"在教育、婚姻、宗教方面，在各个方面，失望是妇女的命运"，准确道出了妇女面临的不公平处境，也表明了自己对失望妇女的看法。她强调自己要"加深每个妇女心中的这种失望感，直至她们不再向它低头为止"，希望妇女从心底里重视自己，起来争取自己的权利。

在希望妇女们争取权利的问题上，露西·斯通没有做纲领性和口号性的倡导，也没有陈述各种理论来讲明一些大道理，而是引用了温德尔·菲利浦的话"一个人能够从事的最好而且最伟大的事情，是找到他的地位和身份"，来引发广大女性的思考。演讲的最后，露西·斯通说："那么，就让妇女去寻找她们自己的地位和身份吧。"这不是什么激烈的言辞，却极具力量，引发着人们对妇女权利的思考。

⊙演讲者简介⊙

露西·斯通是美国女权运动的先驱，也是废奴运动的支持者。1818年，露西·斯通生于马萨诸塞州，后来她靠自己赚钱读完了大学。1855年嫁给社会改革家亨利·布莱克威尔时，她要求保留自己当姑娘时的姓氏。由此，她成为美国历史上第一个婚后坚持用原姓的女子，所以被人们称为斯通夫人。1869年，她创建了“全美妇女选举权协会”，并创办《妇女之刊》。

# 论妇女选举权

演讲者：苏珊·安东尼（1820～1906）
演讲时间：1873年
演讲者身份：美国女权运动先驱，全美妇女选举协会主席

## ■历史背景

作为早期美国女权主义运动的领袖，苏珊·安东尼在1872年的总统大选中带领一群纽约州的妇女到当地投票地点参加投票。因为当时妇女投票是非法的，所以她被逮捕，并于1873年6月被传讯。在此之前，她前往纽约州北部大部分地区进行了演讲，说明剥夺女性的选举权是不合理的。这篇演讲是她在传讯时的辩护词 。

## ■原文欣赏

朋友们、公民们：

今晚我站在你们面前，被控在上次总统选举中，因没有法定权利参加投票而犯有所谓的选举罪。今晚我要向你们证明，我参加这次选举不但没有犯罪，相反只是行使了我的公民权。我国宪法保证我和全体合众国公民拥有公民权，任何一个州都无权剥夺。

联邦宪法的序言写道：“我们合众国人民，为建设更完善的联邦，树立正义，保证国内安定，筹设共同防务，增进公共福利，确保我们自己和子孙后代永享自由幸福，特为美利坚合众国制定本宪法。”

组成联邦的是我们人民，不是男性白人，也不是男性公民，而是全体人民。我们组成联邦，不是为了赐予自由幸福，而是为了确保自由幸福，不是为了确保我们中的一半人及子孙后代中的一半人的自由幸福，而是为了确保全体人民的自由幸福——女人和男人都包括在内的自由幸福。参加投票是这个民

美国妇女在争取选举权的斗争中遇到了很大的阻力，男权主义者甚至用医学观点来为自己反对妇女选举权作辩护。例如，马萨诸塞州的立法者曾宣称："如果给妇女选举权，你就得在每个县建立疯人院，在每座城镇建立离婚法庭。女人太神经质和歇斯底里，不能介入政治。"尽管遇到了强大的阻力，妇女运动争取选举权的斗争还是相继取得了成功。

主共和政体所提供的、确保自由幸福的唯一手段。因此，一方面侈谈妇女享有自由幸福；另一方面却又剥夺她们的投票权，这是一个极大的讽刺。

任何州政府，如果把性别作为参加选举的资格，必然导致人口中的整整一半被剥夺公民权。这等于通过一项剥夺公民权的法令，或一项具有追溯效力的法令。因此，这样做违背了我国最高法律，使妇女及其后代中的所有女性被永远剥夺了自由幸福。对妇女来说，这个政府也就没有来自被统治者赞同的正常权力。对她们来说，这个政府就不是民主政体，不是共和政体，而是可憎的专制，是可恶的性别独裁，是地球上迄今为止最可恨的专制。因为，富人统治穷人的富人独裁，有教养者统治无知者的劳心者独裁，甚至撒克逊人统治非洲人的种族独裁，人们或许尚能忍受；而这种性别独裁，却使得每家每户的父亲、兄弟、丈夫、儿子，成为母亲、姐妹、妻子、女儿的统治者，使一切男人至高无上，一切妇女沦为奴婢，因而给全国每家每户带来了不和、纷争和反叛。

韦伯斯特、伍斯特和布维尔都认为，所谓合众国公民，就是有权投票和有权供职的美国人。

现在唯一要解决的问题是：妇女是不是人？我相信，任何反对我们的人都不敢斗胆说妇女不是人。妇女既然是人，那么就是公民。任何州都无权制定某种法律，或重操某种旧法律，来剥夺妇女的特权和豁免权。因此，今天，某些州的宪法和法律中所有歧视妇女的条款，正如所有歧视黑人的条款一样，都是无效的。

## ■ 作品赏析

苏珊·安东尼的这篇演讲简洁有力，逻辑论证严密，她依据合众国宪法，使反对者没有反驳的余地。在演说中，安东尼开篇就直接讲明了事情的原委：因为在选举中投了票而被指控有罪。但是她说："今晚我要向你们证明，我参加这次选举不但没有犯罪，相反只是行使了我的公民权。我国宪法保证我和全体合众国公民拥有公民权，任何一个州都无权剥夺。"接着，她引述了宪法的

内容来说明她行使权利的正当性，这些都是正面的论述，在于说明：如果一个国家因为性别而剥夺人权，就是一个独裁的性别寡头统治。安东尼的下一个诘问是，如果宪法承认人权，那么，女人是人吗？这是一个非常严厉而具有讽刺意味的提问，必然使被问者瞠目结舌。安东尼继续推论：女人既然是人，按照宪法，她就是公民，因此，一切歧视女人的在宪法之下的法律法规都是无效的。在这篇演说中，我们找不到一句废话，安东尼也不依靠情感来打动人，她只是依据根本的宪法和逻辑力量。

**⊙演讲者简介⊙**

苏珊·安东尼，出生在马萨诸塞州的亚当斯，1845年，随家庭迁到纽约州的罗切斯特。

苏珊·安东尼像

美国内战爆发前，她曾参与反奴隶制和禁酒运动。1851年，她遇到需要抚养一大群孩子的伊利莎白·凯蒂·斯坦顿。在很长一段时间里，安东尼能够到外地进行演讲和组织工作，而斯坦顿却只能待在家里照看孩子。很快她们成了工作中的伙伴，并终身保持着这一关系，而她们的这种关系决定了美国女权主义运动的进程。在1872年的总统大选中，安东尼带了一群来自纽约州罗切斯特的妇女到投票地点参加投票。因为当时妇女投票是非法的，所以她被逮捕并遭到起诉。安东尼于1873年6月被传讯。在此之前，她前往纽约北部的大部分地区进行演讲，说明剥夺妇女的选举权是不合理的。她最终被判有罪并处以罚款。但她拒付罚金，而且也没有人向她索款。

晚年她致力于国际妇女运动，为国际妇女理事会和国际女权运动联合会创始人之一。

# 工人要求什么

演讲者：塞缪尔·冈伯斯（1850～1924）
演讲时间：1890年5月1日
演讲地点：路易斯维尔
演讲者身份：美国工人运动领袖

## ■历史背景

19世纪晚期，美国工业革命深入进行，社会经济获得巨大发展。但是，工人们每天要劳动很长，工资却很低。愤怒的工人为改善生存条件，提出8小时工作制，并为此在1877年举行了第一次全国大罢工。在工人运动的强大压力下，美国国会制定了8小时工作制的法律，但资本家根本不予理会。

1886年5月1日，美国2万多个企业的35万工人举行总罢工。不幸的是，芝加哥的罢工运动遭到政府的暴力镇压。此后，由于世界各国工人不断斗争，最终赢得了8小时工作制。1889年，第二国际代表大会将每年5月1日定为“国际劳动节”。1890年5月1日，为纪念这个节日，美国路易斯维尔举行了一次集会，工人领袖冈伯斯在集会上发表了以下演讲。

## ■原文欣赏

朋友们，我们今天在这里集会，为实行八小时工作日制度的要求呐喊。在国内，这一要求已促使路易斯维尔和新奥尔巴尼成千上万的工人们上街游行，激励了芝加哥的工人一批又一批地行动起来，激发了纽约工薪劳动大军的热忱，并使他们意识到这个问题的重要性。在国际上，这一要求鼓舞了英国、爱尔兰、德国、法国、意大利、西班牙和澳大利亚的劳动者，他们不顾世界上专制君主的禁令，宣布在1890年5月1日，全世界的工人将举行罢工，声援美国工人的斗争，要求实行8小时工作日制度，让工人有8小时睡眠、8小时自由支配的时间。

有人一再指责说，要是我们有更多的闲暇时间，我们只会狂饮暴食，养成恶习，也就是说，我们会喝得烂醉。我想用下面的话来回敬这种指责：一般来说，社会上喝醉酒的人有两种：一种是钱太多游手好闲的人；另一种是失业无活可干的人，后一种人表面上看起来醉了。我认为在我们的社会中，最清醒的是这一阶层的人：他们能够靠一天合理的劳动时数争取合理的工资而又不过分劳累。每天劳动了12、14甚至16小时的人需要一些人为的刺激来使他们的身体从一天的疲劳中得到恢复。

我们应该能够在更高的水平上来讨论这个问题，我很高兴地说，我们所从事的运动将促使我们朝这一方向前进。他们对我们说无法实行8小时工作日制度，原因是这将妨碍工商业的发展。我认为我国在工商业方面的历史所表明的事实恰恰与此相反，这个问题不是经济问题而是社会问题，我们应该把它作为社会问题来讨论。要是他们把这个问题说成是经济问题，我愿意和他们辩论，如果这运动意味着使工商业停滞不前，我愿意回顾我为推动这一运动的发展所采取的每一个步骤。可是，事情不是这样，8小时工作日运动将使工商业更加繁荣，使民族更加进步，使人民更加先进、聪明、高尚……

他们说他们担负不了减少工作时数所造成的损失。事情真是这样吗？让我们稍稍想一想，假如减少工作时数会导致工商业的衰退，那么很自然地可以由此得出结论，增加工作时数能促进工商业的繁荣。假如事情确实如此，

那么在文明的排行榜上，英国和美国应该是最后一名……

在日工作时数为8、9或10小时的英国和美国，雇主和工人们工作效率更高，更富有成果，这难道不是事实吗？难道我们没有发现他们的产品售价更低吗？我们用不着让现代的说教家来告诉我们这些事情。在所有劳动时间长的工业中，人们会发现那里工人的发明创造力发挥得最差。哪里的劳动时间长，哪里的劳动力就便宜；哪里的劳动力价廉，哪里就不存在发明创造的必要性。我们怎能期望一个人在每天劳动10、12或14小时之后还有精力发明机器或发现新规律或动力？他要是有幸拿起报纸阅读，也许连两三行都看不完就要睡着了。

当劳动时数减少时，比如说每天减少一小时，想一想这意味着什么。如果让原来每天工作10小时的人把日工作时数减少到九小时，或者让原来每天工作九小时的人把日工作时数减少到8小时，这意味着什么呢？这意味着有无数绝好的时刻与机会让人们思考。有的人也许会说，你们会去睡大觉。好吧，有的人也许一天能睡16个小时，一般的人可以试试看，他会发现无法长期这样做，他总得做些事情。晚上，他也许会去看看戏，听听音乐会，但是他也无法每天晚上都这样做。他也许会对某一方面的研究产生兴趣，那么他就会把减少体力劳动的时间花在脑力劳动上，他一小时脑力劳动所创造的财富将大大超过他12个小时体力劳动所创造的财富。

在日工作时间较短的制度下，人们不仅有机会自我提高，而且有可能为他们的雇主带来更大的成功，我认为这是千真万确的。朋友们……西班牙、印度、俄国、意大利的情形又是如何呢？放眼看看世界，观察一下迫使大自然为人类生产必需品的工业，你们将会发现，哪里的工作时间最短，哪里的机器发明创造就发展得最快，人民的生活就最富裕。雇用廉价劳力是发展的最大阻碍，哪里的劳力便宜，哪里的发展就迟缓。正是由于我们伟大的劳工联合会的影响，我们富有理智的会员们才能够往前，往高处继续前进，我们的进步与改革运动正为世人所密切关注。

日工作时间长的人，除了维持最低的生活水平以便能继续劳动外没有别的需求。他睡觉梦见干活，早上起床去上班，带着节俭的午餐去干活，回到家又躺在那勉强拼起的床上稍稍休息，以便能再去上班干活。他只不过是一台名副其实的机器，他活着是为了干活，而不是干活为了生活。

朋友们，除了生活必需品外，劳动人民需要的唯一的东西是时间。我们的生命随着时间开始亦随之结束。我们需要用于陶冶自身情操的时间，需要用于使我们的家庭充满欢乐的时间。时间把我们从最低级的原始社会带到最

先进的文明社会，我们需要时间来把我们推向更高级的社会。

朋友们，你们将会发现这一事实：已查明，我们有100多万的兄弟姐妹——身强力壮的男女——流落在街头、大路和偏僻的乡村小路旁，他们愿意工作却找不到活干。大家知道，我们政府的理论是我们可以随心所欲地决定要就业或要辞职，这只是理论而已，不是事实。我们确实可以辞职，如果我们要这么做，可是，只要还有100万失业的男女流落在街头寻找工作，我就不认为我们想就业就可以找到工作。可以随意就业或辞职的说法是骗局、圈套，是个弥天大谎。

我们要考虑的有：第一，使我们的职业更有保障；第二，使工资更加固定；第三，为穷人们提供就业的机会。劳动者一直被当做生产物品的机器……而在劳动这一现象后面还有人的灵魂、真正的目的和抱负。你们不能像政治经济学家和大学教授那样把劳动说成是可以买卖的商品。我们是继承了我们伟大先辈的传统的美国公民，我们的先辈为了事业牺牲了除荣誉之外的一切东西。我们的敌人希望看到劳工运动夭折，到寒冷的阴间去见阎王爷，他们希望在天气稍微暖和一些时看到这。可是，我要对大家说，劳工运动已经扎下根不走了。像《麦克白》中班柯的鬼魂一样，劳工运动永不消逝。劳工运动是既成的事实，它由于人们的需要而产生，虽然有些人希望它失败，可是它依然在人们心中牢牢地扎下了根。我们将继续努力直至取得胜利。

我们要求完全实行8小时工作日制度。有人谴责我们自私，说我们会得寸进尺提出更多的要求，说我们去年日薪提高了10美分，现在又要求更多一些。我们确实要求更多一些。人的欲望通常是无止境的。去问问流浪汉要些什么，假如他不要饮料，他会要一顿丰盛的饭菜；问一天挣两美元的工人要什么，他会要求把日薪提高10美分；要是问一天挣5美元的人，他会要求每天增加15美分；要是问年薪为5000美元的人，他会要求将年薪增加到6000美元；而拥有80万或90万美元的人会想再要10万美元凑成100万；而百万富翁还想拥有每一样能弄到手的东西，然后提高嗓门，反对想每天多挣10美分的穷光蛋。我们生活在财富成百倍地增长的电力和蒸汽的时代，我们认为这些财富是劳动者的聪明才智和辛勤劳动的结晶，而当我们感到生产比以往更容易时，却发现生活越来越艰难。我们确实要求更多，而且当我们得到更多后，我们还要进一步要求更多。在我们得到我们应得的劳动成果之前，我们决不会停止要求更多一些……

## 作品赏析

冈伯斯在演讲的开始就用事实激励和鼓舞了工人们的士气，他说纽约、芝加哥、英国、爱尔兰、德国、法国、意大利等全世界的劳动者，都齐集在1890年5月1日这一天声援美国争取8小时工作日的制度。接着他针对有些人指责工人们如果有更多的闲暇时间会狂暴饮食、养成恶习等的说法，作出了自己的回敬。他幽默而又尖锐的语言获得了工人们的掌声。他说，养成恶习的人只会是那些游手好闲、无活可干的人，不是工人。他还认为8小时工作制是社会问题，而不是某些人所说的经济问题。他说8小时工作制，只会让工人们的效率变高，提高他们的创造力。冈伯斯通俗、风趣的语言很快就调动起了听众的情绪。之后，他借着高涨的情绪把工人们和上百万的失业人群联系起来，强调“工人不是机器”，不是“为了干活而活着”，道出了工人们的心声，从而引导工人要为自己的权利而继续斗争。

冈伯斯的这篇演讲，在当时的情况下极大地鼓舞了工人们，是工人阶级为生存和斗争所发出的呐喊，是劳工运动中一件无形但却锋利的武器。

**⊙演讲者简介⊙**

塞缪尔·冈伯斯，美国著名的工人领袖，为国际工人运动作出了杰出贡献。1850年出生于伦敦，1863年移居纽约。他曾参与创建美国劳工联合会，并撰文论述劳联的目的。1889～1891年间，领导工人开展8小时工作日运动。从1886年起，直到1924年，他一直担任美国劳工联合会主席职务。后来，他主张行业工会主义、提倡劳资和谐，思想日趋保守。

# 在亚特兰大博览会上的演讲

演讲者：布克·华盛顿（1856～1915）
演讲时间：1895年9月18日
演讲地点：亚特兰大博览会
演讲者身份：美国政治家、教育家、作家

## 历史背景

19世纪90年代中期，美国的工业获得巨大发展，大机器生产的工厂基本取代了手工作坊，尤其是以电气和交通运输业发展最为迅速，其他行业也都在进行不同程度的技术改革。但是，在广大的劳工群体中，黑人一直受到歧视和压迫，生活在社会的最底层。美国教育家布克·华盛顿对这种情况深

感不满，便大力兴办学校，希望通过对黑人进行技术教育改变黑人的现状。这是他 1895 年在亚特兰大博览会上发表的演讲。

## ■原文欣赏

南方人口的三分之一是黑人。任何想在南方取得物质、文化、道德方面巨大成就的事业家都不能忽视我们人口的这一组成部分。在这盛大的博览会进展的每一个阶段，美国黑人的价值和气概都得到了博览会经理们恰当而又极其慷慨的赏识，我谨在此向会长和理事先生们转达广大黑人同胞的谢意。这种赏识将比我们获得自由以来所发生过的任何事件更能巩固加强我们两个民族之间的友谊。

除此之外，这儿还为我提供了演讲的机会，来唤醒黑人同胞去迎接工业发展的新时代。由于我们无知，又缺乏经验，所以在我们新生活的最初几年里，我们没有从最低点而是最高点开始努力；我们奋力争取在国会和州立法机关的席位，却忽视了培养房地产经营的能力和工业技能；我们被政治会议或树墩演讲所吸引，而觉得经营牛奶场或蔬菜场乏味，这种现象并不奇怪。

一条在海上迷航了几天的船只突然看见一艘友好船只，从遇难的船只的桅杆上可以看到求救信号："水，水，我们快渴死了。"对方立即答复："从你们船上把水桶放下来打水。"遇难船只好再一次发出求援信号："水，水，给我们送水！"得到的答复是："从你们船上把水桶放下来打水。"第三、四次要求送水的信号也得到了同样的答复。遇难船只的船长终于注意到了这一答复，将桶放下去，从亚马逊河口打上来满满的一桶清澈的淡水。

对依靠在异国改善生活状况的黑人同胞和低估了发展与南方白人睦邻友好关系的重要性的黑人同胞，我要疾呼：从你们那儿把水桶放下来打水，果断地放下来，与我们周围的各族人民交朋友。在农业、机械业、商业、家庭服务业及其他行业，黑人同胞都应该这样做。关于这一点应该记住，不管可能要南方忍受其他什么罪恶，在纯商业事务方面，南方为黑人在商界提供了像样的机会，本届博览会就是胜于雄辩的事实证明。我们面临的最大危险是，从奴隶制到自由这一飞跃过程中，我们可能会忽视这一点：我们大部分人靠手工生产谋生，而忘记了当我们学会赞美歌颂平凡的劳动，在各行各业中发挥我们的智能和技能时，当我们学会区分生活中表面与实质，华而不实与真正有用的东西之间的差别时，我们将会兴旺发达，获得成功。只有当一个民族认识到种田与写诗是一样高贵时，这个民族才有可能繁荣昌盛。我们应该从生活的最低点而不是最高点开始努力，我们也不应该让我们所受的委屈给

我们的机遇投下阴影。

不少白人希望讲不同语言，保持不同风俗习惯的异族人的到来能促进南方的繁荣，如果允许的话，我想对他们重复一下我对黑人同胞讲过的话："从你们那儿把水桶放下来！"放到八百万黑人中来。你们了解他们的脾性，在他们的反叛意味着你们家园的毁灭那种日子里，你们也曾经考验过他们的忠诚与爱。把你们的水桶放到这些黑人中来，他们过去既不举行罢工也不争议报酬，为你们种田、开垦荒地、修建铁路、建设城市、开采宝藏，使南方的巨大发展成为现实，把你们的水桶放到我们黑人同胞中来，就像你们现在正在做的那样，帮助和鼓励他们，在才智、技能和精神这些方面培训他们。你们将看到，他们将购买你们多余的田地，使荒芜的土地结出硕果，他们也将经营你们的工厂。

这样做的时候，你们可以相信，像过去那样，将来围绕在你们及你们家人周围的也将是世界上至今所见到的最耐心、最忠诚、最守法、最不易抱怨的人们。过去我们替你们照看小孩，在病榻前伺候你们的父母，还经常流着眼泪为他们送葬。我们过去已经证明了对你们的忠诚，所以将来，我们也将忠心耿耿地站在你们一边，这种忠诚是任何异族人所不能比的。假如情况需要的话，我们还随时准备牺牲生命保卫你们。我们将在工业、商业、文化和宗教生活各方面与你们交融在一起，使我们两个民族的利益相一致。在一切纯社交性的事务中，我们可以像手指那样分开；但在一切对共同进步有决定意义的事情上，我们必须团结得像一只手一样。

要是没有全体民众的高度文化水平和兴旺发达，我们都得不到保护，都不会感到安全。假如存在着不让黑人充分发展的阻力，那么应该把这种阻力转化为动力，刺激鼓励黑人，使他们成为最聪明有用的公民。这种投资得到的将是十倍的收益。这种努力将为双方造福，既有利于提供帮助的一方，也有利于被帮助的一方。

在人类或上帝的法律面前，没有任何人能逃脱不可避免的命运：

公正平等的法则永恒不变，
把压迫者和被压迫者拴在一起，
就像罪恶永远伴着苦难，
朝着命运我们肩并肩一起迈进。

将近八百万双的手可能帮你们挑起重担，也可能拉后腿；我们可能构成南方愚昧与罪恶的三分之一甚至更多，也可能构成文明与进步的三分之一；我们可能为南方的工商业繁荣作出三分之一的贡献，也可能成为一具僵尸，

延缓、削弱、阻碍国家进步的各种努力。

光临博览会的先生们，当我们在博览会上向你们展出我们的努力所取得的一些小成果时，希望你们对我们不要太苛求。三十年前，我们在各地开始拥有一些被子、南瓜和鸡（从各方收集来的）。请记住：我们是在一无所有的情况下开始发展的。我们搞发明创造，生产农具、轻便马车、蒸汽机、报纸、书本、雕塑，经营药店、银行，我们走过的路是不平坦的，我们是披荆斩棘走过来的。当我们为我们所展出的独自努力的成果而感到自豪时，我们一刻也不曾忘记你们对我们教育事业的帮助。不仅南方帮助了我们，北方也帮助了我们，尤其是北方的慈善家们源源不断的捐赠给了我们极大的支持与鼓励。要是没有你们的帮助，我们的展品会使你们大失所望。

黑人中的有识之士明白挑起社会平等方面的争端是极其愚蠢的。要实现我们能够充分享受一切权利这一理想需要一个过程，必须靠我们艰苦不懈的努力，而不是靠人为的推行推进。能为世界市场提供必需商品的民族是不可能被长期排斥在外的。不错，我们应该享受法律所保障的一切权利，这一点很重要；然而，更重要的是，我们应该为行使这些权利作准备。现在，在工厂里挣一美元钱的机会比起在歌剧院里消费一美元钱的机会更有价值。

最后，请允许我再说一遍，与以往三十年里的各种机会相比，这次博览会所提供的机会给了我们更大的希望和鼓舞，使我们与白人的关系更密切了。这神圣的讲坛可以说是代表了我们两个民族共同奋斗的成果，因为三十年前我们几乎都是从零开始。在这圣坛上，我向你们保证，在你们努力解决上帝为南方所设置的这一重大而又复杂的问题时，你们将随时得到黑人的同情和耐心的帮助。这些展厅里所陈列的来自农田、森林、矿山、工厂和文艺界的成果将推动各行各业的发展，带来更大的成果。可是，我们还应该记住这一点：比物质利益更为重要的是精神方面的更高的追求。让我们祈祷主将降临，消灭区域差别，消除种族仇恨和怀疑，施行法律，让各阶层的人都服从法律的意志。这一点再加上物质上的繁荣，将为我们亲爱的南方开创一个新天地。

## ■ 作品赏析

布克·华盛顿一贯主张黑人要学会一般的职业技能，把普通劳动看做是光荣的，要从最低点做起，而不是最高点。在说服黑人和白人之间要加强联系的时候，华盛顿讲述了一个在亚马逊河上迷航的船只呼求淡水的故事，并拿这个故事作比喻，向黑人呼吁与各族人民交朋友，同时也呼吁白人鼓励和帮助黑人，在才智、技能和精神这些方面培训他们。华盛顿在演讲中，言辞恳切，既有鼓

励，又有展望，比如，“他们将购买你们多余的田地，使荒芜的土地结出硕果，他们也将经营你们的工厂”的展望。这不仅让听众有了一个美好的想象，也更能激励他们为美好目标付出行动。

虽然有一些黑人领袖反对华盛顿的这次演讲，称其为“亚特兰大的妥协”，但是这并没有影响到演说的影响力。华盛顿因此而闻名全国，受到了政界和公众广泛的关注，他同时也成为美国黑人的代言人。

**⊙演讲者简介⊙**

布克·华盛顿，出生于维吉尼亚州富兰克林县，父亲是白人奴隶主，母亲是黑奴。1865年，随母亲迁往西弗吉尼亚州，他边劳动，边学习。16岁时，他到弗吉尼亚汉普顿的师范和农业学院（现为汉普顿大学）接受教师培训。1881年，布克·华盛顿被任命为阿拉巴马州塔斯基吉学院的领导。他在1896年和1901年，分别获得哈佛大学和达特茅斯学院授予的名誉文学硕士学位和名誉博士学位。

# 反对对妇女的性别偏见

演讲者：卡丽·查普曼·卡特（1859 ~ 1947）
演讲时间：1920年2月
演讲地点：华盛顿
演讲者身份：女权运动的倡导者

## ■ 历史背景

作为女权运动的领袖，卡丽·查普曼·卡特曾主持全美选民联盟，为争取妇女选举权而奔走。1902年2月，她当选为全美妇女参政协会主席，在就职仪式上，她发表了这篇演说。

## ■ 原文欣赏

妇女参政是个简单明了的问题。这一要求带着尊严、有礼有节、顺理成章。战胜保守派，获得男子普选权虽然是一大胜利，但将来获得女子普选权的胜利则是不可估量的。攻克了许许多多被认为不可攻破的传统思想的堡垒后，男子才争取到选举权。然而，与妇女选举权面前一排排强大的反对势力相比，那些堡垒充其量不过是堂吉诃德的风车。

妇女选举权面临的正是男子选举权曾面对的所有反对势力。可除此之外，妇女选举权还得与性别偏见作斗争。这种性别偏见是人类最古老、最无理、最顽固的偏执症。何谓偏见？那就是一种毫无理由的观点，一种听不到论证，

就作出的判断，一种不知来处的莫名其妙的情绪。性别偏见是剥夺妇女权益、剥夺妇女自由、剥夺妇女机会的一种先验判断，毫无根据地认为妇女没有能力从事她们从未做过的事。女权运动迅速发展到今天，其道路上的最大障碍就是性别偏见。这种偏见至今仍然是个巨大的障碍。

至少在美国，我们不需再为妇女与有识之士一道投票时有关智力、道德及身体方面的合格性作辩解。我们当中最佳公民的道理早已得到证实，我们论点的正确性也已得到公认，但我们还远远没有战胜性别偏见。

当一个大教堂主持暴躁地宣布说，妇女的要求不再那么有节制时，男人可能重操旧业，溺死女婴。当一个名声赫赫的参议员宣布说，没有人能为妇女的选举权找到理由时，当他以个人的地位和影响来反对时，当一个著名女作家将女权运动的代言人说成“尖声呼叫的女性”时，当一个政治头面人物说，“反对妇女选举权就是否定独立宣言”，而他自己却希望妇女得不到选举权时，问题已经完全超越理智范围，而回到性别偏见的领域，逻辑与常识都无法打开的领域……

有四大原因导致妇女处于受支配的地位。按照男人是一个种族的唯一组成单位的理论，每个原因都是合乎逻辑的推断。这四大原因是：服从，愚昧，否定个人自由，否定财产和报酬的享有权。这四种因素共起作用，使男人养成自私、霸道的习性，使妇女养成逆来顺受的习惯……为了使这些不利条件牢牢地套住妇女，世人的推理是男人代表整个种族，女人只是男人的附属品，这样他们的行为便合乎逻辑了。将妇女永远作为附属品来监护等于剥夺了妇女思想与行动的全部自由，剥夺了妇女的发展动力，使妇女顺理成章地成为世人所希望看到的空虚的弱者。妇女的地位又进一步强化了有关妇女低能的流行观点。这世界不让妇女学会任何技巧，却说她们干的活一文不值，这世界不许妇女持有个人见解，却说妇女不善于思考，这世界不许妇女对公众演讲，却说女性中没有演说家，这世界不让妇女上学校，却说女性中没有天才，这世界剥夺了妇女的一切责任，却说女性软弱无能，这世界要让妇女明白她们的点滴快乐全是靠男人施舍的。当妇女按照人们所教的，涂脂抹粉，戴上精巧的羽饰，去寻求快活时，人们又说她们图虚荣。

这就是文学作品所祀奉的妇女形象，歌谣与传说使之不朽，骑士为之说尽发疯般的甜言蜜语。正如狄德罗说的，“当女性是主题时，笔头需浸满彩虹，而纸张需用蝴蝶翅膀来擦干。”人们让妇女罩上这种神秘的光环，让她们相信自己是受宠爱的。世人眼中理想的妇女形象是：漂亮、风流、多情、顺从、谨卑，时而柔弱，时而激动得暴跳，但从来是愚昧无知，软弱无能的。

当新的女性终于出现，高举真理的火炬，有理有节，带着尊严，要求分享这世上的教育、机会与责任时，难怪那些缺乏训练，软弱无能的妇女害怕地往后退，也难怪男人竟站出来为传统妇女说话，因为他们已习惯于自己所钟爱的女性。他们欣赏的正是妇女的软弱与依赖性。他们喜欢把妇女想像成柔软的攀缘藤，而把自己看做粗壮的橡树。男人打从骑士时代起，就崇拜女性的理想，似乎她们是女神，但却一直控制她们，似乎女人又是白痴。男人根本没有意识到，自己的这两重地位是如何不协调，而错以为这种关系正符合上帝的旨意……

妇女运动的全部目的就是要推翻妇女有必要服服帖帖的观念，就是要教会妇女获得自尊，使她们不听命于人，教会男人充分理解平等，使他们不强求妇女服服帖帖。正如约翰·斯图亚特·穆勒谈到男子获得选举权之前的情况所说的，“高贵者在社会阶梯上一步步往下走，普通人一步步往上攀，每过五十年，他们就彼此更加靠近。”因此我们也可以说，在过去一百年里，男性作为世界的主导力量一直往下降，女性一直往上攀，每过十年，他们都彼此更加靠近。反对妇女争取选举权是旧理论的最后一道防线。这种理论认为，只有男性才是种族的创造者，因此女性必须服服帖帖……

过去，妇女运动的全部努力在于推翻女性在家庭中的隶属地位。这一目的已基本达到。一般受过教育的女子，在父亲家中、在丈夫家中、在儿子家中，都享有个人自由的权利。一个女子不必再顺从一个男子。在家里以及在社会中，女子都享有自主权。现在的问题是：作为整体的女性是否应顺从作为整体的男性？能否允许在生活的各个部门享有自治权的女子，在国家政治生活中也享有自治权？一个男子支配一个女子是不对的，整个男性支配整个女性也同样不对。一个男子支配其他男子是不对的，男性支配女性也同样是不对的……

## ■ 作品赏析

卡丽·查普曼·卡特认为，消除性别偏见是妇女争取参政权的关键性一步。演讲开始，卡丽就对性别偏见作了深刻的剖析，论述了偏见的含义、产生的来源及其危害。她指出性别偏见是一种很难改变的旧习惯势力，有着很大的危害，剥夺了妇女的权益、自由和参政机会。那么，造成这种深刻的偏见的原因是什么呢？卡丽认为有四大原因——服从、愚昧、否定个人自由、否定财产和报酬的享有权。她用一组反语阐述了世界对妇女的不公，妇女受到束缚，使得可以做的事情不能做，却又因此被说成是“一文不值”、“不善于思考”、“软弱无能”、“图虚荣”。而歌谣、传说更是让妇女的形象在世人的心中根深蒂固。

原因剖析完了之后，卡丽歌颂了高举真理、有尊严的新女性，指出女性们不要忘了自己在争取选举权时的斗争。

卡丽在演讲中的论述干脆有力、有理有据。她说出了女性的心声，增强了妇女们为权利斗争的决心。这篇演讲使卡丽成了女权运动的代言人，也推动了女权运动的进行。

**⊙演讲者简介⊙**

卡丽·查普曼·卡特，1859年1月9日出生于美国威斯康，毕业于美国爱荷华州立大学，当过教师、中学校长、学校督学。1900年接替苏珊·安东尼成为美国全国妇女参政权协会主席，1920年促使美国国会通过了宪法第十九号修正案，使美国妇女终于赢得了选举权，此后将妇女参政协会改组为妇女选民联盟。

# 让人们忘记贫困的古老歌曲

演讲词档案

演讲者：让·饶勒斯（1859 ~ 1914）
演讲时间：1893年12月21日
演讲地点：法国议会
演讲者身份：法国社会主义运动的主要领导人

## ■历史背景

19世纪末，法国工人阶级队伍不断壮大，社会主义运动再度兴起。工人阶级政党法国工人党和独立社会主义者联盟相继成立，不断推动工人运动的发展。由于斗争路线的差异，法国工人阶级政党分裂为两派，饶勒斯派为右翼，主张通过改良实现社会主义。1893年12月21日，在法国议会上，饶勒斯发表了这篇演说，全面阐述了他的社会主义见解和改良主义思想。

## ■原文欣赏

说真的，你们这些人的思想状况实在奇怪。（中间派的席位上发出惊叫声）你们一相情愿地要给人民制定几项教育法，并通过自由的报刊、学校和自由的集会，反复地激发人民的热情，让他们觉醒起来。你们大概没有想到，无产阶级的全体成员都在同一程度上被你们自己要搞的这场思想解放运动把情绪激发起来了。少数几个人比较活跃，声调特别高，这是难免的。他们不脱离人民，相反，他们生活在人民之中，同人民患难与共，并肩战斗，他们不去向心怀叵测的资本家乞求同情，而是同人民一起准备整个阶级——他们自己也是其中的一员——的全面解放，你们竟然异想天开，以为通过几项法律

的把戏就可以使他们威信扫地，把他们一网打尽！

你们知道为首分子和煽动分子在哪里吗？他们既不在组织工会——你们正在施展阴谋要把这些工会解散掉——的工人里面，也不在社会党的理论家和宣传家当中。不，主要的为首分子，主要的煽动分子，首先在资本家当中，在政府的多数派当中。

啊！先生们，你们怎么发昏到这种程度，竟然把各地的发展说成是少数几个人搞起来的。你们是不是被社会主义运动的广泛发展吓破了胆？这个运动在世界各国同时爆发了。十年来，你们再也不能离开社会党的历史来谈比利时、意大利、德国和奥地利的历史了。美国和澳大利亚的情况也是这样，甚至被你们看成是个人主义避难所的英国也是如此。英国的工联已经参加到社会主义运动中来；他们已不再单纯地闹点工潮，而是参加到政治斗争中来了。他们摆脱了与世隔绝的状态，参加了历次国际代表大会；他们不愿意再做工人贵族，在资本主义制度中为个人谋点私利。他们已经向各个行业开门，向最下层的、即所谓最卑贱的人们开门。社会主义思想已经在这个所谓个人主义的国家站住脚。英国工联最近在毕尔法斯特召开的代表大会上甚至通过了社会主义的提案。自由党政府在社会主义思想的压力下不得不提出了社会法。这个政府也干预劳资纠纷，不过不像法兰西共和国的那些部长们借此镇压工人，而且让纠纷体面地停息下来，这样至少可以暂时缓和一下对立情绪的发展。

当前，世界各国的人民，不论他们的自然环境和政治制度如何，也不论他们属于哪个民族，他们都被这个世界范围的运动圈了进去，你们就是在这种情况下侈谈什么个别人煽动的问题的。因此，总理先生，你们这样指责他们，给予他们的荣誉未免太大了。你们说他们是为首分子，把他们说得也太神通广大了。掀起这样一个大的运动，不是他们所能做到的，少数几个人吹出的气，软弱得很，根本不会掀起世界无产阶级的狂涛巨澜。

不，先生们，事实是，这场运动是从事物的深部发展起来的，是人们不堪忍受无数痛苦的总爆发；在此之前，这些人并没有商量过，后来才在自由这个提法中找到了团结起来的共同点。事实是，在我们的共和制法国，这场社会主义运动是从你们建立的共和制和有着半个世纪历史的经济制度中产生出来的。

你们建立了共和制，这是你们的光荣；你们使得它无懈可击，坚不可摧，但你们也因而在我国的政治和经济之间制造了一种令人不能容忍的矛盾。

在这个政治制度中，人民已取得国家的最高权力，他们粉碎了过去各个

寡头的统治，但在经济上他们今天还依然受着这类寡头们的统治。附带说一句，总理先生，仅仅对议会说法兰西银行的问题将向议会提出来是不够的，这件事你不说议会也知道；你们应当告诉议会，政府打算怎样解决这个问题。

是的，你们让包括雇用劳动者在内的一切公民通过普选，通过行使国家主权（共和制就是行使国家主权的最终的必然形式），有了至高无上的权力。法律和政府由他们根据自己的意志来产生；他们可以罢免和撤换特使、立法议员和部长。可是就在这些雇用劳动者们在政治上享有最高权力的时候，他们在经济上却处于被奴役的地位。

是的！就在他们可以把部长赶出内阁的时候，他们的工作却毫无保障，被人家从工厂赶了出来。他们的劳动不过是手中握着资本的人爱要就要，爱不要就不要的一种商品罢了。

工厂的规章制度越来越苛刻，越来越没有道理，是专门用来同他们作对、在他们无权过问的情况下制定出来的。他们由于不理睬这些规章制度，随时都遭到被解雇的威胁。

他们完全是听天由命、任人驱使，虽然在政治上享有至高无上的权力，但随时有可能被踢出工厂大门之外。如果他们想行使自己的合法权利，联合起来捍卫自己的利益，大的矿业公司联盟随时会将他们解雇，停发他们的工资，断绝他们的生路。工人们虽然从政治制度上说已不必再向已经被你们推翻的国王付给几百万法郎的俸银，但却不得不从自己的劳动中提取几十亿法郎送给不劳而获的寡头们——主宰全国劳动者的国王。

看来只有社会主义能够解决现今社会的这个基本矛盾；因为社会主义主张政治共和必须发展到社会共和；因为它主张不但议会需要共和，工厂也需要共和；因为它主张人民不但在政治上享有最高权力，而且在经济上也享有最高权力，以便铲除不劳而获的资本主义特权；就是由于这些原因，社会主义便从共和运动中产生出来了。因此，共和是最大的煽动分子，共和是最大的为首分子。让你们的宪兵把它带到法庭去接受审判吧！

其次，你们制定了教育法。既然你们为劳动者在思想上的解放准备了条件，并用法律形式固定下来，你们为什么不愿劳动者在政治上获得解放之后再获得社会上的解放呢？因为你们不仅想实行普及教育和义务教育，还想使教育世俗化，你们做得很好。

坚决反对你们的人常常指责你们毁灭了基督教信仰，但你们并没有毁灭基督教信仰，这也不是你们的目标。你们只是想在学校里建立理性教育罢了。过去的宗教信仰并不是你们毁掉的，而是在你们很久之前被下列因

素毁掉的：批判的展开，实证主义和自然主义世界观的形成，以及随着人类知识的扩大，对于其他文化和宗教的了解和接受。基督教同现代思想的生动活泼的关系也不是你们破坏的，而是在你们之前就破坏了。不过你们在建立纯理性的教育制度时，你们所做的，所宣称的，就是只有理性是以指导每个人的生活。

（费尔迪南·拉梅尔：你忘了，饶勒斯先生，由于把教育世俗化，你已经侵犯了你刚才说的自由。）

可是正是这样做的结果，你们使人民的教育同现代思想的成果协调起来了，使人民摆脱了教会和教条的束缚，你们没有破坏我刚才说的那个生动活泼的关系，而是把仅存的那种消极的、习惯的、传统的、老一套的关系破坏了。

你们因此而做了什么呢？啊！我可知道，当时在许多人头脑里存在的东西不是宗教信仰，而是一种习惯势力，而且这种习惯势力对某些人来说简直是一帖镇静剂，一种安慰。可是呢！你们把这首让人们忘记贫困的古老歌曲打断了……于是贫困被叫嚷声吵醒，它站立在你们面前；要求你们在自然界的阳光下——这是你们唯一没有玷污的地方——给予它足够的位置。

正如地球上白天积蓄的热量夜间要散去一部分一样，人民的力量过去也有一部分是被宗教扩散到广阔无垠的空间去的。

可是你们把这条宗教扩散的渠道堵死了，这样你们也就把人民的热烈愿望和思想都集中到当前社会方面的要求上来了，是你们自己把无产阶级的革命热情提高了。你们现在惊慌失措，这是你们自己造成的！

## ■ 作品赏析

饶勒斯什么也没多说就直接抨击了资产阶级的荒谬论调，“说真的，你们这些人的思想状况实在是奇怪”。他演讲中的第一句话就引起了一片惊叫。他指出社会主义运动并不是少数几个野心勃勃的人发起来的，那些比较活跃的人代表的是整个阶级，是为了阶级的全面解放。而真正的煽动者则是资产阶级，饶勒斯的话一语中的，给资产阶级政客当头一棒。演讲刚开始，饶勒斯就让整个会场都沸腾起来，而他的反对者却不知所措。

为了论证自己的观点，饶勒斯分析了世界各地的社会主义运动，指出“这场运动是从事物的深部发展起来的”，“在此之前，这些人并没有商量过，后来才在自由这个提法中找到了团结起来的共同点”，“这场社会主义运动是从你们建立的共和制和有着半个世纪历史的经济制度中产生出来的”。饶勒斯用充分的说理和严谨的逻辑说明了社会主义运动发展的原因，令人信服。最后，

他巧用形象的比喻“你们把这首让人们忘记贫困的古老歌曲打断了……”再次激发了听众的情绪。饶勒斯充满活力的演讲，让听众的心随着他演讲的抑扬顿挫而跳动。

**⊙演讲者简介⊙**

让·饶勒斯，法国社会主义运动的领导人。1859年，饶勒斯出生于卡斯特尔的一个中产阶级家庭，大学毕业后成为一名教师。后涉足政治活动，加入独立社会主义党。他主张改良资产阶级政权，逐步过渡到社会主义。他的观点被称为“饶勒斯主义”，持这一观点的社会主义政党被称为“饶勒斯派”。1885年，饶勒斯当选议员。饶勒斯博学雄辩，为促使社会主义各派别的统一，不惜放弃本身的政治信仰。1898年，他在选举中失败，便脱离政治活动。1912年再次当选议员，支持左派。由于他呼吁和平，遏制战争，1914年7月31日在巴黎被一个民族主义狂热分子暗杀。

演讲者：马丁·路德·金（1929～1968）
演讲时间：1963年8月28日
演讲地点：林肯纪念堂前
演讲者身份：美国黑人民权运动领袖

# 我有一个梦想

## ■历史背景

尽管美国在第一次世界大战后经济发展很快，强大的政治、军事力量使它登上了“自由世界”盟主的交椅，可国内黑人却在经济和政治上受到歧视与压迫。面对丑恶的现实，马丁·路德·金为争取社会平等与正义，多次发动大型民权运动，尤以1963年那次最著名，他在20万人面前宣读《我有一个梦》的演说，要求实现人人平等的理想，至今仍为人称颂。

## ■原文欣赏

今天，我高兴地同大家一起，参加这将成为我国历史上为了争取自由而举行的最伟大的示威集会。

100年前，一位伟大的美国人，即美国第16任总统亚伯拉罕·林肯——今天我们就站在他象征性的身影下（示威集会在美国首都华盛顿林肯纪念堂举行，纪念堂前耸立着林肯雕像，故有此说）——签署了《解放黑人奴隶宣言》。这项重要法令的颁布，对于千百万灼烤于非正义残焰中的黑奴，犹如带来希望之光的硕大灯塔，恰似结束漫漫长夜禁锢的欢畅黎明。

然而，100 年后，黑人依然没有获得自由。100 年后，黑人依然悲惨地蹒跚于种族隔离和种族歧视的枷锁之下。100 年后，黑人依然生活在物质繁荣瀚海的贫困孤岛上。100 年后，黑人依然在美国社会中向隅而泣，依然感到自己在国土家园中流离漂泊。所以，我们今天来到这里，要把这骇人听闻的情况公诸于众。

从某种意义上说，我们来到国家的首都是为了兑现一张期票，我们共和国的缔造者在拟写宪法和独立宣言的辉煌篇章时，就签定了一张每一个美国人都能继承的期票。这张期票向所有人承诺——不论白人还是黑人——都享有不可剥夺的生存权、自由权和追求幸福权。

然而，今天美国显然对他的有色公民拖欠着这张期票。美国没有承兑这笔神圣的债务，而是开给黑人一张空头支票——一张打着“资金不足”的印戳被退回的支票。但是，我们决不相信正义的银行会破产，我们决不相信这个国家巨大的机会宝库会资金不足。

因此，我们来兑现这张支票。这张支票将给我们以宝贵的自由和正义的保障。

我们来到这块圣地还为了提醒美国：现在正是万分紧急的时刻。现在不是从容不迫悠然行事或服用渐进主义镇静剂的时候。现在是实现民主诺言的时候。现在是走出幽暗荒凉的种族隔离深谷，踏上种族平等的阳关大道的时候。现在是使我们国家走出种族不平等的流沙，踏上充满手足之情的磐石的时刻。现在是使上帝的所有孩子真正享有公正的时候。

忽视这一时刻的紧迫性，对于国家将会是致命的。自由平等的朗朗秋日不到来，黑人顺情合理哀怨的酷暑就不会过去。1963 年不是一个结束，而是一个开端。

如果国家依然我行我素，那些希望黑人只需出出气就会心满意足的人将大失所望。在黑人得到公民权之前，美国既不会安宁，也不会平静。反抗的旋风将继续震撼我们国家的基石，直至光辉灿烂的正义之日来临。

但是，对于站在通向正义之宫艰险门槛上的人们，有一些话我必须要说。在我们争取合法地位的过程中，切不要错误行事导致犯罪。我们切不要吞饮仇恨辛酸的苦酒，来解除对于自由的饥渴。

我们应该永远得体地、纪律严明地进行斗争。我们不该容许我们富有创造性的抗议沦为暴力行动，我们应该不断升华到用灵魂力量对付肉体力量的崇高境界。

席卷黑人社会新的奇迹般的战斗精神，不应导致我们对所有白人的不信

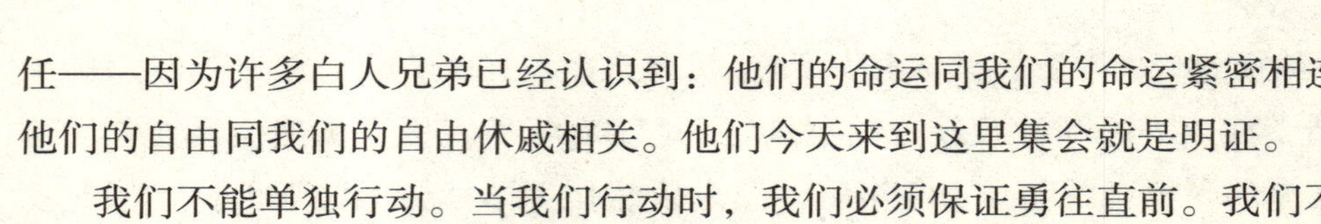

任——因为许多白人兄弟已经认识到：他们的命运同我们的命运紧密相连，他们的自由同我们的自由休戚相关。他们今天来到这里集会就是明证。

我们不能单独行动。当我们行动时，我们必须保证勇往直前。我们不能后退。有人问热心民权运动的人：“你们什么时候会感到满意？”只要黑人依然是不堪形容的警察暴行恐怖的牺牲品，我们就决不会满意；只要我们在旅途劳顿之后，却被公路旁汽车游客旅社和城市旅馆拒之门外，我们就决不会满意；只要黑人的基本活动范围只限于从狭小的黑人居住区到较大的黑人居住区，我们就决不会满意；只要我们的孩子被“仅供白人”的牌子剥夺个性，损毁尊严，我们就决不会满意。只要密西西比州的黑人不能参加选举，纽约州的黑人认为他们与选举毫不相干，我们就决不会满意。不，不，我们不会满意，直到公正似水奔流，正义如喷泉涌。

我并非没有注意到，你们有些人历尽艰难困苦来到这里。你们有些人刚刚走出狭小的牢房。有些人来自因追求自由而遭受迫害风暴袭击和警察暴虐狂飙摧残的地区。你们饱经风霜，历尽苦难。继续努力吧，要相信：无辜受苦终得拯救。

回到密西西比去吧，回到亚拉巴马去吧，回到南卡罗来纳去吧，回到佐治亚去吧，回到路易斯安那去吧（这是美国种族歧视最严重的5个州），回到我们北方城市中的贫民窟和黑人居住区去吧。要知道，这种情况能够而且将会改变。我们切不要在绝望的深渊里沉沦。

朋友们，今天我要对你们说，尽管眼下困难重重，但我依然怀有一个梦，这个梦深深植根于美国梦之中。

我梦想有一天，这个国家将会奋起，实现其立国信条的真谛：“我们认为这些真理不言而喻：人人生而平等。”（引自美国《独立宣言》）

我梦想有一天，在佐治亚州的红色山岗上，昔日奴隶的儿子能够同昔日奴隶主的儿子同席而坐，亲如手足。

我梦想有一天，甚至连密西西比州——一个非正义和压迫的热浪逼人的荒漠之洲，也会改造成自由和公正的青青绿洲。

我梦想有一天，我的四个小儿女将生活在一个不是以皮肤的颜色，而是以品格的优劣作为评判标准的国家里。

我今天怀有一个梦。

我梦想有一天，亚拉巴马州会有所改变——尽管该州州长现在仍滔滔不绝地说什么要对联邦法令提出异议和拒绝执行——在那里，黑人儿童能够与白人儿童兄弟姐妹般地携手并行。

我今天怀有一个梦。

我梦想有一天，深谷弥合，高山夷平，崎路化坦途，曲径成通衢，上帝的光华再现，普天下生灵共谒。

这是我们的希望，这是我将带回南方去的信念。有了这个信念，我们就能从绝望之山开采希望之石。有了这个信念，我们就能把这个国家嘈杂刺耳的争吵声，变为充满手足之情的悦耳交响曲。有了这个信念，我们就能一同工作，一同祈祷，一同斗争，一同入狱，一同维护自由。因为我们知道，我们终有一天会获得自由。

到了这一天，上帝的所有孩子都能以新的含义高唱这首歌：

我的祖国，

可爱的自由之邦，

我为您歌唱。

这是我祖先终老的地方，

这是早期移民自豪的地方，

让自由之声，响彻每一座山岗。（这首为《亚美利加》的歌曲在南北战争时期广泛流行于美国北方，一度获得非正式国歌地位，直至 1931 年美国国会通过以《星条旗》作为正式国歌）

如果美国要成为伟大的国家，这一点必须实现。因此，让自由之声响彻新罕布什尔州的巍峨高峰！

让自由之声响彻纽约州的崇山峻岭！

让自由之声响彻宾夕法尼亚州的阿勒格尼高峰！

让自由之声响彻科罗拉多州冰雪皑皑的落基山！

让自由之声响彻加利福尼亚州的婀娜群峰！

不，不仅如此；让自由之声响彻佐治亚州的石山！

让自由之声响彻田纳西州的了望山！

让自由之声响彻密西西比州的一座座山峰，一个个土丘！

从塞尔马到泰哥马利抗议进军队伍的领头部分

让自由之声响彻每一个山岗！

当我们让自由之声轰响，当我们让自由之声响彻每一个大村小庄、每一个州府城镇，我们就能加速这一天的到来。那时，上帝的所有孩子，黑人和白人，犹太教徒和非犹太教徒，耶稣教徒和天主教徒，将能携手同唱那首古老的黑人灵歌："终于自由了！终于自由了！感谢全能的上帝，我们终于自由了！"

## ■ 作品赏析

这是马丁·路德·金最为人熟知的一篇演讲，它的魅力不仅仅在于它所表达的内容，还在于它诗一般优美的语言和其中令人感动的情感和信念。1963年8月28日，马丁·路德·金在华盛顿林肯纪念堂前举行的声势浩大的示威集会上发表了这篇演讲，标志着20世纪黑人民权运动进入了高潮阶段。这篇演讲的成功首先在于它的语言魅力，这些感人肺腑的诗一样的语言中包含着演讲者真挚的情感，它热烈激越、生动，极富生命力，能够直接植入听众的心灵深处，演讲者的才华在其中发挥得淋漓尽致。演讲者的平民身份、平民的情感是演讲成功的一个重要因素，演讲者将这些深沉的情感亲切而真诚地传达给听众，收到了极好的效果。在修辞上，演讲者大量使用排比句，增强了语言的气势，形成一层层推波助澜的壮观情景，其势如大河奔流，将作者的理想一步步深化，最后形成一股强大的情感洪流，冲击着每一个听众的灵魂。演讲结束后，美国的各大报刊纷纷转载、引用，人们公认它是经典之作，是演讲史上的辉煌篇章。20年后，当美国数十万人再次来到华盛顿，聚集在林肯纪念堂前播放马丁·路德·金的这篇演讲时，人们仍然为之激动鼓舞。

### ⊙演讲者简介⊙

1929年1月29日马丁·路德·金出生于美国乔治亚州的亚特兰大，他的父亲是一个教会牧师。1948年马丁·路德·金获得莫尔豪斯大学学士学位，1951年获得柯罗泽神学院学士学位，1955年获得波士顿大学神学博士学位。

1954年马丁·路德·金成为浸信会教堂的一位牧师。1955年12月1日，一位名叫罗沙·帕克斯的黑人妇女在公共汽车上拒绝给白人让座，而被当地警察逮捕。马丁·路德·金立即组织了一场罢车运动（即泰哥马利罢车运动），从此他成为民权运动的领袖人物。1964年马丁·路德·金被授予诺贝尔和平奖。1968年4月4日，他在演讲时被一名刺客开枪打死。1986年1月，里根总统签署法令，规定每年2月的第三个星期一为马丁·路德·金纪念日，以纪念这位民权运动领袖。

马丁·路德·金极具演说才能，著有《阔步走向自由》、《我们为何不能再等待》等著作，其思想对20世纪60年代美国黑人民权运动产生了重大影响。

# 第八篇

# 开启人类智慧的伟大教导

# 哲学史概说

演讲词档案

演讲者：康德（1724 ~ 1804）
演讲时间：1765 年
演讲者身份：德国古典唯心主义哲学创始人，教育家

## ■ 历史背景

康德是德国古典唯心主义的创始人，此外他还是一个伟大的自然科学家，创立的“潮汐延缓地球自转的假说”和“星云假说”轰动一时。尤其是星云假说，沉重地打击了当时占统治地位的形而上学自然观，恩格斯在《自然辩证法》中盛赞他“在这个僵化的自然观上打开第一个缺口”。

这篇演讲选自《逻辑学讲义》导言，该书是康德在大学的逻辑学讲演稿。

## ■ 原文欣赏

哲学由希腊人传到罗马人那里以后，就不再扩展了，因为罗马人老是停留在学生阶段。

西塞罗在思辨哲学方面是柏拉图的学生，在道德学方面是斯多葛主义者。爱比克泰德、安托尼都属于斯多葛派，塞内卡是这一派的最著名代表。在罗马人中间，除了留下《博物志》的年轻的普林尼之外，没有自然学者。

文化终于在罗马人那里消失，野蛮兴起了，直至 6 ~ 7 世纪，阿拉伯人才开始致力于科学，使亚里士多德（研究）重新繁荣起来。现在，科学又在西方抬头了，尤其是亚里士多德的威望，人们以一种奴隶的方式追随他。11 世纪和 12 世纪出现了经院哲学家，他们注释亚里士多德，无尽无休地玩弄机巧。人们所从事的无非是纯粹的抽象。经院哲学的这种似是而非的论究方式在改革时代被排挤掉了。折中主义者出现在哲学领域，他们是这样一批自己思维者，这些人不委身于任何学派，而去寻找真理，并且一旦找到，就予以接受。

近代哲学革新，一部分归功于对自然界的大量研究，一部分归功于数学和自然科学的结合。通过研究这些科学，在思维中形成的秩序业已扩展

到原来世界智慧的特殊分支和部分以外。近代第一位，也是最伟大的自然研究者，是维鲁拉姆的培根。培根在研究中踏上了经验的道路，注意到观察和实验对于揭示真理的重要性和必要性。不过，思辨哲学的革新究竟是从哪里开始的，这还很难说。在这方面，笛卡儿的功绩不容忽视，因为通过提出真理的标准（他以知识的清楚和自明来建立这种标准），他对赋予思维以明晰性作出了很多贡献。

康德认为，事物如果不能为我们的身体器官所把握，也就不可能成为我们的经验。在约翰·埃夫雷特·密莱司的画作《盲女》中，盲女“可以触摸女儿的手，闻到女儿的头发，却永远感受不到身后天空的彩虹”。

但是，我们时代最伟大、功勋最卓著的哲学改革者，要推莱布尼茨和洛克。洛克试图分析人类知性，指出哪些心灵的力量及其作用后于这种或那种知识。虽然洛克为更深入彻底地研究心灵本性提供了便利，但是他并没有完成自己的研究工作，他的处理方法也是独断的。

这种非常错误的、哲学思考的独断方法，为莱布尼茨和沃尔夫所特有。它带有如此之多的欺骗性，以致有必要弃而不用，代之以另一种批判的思考方法。后一方法在于研究理性本身的活动方式、分析人类全部知识能力，并考察这些能力所能达到的界限。

自然哲学在我们时代极为繁荣。在那些自然研究者中间，牛顿享有极高名望。近代哲学家不能自诩享有卓越的永久声誉，因为这里仿佛一切都在流动。一个人所建立的，另一个人加以拆除。

在道德哲学领域，比起古人我们并未走得更远。在形而上学方面，对形而上学真理的研究，我们似乎陷入迷惘状态。现在对于这门科学表现出某种冷淡，因为人们好像引以为荣地把关于形而上学的研究，轻蔑地说成纯粹无谓的思虑。然而形而上学却是本来的、真正的哲学！

我们的时代是批判的时代，必须从我们时代的批判的尝试来看哲学，特别是形而上学将会成为什么。

## ■作品赏析

这篇学术演讲思辨色彩浓重，思想深刻，观点鲜明，语言表达准确。演讲者宣讲了自己的“批判哲学”，批判的对象是人的理性认识能力。他不愿盲目相信理性的力量，要对它加以检查、清理、衡量，看看它到底有多大能力，它的活动到底能达到多大的范围。这就是“批判的思考方法”。

这篇简短的讲演，不仅是康德批判哲学的宣言，而且我们也可从中看出，他的庞大的哲学体系此时已孕育在胸。有两个概念很重要，即思辨哲学与道德哲学，他后来的哲学体系正是从思辨哲学始到道德哲学终。为了探讨人的认识能力，他写了《纯粹理性批判》；为了探讨人的道德意志，他写了《实践理性批判》；作为二者的桥梁，他晚年又写了《判断力批判》。

由于着重在传达信息、阐明事理，因此，这篇演讲在方法的运用上，采取点面结合、纵横交叉的方法。概说两千余年的哲学史，他以论代史，只点出有代表性的哲学家略加评说。其结构，从古希腊至中世纪是纵观，跳跃性更大；至近、现代则横视，逐一评说思辨哲学、自然哲学、道德哲学领域，以显示他的“批判”的现实性。演讲内容丰富，讲述清晰，准确无误，说明性与说服力强。



### ⊙演讲者简介⊙

康德，出生于哲学思想发达的德国，小时候深受新教思想的影响。1732 年，康德进入哥尼斯堡的腓特烈公学。8 年后，康德以优异的成绩考入哥尼斯堡大学哲学系。1745 年，康德获得哥尼斯堡大学的哲学学士学位。但由于体弱多病，他大学毕业后没有外出找工作，而是在家乡当了 7 年的家庭教师。1755 年，康德被母校哥尼斯堡大学聘为讲师，他一边给学生上课，一边从事学术研究，陆续发表了一系列重要著作。刚开始时，康德主要研究天文学，1770 年以后，开始转向研究哲学。经过十几年的艰苦钻研，他出版了一系列涉及领域广阔、有独创性的伟大著作，创立了德国古典哲学体系。正是在他的影响下，才成就了费希特、谢林、黑格尔等伟大哲学家。

康德像

在学术上取得丰硕成果的同时，在职务上他也节节攀升。1770 年，他由讲师升任为教授。1786 年，62 岁的康德出任哥尼斯堡大学的校长。由于他在哲学上取得的巨大成就，柏林科学院、彼得堡科学院、科恩科学院和意大利托斯卡那科学院先后选举他为院士。

1804 年 2 月 12 日，康德病逝，享年 80 岁。

# 我们全都是些集体性人物

演讲者：歌德（1749 ~ 1832）
演讲时间：1832 年 2 月 17 日
演讲者身份：德国著名文学家

## ■历史背景

在 18 世纪西方浪漫主义潮流中，人们普遍认同“天才论”的思想。所谓天才论，就是把世界上伟大的思想和发明都归功于“天才”。歌德也曾经受到过天才论的影响，但他并没有完全相信。他在“天才论”上一些观点很矛盾，有时候很相信天才，但更多时候又怀疑天才。为此，他摸索了很长时间，总结出了艺术与现实、个人和集体的关系，并得出了自己的认识。以下是歌德在对天才论有最终认识之后，和一位叫做艾克曼的朋友的谈话。

## ■原文欣赏

法国人把米拉波看成他们自己的赫库勒斯。他们本来很对，但是忘记了就连一座巨像也要由许多部分构成。古代赫库勒斯也是个集体性人物，既代表他自己的功绩，也代表许多人的功绩。

事实上我们全都是些集体性人物，不管我们愿意把自己摆在什么地位。严格地说，可以看成我们自己所特有的东西是微乎其微的，就像我们个人是微乎其微的一样。我们全都要从前辈和同辈那里学习到一些东西。就连最大的天才，如果想单凭他所特有的内在自我去对付一切，他也决不会有多大成就。可是有许多本来很高明的人却不懂这个道理。他们醉心于独创性这种空想，在昏暗中摸索，虚度了半生光阴。我认识一些艺术家，都自夸没有依傍什么名师，一切都要归功于自己的天才。这帮人真蠢！好像世间竟有这种可能似的！好像他们不是在每走一步时都由世界推动着他们，而且尽管他们愚蠢，还是把他们造就成了这样或那样的人物！对，我敢说，这样的艺术家如果巡视这间房子的墙壁，浏览一下我在墙壁上挂的那些大画家的素描，只要他真有一点天才，他离开这间房子时就必然已成了另一个人，一个较高明的人了。

一般来说，我们身上有什么真正的好东西呢？无非是一种要把外界资源吸收进来、为自己的高尚目的服务的能力和志愿！我可以谈谈自己，尽量谦虚地把自己的体会说出来。在我的漫长的一生中我确实做了很多工作，获得

歌德画像及其代表作中的场景、人物，从左上角沿顺时针方向依次为：《亲和力》、《塔索》、《少年维特之烦恼》、《铁手骑士葛兹·封·贝利欣》、《根埃格蒙特》、《迈斯特学习年代》、《浮士德》、《赫尔曼和多罗苔》、《克拉维戈》、《伊菲格尼》。

了我可以自豪的成就。但是说句老实话，我有什么真正要归功于我自己的呢？我只不过有一种能力和志愿，去看去听，去区分和选择，用自己的心智灌注生命于所见所闻，然后以适当的技巧把它再现出来，如此而已。我不应把我的作品全归功于自己的智慧，还应归功于我以外向我提供素材的成千成万的事情和人物。我所接触的人之中有蠢人也有聪明人，有胸怀开朗的人也有心地狭隘的人，有儿童、有青年，也有成年人，他们都把他们的情感和思想、生活方式和工作方式以及所积累的经验告诉了我。我要做的事，不过是伸手去收割旁人替我播种的庄稼而已。

如果追问某人的某种成就是得力于自己还是得力于旁人，他是全凭自己工作还是利用旁人工作，这实在是个愚蠢的问题。关键在于要有坚强的意志、卓越的能力以及坚持要达到目的的恒心，此外都是细节。所以米拉波尽量利用外在世界的各种力量，是完全做得对的。他具有识别才能的才能，有才能的人被他那种雄强性格的魔力吸引住，愿意听从他的指挥和受他领导。所以他有一大批既有卓越才能又有势力的人围绕在他的身边，为他的热情所鼓舞，被他动员起来为他的高尚目的服务。他懂得怎样和旁人合作，怎样利用旁人去替他工作；这就是他的天才，这就是他的独创性，这也就是他的伟大处。

## ■ 作品赏析

这篇演讲中，歌德指出，伟大思想和发明的出现不应该只归功于某个人，而应该更多地归功于伟大人物当时所处的社会环境和曾经对他有过很大帮助的前辈或同辈。从这个角度上来说，人具有集体性，代表着当时社会上的各种状态。歌德以法国大革命中政治家米拉波和自己为例，论述了人和集体的辩证关系。他说：“我不应把我的作品全归功于自己的智慧，还应归功于我以外向我提供素材的成千成万的事情和人物。”他认为所谓的天才来自于集体，是那些能够吸收集体智慧的人。读歌德这份谈话，犹如我们在当面聆听他的教诲，让人茅

塞顿开。

整篇谈话有着很强的逻辑性，说理透彻，让人见识了一位伟大思想家严密的逻辑思维，折服于他先进而又深刻的见解。歌德用谦和的语气、坦诚的言辞对自己的思想作出了深刻的反思，让我们感受到他人格的力量和坦荡的胸怀。

⊙演讲者简介⊙

歌德，出生于莱茵河畔的法兰克福镇，父亲是著名的律师，家境富裕。16 岁时，他以优异的成绩考入莱比锡大学攻读法律，后因病辍学。1770 年他进入斯特拉斯堡大学，并于次年获法学博士。但他并不喜欢从事法律工作。在母亲的熏陶下，他热衷于文学创作。1774 年，他发表了成名作《少年维特之烦恼》，名声大噪。

这幅名为《歌德的诞生》的寓意画，象征了真正的德国文学的降临。

1775 年，歌德应邀前往魏玛公国担任枢密顾问。此后他一直在魏玛公国为官，并一度掌握公国大权。他力图推行一些改良社会现实的措施，但阻力重重，没有取得实效。1786 年，心灰意冷的歌德化名前往意大利，潜心研究学术。1788 年，他返回魏玛，但辞去了政治职务，只担任剧院监督。这期间他完成了戏剧《哀格蒙特》、《托夸多·塔索》，并开始着手写《浮士德》的第一部。1790 年，他发现了人的胯间骨，为生理解剖学的发展作出了重大贡献。

1794 年，歌德结识了德国另一位大文学家席勒。在席勒民主思想和空想社会主义思想的影响下，歌德重新写了《浮士德》第一部，并于 1808 年出版。此后，歌德把主要精力放在了《浮士德》第二部的创作上，终于在 1831 年完成。

1832 年 3 月 22 日，在完成《浮士德》的第二年，歌德在魏玛与世长辞。

# 信赖科学，信赖自己

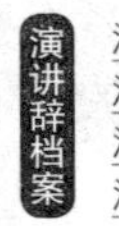


演讲者：黑格尔（1770 ~ 1831）
演讲时间：1816 年 10 月 28 日
演讲地点：海德堡大学
演讲者身份：德国著名哲学家

## ■历史背景

黑格尔是德国唯心主义哲学的集大成者，他创立的哲学体系博大精深、包罗万象。由于他采用抽象概念自我推演的形式，传达他的哲学思想，所以连列宁都说“黑格尔是非常晦涩难懂的”。但这仅仅说的是黑格尔的书，他的演讲却是流畅又易于接受的。黑格尔在 19 世纪初时，在担任德国一所文

科中学校长时，总结出了一套容易为学生接受的教学方法，减少了哲学的枯燥、乏味和呆板。本篇演说，是他运用通俗教法在海德堡大学上第一课时的开讲词。

## ■ 原文欣赏

诸位先生：

我所讲授的对象是哲学史。而今天我又是初次来到本大学，所以请诸位让我首先说几句话，就是我特别感到愉快，恰好在这个时候我能够在大学里面重新恢复我讲授哲学的生涯。因为这样的时机似乎业已到来，即可以期望哲学重新受到注意和爱好，这门几乎消沉的科学可以重新扬起它的呼声，并且可以希望这个对哲学久已不闻不问的世界又将倾听它的声响。时代的艰苦使人对于日常生活中平凡的琐屑兴趣予以太大的重视，现实上很高的利益和为了这些利益而作的斗争，曾经大大地占据了精神上一切的能力和力量以及外在的手段，因而使得人们没有自由的心情去理会那较高的内心生活和较纯洁的精神活动，以致许多较优秀的人才都为这种艰苦环境所束缚，并且部分地被牺牲在里面。因为世界精神太忙碌于现实，所以它不能转向内心，回复到自身。现在现实的这股潮流既然已经打破，日耳曼民族既然已经从最恶劣的情况下开辟出道路，且把它自己的民族性——一切有生命的生活的本源——拯救过来了，所以我们可以希望，除了那吞并一切兴趣的国家之外，教会也要上升起来，除了那为一切思想和努力所集中的现实世界之外，天国也要重新被思维到，换句话说，除了政治的和其他与日常现实相联系的兴趣之外，科学、自由合理的精神世界也要重新兴盛起来。

我们将在哲学史里看到，在其他欧洲国家内，科学和理智的教养都有人以热烈和敬重的态度在从事钻研，唯有哲学，除了空名字外，却衰落了，甚至到了没有人记起，没有人想到的情况，只有在日耳曼民族里，哲学才被当做特殊的财产保持着。我们曾接受自然的较高的号召去做这个神圣火炬的保持者，如同雅典的优摩尔披德族是爱留西的神秘信仰的保持者，又如萨摩特拉克岛上的居民是一种较高的崇拜仪式的保存者与维持者，又如更早一些，世界精神把它自己最高的意识保留给犹太民族，俾使它自己作为一个新精神从犹太民族里产生出来。（我们现在一般地已经达到这样一种较大的热忱和较高的需要，即对于我们只有理念以及经过我们的理性证明了的事物才有效准。——确切点说，普鲁士国家就是这种建筑在理智上的国家）但是像前面所提到的时代的艰苦和对于重大的世界事变的兴趣也曾经阻遏了我们深澈地

和热诚地去从事哲学工作，分散了我们对于哲学的普遍注意。这样一来坚强的人才都转向实践方面，而浅薄空疏就支配了哲学，并在哲学里盛行一时。我们很可以说，德国自有哲学以来，哲学这门科学的情况看起来从来没有像现在这样坏过。空洞的词句，虚骄的气焰从来没有这样飘浮在表面上，而且以那样自高自大的态度在这门科学里说出来作出来，就好像掌握了一切的统治权一样。为了反对这种浅薄思想而工作，以日耳曼人的严肃性和诚实性来工作，把哲学从它所陷入的孤寂境地中拯救出来——去从事这样的工作，我们可以认为是接受我们时代的较深精神的号召。让我们共同来欢迎这一个更美丽的时代的黎明。在这时代里，那此前向外驰逐的精神将回复到它自身，得到自觉，为它自己固有的王国赢得空间和基地，在那里人的性灵将超脱日常的兴趣，而虚心接受那真的、永恒的和神圣的事物，并以虚心接受的态度去观察并把握那最高的东西。

我们老一辈的人是从时代的暴风雨中长成的，我们应该赞羡诸君的幸福，因为你们的青春正是落在这样一些日子里，你们可以不受扰乱地专心从事于真理和科学的探讨。我曾经把我的一生贡献给科学，现在我感到愉快，因为我得到这样一个地方，可以在较高的水准，在较广的范围内，与大家一起工作，使较高的科学兴趣能够活跃起来，并帮助引导大家走进这个领域。我希望我能够值得并赢得诸君的信赖。但我首先要求诸君只须信赖科学，信赖自己。追求真理的勇气和对于精神力量的信仰是研究哲学的第一个条件。人既然是精神，则他必须而且应该自视为配得上最高尚的东西，切不可低估或小视他本身精神的伟大和力量。人有了这样的信心，没有什么东西会坚硬顽固到不对他展开。那最初隐蔽蕴藏着的宇宙本质，并没有力量可以抵抗求知的勇气，它必然会向勇毅的求知者揭开它的秘密，而将它的财富和宝藏公开给他，让他享受。

## ■ 作品赏析

这篇演讲是黑格尔于 1816 年 10 月 28 日在海德堡大学讲授哲学史的开讲词，是黑格尔极富盛名的一篇关于哲学的演讲词。其内容主要是对哲学史的一个概括的导引。对于大多数人来讲，哲学是枯燥的，但是对于真正的大师而言，他懂得并且能够用简单通俗的语言解释给大众来听。当然，在这篇演讲中，黑格尔并没有完全深入到具体的哲学阐释中去，他只是作一个简单的概括和引导，但是他的语言非常生动，在严谨的表述中充满对哲学这门学科的热情和信念。黑格尔用通俗朴素的语言首先说明了哲学的社会人生价值，然后从哲学的探究和维护出发，赞美了日耳曼民族。尽管从言语方式上来讲，谈论哲学并不能完全回避逻辑严密的概念和判断，但是在本篇演讲里，我们得到的对黑格尔的印象却是一个谈笑风生的、随意自如的人，他使一个相对枯燥的事物变得不再使人望而生畏。

**⊙演讲者简介⊙**

黑格尔，出生于德国斯图加特市一个政府公务员家庭，从小接受了良好的正规教育。18 岁时，他进入图宾根神学院学习哲学和神学。大学期间，他广泛涉猎各种书籍，并开始研究政治和宗教，康德、斯宾诺莎和卢梭等人的思想对他影响很大。1793 年大学毕业后，他先后在伯尔尼和法兰克福当了 7 年的家庭教师，并利用业余时间研究哲学。

1800 年，黑格尔来到当时德国哲学和文学的中心耶拿，与大学时的同学谢林共同创办了《哲学评论》杂志。1801 年，黑格尔发表他的第一篇哲学论文《费希特和谢林哲学体系的差异》，开始引起哲学界的关注。同年他被耶拿大学聘为哲学讲师，5 年之后升为教授。1808 年，他来到纽伦堡，在一所中学当了 8 年校长。

1816 年秋天，黑格尔受聘为海德堡大学的哲学教授。次年，他把讲课提纲编辑成《哲学全书》，这本书极大地提高了他的声誉。1818 年，黑格尔被普鲁士王国任命为柏林大学的教授。1829 年，被任命为柏林大学校长和政府代表。

1831 年 11 月 14 日，黑格尔在柏林病逝，享年 61 岁。



# 让更多的人获得幸福

演讲者：欧文（1771 ～ 1858）
演讲时间：1817 年 8 月 14 日
演讲者身份：英国空想社会主义者

## ■历史背景

欧文的空想社会主义在某种程度上是成熟的，虽然他本人后来做过几次建立理想社会的实践，均以失败告终。在这篇演讲中，欧文阐述了他的社会政治理想：让更多的人获得幸福。

## ■原文欣赏

今天我到这里来，不是为了满足无聊和无用的虚荣心。我来到大家面前，是为了完成一项庄严而极其重要的任务。我所重视的，不是要博得大家的好感和未来的名望。这两项在我看来都没有什么价值。支配我行动的唯一动机，是希望看到你们和全体同胞到处都能实际享受到大自然所赋予我们享受的极其丰厚的幸福。这是我终身抱定、至死不移的愿望。

世人如果具有智慧的话，在以往许多世代中早就会发现：人们一向追求的这种恩惠，这种非财富所能购买的天赐，一直是掌握在世人手中，甚至连那些历来最不受尊敬的人也能具有这种幸福。幸福的条件虽然遍地皆是，但愚昧却挡住了我们的视线，它用荒谬绝顶的精神环境重重围住这些条件，这种环境严密万分，而且牢牢地挡住了任何大胆的冒险者，因此连世代积累的经验也一直未能突破它的重重阴影。

这种黑暗环境的统治虽然有无数奇形怪状的毒蛇猛兽防卫着，但终于成为过去了。

经验将它的形迹深深地印在以往的时代中，并毫不疲倦、毫无恐惧、毫不松懈地在它那正义的道路上坚持到底。当敌人睡着的时候，它在前进；当敌人没有注意它的行动时，它在悄悄地往前爬。它前进时虽然步步艰巨而又危险，但终于使敌人惊慌失措、狼狈不堪地看到它跨到外层的障碍上来了。一切黑暗势力马上开始了凶险可怖的活动，准备对这个胆大妄为的来犯者实行报复。

但经验是真知与灼见之母，因而它的一切举止都是明智而又坚定的。以往它一直把自己的伟大和力量隐藏起来，现在它突然展示出它那万能的真理之镜，镜上闪耀出这样神圣的光辉，使得黑暗的全体妖魔看了以后都在这种耀眼逼人的光芒下惊骇退缩，而这种光芒却一下就刺中了他们的心房。这些妖魔完全绝望地溃逃了，甚至现在还在慌忙地向四面八方逃跑，永远离开我们的住处，让我们能充分地享受完整的团结、真正的美德、持久的和平和实际的幸福。

19世纪英国工业发展迅速

欧文在历史上第一次揭示了无产阶级贫困的原因，从生产力的角度提出公有制与大生产的紧密关系，并在他所领导的新拉纳克棉纺厂进行社会主义的改革。

朋友们，今天我希望你们都投到“经验”这位胜利的领导者的旗帜下面来。请不要为这一建议而感到惊恐。由于原先曾受到这位永无过失的教师的教导，我甚至在目前就要更前进一步。现在我要向你们说：你们将在今天这个日子里被迫归于经验的旗帜之下，今后你们

将永远无法背离它，而今天这个日子后世也将永志不忘。这位领导者的统治和管辖，将使你们感到十分公平和正确，你们将不会感到任何压迫。在经验的城池中绝不会有饥饿和贫困的危机。由于愚昧和迷信而兴建的监狱，将永远敞开大门，监狱的刑具将留作经验的应得的战利品。在它的永无差错的规律下，你们的体力和智力都将得到发展，你们将得到良好的教育和工作，这一切对于你们自己和旁人都将是有用的、愉快的和有利的，因而使你们再也不想离开你们的正义道路。

在发生怀疑时候，事实总是随时准备提供证据的。事实说：大不列颠与爱尔兰联合帝国现在所遭受的苦难、贫困和悲惨状况，比以往许多世纪曾经实际遭受的都更为严重。

大不列颠与爱尔兰联合帝国从来没有过这样多得不可胜数的条件可以使全体人民解除这种苦难、堕落和危险。

我国当政者还没有提出任何合理办法，对成千上万在贫困中挣扎的人进行一劳永逸的实际救济，他们的家却不必要地成了危害人权和各种苦难的渊薮。

这些当政者没有其他方面的帮助，对这个问题便无法具有充分的权力和实际的知识来适当地运用国家丰盈有余的条件，使人民摆脱愚昧和邪恶，而这两者又是一切现存祸害的来源。

这种权力和实际知识的帮助，只能由社会上各地区最善于思考、最为明智和最有教养的那部分人明确表示的舆论提供。

事实也证明，舆论应当提出以下各点：

1. 一个国家如果供养一大部分劳动阶级过着无所事事的贫困生活或者从事无谓的工作，就永远不能富强。

2. 任何国家如果存在着偏见和贫困，而仅有的教育又坏到不堪设想的程

欧文的一些信徒正在进行工人社区的尝试

欧文是英国著名的空想社会主义的代表人物，与当时法国的圣西门和傅立叶被人合称为三大空想社会主义者。他尖锐地批判了以私有制为基础的资本主义制度，主张建立以财产公有制为基础的工农合作社。

度，那就必然会使人民的道德败坏。

3. 在这些人民中如果酒店林立，公开赌博的诱惑一应俱全，那么他们就必然会变得低能无用，或是作恶、犯罪和危害他人。

4. 这样一来，就必然要使用强制手段并使用严峻、残酷和不公平的惩罚。

5. 接着人民就会对当政者产生不满、怨恨和各种反抗情绪。

6. 政府如果允许和纵容一切恶习、坏事和犯罪行为的诱因存在，而又大谈宗教，大谈改善贫民和劳动阶级的生活状况，大谈提高他们的道德，那就简直是在嘲笑人们没有常识了。

7. 这种行动和教化是欺骗群众的无聊和愚蠢的办法，现在群众已不再受这些言行欺骗了，将来这种矛盾百出和无意义的废话也骗不了任何人。

8. 如果让这类条件保存下去，而又希望国家进步，那就像是看到天下江河日夜奔向海洋，还在等待海洋干涸一样愚蠢而无远见。

9. 如果要消除这些祸害，并养成良好的习惯，培养有价值的知识和建立永久的幸福，那就必须把陷于贫困、邪恶、犯罪、苦难和不良习惯之中而又聚在一起的广大群众逐步加以隔离，分成若干可以管理的部分，分配到全国去。

10. 如果改善低级阶层以至整个社会的状况，就绝对必须拟定办法使劳动阶级的子女受到良好的教育，以有利的方式雇用他们，并为他们提供一切生活必需品和有益的享用品。

11. 我们必须作出安排，使劳动阶级在稳健和公平的法律下通过自己节制有度的劳动获得这一切幸福。在广大人民的品行和知识提高时，这种法律就将相应地扩大他们的自由。

12. 现在着手进行这种安排的经验和条件都已具备；这种变革丝毫不会损及任何人，相反，它会使每个人，从最受压迫和最卑下的人直到国家的最高统治者，都将从这种变革中获得实际的和持久的利益。

事实还说明，现代有学识而无经验的人，如果认为目前行将公开提出的关于消除贫穷、邪恶和犯罪行为的计划会产生、增加和延续贫穷的现象，那他们就完全想错了。

这些先生们把聪明机智的人所能提出的一切反对意见都提到公众面前来了，我个人十分感谢。我所希望的是整个计划能受到充分的考察和研究，使它的直接效果和最间接的后果没有一点不为世人所知。它将经受住最强烈和最稳定的光芒的照射，否则我就不会为它做辩护了。

在这里我要请问这些先生们：

如果对儿童从最小的时候起，就小心地好好加以培养，这会不会是产生、增加并延续贫穷现象的做法呢？

如果用正确和精密的实际知识来教导儿童，这会不会是产生、增加并延续贫穷现象的做法呢？

如果使儿童获得健康，养成仁慈的性情和其他良好习惯，并使他们养成积极而愉快的工作作风，这会不会是产生、增加并延续贫穷现象的做法呢？

假如在劳动阶级中教导每一个男人，使他们学会园艺、农业以及至少另一种行业、工业或职业的实际业务和有关知识；假如我们教导每一个妇女，使她学会用最好的方法看管小孩、培养儿童并操持所有的日常家务，使自己和旁人都生活得舒适；假如我们还教导妇女，使她们学会园艺以及某种有用的、轻松的、合乎健康的工业劳动的实际操作和有关知识，请问这个计划中的这些部分或其中任何一部分会不会是产生、增加并延续贫穷现象的做法呢？

假如消除了愚昧、愤怒、报复和其他一切邪恶情欲的根源，这会不会是产生、增加并延续贫穷现象的做法呢？

如果把一个国家的全体人民培养得节制有度、勤勉而有道德，这会不会是产生、增加并延续贫穷现象的做法呢？

如果以精诚团结和互相合作的精神使大家结合在一起，并使任何人都没有一点点不信任的感情，这会不会是产生、增加并延续贫穷现象的做法呢？

如果使世界的财富增加三倍、十倍以至于一百倍，这会不会是产生、增加并延续贫穷现象的做法呢？

我还可以对这些先生们提出许多其他问题，他们的答案也许不会像答复刚才提出的问题那样现成，但我只要提出一个就够了。

他们能提出什么办法使我国人民摆脱全国举目皆是的愚昧、贫困和堕落的现象呢？这些现象如果不迅速加以制止，就必然很快会使所有的阶层淹没在一片混乱和毁灭的景象中。

我有这种看法，而且它在我的心目中就像我现在看到大家一样清楚。这样我难道还能袖手旁观、无动于衷吗？难道我应当讲究毫无意义的形式和习惯而闭口不言吗？不，就我目前所能获得的知识来说，假定我为了任何一种个人打算而不设法让大家听到迄今仍然微弱的真理之声，那我岂不是成了人类的头号罪魁了吗？这种真理之声已经像方舟上的鸽子一样飞出去，再也不会回来了。

这一真理在前进中永不停步，直到它走遍和充塞世界各地为止。它的影响将驱散和消灭一切瘴疠和一切污秽邪恶的东西。朋友们，它将使我国和其他一切国家变成理性动物的乐园。

## ■ 作品赏析

在这篇演讲中我们可以看到，欧文对他所设想的社会主义极富热情，他对社会的观察和分析也是非常认真详细的，而且给出的解决方案也是非常具体的。他在演讲中所阐述的问题非常具有针对性，他开篇即指出：“大不列颠与爱尔兰联合帝国现在所遭受的苦难、贫困和悲惨状况，比以往许多世纪曾经实际遭受的都更为严重。”欧文指出，当政者在这些问题面前是平庸和无能的，“我国当政者还没有提出任何合理办法，对成千上万在贫困中挣扎的人进行一劳永逸的实际救济，他们的家却不必要地成了危害人权和各种苦难的渊薮”。接着，他非常有条理地列举了大量问题产生的具体原因和解决途径，这些论述都非常具有现实依据和切实可行性。但是，欧文并没有找到根本的导致问题产生的社会制度根源所在，他的观察、分析、判断和设想过分依赖福利和教育，并且寄希望于现有政府，这就是他被称为空想社会主义者的原因。从演讲本身来说，欧文才思敏捷，知识渊博，大量的排比和反问形成排山倒海的磅礴气势，对当时的社会现实和政治现状给予了猛烈的抨击。

### ⊙演讲者简介⊙

欧文像

欧文，生于威尔士蒙哥马利郡牛顿城一个手工业者家庭，10岁辍学当学徒，19岁成为曼彻斯特一家纱厂经理，1800年以后在苏格兰新拉纳克管理一个巨大的纺纱企业。为了改善资本主义制度下工人群众的困苦状况，他在新拉纳克自己管理的工厂中进行改革。新拉纳克的试验取得了巨大成就，欧文成为闻名欧洲的改革家和慈善家。1815年他积极参加了争取制定缩短工作日和禁止使用童工的工厂立法的斗争。1817年他提出组织“合作村”安置失业者的方案，1820年左右，这个方案发展成一套完整的合作社会主义思想体系。他试图对整个社会进行改革，却遭到统治阶级的排斥和打击。1824年他在美国印第安纳州买下1214公顷土地建立“新和谐”移民区进行实验，但实验以失败告终。1829年回到英国，创办《危机》杂志，宣传他的观点，并积极参加和领导工会运动和合作社运动。1832年他在伦敦建立全国公平劳动交换商场，试图通过劳动交换商场来避免中间剥削。1834年又发起成立全国产业大联合，这实际上是建立全国性工会组织的最初尝试。但全国公平劳动交换商场和全国产业大联合都在1834年先后失败。1834年以后，他逐渐脱离工人运动，反对工人进行政治斗争，但仍不倦地宣传自己的思想。欧文晚年逐渐走向唯灵论。1858年11月17日逝世。

欧文的主要著作有《致拉纳克郡的报告》(1820年)、《新道德世界书》(1836～1844年)、《人类思想和实践中的革命》(1849年)等。

# 战争是什么

演讲者：克劳塞维茨（1780 ~ 1831）
演讲时间：1827 年
演讲者身份：德国军事理论家

## ■历史背景

从 1818 年起的 12 年中，克劳塞维茨一直担任柏林军官学校校长。在此期间，他深入研究世界战争史，特别是拿破仑战争。他结合自己的军事实践，运用德国古典哲学的辩证法对战争的本质进行了艰苦探索，形成了自己对战争本质的深刻认识。1827 年，在一次对士官们的演说中，他阐发了战争无非是“政治交往通过另一种手段的实现”等著名观点，引起战争理论中的一场革命。下文就是当时那篇著名的演说。

## ■原文欣赏

整个民族的战争，特别是文明民族的战争，总是在某种政治形势下发生的，而且只能是某种政治动机引起的。因此，战争是一种政治行为。只有战争真的像按纯概念推断的那样，是一种完善的、不受限制的行为，是暴力的绝对的表现时，它才会被政治引起后就好像是完全独立于政治以外的东西而代替政治，才会排挤政治而只服从本身的规律，就像一包点着了导火索的炸药一样，只能在预先规定的方向上爆炸，不可能再有任何改变。直到现在，每当军事与政治之间的不协调引起理论上的分歧时，人们就是这样看问题的。但事实并非如此，这种看法是根本错误的。正如我们所看到的那样，现实世界的战争并不是极端的行为，它的紧张并不是通过一次爆炸就能消失的。战争是一些发展方式和程度不尽相同的力量的活动，这些力量有时很强，足以克服惰性和摩擦产生的阻力，但有时又太弱，以致不起什么作用。因此，战争仿佛是暴力的脉冲，有时急有时缓，有时快有时慢，最后达到目标。但在这两种情况下，战争都有一段持续时间，足以使自己接受外来的作用，作这样或那样的改变。简单地说，战争仍然服从指导战争的意志的支配。既然我们认为战争是政治目的引起的，那么很自然，这个引起战争的最初动机，在指导战争时应该首先受到极大的重视。但是，政治目的也不是因此就可以任意决定一切的，它必须适应手段的性质。因此，政治目的本身往往也会有很大的改变。

尽管如此，它还是必须首先加以考虑的问题。所以，政治贯穿于整个战争行为之中，并在战争中起作用的各种力量所允许的范围内对战争不断发生影响。

由此可见，战争不仅是一种政治行为，而且是一种真正的政治工具，是政治交往的继续，是政治交往通过另一种手段的实现。如果说战争有特殊的地方，那只是它的手段特殊而已。军事艺术可以在总的方面要求政治方针和政治意图不同这一手段发生矛盾，统帅在具体场合中也可以这样要求。而且作这样的要求确实不是无关紧要的。不过，无论这样的要求在某种情况下对政治意图的影响有多么大，仍然只能把它看做是对政治意图的修改而已。因为政治意图是目的，战争是手段，没有目的的手段永远是不可想象的。

战争的动机越大、越强，战争同整个民族生存的关系越密切，战前的局势越紧张，战争越接近它的抽象形态，一切就越是为了打垮敌人，政治目的和战争目标就越加一致，战争看来就越是纯军事的，而不是政治的。反之，战争的动机越弱，局势越不紧张，政治规定的方向同战争要素（即暴力）的自然趋向就越不一致，因而战争离开它的自然趋向就越远，政治目的同抽象的目标之间的差别就越大，战争看来就越是政治的。

但是，为了避免误解起见，在这里必须说明，战争的自然趋向只是哲学的、纯粹逻辑的趋向，决不是指实际发生冲突的各种力量（例如作战双方的各种情绪和激情等）的趋向。诚然，情绪和激情在某些情况下也可能被激发得很高，以致很难把它保持在政治所规定的轨道上。但在大多数情况下是不会发生这种矛盾的，因为有了这样强烈的情绪和激情，就一定会有一个相应的宏大的计划。如果计划追求的目的不大，那么群众的情绪也就会很低，以致往往需要加以激发，而不是需要加以抑制。

现在我们再回到主要问题上来。即使政治真的在某一种战争中好像完全消失了，而在另一种战争中却表现得很明显，我们仍然可以肯定地说，前一种战争和后一种战争都同样是政治的。因为，如果一个国家的政治可以比作一个人的头脑，那么，导致前一种战争的各种条件必然包括在政治要考虑的范围之内。只有不把政治理解为全面的智慧，而是按习惯的概念把它理解为一种避免使用暴力的、谨慎的、狡猾的甚至阴险的计谋，才可以认为后一种战争比前一种战争更是政治的。

由此可见：第一，我们在任何情况下都不应该把战争看做是独立的东西，而应该把它看做是政治的工具，只有从这种观点出发，才有可能不致和全部

战史发生矛盾，才有可能对它有深刻的理解；第二，正是这种观点告诉我们，由于战争的动机和产生战争的条件不同，战争必然是各不相同的。

因为，政治家和统帅应该首先作出的最重大的最有决定意义的判断，是根据这种观点正确地认识他所从事的战争。他不应该把那种不符合当时情况的战争看做是他应该从事的战争，也不应该想使他所从事的战争成为那样的战争。这是所有战略问题中首要的、涉及面最广的问题。



## ■ 作品赏析

在这次演说中，克劳塞维茨提出了战争是“政治交往通过另一种手段的实现”的著名论断，回答了“战争是什么”的问题，对战争的性质作出了明确的阐述。

演讲一开始，他直截了当地回答了“战争是什么”，然后针对自己提出的命题，运用了辩证法给予一一阐述。在用正反对比的方法论述战争与政治的关系时，连续使用了十几个带“越”字的排比句，说服力强，让人感觉到一股强大的力量。他那严密的逻辑、准确的用词给人一种无可辩驳之感。克劳塞维茨为了让士官们更好地理解他提出的观点，又用一个“说明”，从广度和深度上作了进一步的阐述。最后言归正传，回到了主要问题上，用“第一”、“第二”两点强化了自己的命题，把演讲推向了一个高潮。

克劳塞维茨的演讲方法，由表及里，由浅到深，从形式到内容，又从内容上升到理性，很容易被人接受。这次的演讲是对战争性质的深刻论述，对战争理论和世界战争都具有巨大而深远的影响。



### ⊙演讲者简介⊙

克劳塞维茨，德国军事理论家和军事历史学家，普鲁士军队少将。1792 年，参加了普鲁士军队。1795 年晋升为军官，并自修了战略学、战术学和军事历史学。1803 年从柏林军官学校毕业后，担任奥古斯特亲王的副官，参加过对法国的战争。1808 年起，在普军总参谋部任军事改革委员会主席办公室主任。1810 年 10 月起任军官学校战略学和战术学教官。1818 年 5 月任柏林军官学校校长，9 月晋升为少将。在任期间，他潜心研究战史和从事军事理论著述。1831 年 5 月任驻波兰边境军参谋长，同年 11 月卒于布雷斯劳。

克劳塞维茨世界观、军事观的形成，主要受法国大革命、历次拿破仑战争和 19 世纪初欧洲各国人民的民族解放运动的影响。克劳塞维茨的主要著作是《战争论》。

# 美国的哲人

演讲者：爱默生（1803～1882）
演讲时间：1837年8月31日
演讲地点：哈佛大学费·贝·卡联谊会
演讲者身份：美国著名思想家、作家

## ■历史背景

19世纪30年代，美国虽然已经在政治上独立，但是思想和文化上还没有摆脱英国的影响，尚未展示出其独特的民族性格。正逐渐走向成熟的美国，急需有人分析它的现状，预测它的未来，给广大民众以精神上的指引和鼓舞。作为一个伟大的思想家，爱默生成功地担当了美国人导师的角色，在美国精神形成的过程中起了重要的作用。哈佛大学费·贝·卡联谊会每年都有一个限定题目的演讲，基于爱默生的巨大影响，他被推向了演讲台。

## ■原文欣赏

会长，诸位，我们今年的文艺工作又开始了，我向你们致敬。这是一个满有希望的周年纪念日，但有待努力的地方也许仍旧很多。我们聚集在一起，并非为了较力或较技，也不是来朗诵历史、悲剧和诗赋，像古代的希腊人一样；也不是为了恋爱与诗歌而集会，像中世纪的浪漫诗人一样；也不是为了科学的进展，像英国与欧洲各国都会的现代人一样。到现在为止，我们这个假日只是一种友善的表示，说明我们这民族虽然过分忙碌，没有余闲欣赏文学，对于文艺的爱好依然存在。就连这样，这一天也是宝贵的，因为它表示文艺的爱好是一种无法毁灭的本能。但是它应当更进一步，它将要更进一步——也许现在已经到了时候了；美洲懒散的智力将要由它的铁眼睑下面望开去，使这世界对于它久未兑现的期望得到满足，比机械技巧方面的成就得到更好的东西。我们依赖别人的日子，对于其他国土的学识悠长的学习时期，将近结束了。我们四周有亿万青年正向人生里面冲进来，不能永远用异邦残剩的干枯的谷粮来喂他们。某些事件、行动发生了，这些事件、行动是必须被讴歌的，它们本身讴歌自己。谁会怀疑诗歌将要复兴，导入一个新时代；像那天琴星座中，现在在天顶上发光的那一颗星，天文学家宣布说，它有一天将要成为海行者标志的北极星达一千年之久。

我抱着这样的希望，接受了这题目——今天这一天的演讲，不但由于惯例，而且由于我们这协会的性质，似乎限定要用这题目——“美国的哲人”。

一年又一年，我们到这里来读他的传记中的又一章，让我们来探究新时代与新未来。诗人在极度的孤独生涯中回忆他自动自发的思想，把它记录下来，我们发现他记录下来的这些，就连拥挤的城市里的人也认为是真实的，可以应用在他们自己身上。演说家起初感到怀疑，他那些直爽的自白也许不大适宜，他对于他的听众也知道得太少，然而他随后就发觉他和听众是相互为用，缺一不可的——他们充分吸收他的语句，因为他代替他们满足了他们的天性；他深入发掘自己最阴私、最秘密的预感，而他惊奇地发觉这是一般人最易接受的、最公开的和具有普遍的真实性的，群众喜欢这个；每一个人里面善良的一部分都感觉到：这是我的音乐；这是我自己。

会长，诸位，——一切动机，一切预言，一切准备，都指出说：这种对于人类尚未开发的威力的信心，是属于美国的哲人。我们听着欧洲温雅的文艺女神说话，听得太久了。人们已经怀疑美国的自由人的精神是胆怯的，模仿性的，驯服的。大众与私人的贪欲，使我们呼吸的空气变得厚重而肥腻。哲人是行为端正的，怠惰的，柔顺的。你已经可以看见那悲惨的结果。这国家的心灵，因为人家教它以低级的东西为目标，它自己吞噬自己。除了循规蹈矩的柔顺的人，谁都找不到工作。最有希望的年轻人，在我们的国土上开始他们的生命，饱吸着山风，被上帝所有的星辰照耀着，然而他们发现下面的土地和这些不协调，他们的行动，被一般人经营事业的原则所灌注的憎恶妨碍着；他们沦为贱役，或是因为憎恶而死亡，有些是自杀的。用什么方法来补救呢？他们还没有觉悟——而千千万万同是充满了希望，挤到栅栏跟前想创立事业的青年，也还没有悟到这一点：如果一个人坚强地站定在他的本能上，留守在那里，那广大的世界自会来迁就他的。忍耐——忍耐；你泽沐着一切善良的、伟大的人的余荫；你的安慰是你自己无限的生命的远景；你的工作是研究与传达原理，是使这些本能普及，是感化全世界。一个人生在世上，如果不成为一个单位——不被人当做一个特征看待——不产生每一个人天生应当结出的特殊的果实，而被人笼统地看待，成千上万地，以我们所属的政党或地域来计算，以地理上的区别来预测我们的意见，称我们为北方或南方——这岂不是最大的耻辱？不能像这样，兄弟们，朋友们——天哪，我们的一生不要像这样。我们要用自己的脚走路；我们要用自己的手工作；我们要发表自己的意见。研究文学将不复是一个引人怜悯的名词，使人怀疑的名词，或是仅只代表感觉上的纵欲。人的敬畏与人的爱，将是一层保卫的墙壁，一只喜悦的花圈，围绕着一切。一个“人的国家”将初次存在，因为每一个人都相信他自己是被神灵赋以灵感的，而那神灵也将灵感赋予一切的人。

## ■ 作品赏析

在演讲中爱默生将演讲限定的题目“美国的哲人”，同当时美国社会最重要、人们最关心的问题联系起来，具有很强的现实性。爱默生提醒世人“我们听着欧洲温雅的文艺女神说话，听得太久了”，并指出这种状况对美国人的精神极为不利。他向大家深情呼吁：“我们要用自己的脚走路；我们要用自己的手工作；我们要发表自己的意见。”爱默生的这次演讲有着深刻的哲理，给美国人的思想中注入了新的活力。演讲中有不少蕴涵哲理、发人深省的语句，如：“一个人生在世上，如果不成为一个单位——不被人当做一个特征看待——不产生每一个人天生应当结出的特殊果实……这岂不是最大的耻辱？”“人的敬畏与人的爱，将是一层保卫的墙壁，一只喜悦的花圈，围绕着一切。”这些散文一般的句子，给人丰富的联想，也加深了演讲的深刻主题。

这次演讲中提出的问题警世大钟般震撼了美国人的心灵，对美国民族文化的兴起产生了重大的影响，被霍尔姆斯誉为“思想上的独立宣言”。

**⊙演讲者简介⊙**

爱默生出身牧师家庭，自幼丧父，由母亲和姑母抚养成人。曾就读于哈佛大学，在校期间，他阅读了大量经典作品，丰富了思想，开阔了视野。毕业后曾执教两年，之后进入哈佛神学院，担任牧师并开始布道。1832 年以后，爱默生到欧洲各国游历，结识了浪漫主义先驱华兹华斯和柯尔律治，接受了他们的先验论思想。回国后，于 1836 年出版《论自然》一书，这部书几乎包含了他所有重要思想的萌芽。爱默生的哲学思想中保持了唯一神教派强调人的价值的积极成分，反对权威，主张人能超越感觉而直接认识真理。

# 历史上常有惊人的相似之处

演讲者：马克思（1818 ~ 1883）
演讲时间：1848 年 2 月 22 号
演讲地点：波兰克拉柯夫起义两周年纪念大会
演讲者身份：国际无产阶级革命导师、马克思主义创始人

## ■ 历史背景

沙皇俄国、普鲁士、奥地利三个国家在 1772 年、1793 年、1795 年对波兰进行了三次瓜分。其后，在 1814 ~ 1815 年的维也纳会议上，三国再次瓜分波兰。沙俄占据了波兰绝大部分领土，普鲁士和奥地利则分别强占南部和西部。波兰人民不堪忍受国土沦丧的耻辱和民族奴役之苦，发

动了一次又一次的起义，其中就包括克拉柯夫起义。起义在1846年2月取得暂时成功，宣布成立了“克拉柯夫共和国”，并迅速波及东邻的加利西亚。俄、奥立即派兵镇压，起义失败。在纪念克拉柯夫起义两周年之际，马克思发表了这篇演讲。当时，欧洲已是风云动荡，大革命的风暴就要来临。



## ■原文欣赏

先生们！

历史上常有惊人的相似之处。1793年的雅各宾党人成了今天的共产主义者。1793年俄罗斯、奥地利、普鲁士瓜分波兰的时候，这三个强国就以1791年的宪法为借口，据说这个宪法具有雅各宾党的原则因而遭到一致的反对。

1791年的波兰宪法到底宣布了什么呢？充其量也不过是君主立宪罢了，例如宣布立法权归人民代表掌握，宣布出版自由、信仰自由、公开审判、废除农奴制等等。所有这些当时竟被称为彻头彻尾的雅各宾原则！因之，先生们，你们看到了吧，历史已经前进了。当年的雅各宾原则，在现在看来，即使说它是自由主义的话，也变成非常温和的了。

三个强国和时代并驾齐驱。1846年，因为把克拉柯夫归并给奥地利而剥夺了波兰仅存的民族独立，它们把过去曾称为雅各宾原则的一切东西都说成是共产主义。

克拉柯夫革命的共产主义到底是什么呢？是不是由于这革命的目的是复兴波兰民族，因而就是共产主义的革命呢？要是这么说，欧洲同盟为拯救民族而反对拿破仑的战争何尝不可以说成共产主义的战争，而维也纳会议又何尝不可以说成是由加冕的共产主义者所组成的呢？也许由于克拉柯夫革命力图建立民主政府，因而就是共产主义的革命吧？可是，谁也不会把共产主义意图妄加到伯尔尼和纽约的百万豪富身上去。



共产主义否认阶级存在的必要性；它要消灭任何阶级，消除任何阶级的差别。而克拉柯夫革命家只希望消除阶级间的政治差别；他们要给不同的阶级以同等的权利。

到底在哪一点上说克拉柯夫的革命是共产主义的革命呢？

也许是由于这一革命要粉碎封建的锁链，解放封建劳役的所有制，使它变成自由的所有制，现代的所有制吧。

要是对法国的私有主说："你们可知道波兰的民主主义者要求的是什么？波兰民主主义者企图采用你们目前的所有制形式。"那么，法国的私有主会回答说："他们干得很好。"但是，要是和基佐先生一同再去向法国私有主说："波兰人要消灭的是你们1789年革命所建立的、而且如今依然在你们那里存在的所有制"。他们定会叫喊起来："原来他们是革命家，是共产主义者！必须镇压这些坏蛋！"在瑞典，废除行会和同业公会，实行自由竞争现在都被称为共产主义。"辩论日报"还更进一步，它说：剥夺20万选民出卖选票的收益，这就意味着消灭收入的来源，消灭正当获得的财产，这就意味着是一个共产主义者。毋庸置疑，克拉柯夫革命也希望消灭一种所有制。但这究竟是怎么样的所有制呢？这就是在欧洲其他地方不可能消灭的东西，正如在瑞士不可能消灭分离派同盟一样，因为两者都已不再存在了。

谁也不会否认，在波兰，政治问题是和社会问题联系着的。它们永远是彼此不可分离的。

但是，最好你们还是去请教一下反动派吧！难道在复辟时期，他们只和政治自由主义及作为自由主义的必然产物的伏尔泰主义这一沉重的压力战斗吗？

一个非常有名的反动作家坦白承认，不论德·梅斯特尔或是博纳德的最高的形而上学，最终都可以归结为金钱问题，而任何金钱问题难道不就是社会问题吗？复辟时期的活动家们并不讳言，如要回到美好的旧时代的政治，就应当恢复美好的旧的所有制，封建的所有制，道德的所有制。大家知道，不纳什一税，不服劳役，也就说不上对君主政体的忠诚。

让我们再回顾一下更早的时期。在1789年，人权这一政治问题本身就包含着自由竞争这一社会问题。

在英国又发生了什么呢？从改革法案开始到废除谷物法为止的一切问题上，各政党不是为改变财产关系而斗争又是为什么呢？他们不正是为所有制问题、社会问题而斗争吗？

就在这里，在比利时，自由主义和天主教的斗争不就是工业资本和大土地所有制的斗争吗？

难道这些讨论了十七年之久的政治问题，实质上不正是社会问题吗？

因而不论你们抱什么观点（自由主义的观点也好，激进主义的观点也好，甚至贵族的观点也好），你们怎么能责难克拉柯夫革命把政治问题和社会问题联系在一起呢？

领导克拉柯夫革命运动的人深信，只有民主的波兰才能获得独立，而如果不消灭封建权利，如果没有土地运动来把农奴变成自由的私有者，即现代的私有者，波兰的民主是不可能实现的。要是你们使波兰贵族去代替俄罗斯专制君主，那只不过是使专制主义改变一下国籍而已。德国人就是在对外的战争中也只是把一个拿破仑换成了三十六个梅特涅的。

即使俄罗斯的地主不再压迫波兰的地主，骑在波兰农民脖子上的依旧是地主，诚然，这是自由的地主而不是被奴役的地主。这种政治上的变化丝毫也不会改变波兰农民的社会地位。

克拉柯夫革命把民族问题和民主问题以及被压迫阶级的解放看做一回事，这就给整个欧洲做出了光辉的榜样。

虽然这次革命暂时被雇佣凶手的血手所镇压，但是现在它在瑞士及意大利又以极大的声势风起云涌。在爱尔兰，证实了这一革命原则是正确的，那里狭隘的民族主义政党已经和奥康奈尔一起死亡，而新的民族政党首先就要算是改革派和民主派的政党了。

波兰又重新表现了主动精神，但这已经不是封建的波兰，而是民主的波兰，从此波兰的解放将成为欧洲所有民主主义者的光荣事业。

## ■ 作品赏析

马克思用“历史上常常有惊人的相似之处”来作为开场白，引起听众极为强烈的兴趣和紧张地思考。接着，他叙述了半个世纪之前和最近俄、奥、普以波兰宪法具有雅各宾派的原则为借口瓜分波兰的无耻行径，让听众自己领会两次瓜分事件的相似性。马克思用自问自答的形式说明了克拉科夫起义的性质，否定了三国列强给起义的定性。为此，马克思还列举了欧洲同盟反对拿破仑和维也纳会议等人尽皆知的例子，来支持自己的观点。同时，马克思还指出了“共产主义否认阶级存在的必要性”。马克思的这次演讲不仅总结了克拉柯夫起义的经验，开拓了全新的理论和实践意义，也召唤着大革命风暴的早日来临，很好地体现出一代无产阶级导师的领袖风范。

此次演讲，虽然是一次政治理论宣传，但由于巧妙地加入听众熟知的历史事实，再穿插一些对话，使整个演讲生动起来，减少了纯理论的抽象和枯燥。

演讲者：尼采（1844 ~ 1900）
演讲时间：1862 年
演讲地点："格玛尼亚"文学协会
演讲者身份：德国著名哲学家

# 命运与历史

## ■历史背景

1858 年，尼采进入普夫达中学学习，但他却不适应学校的古典教育和严格训练。在这段时间里，他专注于诗歌创作，并痴迷于音乐。生活虽然有点无味，但尼采的理智发展却有着惊人的进步，并开始思考哲学问题。后来，尼采和朋友一起创办了"格玛尼亚"文学协会。1862 年春，他在协会上发表了这篇慷慨激昂的演讲。

## ■原文欣赏

如果我们能够用无拘无束的自由目光审视基督教学说和基督教会史，我们就一定会发表某些违背一般观念的意见。然而，我们从婴儿开始就被束缚在习惯与偏见的枷锁里，童年时代的印象又使我们的精神无法得以自然发展，并确定了我们的秉性的形成，因此，我们如若选择一种更为自由的观点，以便由此出发，对宗教和基督教作出不偏不倚、符合时代的评价，我们会认为这几乎是大逆不道。

试图作出这样一个评价，可不是几个星期的事，而是一生的事。

因为，我们怎么能够用青年人苦思冥想的成果去打倒有 2000 年之久的权威和破除各个时代有识之士的金科玉律呢？我们怎么能够因幻想和不成熟的观点而对宗教发展所带来的所有那些深深影响世界历史的痛苦与祝福置之不理呢？

要想解决几千年来一直争论不休的哲学问题，这纯粹是一种恣意妄为：推翻只把追随有识之士的信念的人抬高为真正的人的观点，对自然科学和哲学的主要成果一无所知却要把自然科学与哲学统一起来，在世界史的统一和最原则的基础尚未向精神显露自己的时候最终从自然科学和历史中提出一种实在体系。

一无指南针，二无向导，却偏偏要冒险驶向怀疑的大海。这是愚蠢的举动，是头脑不发达的人在自寻毁灭。绝大多数人将被风暴卷走，只有少数人能发现新的陆地。那时，人们从浩瀚无垠的思想大海之中，常常渴望着返回

大陆：在徒劳的冥想中，对历史和自然科学的渴望心情常常向我袭来！

历史和自然科学——整个以往时代遗赠给我们的奇异财富，预示我们未来的瑰宝，独自构成了我们可以在其上面建造冥想的塔楼的牢固基础。

我常常觉得，迄今为止的整个哲学，多么像是巴比伦一座宏伟塔楼；高耸入云乃是一切伟大追求的目标；人间天堂何尝不是这样。民众中极度的思想混乱就是没有希望的结局；倘若民众弄明白整个基督教是建立在假设基础上的，势必会发生巨大变革；什么上帝的存在，什么永生，什么圣经的权威，什么灵感，等等，都将永远成为问题。我曾经试图否定一切：啊，毁坏易如反掌，可是建设难于上青天！而自我毁灭显得更为容易；童年时代的印象，父母亲的影响，教育的熏陶，无不牢牢印在我们的心灵深处，以致那些根深蒂固的偏见凭理智或者纯粹的意志是不那么容易消除的。习惯的势力，更高的需求，同一切现存的东西决裂，取消所有的社会形式，对人类是不是已被幻想引入歧途两千年的疑虑，对自己的大胆妄为的感觉——所有这一切在进行一场胜负未定的斗争，直至痛苦的经验和悲伤的事件最终再使我们的心灵重新树起儿童时代的旧有信念。但是，观察这样的疑虑给情感留下的印象，必定是每个人对自己的文化史的贡献。除了某种东西——所有那些冥想的一种结果之外，不可能会有其他东西铭刻在心了，这种结果并不总是一种知识，也可能是一种信念，甚至是间或激发出或抑制住一种道德情感的东西。

如同习俗是一个时代、一个民族或一种思想流派留下的结果，道德是一般人类发展的结果。道德是我们这个世界里一切真理的总和。在无限的世界里，道德可能只是我们这个世界里的一种思想流派留下的结果而已；可能从各个世界的全部真理结论中会发展起一种包罗万象的真理！可是，我们几乎不知道，人类本身是否不单单是一个阶段、一个一般的、发展过程中的时代，人类是不是上帝的一种任意形象。人也许仅仅是石块通过植物或者动物这种媒介而发展起来，不是吗？人已经达到了尽善尽美的程度吗，而且其中不也包含着历史吗？这种永无止境的发展过程难道永远不会有个尽头？什么是这只巨大钟表的发条呢？发条隐藏在里面，但它正是我们称之为历史的这只巨大钟表里的发条。钟表的表面就是各个重大事件。指针一小时一小时从不停歇地走动，12点钟过后，它又重新开始新的行程；世界的一个新时代开始了。

人作为那种发条不能承载起内在的博爱吗（这样两方面都可以得到调解）？或者，是更高的利益和更大的计划驾驭着整体吗？人只是一种手段呢，还是目的呢？

我们觉得是目的，我们觉得有变化，我们觉得有时期和时代之分。我们怎么能看到更大的计划呢？我们只是看到：思想怎样从同一个源泉中形成，怎样从博爱中形成，怎样在外部印象之下形成；怎样获得生命与形体；怎样成为良知、责任感和大家的共同精神财富；永恒的生产活动怎样把思想作为原料加工成新的思想；思想怎样塑造生活，怎样支配历史；思想怎样在斗争中相互包容，又怎样从这种庞杂的混合体中产生新的形态。各种不同潮流的斗争浪涛，此起彼落，浩浩荡荡，流向永恒的大海。

一切东西都在相互围绕着旋转，无数巨大的圆圈不断地扩大。人是最里面的圆圈之一。人倘若想估量外面圆圈的活动范围，就必须把自身和邻近的其他圆圈抽象化为更加广博的圆圈。这些邻近的圆圈就是民族史、社会史和人类史。寻找所有圆圈共有的中心，亦即无限小的圆圈，则属于自然科学的使命。因为人同时在自身中，并为了自身寻找那个中心，因此，我们现在认识到历史和自然科学对我们所具有的唯一的深远意义。

在世界史的圆圈卷着人走的时候，就出现了个人意志与整体意志的斗争。随着这场斗争，那个极其重要的问题——个人对民族、民族对人类、人类对世界的权利问题就显露了出来；随着这场斗争，命运与历史的基本关系也就显露了出来。

对人来说，不可能有关于全部历史的最高见解。伟大的历史学家和伟大的哲学家一样都是预言家，因为他们都从内部的圆圈抽象到外部的圆圈。而命运的地位还没有得到保证；我们要想认清个别的，乃至整体的权利，还需要观察一下人的生活。

什么决定着我们的幸福生活呢？我们应当感谢那些卷动我们向前的事件吗？或者，我们的禀性难道不是更像一切事件的色调吗？在我们的个性的镜子里所反映的一切不是在与我们作对吗？各个事件不是仿佛仅仅定出我们命运的音调，而命运借以打击我们的那些长处和短处仅仅取决于我们的禀性吗？爱默生不是让我们问问富有才智的医生，禀性对多少东西不起决定作用以及对什么东西压根儿不起决定作用？

我们的禀性无非是我们的性情，它鲜明地显示出我们的境遇和事件所留下的痕迹。究竟是什么硬是把如此众多的人的心灵降为一般的东西，硬是如此阻止思想进行更高的腾飞呢？——是宿命论的头颅与脊柱结构，是他们父母亲的体质与气质，是他们的日常境遇，是他们的平庸环境，甚至是他们的单调故乡。我们受到了影响，我们自身没有可以进行抵挡的力量，我们没有认识到，我们受了影响。这是一种令人痛心的感受：在无意识地接受外部印

象的过程中，放弃了自己的独立性；让习惯势力压抑了自己心灵的能力，并违背意志让自己心灵里播下了萌发混乱的种子。

在民族历史里，我们又更广泛地发现了这一切。许多民族遭到同类事情的打击，他们同样以各种不同方式受到了影响。

因此，给全人类刻板地套上某种特殊的国家形式或社会形式是一种狭隘做法。一切社会思想都犯这种错误。原因是，一个人永远不可能再是同一个人；一旦有可能通过强大的意志推翻过去整个世界，我们就会立刻加入独立的神的行列，于是，世界历史对我们来说只不过是一种梦幻般的自我沉迷状态；幕落下来了，而人又会觉得自己像是一个与外界玩耍的孩子，像是一个早晨太阳升起时醒过来，笑嘻嘻将噩梦从额头抹去的孩子。

自由意志似乎是无拘无束、随心所欲的，它是无限自由、任意游荡的东西，是精神。而命运——如若我们不相信世界史是个梦幻错误，不相信人类的剧烈疼痛是幻觉，不相信我们自己是我们的幻想玩物——却是一种必然性。命运是抗拒自由意志的无穷力量。没有命运的自由意志，就如同没有实体的精神，没有恶的善，是同样不可想象的，因为，有了对立面才有特征。

命运反复宣传这样一个原则："事情是由事情自己决定的。"如果这是唯一真正的原则，那么人就是暗中在起作用的力量的玩物，他不对自己的错误负责，他没有任何道德差别，他是一根链条上必不可少的一个环节。如果他看不透自己的地位，如果他在羁绊自己的锁链里不猛烈地挣扎，如果他不怀着强烈的兴趣力求搞乱这个世界及其运行机制，那将是非常幸运的！

正像精神只是无限小的物质，善只是恶自身的复杂发展，自由意志也许不过是命运最大的潜在力量。如果我们无限扩大物质这个词的意义，那么，世界史就是物质的历史。因为必定还存在着更高的原则，在更高的原则面前，一切差别无一不汇入一个庞大的统一体；在更高的原则面前，一切都在发展，阶梯状的发展，一切都流向一个辽阔无边的大海——在那里，世界发展的一切杠杆，重新汇聚在一起，联合起来，融合起来，形成一个整体。





## ■作品赏析

发表这篇演讲的时候，尼采只有 18 岁，但是他已经在相当深入地思索着世界存在和发展的本源问题，并尝试着强调个人在与客观社会、物质世界的对立和冲突中具有的意义。他把人看做是世界历史的中心存在，认为人的意志力和能动性在与宇宙万物的斗争中，是世界变化发展的基本动力。他高扬人的意志，强调"世界历史对我们来说只不过是一种梦幻般的自我沉迷状态"。

尼采简练的语言中包涵了深邃博大的思想，他鲜明的观点、明快的节奏、严谨的逻辑，让听众像沉浸在一部情节环环相扣的电影之中，不舍得放过其中任何一个细节。为了加强演讲的感染效果，尼采还运用排比、比喻、设问、反问等手法，一步步地把主题思想向纵深推进。另外，值得一提的是，尼采的演讲辩证之精彩，语句之优美，气势之酣畅是很少有人能够超越的。

**⊙演讲者简介⊙**

尼采出生于普鲁士一个牧师家庭，很早就对哲学、音乐和文学产生了兴趣。在学生时代，尼采学的是古典语文学。25岁时，成为巴塞尔大学的教授。1879年，因为身体不适辞去教职。此后10年间，在经济困难和身体极为不佳的双重压力下，他以惊人的速度完成了他的哲学著作。1889年1月，尼采精神崩溃。尼采从叔本华的悲观主义哲学里吸取营养，在此基础上构筑了自己的唯意志哲学和超人学说。他认为自己处于一个衰落的年代，觉得政治思维是一种"贵族式的极端主义"。1890年后，人们对尼采哲学的兴趣急剧增长，欧美的作家如托马斯·曼、加缪、萨特、海德格尔等，都在不同程度上受惠于尼采。

尼采最重要的著作有：《悲剧的诞生》、《查拉斯图拉如是说》、《善恶的彼岸》等。



# 向文盲宣战

演讲者：高尔基（1868 ~ 1936）
演讲时间：1920年12月5日
演讲地点：彼得格勒苏维埃会议
演讲者身份：苏联伟大的无产阶级作家



## ■历史背景

1920年，苏联国内战争即将结束，胜利在望，但是民生凋敝，农村经济严重受损，很多人甚至破产，工业生产也是气息奄奄，满目疮痍，百废待兴，国家经济文化建设面临严峻的考验，需要大量较高素质的劳动者。努力提高全民知识文化水平迫在眉睫，面对这一形势，高尔基同其他工作者一样，积极投入各项工作，尤其为扫除文盲，提高全民文化水平，组建新的文化队伍而不遗余力地呼号奔走。本篇演讲是高尔基在彼得格勒苏维埃会议上的发言，其主旨在于动员与会代表向文盲宣战。

## ■原文欣赏

安格尔特同志给你们介绍了向文盲宣战事业的实况。你们从他的发言和图表中会看见很重要的东西，他向你们展示了一幅在很短、短得可笑的四周

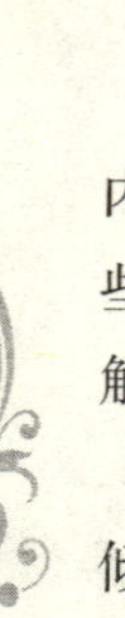



内所进行工作的有趣图画。我知道，它会让你们兴奋的。至于我，我想把一些个人的观察告诉你们，这些观察情况是在我和文盲或识字不多的听众的接触过程中获得的。

同志们，以前目不识丁的村妇或者已过中年的庄稼汉现在如此凝神专注倾听别人的讲话，这件事使我高兴，让我舒畅，以至于我可以叫你们相信，你们的潜心静听要比你们的掌声和最轰动的音乐更美好、更令人愉悦。人们渴求学习的心情急切得令人吃惊。你们都是掌了权的人，应该利用这种求知欲，应该使之得以充分满足，这是你们的职责。你们应千方百计减轻这部分人的工作，你们正在和全人类最可怕的敌人——愚昧作斗争。现在你们要对你周围所做的一切，对你们自己创造着的一切负责。这种责任由你们承担是因为再也无法埋怨任何其他人，说他们妨碍了你们为自己而工作了。所有困扰、折磨你们的一切，无论是懒惰、肮脏还是臭气冲天，这都是你们的事，你们必须和它们作顽强的斗争。你们十分清楚，这是何等艰巨的斗争，要付出多少精力，由此你们应该明白，你们多么需要在身后建立一支后备军队伍，储备好打算来帮助你们，接你们班的人才，他们要能理解自己周围所发生的事，不会无病呻吟。他们许多人，也许包括你们的一些人都有这一想法，知识是无往而不胜的非凡力量。只有真正牢固地用知识武装起来，你们才能以胜利者的姿态走出不得不去忍受的艰难生活的困境。

俄国人很懒，他们会狡猾地过游手好闲的生活，但他们有一股足够的倔犟劲儿，只要有愿望，他们总能学会。当我观察到，此时此刻这位识字不多的人在向知识进军时，我真高兴。他多么渴求能把别人对他说的一切统统吸收过来，他一下子向与他交谈或为他讲课的人提出了很多很多的问题。你走进一些不识字的人的教室，你就会感到：咦，怎么回事呀？这些人怎么傻乎乎的。第一印象对他们很不利。他们坐在那儿望着你就像山羊在看墙报。但过了几分钟、半小时，你们会突然感到，从他们的脸上、眼睛里看见聚精会神的表情，仿佛觉得，他们从你这儿把自己所有的能量、知识、力量全吸取走了。这会使你开始体会到，和他们谈话要比与知识分子谈更容易、简单、热烈。还有一个特点：这些人提出了全人类感兴趣的基本问题，这些问题还是第一次促使这些未开化的人有了一种想法，即去走一条通往能获得伟大成就的道路。他们的问题是：人来自何处？什么是生命？地球上怎样开始有了生命？我们有灵魂吗？灵魂什么样？你们这些主要热衷于政治问题的人听见提出这些问题也许很费解，可是这很好，文化便是由此而产生的，人类就是从这种不大开化的状态开始向今天他所站着的高度攀登的。正是由于这些思

想的存在，世界上才诞生了托尔斯泰们、莎士比亚们、爱迪生们、马克思们、列宁们。这不至于会使你们难堪，这准确标志着：世界的思想确实触动了每个人的灵魂，世界全人类的才智已被俄罗斯大众所感觉到了。在这种情况下，我以为，应想方设法使知识的掌握变得容易些，不管是从外部掌握还是从内心掌握都如此。掌握知识

高尔基（左一）在贝纳塔朗诵剧本《阳光之子》

20岁后，高尔基开始在祖国各地流浪，目的在于“了解一下俄罗斯”，“看一看人民是怎样生活的”。在长期的流浪生活中，他一面做工，一面组织秘密小组，进行革命宣传。高尔基一生共写了15部剧本，其剧本全都被视为俄国戏剧的经典之作，《阳光之子》是他在1905年完成的剧本。

曾打动过，现在正更厉害地打动着这些人的心灵。你们只要想一想，在每个工人家庭里至今仍只是起次要作用的妇女现在可以成为她丈夫的真正朋友了。妇女能读书，能和自己的丈夫肩并肩地走路，而她的小儿子也不会再到街上去做香烟投机买卖了，不会成为罪犯了。同志们，你们想想，识字不多妇女的数字在我国是很可观的。我们必须为她们提供一切机会，让她们吸收知识，吸收全人类的智慧，一般人能吸收多少，她们也能吸收多少。当然，你们不会比大家懂得少，因为一个人文化层次越高，就越懂得多，也就越完美、越机灵。亲爱的同志们，我们什么也不需要，只需要优秀的工作者，不吝惜自己的精力，英勇建设国家的人。你们肩负有历史使命去建设这个国家，显然你们会建设好的，但只有当你们的确诚心诚意、勇敢地去进行吸收全人类知识与科学的世界经验这一伟大事业时，才能建设好这个国家。

同志们，我也许说得前言不搭后语，题目这样大，想说的又很多，而词汇和时间却又很少，这样就说不好了。我口才欠佳，但都是心里话，并非玩弄词藻。

同志们，你们必须知道、感到，吸收知识的时机、科学知识社会化的时机现在已经到来，再也没有比知识更强大的力量了，用知识装备起来的人是不可战胜的。如果我能告诉你们，在经济遭破坏、饥寒交迫的最近两年内，我们科学家的头脑在一片混乱、啼饥号寒的日子里所做的一切，你们定会感到惊喜。在科学领域我们俄国人与欧洲学者的联系是被割断的，近来有了很

大进步。当你们得知，人们是在怎样艰难条件下取得这些成绩的，你们会大吃一惊，你们会对这些英勇的人们众口齐颂。他们没有跑到你们敌人的营垒中去，而是留了下来，和你们一块儿工作。我们需要知识这一武器，因为最可敬的协约国手中的子弹、刺刀要是停止进攻，他们期盼的便不是用棍棒，而是用卢布来征服我们。他们会试图这么干的。他们会乘隙而入，投入小小的一点资本，腐蚀包括你们在内的俄国人，是的，包括你们。你们必须明白且牢牢记住，贪得无厌、尖利无比的血盆大口已向我们张开，铁牙利齿是为我们磨得尖尖，我们的皮肤，甚至每根小骨头都会咯咯裂开。为把这种和平征服击溃，必须具有许多智慧；必须清楚，我们富有什么，缺乏什么，有哪些优点、哪些不足；必须做好与资本家斗争的准备，这场斗争没有停止过；必须清楚，资本主义的年龄比我们大，经验比我们丰富，还比我们狡猾。

我认为，每个人都应懂得必须向文盲宣战，这不仅是每个个人，也是全俄罗斯的职责。我们要尽量多为自己获取知识，以便尽量多地给国家奉献知识。这个国家应有人为之诚实地劳动，人民应得到幸福，哪怕仅仅是休息的幸福。这当然是个不大的愿望，还有另一个愿望：我希望你们能赋予这个国家的人民以建设的幸福，英勇地去建设它。国家很需要建设。我希望那些普通俄国人，包括你们在内所素有的懒散、放荡、马虎作风统统清除掉。我还希望，你们近些日子所感受到的所有做法能把一个古老俄国人的形象从你们表皮清除掉。古老的俄国，他们习惯了在棍棒下工作，不会去珍惜劳动，也不懂得劳动具有的全人类意义。

请你们原谅，我这样讲，听上去似乎很难过，但我必须凭良心讲话。人民呀，你们是有点儿懒，人民的意志被压抑了三百年，还能要求你们什么呢？但是，同志们，我们对欧洲、全世界作出过贡献，这几乎是奇迹，因为从被打垮、被吓破了胆、穷得一贫如洗的俄国人民那里难以得到如此的功绩。俄国人民靠最近几年的生活想要建立功绩是很难的，这是一条受难者的道路。我说，这是伟大的功绩，并没有恭维的意思，的确伟大。这是一件随着时间的推移，会让我们的敌人愕然，甚至会逼他们对我们大加褒扬的事。然而，你们的功绩使你们有责任去继续这一事业，而且一干到底。当我们拥有人类在自己艰苦卓绝道路上产生出来的一切：所有优秀的思想、所有知识的宝藏时，如果我们能把这一切据为己有，如果我们能把它消化成自身的东西，那么我们就完全可以从所有不幸中超脱出来。很有可能，与外界失掉过联系的俄国知识分子关于人民是世界的救世主和关于人民救世主的可笑幻想忽然真的成了活生生的现实。不用再说，同志们，我们确实比别人先跨前了一步。这样工作紧张得很，但功绩也大。如果你们能唤起自身的求知欲，尊重劳动、相互尊重、正确评价工作人员、帮助所有站在你们身后不识字的人适应你们现在所知道的东西，你们所具有的一切，这样功绩还要大。

这就是我想给你们说的几句话，很想能使你们相信，请你们尽可能抓紧一点，把注意力集中到这方面来。

如果我们把文盲当成灰尘一样扫除掉，荣誉和光荣都将属于你们，至于你们的利益、整个国家的利益，那就更不用说了。这只有在人们目前有追求知识欲望时才有可能，只有在他们有扑向新知识的狂热时才有可能。你们应该这样做，我再说一次，这是你们的职责，上层人士的职责。为了广泛开展这方面的工作，要去做一切可能做好的事，使得这种俄罗斯式的沉默寡言变为擅长思考、擅长感觉和擅长工作的能力，因为谁擅长感觉，谁就擅长工作，谁懂得越多，谁工作得也就不会坏。

这便是我所要讲的一切，最后我祝你们一切顺利，首先精神要饱满。

## ■ 作品赏析

高尔基是一名出色的演讲家，他的演说非常口语化，生动朴实，语言非常得体，注重方法，他完全是用通俗的适合工农兵大众的语言方式阐释深刻的道理，态度诚恳而热情，在听众中产生积极广泛的影响。在演讲中，高尔基开门见山，直奔主题，但是话题展开的方式非常随意，这对营造良好的演说气氛非常重要，他首先对扫盲工作的现状给与非常乐观的评价，“人们渴求学习的心情急切得令人吃惊”。这是一个乐观的局面，开展群众工作，群众的配合非常重要，高尔基抓住这一关键，表示出对群众的极大信任，并且及时地指出了普及文化知识、开展学习的迫切必须要性，即“只有当你们的确诚心诚意、勇敢地去进行吸收全人类知识与科学的世界经验这一伟大事业时，才能建设好这个国家”。这为下文善意的批评作了良好的铺垫，“俄国人很懒，他们会狡猾地过游手好闲的生活，但他们有一股足够的倔犟劲儿，只要有愿望，他们总能学会”。高尔基非常具体生动地讲述了学习文化对国家建设、社会进步、家庭和谐幸福等各方面的积极影响，完全是一幅美好的蓝图，无疑在听众中会产生极大的感召力。

# 禅的方法

演讲者：铃木大拙（1870～1966）
演讲时间：1957年8月
演讲地点：墨西哥奎尔纳卡召开的禅宗与精神分析讨论会
演讲者身份：日本禅学思想家

## ■历史背景

铃木大拙是享誉世界的禅学大师，他对禅宗有着深入的研究和精辟的见解，并以弘扬禅学为己任。他把西方的思想和方法结合到参禅的方法之中，使禅学得到超越性发展，为禅在更大范围内的传播提供了可能性。为了向世界介绍和推广禅学，铃木大拙不辞劳苦，到世界各地讲学。《禅的方法》是1957年8月，铃木大拙在墨西哥奎尔纳卡召开的禅宗与精神分析讨论会上所作的系列讲座的第二部分。

## ■原文欣赏

禅的方法是直探对象本身，仿佛是从事物内部来观照它。去认识这朵花乃是变成这朵花，成为这朵花，如这朵花一般开放，去享受阳光和雨露。当这样做时，花就对我说话，我就知道了它所有的秘密、所有的喜悦、所有的痛苦；亦即是说，我知道了在它内部颤动的全部生命。不仅如此，随着我对这朵花的“认识”，我知道了宇宙所有的秘密，其中也包括了我的自我的秘密，这秘密迄今一直避开我的寻求。因为我把自己一分为二——寻求者与被寻求者、对象与影子。难怪我永远抓不住我的自我。而这种游戏又是多么地耗神竭力！

不过，现在通过对花的认识，我知道了我的自我。亦即说，由于我把自己忘却在花中，于是我既知道了花，也知道了我的自我，我把这种对事实的探求称为禅的方法，它是前科学的，或是后科学的，甚或是反科学的方法。

这种认识或观照事实的方法，也可以称为意志的或创造性的方法。而科学的方法是把对象宰杀，把尸体分解，然后再合并各部分，以此想把原来活生生的生命重造出来，但实际上这是不可能的；禅的方法则是按生命的本来样子来生活，而不是把它劈成碎片，再用知性的方式企图复合出它的生命，或用抽象的方法把碎片黏合在一起。禅的方式是把生命保存为生命，而不是用外科手术刀去触及它。禅的诗人唱道：

天然存娇姿，肌肤洁如玉。

丹铅无所施，奇哉一素女！

科学所处理的是抽象事物，在其中没有活动性。禅则把自己投入创造的源泉，汲取内蕴的一切生命，这源泉乃禅之无意识。不过，并非是花意识到它自己，是我把它从无意识中唤醒。一旦丁尼生把花从裂墙中拔下，他便失去了它；而当芭蕉细细观照野篱旁那含羞绽放的荠花时，他便得到了它。我无法说清楚无意识究竟在何处。是在我里面？抑或在花内？也许，当我问“何处”时，它哪里都不在。倘若如此，就让我在里面，默然无言。

科学家从事宰杀，艺术家则谋求重创，因为后者知道，实体是不能通过分解而达到的。故他用画布、画笔与颜料，试图从他的无意识中进行创造，当这个无意识真诚地将自己认同于宇宙无意识时，艺术家的创作便是真实的。他真正地创作了某种东西，他的作品不是任何东西的摹本；它是因自己而存在的。他所画的花若是从他的无意识中开放出来的，那就是一朵簇新的花，而不是对自然的模仿。

有座禅寺的住持，想在法堂的顶棚上画条龙，请了一位著名的画家。画家答应下来，但抱怨说从未见过真正的龙，如果说有龙这种东西的话。住持对他说：“别在乎你是否见过龙。你把自己变成龙，变成一条活生生的龙，并把它画出来。不要因袭常规旧习么！”

画家问：“我怎么能变成一条龙呢？”住持答道：“回到你屋里凝神冥思。当你觉得非画不可时，那个时候就会来到，就在你变成龙的那一时刻，龙会催促着你为它赋形。”

## ■作品赏析

“禅”给我们留下的印象大多是“抽象”、“难懂”，怎样激起听众对禅的兴趣可以算得上是一件技术活。在演讲中，铃木大拙巧妙地运用了比喻、对比等手法，将玄奥的禅说得通俗易懂。一开始，他就用一朵花将禅的抽象、感性和形象结合起来，说出了“禅”理认识事物的方法，不但易于理解，也激起了听众的极大兴趣，为下面的演讲做好了铺垫。铃木大拙认为禅的方法就是深入事物的内部，直探事物的本身。禅家的妙境是一种物我两相忘的境界。接下来，他拿禅的方法和科学的方法进行了对比。他说：“科学的方法是把对象宰杀，把尸体分解，然后再合并各部分，以此想把原来活生生的生命重造出来，但实际上这是不可能的。”而禅则是把生命看做一个整体，这就加深了听众对禅的方法的理解。之后他又进行了深化演讲，让听众了解禅的方法的内在本质：

禅的一切都离不开生命、生活和人本身的亲身体验。铃木大拙这次演说对禅在世界上的传播有不可估量的意义。

**⊙演讲者简介⊙**

铃木大拙，日本佛教学者，原名贞太郎，后因学禅，改名大拙。1885年，铃木大拙与友人藤冈作太郎等共同创办《明治余滴》。1890年，开始对禅感兴趣，先后随富山县国泰寺雪门禅师、镰仓圆觉寺今北洪川参禅。1908年游学法、德、英诸国。1909年回国，历任学习院大学和东京大学讲师、教授。1911年再度赴英，介绍佛教禅学。1921年回国后创办英语杂志《东方佛教徒》。1933年，写成《楞伽经之研究》一文，获文学博士学位，并将《楞伽经》译成英语。1934年访问中国，回国后用英语著成《中国佛教印象记》。1959年，将多年讲稿整理为《禅为日本文化》一书。晚年，铃木大拙隐居镰仓松冈，英译出版了真宗创始人亲鸾的《教行信证》。铃木大拙的主要著作有《禅的研究》、《禅的诸问题》、《禅思想史研究》、《中国古代哲学史》、《佛教与基督教》、《华严的研究》等。

# 治国学的两条大路

演讲词档案

演讲者：梁启超（1873～1929）
演讲时间：1923年1月9日
演讲地点：东南大学国学社
演讲者身份：中国近代资产阶级著名的改良主义政治家，启蒙宣传家，近代著名政治、学术演说家

## ■历史背景

20世纪早期，为探索救亡振兴道路，中国知识分子把西方各种思想和理论引入中国，掀起了声势浩大的新文化运动。在这场运动中，绝大多数人主张打倒孔家店，彻底抛弃中国传统思想和礼教。这种极端的观点固然有利于思想启蒙，但对传统文化的传承势必造成毁灭性打击。作为思虑深远的学者和思想家，梁启超认为，中国传统文化具有永恒价值，应该继承和发扬。为弘扬传统文化，他着力甚多。这篇演讲，便是他学习和研究国学的方法总结，旨在指点大学生们找到研究国学的门径。

## ■原文欣赏

诸君！我对于贵会，本来预定演讲的题目是“古书之真伪及其年代”。中间因有病，不能履行原约，现在我快要离开南京了，那个题目不是一回可以讲完，而且范围亦太窄，现在改讲本题，或者较为提纲挈领于诸君有益罢。

我以为研究国学有两条应走的大路：

一、文献的学问，应该用客观的科学方法去研究。

二、德性的学问，应该用内省的和躬行的方法去研究。

第一条路，便是近人所讲的“整理国故”这部分事业。这部分事业最浩博最繁难又且最有趣的，便是历史，我们是有五千年文化的民族；我们一家里弟兄姊妹们便占了全人类四分之一；我们的祖宗世世代代在“宇宙进化线”上头不断地做他们的工作；我们替全人类积下一大份遗产从五千年前的老祖宗手里一直传到今日没有失掉，我们许多文化产品，都用我们极优美的文字记录下来，虽然记录方法不很整齐，虽然所记录的随时失散了不少；但即以现存的正史，别史，杂史，编年，纪事本末，法典，政事，方志，谱牒，以及各种笔记金石刻文等类而论，十层大楼的图书馆也容不下，拿历史家眼光看来，一字一句，都藏有极可贵的史料，又不独史部书而已，一切古书，有许多人见为无用者，拿他当历史读，都立刻变成有用，章实斋说“六经皆史”，这句话我原不敢赞成；但从历史家立脚点看，说“六经皆史料”，那便通了。既如此说，则何只六经皆史？也可以诸子皆史，诗文集皆史，小说皆史，因为里头一字一句都藏有极可宝贵的史料，和史部书同一价值，我们家里头这些史料，真算得世界第一个丰富矿穴，从前仅用土法开采，采不出什么来；现在我们懂得西法了，从外国运来许多开矿机器了，这种机器是什么？是科学方法，我们只要把这种方法运用得精密巧妙而且耐烦，自然会将这学术界无尽藏的富源开发出来，不独对得起先人，而且可以替世界人类恢复许多公共产业。

这种方法之应用，我在去年所著的历史研究方法和两个月前在本校所讲的历史统计学里头，已经说过大概，虽然还有许多不尽之处，但我敢说这条路是不错的，诸君倘肯循着路深究下去，自然也会发出许多支路，不必我细说了，但我们要知道：这个矿太大了，非分段开采不能成功，非一直开到深处不能得着宝贝，我们一个人一生的精力，能够彻底开通三几处矿苗便算了不得的大事业，因此我们感觉着有发起一个“合作的史学运动”之必要，合起一群人在一个共同目的共同计划之下，各人从其性之所好以及平时的学问根底各人分担三两门做“窄而深”的研究，拼着一二十年工夫下去，这个矿或者开得有点眉目了。

此外和史学范围相出入或者性质相类似的文献还有许多，都是要用科学方法研究去。例如：

一、文字学　我们的单音文字，每一个字都含有许多学问意味在里头，

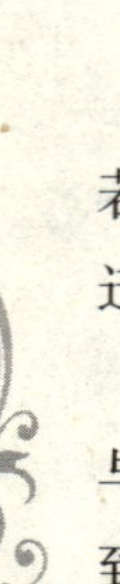





若能用新眼光去研究，做成一部“新说文解字”，可以当做一部民族思想变迁史；或社会心理进化史读。

二、社会状态学　我国幅员广漠，种族复杂，数千年前之初民的社会组织，与现代号称最进步的组织，同时并存。试到各省区的穷乡僻壤，更进一步入到苗子番子居住的地方，再拿二十四史里头蛮夷传所记的风俗来参证，我们可以看见现代社会学者许多想象的事项，或者证实，或者要加修正。总而言之，几千年间一部竖的进化史，在一块横的地平上可以同时看出。除了我们中国以外，恐怕没有第二个国家了。我们若从这方面精密研究，真是最有趣的事。

三、古典考释学　我们因为文化太古，书籍太多，所以真伪杂陈，很费别择；或者文义艰深，难以索解，我们治国学的人，为节省后人精力而且令学问容易普及起见，应该负一种责任，将所有重要古典，都重新审定一番，解释一番。这种工作，前清一代的学者已经做得不少。我们一面凭借他们的基础，容易进行；一面我们因外国学问的触发，可以有许多补他们所不及。所以从这方面研究，又是极有趣味的事。

四、艺术鉴评学　我们有极优美的文学美术作品。我们应该认识它的价值，而且将赏鉴的方法传授给多数人，令国民成为“美化”。这种工作，又要另外一帮人去做，我们里头有性情近于这一路的，便应该以此自任。

以上几件，都是举其最重要者。其实文献学所包含的范围还有许多，就是以上所讲的几件，剖析下去，每件都有无数的细目。我们做这类文献学问，要有三个标准以求到达：

第一求真　凡研究一种客观的事实，须先要知道它“的确是如此”，才能判断它“为什么如此”。文献部分的学问，多属过去陈迹，以伪传伪失其真相者甚多。我们总要用很严谨的态度，仔细别择，把许多伪书和伪事剔去，把前人的误解修正，才可以看出真面目来。这种工作，前清“乾嘉诸老”也曾努力过一番；有名的清学正统派之考证学便是。但依凭我看来，还早得很哩。他们的工作，算是经学方面做得最多，史学方面便差得远，佛学方面却完全没有动手哩。况且我们现在做这种工作，眼光又和先辈不同，所凭借的资料也比先辈们为多。我们应该开出一派“新考证学”，这片大殖民地，很够我们受用哩。

第二求博　我们要明白一件事物的真相，不能靠单文孤证便下武断。所以要将同类或有关系的事情网罗起来贯串比较，越多越妙。比方做生物学的人，采集各种标本，越多越妙。我们可以用统计的精神，作大量观察。

我们可以先立出若干种“假定”，然后不断地搜罗资料，来测验这“假定”是否正确。若能善用这些法门，真如韩昌黎说的“牛溲马勃，败鼓之皮，兼收并蓄，待用无遗”。许多前人认为无用的资料，我们都可以把它废物利用了。

但求博也有两个条件。荀子说：“好一则博”；又说：“以浅持博”。我们要做博的工夫，只能择一两件专门之业为自己性情最近者做去，从极狭的范围内生出极博来。否则，便连一件也博不成。这便是好一则博的道理。又，满屋散钱，穿不起来，虽多也是无用。资料越多越丰富，则驾驭资料越发繁难。总须先求得个“一以贯之”的线索，才不至“博而寡要”。这便是以浅持博的道理。

第三求通　好一固然是求学的主要法门，但容易发生一种毛病，这毛病我替它起个名叫做“显微镜生活”。镜里头的事物看得很清楚，镜以外却完全不见，这样子做学问，也常常会判断错误。所以我们虽然专门一种学问，却切不要忘却别门学问和这门学问的关系；在本门中，也常要注意相互的关系，有许多在表面上看不出来的，我们要用锐利眼光去求得它。能常常注意关系，才可以成通学。

## ■作品赏析

演讲一开始，梁启超就点出了主题——治国学应该走的两条大路。在阐述“文献的学问，应该用客观的科学方法去研究”这一观点时，他以历史学为例，说明了中国文献的丰富，为避免枯燥，他把中国历史比作一座取之不尽用之不竭的矿藏，把“科学的方法”比作“开矿机器”，把研究行为比作“开发富源”，从而让整个演讲变得生动起来。之后，他专门论述了文献所包括的五大范围，并强调了它们在国学研究中的重要性。最后梁启超又提出了研究文献学要达到的三个标准：求真、求博、求通，详细地向学生们解释了研究国学一定要达到的要求，这给学生们的学习指出了一条明路。

从演讲技巧上来说，梁启超的论证虽然不多，但是每一个都非常到位、精辟、透彻。而且他还采用大量的修辞手法，有时打比方，有时引用名言，有时举例说明，使得演讲准确、生动，大大提高了学生对演讲的兴趣和演讲本身的说服力。

# 北大之精神

演讲者：马寅初（1882～1982）
演讲时间：1927年12月19日
演讲地点：杭州北大同学会举行的纪念校庆二十九周年集会
演讲者身份：中国著名教育家、经济学家

## ■历史背景

1927年12月，杭州举行庆祝北京大学建校二十九周年纪念大会，马寅初在大会上发表了这篇演讲，演讲全面地阐述了北大精神就是牺牲精神这个主题。

## ■原文欣赏

今日为母校二十九周年纪念，令人发生深切之印象。现学校既受军阀之摧残而暂时消灭，但今天之纪念会，仍能在杭州举行，聚昔日师友同学至二百数十人之多，可见吾北大形质暂时虽去，而北大之精神则依然存在。

回忆母校自蔡先生执掌校务以来，力图改革，五四运动，打倒卖国贼，做人民思想之先导。此种虽斧钺加身毫无顾忌之精神，国家可灭亡，而此精神当永久不死。然既有精神，必有主义，所谓北大主义者，即牺牲主义也。服务于国家社会，不顾一己之私利，勇敢直前，以达其至高之鹄的。

苟有北大之牺牲精神，无论举办何事，则结果之良好，俱可期而待。今以浙江一省而论之，如以北大牺牲精神，移办政府与党务，则不出一年，必可为全国之模范省。盖浙江现时之地位，较他省优良之点甚多：财政之统一一也。浙江之财政厅，尚能统辖全省财政，较之江苏、安徽、福建等省，俱远过之。江苏因为孙传芳之战事未了，所统一者仅长江以南之一部分。安徽在前数月间虽征收税吏，俱归二三军队首领所委派。福建即菜担妓女，亦俱贴印花，其财政上之紊乱，可以想见。至湖广江西等省，更无须深论矣。金融之平稳二也。全省无滥发纸币，引起金融之扰乱。军队之统一三也。教育之优良完全四也。此次革命军兴，全省所受之损失不大五也。既具此五种之优点，苟政治能上轨道，办事人员俱抱北大精神而徐图改革，则将来之浙江，必较今日可以远胜万倍。

虽然，欲图改革，必须自环境之改造入手。重心不在表面，而在人心。

今日国家社会之所以每况愈下，根本原因，在于吏治之不良，道德之堕落。如寅初回浙未久，而请寅初代谋统捐局长者，不知凡几。且有欲寅初推荐往禁烟局者，彼辈之心理，以为寅初现正在反对禁烟局，则寅初推荐之人员，禁烟局不敢不留用。际此生活困难之时，在政界谋事，果属生活问题，情尚可原。然来寅初处谋事之人，甚至预先说价，必须月薪至若干元以上，或有其他不正当之收益者而后可。是故中国大半人民，虽其私人道德，亦有甚好者，但脑筋中实无一“公”字之印象。故公家观念之薄弱，已达极点。而对一己之升官发财，譬诸厕所之苍蝇，群相密集。故无论何界，苟有一人稍有地位，则其亲戚朋友，全体联带而为其属下，家庭观念之深切，世无其右。当知吾人对于国家社会之义务，应以人民之幸福为前提，不当以个人弥补亏空或物质享受为目的。北大昔日既为群众之导师，今而后当如何引导人民，打破家庭观念，而易以团体观念；打破家庭主义，而易以国家主义，恢复人生固有之牺牲精神。否则，若仅有表面之革命，恐虽经千百次，于国家于社会仍无补于事也。

马寅初就人口问题发言

马寅初是一位大学者，也是一位大教育家。在巨大的压力下，他仍然坚持“新人口论”，他的倔强是出了名的，他常对人说：“言人之所言，那很容易，言人之所欲言，就不太容易，言人之所不敢言，就更难。我就言人之所欲言，言人之所不敢言。”

且中国人民之心理，对公家事，若不相干，可以不负责任。如寅初此次反对鸦片，时有人以“在此种社会何必做恶人”之语，来相劝勉。若寅初家中妇女，如作此语，寅初本可不加深责。然此种浅薄之语，竟发诸现在之官吏与夫东西留学生之口。呜呼！一人公正之勇气能有几何，今不以努力助鼓励，而反以冷水浇头，人心至此，可深浩叹！中国人以“不”字为道德，如不嫖，不赌，不饮酒，不吸烟，果属静止之道德，然缺乏相当之努力，与夫牺牲之精神，以尽人生应有之义务。虽方趾圆颅，实类似腐尸。西人谓 life is activity，否则，反不如截发入山，做和尚之为愈，何必在世上忧忧哉。

是故以北大之精神，牺牲于社会，对于全国，或以范围过大，尚须相当时日。若仅浙江一省，则改造之目的，诚可立而待也。欲使人民养成国家观念，牺牲个人而尽力于公，此北大之使命，亦即吾人之使命也。举凡

战胜环境，改造人心，驱除此等奄奄待毙不负责任之习俗，诸君当与寅初共勉之！

## ■ 作品赏析

1927年12月19日，在杭州北大同学会举行的纪念校庆二十九周年集会上，刚刚脱离北大的经济系教授马寅初发表了这篇演讲，题为《北大之精神》。这篇演讲全面阐述了北大精神就是可为了国家与社会“虽斧钺加身毫无顾忌”的牺牲精神，同时，作者以犀利的语言无情地揭露了造成“国家社会之所以每况愈下”的“根本原因，在于吏治之不良，道德之堕落”，那些为一己之私升官发财的现象就像“厕所之苍蝇，群相密集”，马寅初对这样的官吏表示了极大的愤慨和深恶痛绝。伸张正义，鞭挞邪恶是这篇演讲的最大特点，这些邪恶的东西都是与北大精神背道而驰的，也是北大人应该拒绝和坚决予以揭露和批判的。马寅初的演讲一贯富于激情，正义凛然，充满强烈的感情，具有极强的感染力。马寅初的演讲表达手法多样，论述严谨有力，虽然文白夹杂，却仍然简洁明了，流利晓畅，显示出过人的语言能力。



### ⊙演讲者简介⊙

马寅初像

马寅初，中国现当代著名的经济学家、人口学家、教育家，浙江嵊县人。1901年入天津北洋大学（1951年更名天津大学），选学矿冶专业。1906年赴美国留学，1910年获耶鲁大学经济学硕士学位，1914年获哥伦比亚大学经济学博士学位。1915年回国，任北洋政府财政部职员。1916年任国立北京大学经济系教授兼系主任，1919年出任首任教务长。1920年，出任立东南大学（1928年更名国立中央大学）附设上海商科大学（现上海财经大学）教授兼教务主任。1927年后任浙江省政府委员、南京国民政府立法院立法委员、立法院经济委员会委员长、财政委员会委员长等职。1948年当选第一任中央研究院院士。1949年任中华人民共和国中央人民政府委员，政务院财政经济委员会副主任，华东军政委员会副主任，浙江大学校长。1951年出任北京大学校长，1960年1月4日因发表《新人口论》被迫辞去校长职务，居家赋闲。1979年9月任北京大学名誉校长，兼中国人口学会名誉会长。

# 社会人类学发展的前景

演讲词档案

演讲者：费孝通（1910～2005）

演讲时间：1980年3月

演讲地点：马林诺斯基奖大会

演讲者身份：中国著名学者、社会学家

## ■ 历史背景

基于费孝通在社会学和人类学研究方面的突出贡献，国际应用人类学会决定授予他马林诺斯基纪念奖。1980年春，国际应用人类学会在美国丹佛召开，费孝通到会领奖。在会上，费孝通发表了题为《迈向人民的人类学》的著名演讲。本篇演讲是他会上演讲的节选，阐述的主题是社会人类学发展的前景。

## ■ 原文欣赏

以我个人的经历来说，解放后我就投入有关我国少数民族的研究工作。我们的中国是一个统一的多民族的国家，曾经存在过民族压迫，解放后，各族人民一致要求改变这种不合理的状态，实现民族平等。我们的各级人民代表大会里要有各民族的代表参加，我们的少数民族聚居区要建立民族区域自治。各民族可以使用各自的语言文字，对于各个民族的风俗习惯和宗教信仰也受到合理的尊重……这些是实现民族平等的根本措施。要落实这些措施，许多具体的民族情况必须要搞清楚。比如，中国究竟有哪些民族，各有多少人？分布在什么地方？——这些基本情况，由于长期的民族压迫，在解放初期我们是不清楚的。通过调查搞清楚这些情况的任务就落到了民族研究者的头上。过去学过社会人类学的人参加到这项工作中去是理所当然的。我在进行这项调查工作时的心情确是和过去不同了。因为这项工作的目的性很明确，我明白这项工作的意义，只要我努力工作就有可能实现我一心愿意它实现的事情。所以我的主观愿望和客观要求是一致的。在这种情况之下工作，我必须说，对个人是一种难得的幸福。

我所参预的研究工作是跟少数民族地区人民的要求和政府在民族方面的工作的开展相适应的。各少数民族为了要改变他们历史上遗留下来的落后面貌，发展他们的经济和文化，要求进行必要的社会改革，而这些改革却必须从他们本民族当时的发展阶段出发，由他们本民族人民自愿进行。

这里就需要这一种科学研究——如实地分析各民族的社会当时已达到了什么发展阶段，用我们的话来说，就是他们属于哪一种社会形态，是奴隶制还是封建制等等。我们过去在社会人类学里学到的那些有关社会发展的知识在这项研究工作中是很有用处的。当然，我们研究各民族的社会历史目的是在帮助各民族发展起来，而在研究过程中我们需要比较社会学的知识和社会发展一般规律的理论作为我们分析具体社会的工具，这就是说，我们的理论是和实践相结合的。我们并不是为了解而了解，为提出一些理论而去研究，我们是为了实际的目的，为少数民族进行社会改革提供科学的事实根据和符合少数民族利益的意见。所以这可以说是一种应用的人类学。

……

我们这种调查研究也为调查者带来了一个新的问题，那就是对调查后果的责任感。尽管调查者和被调查者新的关系使调查者可以得到更能确切反映客观社会事实的条件，但是人类对自己社会生活的科学认识实在还是处在开始阶段。以人类对自然的知识来和他对社会的知识相比较，其间的差距是十分明显的。因此在这种水平上一个社会科学工作者要为改造社会的实践服务难免发生力不从心的情况。前辈的人类学家一般不关心他自己的调查对被调查者的影响，因而也不发生对被调查者负责的问题。即使有人注意到这个问题也只是从个人的道德观点着眼的。至于谁运用他调查的材料来做什么事，这些事对被调查者产生什么后果，似乎已超出了学术界考虑的范围了。我们固然可以理解在那种理论和实践、学术和政治互相脱离的社会制度中，追究科学工作者对其工作所引起的社会影响和责任是不现实的。但是在我们这种社会制度中，理论和实践相结合，科学要为政治服务，科学工作者对自己工作的社会后果的估价是必要的。这不仅是个人的道德问题，而是人民的利害问题，也是社会研究怎样日臻于科学化的问题。只有不断在实践中检查理论的真实性才能不断推进研究工作的科学化和使研究工作成为促进社会发展的动力。

但是也必须说明，我们并不是已经在中国建立起了有系统的应用社会人类学，因为在向这个方向迈进的途中，出现过一些干扰和阻碍。我们的道路是曲折的。特别是在一段时间里，我们的新中国曾出现了逆流，受到封建法西斯主义的“四人帮”的严重破坏。我们惨痛的经历给了我们许多值得牢记的反面教育。其中一条就是社会调查的目的一旦脱离了广大人民的利益，而用来为那些反动的掌握了一部分权势的人服务时，调

查可以蜕化成逼供，用来打击和株连反对他们的人。这种所谓调查实际上是捏造和虚构，不仅是不科学的，而且是反科学的，结果给国家和民族带来了巨大的灾难。这段历史证明了一个真理，就是科学的、对人民有用的社会调查研究必须符合广大人民的利益；也就是说真正的应用人类学必须是为广大人民利益服务的人类学。这就是我在题目中所说的人民的人类学的涵义。

我是为了纪念我的老师马林诺斯基教授而来到这里和同行们见面的。我们一起在这个时刻回忆了这近半个世纪人类学的发展，不由得我们不对这一位杰出的应用人类学的开路人表示敬爱和感激。他无愧于被推崇为现代人类学的缔造者，在他已经为后辈一致所公认的许多功业里，我个人作为一个曾经体验过半殖民地人民生活的人，特别感激他从科学的实践里确立各民族对自己文化的自尊心和对其他民族文化平等相待的基本准则。对当前世界上各族人民来说，这是相互促进、共同发展的必要前提。

在我和海外的同行们分别的三四十年里，我从正面的和反面的教育里深刻的体会到当前世界上的各族人民确实需要真正反映客观事实的社会科学知识来为他们实现一个和平、平等、繁荣的社会而服务，以人类社会文化为其研究对象的人类学者就有责任满足广大人民的这种迫切要求，建立起这样一门为人民服务的人类学。这门学科的目的——请允许我瞩望着不应当太遥远的将来——应当是使广大人民对自己的社会具有充分的知识，能按照客观存在的社会规律来安排他们的集体生活，去实现他们不断发展的主观愿望。这门学科目前还只是一部分学者的奋斗目标。我愿意和在座的许多志同道合的朋友们一起，竭尽我的余生，向建立这一门人民的人类学而迈步前进。

## ■作品赏析

本篇演讲费孝通着重阐发了自己对中国社会人类学变化的三点体会。一是，要按照国家建设的方向决定要研究的问题。二是，要把社会科学研究的盲目性和被动性转化为科学性和主动性，并把它作为自己的工作要求。三是，调查者要对调查后果有责任感，费孝通说："这不仅是个人的道德问题，而是人民的利害问题，也是社会研究怎样日臻于科学化的问题。"在阐述这些问题的同时，他也对自己学术生涯和社会人类学发展的曲折历程，作了正确的总结和反思。这也是他提出"人民的人类学"的重要思

想根源。“人民的人类学”的提出，使社会心理学拥有了更为广阔的发展前景。

费孝通的演讲语言亲切自然，态度谦恭有礼，再加上结合自身经历，不仅使演讲更具可信度和说服力，也使之有了一种很独特的语言风格和精神风采。

**⊙演讲者简介⊙**

费孝通出生于江苏省吴江县。1928年考入东吴大学，读完两年医学预科，改学社会科学。1930年，他考入燕京大学社会学系，毕业后又考上清华大学社会学及人类学系研究生，1935年取得公费留学的资格。1938年获伦敦大学研究院哲学博士学位。回国后在农村开展社会调查，并研究农村、工厂、少数民族地区的各种不同类型的社区。1955年到贵州进行民族识别，参加少数民族社会历史调查。1957年后，历任中央民族学院人类学教授、中国社会学学会会长、北京大学社会学系教授、北京大学社会学研究所所长等职务。1992年，费孝通发表《行行重行行——乡镇发展论述》，其中收录了他于20世纪80年代以来考察沿海乡镇企业的主要研究报告。2005年在北京病逝。

# 第九篇

# 传播科学精神的精彩演讲

# 在接受宗教裁判所审判时的演说

演讲者：布鲁诺（1548 ~ 1600）
演讲时间：1592 年
演讲地点：宗教裁判所
演讲者身份：意大利文艺复兴时期伟大的思想家、自然科学家和哲学家

## ■历史背景

中世纪最显著的特点便是基督教神学统治着整个社会生活和人们的思想，欧洲被漫漫长夜笼罩。文明出现倒退，科学开始徘徊，人们的精神被宗教信仰禁锢。但探索科学的勇士布鲁诺在黑暗中发出呐喊，呼吁人们继续去寻找通向光明的窗口。

## ■原文欣赏

整个说来，我的观点有如下述：存在着由无限威力创造的无限宇宙。因为，我认为，有一种观点是跟上帝的仁慈和威力不相称的，那种观点认为，上帝虽具有除创造这个世界之外还能创造另一个和无限多个世界的能力，但似乎仅只创造了这个有限的世界。

总之，我庄严宣布，存在着跟这个地球世界相似的无数个单独世界。我同毕达哥拉斯一样认为，地球是个天体，它好像月亮，好像其他行星，好像其他恒星，它们的数目是无限的。所有这些天体构成无数的世界，它们形成无限空间中的无限宇宙，无数世界都处于它之中。由此可见，有两种无限——宇宙的无限大和世界的无限多，由此也就间接地得出对那种以信仰为基础的真理的否定。

其次，我还推定，在这个宇宙中有一个包罗万象的神，由于它，一切存在者都在生活着、发展着、运动着，并达到自身的完善。

我用两种方式来解释它。第一种方式是比作肉体中的灵魂：灵魂整个地处在全部之中，并整个地处在每一部分之中。这如我所称呼的，就是自然，就是上帝的影子和印迹。

另一种解释方式，是一种不可理解的方式。借助于它，上帝就其实质、

现有的威力说，存在于一切之中和一切之上，不是作为灵魂，而是以一种不可解释的方式。

布鲁诺被视为异端分子活活烧死

布鲁诺在罗马狱中受审讯长达8年，种种辩护都无效，罗马教廷给他的唯一出路是公开、无条件否定自己的学说，但遭到他的坚决拒绝，最后他被判处火刑，临刑前舌头被夹住，足见他的言论有多大的威慑力。

至于说到第三种方式的上帝之灵，我不能按照对它应有的信仰来理解它，而是根据毕达哥拉斯的观点来看待它，这种观点跟所罗门对它的理解是一致的。即：我把它解释为宇宙的灵魂，或存在于宇宙中的灵魂，像所罗门的箴言中所说的："上帝之灵充满大地和那包围着万有的东西。"这跟毕达哥拉斯的学说是一致的，维吉尔在《伊尼德》第六歌中对这一学说作了说明：

"苍天与大地，太初的万顷涟漪，
那圆月的光华，泰坦神的耀眼火炬，
在其深处都有灵气哺育。
智慧充溢着这个庞然大物的脉络，
推动它运行不息……"

按照我的哲学，从这个被称做宇宙之生命的灵气，然后产生出每一个事物的生命和灵魂。每一事物都具有生命和灵魂，所以，我认为，它是不配的，就像所有的物体按其实体说是不配的那样，因为死亡不是别的，而是分解和化合。这个学说大概是在《传道书》中讲到太阳之下没有任何新事物的地方阐述的。

真理面前半步也不后退。

前进，我亲爱的菲洛泰奥，愿任何东西也不能迫使你放弃宣传你那美妙的学说，无论是无知之徒的粗野咒骂，无论是苟安庸碌之辈的愤慨，无论是教条主义者和达官贵人的愤怒，无论是群氓的胡闹，无论是社会舆论的令人震惊，无论是撒谎者和心怀嫉妒者的诽谤，这些都损害不了你在我心目中的崇高形象，决不会使我离开你。

顽强地坚持下去，我的菲洛泰奥，坚持到底不要灰心丧气，不要退却，哪怕那笨拙无知、拥有重权的高级法庭用种种阴谋来陷害你，哪怕它妄图使用一切可能的手段来抵制那美好的意图、你那种种著作的胜利。

你放心吧，这样的一天总是会到来的。那时所有的人都会明白我所明白的东西，那时所有的人都会承认：对于每一个人来说，同意你的见解并颂扬你是容易做到，就像要比得上你却难以做到一样；所有的人，凡不是从头坏到脚的人，终有一天会在良心驱使之下给予你应得的赞扬。要知道，打开理性的眼睛的，归根到底是内心的教师，因为我们理解思想上的财富并不是从外部，而是从内部，从自身的精神得到的。在所有人的心灵中都有健全理智的颗粒，都有天赋的良心，它耸立于庄严的理性法庭之上，对善与恶、光明与黑暗进行评判并作出公正的判决。你那良好事业的最忠诚最卓越的捍卫者之所以能从每一个人意识的深处终于点燃起起义之火，要归功于这样的判决。

而那不敢与你交朋友的人，那些胆怯地顽固维护自己的卑鄙无知的人，那些坚持充当赤裸裸的诡辩派与真理不共戴天的敌人的人，他们将在自己的良心中发现审判官和刽子手，发现为你复仇的人；这位复仇者将能更加无情地在他们自己的思想深处惩罚他们，使他们再也无法向自己隐藏这些观点。当敌人给予你的打击被击退的时候，让一大群奇怪而凶恶的爱夫门尼德（希腊神话中的复仇女神，专在地狱中折磨人的灵魂）把他包围起来，让其狂怒倾泻在敌人的内心动机上，并用自己的牙齿将他折磨至死。

前进！继续教导我们去认识关于天空、关于行星与恒星的真理，给我们讲解在无限多的天体中一个与另一个究竟有什么不同，在无限的空间中无限的原因与无限的作用为什么不仅是可能的，而且也是必然的。教导我们什么是真正的实体、物质和运动，谁是整个世界的创造者，为什么任何有感觉的事物都由同一要素和本原组成。给我们宣讲关于无限宇宙的学说，彻底推翻这些假想的天穹和天域——它们似乎应把这么多的天空和自然领域划分开来。教导我们讥笑这些有限的天域以及贴在其上的众星。让你那些所向披靡的论据万箭齐发，摧毁群氓所相信的、第一推动者的铁墙和天壳，打倒庸俗的信仰和所谓的第五本质，赐给人们关于地球规律在一切天体上的普遍性以及关于宇宙中心的学说，彻底粉碎外在的推动者和所谓各层天域的界限。给我们敞开门户，以便我们能够通过它一览广漠无垠的统一的星球世界。告诉我们其他世界是如何像我们这个世界那样，在以太的海洋里疾驰的。给我们讲解所有世界的运动，如何由它们自身内部灵魂的力量来支配。并教导我们，在以这些观点为指导去认识自然的道路上，坚定不移地阔步前进。

## ■作品赏析

1592年，坚持日心说的布鲁诺被骗回威尼斯，不久即遭逮捕，押送到罗马宗教裁判所。他被囚禁8年，始终坚持自己的学说，终被宗教裁判所判为“异端”，于1600年2月17日被教皇克莱芒下令烧死在鲜花广场。本文是他被捕后在宗教裁判所里接受审判时发表的演说，他在开篇即重申了自己的观点：“我庄严宣布，存在着跟这个地球世界相似的无数个单独世界。”他的观点并没有完全摆脱神学说，他在否认地心说的同时解释了灵魂，承认存在着包罗万象的神，“由于它，一切存在者都在生活着、发展着、运动着，并达到自身的完善”。陈述了自己的观点之后，布鲁诺的演说开始充满激情和骄傲，表明了他在真理面前的无比自信和坚强信念：“真理面前半步也不后退。”这种信念用来支持自己所发现的真理，同时表明自己对真理的态度，布鲁诺用排比的手法列举了所有对真理的戕害，他的呼告式的抒情给了自己的战友，文采飞扬，充满乐观的信念和热烈的激情。暴风雨式的表白显示着他斗争的激情和意志，大段的严正的表白正是漫长蒙昧的中世纪暗夜中一道强烈的智慧闪光，使我们感到人类的文明因为他们的存在而不愧为人类的文明。

### ⊙演讲者简介⊙

布鲁诺，出生在意大利那不勒斯附近诺拉城一个没落的小贵族家庭。11岁时，父母将他送到了那不勒斯的一所私立人文主义学校就读。后来，布鲁诺进入了多米尼克僧团的修道院，第二年转为正式僧侣。10年后，他获得了神学博士学位。

布鲁诺像

布鲁诺阅读丰富，其中对他影响最大的是哥白尼的学说。哥白尼的日心说极大地吸引了他，并引发他对自然科学的兴趣以及对宗教神学的怀疑。他写了一些批判《圣经》的论文，并从日常行为上表现出对基督教圣徒的厌恶。

布鲁诺的言行触怒了教廷，他被革除教籍。但他依然坚持自己的观点，毫不动摇。为了逃避审判，他离开了修道院，逃往罗马，又转移到威尼斯。后来他越过阿尔卑斯山流亡瑞士。此后他到过法国、德国和英国，并且多次被捕。但是，他仍然继续宣传自己的宇宙观，写下了十来部批判教会的书。

布鲁诺在欧洲广泛宣传他的新宇宙观，引起了罗马宗教裁判所的恐惧。1592年，罗马教徒把他诱骗回国，并逮捕了他。经过8年的监禁，1600年2月17日凌晨，在罗马的鲜花广场布鲁诺被处以火刑。

# 地球在转动

演讲词档案

演讲者：伽利略（1564 ~ 1642）

演讲时间：1632 年

演讲者身份：意大利著名物理学家和天文学家，近代实验科学的奠基人之一

## ■ 历史背景

伽利略由于宣传日心说触怒了罗马教廷，他受到宗教裁判所的审判，被判终身监禁。体弱多病的伽利略被用担架抬到罗马，他被迫跪在法庭上作了“认罪”声明。传说他在审判书上签字时，还嘟嘟囔囔地说：“可地球仍在转动呀！”

## ■ 原文欣赏

昨天我们决定在今天碰头，把那些自然规律的性质和功用谈清楚，并且尽量地谈得详细一点。关于自然规律，到目前为止，一方面有拥护亚里士多德和托勒密立场的人提出的那些，另一方面还有哥白尼体系的信徒提出的那些。由于哥白尼把地球放在运动的天体中间，说地球是像行星一样的一个球，所以我们的讨论不妨从考察逍遥学派攻击哥白尼这个假设不能成立的理由开始，看看他们提出些什么论证，论证的效力究竟多大。

在我们的时代，的确有些新的事情和新观察到的现象，如果亚里士多德现在还活着的话，我敢说他一定会改变自己的看法。这一点我们从他自己的哲学论述方式上，也会很容易地推论出来，因为他在书上说天不变等，是由于没有人看见天上产生过新东西，也没有看见什么旧东西消失。言下之意，他好像在告诉我们，如果他看见了这类事情，他就会作出相反的结论；他这样把感觉经验放在自然理性之上是很对的。如果他不重视感觉经验，他就不会根据没有人看到过天有变化而推断天不变了。

如果我们是在讨论法律上或者古典文学上的一个论点，其中不存在什么正确和错误的问题，那么也许可以把我们的信心寄托在作者的信心、辩才和丰富的经验上，并且指望他在这方面的卓越成就能使他把他的立论讲得娓娓动听，而且人们不妨认为这是最好的陈述。但是自然科学的结论必须是正确的、必然的，不以人们的意志为转移的，我们讨论时就得小心，不要使自己为错误辩护；因为在这里，任何一个平凡的人，只要他碰巧找到了真理，那么一千个狄摩西尼和一千个亚里士多德都要陷于困境。所以，辛普利邱，如

果你还存在着一种想法或者希望，以为会有什么比我们有学问得多、渊博得多、博览得多的人，能够不理会自然界的实况，把错误说成真理，那你还是断了念头吧。

1633年4月，伽利略站到了被告席上，但他自始至终坚持自己的信念，他的《关于两种世界体系之间的对话》对两种不同的哲学思想作了调和的阐述：一种是建立在亚里士多德思想基础上的托勒密学说，另一种是有争议的哥白尼理论体系学说。

亚里士多德承认，由于距离太远很难看见天体上的情形，而且承认，哪一个人的眼睛能更清楚地描绘它们，就能更有把握地从哲学上论述它们。现在多谢有了望远镜，我已经能够使天体离我们比离亚里士多德近三四十倍，因此能够辨别出天体上的许多事情，都是亚里士多德所没有看见的；别的不谈，单是这些太阳黑子就是他绝对看不到的。所以我们要比亚里士多德更有把握地对待天体和太阳。

某些现在还健在的先生们，有一次去听某博士在一所有名的大学里演讲，这位博士听见有人把望远镜形容一番，可是自己还没有见过，就说这个发明是从亚里士多德那里学来的。他叫人把一本课本拿来，在书中某处找到关于天上的星星为什么白天可以在一口深井里看得见的理由。这时候那位博士就说："你们看，这里的井就代表管子；这里的浓厚气体就是发明玻璃镜片的根据。"最后他还谈到光线穿过比较浓厚和黑暗的透明液体使视力加强的道理。

实际的情形并不完全如此。你说说，如果亚里士多德当时在场，听见那位博士把他说成是望远镜的发明者，他是不是会比那些嘲笑那位博士和他那些解释的人，感到更加气愤呢？你难道会怀疑，如果亚里士多德能看到天上的那些新发现，他将改变自己的意见，并修正自己的著作，使之能包括那些最合理的学说吗？那些浅薄到非要坚持他曾经说过的一切话的鄙陋的人，难道他不会抛弃他们吗？怎么说呢？如果亚里士多德是他们所想象的那种人，他将是顽固不化、头脑固执、不可理喻的人，一个专横的人，把一切别的人都当做笨牛，把他自己的意志当做命令，而凌驾于感觉、经验和自然界本身之上。给亚里士多德戴上权威和王冠的，是他的那些信徒，他自己并没有窃

取这种权威地位，或者据为已有。由于披着别人的外衣藏起来比公开出头露面方便得多，他们变得非常怯懦，不敢越出亚里士多德一步；他们宁可随便地否定他们亲眼看见的天上那些变化，而不肯动亚里士多德的一根毫毛。

## ■ 作品赏析

这篇演讲重在说理，浓烈的理性色彩是其显著特点。伽利略演讲成功的根本在于他抓住了要害，就是“如果亚里士多德活着，会不会改变自己的观点”，他首先从亚里士多德的论述中提炼了其认知方法：“把感觉经验放在自然理性之上。”这是一个很巧妙的角度，既然亚里士多德采用这样的认知方法，并且是科学的，那么就可以拿来说明目前的问题。在此基础之上，伽利略还指出了文学艺术等人文社会科学与自然科学在认知方式上的必然区别，他坚信亚里士多德的科学方法和科学态度，而盲目信奉亚里士多德的具体学说的教条者则并没有实际上继承亚里士多德的科学的认知方法和科学的态度。伽利略从各个角度反复论证，并且重点论述了他对亚里士多德人品和学品的认识，坚信即使亚里士多德还活着，也会在科学事实面前改变自己的观点。

### ⊙演讲者简介⊙

伽利略，出生于意大利的比萨城。1581年，17岁的伽利略进入著名的比萨大学攻读医学。在比萨大学，伽利略并没有认真学医，而是把主要精力放在了数学、物理学和天文学的学习上。

伽利略像

1590年，伽利略在比萨塔上给人们演示了著名的自由落体实验。在比萨塔实验后，伽利略名声大震，被聘为帕多瓦大学的数学教授。他在帕多瓦大学从事了18年的教学和研究工作，对力学、热学、光学等进行了探索。1609年，他成功研制出人类历史上第一架天文望远镜。

1610年，伽利略把他的发现写成《星际使者》一书。该书在意大利引起巨大反响，得到许多科学家的高度评价，也受到一些保守学者的猛烈抨击。1616年，罗马教廷审讯伽利略，要他放弃关于地球和星宿异端学说。1632年，伽利略出版了其最著名的著作《关于两种世界体系之间的对话》。他在书中用大量科学事实证实了哥白尼“日心说”的正确性，遭到罗马教廷的迫害。1633年，受到不断迫害的伽利略，被迫公开声称反对哥白尼学说，他的余生一直处于囚禁状态。1642年1月8日，78岁的伽利略停止了呼吸。

# 支持“物种起源”的学说

演讲词档案
演讲者：赫胥黎（1825 ~ 1895）
演讲时间：1860 年
演讲者身份：英国博物学家

## ■ 历史背景

19 世纪中叶，英国已经完成了工业革命，科技的力量逐步显现。但即使是这样，强大的宗教势力仍然非常顽固，科学每往前走一步都非常艰难。达尔文的“物种起源”学说公布以后，在英国引起轩然大波，围绕这个问题，科学与神学进行了激烈较量。面对铺天盖地的指责和谩骂，达尔文没有选择为自己辩护，而是退缩了。这时候，赫胥黎站了出来，成为“物种起源”学说的捍卫者。这篇演讲就是他在一片反对声中为进化论作的辩护。

## ■ 原文欣赏

我曾经说过，科学家是在理性的最高法庭上对自然界最忠实的诠释者。但是，假如无知成为法官的顾问，偏见成为陪审团的审判长时，科学家诚实的发言又有什么用处呢？就我所知，几乎所有伟大的科学真理，在得到普遍接受以前，那些最有地位的大人物总坚持认为各种现象应直接以神意为依据，谁要是企图去研究这些现象，不但枉费心机，而且简直是对神的亵渎。这种反对自然科学的态度，具有异常顽固的生命力。在每次战役中，上述的反对态度都被击溃、受到重创，但却似乎永远不会被消灭。今天，这种反对态度已经遭到上百次的挫败，但是仍然像在伽利略时代那样猖獗横行，幸而危害性已经不那么大了。

请让我借用牛顿的一句名言：有些人一生在伟大真理海洋的沙滩上拾集晶莹的卵石。他们日复一日地注视着那虽然缓慢，但却确定无疑地上涨的气势磅礴的海潮，这股海潮的胸怀包藏着无数能把人类生活装点得更高尚美好的珍宝。要是他们看到那些现代的克纽斯式小人物，俨然坐在宝座上，命令这股巨大的海潮停止前进，并扬言要阻止那造福人类的进程时，他们会觉得这种做法即使不那么可悲，也是可笑的。海潮涨上来了，现代的克纽斯们只好逃跑。但是，他们不像古时那位勇敢的丹麦人，学得谦虚一些。他们只是把宝座挪到似乎是安全的远处，便又重复地干着同样的蠢事。

大众当然有责任阻止这类事情发生，使这些多管闲事的蠢人声誉扫地。这些蠢人以为不许人彻底研究全能上主所创造的世界，就是帮了上主的忙。

物种起源的问题并不是在科学方面要求我们这一代人解决的第一个大问题，也不会是最后一个。当前人类的思潮异常活跃，注视着时代迹象的人看得很清楚，19 世纪将如 16 世纪般发生伟大的思想革命与实践革命。但是，又有谁能知道在这新的改革过程中，文明世界要经受什么样的考验与痛苦的斗争呢？

然而，我真诚地相信，无论发生什么情况，在这场斗争中，英国会起到伟大而崇高的作用。英国将向全世界证明，至少有一个民族认为，专制政治和煽动宣传并不是治国的必要选择，自由与秩序并非必然互相排斥，知识高于威严，自由讨论是真理的生命，也是国家真正统一的生命。

英国是否会起这样的作用呢？这就取决于你们大众对科学的态度了。珍惜科学、尊重科学吧，忠实地、准确地遵循科学的方法，将之运用到一切人类思想领域中去，那么，我们这个民族的未来就必定比过去更加伟大。

假如听从那些窒息科学、扼杀科学的人的意见，我恐怕我们的子孙将要看到英国的光辉像亚瑟王在雾中消失那样黯淡下来。等到他们发出像基妮法那样的哀哭时，反悔已经来不及了。

## ■ 作品赏析

演讲中，赫胥黎并没有从正面论述进化论是如何如何的正确，而是站在哲学的角度，用锋利的言辞把禁锢人们思想的宗教势力抨击得体无完肤。他强调，宗教总是对新生事物进行无情的摧残。他高声呼喊：“假如听从那些窒息科学、扼杀科学的人的意见，我恐怕我们的子孙将要看到英国的光辉像亚瑟王在雾中消失那样黯淡下来。等到他们发出像基妮法那样的哀哭时，反悔已经来不及了。”赫胥黎的演讲很短，但是却有力地打击了打着神的旗号的宗教，开辟了科学通向人们内心的道路。

这是一篇激情洋溢的精彩演讲，从头至尾充满了科学的哲理和革命的激情。赫胥黎的这次演讲锋芒毕露，妙语连珠，气势宏大，震撼了每一个听众的心灵。这篇演说，使进化论得到更多人的认同，也得到更大限度的传播。

⊙演讲者简介⊙

赫胥黎像

赫胥黎，英国博物学家。生于伊灵一个教师家庭。少年时代未受过正规教育，后自修法、德、意、拉丁、希腊等语言，博览群书。17 岁时开始在查林·克劳斯医院学医。1845 年发表第一篇论文，在伦敦大学获得医科学位，同时取得皇家外科医学院的资格证明书。1846 年服役于英国海军，任助理外科军医。1846 至 1850 年随“响尾蛇”号军舰探查和测量澳洲沿海情况。在此期间研究海洋生物，撰写科学论文。1850 年回国后获得声誉。1851 年当选为皇家学会会员。次年获皇家奖章。1854 至 1895 年在皇家矿业学校任教授。1873 年起任伦敦皇家学会秘书。1883 年起任该学会会长。此外还担任过阿伯丁大学、欧文学院、伦敦大学、曼彻斯特大学等大学的校长，在许多学院任教并在政府内担任官职。他一生从事动物学、比较解剖学、植物学、古生物学、人类学、地质学和进化论的研究，发表过 150 多篇科学论文。对海洋动物的研究尤为著名，曾指出腔肠动物的内外两层体壁相当于高等动物的内、外两胚层。达尔文的《物种起源》一书发表后，他竭尽全力地支持和宣传进化学说，与当时的宗教势力进行顽强斗争，并进一步发展达尔文的思想。他是第一个提出人类起源问题的学者。

赫胥黎主要著作有：《人在自然界中的地位》、《论有机界现象的起因》、《进化论与伦理学》（一部分由严复译成中文后称为《天演论》）等。

# 精神分析的起源

演讲者：弗洛伊德（1856 ~ 1939）
演讲时间：1909 年 9 月
演讲地点：美国克拉克大学
演讲者身份：奥地利精神病医生及精神分析学家

## ■ 历史背景

通过长期的临床治疗和理论思考，弗洛伊德创立了精神分析理论。这一理论被誉为心理学发展史上最伟大的创造，为现代心理学的发展奠定了基石。当然，它的影响远远超出心理学领域，对于世界人文科学的各个领域都产生了极为深刻的影响。20 世纪初，弗洛伊德开始到世界各地演讲，传播他的学说。1909 年，他受美国克拉克大学邀请参加 20 周年的校庆活动，并发表演讲。本篇是他在克拉克大学五次演讲中的第一讲。

## ■原文欣赏

女士们，先生们：

在新世界的学生面前举办这种讲座对我来说是新的经验，从某种意义上讲也使我感到为难。我有幸使自己的名字与精神分析联系在一起，我的演讲便以精神分析为题。我要对这项新的研究与治疗方法的起源和进一步发展，向你们作一番极其简要的历史回顾。

当我还是学生，正忙于毕业考试时，一位维也纳的医师，约瑟夫·布罗伊尔博士正在试验治疗歇斯底里病人的方法。布罗伊尔博士的病人是位21岁的姑娘，才智出众。她的病经过两年发展之后出现了一系列身心紊乱，需要认真治疗。她的右侧肢体麻木、严重瘫痪，有时左侧身体也呈同样的病症，还出现了眼球运动障碍，视力也大大减弱。当她想吃东西时，难以保持头部位置，并伴随强烈的神经性咳嗽、恶心。有一次，她接连几个星期丧失了饮水的能力，尽管她遭受干渴的折磨。她的语言能力也减退了，甚至无法说自己的母语，也无法理解。最后，她处于一种“失神”、混乱、谵妄的状态，整个个性发生了改变。我在后面还要详细论述这些状态。这些病症最初出现在她照料父亲的时候。她很爱自己的父亲，严重的疾病后来导致了他的死亡。但她被迫放弃照料父亲的义务，因为她自己发病了……

你们不要以为，诊断出病人患了歇斯底里而不是脑组织疾病时，最好采用药物治疗。对于严重的大脑疾病，药物往往无济于事。医生对于歇斯底里完全无能为力。他只能使其保持良性状态，但不知道何时能够治愈、如何才能治愈。因此，确诊一种疾病为歇斯底里，病人的处境没有多大变化，医生的态度却会有很大的变化。我们可以发现，他对歇斯底里病人采取的行动与对待器质性疾患的病人不同。他对前者没有对后者一样的兴趣，以为他们遭受的痛苦远不如后者那样严重，对这种看法有必要重新作出认真的评价……

在这个病例中，布罗伊尔是无可指责的。他对自己的病人表示同情和兴趣。虽然一开始不知道如何帮助她……满怀同情的观察使他很快就发现了一些办法，首次有可能为病人提供帮助。值得注意的是，病人处于“失神”或心理变态时，常常自言自语地重复几个词。这些词好像是从她那纷乱繁忙的思绪联想中泄漏出来的。这位医生听出这些词之后就让她处于被催眠的状态，一再对她重复那几个词，并观察由此引起的联想。这些提示使那些在“失神”状态时控制她思想的心理产物又重新出现了，并通过简单的言辞泄露出来。老实说，这是一种幻想，往往有诗一般的美。我们可以把它称做白日梦。我

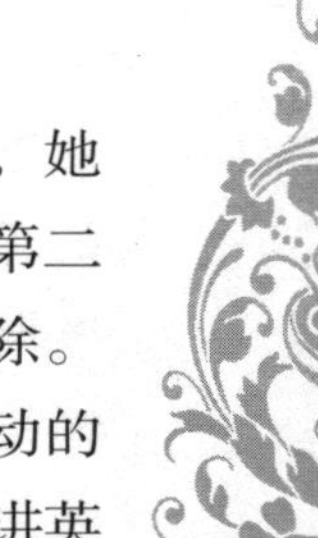

们通常把它看成这位守护父亲的姑娘的转折点。每当她产生这些幻想时，她便获得解放，恢复了正常的心理生活。这种健康状况可以持续几小时。第二天又出现新的“失神”状态，可以用同样办法与新的幻想联系起来而解除。这就给人留下印象，在“失神”时表现出来的心理变态源自这类感情冲动的幻觉的兴奋的结果。奇怪的是这位病人发病时能够理解英语，并且只能讲英语。这种新疗法被称为“谈话疗法”，或者是被戏称为“打扫烟囱”。

这位医生很快意识到，用这种方法不仅可以暂时驱散重复出现的心理“乌云”，而且可以净化灵魂。如果在催眠时，病人能够回忆起它们最初出现的情形以及有关的联想，就能为它们所引起的情绪提供发泄口，从而使疾病的症状消失。“在一个炎热的夏天，病人渴得要命，却突然不能喝水了。并且看不出有什么明显的理由。她手里拿着一杯水，可是一碰到嘴唇就把它推开，就像得了恐水症一样。显然，在这几秒钟内，她处于失神的状态。她只能吃水果、瓜以及诸如此类的东西来减轻干渴的煎熬。约六星期之后，她终于在催眠中极其厌恶地谈到了自己讨厌的英国保姆。她说，当她走进那位保姆的屋子时，发现保姆的可憎的小狗从杯子里喝水。她出于礼貌保持了沉默。医生发现，在她表达了这种被抑制的强烈愤怒之后，她又想喝水了，而且毫无困难地喝了大量的水。当她从催眠中醒来时，杯子就在她的嘴唇旁边。那些症状就这样永远消失了。”

请允许我对这个试验再啰唆几句。以前从未有人用这种方法治好过歇斯底里病，或者如此深入地理解它的病因。如果这种猜测能够进一步得到证实，那就是一项意义深远的发现，很可能以类似方式产生的主要症状都可以用这种办法解除。布罗伊尔不遗余力地证明这一点，并以井然有序的方式研究其他更严重症状的病理。情况的确如此，几乎所有的症状都是由带感情色彩的经验产生的，如果你们愿意，可以把它看成一种残余物、沉淀物。我们后来称之为“心理创伤”。把这些症状与当时产生它们的情景联系在一起，就可以更清楚地看到他们的本质。用专业术语来讲，这些症状是留下记忆痕迹的情景“决定”的，不能作随心所欲的解释或者把它们描述成神经症莫名其妙的作用。

只有一种例外的情况我们必须提及。引起这种症状的往往不是一种经验，而是几种经验，也许是许多类似的、重复的心理创伤的共同作用造成了这种后果。这就有必要按照时间的顺序再现记忆中发病的全部过程，当然是以相反的顺序，最初的成为最后的，最后的成为最初的。在没有清除那些后来的记忆之前，要想直接触及最主要最基本的创伤是不可能的……

几年之后，我开始对自己的病人采用布罗伊尔的研究方法和治疗方法，

我的经验与他的经验完全吻合……如果你们允许我加以推广的话——在简洁的表述中，这是必不可少的——那么我们可以把这些结果用一句话来表达：歇斯底里病人受到记忆恢复的折磨。他们的症状是某种（创伤性）经验的记忆符号或残迹……他们无法摆脱过去也无法忽略对自己有利的现实。心理生活决定致病创伤的固恋，这实际上是精神病最重要的特点。我应该承认，当你考虑到布罗伊尔的病人的历史时可能会提出异议。认为她的所有创伤都是在她照料自己病重的父亲时造成的，因此她的所有症状只能看成是他患病和死亡的记忆符号；认为与悲伤，与关于死亡的想法的固恋对应的症状，在病人死亡之后不久产生不能说是病理性的，而是正常的情绪行为。我承认：布罗伊尔的病人显示的创伤性情感固恋的确没有什么异常的地方……

认识到这一点，我们就可以完成关于歇斯底里的纯心理学理论了，这里我们把情感过程放在第一位。布罗伊尔后来的观察迫使我们把它们归因于另一种意识条件，它在决定该疾病的特征方面起着重要的作用。他的病人在正常状态之外，表现出多种精神状态，“失神”、混乱和性格变化。当她处于正常状态时，完全记不起使她犯病的情景及其与症状之间的联系。她忘记了这些情景，或者说使它们与发病脱离关系。当病人被催眠时（这是有可能的），可以很费力地使她回忆起这些情景，这种回忆可以使那些症状解除。若不是催眠的实践和试验，对这个事实的解释，将会使人感到极为困惑，通过对催眠现象的研究，一个初看起来有点怪的概念逐渐为人们所熟悉，这就是几种心理组合在同一个人身上是可能的。它们可以是相对独立的，彼此“完全不相干”，这就可能导致意识分裂……以同样的方式完全可以解释歇斯底里病例中的事实。布罗伊尔得出结论，歇斯底里的症状源自特殊的精神状态，他称为“催眠状态”……以后，我还要说明除催眠状态外的其他影响和过程，但布罗伊尔仅限于这个因素。

或许，你也会感到布罗伊尔的研究只是给了你一种不完备的理论和对你所观察到的现象的不充分的解释。但是，完备的理论并不是从天而降的，如果有人观察伊始就有给你提供一种没有漏洞的圆满理论，那么你就有更充分的理由表示怀疑。这样的理论只可能是他思辨的产物，而不是对事实公正研究的成果。

## ■作品赏析

“精神分析的起源”是一个非常深奥的科学命题，如果只是纯理论上的论述，听众将不容易理解和接受。弗洛伊德在简单的描述之后，便详细讲述了布罗伊

尔用“谈话疗法”治愈一位21岁姑娘的歇斯底里症的病例，并且这个病例贯穿整场演讲。听众不仅没有感到喧宾夺主，相反都觉得非常流畅和生动。除了运用生动详尽的典型病例来说明问题外，弗洛伊德还尽量抛开那些生涩的专业术语，改用简单形象的语言，如把“谈话疗法”称做是“打扫烟囱”、为情绪提供“发泄口”等。弗洛伊德用简洁、新颖的语言，讲解了一个深奥的科学命题，受到了学生们的热烈欢迎。

弗洛伊德的演讲，思路清晰，内容有趣，叙述精彩，很吸引听众。他自己对此也颇为得意，这次演说后，他自我评价说：“我的感觉就像是难以置信的白日梦获得实现那样：精神分析已不再是一种幻想的产物，它已是现实中极有价值的一部分。”

**⊙演讲者简介⊙**

弗洛伊德像

弗洛伊德，精神分析学派的创始人，1856年生于奥地利帝国摩拉维亚的一个犹太商人家庭。4岁时全家迁居到维也纳。1873年进入维也纳大学学习，1881年获医学博士学位。1885年师从精神病专家让·夏尔科。1895年出版第一部论著《歇斯底里论文集》，1897年提出“恋母情结”。1900年，《梦的解析》问世，这是他最有创造性的论著。1902年弗洛伊德在维也纳组织成立了一个心理学研究小组。1908年在美国发表了一系列的演讲，震动全世界。弗洛伊德的代表作有《性学三论》、《梦的释义》、《图腾与禁忌》、《日常生活的心理病理学》、《精神分析引论》、《精神分析引论新编》等。

# 在美国国会的证词

演讲者：泰勒（1856～1915）
演讲时间：1912年1月
演讲地点：美国国会
演讲者身份：美国管理学家

## ■ 历史背景

1910年，东方铁路公司以经营亏损为由，提出提高运费的议案。货主对此提出了异议，他们认为如果铁路公司提高管理效率，根本不需要提高运费，并让采用科学管理方法的公司出面作证。当时，由于认识的偏差，工人和资本家都反对实施科学管理，认为那样会有损他们的利益。在这样的形势下，美国国会设置了科学管理法特别委员会，并在1912年1月底召开了听证会。

泰勒在听证会上发表了长篇证词，说明科学管理的意义、作用、内容和效果，并且回答了议员们的质询。1912 年 2 月，州际商业委员会否决了提高运费的议案，科学管理思想随后传遍美国。

## ■原文欣赏

我想向你们证明的是，当你正确地应用科学管理的原理，并有充分的时间使它确实生效时，科学管理原理在任何情况下，都必能对雇主和雇员产生效果——比我前面提到的那种罕见的管理方法所得到的效果更大更好。过去，我曾简略地提到过一种“积极性加刺激性”相结合的管理方法，那就是管理方面有计划地给工人提供大量奖励，而工人则保持发挥他们的最高能力来为雇主利益工作。我想说明的是，科学管理比上述那种罕见的管理方法要好得多。

科学管理超过“积极性加刺激性”管理的第一个优点是能不断地取得工人的主动性——工人们的勤奋工作、诚意和才能，而在采用最好的旧式管理方法时，只能偶然地不大经常地得到工人们的积极性。不过，能够取得工人们的积极性，只是科学管理优于旧式管理方式的两个理由中比较次要的一个。科学原理的更大的优点是企业中巨大的、非常繁重的新责任与负担，都由管理方面自觉地承担起来。

在旧的管理制度中负责管理工作的人，对于这些新责任的不寻常与繁重是很难理解的。在科学管理制度中，这些责任可分为四类，即管理人员担负的四项责任，不管对与不对，都称之谓“科学管理原理”。

管理人员的第一项责任，就是由管理人员把过去工人们自己通过长期实践积累的大量的传统知识、技能和诀窍集中起来。管理人员主动地把这些传统经验收集起来，记录下来，编成表格，然后将它们概括为规律和守则，有时甚至将它们概括成为数学公式。尔后，将这些规律、守则、公式在全厂工人中实行，通过工人与管理人员的密切和用心的合作，就会取得下列结果：（1）每个工人的产量大大增加，工作质量大大提高；（2）使公司能够支付更高的工资；（3）使公司获得更多的利润。这第一条原理可以看做使工人建立一种用科学来代替过去习惯的工作方式。工人们的传统工作方式，虽然也可能和管理人员所总结的方式完全一致，但这些经验只是记忆在工人的头脑里，在 1000 人中，有 999 人没有做过保存下来的完整的记录。

在这方面，有人对使用“科学”这个词，提出尖锐的反对。我觉得可笑的是，这些反对者的大多数，是来自我们这个国家的教授们。他们对随便使用“科学”这个词——甚至用在日常生活琐事中，表示十分反感。我认为最

好引用一位大家所公认的、不存偏见的教授波士顿技术学院院长麦劳林最近提出的定义。最近，他给“科学”这个词所下的定义是“任何一种经过分类和组织了的知识”。上面已经提过，要对工人思想中未经过分类的知识加以收集。尽管有些人未必承认这些就是科学，但将这些知识概括成为规律、守则及公式，当然表示了对知识的分类和组织。

在科学管理中，管理人员要主动承担的第二项责任，就是科学地选择和不断地培训工人。管理人员的责任一方面是细致地研究每一个工人的性格、脾气和工作表现，找出他们的能力。另一方面，更重要的是发现每一个工人向前发展的可能性，并且逐步地系统地训练、帮助和指导每一个工人，为他们提供上进的机会。这样，使工人在雇用他工作的公司里，能够担任最高的、最有兴趣的、最有利、最适合他的能力的工作。这种科学地选择与培训工人并不是一次性的行动，而是每年要进行的，是管理人员要不断加以探讨的课题。

科学管理的第三条原理，就是把科学和科学地选择、培训出来的工人结合在一起。我只是建议“将科学与工人相结合”。因为，你们可发展任何一种你们所喜欢的科学，你们也可以科学地选择和培训任何数量的你们所需要的工人。但是，除非你们有人将科学与工人联结在一起，你们所做的一切将会前功尽弃。如果我们安排四分之三的时间，按认为是最适合我们的各种方法去进行工作，也就是说，要么按科学办事，要么不办。除非有人在检查是否在按科学管理工作，否则我们就会在适合时，或者采用科学的规律，或者就用我们自己的古老方法工作。因此，我在经过考虑后建议“将科学与工人相结合”。然而，麻烦的是“将”这个词不顺耳，带有一些强制的味道。当初次听到这个词时，或多或少地会使人感到这与现代的风尚相背离。对许多事情，带有强制性地使用“将”这个词的时代已经消逝了。但我认为可以在这个个别的事例中，温和地引用这个词。就是说，在我们设法将人们从旧的管理方法转到新的管理方法即科学管理的过程中，阻力是来自管理人员方面。有 90% 的阻力来自“将”管理人员转过来承担他们应当承担的工作方面。只有 10% 的阻力来自工人方面。我们一定会遇到管理人员对承担新的责任的强烈反对。而在工人方面则很少有人反对同我们合作做他们新的工作。可见，“将”这个词对管理人员来说比对工人有更大的强制性。

对一般人来说，科学管理中的第四条是这四条中最难于理解的。这个原理一方面是将一个机构中的实际工作差不多在管理人员与工人之间平分。也就是说，在旧式管理中的管理工作绝大部分是由工人承担的，在新的管理制度下，则将整个机构的工作，平分成两部分，其中一部分转到管理人员方面。为了使你

们了解这种分工方式使管理人员方面所承担的工作之繁重，最好用数字来加以表达。例如在一家机器厂中，正在作一件十分复杂的生意。这家厂不是一般的制造厂，而是一家设计工程公司，即专门设计和装配各种不同的机器，而不制造机器的工厂。在这家工厂里，管理人员与工人的比例是一比三。那就是说将三分之一的工作，从工人手中经过细心研讨后转移到管理人员方面。正是由于双方这样细致地分担工作，直到上个夏季止，从未在一个实行科学管理的工厂发生过罢工。而且，在这种新型管理方式下的这家机器厂，没有一项工作不是先经过管理人员，然后再由工人接着干，然后再交回管理人员干。在整日里，每一个工人的工作都与管理人员的工作互相衔接。一个工人先做一项工作，一个管理人员就接着完成另一项工作；另一个管理人员做一项工作，另一个工人接着做另一项工作。在这种双方密切合作的情况下，很难发生什么严重的争端……

这就是科学管理的原理，要求工人按正确的方法工作，学习一些新的东西，按科学方法改变他们的工作方法，从而使他们得到增加 30% 到 100% 的收入。这些收入增加的幅度按工人的不同行业而变化。

## ■ 作品赏析

本篇演讲是泰勒证词中的一部分。这一部分泰勒主要论述如何搞好科学管理，如操作方法、选择和培训工人、提高生产效率、增加工人间的密切度等。在论述的同时，他提出了科学管理的四条基本原理，分别是："使工人建立一种用科学来代替过去习惯的工作方式"；"科学地选择和不断地培训工人"；"把科学和科学地选择、培训出来的工人结合在一起"；"将一个机构中的实际工作差不多在管理人员与工人之间平分"。这四条原理对科学管理的实践有着重要的指导作用。

泰勒的演讲重点突出，表达明白通畅，而且他巧妙自然地运用了概括法、穿插法、直言法等方法，使整个演讲精练概括，富有说服力。

### ⊙演讲者简介⊙

泰勒，"科学管理之父"。他出生于美国费城，18 岁时进入费城的一家工厂学习制作模具，4 年之后到费城钢铁厂工作。起初，他只是一个普通的车间杂工，但由于工作刻苦，表现突出，先后被提拔为车间主任、工长、设计室主任和总工程师。1881 年，泰勒开始进行工人劳动时间和工作方法的研究。1898 ~ 1901 年受雇于宾夕法尼亚某钢铁厂做咨询工作，完成了著名的搬运生铁实验和铁铲实验。1901 年泰勒年退休，无偿地为人们提供咨询和演讲，宣传他的科学管理理论。《科学管理原理》是泰勒的代表作，比较全面地阐述了科学管理理论的内容。

# 要使科学造福于人类，而不成为祸害

演讲词档案

演讲者：爱因斯坦（1879～1955）
演讲时间：1931年2月16日
演讲地点：美国加利福尼亚理工学院
演讲者身份：现代最伟大的科学家

## 历史背景

爱因斯坦是一个富有正义感、有高度社会责任感的伟大科学家。他不仅把自己的研究工作和人类、社会联系起来，也要求年轻的科学工作者关注社会责任。同时，他还呼吁学校要重视对学生进行正确社会价值观的教育。《要使科学造福于人类，而不成为祸害》就是爱因斯坦为强调科学工作者的社会责任而作的一次演讲。

## 原文欣赏

关心人的本身，应当始终成为一切技术上奋斗的主要目标；关心怎样组织人的劳动和产品分配这样一些尚未解决的重大问题，用以保证我们科学思想的成果会造福于人类，而不致成为祸害。

看到你们这一支以应用科学作为自己专业的青年人的兴旺队伍，我感到十分高兴。

我可以唱一首赞美诗，来颂扬应用科学已经取得的进步；并且无疑地，在你们自己的一生中，你们将把它更加推向前进。我所以能讲这样一些话，那是因为我们是生活在应用科学的时代和应用科学的家乡。但是我不想这样来谈。我倒想起一个娶了不称心的妻子的小伙子，当人家问他是否感到幸福时，他回答说："如果要我说真心话，那我就不得不扯谎了。"

我的情况也正是这样。试设想，一个不很开化的印第安人，他的经验是否不如通常的文明人那样丰富和幸福？我想并不如此。一切文明国家的儿童都那么喜欢扮"印第安人"玩，这是值得深思的。

这样了不起的应用科学，它既节约了劳动，又使生活更加舒适，为什么带给我们的幸福却那么少呢？坦率的回答是，因为我们还没有学会怎样正当地去使用它。

在战争时期，应用科学给了人们相互毒害和相互残杀的手段。在和平时期，科学使我们生活匆忙和不安定。它没有使我们从必须完成的单调的劳动中得到多大程度的解放，反而使人成为机器的奴隶；人们绝大部分是一天到

晚厌倦地工作着，他们在劳动中毫无乐趣，而且经常提心吊胆，唯恐失去他们一点点可怜的收入。

你们会以为在你们面前的这个老头子是在唱不吉利的反调。可是我这样做，目的无非向你们提一点忠告。如果你们想使你们一生的工作有益于人类，那么，你们只懂得应用科学本身是不够的。关心人的本身，应当始终成为一切技术上奋斗的主要目标；关心怎样组织人的劳动和产品分配这样一些尚未解决的重大问题，用以保证我们科学思想的成果会造福于人类，而不致成为祸害。

在你们埋头于图表和方程时，千万不要忘记这一点！

## ■ 作品赏析

这篇演讲像是一个老人给年轻学生的谆谆教诲，语言平实、朴素，但又不乏生动的元素。爱因斯坦认为，任何科学成果的产生，都有利弊两方面，关键在于怎样扬长避短，使科学向有利于人类社会的方向发展。他告诫大家，如果科学得不到正确的使用，无论是在战争时期还是和平年代，都会给人类和社会带来不幸；忠告学生们如果想使自己一生的工作有益于人类，那么只懂得应用科学本身是不够的，另外还“要使科学造福于人类，而不成为祸害”，由此点出此次演讲的主题。此次演讲，爱因斯坦没有涉及任何学术方面上的问题，只是以应用科学为例，发表了自己对未来科学工作者的期望，真实地展示出他高度的社会责任感。爱因斯坦对青年学生的忠告，自然贴切又不失严格，成为鞭策后来科学工作者的至理名言，至今仍有巨大的影响。

### ⊙演讲者简介⊙

爱因斯坦生于德国乌耳姆的一个商人家庭。在他两岁那年，他们举家迁往慕尼黑。1894年，爱因斯坦只身离开德国前往瑞士，两年后进入苏黎世联邦工业大学学习物理学。

1902年，爱因斯坦受聘为瑞士专利局的技术员，负责专利申请的技术鉴定工作。1908年，他被伯尔尼大学聘为编外讲师，次年转到苏黎世大学讲授理论物理学。1914年，应普朗克和能斯脱的邀请，他回到故乡德国，担任普鲁士科学院院长和恺撒·威廉物理研究所所长，并兼任柏林大学教授。

1916年，他发表《广义相对论原理》，系统地阐述了广义相对论原理。20世纪20年代后，爱因斯坦主要进行统一场理论的研究，于1929年发表总结性论文《统一场论》。1933年，希特勒攫取德国政权后疯狂迫害犹太人，幸而爱因斯坦当时在美国讲学，未遭毒手。1940年，爱因斯坦放弃德国国籍，加入美国籍。定居美国后，爱因斯坦一直担任普林斯顿高级研究院的教授，直到1945年退休。1955年4月18日凌晨，爱因斯坦在普林斯顿与世长辞，享年76岁。

# 原子时代的发展及其本质

演讲词档案

演讲者：马克斯·玻恩（1882 ~ 1970）
演讲时间：1955 年 3 月 18 日
演讲地点：德国尼特萨逊洛肯修道院新神学院
演讲者身份：德国著名物理学家

## ■ 历史背景

作为一名犹太人科学家，马克斯·玻恩在纳粹当政时期被迫移居国外。从 1936 年直到 1953 年退休，他一直在英国爱丁堡大学任职。退休之后，马克斯·玻恩怀念故国，返回哥廷根附近的小镇居住。1953 年 6 月 28 日，哥廷根人民授予他荣誉市民称号。1954 年，因为在量子力学和波函数的统计解释及研究方面的贡献，马克斯·玻恩获得诺贝尔物理学奖。这篇演讲是他在获奖后第二年春天发表的。

## ■ 原文欣赏

本人应邀来讲讲原子时代、它的发展和本质。我不想有意把这个题目扩大，详细去谈物理上的发现和它们在技术目的和军事目的上的应用，我宁愿谈谈我对这些发现的历史根源以及它们对人类命运的影响的看法。

这几年发生了一些改变我们生活的新事情。这个新特征含有光辉的希望，同时也含有可怕的威胁。毁灭的威胁特别表现在令人难忘的广岛和长崎事例中，这两件事足以使人信服了。但是我愿一开始就指出，投在那里的原子弹跟以后发展的热核武器比较起来，只不过是玩具而已。这并非一个简单的破坏力相乘的问题：使一定数量的不幸的人遭到毁灭，而更多的比较幸运的人幸免于难。这是根本一网打尽性质的变化。今天，美国和苏联所存储的原子弹、氢弹和铀弹，可能足够互相毁灭各自所有的较大城市，大概还要加上其余的所有的文化中心，因为几乎所有的国家都或多或少和这两个大国之一有关系。但是更坏的东西还在准备着，也许已经可以应用了，例如：能在大面积地区产生辐射尘而杀伤一切生物的钴弹。特别罪恶的是：放射性辐射对后代有遗害：可能引起人类退化的变化。我们正站在人类在过去的世纪里从未到过的十字街头上。

然而，这个生死存亡关头只是我们智力发展阶段的一个征兆。我们要问：把人类卷入这进退维谷境地的更深刻的原因是什么呢？

基本的事实是这样一个科学发现：造成我们人和我们周围环境的物质不

是牢固不可破坏的，而是不稳定的，爆炸性的。正确地说，我们大家都是坐在火药桶上。诚然，这火药桶有着相当坚固的壁，我们需要几千年的时间才能在它上面钻一个洞。今天我们刚刚度过了这段时间，但在任何时候，只要我们划一根火柴就可能把我们自己炸到天空中去。

收获到希腊原子论者播种的果实的，是我们这一代。物理学研究的最后结果就是证实了他们的基本概念，即物质世界本质上是由相同的基本粒子组成的，这些粒子的位移和相互作用产生出各种现象。但是这个简单的描绘当然只是实验结果的粗略缩影，由于补充了许多特点，它最终是非常复杂的。

在整个元素序列中，大约到铁的位置以后，每个原子核都有分裂的趋势，只是由于闸门阻止着才未分裂。在自然界发现的最后一个元素铀，有最弱的闸门，1936 年由哈恩和他的同事斯特拉斯曼在实验中第一次打破的，就是这个元素。从这些精细的实验室里的实验到 1942 年费米在芝加哥建成第一座原子铀反应器，经过了很长的一段道路，要求大量的才能、勇气、技巧、组织和金钱。决定性的发现是由中子碰撞而裂变，同时放出几个中子；这个过程要能控制到一定数量的中子不致逸出，或者不致与杂质碰撞而消失，以便产生雪崩似的新的裂变，即产生独立自足的反应。开始时没有人能预言它的结果，但自然对它作了这样的安排，以致一旦手段齐备，人类就马上发现了它。它的利用是历史上的一件偶然事件，是世界大战的影响。1945 年 7 月 16 日爆炸的原子弹，其制造的技术花了 3 年的光阴和近 5 亿美元。

相反的过程，即原子核熔合成更重的核（例如氢熔合成氦），是太阳和所有恒星的能源。在它们的中央部分，温度和压力都非常高，以致 4 个核子有可能按照一系列步骤通过连锁反应结合起来。现时地球上已成功地利用铀弹作为引火物质使 4 个核子结合起来，那就是我们现在已有的氢弹。这真是魔鬼似的发明，因为当时还不知道有什么方法可以减轻其爆炸威力。但是最近已经宣布有方法控制这种反应了。

一切物质都是不稳定的，这点不容再怀疑了。如果不是如此的话，星星就不会发亮，太阳也不会发热和发光，地球上就没有生命。稳定性和生命是不相容的。因此生命必须冒着危险，或者是幸福的结局，或者是坏的结局。今天的问题是如何才能把最大的危险引向幸福的结局。

现在我想谈谈，如果人们的作为理智些，那就能获得怎样的幸福。首先是能源的问题。

原子核物理学的另一种和平应用方式，是利用原子反应器的放射性副产品生产出来的很多元素的不稳定的放射性同位素。可以用于许多目的：在医

药、技术、农业等方面作为辐射源，以代替贵重的镭，例如治疗癌，进行材料试验，通过演变创造植物的新品种等等。“示踪元素”的观念也许比这一切都更重要。把少量放射性同位素加到某种元素里，观测它们放出的辐射，就可能推知这种元素在化学反应中、甚至在生物机体内的作用。生物化学中已经日益增多地利用这些方法进行实验，这代表着我们在了解生命过程方面的一个新纪元。

所有这些，以及将来可能由此发展起来的事，都是伟大的事。联合国在日内瓦召开的国际会议的工作能带来丰富的成果。但我不禁要问，这样一个技术天堂能否与原子弹的罪恶相抗衡呢?

我们相信，大国之间（——现时只有两三个这种国家）的大战已经是不可能的了。或者最低限度在最近的将来不可能。因为我早已经说过，这多半会引起总的毁灭，不仅是交战国，而且还有中立国。战争已经成了疯狂的事。如果人类不能废止战争，人类这个动物学名词就不应当是源出于智慧，而应当源出于癫狂了。

爱因斯坦在临死前曾和伟大的哲学家罗素以及其他人发表了一个明朗的声明。在林多举行科学讨论会的18个诺贝尔奖金获得者，化学家和物理学家，一致通过了一个同样的宣言。让他们今天像些梦想家吧，但他们是未来世界的建设者。

但没有很多时间来等待他们的言辞生效了。一切都依赖于我们这一代人的才能，去重新调整我们对新事物的想法。如果不能这样做，地球上的文明生活的日子就要到达末日。

因为地球上充满了不可解决的矛盾：人们常听到许多责难原子物理学家的话：所有的灾难，不单是原子弹，还有那坏天气，都是这些脑力活动者的过失。我曾力图说明人类智力的发展必有一天将打开和应用储存在原子核内的能。其所以发生得如此之快，如此完全，以致达到一种危急情况，则是由于一件悲剧性的历史偶然事件：铀分裂的发现正好是在希特勒当权的时候，而且正好就在他执政的德国，我目睹过这种使全世界为之震惊的恐怖。希特勒在开始时的成功，显得他好像有可能征服地球上的一切国家。从中欧走出的物理学家都知道，如果德国能成为第一个生产原子弹的国家，那将是不可救药的事。甚至终生是和平主义者的爱因斯坦也有这种忧虑，他曾被一些青年匈牙利物理学家劝说去警告罗斯福总统。战争后期对日本使用这种炸弹就是另外一回事了。我认为这是一桩野蛮行为，并且是愚蠢的行为。对此负责的不仅有政治家和军人，还有杜鲁门总统任命的在决策委员会里当顾问的一

小部分科学家。

我们必须学会忍让，必须习惯于谅解和容忍，用助人的意愿来代替威胁和武力，否则文明人类就要接近末日。因为我相信罗素是对的，他不倦地重复说，我们只能在共处与毁灭中作抉择。让我引述他的话作为结束：

在那数不清的岁月里，日出日没，月圆月缺，星光照耀于夜间。但只是由于人类的来临，这些事物才得到了解释。在天文学的宏大世界里，在原子的微小世界里，人揭开了曾被认为是不可理解的秘密。在艺术、文学和宗教中，有些人表现出崇高的感情，使人类值得保存下去。难道这些都将毁于浅薄的恐怖，就因为能够想到人类的人太少，人们只是想到这群人或那群人？难道某一种族那么缺乏智慧，那么没有公正的爱，那么盲从，甚至看不到最简单的自卫的教训，以致为了最后证明他的愚蠢的聪明，就得毁灭我们的星球上的一切生命？因为这样不仅人类将会死亡，而且动物和植物也会死亡。我不能相信这会是结局。

如果我们大家都不相信这一点，从而行动起来，结局就不会是这样的了。

## ■ 作品赏析

为了让听众理解原子核的分裂和聚合这样深奥又抽象的理论，玻恩在演讲中舍去了很多专业词汇，用通俗的语言作出了深入浅出的讲解。玻恩十分关注原子能技术可能带来的社会问题和对人类命运的影响，他认为原子能既可以给社会带来幸福的结局，也可以造成坏的结局。提出这一点之后，他详细地叙述了把最大的危险引向幸福结局的途径和方式。他呼吁人们在原子能的使用上应该理智些，应当采用和平的方式，让它为医疗、应用技术以及农业生产等方面服务。

在演讲中，玻恩用事实说话，恰当地使用比喻、强调、逻辑推论等手法，使听众易于理解，身有同感，大大提高了演讲的感召力。

### ⊙演讲者简介⊙

马克斯·玻恩，量子力学的奠基人之一。1882 年 12 月，出生于普鲁士的布雷斯劳。1901 年考入布雷斯劳大学，后到哥廷根大学听希尔伯特、闵可夫斯基等数学、物理学大师讲学。1907 年获博士学位。1912 年受聘于哥廷根大学，同年与西尔多·冯·卡门合作完成了《关于空间点阵的振动》，这是他创立点阵理论的开端。1921 年，玻恩成为哥廷根大学物理系主任。1933 年希特勒在德国掌权后，流亡英国。在剑桥大学讲学一个时期后，前往爱丁堡大学任职。1937 年当选为英国伦敦皇家学会会员。1953 年退休，回到哥廷根。1954 年荣获诺贝尔物理学奖。1970 年 1 月 5 日在哥廷根逝世。玻恩在物理学中的主要成就是创立矩阵力学和对波函数作出统计解释。

# 科学史上的东方和西方

演讲者：乔治·萨顿（1884 ~ 1956）
演讲时间：1930 年
演讲地点：布朗大学
演讲者身份：美国科学史专家

## ■ 历史背景

萨顿生活的时代，科学史尚未成为一门独立的学科，并且极度缺少可供参考的工具书和文献检索。萨顿采用一种全新的方法，用几十年的时间，来编辑科学史刊物《爱西斯》。这篇演讲，就是他在布朗大学发表的对科学史的精辟见解。

## ■ 原文欣赏

你听过美国西部牛仔的故事吧，一天他突然来到了科拉多大峡谷的边缘，感叹道："上帝，这里发生了什么事情！"你知道，如果这位牛仔指的是在一定时间内迅速完成的事情，那么他错了。在这个意义上，大峡谷什么也没发生。同样，科学的发展虽然比大峡谷的断裂快得多，但它是一个渐进过程。它看上去是革命的，因为我们没有真正看到这个过程，只看到巨大的成果。

从实验科学的角度（特别是在其发展的现阶段）来看，东方和西方是极端对立的。然而，我们必须记住两件事。

第一，实际上科学的种子，包括实验科学和数学，科学全部形式的种子是来自东方的。在中世纪，这些方法又被东方人民大大发展了。因此，在很大程度上，实验科学不只是西方的子孙，也是东方的后代，东方是母亲，西方是父亲。

第二，我完全确信正如东方需要西方一样，今日的西方仍然需要东方。当东方人民像我们在 16 世纪那样，一旦抛弃了他们经院式的、论辩的方法，当他们一旦真正被实验精神所鼓舞的时候，谁知道他们能为我们做什么，谁又知道他们为反对我们（上帝饶恕我）而做什么呢？当然，就科学研究领域来说，他们只能是与我们一起工作的，但是他们的应用可以是大不相同的。我们不要重蹈希腊人的覆辙，他们认为希腊精神是绝无仅有的，他们还忽视犹太精神，把外国人一律视为野蛮人，他们最后衰亡，一落千丈，就像他们的胜利顶峰曾高耸入云一样。不要忘记东西方之间曾经有过协调，不要忘记我们的灵感多次来自东方。为什么这不会再次发生？伟大的思想很可能有机

会悄悄地从东方来到我们这里，我们必须伸开两臂欢迎它。

对于东方科学采取粗暴态度的人，对于西方文明言过其实的人，大概不是科学家。他们大多数既无知识又不懂科学，也就是说，他们丝毫也不应享有那种被他们吹嘘得天花乱坠的优越性，而且如果听其自便，他们关于这种优越性的支离破碎的想望，要不了多久就要消灭。

我们有理由为我们的美国文明而骄傲，但是它的历史记载至今还是很短的。只有 300 年！和人类经验的整体相比是何等渺小，简直就是一会儿，一瞬间。它会持久吗？它将进步，将衰退，抑或灭亡？我们的文明中有许多不健康的因素，如果我们想在疾病蔓延起来以前根除它们，必须毫不留情地揭露它们，但这不是我的任务。如果我们希望我们的文明能为自己辩护，我们必须尽最大力量去净化它。实现这项任务的最好的办法之一是发展不谋私利的科学；热爱真理——像科学家那样热爱真理，热爱真理的全部，愉快的和不愉快的，有实际用途的和没有实际用途的；热爱真理而不是害怕真理；憎恨迷信，不管迷信的伪装是多么美丽。我们文明的长寿至少还没有得到证明，其延续与否，还不一定。因此，我们必须谦虚。归根结底，主要的考验是经历沧桑而存活下来，这一点我们还没有经历过。

新的鼓舞可能仍然、而且确确实实仍然来自东方，如果我们觉察到了这一点，我们会聪明一些。尽管科学方法取得了巨大的胜利，但它也还不是十全十美的。当科学方法能够被利用，并且是很好地被利用的时候，它是至高无上的。但是，若不承认这种利用也会产生两种局限，则是愚蠢的。第一，这种方法不能永远使用。有许多思想领域（艺术、宗教、道德）不能使用它。也许永远不能应用于这些领域。第二，这种方法很容易被错误地应用，而滥用这取之不尽用之不竭的资源的可能性是骇人听闻的。

十分清楚，科学精神不能控制它本身的应用。首先，科学的应用常常掌握在那些没有任何科学知识的人手中，例如，为要驾驶一辆能导致各种破坏的大马力汽车并不需要教育和训练。而即使是科学家，在一种强烈的感情影响下，也可能滥用他们的知识。科学精神应该以其他不同的力量对自身给予辅助——以宗教和道德的力量来给予帮助。无论如何，科学不应傲慢，不应气势汹汹，因为和其他人间事物一样，科学本质上也是不完满的。

人类的统一包括东方和西方。东方和西方正像一个人的不同神态，代表着人类经验的基本和互相补充的两个方面。东方和西方的科学真理是一样的，美丽和博爱也是如此。人，到处都是一样的，只不过是这种特点稍稍显著一些或是那种特点突出一些罢了。

东方和西方，谁说二者永不碰头？它们在伟大艺术家的灵魂中相聚，伟大的艺术家不仅是艺术家，他们所热爱的不局限于美；它们在伟大科学家的头脑中相会，伟大的科学家已经认识到，真理，不论是多么珍贵的真理，也不是生活的全部内容，它应该以美和博爱来补充。

我们怀着感激之情回忆起我们得之于东方的全部东西——犹太的道德热忱，黄金规则，我们引以为荣的科学的基础——这是巨大的恩惠。没有什么理由说它在将来不该无限增加。我们不应该太自信，我们的科学是伟大的，但是我们的无知之处更多。总之，让我们发展我们的方法，改进我们的智力训练，继续我们的科学工作。慢慢地、坚定地，以谦虚的态度从事这一切。同时，让我们更加博爱，永远留意周围的美，永远留意我们人类同胞或者我们自己身上的美德。让我们摧毁那些恶的东西，那些损坏我们居住环境的丑的事物，那些我们对别人做的不公正的事情，尤其是那些掩盖各种罪恶的谎言，但是让我们谨防摧残或伤害那许多善良、天真事物中最弱小的东西。让我们捍卫我们的传统、我们对往昔的怀念，这些是我们最珍贵的遗产。

按照事物的本来面目认识事物——当然如此，但是我的灵魂的最高意向，我对那看不见的事物的怀恋之情，我对于美与公正的渴求，这些也都是真实的和珍贵的东西。那些我所不能理解的东西并不一定是不真实的。我们必须准备经常去探求这些感觉不到的真实，正是它赋予我们的生活以高尚的情操和最根本的方向。

光明从东方来，法则从西方来。让我们训练我们的灵魂，忠于客观真理，并处处留心现实生活的每一个侧面。那不太骄傲的、不采取盛气凌人的“西方”态度而记得自己最高思想的东方来源的、无愧于自己的理想的科学家——不一定会更有能力，但他将更富有人性，更好地为真理服务，更完满地实现人类使命，也将是一个更高尚的人。

## ■ 作品赏析

萨顿引用一个西部牛仔的故事作为开篇，指出科学的发展是一个渐进的过程。接着，萨顿给听众讲述了科学史上必须要知道的两件事：“实际上科学的种子，包括实验科学和数学，科学全部形式的种子是来自东方的。”“我完全确信正如东方需要西方一样，今日的西方仍然需要东方。”这两件事的论述，让听众知道了东方科学在科学史上的作用，点明了主题。此次演讲，廓清了长期以来人们对东方科学的偏见，在人类的科学史上占有重要的地位。这篇演讲用语大胆、准确、周密，如“对于东方科学采取粗暴态度的人，对于西方文明言过其实的人，

大概不是科学家。他们大多数既无知识又不懂科学”。在描述东西方科学的关系时，萨顿说：“实验科学不只是西方的子孙，也是东方的后代，东方是母亲，西方是父亲。”这样很好地增添了演讲的生动性。

**⊙演讲者简介⊙**

乔治·萨顿，1884年8月生于比利时根特。中学毕业后，萨顿进入根特大学学习哲学，中途一度辍学，但最终还是获得根特大学等四所高等学校授予的化学金质奖章。1911年5月，获得博士学位。1912年萨顿创办名为《爱西斯》的科学史杂志，并称其为自己的“女儿”。1913年《爱西斯》正式出版，至今仍在，是目前国际上最权威的科学史刊物之一。萨顿一直担任《爱西斯》的主编，长达40年之久。1914年，德国入侵比利时，他逃往美国。1918年7月，萨顿被卡内基研究院任命为科学史副研究员。1940年9月，被任命为哈佛大学的科学史教授。1956年3月，萨顿在家中逝世。萨顿为科学史发展作出了极为重要的贡献，一生著述颇丰，出版著作15部，发表论文800余篇，代表作是《科学史导论》。

演讲者：郭沫若（1892～1978）
演讲时间：1978年3月31日
演讲地点：全国科学大会闭幕式
演讲者身份：杰出的作家、诗人，马克思主义历史学家

# 科学的春天

## ——在全国科学大会闭幕式上的讲话



### ■历史背景

文化大革命结束后，中国各行各业百废待兴，急需一场卓有成效的改革。1978年的全国科学大会便是推进科学改革的重大举措。在这次大会上，邓小平同志发表了重要讲话，提出了“科学技术是生产力”、“知识分子是工人阶级的一部分”等科学论断，给知识分子莫大的鼓舞。在大会闭幕式上，身为中国科学院院长的郭沫若已身患重病，但他以激情的语言作了这篇著名的书面发言。



### ■原文欣赏

亲爱的同志们：

我们民族历史上最灿烂的科学的春天到来了。我是上一个世纪出生的人，能参加这样的盛会，百感交集，思绪万千。

在旧社会，多少从事科学文化事业的人们，向往着国家昌盛，民族复兴，科学文化繁荣。但是，在那黑暗的岁月里，哪里有科学的地位，又哪里有科学家的出路！科学和科学家，在旧社会所受到的，只不过是摧残和凌辱。封建王朝摧残它，北洋军阀摧残它，国民党反动派摧残它。我们这些参加过“五四”运动的人，喊出过发展科学的口号，结果也不过是一场空。大批仁人志士，满腔悲愤，万种辛酸，想有所为而不能为，真是英雄无用武之地。我们不少人就是在这种暗无天日的岁月中，颠沛流离，含辛茹苦地度过了大半生。伟大领袖和导师毛主席领导中国共产党进行了艰苦卓绝的斗争，建立了新中国，人民得到了解放，科学得到了解放。毛主席和周总理又亲自为我国规划了建设社会主义现代化强国的宏伟蓝图，对科学事业和科学工作者给予了无微不至的关怀。我国的科学事业有了突飞猛进的发展。回忆起这些情景，一桩桩、一件件的往事都涌上心头，好像就在眼前一样。饮水思源，我们怎能不万分感激和无限缅怀伟大领袖毛主席和敬爱的周总理呢！万恶的“四人帮”对科学工作百般摧残，对科学工作者横加迫害，妄图重新把我们的祖国拉回到愚昧、落后、黑暗的旧社会去。但是，“蚍蜉撼树谈何易”。党中央一举扫除了这伙祸国殃民的害人虫，使我们得到了第二次解放。现在，我们可以扬眉吐气地说，反动派摧残科学事业的那种情景，确实是一去不复返了！科学的春天到来了，从我一生经历，我悟出了一条千真万确的真理：只有社会主义才能解放科学，也只有在科学的基础上才能建设社会主义。科学需要社会主义，社会主义更需要科学。看到今天这种喜人的情景，真是无比感慨和兴奋。“老夫喜作黄昏颂，满目青山夕照明”。敬爱的叶副主席的光辉诗篇，完全表达出了我们这一代人的心情。

我们中华民族在人类文明发展史上，曾经有过杰出的贡献。现在，在共产党的领导下，我们民族正在经历着一场伟大的复兴。恩格斯在谈到 16 世纪欧洲文艺复兴时曾经说过，那是一个需要巨人而且产生了巨人的时代。今天，我们社会主义祖国的伟大革命和建设，更加需要大批社会主义时代的巨人。我们不仅要有政治上、文化上的巨人，我们同样需要有自然科学和其他方面的巨人。我们相信一定会涌现出大批这样的巨人。

科学是讲求实际的，科学是老老实实的学问，来不得半点虚假，需要付出艰巨的劳动。同时，科学也需要创造，需要幻想，有幻想才能打破传统的束缚，才能发展科学。科学工作者同志们，请你们不要把幻想让诗人独占了。嫦娥奔月，龙宫探宝，《封神演义》上的许多幻想，通过科学，今天大都变成了现实。伟大的天文学家哥白尼说：人的天职在勇于探索真理。我国人民

历来是勇于探索，勇于创造，勇于革命的。我们一定要打破陈规，披荆斩棘，开拓我国科学发展的道路，既异想天开，又实事求是，这是科学工作者特有的风格，让我们在无穷的宇宙长河中去探索无穷的真理吧！

我祝愿我们老一代的科学工作者老当益壮，为我国科学事业建立新功，为造就新的科学人才作出贡献。

我祝愿中年一代的科学工作者奋发图强，革命加拼命，勇攀世界高峰。你们是赶超世界先进水平的中坚，任重而道远。古人尚能“头悬梁，锥刺股”，孜孜不倦地学习，你们为了共产主义的伟大理想，一定会更加专心致志，废寝忘食，刻苦攻关。赶超，关键是时间。时间就是生命，时间就是速度，时间就是力量，趁你们年富力强的时候，为人民作出更多的贡献吧！

我祝愿全国的青少年从小立志献身于雄伟的共产主义事业，努力培育革命理想，切实学好现代科学技术，以勤奋学习为光荣，以不求上进为可耻。你们是初升的太阳，希望寄托在你们身上，革命加科学将使你们如虎添翼，把老一代革命家和科学家点燃的火炬接下去，青出于蓝而胜于蓝。

我这个发言，与其说是一个老科学工作者的心声，毋宁说是对一部巨著的期望。这部伟大历史巨著，正待我们全体科学工作者和全国各族人民来共同努力，继续创造。它不是写在有限的纸上，而是写在无限的宇宙之间。

春天刚刚过去，清明即将到来。“日出江花红胜火，春来江水绿如蓝”。这是革命的春天，这是人民的春天，这是科学的春天！让我们张开双臂，热烈地拥抱这个春天吧！

## 作品赏析

这是一篇集议论和抒情于一体的演讲佳作。从一开始就说中国科学的春天来了，接下来的每一部分都是为这一主题服务的。在表达自己的喜悦之情后，郭沫若用了两组对比，第一组是新旧社会的对比，第二组是粉碎“四人帮”前后的对比，来说明中国的科学终于度过了寒冬，科学的春天来了。郭沫若感慨地从自己的一生经历中得出一条真理：“只有社会主义才能解放科学，也只有在科学的基础上才能建设社会主义。”然后通过对科学的阐述，指出了科学的春天需要所有科学工作者的共同努力，勉励老中青三代科学工作者发愤图强，写出一部属于中国的科学巨著。

整篇演讲结构严谨，紧扣主题。演讲的文字优美，表达方法多种多样，不仅引用了古代诗句，还运用了比拟、排比、对偶等修辞手法，让人听后精神振奋。

**⊙演讲者简介⊙**

郭沫若像

郭沫若，原名郭开贞，字鼎堂，笔名沫若。幼年入私塾读书，1906年入嘉定高等学堂学习。1914年，赴日本九州帝国大学学习医科，后弃医从文。1919年“五四”运动爆发，投身于新文化运动，写出了《凤凰涅槃》、《地球，我的母亲》等不朽诗篇。1923年后，开始系统学习马克思主义理论。1926年参加北伐，担任国民革命军政治部副主任。1928年因受蒋介石通缉，旅居日本。1937年抗日战争爆发后回国，团结进步文化人士从事抗日救亡运动。中华人民共和国成立后，历任中央人民政府委员、政务院副总理兼文化教育委员会主任、全国人民代表大会常务委员会副委员长、中国科学院院长等职。1978年6月12日在北京逝世。

# 以广阔的视野思考问题

演讲者：李约瑟（1900 ~ 1995）
演讲时间：1990年9月4日
演讲地点：日本福冈市
演讲者身份：英国著名科学家、英国皇家学会会员

## ■ 历史背景

1990年，日本福冈市政府设立福冈亚洲文化奖，奖励为亚洲文化的保存和创造作出杰出贡献的个人和团体。同年7月，福冈亚洲文化奖委员会经过讨论，决定把首届亚洲文化奖授予中国作家巴金、科学史权威李约瑟博士等5人。9月，李约瑟博士亲赴福冈领奖，这篇演说便是他在领奖时发表的。

## ■ 原文欣赏

我觉得我的事业很大程度上受益于给我人生带来很大影响的……忠告——“要以广阔的视野思考问题”和“要找到能激励自己去执着追求的东西”。

我于1900年12月9日生于伦敦南区的克拉彭公园。父亲是位医生。我小时候，他还只是一个普通的私人医生。后来，父亲在哈里街有了房子，成了麻醉师。在我们的家庭中，有沿用“约瑟夫”这个名字的传统。我现在用的就是这个名字。我母亲是音乐家，也是作曲家，名叫艾莉西亚·阿德莱德·尼达姆，旧姓蒙哥马利。母亲当时很有名气，那时她在近卫军乐队中担任指挥。她创作的歌曲大都很有名，如《我的黑玫瑰》这首歌差点儿被选为爱尔兰的

国歌。

我父母之间关系的不和谐，慢慢地我也感觉到了。至今我还记得，在我小时候，有一次，母亲敲打着上了锁的父亲诊所的门窗，埋怨让我识字太早。这样的争吵在房间里常常可以见到。那时我可能有6岁了。我父亲有间很漂亮的书房，因此我能自由自在地读到一些书。其中，给我印象最深的是施利格斯的《哲学的历史》这本书，至今我还保存着它。

我深深地为父亲的治学精神所打动，所以有意识地模仿父亲。但是，后来我又觉得从母亲那里也受益匪浅。如果说我单单受我父亲的影响，那么恐怕我就难以致力于像“中国科学技术史”这样庞大的课题了。在昂德尔公学学习时，校长F．W．桑德森的谆谆教导给了我极大的影响。在我14岁即第一次世界大战爆发的时候，我被送进了这所公学。校长先生常常对我说：“要以广阔的视野思考问题”。“中国科学技术史”这一研究课题我想就是“以广阔的视野思考问题”的最好的实例了。他还常常对我说：“如果你能找到激励起自己执著追求的东西，那么你就能把它干好。”中国的科学与技术就是我找到的能唤起我执着追求的东西，而且可以说实现了。这些情况，还是另找机会再谈吧！在昂德尔公学，其实也并不太快乐。我这样说是因为这所公学把重点特别放在体育运动上。那时，我编了一本名叫《铁房子》的家庭杂志。到了学校放假的时候，就跟着父亲到怀尔医院、第三伦敦综合医院以及乔治皇家医院去。在那儿我给人家当手术助手，做给外科医生递递缝合线和钳子之类的工作。我第一次看做手术是在9岁时，那是由约翰·布兰德—萨顿爵士主刀的阑尾切除手术。父亲对我见到血没有晕过去非常满意，给了我几枚金币。后来，真正有资格的医师严重不足，以至谁都能从事医疗工作，我也被卷了进去。说老实话，我在第一次世界大战结束前，看到过许许多多的手术，而且有的外科手术就像是做木工活儿。我自己想进一步学习，想做些更为复杂的工作，因此就没有成为外科医师。

我是个独生子，无法依靠兄弟姐妹，但我想谁都能起搭桥的作用。我这样说，是因为许多父母的孩子常常想让父母和好，但没有实现，所以我就想起个中间人的作用，从中搭桥，从中调解。再譬如，我大学时代想在学问和宗教之间架起桥梁；紧接着，后来我成了有名的胚胎生物化学学者，想在形态学与生物化学间架起一座桥梁；再后来我就决定在中国和西欧间架设桥梁了。就这一点，我想详细讲一讲。

我在1918年作为医科大学学生，进了剑桥大学冈维尔—基兹学院。战争结束时，我已是海军外科中尉军医。但既没通过医学考试，又没有制服，

更谈不上出海了。这些军医的任务只是根据水兵伤势情况作出送基地医院或就在护卫舰或驱逐舰上治疗的建议。我在基兹学院作过人体解剖，并通过了第1次及第2次医学学士考试。不久，我深深地被非常有趣的弗雷德里克·高兰·霍普金斯爵士所讲授的课程所吸引住了，促使我开始生物化学的研究。霍普金斯博士是从来不给学生课题的。但是，一旦学生自己把握住要干什么时，他便会从各个方面给予帮助和支持。那时，我看到了一篇由一战时死去的名叫克莱恩的年轻学者写的论文。文中指出，鸡蛋中促进生长的因子在成长初期时为0mg，到抱卵3周后竟达到310mg。我把这篇论文拿到霍普金斯博士那儿，告诉他这一伟大发现——鸡蛋是多么了不起的化学工厂啊！当时他就劝我研究下去。我开始研究是在1921年，最终出现了《化学胚胎学》和《生物化学与形态发生》这两部书。这两部书最大的不同是：前者想解释清楚胚胎在成长过程中的化学变化以及合成；后者则想就"形态发生形成体"自身的生物化学阐述一些已知的东西。金·布拉谢特在他的书中，称我为"胚胎生物化学之父"，但他只是说了这一点，而对我发现了什么并没有说明。

在我37岁时，来了3位想在剑桥攻读博士学位的中国研究生。他们当中，沈诗章是由丹麦的林登斯特罗姆兰格介绍来与我一起研究两性动物卵内不同地方的呼吸比率的。他当时正在研究称为"呆巴子"的超微测微器。再就是和我前妻一起研究肌肉生物化学的鲁桂珍。还有在戴维·凯林和莫尔特诺研究所研究的王应睐。后来，他们三人各自过着不同的生活。沈诗章就职在耶鲁大学，直到去世。王应睐回到中国，担任上海国立生物化学研究所所长，后又担任中国科学院上海分院院长。鲁桂珍第二次世界大战期间是在美国度过的。她曾一度生活在加利福尼亚、纽约哥伦比亚医疗中心及亚拉巴马州伯明翰等3个地方。在亚拉巴马州，她研究了人所共知的蜀黍红斑（糙皮病）。后来在南京做了营养生物化学教授，不久又被召到巴黎联合国教科文组织。9年后她返回剑桥。她来剑桥的原因，一则是我在康福德—麦克荣林基金会中心担任司库，再则她认为自己在剑桥的生物化学研究所搞研究更适合。现在，她在我工作的研究所中任副所长。

在我去中国前，我们曾约好，要在中国科学技术史方面作点文章出来。基于有人在罗马国会上主张"迦太基不灭，我们就要被灭亡"这种思想，我们在各自未选择研究方向前订下了关于研究"中国科学技术史"的粗略计划。这三位中国研究生给予我的影响远比剑桥给予他们的影响大得多。因此，我开始学习汉语，也学习比会话难得多的汉字。我一直觉得，为了东亚研究的课题，以优异成绩通过语言考试而在教室学习汉语，和不带功利目的、作为

一件有趣的事而学习，这两者之间是有区别的。从那以后，我阅读中文开始摆脱初级的ABC阶段，进入了如夏日遨游江河那样的畅达阶段。

1942年，英国政府要派一位科学家去中国，担任设在重庆的英国大使馆科学参赞。当时，在英国科学家里可以说几乎找不到懂汉语的，于是选中了我。由于这个原因，我在第二次世界大战期间在那里度过了4年。在中国的4年，对我的命运具有决定性的意义。我们在那里设置了中英科学合作馆。为此，我们进行了长达几千英里的旅行，到了非日本人占领区的地方，访问了那里的所有大学、科学研究所、铁路工厂、兵工厂以及各类与科学有联系的企业。最初与我合作的是黄兴宗，后来他去了牛津大学，他的工作由曹天钦接替。

1946年，我收到了我的朋友——联合国教科文组织第一任总干事朱利安·赫胥黎的一封电报。电报上写道："速归，帮助我组建联合国教科文组织自然科学部。"于是我回到巴黎，在这个组织工作了一年又6个月。鲁桂珍后来也在那里工作过9年。联合国教科文组织自然科学部主要是本着下面两点组建的：第一，帮助召开国际科学联盟定期会议；第二，开设和经办仿照中英科学合作馆建立的世界各地科学办事处。这些办事处现在已不是联合国教科文组织的当地办事处了，但在里约热内卢、开罗、新德里和南京，一直到今天还设置着这种机构。

我原配妻子多萝西·梅亚丽·莫伊尔·尼达姆，于1987年去世，时年91岁。我们共同度过了64年幸福生活。后来，我和鲁桂珍于1989年结婚。结婚仪式是在基兹学院的礼拜堂内，由学院院长同时也是我的导师约翰·斯特德主持举行。那是在仪式结束后举行的三明治午餐会上的话了，两个80开外的人站在一起，或许看上去有些滑稽，但我的座右铭是："就是迟了也比不做强！"

迄今为止，包括出版和预定出版的共有24册的这套《中国科学技术史》的巨著已出版15册。现在我正在埋头于较为困难的医疗科学部分的编写工作。最初与我合作的是我在四川李庄第一次见到的王铃（王静宁），他是傅斯年领导的中国科学院历史语言研究所的助理研究员。他的研究成果反映在第5卷第7分册对中国火药史的详细阐述上。起初，我们考虑科学部分用7卷就可详尽写出，但后来因资料过多，一卷又分成几部分，这样每一部分就自然成册了。这样合计起来，至少得出书24册。我们把起初的几卷叫"天卷"，把以后按分册出的叫"地卷"。接下来发行的将是以有关弓、石弓以及在火药出现前的大炮和包围战为内容的第5卷第6分册。再下面发行的将是关于纺织品及织布机历史的第5卷第10分册。这期间，第7卷对中国的经济、

科学的社会性、知识性背景的研究有相当发展，第7卷第1、2、3分册不久有可能同时出版。其中加进了西欧伟大的社会学家格利高里·布尔和研究现代中国与日本的历史学家德莫西·布鲁克对传统的中国社会本质观的两部分论述。这卷由我的朋友凯内斯·鲁宾孙编辑，他对这个研究课题也作出了很大贡献。虽然我恐怕无法亲眼看到这部《中国科学技术史》各卷全部完成，但至少我对它能成功地完成这一点是深信不疑的。

回顾我的一生，我觉得我的事业很大程度上受益于给我人生带来很大影响的F.W.桑德森这位昂德尔公学校长和他对我的忠告——“要以广阔的视野思考问题”和“要找到能激励自己去执著追求的东西”。

最后，我谨向那些在我的成长过程中、在我受教育的过程中倾注心血的每一位，其中有我的父母，有在昂德尔公学的我的校长先生，以及在我的人生道路上给予我帮助、支持的所有先生表示我的谢意。

## ■ 作品赏析

在演讲中，李约瑟讲述了自己学习的经历、研究的进步、事业的发展，还有一生的情感，时间跨度近一个世纪，可以说是一篇面面俱到的小型自传。内容虽多，却不杂乱，因为李约瑟用“要以广阔的视野思考问题”的主题，将它们紧密地联系在一起。李约瑟在演讲中省去了无关紧要的细节，只把自己一生中重要的事件讲述出来，中间还加入了人物线索，让听众觉得自己是在听一个情节吸引人的故事。光看这篇演讲的文字，就让我们感受到一种亲切感，何况是当时在场的听众。李约瑟的这次演讲语言朴实无华，讲述的全是自己的亲身经历，不但没有削弱主题，反而使之更加突出。李约瑟用优秀的演讲技巧、亲切的演讲风格赢得了广大的听众。

### ⊙演讲者简介⊙

李约瑟，早年从事生物化学研究，20世纪前期出版了《化学胚胎学》及《生物化学与形态发生》，在国际生化界享有很高的声誉。1937年，对中国古代文明产生兴趣，开始转向研究中国古代科学。1942年秋，受英国皇家学会之命，到中国援助战时科学与教育机构，结识了大批的中国科学家与学者。在中国4年的时间里，李约瑟最大范围地考察和研究了中国历代文化遗迹与典籍。1946年，李约瑟离开中国，赴巴黎担任联合国教科文组织自然科学部主任。两年之后，返回剑桥，开始编写系列巨著《中国科学技术史》。李约瑟长期致力于中国科技史研究，为中国培养了一批优秀的科技史学家。1994年被选为中科院首批外籍院士。李约瑟一生成就斐然，被誉为“20世纪的伟大学者”、“百科全书式的人物”。

# 科学家为什么应该普及科学

演讲者：卡尔·萨根（1934 ~ 1996）
演讲时间：1988 年 6 月 24 日
演讲地点：康奈尔大学
演讲者身份：美国当代天文学家

## ■历史背景

作为了不起的天文学家和科学活动家，萨根的科普作品不但“含金量”高，而且体现出透彻的哲理性和超乎寻常的洞察力，他被推崇为“历史上最成功的科学普及家”。为了向科学家们介绍科学普及的意义，萨根特意作了这次演说。

## ■原文欣赏

为什么物理学家或其他领域的科学家竟然花大量时间和精力向公众普及科学知识呢？这里所说的不仅是为《科学美国人》写文章（它是提供给科学爱好者和其他领域的科学家阅读的），也不仅是教本科生入门课程，而是真正尽力通过报纸、电视、杂志和对一般公众的讲演，来传播科学知识和科学方法。

科学研究的资助主要来自公共基金。由此容易得出片面的看法：科学家要向纳税人解释自己所做的工作。若仅以此来看，便会吃惊地发现更多的科学家并不从事科学普及工作。从大的方面来说，存在着大量的重大社会问题，从温室效应和臭氧层空洞到核竞赛和艾滋病，解决这些问题关键在科学。科学的结果导致其中一些问题的产生和恶化。同时很显然，没有深入的科学研究，不可能有解决这些问题的方法。我们的真正危险在于构造了一个基本上依赖于科学和技术的社会，却几乎没有人懂科学和技术。这就是问题的“症结”（例如，在国会 535 名议员中，大科学家出身的人屈指可数）。但这里我想要讨论的是普及科学的其他原因，这种科学普及工作是科学家职业日程的重要部分。

我们是能思考的生物。这正是我们的长处所在。我们不如其他动物跑得快、会伪装、善于挖洞、长于飞翔和游泳。但我们善于思考。并且由于有双手，我们善于建造。这是我们的特殊天赋，也是人类延续的主要原因。如果我们仅自己最明智地运用这些能力而没有鼓励他人运用，那就否认了我们人类善于思考的天生权利。因而我认为没有被鼓励着去积极思考的人是不幸的。

理解世界是一种享乐。我每每看到人们，一些普通的人们，当懂得了一些他们从前一无所知的自然知识——为什么天空是蓝的、为什么月亮是圆的、我们为什么会有脚趾时，他们是多么兴奋不已。这兴奋一是由于知识本身的乐趣，二是由于这给了他们某种才智上的鼓励。他们发现，他们并不是如某些人所说的那么不可教。我们的教育系统培养出来的许多人确信他们缺乏理解世界的能力。

科学不仅是知识的本体，更主要的，它是一种思维方法。这种思维以严格的怀疑观与对新思想的开放性的结合为其特征。在我们生活的各个领域——社会、经济、政治、宗教等，都绝对地需要科学。科学也是一种智能探险，它更易于被青年接受。科学对青年特别具有感召力的原因是：未来是属于青年的，他们懂得科学与他们未来生活的世界有某种联系。

另外，每种文化都有一个创世的神话。它通常是很好的，有时也很不完美。它是一种试图解释我们根源的尝试：每个民族是怎么来的，人类、景物、地球、太阳、恒星、行星是怎么来的，及最主要的问题——如果宇宙存在开端的话，它是如何开始的。你会发现世界上各种传说、神话、迷信、宗教——我们人类的许多伟大的文学作品——都试图解决这些深奥的问题。对于这些问题中的每一个，科学都已给出某种近似的答案。如此，科学回报了人类古老的紧迫的需求。电视连续剧《宇宙》在世界范围内产生了反响，我们发现如此众多的公众对宇宙演化的描述产生共鸣。它影响人们几乎达到了宗教的程度。

由于以上所述的原因，我认为，任何一个社会，如果希望在下个世纪生存得好，且其基本价值不受影响的话，那么都应该关心国民的思维、理解水平，并为未来作好规划。我坚持认为，科学是达到上述目的的基本手段——它不仅是专业人员所讨论的科学，而更是整个人类社会所理解和接受的科学。如果科学家不来完成科学普及的工作，谁来完成？

## ■ 作品赏析

此篇演讲最大的特点就是在开头和结尾都用到了问句，虽然问题不需要听众回答，但却能很好地调动听众的情绪，引导他们随同演讲者一同思考。萨根没有着重说明科学家普及科学知识是他们本身的责任，而是把重点放在了其他原因上——人本身、科学的本质、文化的需要。他认为人是能思考的动物，如果“仅自己最明智地运用这些能力而没有鼓励他人运用，那就否认了我们人类善于思考的天生权利”；科学是一种思维方法，在生活中的每一个领域都需要它；

另外科学还可以解释文化中的“不完美”。这三点极为重要的原因，决定了科学必须要得到普及。在叙述原因的过程之中，萨根还说了科学普及的社会意义。

这篇演讲思想深刻，叙述环环相扣，节奏紧凑。演讲以问句结束，给人留下了广阔的思考空间。

**⊙演讲者简介⊙**

卡尔·萨根出生于美国纽约市布鲁克林区的一个犹太家庭，父母都是俄罗斯移民。1951 年，萨根进入芝加哥大学学习。在芝加哥大学，他加入了赖尔森天文学社，获得艺术本科学位、物理学本科和硕士学位，以及天文学和天体物理学博士学位。1960 年到 1962 年，担任加州大学伯克利分校研究员。1962 ~ 1968 年，他在马萨诸塞州的史密松天文物理台工作。之后到康奈尔大学任职，1971 年成为该校终身教授，并负责领导行星研究实验室的工作。1972 ~ 1981 年，担任康奈尔大学无线电物理学和空间科学研究中心副主任。1996 年，萨根因一种罕见的骨髓癌去世。

萨根长期担任行星研究专业刊物《伊卡洛斯》的技术总监和编辑，并撰写了多部优秀的科普图书，还参与制作了电视系列片《宇宙》，享誉全球。

# 第十篇

# 经济规律的发现与阐扬

# 培育人才

演讲者：松下幸之助（1894 ~ 1989）
演讲时间：1978 年
演讲者身份：日本著名企业家

## ■ 历史背景

早在创业之初，松下幸之助就意识到，企业要想在竞争激烈的市场中获得成功，就必须拥有优秀的人才。在他发展事业的过程中，他始终将“人才的储备和培养”作为重中之重来抓，并制定了一套选拔和培养人才的制度。关于企业与人的关系，松下幸之助说过这么一句话：“企业即人，成也在人，败也在人。”本篇演说，是他为阐述人才重要性而发表的。

## ■ 原文欣赏

“事业在人”，这句话是千真万确的。任何经营只有在有了称职的人才之后才能发展下去，无论具有怎样优秀历史和传统的企业，如果没有正确继承其传统的人，也将会逐渐衰败。经营的组织、手段固然重要，但掌握并使之发生效力的仍旧是人，不管创造了多么完善的组织，引进了多么新的技术，如果没有使之发生效力的人，也就无从取得成果，也就不能完成其企业使命。可以说，企业能否既对社会作出贡献，又使本身昌盛地发展下去，其关键在于人。

就事业经营而言，最重要的首先是寻求人才，培育人才。

还在公司规模很小的时候，我就常常对职工们说：“如果有人问‘你们那是做什么的？’就请你们回答‘松下电器公司是培育人才的。我们公司生产电器产品，但在出产品之前，首先培育出人才。’”生产优质产品是公司的使命，为此必须培育出与之相适应的人才，有了人才自然就能生产出优质产品。我在当时富于年轻人的志气，就用上面那些话表达了这个意思。至于怎么说都无关重要，但这种思想一直贯穿在我的经营之中。

那么，怎样培育人才呢？恐怕这是要具体问题具体分析的，但最为重要的乃是要具有基本的观点，就是说，一定要明确“企业为什么存在？怎样从

事经营？”这一问题，换言之，作为企业应该具有正确的经营观念和使命观。如果公司的基本思想和方针是明确的，那么，经营者和管理监督者就能够据此施行强有力的领导，而且每个人也都能根据这一基本思想和方针去判断是非，这样就容易培育出人才。但是，如果没有这些基本思想和方针的话，经营者或管理监督者对部下的领导就会缺乏一贯性，很可能被每时每刻的情势变化或个人感情所左右，不易于培育人才。因此，如果经营者想得到人才，其先决条件就是应该具有坚定的使命观和经营观念。

其次，要经常地将经营观念和使命观灌输、渗透给职工。假如经营观念只是写在纸上的文章，那是一文不值的，它要成为每个人的血肉，才能发挥作用。因此，必须借助一切机会反反复复地把企业的经营观念和使命观灌输给职工。

再者，这并不意味着经营者单纯地讲解观念，而是在实际的日常工作中去说那些应该说的话，纠正那些应该纠正的事情。从个人的人情角度来说，不应过多地提醒别人、申斥别人，倘若有可能就应尽量避免这类事。可是，企业是以对社会作贡献为使命的公有物，在企业里的工作也就是公事。企业不是私有物，企业的工作也不是私事。所以，从公的立场出发，对不能置之不理的，不能允许的事情，应该说的必须说，应该申斥的必须申斥，这不是根据个人的感情来做的，而是站在使命观的高度上的提醒和申斥。由于这种严格的管理，被申斥的人开始觉悟并成长了。不用说，假如不申斥的话，对部下来说是满意的，对经营者、对上级来说也是安逸的。然而，我们一定要铭记，这种苟且偷安的方法是决不会培育出人才的。

与此同时，还有重要的一点，就是要敢于大胆地分派工作，并让担任了工作的人能够在自己的责任和权限范围之内自主地进行工作。所谓培育人才，归根结蒂就是要培育出懂经营的人，培育出能够用经营意识去从事任何一项细小工作的人。为了培育出这样的人才，不能什么事都左一道命令，右一道命令，那样只会培育出一些唯命是从的人来。由于敢于大胆地分派工作，所以，担任了工作的人就会下功夫开动脑筋想办法，充分发挥出自己所具备的能力，而且也就相应地成长起来了。我们松下电器公司的事业部制，从某种意义上来说，就是将这些做法形成了制度化。我从自己的经验中感到，按照这种制度去培育人才是有很多优点的。事业部并不只是一种经营体，其中的每项工作都具有这种思想，并将这一思想灌输到一切工作之中去。这便是我的经营。

当然，虽然应该在广泛的范围之内分派工作，但必须牢牢地把握住基本方针。否则，分派工作后，各行其事，整体就会变成一盘散沙。说到底，就



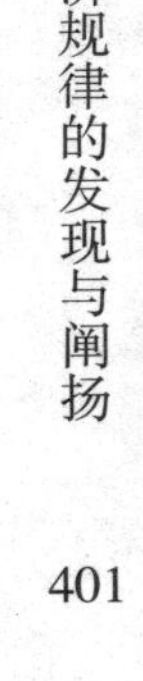

是要基于一定的方针给予权限。因而，公司的基本思想和经营观念在这里仍然是极其重要的。可以说，只有个人根据经营观念去从事自主性的工作，才能培养出人才。

所谓培育人才，并不是说只培育出能干工作、技术精湛的人来就可以了。这一点也需要特别加以注意。本领和技能的确很重要，企业不能没有这方面的人才，这是很自然的事情。然而理想的是，这些人，作为一个人也好，作为一个社会人也好，同样都应该是个优秀的人。尽管能够出色地完成工作，但作为社会人如果有缺陷的话，仍然不是令人满意的当今时代的产业者。假如考虑到各个企业以及日本国的日益增多的国际活动，那么这一点就更应该说是重要的了。

当然，作为一个人、一个社会人的教育和教养，本应在家庭和学校里去完成，然而现实的问题是企业所要完成的这方面的任务非常之多，而且将会越来越多。所以，我认为在培育人才时，我们应该充分注意到我们所培养的对象，无论是作为职业人也好，还是作为社会人也好，都应该是个优秀的人才。

## ■ 作品赏析

这篇演讲以"事业在人"这句简洁明了的俗语开头，直入主题。随后，松下幸之助指出，企业在经营过程中最要的事情就是寻求人才、培育人才。在阐述这一观点的时候，他以松下公司和自己的亲身经历为例，极大地增强了演讲的可信度和说服力。作为知名的企业家，松下幸之助从四个方面详细地论述了企业应该如何培育人才。论述中理念和措施并存，既把演讲上升到一定的高度，又不失其实用性。此外，他还在演讲即将结束的时候特别强调："所谓培育人才，并不是说只培育出能干工作、技术精湛的人来就可以了"，还要是具有优秀素质的社会人，而且企业要在这方面担负起重要的责任。也只有做到这一点，企业的优秀人才才能成为受社会欢迎的人。松下幸之助的这次演讲，明确地表达了自己对人才深刻而又新颖的理解，值得我们铭记和学习。

### ⊙演讲者简介⊙

松下幸之助，日本松下电器的创始人，20世纪对世界影响最大的企业家之一，被称为"经营之神"。他只受过4年的小学教育。父亲生意失败后，他离家去大阪当学徒。1918年，松下在大阪建立了"松下电气器具制作所"，连续推出了包括电子管、真空管、晶体管等在内的一系列成功的产品。松下幸之助把自己的经营哲学概括为"首先要细心倾听他人的意见"。此外，他还创造出了"事业部制"、"终身雇佣制"、"年功序列"等日本企业管理制度。

# 用货币政策调节经济

演讲词档案
演讲者：弗里德曼（1912 ~ 2006）
演讲时间：1967 年
演讲地点：美国经济协会
演讲者身份：美国著名经济学家

## ■ 历史背景

1956 年，在凯恩斯主义如日中天的时候，弗里德曼提出了货币主义理论。这一理论强调要把控制货币发行量作为调节经济的主要手段，反对凯恩斯主义的通货膨胀和赤字财政政策。20 世纪 60 年代，通货膨胀日益严重，凯恩斯主义的突出弱点明显暴露出来，货币数量理论受到重视，反对凯恩斯主义的货币主义兴起。1967 年，弗里德曼当选为美国经济协会主席，本篇是他的就职演说。

## ■ 原文欣赏

人们对经济政策的主要目标问题的看法是广为一致的：即高就业率，稳定的价格，及迅速的经济增长。然而，在这些目标是否彼此协调的问题上人们的看法却不是那么一致，或者，在那些认为这些目标彼此并不协调的人当中，人们对这些目标可以且应该以何种代价相互替换的问题的看法也不是那么一致。人们在对下述问题的看法上意见是最不一致的：即在取得这几个目标的过程中，各种政策工具可以且应该发挥什么样的作用。

今晚我的中心议题是这类工具中的一种——货币政策的作用问题。货币政策能有哪些贡献呢？而且为了使货币政策发挥最大作用我们应如何指导它呢？关于这些问题众说纷纭。在新创造的联邦储备系统第一次激发起人们的热忱时，许多观察家将 20 世纪 20 年代的相对稳定归功于（用一句适当的时髦话说就是）该系统良好的协调能力。人们普遍地相信：一个崭新的时代到来了，在这一时代里，商业周期已因货币技术方面的进步而变得过时了。尽管毫无疑问还存在着某些异议，但这种看法却为经济学家及外行人所共同持有。大萧条摧毁了这种天真的想法。于是，人们的看法又转向了另一极端，货币政策是绳索一根。你可以拉它以中止通货膨胀，但是你却不可以推它以防止衰退。你可以将马引到水边，但你却无法使它喝水。这种格言式的理论很快地便为凯恩斯的更有活力的、更加深奥的分析所代替。

凯恩斯同时还提出了一种解释，以说明货币政策在抑制衰退方面所谓的无能为力，这是关于衰退问题的一种非货币解释，是货币政策的替代物，用

以对付衰退。凯恩斯的建议得到了热烈的欢迎。如果流动偏好是绝对的或近似于绝对的——正如凯恩斯在严重失业时期所认为的那样——那么利率将不可能通过货币措施而降低。如果投资与消费受利率的影响极小——正如汉森及凯恩斯的许多美国支持者所认为的那样——那么较低的利率（即使可以实现的话）所能起到的作用也很小。货币政策受到了双重限制。据认为，由投资崩溃或投资机会短缺、或顽固的节俭等因素带来的经济紧缩，是不可能为货币措施所中止的。然而还有另外一种办法，那就是财政政策。政府支出可以弥补不充分的私人投资。税收减免可以破坏顽固的节俭习惯。

经济学界对这些观点的广泛接受，意味着：在大约二十几年的时间里，除少数具有叛逆精神的人以外，大多数人都认为新的经济知识已使得货币政策变得陈腐过时。货币根本不重要。它的唯一作用是这样一种微不足道的东西：使利率保持较低，以便在政府预算中减少利息支付，促进"食利者的消亡"，也许还将极大地刺激投资，从而在维持高水平的总需求方面对政府支出起辅助作用。

这些观点致使廉价的货币政策在战后得到了广泛的采用。然而，当这些政策先后在一国又一国中遭到失败时，当一个又一个中央银行先后被迫放弃它们可以不确定地将利率保持在一较低水平上这一夸口时，这些观点受到了猛烈的冲击。在美国，尽管直到 1953 年才正式取消盯住政府债券价格的政策，但根据联邦储备系统——财政部记录，公开停止这种做法是在 1951 年。为廉价的货币政策（而不是人们普遍认为的战后衰退）所刺激的通货膨胀，结果却成了当代的"正常"现象。这一结果使得人们对货币政策之能力的信心开始复苏。

在经济学家当中，这一复苏强烈地为下述理论发展所推动，这些理论发展为海伯勒所首创，然而是以庇古的名字来命名的。这一理论发展指出了一条途径，即财富的变动，通过这条途径，即使不改变利率，实际货币数量方面的变动也会对总需求产生影响。这些理论发展未能对凯恩斯的下述论点提出有力的反驳：即在流动偏好为绝对的情况下，传统的货币措施将无能为力。这是因为，在绝对流动偏好的情况下，通常的货币活动只涉及货币对其他资产的替代问题，而不涉及总财富的变动。但是，这些理论发展确实指出了以其他方式产生的货币数量变动，如何得以对总支出产生影响（即使在绝对流动偏好的情况下）。同时，更为根本的，这些理论发展确实驳斥了凯恩斯的下述主要论断：即使在一价格灵活可变的世界里，充分就业下的均衡位置也不可能存在。所以，失业同样地必须由刚性或不完善来解释，而不能作为充分运行的市场过程的必然结果。

对 1929 ~ 1933 年期间货币作用的重新评价，也促进了人们对货币政策效能之信心的恢复。凯恩斯及那一时代的大部分经济学家都认为：尽管货币当局实

行了攻击性的扩张政策，但美国还是发生了大萧条——也就是说，货币当局已尽了最大的努力，但仍然无能为力。近期的一些研究已证明：事实与他们的看法完全相反，美国货币当局当时奉行的是高度通货紧缩的政策。在经济紧缩的过程中，美国的货币数量下降了1/3。而且，货币数量下降的原因并不是人们不愿意借款——并不是因为马不愿意饮水。货币数量下降的原因是联邦储备系统迫使或允许货币基础的急剧下降，是联邦储备系统未能行使联邦储备法案赋予它的职责，即为银行系统提供流动资产。大萧条是对货币政策之力量的悲剧性证明，而不是像凯恩斯及如此之多的凯恩斯支持者所认为的那样，是货币政策之无能的证据。

在美国，对财政政策之幻想的日益破灭（人们对财政政策影响总需求之能力的幻想的破灭程度，轻于人们对如此使用财政政策的实际可行性与政治可行性的幻想的破灭程度），也促进了人们对货币政策之效能的信心的恢复。支出对于按照经济活动的进程而对其所作的种种调整反映迟钝，且时滞很长，所以，人们将侧重点转移到税收上面。这里，许多政治因素掺杂其中，妨碍了人们对实际需要作出迅速的调整。从我开始撰写此篇文章到现在这几个月中所发生的事情，生动地说明了这一点。在这个电子时代，“协调一致”是一个极有感召力的词句，但它与可能存在的实际情况相去甚远——也许我应该补充一句，那就是：可能存在的实际情况并不总是意味着灾祸。

经济学界在货币的作用问题上的看法已发生了根本性的变化，要认识到这一变化的程度是非常困难的。今天的经济学家很难接受二十几年前的一些观点，而这些观点在当时是得到公认的。

尽管如此，我要强调的仍然是20年代后期占主导地位的那些观点与现在流行的那些观点之间的同一性。这是因为：我担心现在又会像过去那样，经济学观点之重心可能会偏移得太远；我担心现在又会像过去那样，我们将处于这样一种危险之中，即赋予货币政策以过大的作用，以致超出了它力所能及的范围，即要求货币政策完成它所不能完成的任务。这样一来，我们又将处于这样一种危险之中，即妨碍了货币政策作出实际上它有能力作出的贡献。

因为我绝少诋毁货币之重要性，所以，作为第一项任务，下面我将着重谈谈货币政策力所难及的一些方面。然后我将就我们目前的知识水平——或无知水平，对货币政策力所能及的方面加以概括，并指出货币政策如何才能发挥出最大作用……

## ■ 作品赏析

演讲首先从公民的角度指出经济政策的主要目标——充分就业、稳定物价。

但是在这个目标的实现过程中，不同的政策却发挥了不同的作用，从而也指出了货币主义和凯恩斯主义的分歧。接着弗里德曼用较大的篇幅讲述了美国40年来货币政策的变化，并说明了凯恩斯主义流行一时的原因。在讲述时，弗里德曼运用了对比的方法，列举了当前的经济形势和凯恩斯主义盛行时的经济形势的不同，指出凯恩斯主义的弊端。通过对比，让货币主义理论更加清晰地展示在听众的面前。

这篇演讲中弗里德曼运用严谨的风格、平实的语言，挥洒自如地传播了自己的观点，抨击了凯恩斯主义的种种弊端，同时也比较全面地介绍了货币主义学说。弗里德曼这篇就职演说在当时的美国，乃至整个西方经济学界都产生了较大的影响。



**⊙演讲者简介⊙**

弗里德曼，美国著名经济学家。1912生于纽约市一个工人阶级的犹太人家庭。高中毕业后凭奖学金进入罗格斯大学修读数学，1933年进入芝加哥大学修读经济学硕士。1941～1943年，出任美国财政部顾问。1943年，弗里德曼又到哥伦比亚大学继续修读经济学，研究计量、制度和实践经济学。1946年，获哥伦比亚大学颁发的博士学位，之后在芝加哥大学教授经济理论，期间为国家经济研究局研究货币在商业周期的角色。他在芝加哥大学经济系任教的30多年里，提倡自由主义经济，主张减少政府对经济的干预，控制货币增长，打造出著名的“芝加哥学派”。1976年，他取得诺贝尔经济学奖。

弗里德曼像





# 分析经济学中的最大原理

演讲者：萨缪尔森（1915～2009）
演讲时间：1970年12月11日
演讲地点：瑞典斯德哥尔摩
演讲者身份：美国经济学家

## ■历史背景

萨缪尔森是一位天才的经济理论学家，他在自己涉足的经济学领域几乎都有开创性贡献。他的研究，对当代宏观经济学和微观经济学发展，都产生了一定的影响。由于“他发展了数理和动态经济理论，其研究涉及经济学全部领域”，瑞典皇家学院决定授予他诺贝尔经济学奖。1970年12月11日，

萨缪尔森到瑞典斯德哥尔摩领奖，这便是他的获奖演说。

## ■原文欣赏

我的题目，经济学，本身提示经济化或最大化。但是政治经济学从经济学故乡出发已经走了很远路了。确实只是在本世纪的最后三分之一，在我自己作为一个学者的一生中，经济理论才似乎有许多理由说是自己对实务企业家或官员有用。我好像记得上一代的一位伟大的经济学家，剑桥大学的A.C.庇古，有一次故意问："谁会想到雇用一名经济学家来经营一家酿酒厂呢？"今天很好，在运筹学和管理经济学的名义下，我们的最奇特的经济工具正在被用于政府企业和私人企业。

所以就在我们的主题的基础那里，涉及到最大化。我的老师，约瑟夫·熊彼得走的远得多。不满足于只说经济学必须求助于伦理学和理性经验研究，熊彼得提出引人注目的论点，人作为一个能作系统经验归纳的伦理动物操作的能力，本身是达尔文的生存竞争的直接产物。正和人的拇指在谋生竞争中进化——以对付他的经济问题——一样，人脑也在对经济问题作出反应中进化。走在民族学中康拉德·劳伦兹和尼古拉斯·丁伯根最近发现之前四十年，这是一个相当突出的灼见。如果超过仅仅提一提熊彼得在创建经济计量学新主题时阐明的进一步见解，会使我离开现在的题目。他说过，物理学家或其他自然科学家研究数量是在主题的相当晚和复杂的阶段。这样说，因为研究人员有定量方法可用，更要归功于伽里略和牛顿的追随者们采用了数学方法。但在经济学中，熊彼得说，题材本身是以定量形式出现的：取消价格和物物交换比例的数字，留给你的就没有什么东西了。会计没有从算术得到什么好处；它就是算术——据熊彼得说，早期的算术就是会计，正好像早期的几何就是测量一样。

我必须不给你们留下这样的印象，分析经济学讨论主要与提供职业手册给实务决策人有关的最大化原理。甚至回到上一代，在经济学有资格声称自己对实务家有用之前，我们经济学家已在研究最大值和最小值。1890年以后的四十年中主要著作，阿尔弗雷德·马歇尔的《经济学原理》，不少讨论在最大净利润之点的最优产出。并且在马歇尔以前很长时间，A.A.古诺在1838年的经典著作《财富理论的数学原理研究》，使微分法在最大利润的产出的研究中起作用。成本最小化的考虑追溯到远超过一个世纪以前，至少追溯到冯·屠能的边际生产率观念。

这些日子里，谈论同一性危机是时髦的。人们不要犯归咎爱德华·吉朋

在写《罗马帝国衰亡史》时的错误。据说吉朋有时把他自己和罗马帝国混同起来。我知道在这些日子的舞台剧中——并且这时我应该补充，在量子力学的理论中——观众和演员之间，观察的科学家和被观察的豚鼠或原子之间的区别常常变得模糊了。由于我将联系自然科学中最大原理的作用讨论，一个下落苹果的铅垂线轨迹和一个运动的行星的椭圆轨道可能用一个能求解的规划问题的最优解来描述。但是没有人会堕入感情误置的逆形式，而认为苹果或行星有选择自由并且自觉地有意识最小化。不过，如果说“伽里略的球滚下倾斜平面似乎为了使行动积分最小，或使汉弥登积分最小”，确实证明对急于得出自然界的可预测规律的观察物理学家们有用。

科学家们发现，能够把行为的实证描述联系到一个最大化问题的解是有用的，用处是什么？那是我自己早期的许多工作的对象。从我的第一批谈“显示的偏好”的论文那时开始，一直到完成《经济分析基础》，我发现这是一个迷人的题目。科学家和家庭主妇一样，发现他的工作实际上永远做不完。正在最近几星期中，我一直研究了解随机投机价格的很困难的问题——例如，在伦敦和纽约交易所里可可的价格如何波动。在面对一个无法对付的非线性差分等式和不等式系统的时候，我对在数学文献中能找到甚至对存在一个解的证明绝望了。但是一闪念间，问题突然变为能解了，其时我从多少层记忆中挖出一条，我的实证描述关系式可以解释为一个良好定义的最大问题的必要和充分条件。但是，如果我给你们一个印象，最大原理的价值仅仅作为不能无所不知的分析家的一根方便的拐杖，我就走在我的故事的前面了。



70 年前，诺贝尔基金初次成立的时候，恩斯特·马赫的方法论见解曾享有它们现在不再有的声誉。你们将记住，马赫说过，科学家寻求的是对自然界的一种“经济的”描述。关于这一点，他并不是说，商人的航海需要命令牛顿的世界体系必须诞生。他的意思毋宁说是好的解释是一个易于记忆的简单解释和适合许多不同观察事实的解释。用毛帕求斯的自然神论见解，自然规律是一个简单目的论目的的实现，来说明这一点，会是一个吉朋式的错误。马赫不是说，自然界是一位经济学家；他说的是，形成观察经验现象规律的科学家，基本上是一位经济学家或经济家。



不过，我必须指出，我们这样说几乎由于重合，这些不同的作用是密切相关的。物理学家如果能用一个最大原理形成观察的规律，他常常得到一个更好的、更经济的自然界的描述。经济学家常常能用同一种方法得到一个更好的、更经济的经济行为的描述。

## ■作品赏析

演说伊始，萨缪尔森就点出了主题：“经济学，本身提示经济化和最大化。”换句话说就是，经济学研究的是人的行为，是理性人的利益最大化行为。他指出，在现实生活中，完全可以用某个最大（最小）化问题的解，来阐述人类的许多经济行为。萨缪尔森在这篇演讲中谈到了自己的一次亲身经历，他在伦敦和纽约的交易所里研究商品价格是如何波动的，一开始毫无头绪，不知道该如何下手，但是一闪念间问题突然变为能解了，突然悟到交易所里商品价格市政描述可以解释为一个良好定义的最大问题的必要和充分条件。这次经历的加入，让演讲马上变得生动起来。诺贝尔经济学奖的获奖演说有很高的学术性，通常情况下，一般听众是难以听懂其中蕴含的深义，然而，萨缪尔森却做到了用简单、朴实的语言，深入浅出地讲述经济学中某个根本性的问题。

### ⊙演讲者简介⊙

萨缪尔森，出生于美国印第安那州的加里城。15岁时就考入芝加哥大学，专修经济学。1935年毕业，获文学学士学位，第二年获得哈佛大学文学硕士学位。此后，萨缪尔森一直在麻省理工学院担任经济学教授。萨缪尔森是天才的经济学家，他的研究涉及经济学的各个领域，是世界上罕见的多能学者。他的巨著《经济学》被翻译成多种文字，在全球销量达到1000多万册。他的经济思想，成为许多国家和地区制定经济政策的理论根据。直到现在，不少国家还将《经济学》作为高等学校的专业教科书。1947年萨缪尔森获得美国第一届克拉克奖章，1970年获得诺贝尔经济学奖。萨缪尔森一生的主要著作有：《经济分析的基础》、《经济学》、《线性规划与经济分析》。

# 风险与效益通常是并存的

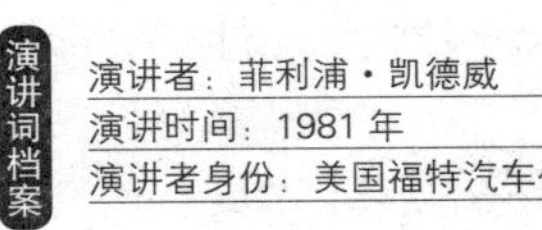


## ■历史背景

福特公司在激烈的市场竞争中始终立于不败之地，很大程度上得益于它勇于创新、敢冒风险。20世纪80年代初，福特公司由于旧的经营管理体制的弊端陷入困境。菲利浦·凯德威作为总裁，发表了这次演讲。

## ■原文欣赏

事实上，风险与效益通常是并存的。探查、实验、冒险和创新都隐含着风险，也正是人类发展臻于成功境界的首要推进力。

整个社会体系也是如此，为求得进步，它也必须勇于尝试，承担风险。

假若前人缺乏冒险精神，今天就不会有电源、激光光束、飞机、人造卫星，也没有盘尼西林和汽车……成千上万的成果将不可能存在。

试想，如果人们完全针对电力可能造成的人体伤害来看事情，那么公元1882年于纽约建造的第一座发电厂根本不可能会存在。如果有人极力倡言电击的损伤性，今天我们只有借着烛光视物的份了，可是我们知道，烛火也可能引发火灾呀！

因此，社会势必需要承担更多必要的风险。近些年来，为降低各种风险率，制定了许多强制的法规。当然，保护消费产品、清扫环境和维护全民健康是正确之途。然而，若是实施过甚，塑造成为一个没有冒险的世界，我们必将面临重重危机。

譬如，坚决反对改造和资源开发的环境保护主义必然严重威胁到经济体制的生机。凭借着社会生态学之名，因而使得国家未能完全发展，同时也增加了石油、煤矿开采、输油管和炼油厂建造的成本。

更有甚者，各政府官员致力于根绝各项事务的风险率，使得社会愈发趋于窒息。美国《新闻与世界报导》中引证科罗拉多州立大学所做的统计数字，全美出产的汉堡包食品必须遵循总计41000条联邦和州立规章、200条法令。我不清楚大家的看法如何，就我个人而言，我希望我所吃的汉堡包不要掺杂太多的政府因素在内。

当然，意欲将风险率降至零指数的政策势必与现实真相相抵触。它必然要枯竭创造力，杜绝创新并彻底破坏现有的企业机械装置，方能达到目的。

## ■作品赏析

这篇演讲虽然简短，但是却非常精辟地论述了风险的性质，以及人们对待风险的不同态度会带来什么样结果。一开始，凯德威就强调了风险的作用，“假若前人缺乏冒险精神，今天就不会有电源、激光光束、飞机、人造卫星，也没有盘尼西林和汽车……成千上万的成果将不可能存在”。由此得出社会势必需要更多必要的风险的结论。随后指出，当前社会有过度防范风险的倾向，假若这样的防范风险的法律过度实施，那么世界将会面临重重危机。凯德威主张，

面对风险敢于尝试，勇于承担风险；反对意欲将风险降至零指数的做法。凯德威的这些看法是福特汽车公司不断进取的经验之谈，也是对20世纪晚期美国经济实力日趋衰退的弊病的诊断。演讲有理有据，旁征博引，有很强的说服力和可读性。

⊙演讲者简介⊙

亚菲利浦·凯德威，出生于普通家庭，大学毕业后加入福特汽车公司。1970年代进入福特汽车最高管理层，与亨利·福特二世、艾柯卡组成最高三人组。1980年3月，出任福特汽车公司的CEO。当时，福特汽车公司陷入严重的危机，管理混乱，财务上出现了高达14亿美元的巨额亏损。凯德威上任后，以极其审慎的管理给公司带来转机，使公司赢利能力不断加强。

# 质量是企业的生命

演讲者：石川馨（1915 ~ 1989）
演讲时间：1981年
演讲者身份：日本著名企业家

## ■历史背景

1973到1975年世界经济危机过后，西方经济陷入长期的“滞胀”。世界经济的重心开始由欧美向亚太地区转移，日本经济经过长期的高速发展，已经超越德国，成为世界第二大经济强国，日本的高速发展得益于企业界先进的管理理念。欧美企业经营粗放，产品质量问题较大，而日本企业则普遍重视产品质量，重视产品质量管理理论的研究和实践。石川馨是日本当时最著名的质量管理专家，他把质量问题提高到一个战略高度，并对质量问题有着自己独到的见解。这篇演说，阐述了他对质量问题的看法。

## ■原文欣赏

实行质量第一，从长期来看利润会增长；在短期内实行利润第一，从长期来看会在国际竞争中失败，会失去利润。以质量第一的思想进行经营，消费者的信赖就会逐步提高，产品的销路就会逐步扩大，从长期来看会得到大的利益，能够进行稳定的经营。实行利润第一，即使在短期内得到利益，但从长期来看常常会在竞争中失败。

质量第一说起来简单，但一遇到实际问题马上就容易转向利润第一。虽

说作为方针是质量第一，可到现场一看，净在讨论降低成本的事。而且，现在还有人认为：提高质量，成本会提高，利润会降低。当然，提高设计质量，一般来说成本会提高的。设计质量必须根据消费者的需要和国际形势而定。

然而，提高了实际质量，不良缺陷就会减少，直通率就会提高，废料、返修、调整、检查的成本就会减少，成本就会大大降低，生产率就会提高。不这样做，工序的自动化便不能实现，无人工厂也不能建立。而且设计质量提高了，销售额就会骤增，结果是成本降低，利润增长。

这一点通过日本和美国的汽车、彩色电视机、集成电路、钢铁等产业的竞争结果也可表明。近来，美国的一些有识之士也终于开始认识到这一点。美国还残存着旧式的资本主义，由股东、会长或董事会来选拔公司经理。被选拔上的公司经理不迅速提高利润就有被解职的危险，所以顾不上考虑长期利益，而实行短期利润第一，结果在与日本的竞争中失败了。

例如汽车，美国从1970年前就为了与日本车对抗而生产中型汽车。卖一台车的利润额，大型车比小型车多5～10倍，所以他们没有热心研究小型汽车。其结果消费者纷纷购买尽管价格较高，但可靠性高，又节省能源的日本车。

不论是在钢铁业，还是在汽车、集成电路产业，美国人都没有尽力进行设备投资来谋求长期利益，在设备的现代化上落后了。而且最近，美国的证券交易所规定每三个月发表一次决算书，这越发使经营者变得“近视”了。此外，还有的经营者因为没有精力从事企业经营了，所以想把公司卖掉就此了事，舒舒服服地度过晚年。如果不考虑企业的社会责任，不考虑职工，则不可能使与企业有关的人们幸福，则难以获得长期利益。

一般说来，越是上级经营者、管理者，其上级就越要以长期的眼光来评价他们。例如对公司经理、事业处长、厂长等，如果不以3～5年的长期成绩来评价，他们就会为短期利益奔跑，忘掉质量，不进行设备投资，失去长期利益。



## 作品赏析



在演讲中，石川馨从质量和利润的关系出发，阐述了企业长远利益和当前利益的关系。“实行质量第一，从长期来看利润会增长；在短期内实行利润第一，从长期来看会在国际竞争中失败，会失去利润。”以此为据，石川馨自然地提出自己的观点：质量问题必须放到战略的高度，引起足够的重视。随后，他分析了美国在彩电、集成电路、钢铁业上败于日本的原因，进一步强化了演讲的

主题，让“质量第一”的意识深入人心。同时，石川馨还指出，要实现质量第一，就要改革企业管理体制，对公司经理的评价要以长期为主，才能使他们不过分追求短期利润。

这篇演讲紧紧围绕质量第一的主题，说理透彻，切中实际。石川馨不仅提出了观点，也给出了相关措施，对日本企业的发展有着不可估量的指导意义。

**⊙演讲者简介⊙**

石川馨，“质量控制圈”之父，日式质量管理的集大成者。1915 年，出生于日本。1939 年，从东京大学工程系毕业。1960 年，获得工程博士学位。他写的《质量控制》一书曾获“戴明奖”、“日本 Keizai 新闻奖”和“工业标准化奖”。1971 年，他的质量控制教育项目获得美国质量控制协会“格兰特奖章”。在石川馨的学说中，强调有效的数据收集和演示。

演讲者：科特勒（1931 ～ ）
演讲时间：1986 年 6 月
演讲地点：北京外贸大学
演讲者身份：美国著名营销学家

# 经营必须以用户为中心

## ■ 历史背景

为了促进营销学研究的发展和在实践中的正确应用，中国企业界和学界展开了广泛的国际交流。在这样的背景下，营销学大师科特勒来到中国，通过这次演讲阐述了他的营销理念。

## ■ 原文欣赏

从中国历史上看，我发现中国社会阶层中，最高一层是学者，即中国人所说的“士”，最低层则是商人。当然，这只是在过去。现在时代变了，中国也希望商人能壮大起来，为社会作出贡献，而学者们则为他们出谋划策。

中国发展经济，市场营销会受到越来越多的重视。现在，我想以市场营销学者的身份来谈谈这方面的问题。

许多人并不了解市场营销，他们认为营销就是努力推销已生产出的产品，而实际上，市场营销的新观念却是生产那些能够卖出去的产品。所以我们应当把市场营销与推销区别开来。市场营销是一个含义更广的概念，在你还没有生产出什么产品之前，它已经开始了。“生产什么产品”是一个市场营销

问题，即："如何设计产品？""顾客在购买一种产品时，他们的实际需要是什么？想得到什么利益？"这些问题，都要通过营销调研来解决，在产品生产出来之后，我们要开展促销活动和推销活动；产品售出之后还要考虑服务问题。因此，市场营销活动是没有止境的，在产品投产之前，市场营销已经开始，在生产和销售过程中以及在售出之后，我们还要确定顾客是否已得到满足。市场营销的目的是满足人类需要。人类需要是到处可见的，可通过各种不同方式来满足。市场营销所采取的方式是使产品具有吸引力，定价合理，使买主感到满意。这就是我们对市场营销的理解。

现在，我用一种特定方法来描述市场营销，我称之为"10P's"法，大家都知道"4P's"，但我要给你们一个更广的概念——"10P's"，中国将是最早听到我这个概念的国家之一。"4P's"可以这样表述：如果公司生产出适当的产品，定出适当的价格，利用适当的分销渠道，并辅之以适当的促销活动，那么该公司就会获得成功。这已经成为一个有用的公式。我把"4P's"称为市场营销的战术。这里的问题是，你如何确定适当的产品、价格、渠道和促销？这就要由市场营销战略来解决了。

下面我来解释战略上的"4P's"。战略"4P's"的第一个"P"是探查。这是一个医学用语。医生检查病人时就是在探查，即深入检查。因此，"4P's"的第一个"P"就是要探查市场，市场由哪些人组成，市场是如何细分的，都需要些什么，竞争对手是谁以及怎样才能使竞争更有成效。真正的市场营销人员所采取的第一个步骤，就是要调查研究，即市场营销调研。

第二个步骤是分割，即把市场分成若干部分。每一个市场上都有各种不同的人，人们有许多不同的生活方式。有些顾客要买汽车，有的要买机床，有的希望质量高，有的希望服务好，有的希望价格低。分割的含义就是要区分不同类型的买主，即进行市场细分。

但是，你不能满足所有买主的需要，必须选择那些你能在最大程度上满足其需要的买主，这就是第三个步骤：优先。哪些顾客对你最重要？哪些顾客应成为你推销产品的目标？假定你到美国去推销丝绸女装，你必须了解美国市场，必须分出各种不同类型的买主，即各类女顾客，必须优先考虑或选择你能够满足其需要的那类顾客。

第四个步骤是定位。定位的意思是，你必须在顾客心目中树立某种形象。大家都知道某些产品的声誉。如果你认为"梅西德斯"牌汽车声誉极好，那就是说，这个牌子的市场地位很高；而另一种汽车声誉不好，就是说它的市场地位较低。因此，每个公司都必须决定，你打算在顾客心目中为自己的产

品树立什么样的形象。你一旦决定了如何定位，便可以推出四个战术上的“P”。如果我想生产出世界市场上最好的机床，那么我就应该知道，我的产品的质量要最高，价格也要高，我的渠道应该是最好的经销商，促销要在最适当的杂志上作广告，还要印制最精美的产品目录，等等。如果我不把这种机床定在最佳机床的位置上，而只是定为一种经济型机床，那么我就采用与此不同的营销组合。因此，关键是怎样决定你的产品在国内或国际上的地位。

现在你也许要问，另外两个“P”是什么？我把另外两个“P”称为“大市场营销”。我认为，现在的公司还必须掌握另外两种技能，一是政治权力。就是说，公司必须懂得怎样与其他国家打交道，必须了解其他国家的政治状况，才能有效地向其他国家推销产品。二是公共关系，营销人员必须懂得公共关系，知道如何在公众中树立产品的良好形象。

现在我已讲完了 10 个“P”，我再说一遍，一个营销人员必须精通产品、地点、价格和促销。为了做到这一点，你必须先做好探查、分割、优先和定位，最后，还有权力和公共关系。

此外，还有第 11 个“P”，我称之为“人”。或许，这个“P”是所有“P”中最基本的一个，它的意思是理解人，了解人。这一点对所有的营销人员都是重要的。如果你经营一家旅馆、一家航空公司，或是一家银行，你必须擅长管理人——你的下属，因为是这些人与顾客打交道。你必须训练他们学会礼貌待客。帮助你的下属做好工作的问题，叫做“内部营销”；满足顾客需要的问题，叫做“外部营销”。有时一个公司的最大问题是内部营销的问题：使你的下属承担起全部为顾客服务的义务。整个市场营销的要领，在于满足顾客的需要。因为我们都希望有不断重复的销售，希望顾客再次登门购买。而达到这一目标的唯一途径，就是满足顾客的需要。一个得到满足的顾客就会再来购买，也会告诉他的朋友，说你的产品非常好。这就是舆论。你当然希望有好的舆论。如果顾客没有得到满足，他就会向他的朋友抱怨你的产品，而且，一个不满意的顾客会传给 10 个人，一个满意的顾客只会传给 5 个人。所以应当十分注意提供良好服务的问题。

日本有一种了解顾客态度的新方法，他们叫“顾客时刻反馈”。这是什么意思呢？这就是假如他们卖给某人一辆汽车，两个星期后，他们打电话给这位买主，问他“喜不喜欢这辆车？”买主说“喜欢”，他们又问“如果想改进这种汽车应当怎样改进？”那人就会说，“我希望车尾行李箱大些”，或者“我希望前窗和后窗都有刮水器……”他们记下这些意见，并转给工厂，要工厂改进产品。于是，他们从“顾客时刻反馈”，发展到“时刻改进产品”。

这就使他们的产品日新月异，质量不断提高。因此，我们希望所有的人（工人和管理人员）都来关心产品，都要问一问自己："我是否愿意买这种产品？"经理也要问一问"我是否愿意让我妻子来买这种产品？"只有当你认为应该让你的妻子和亲属来买你公司的产品时，你才能为你公司的产品感到自豪。这就是市场营销哲学。

有这样一个很著名的故事。美国一家制鞋公司正在寻找国外市场，公司总裁派一个推销员到非洲的一个国家，让他去了解那里的市场，这个推销员到非洲后发回一封电报："这里的人不穿鞋，没有市场。"于是公司派出了第二名推销员，他在那里待了一个星期发回了电报："这里的人不穿鞋，市场巨大。"现在让我们来判断一下，哪一个推销员是市场营销人才？第一个显然不是，而只是一个收取订单的人，没有订单，他也就无所事事。第二个也不是营销人员，而只是个推销员，因为他认为，"我可以推销任何东西，尽管人们不穿鞋，我也能让他们穿上"。什么是营销人员呢？第三个才是。他在非洲待了三个星期，发回了电报："这里的人不穿鞋，但有脚疾，需要鞋；不过我们现在生产的鞋太瘦，不适合他们，我们必须生产肥些的鞋。这里的部落首领不让我们做买卖，除非我们搞大市场营销。我们只有向他的金库里进一些贡，才能获准在这里经营。我们需要投入大约1.5万美元，他才能开放市场。我们每年能卖大约2万双鞋，在这里卖鞋可以赚钱，投资收益率约为15%"。你看他做了些什么呢？他并没说我可以"卖鞋"，他说明了这里需要什么鞋，投资收益率如何，怎样通过卖鞋赚钱。所以，营销人才必须懂得市场调研、产品设计、财务核算，等等。

总之，市场营销是一门复杂的学问，在经济增长过程中，市场营销能起很大作用。令人不安的是，大多数发展中国家在制定经济计划时，只让经济学家参加，但我知道，经济学家在考虑问题时与营销人员有所不同，经济学家常思考一些宏观经济问题，但不了解市场上的行为，譬如，买方和卖方对不同的刺激因素实际上有什么反应。因此，我希望政府各部门在制定经济计划时，吸收优秀的、经过良好训练的市场营销人员参加，因为他们了解市场上的人类行为、投资行为、工人行为，等等。这样会使计划更有效。




## ■ 作品赏析

一开始，科特勒简单叙述了商人在中国的地位，拉近了与听众的距离。在结合4P's理论阐述他自己的10P's理论时，他用中国将是最早听到他这个概念的国家以吸引听众的注意力，"现在，我用一种特定方法来描述市场营销，我

称之为‘10P’s’法，大家都知道‘4P’s’，但我要给你们一个更广的概念——‘10P’s’，中国将是最早听到我这个概念的国家之一”。之后，他结合4P’s，详细阐述了自己的理论，让听众对自己的理论有个全面准确的理解。最后，科特勒指出了中国在营销方面存在的问题和隐忧，鼓励听众认同营销、关注营销，而且他呼吁政府也要重视在这方面的认识。这篇演讲给中国的营销事业带来新的理念，注入了新的活力。

营销学是一门非常复杂的理论，要让听众接受和理解，就必须用通俗的语言表述，科特勒做到了这一点。他的演讲倾向于口语化，句式和语言都很简单，条理也比较清晰，而且还用事例来作说明，收到了很好的效果。

**⊙演讲者简介⊙**

科特勒像

科特勒是现代营销学的集大成者，被誉为“营销学之父”。他是美国西北大学凯洛格管理研究生院国际营销学终身教授，曾获得芝加哥大学经济学硕士学位和麻省理工学院经济学博士学位。在对美国40年来经济发展的观察和研究中，科特勒成就了完整的营销理论，培养了一代又一代大型公司的企业家。他著述甚丰，其中《营销管理》一书更是被奉为营销学的圣经，此外还有多部著作被采用为教科书。他的理论贡献体现在营销战略与规划、营销组织、国际市场营销、社会营销以及高科技市场营销等领域。他提出的诸如“反向营销”、“社会营销”等概念，被许多企业广泛应用和实践。

# 对国际货币体系的思考

演讲者：罗伯特·蒙代尔（1932～ ）
演讲时间：2007年5月3日
演讲地点：亚洲协会香港中心
演讲者身份：世界品牌实验室主席，“最优货币区理论”首创者

## ■ 历史背景

2000年以后，美国放宽信贷，美国人的消费和投资需求大大增加，这种需求推高了房地产价格，并反过来刺激信贷更大规模的扩张，再加上投资公司在此基础上大量制造次级债产品，并层层转售，美国房地产系统和金融体系存在着巨大的资产泡沫。2007年上半年，美国次贷危机正在蔓延，大规模的金融危机尚未爆发，作为对美国乃至整个世界金融业都有深入了解的经济学家，蒙代尔对全球金融业有着深深的担忧。2007年5月，在亚洲协会香港中心他发表了这篇有关国际金融风险的演讲。

## ■原文欣赏

非常感谢罗尼精彩、热情的介绍。大约10天之前，我正要离开纽约。我不得不在2点钟离开公寓时，听说了查理·罗斯要采访汉克·鲍尔森，因此我打开电视机，正好赶上前半小时的采访。那时，他正在回答第一个问题——他被问到了一些细节的问题，但他回答说“我想先谈一些大体上的情况”，即在他看来，世界经济正处于最佳状态。在他的一生中，他从不知道世界的经济会存在一个比当前状态更好的时期。我完全同意这一观点。

我认为这是一个非同寻常的时期。在这个时期内，五大经济体系——当然我们关心的是整体经济，美国、欧洲、日本、中国和印度这五个至关重要的经济体正在快速地共同发展，当然速度各不相同，但是这种情况已经多年未见。日本在很长一段时间内都处于萧条、停滞的状态，因为在1985～1995年这段时期内，日元兑美元的汇率增长了三倍，这对于日本经济来说具有毁灭性的打击。

然后鲍尔森开始了他最喜欢的话题：中国。据说他在担任财政部长期间，曾经65次访问中国。我只去过中国40次，所以我认为他比我知道的多得多。但接下来当他开始谈论在中国发生的事情时，他是站在美国立场上的，比如中国的汇率虽然有少许的上升，但上升的速度还不够快，他所谈到的这些老一套内容我们已经听了很多年。他还谈到了美国赤字的问题，以及由它们引发的全球失衡。

说起全球失衡，人们总把它当做美国贸易赤字的代名词——8000亿美元，是美国去年、前年GDP的6%和7%。但是即使如此，世界经济仍处于有史以来的最佳状态，而巨大的贸易赤字问题就像断层一样横亘在经济中，这是不是一个很有趣的现象？你还可以加上一些其他糟糕的事情。去年9月份在新加坡举行的国际货币基金组织会议上——国际货币基金组织一年一度的会议——一个重大的问题是，国际货币基金组织正在亏损。它虽然不会倒闭，但它处于亏损中，因为它的收入已经减少。因此这些似乎对经济不利的情况，以及两大问题——美国赤字和国际货币基金组织的问题（这其实并不是一个真正的问题，只是看起来像）——联系到了一起。

首先，看一看国际货币基金组织的问题。当世界依靠新兴市场而运转良好的时候，是不需要投入资金的。人们没有必要向基金组织贷款，所以国际货币基金组织对此也不加以注意，因为世界是健康的。就像人人健康的时候，医院就会倒闭，国际货币基金组织就像是一位金融医生，它与世界经济的健

康息息相关。

另一方面可能有些难以理解，即美国赤字对世界经济有着特殊的作用。其他国家的经济健康，很大程度上是因为它们大多在国际收支方面有很大的盈余。不仅是中国——当然中国的盈余更加高一些——俄罗斯和许多其他国家也是这样。这些国家大多数都处于良好运转的状态——比它们过去的任何状态都要好。但是，如果没有美国的赤字，它们不可能拥有这么多盈余。对于世界经济而言，美国的赤字就像是一种燃料。它提供了流动性。我们也正生活在一个流动性极强的世界中。也许这个世界的流动性从来没有像现在这样强过。这样有好的一面，也有不好的一面，因为它可能造成某种程度上的通胀压力，但事实上是美国赤字经济的运转创造了这一切，这不是任何一个有财政赤字的国家都可以达到的。许多国家都有财政赤字，但能够推动世界经济额外增长的只有美国的赤字经济。

这是为什么呢？因为第一次世界大战开始之后，美国从 1915 年开始转为债权国，美元代替英镑成为主导货币。在接下来的 20 世纪中，美元一直是主导货币，并在某种意义上统治着世界经济。我不想就这一情况如何产生作长篇大论的演讲，但请大家想一想，在一战前夕，美国的经济实力就已经比之后三个经济大国加起来还要强大。因此，美元早已做好了准备，伺机取代英镑成为主导货币。当英镑在一战期间开始变得不可兑换时，美元一举完成了这一计划。随着时间的推移，我们经历了我称之为“五个美元标准”的时期。

“第一代美元标准”发生在 1915 至 1924 年间，那时美元是唯一的主要货币，并且已经成为一种价值单位。而后，世界急剧倒退回金本位制，直到 1931 年英国放弃这一制度；1933 年，美国开始实行浮动汇率。但是在接下来的“第二代美元标准”时期，美国加速美元的贬值，抬升黄金价格，一直持续到 1971 年。此后的通货膨胀和很多事情都是由此而起。黄金的价格保持不坚挺，但供给日渐不足，在当时的制度下，美国不得不拿出自己储存量一半以上的黄金来出售。在 1971 年的某个时间，美元和黄金脱钩，从而结束了“第二代美元标准”。在 1971 年中接下来的四个月，美国退回了一种纯粹的美元标准，即美元不能与黄金自由兑换。这种情况仅仅持续了一年半的时间，被称为“第三代美元标准”。1973 年，世界各国全面实行浮动汇率制度，不过这并没有结束美元标准，因为在世界经济中，美元依旧是占主导地位的价值单位，是支付媒介和国际储备的首选，就像今天一样。从 1973 到 1999 年是“第四代美元标准”，然后欧元也参与了进来。

欧元开创了“第五代美元标准”，也就是我们现在身处的这一时期。欧元带来的变化在于，它改变了国际体系中的力量配比，因为自从英镑在一战过后闪现的一点希望之后，再没有什么可以挑战美元的地位，直到欧元的出现。

欧元诞生后，立即将日元推上了世界排名第三的位置，自己也成为了世界第二大货币。这是一个注定要成长起来的地区——现在已经拥有 13 名成员，斯洛文尼亚也在今年加入其中。接下来的一两年内会有其他 7 个国家加入欧元区，按照我的设想，最终会有 27 个成员国，而且欧盟的所有成员国都会在几年之内加入。也许英国会是一个例外，当然这只是也许。至于瑞典，又有谁能说得准呢？丹麦，我相信它很快就要加入其中。除了英国不能确定之外，所有的欧盟成员国都会在不久的将来都加入欧元区。英国可能成为例外是因为，英国显然是未加入欧元区的国家中最大的一个，而且有着自己的历史角色。英镑就是英国的历史角色，它与英国密不可分。英国人沉湎于英镑的历史地位中，却没有意识到英镑现在已经在世界货币中排行第五了。在过去的两年中，它已经被人民币从第四位挤到了第五位上，尽管人民币仍然不可自由兑换。

以上就是过去发生的事情。但是这些和美元标准又有什么关系呢？在座的一些上了年纪的人应该还记得 20 世纪 60 年代发生的论战。在 20 世纪 60 年代，固定汇率体系以美元为基础，美元被设定为可以自由兑换黄金。随之而来的重大问题是，一方面美国的国际收支出现逆差，另一方面是如果美国消除这一逆差将会带来怎样的风险。

当时有一位在耶鲁大学任教的比利时教授——著名的货币经济学家罗伯·特里芬，他以自己的名字命名了“特里芬难题”。这个难题是：如果美国解决了国际收支问题，也就是让其他国家停止购买美元资产，减少造成美国贸易逆差的美元资产数量……如果美国解决了这个问题，那么世界将会缺乏流动性，也许还会出现 1929 年那样的通货紧缩。而从另一方面来讲，如果美国不解决这一问题，则会出现美元危机，因为美国无法将美元兑换成黄金。所以这是一个悖论。

然而，现在我们却正在重复这个故事，只不过这次不是赤字。问题并不在于将美元兑换成黄金或者其他，而在于如果美国没有解决收支平衡的问题——在过去的两年中美国每年都要亏损 8000 亿美元——它将面临什么样的后果。现在亏损依旧，而且将来变得只会多不会少。美国能够负担 8000 亿元的赤字吗？如果它能做到这一点，那么会不会出现破产或者类似的情

况？这便是风险所在。另一方面，如果他们解决了这个问题，世界将会大大停滞，因为世界上不再有可供其前进和发展的流动性资金。因此，从某种程度上看，这似乎就是目前的情况。

我陈述的这些观点使我看起来像是一个美元悲观论者，但事实上我并不是。美国的地位并不像它所表现的那样处于劣势。美国有 8000 亿美元的赤字，相当于现在 GDP 的 6%，但这在美国总资本中只占很小比例，它其实只占美国资产总额的 1.5%，这是很小的一个数额。或者换一种方式来看，每当美国出现赤字时，它的债务也在增加，因此我们看到美国现在有将近 3 万亿美元的债务。也许美国有 13 万亿美元的债务和 10 万亿美元的海外资产，所以才有了这 3 万亿元的赤字，这些不足 GDP 的 25% 虽然这个数字在增长，赤字也在增长，但是 GDP 的 25% 却只占美国资产总额的 6% 或 7%，这听起来不算太糟糕，而且这种情况还能维持很长一段时间，因为只要美国的资本存量与国外债务按照同比率增长，就没有必要过于紧张。

现在，这一赤字会对美元造成威胁吗？当然会。但是自从我们在 1970 年采用了浮动汇率制后，美元便经历了一轮深刻的周期循环：在上个世纪 70 年代末下跌；在 80 年代初里根的扩张政策影响下回升；80 年代到 90 年代初期，也就是 1994 年，再次下降；90 年代末期到 2001 年底急剧上涨；之后全球发展态势放缓，美元随之下跌；然后上涨，随后再下跌。这就是循环发展的过程，经历的时间并不算长。事实是，每逢美国经济衰退，美元就会被削弱。如果美国经济放缓，那么美元会随之下跌。如果美国经济继续扩张，那么美元也会保持强势。这就是这个体系的规律。

那么，为什么会有 8000 亿美元的赤字？为什么赤字还将持续下去？其实道理非常简单。你可以通过一个非常简单的模型来考虑赤字问题。你不必考虑美国的预算赤字，因为美国现在的预算赤字很小，只占 GDP 的 1.5%，远远低于日本、欧洲和大多数的国家，所以谈不上是预算赤字。美国的贸易赤字，也就是经常账目下的赤字，才是真正受需求影响的。这种影响不单单来自于美国，还包括世界上的其他国家和他们对美元资产的需求。这就是我能够想出来的简单模型。一些学者很可能会认为这还不够复杂，但是请好好想一想，想想其他国家持有的美国 9 万亿美元的债务和资产。为了简便，我将它们化为了整数。美国的资产是 9 万亿美元，世界其他国家的 GDP 总和是 45 万亿美元。因此美国拥有的国外资产是用 9 除以 45，结果是 1/5，或者 0.2。这是一个基本逻辑，接下来让我们沿着这一假设展开。假设名义国内生产总值上涨了 10%。“名义”意味着增长乘以通货膨胀。

这个数值也许有点高，但我们姑且这样假设。当然，中国的名义 GDP 正在以 14% 的速度增长，不过我们假设世界的增长率是 10%。那意味着，如果我们认为其他国家所持有的美国资产比率保持不变，那么这些国家的资产将会在现有基础上增长 10%，他们所拥有的 9 万亿美元资产上涨 10% 换句话说，他们的资产每年都会增加 9000 亿元。这是他们对资产的需求，也正是美国赤字的所在。

接下来的问题是美国如何提供这些资产。美国是世界上唯一一个能够产生未来收入流的国家，因为人们对美国的信心、人口的增长，以及美国未来的发展态势都极其强劲，正是这种收入流提供了资产。与其相辅相承的是，资本的流入保持了较低的利率和较高的支出，财政完全处于支出超过收入的状态，从而形成了美国的赤字。美国赤字的数目，就是它消费超过收入的部分。换句话说，它的消费比产出多了大约 6%。

现在，情况听上去很糟糕，不过随着美国的不断强大，它完全可以处理这些问题，这并不是什么大问题。但是我们不得不给予足够的关注，我们知道，在某些情况下，它确实会成为问题。因为如果世界上其他的国家开始产生优于美国的收入流，或者美国的收人流变得不受信任，那么接下来情况就会发生转变，并可能导致危机。不过我认为这种情况在接下来的 2 年、3 年或者 5 年中都不会出现。我更倾向于认为那是 10 年或 15 年之后的事情，况且我们还在思考它是否真的会发生。这不是一个大问题，但它有可能会成为问题，并且在一些人看来，问题比我认为的要严重得多。



那么，接下来会怎么样呢？你看，世界上所有的公司都希望自己的投资组合中有美元资产。美元已经和作为一个国家而言的美国大大地分离开来，因为美元是国际货币，是价值单位，所有人都希望得到美元资产，或者是得到以美元计价的资产，并为此不懈地努力。它可能是保险公司，也有可能是外国的央行。现在外国的央行大约持有 5 ~ 6 万亿美元的外汇储备，这决定了外国央行对国际资本流动性具有一定的掌控力。中国拥有其中的 1/4，日本拥有不到 1/4。因此这些国家在体系中有着举足轻重的地位。



现在，当美国继续发展并且谈到这些问题时，不会讨论以下的内容，我们首先必须考虑中国的经济。让我们先回顾一下历史，关于美国赤字的历史是怎样的？人们对它有什么看法？

在整个 19 世纪中，美国都存在着赤字问题。它靠借款来修建铁路、扩大国土，到了 1915 年，美国已成为债务大国。但是在 1915 年，欧洲、英国和日本将他们在美国的资产售出，从而使美国成为债权国和盈余国，开始形

成美国贸易顺差。在1915年之前，美国是一个债务国，而且大多都会出现赤字，但是在1915年之后，它成了债权国，并且有盈余出现。此后美国几乎一直处于盈余状态，从1915年持续到1975年。自1915年之后，美国的盈余情况持续了将近60年的时间，每年都会盈余40～50亿元，美国由此确立了自己债权国的地位。这样的状况在1975年达到了顶峰，然后情况开始出现逆转。我们开始采用浮动汇率制，情况开始转变，美国开始出现赤字。1975年美国处于债权国的顶峰，之后从这一位置滑落并持续地下降，赤字就随之一直存在。1990年已经达到了基准线，美国从债权国变为债务国。之后，下降依然持续，美国欠下的债务越来越多，现在——就像我之前说过的——已经达到了3万亿美元的赤字，或许还要更多一点。

在这一连串的事件中，中国没有参与其中的任何一件，与它们没有任何的关系。美国在债权国地位和债务国之间的地位变化有其自身的规律。根据国际收支平衡的理论，以及美元在浮动汇率下所扮演的越来越重要的角色，这一点可以得到很好的解释，因为随着汇率浮动，人们需要比在固定汇率下更多的储备。在上个世纪70年代，提倡浮动汇率制的人说道："哦，有了浮动汇率，你就不再需要储备。"但事实却恰恰相反，每个人在浮动汇率制下都需要越来越多的储备。贸易和每一件事情牢牢地联系在了一起，因此整个理论发生了改变。

现在，我们来看看赤字其他方面的问题。如果美国有8000亿万美元的赤字，那么盈余去了哪里呢？目前为止，在过去的三年中相对于美国赤字而言，盈余最大的国家是那些石油出口国。石油价格上涨使石油出口国的盈余增加，这些国家的盈余总和大约有4000到5000亿美元，这是目前所有盈余中最重要的一部分。

为什么鲍尔森先生、美国人民和国际货币基金组织绝口不提石油出口国的流通问题，而只是谈论中国呢？因为他们根本无法一本正经地讨论它，这个问题太荒谬了。在浮动汇率制下想要不妥善处理与石油相关的收支平衡问题，这实在是可笑至极。

盈余的另一部分来自中国和日本，这两个国家的盈余总和将近4000亿美元。去年中国的盈余第一次超过了日本，而日本的盈余状况却回到了20世纪80年代的水平。自1980年以来，日本的国际收支和经常项目账户上年年出现盈余，在20世纪80年代的里根总统时期就达到了1500亿美元。尽管这期间有涨有跌，但现在仍然维持在1750亿美元的水平。在这期间，日本始终保持着盈余的状态。上世纪80年代，美国不满意日本的这一状况，

所以说日元必须升值。因此在 1985 年，以美国为首的 5 国——SGR 之外的 5 个最大的国家——起草了《广场协议》，降低美元的价值，这是日元升值的又一个迹象。在 1985 年签订的《广场协议》中，1 美元可兑换 240 日元。10 年之后，1995 年的 4 月份，美元贬值到 1 美元兑 78 日元；取整 80 日元的话，即从 240 降到了 80 日元。在这 10 年期间，日元相对美元上涨了三倍。当然，所有这些惊人的情况都体现在当时的日本经济上。尽管石油产业和所有其他产业都在试图挽回损失，但最终，这次升值还是几乎断送了日本的经济。它制造了银行体系中的不良贷款，并在很长一段时间造成了经济上的萧条。

一年前我在日本和小泉探讨了这个问题，他说他非常……报纸上首次表示日本已经结束了通货紧缩，日本在很长一段时间内都处于通货紧缩的状态。上一次我到日本去是在 3 月份，恰好看到报纸报道，自 1990 年以来，房地产价格第一次没有下降。从 1990 年到今年的 3 月份，房地产的平均价格一直在低位上徘徊，然后开始回升。因此这一惊人的影响……

因此现在没有人会再说出那样的话，而在几年前的 7 国会议上，这些国家曾经表示，亚洲国家应当让自己的货币升值。但是现在“亚洲国家”已经不再是日本和中国的代名词，而是只针对中国，因为在日本遭受毁灭性的打击之后，没有人再去强调日元升值的问题了。人们开始认识到，日本的经常账目盈余在很大程度上来源于它的统计方式。日本人习惯于为养老而进行存款和对外进行投资，这对他们来说是很自然的事情。现在问题转向了中国，中国在盈余国家属于“后起之秀”。中国的盈余仅仅是在最近的 3 至 4 年中才开始变得显著起来，并引来其他国家的瞩目。

然而中国发生的这些情况无法解决美国遇到的困难，它不能有助于解决美国的赤字问题。连格林斯潘都曾经表示，即使改变中国的贸易顺差状况，这部分盈余也只是会转移到其他国家去。这就是他的理论，因此这不是解决问题的方法。

因此把问题归因于对华政策的观点，也许是错误的。在 1994 年，中国在国际货币基金组织的主张下有过一次人民币贬值，美元兑人民币的比率从 5.5 升高到了 8.7，然后下降到 8.3 和 8.28。这很可能是一个错误，因为接下来的两年内物价上涨了 40%。这说明如果货币贬值得太严重，很可能会引发通货膨胀。1997 年中国消除了通胀，亚洲危机却又接踵而至。

亚洲危机发生的主要原因是美元的急剧升值和日元的贬值。因为从 1995 到 1998 年——我印象中 1995 年 4 月美元兑日元的汇率是 80，到了 1998

年上升到 148，从中可以看出美元惊人的升值和日元惊人的贬值。日本的 FDI，即外国直接投资本来是东南亚经济增长的原动力，但是一旦日元贬值，这一动力立即完全枯竭。这是停滞不前的第一个原因，除此之外，日元盯住美元，但二者却一升一降，加上之前人民币又经历了大规模的贬值，这些便是引发亚洲金融危机的主要原因。对于人民币将要贬值到 9.5 的说法，朱镕基总理站出来表示：在可预见的未来，人民币兑美元的汇率将不会发生改变。于是 FDI 立即回到了中国，经济增长得到了恢复，亚洲局势也随之稳定，这实在值得赞叹。但是唯一的问题是，美国自身的经济正在经历硅谷 IT 革命，并在上世纪 80 年代里根总统大幅减税的经济政策下——这一经济政策使美国经济得到了更加有效的发展——正在进行供给方面的改革。有了硅谷的扩张，有了 IT 业的改革，有了美元真正意义上的增值，这就意味着，当美元不得不相对其他货币升值时，这些盯住美元的货币会发生一定的通缩。美国的价格水平上涨了 3%，人民币、中东地区的货币和巴拿马货币，所有这些与美元挂钩的货币都出现了紧缩。掌握了这个规律之后，你就可以通过美国现在发生的情况预测未来的紧缩状况。

然而局面在 2001 年发生了逆转。全球经济减缓、美元下跌，于是人们看到了相反的情况。所有与美元挂钩的国家都出现了一定的通货膨胀，如此一来，中国轻微的通缩被抵消了，并且在 2004 年中其通货膨胀率达到了近 4%。这个数字并不高，但中国在此之前却从未有过。在那之后，通胀结束了，一切趋于平缓，并且到现在为止中国通胀率一直远低于这个数字。

对于中国经济来讲，汇率至关重要。汇率固定之所以非常重要，是由于二个或者三个不同的原因。首先，在固定的汇率下，中国不必担心。只要汇率是固定的，你就不必担心通货膨胀率，因为通胀率将基本等于“锚”货币的通胀率，即美国的通胀率。临时性的生产力因素或许会产生一些抵消作用，但总的来说，这就是我们的通胀率。正因为这一点决定了通货膨胀率，因此是中国遵循的基本政策。

有些人问：“为什么不把价格水平作为目标？为什么不让中国的价格水平稳定，让汇率波动，实行通货膨胀目标制呢？”原因在于毕竟中国的货币法律在 1985 年才出台。当时我花了几个月的时间学习它，之后我们在中国人民银行开会讨论。货币法律要求货币稳定。人民币应该保持稳定。但是如何定义货币的稳定性呢？它可以相对外国货币保持稳定，也可以相对一揽子价格水平保持稳定。比方说，你选择后者，想让货币相对“篮子”内的商品保持稳定，那么，你的“篮子”是什么？你可以采用中国的“篮子”，现在

占世界经济比重的5%，或者你可以采用更大的美元“篮子”——如果美元稳定的话——占世界经济比重的30%。那么，保持相对世界经济的5%稳定和相对世界经济的30%稳定，哪一个更好呢？中国认为，对于中国来说，相对世界经济的30%保持稳定更为有利，因为这样在是否需要对资产价格或者其他的方面加以留意的问题上，不会再次产生相同的问题，因此，大一些的“篮子”更好。如果我们能够重建“布雷顿森林体系”，将整个世界经济作为一个“篮子”，那么情况将会更好。这样每个国家都能根据“世界篮子”来保持货币的稳定，这是更好的选择。

那么，中国现在是什么样的政策呢？让我再举例来证明为什么保持美元对人民币汇率的稳定对于中国来说非常重要。因为中国的经济在很大程度上依然被国有企业所控制，我们很难知道国有企业的成本。你知道如果有人站出来试图指责中国，或者像中国这样的国家存在倾销行为，会发生什么情况吗？倾销是指低于成本价格销售，但是你怎样才能知道中国的成本是多少呢？我想起了一个案例，在这起倾销案中，人们研究印度的成本，然后用印度的价格或成本来衡量中国的成本，因为除此之外别无他法。这是非法的，法庭上有过很多类似的例子。因为其中的优势是，如果中国保持人民币盯住美元，那么它就能够借助美国的稀缺关系和成本关系，从而使中国经济更为有效地发展，因为它利用了世界上最大、最高效的经济体，并引入了稀缺关系。因此，保持汇率的稳定是最有利的。

反之，如果中国按照欧盟、欧洲货币联盟和欧洲中央银行所说的去做——它们都采用通货膨胀目标制，并且十分成功。他们使通胀率相对于整个“欧洲篮子”维持在2%左右，没有太大的变动，但是与之相伴的是美元兑欧元比率的剧烈震荡——将会削弱人民币的地位，对中国内部造成破坏，因为你无法将中国经济看做是一个单一的经济体。它至少是双重经济体系，因为沿海地区和内陆地区遵循着不同的规则。一些政策可能对沿海地区起作用，于是人们便根据这一模式，声称人民币应该大幅升值，而且中国能够承受这种升值。之前，人们一直在说中国应该让1美元降低到兑换5元人民币，等等。这是荒谬的说法，这样做将给内陆地区造成毁灭性的通货紧缩，因为那里的情况与沿海地区完全相反。

因此，无论如何，中国必须有所行动，因为中国在国际收支方面存在失衡。在过去的四五年中，中国在国际收支上有着近2000亿美元的盈余。因此世界上其他的国家与中国形成了对立的观点，并且试图以这种方法迫使人民币升值。升值会给中国经济带来非常不利的影响，一切糟糕的事情都会随之而来，不仅仅是不良信贷一类的事情，还会有更加恶劣的问题：农业的通缩、出口的减少、失业的增加等，所有这些都和升值紧密相关。想想日本发生的事情，就能知道中国将会怎样。

中国需要做的是，在当前的汇率下恢复国际收支平衡，并且我认为，需要逐步停止升值。这样做是因为中国拥有固定的汇率，一旦中国作出改变，就会引发有关是否保持汇率固定的争论。当时，我相信中国会保持固定汇率，但是中国却在 2005 年的 6 月改变了政策。现在中国无法回到过去了，因为这一次，中国不能再像十年固定汇率时期那样习惯性地声称自己无法操纵事态，所以中国必须制定出新的政策，在可信的基础上过渡到一个新的平衡点。我认为可以做到这一点的方法是平衡国际收支。

为此，要完成两到三件事情。第一点是放松外汇控制。我并不提倡完全的可兑换，但一个有着 1.2 亿万美元外汇储备的国家应该朝着可兑换的方向努力，特别是允许企业和外国企业将资本出口到国外，并且为了中国的商业能够长期保持健康，允许建立海外基地。这将缓解资本流入和外汇储备增高的压力。这是其中的一部分。第二点是消除冲销。冲销是为了在维持中国货币政策不变的同时，继续保持国际收支的盈余。当中国人民银行以买入汇率购进 2000 亿的美元时，会自动产生 7.7 倍的人民币，这满足了中国的需要，反映出需求。国际收支的盈余通常反映了国内过剩的货币需求，当你买入外汇、央行创造的额外的本币后，你会感到满足，可收支却会因此而不平衡。但是如果国家回过头来出售债券，就能够冲抵这种不平衡，国家将这部分储备收回，并保持对货币的超量需求，然后保证在接下来的一年中会有盈余，于是它就能永远存在。在 2004 年、2005 年和 2006 年中，中国几乎每年都能获得 1500 ~ 2000 亿美元的盈余，这很大程度上来源于冲销。因此这两个主要的问题是，消除冲销和尽快放宽对外汇的管制。

不要再犹豫了，再也不要相信浮动汇率是自由市场下的观点，它根本不是，这个观点是一种与商品市场进行错误类比得出的结论。在商品市场中，生产成本与价格挂钩，但是货币却不一样。货币由中央银行垄断，由政府垄断，因此设想一个自由市场被两个或者更多政府垄断是非常荒谬的。关于你们说到的应该向着改变汇率的方向前进，而不是消除或者减少对外汇的管制，这是反自由主义的极端观点。你们不应该朝这个方向发展。

现在，我要说到的最后一点就是著名的三元悖论，当然我们要说的不是圣父、圣子和圣灵。我们要谈论的是一个事实，即你不可能同时做到以下三点，最多只能达到其中两点。这三点是：资本的自由流动、独立的货币政策、

固定的汇率。你最多只能实现这三件事中的两件。

这个结论是创造性的，尽管听上去似是而非。有些人甚至把它归功于我，可我并不知道这是谁最先提出来的。米尔顿·弗里德曼写过一篇关于它的文章，将它归因于凯恩斯，但是凯恩斯从未提出过这样的观点。既然这不是他提出来的，那就仍然是一个谜。但是，这个观点是错误的，而且犯了一个根本性的错误，因为事实上这与资本流动没有任何关系。从长期来看，不可能有固定的汇率和独立的货币政策，你只能在被动的货币政策下保持固定汇率，只有这样才能确保汇率的平衡。现在，资本开始流动，如果在体系中不存在资本的流动，这就是无关紧要的。资本流动不会带来什么不同，但是这对中国的解释会造成致命的影响，因为中国有人说过："噢，我们可以实现，我们可以做到。我们有固定的汇率(大体上是固定的，但并不完全固定)。我们有固定的汇率，也有独立的货币政策。我们能同时做到这两点，是因为我们控制着资本的流动。"有时中国人会这样认为，因为他们控制了资本的流动，所以他们能够同时拥有固定的汇率和独立的货币政策。这是非常错误的想法，这正是问题的关键所在，也是需要加以纠正的地方。我希望在未来的几个月中，这一问题能够得到解决。

谢谢大家。

## ■ 作品赏析

蒙代尔的这篇演讲并不是单纯地论述金融危机，而是从国际货币的角度，分析金融危机产生的根源以及应对措施。演讲中着重讲述了美国、中国和日本，尤其是美国和中国。蒙代尔认为当今世界中，美元的地位在逐渐下降，欧元、人民币的地位则在不断上升。他详细地分析和回顾了美元是如何在世界上确定主导地位和为什么美国会出现赤字，以及中国的汇率问题。最后，他借着著名的三悖论，阐述了"资本的自由流动"、"独立的货币政策"、"固定的汇率"之间的关系，并提出了关键性的问题——控制了资本的流动并不能同时拥有固定的汇率和独立的货币政策，并且希望这一问题能够得到尽快的解决。蒙代尔从货币角度的演讲，改变了很多人对金融危机的原有看法，帮助听众克服对金融危机的恐慌。

蒙代尔在演讲中用了大量自问自答的手法，几乎所有问题的过渡，他都是用的这种形式，这不仅让演讲中的过渡变得更加自然，也调动起了听众的兴趣，让他们加入到思考之中，增强了演讲的效果。

⊙演讲者简介⊙

罗伯特·蒙代尔，世界品牌实验室主席，“最优货币区理论”首创者，享有“欧元之父”的美誉。曾就读于英属哥伦比亚大学和伦敦经济学院，并获得麻省理工学院的哲学博士学位。1961 年，在国际货币基金组织任职。1966 ~ 1971 年，担任芝加哥大学的经济学教授和《政治经济期刊》的编辑。1974 年起执教于哥伦比亚大学。1999 年获得诺贝尔经济学奖。

蒙代尔著作颇丰，主要作品有:《国际货币制度: 冲突和改革》、《人类与经济学》、《国际经济学》、《货币理论：世界经济中的利息、通货膨胀和增长》、《全球失衡》、《建设新欧洲》、《中国的通货膨胀与增长》、《欧元作为国际货币制度的稳定器》等。

演讲词档案

演讲者：亨利·鲍尔森（1946 ~ ）
演讲时间：2008 年 9 月 19 日
演讲者身份：美国财政部长

# 有关金融危机的讲话

## ■ 历史背景

2008 年，由于美国次贷危机引起的金融海啸席卷全球。全球股市暴跌，世界贸易萎缩，各国实体经济也相继受到严重冲击，失业率迅速上升。为挽救世界经济，各国单独或联合推出经济刺激计划，但形势依然令人悲观。作为美国财政部长，面对危机，亨利·鲍尔森多方奔走，力图拯救美国经济。这篇演说，就是他针对金融危机发表的讲话。

## ■ 原文欣赏

昨晚，美国联邦储备委员会主席本·伯南克、美国证券交易委员会主席查尔斯·考克斯和我同国会领导人一起，开了一次漫长且富有成效的会议。我们就采取一种全面的措施来缓解我们的金融机构和市场压力的必要性，进行了实质性的讨论。

近几周内，我们针对房利美和房地美的具体情况，采取行动努力解决存在于其中的问题；和市场参与者一起为雷曼兄弟公司的破产做好准备，并向美国国际集团贷款，使其可以有序地售出部分资产。今天早上我们采取了一系列强有力的战略性措施，提高体系中的信心，包括为美国货币市场的共同基金行业建立一个临时的保险计划。

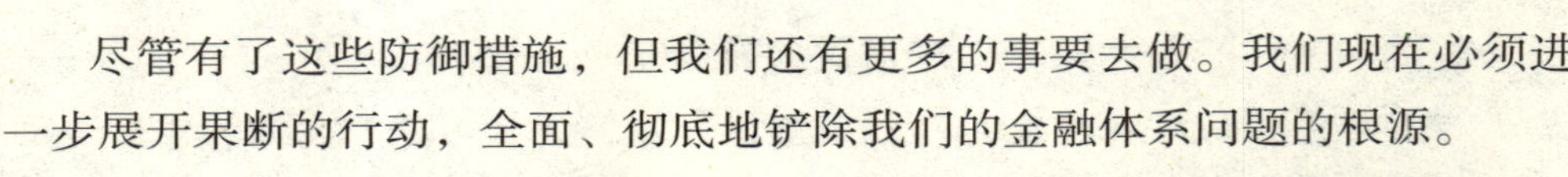

尽管有了这些防御措施，但我们还有更多的事要去做。我们现在必须进一步展开果断的行动，全面、彻底地铲除我们的金融体系问题的根源。

我们当今金融体系中的潜在弱点，是非流动性的抵押资产随着房地产业改革而失去了价值。这些非流动性的资产，阻碍了对我们经济发展极为重要的信贷的流动。当金融体系正常运作时，货币和资本在家庭和企业之间流动，用于支付家庭贷款、学校贷款和创造就业机会所需的投资。由于非流动性资产阻断了这一体系，金融市场上的淤塞很可能会对我们的金融体系和经济发展造成重大的影响。

我们知道，在这十年的前期，宽松的借贷行为导致了不负责任的贷出和借入，这使得很多家庭陷入了无力偿还贷款的困境。我们看到了这一问题对房主们的冲击：现在有 500 万房主违法拖欠债务，或者已经丧失房屋的赎取权。由次级贷款衍生出的问题已经开始向其他低风险贷款蔓延，并导致房屋过剩，履约房主的房产贬值。

类似的情况出现在那些贷款机构身上，以及那些购买这些贷款、将其重新打包，并向投资者转售的券商身上。这些出现问题的贷款，现在在银行和其他金融机构的资产负债表中被停滞或冻结，使它们无法继续进行良性贷款。由于无法确定它们的价值，更加深了抵押资产的不可靠性，甚至连有关机构的财政状况也随之变得难以估量。对于几乎所有种类的贷款，正常地买进或卖出已经成为了一种挑战。

这些非流动性的资产堵塞着我们的金融体系，并且逐渐削弱其他健全的金融机构的实力。这样造成的结果是：美国公民的个人储蓄受到威胁，消费者和企业的借贷、支付、投资、创业能力都将遭到削弱。

为了恢复我们的市场和金融机构的信心，使它们能够重新步入正轨并走向繁荣，我们必须解决潜在的问题。

联邦政府必须尽快实施计划，清除这些损害我们的金融机构、威胁我们经济的非流动性资产。这项资产救援计划一定要深思熟虑，扩充其规模，以便发挥其最大的影响力，同时还要尽可能地保护纳税人的利益。对最终纳税人的利益的保护，将会为我们金融体系的资产救援计划提供稳固的保证，因为金融体系中涉及了大量纳税人的投资。我相信与其他方法相比，这一大胆的做法将会使美国家庭的开支大大降低——金融机构中一系列持续的失误和信贷市场的冻结停滞已经无法支持经济的扩张。

我相信，许多国会议员都会同意我的观点。这个周末，我会和两党的国会议员一起，对可以缓解不良信贷带给我们体系压力的相应措施进行审查，

使信贷可以在美国消费者和企业之间再次流通起来。我们的经济健康需要我们共同努力，需要我们尽快展开两党间的合作。

在未来的一周，我们将会和国会一起通过这项法案，同时，我们还会立即采取其他行动进行救援。

首先，为了向我们的抵押贷款市场紧急提供额外的资金，房利美和房地美两家政府赞助企业将会增加其对抵押支持债券的购买。这两家企业一定要履行它们的义务，支撑住抵押信贷市场。

其次，为了提高新增住房贷款资金的效用，财政部将会依照我们在本月初的宣布，扩大对抵押支持债券的购买计划。这将对政府提供赞助企业的资金起到补充作用，并且使抵押贷款更具有效性和可行性。

这两项措施将对抵押贷款资产提供最初的支持，但仅这样还是不够的。大多数堵塞我们体系的非流动性资产并未达到规定要求，因此无法被政府赞助企业或财政部正常收购。

我期待着能与国会合作，通过必要的法规清理我们金融体系中的这些出现问题的资产。我们一定会度过这段困难时期，到那时，我们接下来的任务必将是加大发挥监管机构的作用，使过去的悲剧不再重演。此次危机给我们上了生动的一课，让我们看到了财政法规结构中还存在着不够理想、重复和过时等问题。我已经提出了我的想法，搭建一个与现代经济体制相匹配的现代化监督结构，与我们的管理体系分进合击、紧密相连。这是将来需要讨论的一个重要问题。现在，我们的重点应放在恢复金融体系的实力上，使其能够再次支撑经济的增长。所有美国公民的金融安全——他们的退休金、房产价值、学费贷款能力和更多高收入就业的机会——取决于我们能否让我们的金融机构回归到一个稳定的平台上。

## ■ 作品赏析

鲍尔森首先讲述了应对金融危机的初步打算和防御措施，这是对听众的一个交代，让他们对金融危机发展的具体情况有所了解。然后他指出当今金融体系中潜在的弱点——非流动性的抵押资产随着房地产业而失去了价值，论述了宽松的信贷导致的不良后果，表明要恢复市场和金融机构的信心，使它们能够重新步入正轨并走向繁荣，必须解决潜在的问题，呼吁美国政府尽快行动起来，清除这些威胁。此外，他还介绍了两项救援措施。最后他强调，救援工作的重点应该放在恢复金融体系的信用和实力上，使其能够再次支持经济的增长。

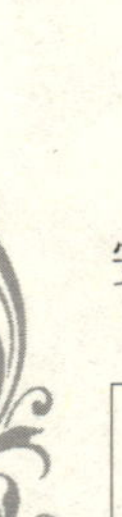

在金融危机全面爆发的形势下，这篇演讲发表得极为及时，起到了很好的安抚民心的作用。同时，其为美国外交政策的辩护也是很有价值的。

**⊙演讲者简介⊙**

亨利·鲍尔森，出生于美国佛罗里达州。中学时代学习勤奋，1964年考入达特茅斯大学。1968年，鲍尔森进入哈佛大学商学院学习，并获得哈佛大学MBA学位。从哈佛大学商学院毕业后，担任国防部长幕僚助理。在尼克松任总统期间，担任过白宫内务委员会成员。1974年“水门事件”后，鲍尔森加入高盛芝加哥分部，担任银行业务助理，由于工作出色，获得不断升迁。1999年5月，出任高盛集团董事长兼首席执行官。布什当上总统之后，盛情邀请鲍尔森入阁。2006年7月，鲍尔森正式出任美国财政部长。他曾70多次访华。

演讲词档案

演讲者：萨科齐（1955～）
演讲时间：2008年9月25日
演讲地点：巴黎
演讲者身份：法国总统

# 国际金融危机

## ■历史背景

2008年，源于美国次贷问题的金融危机迅速席卷全球，给世界经济造成严重冲击，许多国家银行倒闭，工厂破产，工人失业，贸易萎缩。当然，作为西方资本主义大国，法国也不可能逃脱。到2008年9月，法国的金融业、建筑业、旅游业、航运等都受到巨大冲击，股市暴跌，人民收入下降。政府多次救市，甚至与欧盟其他国家联合行动，都未能使法国经济好转。为安抚民心，避免混乱，法国总统萨科齐作了本篇演讲。

## ■原文欣赏

我要在今晚向法国人民进行这次演讲，因为我们国家的局势要求我必须这样做。在这个与我们自身息息相关的特殊时期，我意识到，重任已经落在了我的肩上。

**全球金融危机**

一场前所未有的信心危机正在席卷全球的经济。多数金融机构都受到了威胁，全世界数百万的小型储户将他们的积蓄投入了股票市场，却要眼见着它们逐日贬值；数百万的人曾为抚恤基金付出过努力，现在却为他们的退休

金感到恐慌；数百万收入不高的家庭被不断上涨的物价逼入困境。

和世界上所有的国家一样，法国人民也在担心自己的存款，担心自己的工作，担心自己的购买能力。

……

法国人民想要知道真相，我相信他们已经做好了接受的准备。否则，他们认为我们正在掩藏事实的真相，疑惑便会油然而生。如果他们确信我们并没有隐瞒什么，那么他们将会发掘自己的力量克服此次危机……将真相告知法国人民，意味着告诉他们当今的危机将会对今后几个月的经济增长、失业和购买力造成影响……

总之，存在着一个确切的观点：金融资本主义将自己的理论强加在整体经济之上并破坏了经济自身的运行轨迹；当金融资本主义走到尽头的时候，全球化也将宣告失败。

关于全能的市场不应受到法规或政府干涉的观点是疯狂的。

认为市场总是正确的想法是疯狂的。

几十年来，我们都在为能使企业获得短期盈利而创造条件。

当人们沉湎于获取越来越高的超额利润时，日益增长的风险却被隐藏了而发展起来。

薪酬制度的实施，驱使着经销商承担起越来越多的、极为轻率鲁莽的风险。

人们自欺欺人地认为，通过分散风险可以让风险消失。

银行被允许在市场上进行投机买卖，而其本职工作——为了经济的发展而激励储蓄以及信贷风险分析——则被抛诸脑后。

融资成功者是投机商，而不是企业家。

评估机构和投机基金完全不受任何人或机构监管。

企业、银行和保险公司被迫根据市场价格评估他们的资产价值，而市场价格却在投机商的操纵下忽上忽下地变动。

银行遵循着会计规则，而这些会计规则不能为规范的风险管理提供任何担保；在此次危机中就是如此，会计规则非但没有给冲击带来缓解，反而加剧了局势的恶化。现在我们终于为这个疯狂的举动付出了代价！

在这个体系中，应该对这次灾难负责的人可以乘着“黄金降落伞”飘然而去；一个商人可能会在无人知晓的情况下失去自己50亿欧元的银行存款；人们总想着要从生意场上得到高出真正经济增长价值3到4倍的回报——这个体系已经不再平等，这不但挫伤了中产阶层的积极性，还助长了房地产、商品和农产品市场上的投机买卖行为。

但这个体系并不是市场经济，也不是资本主义——这一点一定要说明，因为这是事实。

市场经济是规范的，它作为促进发展的工具，服务于社会和民众。它并不是弱肉强食的法则，也不会为了某些人牟取暴利而让其他人成为牺牲品。市场经济代表着竞争、降低价格、消除不劳而获，并使消费者受益。

……

当然，如果什么都不做，什么都不去改变，单单靠加重纳税人的负担去弥补一切损失，仿佛什么事情都没发生过，一样会成为历史性的错误。

……

**新的措施**

当前的危机必将促使我们在努力遵守职业道德基础上，建立更加健全的资本主义体制；这次危机必将促使我们恢复自由和法规之间的必要平衡；恢复集体和个人责任之间的平衡。

当世界各国政府都在采取强迫性的干涉行为来挽救银行体系的崩溃时，我们一定要在国家和市场之间建立一种新的平衡。通过建立新的规则，一种新的关系必须在经济和政治之间建立起来。

自我调控不再是解决所有问题的万灵丹。

放任主义已经终结。

无所不能、始终正确的市场已经终结。

我们必须从此次危急中吸取经验教训，防止其再次发生。我们仅仅是稍微远离了灾难，世界也仅仅是稍微远离了灾难，我们再也不能承担灾难再次降临的风险。

如果我们想要重建一个可行的金融体系，那么提高金融资本主义的道德标准是首先要考虑的事情。

我毫不犹豫地表示，从现在开始，必须限制高管人员和经销商的薪酬。他们的报酬超出了应得的太多，也闹出了太多的丑闻。因此，要么金融业拿出一套可以接受的方案，要么政府在今年年底之前，通过立法解决这一问题。

高管人员绝不能同时享有经理人的身份和与劳动合同相联系的保障，他们不能获取免费的股份，其薪酬也必须要与企业的实际经济绩效挂钩。当他们造成失误或者给公司带来巨大问题时，他们不能要求“黄金降落伞”。如果高管人员从公司的运营中享受到了利益，这当然是一件好事，只是其他的员工，特别是低收入者，也一定要分得奖金。如果高管人员拥有股票的买卖

权，那么其他员工也必须同样拥有；即使不能做到这一点，也要保证员工们都能够在分红制度下获利。

这是基于一般观念和基本道德的简单原则——对于这些原则，我不会让步。

高管人员之所以能够得到高薪，是因为他们肩负着重大的责任。一个人不可能在不想承担自己责任的情况下，还指望获得高收入。这二者是相辅相成的。

……

我们必须找出问题所在，并让这次事件的责任人至少受到一些经济上的惩罚。

然后，我们必须通过调控银行来对整体经济进行监管，因为银行在经济体系中居于核心地位。

……

我们经历的这次危机将导致全球的银行部门大规模改组。从之前发生的事件以及冒险对我们未来经济发展的重要性，我们可以得出结论：法国在此次危机中起到了积极的作用。

我们要解决储蓄产品过于复杂和交易不透明的问题，使每个人都能对自己接受的风险有一个真实的评估。

但是，我们同样必须重视那些引起共愤的问题，例如避税和一些特殊环境。在这种环境下，经销商可以通过卖空来出售他们未曾持有的股份进行投机，可以借助全天交易在任何时间进行买卖——我们知道这些行为在市场逐渐失控的过程中所扮演的角色，也知道正是这些行为创造了投机的泡沫。

我们必须要审视在市场价格下定义资产价值的职责；这场危机向我们证明了市场价格是多么的不稳定。

我们将不得不对评估机构加以监管——我要强调这一点——因为他们在工作上已经出现失职的情况。

……

但是在没有看到货币市场混乱结束的情况下，我们无法彻底地理清金融体系。

此次金融危机的核心问题是汇率，因为在所有扭曲全球贸易的因素中，汇率居于核心地位。如果我们不予以关注，货币倾销最终将会引发极度激烈的贸易战争，从而为糟糕的贸易保护主义铺平道路。

……

因此，我要重申刚刚提到的内容：我认为，此次危机涉及到的主要国家和政府的首脑极有必要在年底到来之前进行会晤，从金融危机中吸取教训，并为恢复信心协调一致、共同努力。

……

我认为，藏匿在全球金融和货币体系中的顽疾已经根深蒂固，因此我们必须对其进行一次从根系到分支的完整修葺，就像在二战结束后，制订了“布雷顿森林体系”那样。这能够帮助我们全球性管理的工具，而全球性管理又在当今贸易的全球化中至关重要。我们不能用20世纪陈旧方法来管理21世纪的经济，就好比我们不能用昨天的思维去打造明天的世界。

各国央行每天都在将现金注入各个银行，美国的纳税人正在拿出1万亿美元防止大规模的破产。所以在我看来，我们不需要再对公共管理机构干涉金融体系运作的合法性提出质疑了！

……

在这个每个人都必须行动起来的特殊时刻，我呼吁欧洲反思其应对紧急情况的能力，重新考虑自己的法规和原则，从全世界正在发生的危机中吸取经验教训。当形势需要时，欧洲必须积极行动起来，而不是一味地菲薄自己无所作为。

如果欧洲想要维护自己的利益，想要在全球经济的改组中享有发言权，那么领导们就应该共同考虑欧洲的竞争策略——在我看来，竞争只是一种手段，而不是目的——共同考虑欧洲在调动资源和为将来进行筹划方面的能力，共同考虑经济政策的手段和货币政策的目的。我知道这很困难，因为欧盟中有27个国家，但是当世界改变的时候，欧洲也一定要随之改变，欧洲一定要有能力彻底改变自己的信条……作为欧盟的轮值主席，我将在10月15日举行的下届欧洲理事会上按照刚才的思路提出倡议。

**法国储户**

至于我们的国家，让我来告诉那些担心他们存在银行和金融机构的财产的法国公民：法国的银行正在努力地克服当今的困难。我郑重承诺，如果是因为投机买卖使银行陷入困境，那么我不会因为金融机构无法履行承诺，而接受任何一个储户失去任何一个欧元的结果。那些信任我们的银行、我们的企业和我们国家金融机构的储户，不会看到他们的希望破灭。他们不应该为管理人员和股东们犯下的草率的错误付出代价。我们的国家将永远恪守它的职责。

今晚我郑重地承诺：无论发生什么，我们的国家都会保证银行和金融体

系的安全性和完整性。

同样，我肯定地告诉大家：如果目前的困境导致信贷受到限制，从而使国家和企业，特别是中小型企业丧失了投资的资金来源，那么为了确保其现金的流动，国家将会介入其中，支付这笔资金。为了实现这一支付，国家可以发行债券、实施担保、进行注资，或者对银行的法规作出修订，而这样做的目的是阻止经济进入长期衰退的恶性循环，那将是我们不能承受之重。

**法国的改革**

由于受到危机的影响，我们改革的步伐必须加快，不能放慢。

我想要告诉法国人民，除了必要的努力之外，没有任何奇迹可以使我们的国家避免危难。

当然，我们必须从那些危机之前生活便已经很艰难、危机之时根本无法生存下去的人开始进行考虑。此时此刻，我们一定要和这些身处困境的人们紧密地团结在一起。这就是为什么我要创建低收入家庭补助金、最低生活保障、最适当的养老金，以及准予那些位于福利底层、购买力得不到保障的家庭享受这一补助。这项特殊的补助与家庭津贴和抚恤金不同，它可以弥补家庭收益跟不上物价实际上涨所造成的这部分损失。当你想要告诉法国人民事情的真相时，你一定要告诉他们全部的真相，那就是国家不可能永远地为现在的开销融资，也不可能永远地为团结而借贷。总有一天，我们要偿还我们的借款。

……

因此，我们要为国家将来的发展留出一些转圜的余地，国家的运行支出必须下降。明年，公务员将减少30，600个就业机会，这是前所未有的现象。之后，公共事业政策的修订将尽快完成。

……

在对“司法地图”作出彻底修订和对军事基地重新调整之后，我们接下来要对政府部门和公务员体系进行下一步的整顿。在接下来一年中，我们将着手开始第二阶段的改革。

我宣布，在明年的一月，我们将展开对地方政府的改革。现在是时候对地方政府的层级进行重新评估了——层级过多、职责重复使得效率降低，并且增加额外的开支。我们的经济一定要具备竞争力。如果我们想要拥有一个具有竞争力的经济体制，那么我们就不能再让它背负着过分繁重的公共开支的负担。我会担负起有关工作人员的裁减和改革法国各级地方政府的工作。关于这个问题，我们已经空谈了太久，现在我们要行动起来，我们要作出决定。

在这里我还要告诉你们的是：在当前的经济形势下，我不会采取经济紧缩政策，因为紧缩会加剧经济的衰退。我不会增加税收或者社会保障缴款，这样做会使法国人民的购买力降低。我们的目标是恢复法国人民的购买力，而不是让它下降。

我不赞同提高对企业的收费，因为那样会削弱其竞争力，相反地，(降低收费)可以使企业的竞争能力增强。

……

法国要想渡过难关，就应该更加努力，而不是无所事事。

每周35小时的工作制会带来严重的危害，政府已经勒令停止。我们免除了加班费的税收，保留了低收入者的免税政策，建立了低收入家庭补助金，并且推进了法定与自愿分红制度的实施。所有的措施都由一条主线贯穿：保证更低的企业劳动力成本，作为这些付出的回报，劳动力市场将会得到解放。

即将完成的法定及自愿分红政策，将始终如一地围绕着恢复资本和劳动力之间的平衡这一目标来进行。企业所得的利润不再全部归董事和股东所有，而是将大部分利润分发给为企业带来收益的员工。这样我们就能够在不增加公司固定费用的情况下，使员工的购买力得到恢复，进而使资本主义重新回到正轨。这是我们需要进行的另一项改革。

我要补充的是，在当前全球的经济形势下，任何试图提高劳动力成本的做法都将是自取灭亡。

……

在资本主义体制中，需要促进其价值增长的另一方面是企业家。一面是金融资本主义，另一面是企业家资本主义。依靠着劳动力的价值，我们一定要让企业的进取精神回归到经济的价值体系核心中来。这就是使经济适应现代化需要的措施背后的所有理论，也是经济政策应考虑的首要事项。

我们要认可工人的努力，反对投机商的轻松获利；我们要支持那些敢于担负起自己企业中一切风险的企业家，反对金融市场中的匿名者；我们要支持的是具有生产力的资本主义，而不是短期的资本主义行为。当金融套索出现松动时，我们第一要考虑到的是我们的企业，这是我们追求的经济政策的整体目标。



**环境**

最后，我要告诉法国人民这样一个事实——尽管不是所有人都乐于听到这样的消息——我们正在从一个资源充足的世界走向一个资源稀缺的世界，即从前仿佛取之不尽、用之不竭的资源正逐渐枯竭，这是人们每天都在关注

的问题。

……

法国必须要换一种方式进行生产，并采用不同的消费方式。人们必须学会不断地努力，节约那些再也禁不起浪费的珍贵的资源。

污染和全球变暖威胁着地球的未来。我们每一个人都要付出努力，改变自己的行为，减少污染。

……

将来，“污染者付费”原则将在世界各地实施。如果我们不这样做，那么我们留给子孙后代的将是一个生命无法存活的世界。

我们有必要减少对投资的税收、减少对劳动力的税收、减少对努力和成功设置的障碍、减少清洁产品的税收，而相反，我们必须在污染方面加大税收力度。

如果我们想要带来行动上的根本改变，那么利用税收制度克服环境带来的挑战就是至关重要的。

就目前许多法国人面临着购买力降低的情况而言，我们不得不取消对主要商品的涨价，我想说的是我完全相信“奖惩系统”的作用。在八个月中提供给汽车行业的50万份“奖金”的经验就是明证：环保型车辆的投放需求大大增加了。“奖惩系统”带来的强大刺激，正在逐年加速改变人们的消费模式。我们要将这一系统扩展到其他产品上，这其中还要经过充分的协商，并且需要逐步实施。但是它终将实现，这是一个保证。正如我所郑重承诺的，所有在环境协商会议中所拟定的条款都会得到实施。

……

我相信（我们需要）可持续性发展。

……

实施环境协商会议的条款意味着将为公共交通工具（例如公共汽车和有轨电车）增加四倍的专用通道，意味着要再建造2000公里长的高速铁路。我们为欧洲委员会总部所在地的首府斯特拉斯堡感到自豪，但是让我告诉你，我们花了这么多年才把高速火车修到斯特拉斯堡，这根本不会为我们的国家增添光彩。如果我们想要斯特拉斯堡成为欧洲的中心，那么我们必须以更快的速度建设欧洲东线高速火车，这是由弗朗索瓦·菲隆让—路易·博洛和我所作出的决定。

履行环境协商会议的条款还意味着改造所有的住房和公共设施，使它们得以有效利用。

……

面对同一场危机，总会出现两种态度：一种是像鸵鸟一样将头埋进沙子里，报以逃避的态度，等待危机过去，等待经济复苏，按照常理推断情况一定会是这样；另外一种——也是我们正在实施的政策——利用这次危机，使其成为进行改革的一次机会，这些改革已经被延误太久，也正是我们的国家所需要的，我们将会从中获得最大程度的经济复苏。

……

我希望我们能够大力发展新能源研究项目——我们虽然拥有核能源，但这并不意味着我们不需要参与新能源的研发。我们需要新的能源和核能源。我们将在新的运输系统中投入大量的清洁技术，例如电车的使用。我们要尽快地启动新一代的发电站，取代现有的核电站。我们还需要尽快地完成公共交通基础设施的制定方案。这些会给我们的商业带来大量的工作。我希望看到，我们能对主要城镇的公共交通设施现代化建设进行一次深入的研究与规划，因为这些地区的情况已经变得十分危急。

……

**知识经济**

我们要想实现数字化变革，就不能再等下去，要尽快在培训、研究和创新等方面进行投入。

……

这就是为什么……我希望我们的大学生能够独立，为什么法国电力集团将部分资产出售，用来投资大学的现代化建设。我还想授予那些有了新的发现探索的大学知识产权，将资源提供给他们以便得到充分利用。我们会在这个方面进行进一步的开发。

在研究方面，研发税收减免增加到(研发所需投资的)30%。我们现在拥有最好的、最为进取的体系来支持着我们的研究事业。我们的公共研究系统将继续得到改进，直至完成。我们将确立一项国家性的研发战略项目。

无论现在发生了怎样的困难，我们都要继续将培训和研究的经费放在预算的首位。

……

所有这些挑战都是巨大的。

但是法国，我们所热爱的法国，终将会解决它们。我对法国人民充满了信心，对法国的力量充满了信心。我坚信我们的改革将会起到作用。我坚信，通过我们的努力，法国会在当今世界上确立其应有的地位。我坚信，我们能

够在坚实的基础上恢复我们的资本主义。

我从未意识到，自 1958 年开始，在如此短暂的时间内会发生这么大的变化。当全球经济再次改善时——情况一定会向更好的方向发展，因为人类的历史就是一部遇到危机、从危机中站起的历史——当它发展得更好时，我们将会看到我们在稳定财政、就业、购买力和每个人的福利上付出的所有努力所换来的成果。虽然我对此次危机的严重性不抱任何幻想，然而法国的力量依然让我感到很乐观。

我决心无论存在着怎样的困难，都要使我们的经济和社会向着现代化方向发展，除此之外，我们再没有其他的选择，因为我相信对于法国来说，没有其他的捷径可选。这是我发自内心的想法。

随着陈旧的思想和结构被抛弃，我们的战略将会是富于创造的、一往无前的。

我们有两种选择：拒绝改变，或者带头改变。我已经作出了选择。

我亲爱的同胞们，身处困难中，我们一定要冲在前面，而不是落在后边。只有这样法国才能真正地展现自己，才能直面历史，实现她的价值。

女士们，先生们，共和国万岁！法国万岁！

## ■ 作品赏析

萨科齐这篇有关金融危机的演讲是全面的，他对金融危机的起因、政府将要采取的措施、安抚储户、提倡改革、保护环境、知识经济 6 个方面作出了分析和论述。

在金融危机的起因上，萨科齐告诉法国人民这是一次世界性的金融危机，虽然严重，但也没有必要恐慌。随后，萨科齐向听众阐述了应对危机的新措施，暗示政府将干预经济。同时，萨科齐向国民作出郑重的承诺："无论发生什么，我们的国家都会保证银行和金融体系的安全性和完整性。"他坚定的语气给了人们极大的安慰和信心。他还强调了环境的重要性，并提出可持续性发展的思路。知识经济是改革中重要的环节，萨科齐指出，在金融危机的情况下政府也不会减少培训和研究的预算。

在演讲最后，萨科齐高呼"共和国万岁！法国万岁！"为演讲注入强大的精神力量。总之，本篇演讲使法国人民对金融危机有了一个比较全面的认识，给了他们和金融危机作斗争的勇气，树立了政府在改革中的威信。

⊙演讲者简介⊙

萨科齐像

萨科齐，1955 年 1 月 28 日出生于巴黎，父亲是匈牙利移民，母亲是法国人。他曾在巴黎政治学院学习，获法律硕士学位。毕业后曾担任过律师。1977 年，萨科齐开始踏入仕途。1983 年，出任讷伊市市长，成为法国历史上最年轻的市长。1988 年，当选法国国民议会议员。1993 年，担任预算部长兼政府发言人。2002 年 5 月，担任内政部长。2004 年出任法国经济、财政和工业部长，同年 10 月，当选为人民运动联盟主席。2005 年 5 月，再次出任内政部长。2007 年 3 月，辞去内政部长职务，准备参选总统。2007 年 5 月，萨科齐在总统选举获胜，5 月 16 日正式就职。

# 对金融危机的评论

演讲者：巴罗佐（1956 ~ ）
演讲时间：2008 年 10 月 1 日
演讲地点：布鲁塞尔
演讲者身份：欧盟委员会主席

## ■ 历史背景

2008 年 9 月，美国次贷危机开始波及欧洲。受其连累，英国、法国、德国等许多大型金融机构都相继出现问题。如果应对不当，欧洲银行业将会发生一场巨大的危机。银行业一旦失控，那将会引发更大规模的经济危机。欧洲政治领袖和经济巨头密集聚会，商讨对策。在这样形势下，时任欧盟委员会主席的巴罗佐在布鲁塞尔发表了这次演讲。

## ■ 原文欣赏

下午好。

此次金融危机形势的确较为严峻。它需要各方面都作出巨大的努力。欧洲也正在担负起自己的责任。

这其中有短期的工作，也有中期和长期的工作。

我们首先要解决当前迫在眉捷的问题,然后才能让我们的金融结构更加稳固。

监管机构、各成员国、各国央行，特别是欧洲中央银行、理事会和欧盟委员会主席，我们一定要共同努力，采取适当的干预措施解决企业的困难。

我要特别强调的是，这些措施不仅会在某个国家内部起作用，而且在国与国之间也会行之有效。

我要感谢那些有奉献精神、认真而且维护共同利益的参与者。

我要强调欧洲中央银行所发挥的重要作用，它为确保市场的流动性做了大量的工作。在这些任务完成期间，欧元是一个稳定因素，是一项真正的欧洲资产。但在欧洲和全球所支配的市场体系的问题上，我们面临的问题不仅是要向市场注入流动资金，而且我们还要向市场注入信誉。

委员会作出的贡献是，使我们一直与合作伙伴和市场参与者保持紧密的联系。委员会随时援引竞争规则和政府援助规则，希望脚踏实地地发展。公平地应用我们的竞争规则和政府援助规则，是建立和维护市场参与者和各成员国之间信任的基本要素。这些规则确保了一个公平的竞争环境，有助于长期保证相关企业的活力和稳定，它们正在也将会被灵活且负责地应用各个领域。

可以公平地说，自金融危机开始以来，尤其是在过去几天中，我们取得的成效显示了我们的体系可以应对此次危机。欧洲的经济体系有能力承担起这一重任，我们对此抱有信心。

我们还要去面对那些存在的困难，因此我们要更加努力、更加高效地工作。

我们不应局限在仅仅推出短期措施上，而应该给出一个系统的、真正欧洲式的回应，这一点至关重要，这是确保稳定和恢复信心的唯一途径。清晰的展望是市场重归平静、信心得以恢复的基础。我们需要所有的欧洲政府、欧盟机构和欧洲的制度及监管机构(对此)作出非常明确的回答。

这就是为什么我们正在加快实施委员会和成员国之间商定的“Ecofin方案”。

今天，我们刚刚同意了对金融公司的资本需求进行改革的计划，几分钟后麦克里维专员会将其详细内容呈现给您。在完成了评估机构的法规改革之后，这项计划将会尽快得到实施。

委员会已准备好采取进一步的行动，与其合作伙伴共同巩固市场信心，并保护储户和投资者的利益。

我们已经准备好在此次金融危机中实施欧洲的对策；

1. 我们需要进一步强化欧洲层面的管理机构。

2. 我们需要对复杂资产评估的有关规定进行完善，包括将我们有关会计的规定更换上新的内容。特别是如果其他市场也作出了改变，那么我们不希望在欧盟的银行在和其他市场银行的较量中处于劣势。

3. 我们要提高存款保障计划的稳定性。

4. 在委员会2004年提出的建议的基础上，我们应该增加高管人员薪酬的透明度；我希望正在进行措施筹备工作的人看看这些建议，这些建议本应该被广泛采纳，而实际上却并非如此。

5. 与此同时，我们有必要重申和强调，在里斯本战略规划中就促进增长和就业进行结构改革所作出的保证。此次危机会对实体经济造成了影响，而来自其他国家的竞争压力也不会消失。过去几年我们所做的工作，已经为我们提供了应对当今危机的方法。

在国际方面，让我重申一点：除了欧洲提出的解决措施外，还需要全球的行动。委员会支持法国总统的提议，即在秋季召开一次国际会议，巩固为稳定金融市场所作出的整体努力成果，巩固欧洲所做出的准备工作成效。因此几天后将会举行高层会议，当然其中最重要的是将于10月15日、16日举行的欧洲理事会。我与萨科齐总统就这些会议正在进行紧密、良好的合作。

在这方面，我再次呼吁美国国会议员们能够尽快对所谓的“鲍尔森计划”作出决定。美国必须要承担起责任。我相信美国会表现出自己的政治才能，这正是现在所需要的，为了美国自己和我们所有人。

最后一点，欧洲人民，以及世界上其他的同胞，你们可以相信我下面所说的话，这一回答不会因挑战而改变：我们虽然身处危机之中，但是我们已经找到了战胜危机的方法。

## ■ 作品赏析

一开始，巴罗佐就切入正题，他认为“此次金融危机形势的确较为严峻”，并且不是在短期内可以解决的，需要世界各国的共同努力才能渡过难关。他特别强调了欧洲中央银行和欧盟委员会在金融危机中要发挥的作用，对金融危机开始以来的欧盟采取的措施和取得的成果表示肯定，认为欧洲完全有能力应对这次危机。接下来，巴罗佐提到了即将执行的计划，从五个方面重点讲述下一步的行动。同时，巴罗佐还重申，金融危机的解决需要全球的行动，并且也呼吁美国承担起对金融危机的责任。

这是一篇严肃的演讲，巴罗佐的语气坚定、字字铿锵，强调了对金融危机的重视和解决问题的紧迫性。解决金融危机初步规划的宣布，也增加了人们应对金融危机的信心。

### ⊙演讲者简介⊙

巴罗佐，1956年3月出生于葡萄牙首都里斯本。他毕业于里斯本大学法律系，1978年获得日内瓦大学政治学硕士学位。1980年，巴罗佐加入葡萄牙社会民主党，从此步入政坛。1985年当选葡萄牙议会议员；1987年任外交部国务秘书；1992年任外交部长；1999年当选社民党主席。2002年4月，出任葡萄牙政府总理。2004年11月，当选欧盟委员会主席，并在2009年9月17日成功获得连任，为期5年。

# 第十一篇

# 文学和艺术的永恒之光

# 莎士比亚纪念日的讲话

演讲者：歌德（1749 ~ 1832）
演讲时间：1771 年 10 月 4 日
演讲地点：德国法兰克福莎士比亚命名日纪念大会
演讲者身份：德国著名文学家

## ■ 历史背景

启蒙运动是继文艺复兴之后的第二次资产阶级思想解放运动。17、18世纪，欧洲资产阶级的力量日益壮大，但垂死的封建制度成了他们继续发展的巨大障碍。于是一些启蒙思想家以科学和理性为武器，对腐朽的封建制度和天主教会进行猛烈抨击。歌德就是启蒙运动后期的代表人物之一。这篇是歌德于 1771 年 10 月 4 日在德国法兰克福莎士比亚命名日纪念大会上的演讲。

## ■ 原文欣赏

我觉得我们最高尚的情操是：当命运已经把我们带向正常的消亡时，我们仍希望生存下去。先生们，对我们的心灵来说，这一生是太短促了，理由是：每一个人，无论最低贱或最高尚，无论是最无能或最尊贵，只有在他厌烦了一切之后，才对人生产生厌倦；同时没有一个人能达到他自己的目的，尽管他渴望着这样做，因为他虽然在自己的旅途上一直很幸运，往往能亲眼看到自己所向往的目标，但终于还是掉入只有上帝才知道是谁替他挖好的坑穴，并且被看成一文钱不值。

一文钱不值啊！我！我就是我自己的一切，因为我只有通过我自己才能了解一切！每个有所体会的人都这样喊着，他阔步走过整个人生，为彼岸无尽头的道路做好准备。当然各人按照自己的尺度。这一个带着最结实的旅杖动身，而另一个却穿上了七里靴，并赶过前面的人，后者的两步就等于前者一天的进程。不管怎样，这位勤奋不倦的步行者仍是我们的朋友和伙伴，尽管我们对他的阔步表示惊讶与钦佩，尽管我们跟随着他的脚印并以我们的步伐去衡量着他的步伐。

先生们，请踏上这一征途！对这样的一个脚印的观察，比起呆视那国王入城时带来的千百个驾从的脚步更会激动我们的心灵，更会开阔。

今天我们来纪念这位最伟大的旅行者，同时也为自己增添了荣誉，在我们身上也蕴藏着我们所公认的那些功绩的因素。

你们不要期望我写出许多像样的话来！心灵的平静不适合作为节日的盛装，同时现在我对莎士比亚还想得很少；在我的热情被激动起来之后，我才能臆测出，并感受出最高尚的。我读到他的第一页，就使我这一生都属于他了；当我首次读完他的一部作品时，我觉得好像原来是一个先天的盲人，这时的一瞬间，一只神奇的手赋予了我双目的视力。我认识到，他很清楚地领会到我的生活是被无限地扩大了，一切对于我都是新鲜的，陌生的，还未习惯的光明刺痛着我的眼睛。我慢慢学会看东西，这要感谢天资使我具有了识别能力！我现在还能清楚地体会到我所获得的是什么东西。

我没有踌躇过一刹那，去放弃那遵循格律的戏剧。地点的一致对我犹同牢狱般的可怕，情节的统一和时间的一致是我们想象力的沉重桎梏。我跳到了自由的空气里，这才感到自己的手和脚。现在，当我认识到那些讲究规格的先生们从他们的巢穴里给我硬加上了多少障碍时，以及看到有多少自由的心灵还被围困在里面时，如果我再不向他们宣战，再不每天寻找机会以击碎他们的堡垒的话，那么我的心就会愤怒得碎裂。

法国人用作典范的希腊戏剧，按其内在的性质和外表的状况来说，就是这样的：让一个法国侯爵效仿那位亚尔西巴德却比高乃依追随索福克勒斯要容易得多。

形象开始是一段敬神的插曲，然后悲剧庄严隆重地以完美的单纯朴素，向人民大众展示出先辈们的各个惊心动魄的故事情节，在各个心灵里激动起完整的、伟大的情操：因为悲剧本身就是完整的，伟大的。

在什么样的心灵里啊！

希腊的！我不能说明这意味着什么，但我感觉出这点。为简明起见，我在这里根据的是荷马、索福克勒斯及忒俄克里托斯，他们教会我去感觉。

同时，我还要连忙接着说：小小的法国人，你要拿希腊的盔甲来做什么？它对你来说是太大了，而且太重了。

因此所有的法国悲剧本身就变成了一些模仿的滑稽诗篇。不过那些先生们已从经验里知道，这些悲剧如同鞋子一样，只是大同小异，它们中间也有

一些乏味的东西，特别是经常都在第四幕里，同时他们也知道这该又是如何按照格律来进行的。这就无须多花笔墨了。

我不知道是谁首先想出把这类政治历史大事题材搬上舞台的。对这方面有兴趣的人，可以借此机会写一篇论文，加以评论。这发明权的荣誉是否属于莎士比亚，我表示怀疑，总而言之，他把这类题材提高到至今似乎还是最高的程度，眼睛向上看是很少的，因此也很难设想，会有一个人能比他看得更远，或者甚至能比他攀登得更高。

莎士比亚，我的朋友啊！如果你还活在我们当中的话，那我只会和你生活在一起；我是多么想扮演配角匹拉德斯，假如你是俄来斯特的话！而不愿在德尔福斯庙宇里做一个受人尊敬的司祭长。

先生们，我想停笔，明天再继续写下去：因为现在滋长在我内心里的这种心情，你们也许不容易体会到。莎士比亚的戏剧是个美妙的万花镜，在这里面，世界的历史由一根无形的时间线索串连在一起，从我们眼前掠过。他的构思并不是通常所谈的构思；但他的作品都围绕着一个神妙的点，在这里我们从愿望出发所想象的自由，同在整体中的必然进程发生冲突。可是我们败坏了的嗜好是这样迷糊住了我们的眼睛，我们几乎需要一种新的创作，来使我们从这暗影中走出来。

所有的法国人及受其传染的德国人，甚至于维兰也在这件事情上和其他一些更多的事情一样，做得不太体面。连向来以攻击一切崇高的权威为职业的伏尔泰，在这里也证实了自己是个十足的台尔西特。如果我是尤利西斯的话，那他的背脊定要被我的王笏打得烯烂！

这些先生当中的大多数人对莎士比亚的人物性格表示特别反感！

我却高呼：自然，自然！没有比莎士比亚的人物更自然的了！

这样一来，于是乎他们一起来扭住我的脖子。

松开手，让我说话！

他与普罗米修斯竞争着，以对手作榜样，一点一滴地刻画着他的人物形象，所不同的是赋予了巨人般的伟大——正因为如此，我们才认不出他们是我们的兄弟——然后以他的智力唤醒了他们的生命。他的智力从各个人物身上表现出来，因此大家看出他们之间的亲属关系。

我们这一代凭什么敢于对自然加以评断？我们从什么地方来了解它？我们从幼年起在自己身上感到的以及在别人身上所看到的，这一切都是被束缚住的和矫揉造作的东西。我常常站在莎士比亚面前，内心感到惭愧，因为有时发生这样的情形：在我看了一眼之后，我就想到，要是我的话，

一定会把这些处理成另外一个样子！接着我便认识到自己是个可怜虫，从莎士比亚描绘出的是自然，而我所塑的人物却都是肥皂泡，是由虚构狂所吹起的。

虽然我还没有开过头，可是我现在却要结束了。

那些伟大的哲学家们关于世界所讲的一切，也适用于莎士比亚；我们所称之为恶的东西，只是善的另外一个面，对善的存在是不可缺少的，与之构成一个整体，如同热带要炎热，拉伯兰要上冻，以致产生了一个温暖的地带一样，莎士比亚带着我们去周游世界；而我们这些娇生惯养、无所见识的人遇到每个飞蝗却都要惊叫起来：先生，它要吃我们呀！

先生们，行动起来吧！请你们替我从那所谓高尚嗜好的乐园里唤醒所有的纯洁心灵，在那里，他们饱受着无聊的愚昧，处于半睡半醒的状态，他们内心里虽充满激情，可是骨头里却缺少勇气，他们还未厌世到致死的地步，但是又懒到无所作为，所以他们就躺在桃金娘和月桂树丛中，过着他们的萎靡生活，虚度光阴。

## ■ 作品赏析

发表这篇演讲时歌德只有 22 岁，看看这个慷慨激昂、文采飞扬的少年之作，它几乎使许多过往者和后来者羞愧难当。歌德的演讲完全是针对诗和莎士比亚的，他在演说中表现出使人信服的对莎士比亚在学识上和美学领悟上的把握，这是最难得的。这篇演讲交织着理性的学识和感性的慷慨情绪，表达了歌德对莎士比亚的高度认同和无限热爱，作者的表达盛满充沛的诗意，事实上它就是一首完美的诗，一个即将形成的美学和艺术哲学的宣言。歌德在极力称颂莎士比亚，高度赞扬他的艺术成就的同时，以莎士比亚本身为参照，批判了法国小市民粗浅的所谓悲剧或喜剧的艺术。他有机会把这次演讲当成一次美学斗争，文章开头即劈头盖脸、无可置疑地说出：“我觉得我们最高尚的情操是：当命运已经把我们带向正常的消亡时，我们仍希望生存下去。”歌德这样说当然有他的目的，接下来他肯定了莎士比亚的生命和创造所造就的伟大激情和生命的意蕴，并且以莎士比亚作为武器，来批判一种世俗萎缩的灵魂处境和它的衍生物——“所有的法国的悲剧本身就变成了一些模仿的滑稽诗篇”。歌德宣称：“没有比莎士比亚的人物更自然的了。”高呼着：“松开手，让我说话！”一个属于思想和艺术斗争的时代便开始了。

# 音乐，带电的土壤

演讲词档案

演讲者：贝多芬（1770 ~ 1827）
演讲时间：1811 年
演讲者身份：德国最伟大的音乐家

## ■历史背景

1808 年，贝多芬遇见了一个年轻的女子。这名女子名叫特蕾泽·玛尔法蒂，是别人介绍给贝多芬的女学生。经过一段时间的相处，贝多芬对她产生了强烈的好感，爱情在伟大的音乐家心中萌发。此后，贝多芬向特蕾泽写了许多封情书，倾诉感情，并且认为："是你把我从耳聋的危机之中解救出来，我将证明我不会让你失望，我会更加勤奋地创作。"这一时期，贝多芬心情非常甜美、舒畅，创作了大量的作品。这次演说，其实是贝多芬向特蕾泽诉说自己有关音乐创作的自白书，也是他对艺术创作的深刻感悟。

## ■原文欣赏

有关于我的创作的一切情由，在我的感觉中都是那么神秘而不可捉摸。但我急于要说明的是，当一个主题被自然地放在了面前时，我的旋律就从热情的源泉，不择地涌现出来；我追踪它，再次热情地抓住它；我眼看着它飞逝而去，在一团变幻激情中消失得无影无踪，然后我又激情满怀，再次捕捉到了它，要我同它分离是不可能的，我只有急急忙忙地将它转调，加以展开，最后，我还是把它占有了——这就是一部交响曲啊！音乐，尽管变化多端，它归根到底是精神生活与感官生活之间的调解者。我想同歌德谈谈这个问题，他会理解我吗？

把我的意思告诉歌德吧，跟他说，要他听听我的交响曲，他就会同意我这样说是对的，音乐是种无形的东西，目标是向认识的王国挺进。这王国包括人类，人类却不能包括它……我们不知道认识究竟能给我们带来什么。被包裹着的种子只有在潮湿、带电和温暖的土壤中才会发芽、思考和表现自己。音乐便是这种带电的土壤；在音乐中，我们的头脑可以思考，可以生活和建设一切。哲学便是头脑带电本质的结晶；哲学的目标是寻求基本原理的基础；头脑是需要借助于哲学才能达到崇高境界的；虽然头脑并不能超越产生他的东西，但它在超越的过程中却会得到幸福。所以，每

种现实的艺术创造都是独立的，而且比艺术家本人更有力量，它通过艺术的表现回向神圣。艺术创造和艺术家也只有回向神圣，才能证明神圣的东西在他身上获得了调解。万物都带电，它刺激头脑去创造音乐，创造流动性的、不断往外涌现出来的东西。

我的本性也是带电的，我一定要改变我的智慧不易外露的习惯，为了表达我的智慧，我可以做到心里是怎样想的，口头上就怎样说，写信告诉歌德，问问他是否明白我所说的意思。

## ■ 作品赏析

演讲中，贝多芬充分表达了对音乐的热爱，刚开始他就说："当一个主题被自然地放在了面前时，我的旋律就从热情的源泉，不择地涌现出来；我追踪它，再次热情地抓住它……"从中我们不难看到贝多芬对音乐的巨大热情和对音乐创作的忘我与投入。此后贝多芬以精确的语言，给出了音乐的本质"精神生活与感官生活之间的调解者"。作为一种艺术，音乐来自哪里呢？贝多芬给出了自己的理解，来自深刻的哲学思考和对崇高境界的追求，"音乐是带电的土壤"，要想有所创造音乐家需要"回向神圣"。最后，贝多芬热情地表达，自己勇敢地"表达我的智慧"，创作更多的音乐作品。

贝多芬的演说，思想深刻，语言精妙。此外，他还运用了形象的比喻来解释音乐的本质和创作。这些比喻使得说理更加透彻、生动。这番演讲就像是他创作的美妙的音乐，蕴含着独有的思想，散发着独特的光芒。

### ⊙演讲者简介⊙

贝多芬，德国最伟大的音乐家之一。贝多芬很早就显露了音乐才能，8岁就开始登台演出。1792年去维也纳深造，艺术上有了很大的进步。贝多芬信仰共和，倡导自由博爱的思想，崇尚英雄。贝多芬的一生坎坷，没有建立家庭。26岁开始耳聋，晚年全聋。贝多芬不仅是古典音乐的集大成者，也开辟了浪漫时期音乐的道路，被尊称为"乐圣"。1827年3月26日，贝多芬在维也纳逝世。他的作品有：作品集第三交响曲（英雄）、第五交响曲（命运）、第六交响曲（田园）、第九交响曲（合唱）、第一钢琴协奏曲、第三钢琴协奏曲、第五钢琴协奏曲、D大调小提琴协奏曲、第八钢琴奏鸣曲（悲怆）、土耳其进行曲，等等。

贝多芬像

# 巴尔扎克葬词

演讲者：雨果（1802 ~ 1885）
演讲时间：1850 年 8 月 20 日
演讲地点：拉歇斯神甫公墓
演讲者身份：法国著名诗人、小说家、政治活动家

## ■历史背景

巴尔扎克于 1850 年 8 月 18 日逝世，8 月 20 日，在拉歇斯神甫公墓举行了隆重的葬礼。雨果面对冒雨前来送葬的人们发表了这篇演讲，它是一个文学天才对另一个先行离开的文学天才的盖棺定论。

## ■原文欣赏

各位先生：

方才入土的人是属于那些有公众悲痛送殡的人。在我们今天，一切虚构都消失了。从今以后，众目仰望的不是统治人物，而是思维人物。一位思维人物不存在了，举国为之震动。今天，人民哀悼的，是死了有才的人；国家哀悼的，是死了有天才的人。

各位先生，巴尔扎克的名字将打入我们的时代，给未来留下光辉的线路。

巴尔扎克先生参与了 19 世纪以来在拿破仑之后的强有力的作家一代，正如 17 世纪一群显赫的作家（法国 17 世纪古典主义作家高乃依、拉辛、莫里哀和拉封丹等，他们在黎希留之后共同促成了法国 17 世纪古典主义文学的兴盛），涌现出黎希留（法王路易十三的宰相，执政期间注意网罗人才使他们服务于王权）之后一样，就像文化发展中，出现了一种规律，促使精神统治者承继了武力统治者一样。

在最伟大的人物中间，巴尔扎克是第一等的人；在最优秀的人物中间，巴尔扎克是最高的一个。他的理智是壮丽的、颖特的，成就不是眼下说得尽的。他的全部书仅仅形成了一本书：一本有生命的，有光亮的、深刻的书，我们在这里看见我们的整个现代文化走动、来去，带着我说不清楚的、和现实打成一片的惊惶与恐怖的感觉。一部了不起的书，他题作喜剧，其实就是题作历史也没有什么，这里有一切形式与一切风格，超过塔席特，上溯到徐艾陶诺（塔希特、徐艾陶诺：罗马帝国时期的历史学家）；经过博马舍，上溯到拉伯雷；一部又是观察又是想象的书，这里有大的真实、亲切、家常、琐碎、粗鄙，但是骤然之间就是现实的帷幕撕开了，留下一条宽缝，立时露

出最阴沉和最悲壮的理想。

愿意也罢，不愿意也罢，同意也罢，不同意也罢，这部庞大而又奇特的作品的作者，就在自己不知道的时候，加入了革命作家的强大行列。巴尔扎克笔直地奔到目的地，抓住了现代社会脉搏。他从各方面揪过来一些东西，有虚象，有希望，有呼喊，有假面具。他发掘恶习，解剖热情。他探索人、灵魂、心、脏腑、头脑与各个人有的深渊。巴尔扎克由于他天赋的自由而强壮的本性，由于理智在我们的时代所具的特权，身经革命，更看出了什么是人类的末日，也更了解了什么是天意，于是面带微笑，心胸爽朗，摆脱开了那些令人望而生畏的研究，不像莫里哀，陷入忧郁；也不像卢梭，起憎世之心。

这就是他在我们中间的工作。这就是他给我们留下来的作品，高大而又坚固的作品，金刚岩层雄伟的堆积——纪念碑！从今以后，他的声名在作品的顶尖熠熠发光。伟大人物给自己安装基座，未来负起安放雕像的责任。

他的去世惊呆了巴黎。他回到法兰西有几个月了。他觉得自己快要死了，希望再看一眼祖国，就像一个人出远门之前，要吻抱一下自己的亲娘一样。

他的一生是短促的，然而也是饱满的——作品比岁月还多。

唉！这强有力的、永不疲倦的工作者，这哲学家，这思想家，这诗人，这天才，在我们中间，过着暴风雨的生活，充满了斗争、争吵、战斗，一切伟大人物在每一个时代遭逢的生活。今天，他安息了。他走出了纷扰与仇恨。

雨果时代的法国是浪漫主义的中心，而巴黎更是伟大的浪漫主义者聚集的地方。图中演奏钢琴者为著名的钢琴大师李斯特，周围是雨果（左二）、大仲马（左一），以及法国浪漫主义女小说家乔治·桑（右一）、意大利作曲家与19世纪主要小提琴演奏大师帕格尼尼（左三）等。

他在同一天步入了光荣，也步入了坟墓。从今以后，他和祖国的星星在一起，熠耀于我们上空的云层之上。

你们站在这里，有没有羡慕他的心思？

各位先生，面对着这样一种损失，不管我们怎样悲痛，就忍受一下这些重大打击吧。打击再伤心、再严重，也先接受下来再说吧。在我们这样一个时代，不时有伟大的死亡刺激充满了疑问与怀疑论的心灵，因而对宗教发生动摇。这也许是适宜的，这也许是必要的。上天使人民面对着最高的神秘，对死亡加以思维，知道自己做的是什么。死亡是伟大的平等，也是伟大的自由。

上天知道自己做的是什么，因为这是最高的教训。一个崇高的心灵，气象万千，走进另一个世界，他本来扇着天才的看得见的翅膀，久久停在群众的上空，忽而展开人看不见的另外的翅膀，骤然投入了不可知。这时候个个人心所能有的，只是庄严和严肃的思想。

不，不是不可知！不，我在另一个沉痛的场合已经说过了，我就不疲倦地再说一遍吧：不，不是夜晚，而是光明！不是结束，而是开始！不是空虚，而是永生！你们中间有谁嫌我这话不对吗？这样的棺柩，表明的就是不朽。面对着某些显赫的死者，人更清清楚楚地感到这种神圣的命运，走过大地为了受难、为了洗净自己。大家把这种理智叫做人，还彼此说：那些生时是天才的人，死后就不可能不是神灵！

## ■ 作品赏析

在巴尔扎克墓前，雨果穷尽了溢美之词，但是我们丝毫没有感到夸张，“从今以后，众目仰望的不是统治人物，而是思维人物。一位思维人物不存在了，举国为之震动。今天，人民哀悼的，是死了有才的人；国家哀悼的，是死了有天才的人”。雨果对巴尔扎克的全部溢美之词是建立在他对巴尔扎克的全部理解之上的，它是一个伟大灵魂对另一个伟大灵魂的理解：“他的全部书仅仅形成了一本书：一本有生命的、有光亮的、深刻的书，我们在这里看见我们的整个现代文化走动、来去，带着我说不清楚的、和现实打成一片的惊惶与恐怖的感觉。”雨果认为巴尔扎克的著作是“一部了不起的书”，“有一切形式与一切风格”，“一部又是观察又是想象的书，这里有大的真实、亲切、家常、琐碎、粗鄙，但是骤然之间就是现实的帷幕撕开了，留下一条宽缝，立时露出最阴沉和最悲壮的理想”，他的“作品比岁月还多”。雨果不愧是浪漫主义的天才人物，他敏锐的洞察力使他在巴尔扎克的葬礼上迅速地捕捉了时代变化的脉搏，他的语言是激动和无法节制的，爆发着诗性的智慧和激情。

## ⊙演讲者简介⊙

雨果，贯穿他一生活动和创作的主导思想是人道主义、反对暴力、以爱制“恶”，他的创作期长达60年以上，作品包括26卷诗歌、20卷小说、12卷剧本、21卷哲理论著，合计79卷之多，给法国文学和人类文化宝库增添了一份十分辉煌的文化遗产。

雨果像

雨果出生在法国贝桑松的一个军官家庭。他在中学时代就对文学产生了浓厚兴趣。他的文学活动是从他为《文学保守派》杂志写稿开始的。由于家庭的影响，雨果最初的诗歌大都歌颂保王主义和宗教。1830年七月革命后，雨果在政治上进一步走上左翼的道路。

1848年“二月革命”开始时，雨果已成为坚定的共和党人，并当选为制宪会议的成员，成为法国国民议会中社会民主左派的领袖。1851年，路易·波拿巴发动反革命政变。雨果立即发表宣言进行反抗，不幸遭到失败。同年12月，雨果被迫逃亡到布鲁塞尔。

在长达19年的流亡生活期间，雨果始终坚持对拿破仑三世独裁政权的斗争，并坚持写作。雨果一生追随时代步伐前进，是法国文学史上一位重要的作家。

1885年5月22日，雨果在巴黎与世长辞。

# 普希金纪念像揭幕致词

演讲词档案

演讲者：屠格涅夫（1818 ~ 1883）
演讲时间：1880年6月6日
演讲地点：斯特拉斯特内伊广场
演讲者身份：俄国著名作家、诗人和剧作家

## ■ 历史背景

普希金是俄罗斯最伟大的诗人，被称为“俄罗斯文学之父”。作为一个贵族革命诗人，他歌颂自由、同情人民、反对暴政，创作了大量的文学作品，最著名的如政治抒情诗《致恰达耶夫》、《自由颂》；叙事长诗《叶夫盖尼·奥涅金》等。普希金的作品多关注专制制度与民众的关系，以及农奴问题。他的作品是反映俄国社会的一面镜子，促进了俄国社会思想的进步。为纪念普希金这轮“俄罗斯的太阳”，俄罗斯人民在莫斯科市中心的斯特拉斯特内伊广场为他建造了一座纪念像。1880年6月6日，普希金纪念像揭幕，屠格涅夫在揭幕式上发表了这次演讲。

## ■原文欣赏

女士们、先生们：

为普希金建造纪念像得到了素有教养的全俄罗斯人民的参与、赞同，我们这么多优秀的人物，来自乡村、政府、科技、文学和艺术各界的代表在此聚会庆祝，这一切向我们表明了社会对它的一位优秀成员的由衷爱戴。我们尽量简练地阐述一下这种爱戴的内涵和意义。

普希金是俄罗斯第一位诗人艺术家。艺术这个词从广义上理解应包括诗歌在内。艺术是理想的再现和反映。理想存在于人民的生活根基内，决定了人民的道德风貌。艺术活动是人的基本特性之一。在人类本性中早已发现了的、明确了的艺术活动——艺术，事实上是模仿，即使在人类生存的最早期，它也已经表达出崇高精神和人类某种最优秀的东西。石器时代的野蛮人用尖石块在适当的断骨片上画熊或麋鹿头，此时其实他们已不再是野蛮人、动物类了。但人类只有到了天才们用创造力自觉、充分、有特色地表现自己艺术的那一刻，它才获得了自己的精神面貌和自己的声音，从而有了宣布自己在历史中自身地位的权利。于是，它开始和那些承认它的民族友好共处。怪不得希腊被称为荷马的国家、德国为歌德的国家、英国为莎士比亚的国家。我们不想否定人民生活在宗教、国家等领域内其他现象的重要性，而我们现在所指的特性是人民从自己的艺术、自己的诗歌那里得到的：人民的艺术是它活生生的个体灵魂、它的思想、它高层次含义上的语言，这也就不足为奇了。艺术一旦得以充分的表现，它甚至比科学更能成为全人类的财富，因为它是有声响的、人类的、思索着的灵魂、这一灵魂是不死的，因为它能比自己的人民，自己的肉体存活得更久。希腊给我们留下了什么？留下的是她的灵魂。宗教形态以及随后科学形态的东西同样比表现它们的人民存活得长久，这是由于在它们里面有着共同的、永恒的东西；诗歌、艺术的长存是由于有着个体的、生动的东西。普希金，让我们再重复一遍，是我们第一位诗人艺术家。诗人充分表达了人民性本质，在他身上融合了这一本质的两个基本原则：相容性原则和独立性原则，我们可大胆地补充解释成女性和男性原则。俄国人加入欧洲大家庭比别的民族来得迟，这两种原则在我国染上了特殊的色彩。我们的相容性是双重的：既对本国的生活也对其他西方民族的生活相容，其中对西方生活中的所有精华以及有时在我们看来是苦涩的果实都能相容，我们的独立性也获得一种特殊的、不平衡的、阵发性的，但有时又是很完美的力量。这种独立性必须同外界的复杂情况、同自身的矛盾作斗争。请

回忆一下彼得大帝吧！他的本性与普希金有点相似，难怪普希金对彼得大帝怀有特殊的仰慕、敬爱之情。我们现在所讲的这种双重的相容性意味深长地反映在我们诗人的生活之中：首先，他诞生在旧贵族老爷的家里，其次，贵族学校的外国化教育，由外部渗透进来的当时社会的影响，伏尔泰、拜伦，和 1812 年伟大的人民战争，最后是俄国腹地的放逐，对人民生活、民间语言的沉迷，以及那著名的老奶妈讲的平凡的故事。至于涉及独立性，那么它在普希主身上很快就被激发出来，他不再摸索、徘徊，他进入了自由创作的天地。

女士们、先生们，任何艺术都是把生活拔高到理想境界，持日常琐碎生活观点的人总是低于这一境界。这是一个应该努力去攀登的高峰。不管怎么说，歌德、莫里哀和莎士比亚始终是真正含义上的人民诗人，即民族诗人。让我们作一比较，例如：贝多芬或莫扎特，无疑都是民族的、德国的作曲家，他们的音乐大部分是德国音乐，然而在他们所有的作品里你非但找不到一点从平民百姓那儿借用来的音乐痕迹，甚至也找不到与它们有相似的地方，这正是因为这种民间的、还处于自然阶段的音乐已经渗入他们的血肉之中，促使他们活跃。这好比艺术理论完全消溶于他们体内，也好像语法规则在作家活生生的创作中无影无踪一样。在另外一些脱离日常生活观点更远一点，更封闭一点的艺术领域内，“民间性”的提法是不可思议的。世界上有民族画家拉斐尔、伦勃朗，但却没有民间的画家。我顺便指出，在艺术、诗歌、文学领域里提出民间性口号只会是那些弱小的民族，他们尚未成熟或者处于被奴役、被压迫的状态下。他们的诗歌当然要去服务于另一个十分重要的目的：维护好民族自身的存在。上帝保佑，俄罗斯并不处于类似的环境中，它既不弱小也不奴役其他民族，它用不着为自身存在而担惊受怕，用不着死死地固守着独立性，它甚至可以去爱那些能指出它缺点的人。我们还是回到普希金的话题来吧！有人问，他是否能称之为与莎士比亚、歌德和其他大艺术家相提并论的诗人？这一点我们暂且不谈，但他创造了我们诗歌的文学的语言，我们和我们的后代只需沿着他的才智所开辟的道路前进就可以了。从我们以上所说的话中，你们已经可以相信，我们不会同意那些当然是好心肠人的意见。他们认为，根本就不存在什么俄罗斯的标准语，而只是民众和其他一些慈善机构为我们创造的。我们反对这种说法，在普希金创造的语言里我们看到的是所有生命力的条件：俄罗斯的创作、俄罗斯的相容性，在这壮丽的语言中它们严谨地融合在一起。普希金本人就是一位出色的俄罗斯艺术家，的确如此，俄罗斯的！他诗歌的核心本质、所有特性正是和我国人民的特点本

质相一致的。

一切正是这样？但是我们能否有权利称普希金为世界级的民族诗人呢？（这两种表达法往往是相吻合的）就好比我们这样称呼莎士比亚、歌德、荷马一样呢？普希金还不能与他们完全相提并论。我们不该忘记：他孤身一人却必须去做两项工作，在其他国家是相隔整整一个世纪甚至更长时间来完成的。这两项工作分别是：创立语言和造就文学，再加上残酷的命运又增加了他的负担，命运之神几乎是幸灾乐祸地对我们的天才穷追不舍，把他从我们身边夺走，当时，他未满 37 岁。可是，我们不去局限在这些悲剧的偶然性上，正因为这种偶然性，也就富有悲剧色彩。我们从黑暗中再返回光明，重来谈谈普希金的诗歌。我没有篇幅和时间一一列举他单独的作品，别人会把这件事做得更好。我们仅仅想指出，普希金在自己的创作中为我们留下了许多典型范例、典型形象（这是天才人物的又一无可置疑的特点），它们仍将在我们以后的文学创作中体现出来。请你们只要回味一下《鲍里斯·戈都诺夫》中小酒馆的场面、《格罗欣村的编年史》等便可以了。而诸如毕明以及《上尉的女儿》中的主要角色难道不就证明了他心目中的过去同样存活在今天，存活于他所预见过的未来。

然而，普希金终未逃脱诗人艺术家、创业者所共有的结局。他感受到了同时代人对自己的冷漠；以后的几代人离他就更远了；不再需要他，不再以他的精神来教育自己。直到前不久我们才渐渐看见重新着手读他诗歌的局面。我们已经指出了一个值得庆幸的事实，青年人重又回头阅读、研究普希金了，但我们不能忘记，好几代人延续不断地从我们眼前经过，在他们看来，普希金的名字也就像其他名字一样总会被人遗忘。我们也不想过分怪罪于上几代人，我们只想扼要说明，为什么这种遗忘是不可避免的，但我们也不该不为回归诗歌的境况感到欣慰。我们特别高兴，是因为我们的青年人回头阅读，并不是像那些追悔莫及、万念俱灰、被自己的失误拖得精疲力竭的人那样寻找着他们曾经抛弃的避风港和安身处。我们很快就发现，这种回归是满足的表现，尽管只有一点满足。我们还找到了以下情况的证据：某些目标，不管是被认为可以达到，还是必须达到的，都是在于把一切与生活无关的东西清除掉，把生活压缩在唯一的轨道上运行，于是，人们承认这些目标达到了，未来又会预示向其他目标进取。然而，已经没有任何东西会妨碍以普希金为主要代表的诗歌在社会生活众多合法现象中占有自己一席合法的地位。曾几何时，美文学几乎成了再现当时生活唯一的方式，但接着又完全退出生活舞台。美文学当时的范围过于宽大，而诗歌又被压缩到几乎等于零。诗歌一旦找到了自己自然的界限，便会永远巩固住自己的地盘。在老一代的，并不是老朽的导师的影响下，我们坚信，艺术的规则、艺术的方法又会起作用，谁精通这些呢？也许会有某位新的、尚无人知晓的、超过自己导师的天才问世，他完全可以无愧于世界级民族诗人这一称号。这个称号我们还没决定赋于普希金，但也不敢从他身上剥夺去。

无论如何，普希金对俄罗斯的功绩是伟大的、值得人民感激的。他把我们的语言进行了最后的加工，以至于使它在文字的丰富性、力度感、形式美方面甚至得到了国外语言学家的首肯，几乎被认为继古希腊语之后的第一流语言。普希金还用典型形象、不朽的音响影响了整个俄罗斯的生活风尚，最终是他第一个用强劲的大手把诗歌这面旗帜深深地插入了俄罗斯大地。如果在他去世后，论战掀起的尘土暂时遮盖住了这面光辉的旗帜，那么今天尘土已开始跌落，由他升起的常胜大旗重又辉耀高空。发出光辉吧，就像矗立在古老首都中心位置的伟大青铜圣像一样；向未来的一代又一代人宣告吧，我们有权利被称为伟大的民族，因为在这一民族中诞生了一位和其他伟大人物一样的人物：正像人们一提起莎士比亚，则所有刚识字的人都必然会想成为他的新读者。我们同样也希望，我们每一个后代都怀着爱心驻足在普希金的雕像前理解这种爱的意义。这样也就证明，他像普希金一样成了更俄罗斯化、更有教养、更自由的人了！女士们、先生们，这最后一句话请你们不必惊奇！在诗歌里蕴含着解放的力量，因为这是一种高昂的道德力量。我们更希望在不久的将来甚至那些至今仍不想读我们诗人作品的平民百姓们的儿女也会明白，普希金这个名字意味着什么？他们会自觉地反复念叨一直在我们耳际回响的喃喃自语声：“这是一座为导师而立的纪念像！”

## ■ 作品赏析

屠格涅夫把演讲的主题定位为“阐述一下这种爱戴的内涵和意义”。他从“艺术”一词谈起，充分表达了他对普希金的思念和无限崇敬，高度赞扬了普希金在文学上的不朽贡献。他认为普希金是“俄罗斯第一位诗人艺术家”，他的诗使俄语成了“继古希腊语之后的第一流语言”。屠格涅夫指出，普希金一个人完成“创立语言和造就文学”的伟大使命，而且是在残酷的命运下。他肯定普希金的成就，说“无论如何，普希金对俄罗斯的功绩是伟大的、值得人民感激的”，而且认为普希金不应该被人遗忘，并为青年人开始回顾普希金的作品而感到高兴。屠格涅夫说出了建立纪念像的必要性，得到听众们的认同。屠格涅

夫用一句“这是一座为导师而立的纪念像”作为结尾，使得整个演讲戛然而止，既扣住了演讲的主题，又引人深思。

⊙演讲者简介⊙

屠格涅夫像

屠格涅夫，出生于俄国奥廖尔省。1833年进入莫斯科大学文学系，一年后转入圣彼得堡大学哲学系语文专业，毕业后赴德国柏林大学学习。1843年春，屠格涅夫和李根共同发表叙事长诗《巴拉莎》，受到别林斯基的好评。1847～1851年，他在进步刊物《现代人》上发表成名作《猎人笔记》。此作品主张废除农奴制，触怒了当局。政府以屠格涅夫发表追悼果戈里文章违反审查条例为由，将其拘捕、放逐。1860年以后，屠格涅夫主要在西欧生活，结交了如左拉、莫泊桑、都德等著名作家、艺术家，并参加了在巴黎举行的“国际文学大会”。屠格涅夫在俄罗斯文学与欧洲文学的沟通方面起到了重要作用。

屠格涅夫被称为“小说家中的小说家”。他的作品语言优美，充满浪漫的氛围和淡淡的哀愁，让人回味无穷。主要作品有长篇小说：《罗亭》、《贵族之家》、《父与子》等。



# 在荷默斯七十寿辰时的致词

演讲者：马克·吐温（1835～1910）
演讲时间：1879年12月3日
演讲地点：波士顿
演讲者身份：美国著名作家

## ■历史背景

1867年，马克·吐温受一家报社的委托，以记者的身份去地中海地区旅行。在途中，他完成了50篇通讯。1869年，这些作品结集为《老实人在国外》出版。书中幽默的语言和令人回味的内容，轰动了整个美国。因为这部书的部分内容涉嫌剽窃，马克·吐温因此结识了美国另一位文坛巨匠荷默斯。不打不成交，随后两人成为挚友。1879年12月3日是荷默斯七十大寿，马克·吐温在祝寿会上发表了这篇贺词。

## ■原文欣赏

主席先生，各位女士、先生：

为了亲临对荷默斯博士的祝寿，再远的路程我也要前来。因为我一直对他怀有特别亲切的感情。一个人一生中初次接到一位大人物的信时，总是把

这当成一件大事。你们所有的人都会有这样的体验。不管你后来接到多少名人的来信，都不会使这第一封失色，也不会使你淡忘当时那种又惊喜又感激的心情。流逝的时光也不会湮灭它在你心底的价值。

第一次给我写信的伟大人物正是我们的贵客——奥列弗·温德尔·荷默斯。他也是第一位被我从他那里偷得了一点东西的大文学家。这正是我给他写信以及他给我回信的原因。我的第一本书出版不久，一位朋友对我说："你的卷首献词写得漂亮简洁。"我说："是的，我认为是这样。"我的朋友说："我一直很欣赏这篇献词，甚至在你的《老实人在国外》出版前，我读到这篇献词时就很欣赏了。"我当然感到吃惊，便问："你这话什么意思？你以前在什么地方看到这篇献词？""唔，几年前我读荷默斯博士的《多调之歌》一书献词时就看过了。"当然啦，我一听之下，第一个念头就是要了这小子的命，但是想了一想之后，我说可以先饶他一两分钟，给他个机会，看看他能不能拿出证据证实他的话。我们走进一间书店，他果真证实了他的话。我确确实实偷了那篇献词，几乎一字未改。我当时简直想象不出怎么会发生这种怪事；因为我知道一点，绝对毋庸置疑的一点，那就是，一个人若有一茶匙头脑，便会有一分傲气。这分傲气保护着他，使他不致有意剽窃别人的思想。那就是一茶匙头脑对一个人的作用——可有些崇拜我的人常常说我的头脑几乎有一只篮子那么大，不过他们不肯说这只篮子的尺寸。

后来我到底把这事想清楚了，揭开了这谜。在那以前的两年，我有两三个星期在三明治岛休养。这期间，我反复阅读了荷默斯博士的诗集，直到这些诗句填满我的脑子，快要溢了出来。那献词浮在最上面，信手就可拈来，于是不知不觉地，我就把它偷来了。说不定我还偷了那集子的其余内容呢，因为不少人对我说我那本书在有些方面颇有点诗意。当然啦，我给荷默斯博士写了封信，告诉他我并非有意偷窃。他给我回了信，十分体谅地对我说，那没有关系，不碍事；他更表示相信我们所有的人都会不知不觉地运用读到的或听来的思想，还以为这些思想是自己的创见呢。他说出了一个真理，而且说得那么令人愉快，帮我顺顺当当地下了台阶，使我甚至庆幸自己亏得犯了这剽窃罪，因而得到了这封信。后来我拜访他，告诉他以后如果看到我有什么可供他作诗的思想原料，他尽管随意取用好了。那样，他可以看到我是一点也不小气的；于是我们从一开始就很合得来。

从那以后，我多次见过荷默斯博士；最近，他说——噢，我离题太远了。我本该向你们，我的同行、广大公众的教师们说出我对荷默斯的祝词。我应

该说，我非常高兴地看到荷默斯博士的风采依然不减当年。一个人之所以年迈非因年岁而是身心的衰弱。我希望许多许多年之后，人们还不能肯定地说："他已经老了。"

## ■ 作品赏析

在这番祝寿词中，马克·吐温不落俗套，围绕《老实人在国外》中的一次"无意的剽窃"，来谈论他和荷默斯相识的经过。虽然这只是一件微不足道的小事，但是在这样的场合中讲出来，却表现出马克·吐温与荷默斯之间不同寻常的关系。

当然，马克·吐温并非有意剽窃。但如果从法律的角度上来看，这的确是一件可以对簿公堂的事情。不过，这个严肃的事件从这位幽默大师的口中说出来，却让人忍俊不禁。"可有些崇拜我的人常常说我的头脑几乎有一只篮子那么大，不过他们不肯说这只篮子的尺寸。""那献词浮在最上面，信手就可拈来，于是不知不觉地，我就把他偷来了。"这些幽默、诙谐的语言，给这件严肃的事情中加入了轻快的随意。这显示了马克·吐温的演讲天赋，也是这篇演讲的魅力所在。本文不仅是演讲中的典范，也为我们处理日常生活的一些误会提供了借鉴。

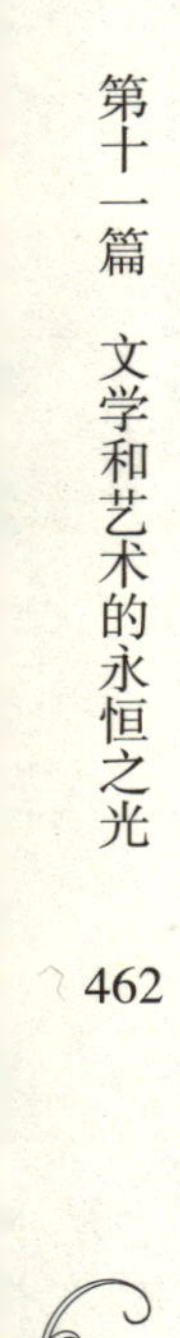






# 在莫泊桑葬礼上的演说

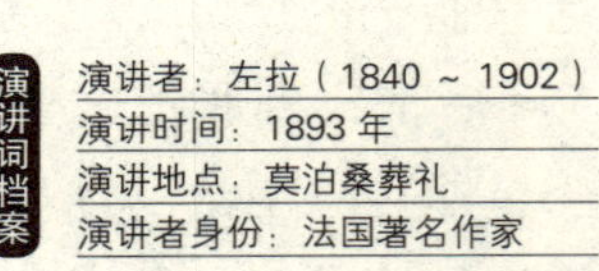


## ■ 历史背景

1874 年，莫泊桑通过福楼拜结识了左拉。此后，左拉成为莫泊桑的老师、兄长和朋友。1879 年，左拉、莫泊桑以及保尔·阿莱克西等六人，结成了自然主义的"梅塘集团"。在莫泊桑的创作生涯中，左拉对他的成功起了非常重要的作用。有人说，如果没有左拉的友谊，也就不会有莫泊桑的文学成就。左拉评价莫泊桑的创作时说："他高产，稳产，显示出炉火纯青的功力，令我惊叹。短篇小说、中篇小说，源源而出，无限地丰富多彩，无不精湛绝妙，令人叹为观止。"在莫泊桑逝世后，左拉深感痛心。在莫泊桑葬礼上，左拉发表了这篇悼念演讲。

## ■ 原文欣赏

那些规模庞大的系列作品，能够留传后世的从来都不过是寥寥几页。

请允许我以法兰西文学的名义讲话，作为战友、兄长、朋友，而不是作为同行向吉·德·莫泊桑致以最崇高的敬意。

我是在居斯塔夫·福楼拜家中认识莫泊桑的，他那时已在18岁到20岁之间。此刻他又重现在我的眼前，血气方刚，眼睛明亮而含笑，沉默不语，在老师面前像儿子对待父亲一样谦恭。他往往整整一个下午洗耳恭听我们的谈话，老半天才斗胆插上片言只语。但这个开朗、坦率的棒小伙子焕发出欢快的朝气，我们大家都喜欢他，因为他给我们带来健康的气息。他喜爱剧烈运动，那时流传着关于他如何强悍的种种佳话。我们却不曾想到他有朝一日会有才气。

《羊脂球》这杰作，这满含柔情、讥嘲和勇气的完美无缺的作品，爆响了。他下车伊始就拿出一部具有决定意义的作品，使自己跻身于大师的行列。我们为此感到莫大的愉快；因为他成了我们所有看着他长大而未料想到他的天才的人的兄弟。而从这一天起，他就不断地有作品问世，他高产，稳产，显示出炉火纯青的功力，令我惊叹。短篇小说，中篇小说，源源而出，无限地丰富多彩，无不精湛绝妙，令人叹为观止；每一篇都是一出小小的喜剧，一出小小的完整的戏剧，打开一扇令人顿觉醒豁的生活的窗口。读他的作品的时候，可以是笑或是哭，但永远是发人深思的。

啊！明晰，多么清澈的美的源泉，我愿看到每一代人都在这清泉中开怀畅饮！我爱莫泊桑，因为他真正具有我们拉丁的血统，他属于正派的文学伟人的家族。诚然，绝不应该限制艺术的天地：应该承认复杂派、玄妙派和晦涩派存在的权利；但在我看来，这一切不过是堕落，如果您愿意的话，也可以说是一时的离经叛道，总还是必须回到纯朴派和明晰派中来的，正如人们终归还是吃那营养他而又永不会使他厌腻的日常必吃的面包。

莫泊桑在十五年中发表了将近二十卷作品，如果他活着，毫无疑问，他还可以把这个数字扩大三倍，他一个人的作品就可以摆满一个书架。可是让我说什么呢？面对我们时代卷帙浩繁的产品，我有时真有点忧虑不安。诚然，这些都是长期认真写作的成果……不过，对于荣誉来说这也是十分沉重的包袱，人们的记忆是不喜欢承受这样的重荷的。那些规模庞大的系列作品，能够留传后世的从来都不过是寥寥几页。谁敢说获得不朽的不可能是一篇三百行的小说，是未来世纪的小学生们当做无懈可击的完美的典范口口相传的寓

言或者故事呢？

先生们，这就是莫泊桑光荣之所在，而且是更牢靠、最坚实的光荣。那么，既然他以昂贵的代价换来了香甜的安息，就让他怀着对自己留下的作品永远富有征服人心的活力这一信念，香甜地安息吧。他的作品将永生，并将使他获得永生。



## ■ 作品赏析

作为逝者的挚友，左拉在演讲的开头首先回忆了自己与莫泊桑第一次在福楼拜家中相识的情景。虽是简单的描述，但是这引起了在场听众的共鸣。在这次演讲中，左拉高度评价了莫泊桑的《羊脂球》，并且赞扬他的每一篇小说“都是一出小小的喜剧，一出小小的完整的戏剧，打开一扇令人顿觉醒豁的生活的窗口”。演讲中，左拉毫无保留地表达了自己对莫泊桑的爱。接着，左拉借莫泊桑留下的作品的数量，发出了对这样一位伟大的作家中年辞世的惋惜，“如果他活着，毫无疑问，他还可以把这个数字扩大三倍”。之后，他再次特别提起莫泊桑的短篇小说，评价道：“谁敢说获得不朽的不可能是一篇三百行的小说，是未来世纪的小学生们当做无懈可击的完美的典范口口相传的寓言或者故事呢？”人虽然不在了，但是他的作品却是可以永远存于世的。

左拉的演讲平静、自然，既表达了自己悲伤、惋惜的心情，也充满了缅怀与赞美。这是一篇充满敬意的优秀悼念演讲。





### ⊙演讲者简介⊙

左拉像

左拉，法国著名作家，1840 年 4 月在巴黎出生。1859 年，左拉中学毕业会考失败，无缘大学。在以后两年间，他尝尽了失业的辛酸，但却因此体验了劳苦大众的生活。1862 年，左拉进入阿歇特出版社工作。1864 年，他的第一部短篇小说集《给妮侬的故事》出版。1866 年，被迫辞职。1867 年，左拉首次把他在文学上的理论付诸实践，写出《黛莱丝·拉甘》，第二年又写了另一部科学实证小说《玛德莱纳·菲拉》。1877 年，他完成著作《小酒店》，从此一举成名，踏上成功之路。接着，他用 16 年时间完成了 13 部著作，其中比较著名的有：《娜娜》、《萌芽》、《金钱》、《崩溃》、《巴斯卡医师》等。1902 年 9 月 28 日，左拉因煤气中毒在巴黎去世。

左拉生前是一个富有争议的人物，终未能进入法兰西学院。1908 年，法兰西共和国政府肯定了左拉生前对法国文学的卓越贡献，为他补行国葬。

# 向塞尚致意

演讲词档案

演讲者：克莱夫·贝尔（1881 ~ 1964）
演讲时间：1939 年
演讲者身份：英国艺术评论家

## ■ 历史背景

塞尚是法国后印象主义派的画家，他非常重视形以及构成形的线条、色块和体、面。塞尚的画在结构和色彩上表现出了独特的带有诗意的美感。这与贝尔的论断“艺术是有意味的形式”相吻合，为此，贝尔对塞尚大为赞赏。

## ■ 原文欣赏

随着塞尚的成熟，一个新的运动业已开始。人们常说，凭一个人的力量就能够激发整个一个时代。而塞尚就正是激发了当代的运动的人。然而，又不能说他完全置身于这个运动之中，因为他太伟大了，把他局限于某一个历史发展期的框架之内是不合适的。他是主宰一个时代的大人物之一，不适于被放到进化论者为我们安排好的干净的小鸽子窝里。他在他的大半生里没有引起人们的注意，而且当他悄悄地露出头角的时候，也未被人们发现。显而易见，我们欠下了他的债有多么大，而他欠下大家的债又是多么少。对我们来说，是不难看出高更和凡高逝世之前向塞尚借了些什么东西。当然，事实也并非完全如此，因为他们确实有敏锐的目光，在新世纪的黎明即将到来之前，他们就看出塞尚已经为一个新运动奠基了。

玩纸牌者　塞尚

这幅作品描绘了两个正在玩纸牌的农民形象，被公认为塞尚最伟大的人物画。

不管一位伟大的艺术家是否能被看做是一个坡道的起点的标志，塞尚却能当之无愧地代表一个运动的起点。我们不知道以后的年代要如何感谢塞尚，也很难说当代艺术要感谢他什么。没有他，那些才华横溢的艺术家们，那些以他们那丰富的意味和独创性感动我们的人，将会举步不前，分辨不出他们的目标，缺乏前进所必

需的图表、方向盘和罗盘。塞尚是发现“形式”这块新大陆的哥伦布。他于1839年出生在艾克斯·恩省，他耐心地沿着他的导师皮萨罗的画法搞了40年的绘画。在世人看来，他刚刚崭露头角就好像是一位受人尊敬的二、三流的印象派画家。他崇拜莫奈，他是佐拉的朋友。他站在正确的一方，当然是印象派一方，站在那些忠实的，不为功利的艺术家一方，反对学院派和文学庸人。

塞尚是一个完美的艺术家的典型。他是专业画家、诗人或音乐家的完美的典范。他创造了形式，因为只有这样做他才能获得他生存的目的——即对形式意味感的表现。他毕生不断努力去创造在他的灵感到来的时刻他所感觉到的东西的形式。毫无灵感的艺术观念，即公式化的绘画观念，在他看来本来就是荒唐可笑的。他的一生的真正任务不是绘画，而是独立和自救。值得庆幸的是，他只能用绘画为我们做到了这一点。任何两张塞尚的画都一定会从根本上有所不同。这便是为什么整整一代本来并非同一的艺术家都从他的作品中吸取了灵感的原因。这便是为什么当我说这场新型运动的最大特点就是它从塞尚那里派生出来的时候，这话没有包含一点点对于任何一位健在的艺术家的污蔑的原因。

塞尚，做一个艺术家就足够了。多少有才华的人，甚至天才都不是因为他们想当其他什么家而错过了成为真正的艺术家的机会吗？

## ■ 作品赏析

贝尔认为塞尚是凭一个人的力量，激发了当代的运动的人。正如演讲的主题“向塞尚致意”，贝尔整篇演讲都充满了对塞尚的敬意。他认为，在艺术领域里，塞尚发现了“形式”，在某种程度上说，塞尚是艺术界发现“新大陆”的哥伦布。就像贝尔说的，“我们不知道以后的年代要如何感谢塞尚，也很难说当代艺术要感谢他什么。没有他，那些才华横溢的艺术家们，那些以他们那丰富的意味和独创性感动我们的人，将会举步不前，分辨不出他们的目标”。贝尔最后说到“塞尚，做一个艺术家就足够了”，看似平淡的一句话，却隐含了对塞尚艺术成就的高度赞扬。

### ⊙演讲者简介⊙

克莱夫·贝尔，当代西方形式主义艺术的理论代言人。起初在剑桥大学攻读历史学，后来对绘画产生强烈兴趣，改为研究绘画，其妻子是女画家丝蒂芬。贝尔曾经参加过英国著名学术团体布鲁姆斯伯里集团，并成为其中主要的成员。他的主要著作有：《艺术》、《法国绘画简介》、《自塞尚以来的绘画》、《欣赏绘画》、《19世纪绘画的里程碑》等。

# 天才的足迹

演讲词档案

演讲者：尤金·奥尼尔（1888～1952）

演讲时间：1936 年 12 月

演讲者身份：美国著名戏剧家

## ■ 历史背景

1936 年，奥尼尔获得诺贝尔文学奖。可惜的是，当时奥尼尔身患重病，无法赴瑞典领奖。这篇演说是他在获奖后发表的感言。

## ■ 原文欣赏

首先，我希望再一次表达我的歉意，因为情况不允许我参加这次盛会，访问瑞典，并亲自向你们各位致以感谢。

我无法用语言来表达我对获得诺贝尔文学奖而产生的由衷感激，它是我刻苦工作所能渴望得到的最高荣誉。它同样使我认识到，它不仅是针对我个人工作的，也是对所有我的美国同行们的，因为它象征着欧洲对美国戏剧的承认和认识。我的工作，和大战以后美国剧作家们的工作一样，只是由于机遇，才使我的剧本成为出类之作。这一工作，终于使现代美国戏剧，有资格与我们无疑从中汲取了灵感的现代欧洲戏剧媲美。

我的灵感，源于近代最伟大、最天才的剧作家，贵国的奥古斯特·斯特林堡。我很高兴有这个机会，向你们和瑞典人民表示我的感谢。

1913 年到 1914 年冬天，我初次为演剧而提笔写剧本时，是斯特林堡的剧本，使我明白了什么是现代剧。如果我的作品中有什么具有永恒意义的价值，一方面要归功于这位大师对我思想的启迪，同时，也归功于我受他的影响而树立的雄心。多年来，我一直鼓励自己，要遵循这位天才的足迹前进。

瑞典文学院的诸位学者，一定早已清楚我的作品是受斯特林堡的影响。这种影响在我的作品中留有很深的痕迹，这是对每个人都一目了然的，我自己也常常强调这一点。虽然如此，我并不是那种怯懦到不能确定他们自己的贡献，因而不敢承认受到别人的影响，唯恐别人发现自己缺乏创造性的人。

不，我为自己受惠于斯特林堡感到自豪，并为有机会向他的人民宣布这一点而感到快乐。他对于我，就是在现代，仍是一位巨匠和导师。我想，他的在天之灵，若是看到今天这场颁奖，一定会浮现出满意的微笑。作为他的学生的我，为此十分荣幸。

## ■ 作品赏析

尤金·奥尼尔的戏剧，是在平淡无奇的生活中挖掘人生深刻的内涵，他的演讲也是沿用这样的风格。这次演讲是平淡的，辞藻不华丽，言语中感情也不浓烈。有些果实在成熟的时候，枝干上的叶子早已落尽，但是，这并没有影响整棵树的美观，相反凸显得它是那样的高大。奥尼尔就是一棵结满果实的大树，平静、深沉而又含蓄。他只用一句话概括自己的心情："我无法用语言来表达我对获得诺贝尔文学奖而产生的由衷感激，它是我刻苦工作所能渴望得到的最高荣誉。"接下来，他就把演讲的最大篇幅献给了自己一直学习和效仿的瑞典戏剧大师奥古斯特·斯特林堡。奥尼尔表示自己的创作灵感来自于斯特林堡，并且也是他让自己明白了什么是现代戏剧。虽然没有用华美的言语来表达对前辈的感谢之意，但是在平淡的语言中，我们可以真切地感受到奥尼尔对斯特林堡深深的敬意。这篇演讲没有运用什么技巧，但是却给人留下了深刻的印象。

**⊙演讲者简介⊙**

亚尤金·奥尼尔，美国戏剧家，出身于演员家庭。1897 ~ 1906 年先后在几个寄宿学校读书，后来进入普林斯顿大学学习。1912 年开始从事戏剧创作，写了许多独幕剧。1920 年，他完成了《天边外》和《琼斯皇》两部多幕剧，确立了他在戏剧界的地位。奥尼尔的优秀戏剧创作，标志着美国民族戏剧的成熟。奥尼尔一生最关注的主题，是人在外在压力下性格的扭曲，乃至人格的分裂过程。1936 年，奥尼尔获诺贝尔文学奖。奥尼尔一生，还曾先后 4 次获得普利策奖。奥尼尔一生创作了独幕剧 21 部，多幕剧 28 部。

演讲者：福克纳（1897 ~ 1962）
演讲时间：1949 年
演讲地点：诺贝尔文学奖授奖典礼
演讲者身份：美国著名小说家

# 接受诺贝尔奖时的演说

## ——让人类的精神在笔下升华

## ■ 历史背景

美国著名小说家福克纳的作品多为南方题材，以约克纳帕塔法为背景，他是"南方文学"的代表人物，其作品主要反映美国南方社会的历史状况，他善于站在道德、宗教的立场上批判现代资本主义的物质文明。福克纳 1949 年获得诺贝尔文学奖，本篇演讲为福克纳在授奖典礼上所作，主要是

针对文学创作本身以及文学的价值和意义发表看法。

## ■原文欣赏

我感到这份奖赏不是授予我个人而是授予我的工作的，——授予我一生从事关于人类精神的呕心沥血的工作。我从事这项工作，不是为名，更不是为利，而是为了从人的精神原料中创造出一些从前不曾有过的东西。因此，这份奖金只不过是托我保管而已。做出符合这份奖赏的原意与目的，与其奖金部分有相等价值的献词并不难，但我更愿意利用这个时刻，利用这个举世瞩目的讲坛，向那些可能听到我说笑话已献身于同一艰苦劳动的男、女青年致敬。他们中肯定有人有一天也会站到我现在站着的地方来的。

我们今天的悲剧是人们普遍存在的一种生理上的恐惧，这种恐惧存在已久，以致我们已经习惯了。现在不存在精神上的问题，唯一的问题是：我什么时候会被炸得粉身碎骨？正因如此，今天从事写作的男、女青年已经忘记了人类内心的冲突。然而，只有接触到这种内心冲突才能产生出好作品，因为这是唯一值得写、值得呕心沥血地去写的题材。他一定要重新认识这些问题，他必须使自己明白世间最可鄙的事情莫过于恐惧。他必须使自己永远忘却恐惧，在他的工作室里除了心底古老的真理之外，不允许任何别的东西有

1949 年瑞典科学院颁发诺贝尔文学奖给福克纳（前右一）的情景

福克纳在斯德哥尔摩发表的得奖感言是诺贝尔文学奖最精彩的感言之一，他的一席发言和他的性格十分吻合。他捐献了自己获得的奖金，建立了国际笔会福克纳小说奖，“以支持鼓励文学新人”。

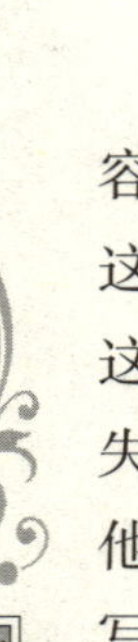

容身之地。没有这古老的普遍真理，任何小说都只能是昙花一现，不会成功；这些真理就是爱情、荣誉、怜悯、自尊、同情与牺牲等感情。若是他做不到这样，他的气力终归白费。他不是写爱情而是写情欲，他写的失败是没有人失去可贵的东西的失败，他写的胜利是没有希望、没人怜悯或同情的胜利。他不是为遍地白骨而悲伤，所以留不下深刻的痕迹。他不是在写心灵而是在写器官。

在他重新懂得这些之前，他写作时，就犹如站在处于世界末日的人类中去观察末日的来临。我不接受人类末日的说法。因人能传宗接代而说人是不朽的，这很容易。说即使最后一次钟声已经消失，消失在再也没有潮水冲刷的映在落日余晖里的海上最后一块无用礁石之旁时，还会有一个声音，人类微弱的、不断的说话声。这也很容易。但是我不能接受这种说法。我相信人类不仅能传宗接代，而且能战胜一切而永存。人之不朽不是因为在动物中唯独他永远能发言，而是因为他有灵魂，有同情心、有牺牲和忍耐精神。诗人和作家的责任就是把这些写出来。诗人和作家的特殊光荣就是去鼓舞人的斗志，使人记住过去曾经有过的光荣——人类曾有过的勇气、荣誉、希望、自尊、同情、怜悯与牺牲精神——以达到不朽。诗人的声音不应只是人类的记录，而应是使人类永存并得到胜利的支柱和栋梁。

## ■作品赏析

福克纳的演讲从肯定诺贝尔文学奖的意义开始，然后谈到自己的写作动机以及文学对于他自己的意义，他献身这项工作，既非为虚名，更非为浮利，而是为了从人的精神素材中创造出一些前所未有的东西。对于福克纳而言，这个前所未有的东西是什么？福克纳并没有直接回答，而是考察了人类面临的问题，指出：“我们今天的悲剧是人们普遍存在的一种生理上的恐惧，这种恐惧存在已久，以致我们已经习惯了。”福克纳认为人类内心深处的矛盾与斗争可能就是佳作的出处，如果缺少爱、荣誉、怜悯、尊严、同情与牺牲这些永恒的真理，他的写作就是白费功夫。福克纳相信，人类不只是能忍受，而且还拥有战胜一切的力量。而诗人的声音不应只是人类的简单记录，而应是使人类得以延续和无往不胜的支柱。福克纳的演讲语言凝重庄严，思维严密，有一种真挚感人的内在力量。

⊙演讲者简介⊙

福克纳像

福克纳，是美国南方密西西比州北部一个庄园主的后裔。第一次世界大战时在加拿大空军服役。1925 年在新奥尔良结识著名小说家舍伍德·安德森，在他的帮助下出版了第一部小说《士兵的报酬》(1926 年)。1927 年出版第二部小说《蚊群》。1929 年出版第三部小说《萨托里斯》。他一共写了 19 部长篇小说和 70 多篇短篇小说，其中绝大多数以约克纳帕塔法县作为故事发生的地点，人们称他的作品为“约克纳帕塔法世系”。

1929 年出版的《喧哗与骚动》是福克纳最有代表性的作品。1929 至 1936 年是福克纳创作力最为旺盛的时期，除了《喧哗与骚动》，还写了长篇小说《我弥留之际》(1930 年)、《八月之光》(1932 年)、《押沙龙，押沙龙！》(1936 年)。福克纳后期最重要的作品是《村子》(1940 年)、《小镇》(1957 年)与《大宅》(1959 年)。《寓言》(1954 年)是福克纳晚年的一部重要长篇小说，它的主题是反对帝国主义战争。福克纳还写了许多中、短篇小说，其中也有不少重要的作品，如《老人》(1939 年)与《熊》(1942 年)。

20 世纪 30 年代初，福克纳的几部重要作品已经出版，但收入不丰，还得经常为好莱坞写电影脚本，以维持生计。1946 年《袖珍本福克纳选集》出版之后，他的作品逐渐受到推崇。他获得 1949 年的诺贝尔文学奖，1951 年又获得美国全国图书奖，1955 年、1963 年两次获普利策奖。

1962 年 7 月 6 日，福克纳因病在家乡牛津镇逝世。

# 写作，是一种寂寞的生涯

演讲词档案

演讲者：海明威（1899 ~ 1961）
演讲时间：1954 年
演讲者身份：美国著名作家

## ■历史背景

海明威是一个简洁的天才，简洁、准确和生动一直是他作品语言的显著特征，这一语言特点在本篇演讲中充分体现出来了。1954 年，海明威获得诺贝尔文学奖以后，撰写了本篇获奖演说词，委托美国大使约翰·C. 卡波特代为宣读。

## ■原文欣赏

我不善辞令，缺乏演说的才能，只想感谢阿尔雷德·诺贝尔评奖委员会

美国1989年发行的纪念海明威在1954年获诺贝尔文学奖的邮票。1954年瑞典文学院授奖"表彰其精通叙事艺术，尤其突出地表现在作品《老人与海》之中，以及对当代文学所产生的影响"。

的委员们慷慨授予我这项奖金。没有一个作家，当他知道在他以前不少伟大的作家并没有获得此项奖金的时候，能够心安理得地领奖而不感到受之有愧。这里无须一一列举这些作家的名字。在座的每一个人，都可以根据他的学识和良心提出自己的名单来。

要求我国的大使在这儿宣读一篇演说，把一个作家心中所感受到的一切都说尽是不可能的。一个人作品中的一些东西可能不会马上被人理解，在这点上，他有时是幸运的；但是它们终究会十分清晰起来，根据它们以及作家所具有的点石成金的本领之大小，他将青史留名或被人遗忘。

写作，在最成功的时候，是一种孤寂的生涯。作家的组织固然可以排遣他们的孤独，但是我怀疑它们未必能够促进作家的创作。一个在稠人广众之中成长起来的作家，自然可以免除孤苦寂寥之虑，但他的作品往往流于平庸。而一个在岑寂中独立工作的作家，假若他确实不同凡响，就必须天天面对永恒的东西，或者面对缺乏永恒的状况。

对于一个真正的作家来说，每一本书都应该成为他继续探索那些尚未到达的领域的一个新起点。他应该永远尝试去做那些从来没有人做过或者他人没有做成的事，这样他就会有幸获得成功。如果将已经写好的作品仅仅换一种方法又重新写出来，那么文学创作就显得太轻而易举了。我们的前辈大师们留下了伟大的业绩，正因为如此，一个普通作家常被他们逼人的光辉驱赶到远离他可能到达的地方，陷于孤立无援的境地。

作为一个作家，我讲的已经太多了。作家应当把自己要说的话写下来，而不是说出来。再一次谢谢大家。

## ■ 作品赏析

在简短的文字里，海明威首先表达了他面对这一崇高荣誉的谦虚谨慎态度，不失时机地向优秀前辈致敬，真诚而客观冷静："没有一个作家，当他知道在他以前不少伟大的作家并没有获得此项奖金的时候，能够心安理得地领奖而不

感到受之有愧”。接着，海明威阐明了自己的文学主张和在文学创作上的追求，即：“对于一个真正的作家来说，每一本书都应该成为他继续探索那些尚未到达的领域的一个新起点。”之后他又谈到了自己的创作体验和感受：“写作，在最成功的时候，是一种孤寂的生涯。”这篇演讲语言寥寥，但意味深长，发人深省。全篇语言平实朴素，感情真挚，毫无故作姿态的意思。

# 我与美丽的日本

演讲词档案

演讲者：川端康成（1899 ~ 1972）
演讲时间：1968 年
演讲地点：瑞典斯德哥尔摩
演讲者身份：日本著名作家

## ■ 历史背景

川端康成的部分小说，比如《伊豆的舞女》和《雪国》等，以处于社会下层的舞女、艺妓、女侍者为主要角色，真实地反映了她们的生活与情感上的纠结，充分地表现了她们的悲惨遭遇，并对她们报以深深的同情。此外，他还写出以《千只鹤》为代表的一批表现官能刺激的作品。在这些作品中，川端康成在继承日本传统文学的基础上，以超越性的笔法，展现了纯粹的人体美，以及空虚的幻影，代表了日本文学美的另一面貌。1968 年 10 月，瑞典文学院决定授予他诺贝尔文学奖。这篇演说，就是他领奖时发表的。

## ■ 原文欣赏

春花开兮夏杜鹃
秋月明兮冬雪寒

冬月云兮随我行
风雪狂兮透身寒

以上两首诗中的头一首是道元禅师所作，题目是《本来面目》。第二首是明惠上人所作。当有人向我求字时，我常常选用这两首诗。

第二首诗里有一篇独特而详尽的序：“元仁元年 (1224 年 )12 月 12 日，是夜月暗天阴，余入花宫殿坐禅。至夜半，禅毕，自峰房回至下房，月出云端，光洒雪地。山谷狼嗥阵阵，然以月为友，余不觉惧也。入下房而外视，月入云中，至夜半钟鸣，复登峰房，月重出云端，伴余独行。登山峰欲再入禅房，月追入云中，藏身于迎面山峰，遂觉月乃伴余行也，作此和歌。”这

段序言充分表明了诗人写这首诗的心境。

我引用的这一首诗，是明惠上人见月隐入山中之后，走进禅殿时所作。下面还有一首诗为：

月隐峰兮余入房

夜伴君兮共眠床

这首诗说明，明惠不是在禅殿度过后半夜，就是在黎明前复入禅堂：

禅毕之余张目以视，残月映窗。余身居暗处观赏，以境豁然开朗，犹与月光浑然一体也。

余心明兮光灿烂

白月皎兮疑我辉

这种自发而天真的冲动在诗中一齐迸出，因而人们称明惠为月亮诗人：

皎皎明兮明明皎

明明皎兮月皎明

他在描写下半夜至黎明的冬夜这三首诗中，完全效仿了另一位僧侣诗人西行的情趣："吾似咏歌，而实非歌。"他在诚实、坦率的每一首诗中，与月对话，与其说他"以月为友"，不如说他"与月相亲"。人望月后变成月，月被人望后变为人，人没入自然，与自然合为一体。黎明之前，明惠在黑暗的禅殿沉思冥想的"清心"之光，变成了曙前残月自身的光。

从以上引用的明惠的冬月伴我之诗，正如他在长序中所云，我们可以看出他入山中殿堂，思考宗教、哲学的心境与月亮交相应和的情景。明惠歌咏的正是这一点。当我受托挥笔借用这首诗时，是因为我认为这首诗既温柔又富有同情心。冬月叠云，时现时隐，照着我返往禅堂的脚步，使我闻狼嚎而不惧，迎北风而不寒，踏冬雪而不冷。这真是对自然、对人间的温暖、深邃、细微人情的赞颂，也是对日本民族美好心灵的赞颂，因此我将它书写了赠与友人。

以善长研究波提切利而闻名世界，并精通东西方古今艺术的矢伐幸雄博士，把日本艺术的特征集中于"雪月花时最思友"的简单诗句中。我们见到美丽的雪景、诱人的满月、盛开的樱花美景时，总之，当我们触到四季之美，并被它唤醒时，我们更加思念挚友，愿与他们共享其乐。这种美的刺激会引发出与人亲近的感情。此"友"一词可泛称为"人类"。雪、月、花，这些表现四季流转之美的字眼在日本传统中可以表现山川草木、森罗万象以及人类情感之美。

雪月花中思友情，也是日本茶会的基本精神。茶会是感情之凝聚，是挚友佳节时的聚会。在此，我顺便一提，将我的小说《千只鹤》视为日本茶会的形式与心灵之美，是一种误解。其实，我这部小说是对目前社会中粗鄙的茶会表示质疑，提出抗议的作品。

春花开兮夏杜鹃
秋月明兮冬雨寒

在道元的这首诗中，我们可以触到他歌咏的四季之美。他把冬夏春秋四季最令人欣赏的自然景物陈列在一起，虽然显得普通而平庸，可以说是不成其为诗的诗，但也可以说是最好的诗。然而，另外一位日本僧人也有一首极其相似的诗，那就是良宽禅师在弥留之际写的诗：

杜鹃鸣兮秋叶红
春花开兮辞万物

与道元的诗一样，此诗毫不避讳地串连起寻常的意象与词汇，独到地传达了日本的真谛，何况它是作者的绝命之作。

霞光映兮春日久
与子嬉兮朝至暮
清风吹兮明月夜
昼夜舞兮惜残年
非逃遁兮独索居
爱独游兮自逍遥

良宽超脱了近代习俗，沉浸于古代的优雅之中。在今天的日本，他的诗歌与书法作品仍然极其受人喜爱。他生活在诗的氛围中，漫游于乡间野径，居住草庵，身着粗布衣，与农夫交谈。他不用晦涩难懂的词句叙述宗教信仰与文学的深邃，而是用佛界所说的“和颜蔼语”谈论文学和信仰。在绝命之作中，他说未给后人留下任何东西作纪念，但他希望自己死后，自然依旧美丽，可能这就是他留给后人的纪念了。在这首诗中，我们能够感到日本人民自古以来的情感和宗教信仰的心声。

望伊人来兮远方
今相会兮更无思

良宽也写爱情诗。在他的诗中，该诗是我最喜爱的。69 岁的良宽（这里我顺便说一句，在这个年纪，我已是诺贝尔文学奖的获得者了）跟一个 29 岁的尼姑见面后，两个人产生了纯真的爱情。这首诗可以说是遇见年轻不老女性的喜悦之诗，也可以说是久等的恋人来临以后的雀跃之情。最后一句“今相会兮更无思”，更是表现了他的朴素与纯真。

良宽享年 73 岁。他生于越后省，即我写小说《雪国》的地方，现在更

名为新泻县，位于日，本的北国，那里时有寒风从西伯利亚越过日本海刮来。他在雪国度过了一生。当他感到自己因老朽衰竭，死期将至时，他的内心顿然清澈无比，他的“临终之眼”是这种心灵的天窗，正如我们所见，雪国在他的临终诗作里显得更加美丽诱人。我写了一篇随笔，名叫《临终之眼》。

题目取自短篇小说家芥川龙之介的绝命书，这个词极大地吸引了我。他说，他在逐渐丧失动物本能，即所谓生活的力量。他还说：

“我现在生活在冰一样清澈透明的病态神经世界里。……我不知道该何时下决心结束自己的生命，但是在我看来，大自然显得比平时更美了。我知道你会笑我既爱自然之美，又存自杀之心的矛盾心情。但是大自然是美的，因为它已经映在我临终之眼里。”

芥川龙之介于1927年自杀，卒年35岁。

我在《临终之眼》这篇随笔里写道：“一个人无论多么厌恶这个世界，用自杀的形式逃避现实，实非一种开明的作为。无论他的德性多高，自杀者都距离圣境甚远。”我既不赞美也不同情自杀者。我还有一个朋友，年纪轻轻就死了。他是一个先锋派画家，长久以来，一直都想自杀。关于他，我在《临终之眼》这篇随笔中也写道：“他开口闭口说，没有比死更优美的艺术，死就是生。”据我所知，这位年轻朋友生于佛教寺院，并从佛教学校期满毕业，然而，他对死的看法大大异于西方人。“在善思的人中，有谁不想自杀吗？”我记得，一休禅师就这样说过，他曾两次企图自杀。我这里之所以把一休说成“那个人”，是因为他是妇孺皆知、带给人娱乐的人，他给我们留下了许多豪迈奔放的趣闻逸事。据说，小孩子攀坐其膝，野鸟从其手中啄食。这一切表明一休是一个纯真的老者，仿佛他是一个易于亲近的和蔼僧侣。其实，他是一个极为严肃而深沉的禅师。传说，一休是天皇之子，6岁削发为僧，显露出少年诗人的才华。但同时他又深深地被宗教与人生的基本疑念所困扰。“假如有神，请来救我。假如无神，我愿沉入湖底，葬身鱼腹。”他留下这种话，便欲沉于湖底，但被人阻止。后来，一休的大德寺有一和尚自杀，许多和尚遭指控，一休自觉“肩上负荷甚重”，便赴后山绝食，了此一生。一休为自己的诗集取名为《狂云集》，并自号“狂云”。在此诗集及其续集中，有中世纪的日本汉诗，特别是绝无仅有的禅师之作；也有精美绝伦、令人心跳的爱情诗与描绘闺房秘事的艳诗。一休吃鱼喝酒，接近女色，全不顾佛教的清规戒律，企图以叛逆者身份打破宗佛束缚，去恢复因连年战乱而崩溃了的世道人间心中的本能与人性。

一休居住过的大德寺位于京都紫野，现在仍是一个茶会中心。他的书法字帖仍挂在茶室，供人观赏。

我本人藏有两幅一休的书法。一幅写着“入佛界易，进魔界难”一行字。我深深被这8个大字所吸引。我受人之托时，经常挥毫写这几个字。这几个字可有多种读法，其意义可有多种解释。但在“入佛界易”之后，补加“进魔界难”，一休的禅行便不离我心了。事实上，对于一个寻求真、善、美的艺术家来说，“进魔界难”表达的恐惧与切愿，也包含了对魔界的祈福。这种情绪无论是露于外表还是藏于内心，都是命运的必然。没有“魔界”也就不存在“佛界”，但要进入“魔界”更为困难，非是意志软弱者所能为。

逢佛杀佛，逢祖杀祖。

这是一句众所周知的禅语。如果以“他力本愿”和“自力本愿”来区分佛教的宗派，自力本愿之禅宗当然会有如此严厉之语句。净土真宗的缔造者亲鸾曾说；“善人况求生，何论恶人乎？”这种观点与一休的“佛界”、“魔界”说有相通之处，也有相异之点。亲鸾曾说：“吾本无弟子。”

“逢佛杀佛，逢祖杀祖”，“吾本无弟子”，这两种声明，或许就是严酷的艺术命运。

禅不崇拜偶像。寺庙里虽有佛像，但坐禅的殿堂上，既没有佛像，也没有佛画，更没有经文。禅者闭目不动，长时间静默，于是进入无思无念的境界。他超脱自我，进入了“无”的境界，但这种“无”的境界并非西方式的“无”或“空”，恰恰相反，这种“无”的境界是万物无拘无束、自由往来的心灵宇宙。当然要受师指导，与师对话，从中获得启发，并学习禅的经典，但坐禅必须是自身的力量，开悟也只能靠自己，不是借助逻辑，而是通过直观，应该重内心的开悟而不是外界的教导。真理“不立文字”，在于“言外”。最高境界就是《维摩诘经》所说的“默如雷”。6世纪的一位南印度王子菩提达摩是中国禅宗的始祖，据说他曾“面壁九年”，即面对洞窟的岩壁坐禅9年，终于达到了开悟的境界。禅宗里的坐禅传统就是来自达摩的做法。

下面是一休的两首禅诗：

问则答兮不则休
达维心中万物有

心不言兮为何物
墨画中兮松涛声

这是东方绘画的禅风。墨画的核心在于空白、省略和伏笔。用中国画家金农的话说，“能画一枝风有声。”道元禅师也曾说过：“君不见，能闻竹声而悟道，能赏桃花而明心。”

日本花道名家池坊专应在《语录》中说："以滴水尺树现万里江山之景，瞬息片刻呈千变万化之兴，此所谓仙家妙术也。"当然，日本的花园象征广大的自然，西方的庭园倾向于造形匀称；日本庭园不讲究匀称，是因为不匀称更象征着世界的广阔与丰富。当然，这种不匀称有赖于纤细微妙的情感所带来的均衡。世上再没有比日本的庭园建造法更为复杂、精致、多趣而繁难了。造园法中的"枯山水"一说，就是以岩石组合砌叠之法来表现想象中的山河美景及波涛汹涌的大海。此造园法演变到最高艺术技巧即成为日本的盆景、盆石。

在东洋，"山水"一词含义甚广，可以指自然的山与水，也可以指画中的山与水以及庭园中的山与水等，又可引申出"古雅幽寂"与"简朴静寒"之情趣。"和敬清寂"的茶道所奉行的"闲寂"、"古雅"指的是内心中的无限情趣，因而使原本狭隘、简朴的茶道有蕴藏无边广阔和无限优雅的内涵。一朵花要比一百朵花更娇艳。16 世纪的茶会与花匠大师利休教诲人们：盛开之花不宜用作插花。即使在今日的日本茶会上，一般都是在茶室壁龛上插一朵花，而且是含苞欲放的花。每当冬天，就插冬天的花，例如取名为"白玉"或"佗助"的山茶花，要选取花朵较小、白色含苞的品种，在壁龛中突显出那唯一的蓓蕾。白色最清洁，并含有一切颜色。苞蕾必须沾有露珠，还要用少许水滴将之润湿。5 月是举行花会的最好时节，要在青瓷花瓶里插牡丹花，也是沾了露珠的苞蕾，而且要经常保持花瓶的湿润。

在日本陶制花瓶中，16 至 17 世纪的古伊贺瓷是等级最高、价格最贵的品种。当古伊贺瓷沾水之后，便绽放出美丽的颜色与光泽，宛如美人刚刚苏醒。伊贺瓷经高温烧制，燃剩的稻草灰和烟，渐渐下降，或附着在花瓶的瓶壁上，或在瓶壁上流动，并随着温度的下降，有如釉药一样，形成一种光泽。这光泽并非由陶土烧制，它是窑中的自然产物，这些种种有色图案被称之为窑中的奇特和反常现象。伊贺瓷粗涩强劲的表层，一旦着了水气，便绽放妖娆的色泽，与花上的露珠相互映辉。

茶会的情趣是在使用前先将茶碗浸在水里，使其微微生辉。

池坊专应曾说"山涧水津自成姿"(亦见其《语录》)，这为他的花道会注入了新的精神。他进而发现破花瓶、枯树枝上都有"花"，并从中悟出花道的精神。"古人皆自插花悟道"，这是日本精神的内涵在禅宗影响下的觉醒，也是长期处于内乱荒芜中的人们之所以能坚持下来的根本原因。

10 世纪编纂的《伊势物语》，是日本最古老的抒情诗集，其中相当一部分类似短篇故事。其中一篇写诗人原行平邀客插花的故事：

有情者插奇藤养于瓶中。花垂三尺六寸。

这么长的藤枝的确罕见，甚至大可怀疑是否属于真实。在我看来这种少见的藤花正是平安朝文化的象征。这种藤花实为日本独有，具有女性之优雅。藤花下垂绽开，在微风中飘曳，展示其纤弱、谦恭和柔美，在初夏的绿境中时隐时现，有令人心醉的华丽。毫无疑问，三尺半长的花枝是多么灿烂夺目呀。千年前华丽的日本平安文化和日本式的美的出现，同这种奇特的藤花盛开一样令人惊奇，这是日本吸收并消化了唐朝文化的结果。在诗歌方面，有10世纪初出现的钦定诗集《古今集》；小说方面，有《伊势物语》；以后又出现了日本古典小说杰作紫式部的《源氏物语》、清少纳言的《枕草子》。这两位作家生活于10世纪末到11世纪初，她们建立的传统影响并支配了其后800年的日本文学。《源氏物语》是日本文学的顶峰，甚至直到现在也没有任何一部小说可与它媲美。如此现代风格的作品竟然写于11世纪，真是一种奇迹。这部作品广为人知。尽管我不太熟悉古文，但我少年时代的主要读物却是平安时代的古典文学，尤其是《源氏物语》，此书最能引我入胜。《源氏物语》在面世以后的几个世纪中，魅力经久不衰，对其模仿与改写持续了数百年。和歌自不必说，美术、手工艺、甚至造园术也从其深广的源泉中汲取营养。

紫式部、清少纳言、泉式部和赤染卫门大概卒于11世纪初期或中期，她们都曾是日本宫廷侍女。日本文化是宫廷文化，宫廷文化就是女性文化。《源氏物语》和《枕草子》的出现正值平安文化的鼎盛时期，也是其趋向颓废的开端，人们已经感到日本宫廷文化处于顶峰和荣华中的哀伤。不久，日本宫廷日衰，政权从宫廷贵族手中转移到武士手中。从1192年镰仓时代开始，一直到1868年明治元年，这种军人政权持续了7个世纪，但不是说天皇制度或宫廷文化已经消失。在13世纪初钦定诗集《新古今集》的第八辑中，已将《古今集》的写作技巧向前发展了一步，虽有文字游戏之弊，但在诗法技巧上十分注重妖艳、幽玄和风韵，充满幻想色彩，已经类似于近代出现的象征诗特征。前面提到的西行法师则是沟通平安与镰仓两个时代的代表诗人。

梦中逢兮人不见
既如梦兮何须醒

常相会兮在梦中
如何真兮见一回

这两首诗是杰出的女诗人小野小町《古今集》中的诗，虽属写梦之诗，但却富于坦率的现实主义。不过，当我们欣赏比《新古今集》晚些问世的镰

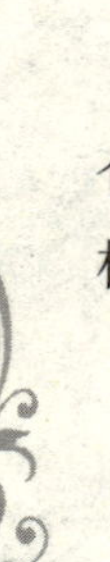



仓时期女诗人永福门院（一休同时代人）的诗时，我们能看到纤巧的写实风格直至哀婉的象征主义，在我看来，更富于现代性：

群雀语兮竹枝头

斜阳映兮满园秋

秋叶凋兮秋风瑟

夕阳消兮投影墙

歌咏“秋月明兮冬雪寒”的道元和歌咏“冬月云兮随我行”的明惠都属于《新古今集》时代的人。明惠和西行相互赠诗，共同切磋诗艺。下面一段话摘自明惠的弟子喜海为其师作的传：

西行法师尝曰：读余歌者异于寻常。虽咏花、咏杜鹃、咏月、咏雪、咏世上万物之唱，皆以耳闻目睹之物为虚妄。且咏句非实。虽咏花而实非花，咏月而实非月，唯随兴至而颂耳，一如彩虹悬空，虽五彩缤纷而虚空，又似白日耀辉，万丈照空。然则虚空本无光无色，纵令有千般风情，心如虚空，故踪迹杳无，此谓歌犹如来之真体也。

这就是东方的“空”与“无”。我自己的著作被人视为虚无，但它不同于西方所说的虚无主义。因为对“心灵”的认识是完全不同的。道元的四季诗题为《本来面目》，既歌咏了四季之美，也沉浸于禅境之中。

## ■ 作品赏析

川端康成的这篇演讲独具风格，几乎整篇演讲都是在讲诗，谈论诗的作者、诗的意境、诗中蕴含的深意。但无论他谈论哪一方面，都是为了阐述日本的美丽，诗美、景美、人美，文化也美，通过对诗的讲解，川端康成从各个方面赞美了日本。本篇演讲的语言优美，犹如诗一般，向世人展示了东方文化的特点，虽然描述不同的方面时跨度很大，但是过渡却非常自然。这是一篇美丽而又有深意的演讲，让人如痴如醉，如梦如幻。

### ⊙演讲者简介⊙

川端康成，日本新感觉派作家，生于京都附近的大阪。1920 年 9 月，他进入东京大学，后从英文系转入国文系。1926 年，他唯一一部剧本《疯狂的一页》被拍成电影，同年，他发表了《伊豆的舞女》。1937 年，凭借《雪国》单行本获得日本第三届文艺恳话会奖。1940 年，参与成立日本文学会。1968 年 10 月 17 日，获得诺贝尔文学奖，他是第一个获得此奖项的日本人，也是继泰戈尔之后第二位获此奖项的东方人。

# 在孤独中前行
## ——诺贝尔文学奖获奖演说

演讲者：聂鲁达（1904 ~ 1973）
演讲时间：1971 年 12 月 10 日
演讲地点：瑞典斯德哥尔摩
演讲者身份：智利著名诗人



### ■ 历史背景

聂鲁达是拉美文学史上最伟大的诗人之一。他的诗感情浓烈、想象丰富，赞颂了拉丁美洲人民争取独立、民主、自由的光辉而艰难的历程。1971 年，因为他的“诗歌具有自然力般的作用，复苏了一个大陆的命运与梦想”，聂鲁达获得诺贝尔文学奖。这是他在颁奖典礼上发表的演讲。

### ■ 原文欣赏

我现在要谈谈那漫长的旅途。那个地方与瑞典相距遥远，在地球的两端，景色与形状却颇为相似。那是一直延伸到地球南端的我的国家。智利南北走向，她的一端几乎与南极相接，所以，地形与瑞典非常相似，瑞典北端属于积雪深埋的地球最北方。

在祖国如此广袤辽阔的土地上，我有一个在今天仍不愿遗忘的经历。当时，为了探寻祖国智利与阿根廷的边界，我必须横跨安第斯地区，苍郁的森林下宛如隧道，覆盖着这片难以接近的地方。我们必须秘密行动，所以只能凭着极少的标志。没有前人通行过的痕迹，也没有小径。我和四个伙伴骑着马，避开大树、无法横渡的河流、大岩石、积雪等阻碍，攀缘侧身前进，以求身体的自如。伴随我的同伴，都很了解这片浓密的森林，但仍然骑着马挥着厚刀，不断剥下大树皮作为标志，希望回程能更安全。他们就这样边留下标志边往前行。

我们在无边的孤独中前行，巨树、大藤蔓、几百年前留下的腐土、蓦然挡住去路、阻止了我们行进的半倒着的树干，就在这样绿白相间的环境中，我们沉默着前进。四周都是令人眼花缭乱的神秘大自然，同时，也承受着寒冷、白雪和追逐者逐渐迫近的威胁。孤独、危险和我迫切的使命搅合在一起。

时时发现模糊不清的足印，可能是走私者或者罪犯逃亡时留下的足迹。他们大多数可能已被严冬的魔手所捕杀。在安第斯山中，可怕的雪崩有时会吞噬行人，埋得好深好深。

路旁荒野中，我发现一些人们到过的痕迹，那是好几个冬天前堆积的树

枝。是饯别树枝，是长久以来通过这里的几百位行人献给未达目的地就长眠雪中的人的，是由高大树枝做成的坟墓。我的同伴又用厚刀砍下从树身低垂到头顶上的树枝。那大树在冬天的暴风雨来临时，以残存的树叶发出沙沙的响声，我给每座坟墓都赠送了礼物，那礼物就是树木的名片——装饰陌生行人坟墓的树枝。

在这片大密林中，有一个奇异的所在等待着我们。我们蓦地看见展现在山麓上的一个美丽的小牧场，看起来像是幻境。水色清澄，牧草碧绿，野花遍地，小河低语，天宇碧蓝，没有树叶遮蔽的阳光直泻而下。

我们宛如陷入魔法，像朝圣者一样，不自觉地停下了脚步。之后，我所参加的仪式"更为神圣"。向导都下了马。就像要举行某种仪式那样，牧场中央安放着雄牛的头盖骨。我的同伴一个一个沉静地走过去，把硬币和食物放入骨头的洞孔。我也加入其中，向可能在死牛眼窝中找到面包和帮助的迷途旅人和各种逃亡者献点东西。

这难忘的仪式并未就此结束。我的乡下朋友脱下帽子，跳起奇妙的舞蹈。他们单脚踏着前人足迹的轮廓，认真地跳。我望着朋友们做出的这种难以理解的举动，模模糊糊有所省悟：

"不相识的人之间也能沟通。在这世界上最边远、人迹罕至的地方，也有关怀、愿望与感应。"

我们又继续前进，到达距离祖国边界最近的一道山峡时，太阳已西下。我们看到一盏灯火，那儿必定有人。走近一看，发现是几幢临时搭起的半倒的小破屋，走进其中一幢，在火焰的闪亮处，我们发现房中央的一根大树干、甚至可以说是巨树的胴体在燃烧，不分昼夜地燃烧，从天花板空隙冒出的烟雾，有如蓝色的厚面纱，在黑暗中飘荡。屋里堆满了当地做的干酪，火旁静静躺着几个汉子，仿佛袋子或什物似的放在那里。沉默中，我们又听到了吉它伴奏的唱歌声。这些从黑夜炭火中发生的语言是我们在旅途中第一次听到的人类的声音。那是爱与隔绝之歌。是爱的叹息与对"遥远的春天"、"舍弃的故乡"、"无限扩展的人生"的渴望。他们不知我们是谁，对我这个人也一无所知，更不知我的诗和我的名字。啊，也许他们知道？在当前的现实中有的只是大家围着火唱歌、饮食而已。之后，在黑暗中，我们走进几间原始的小屋，穿过这几个小屋，有温泉在流动。那是从火山口喷涌出的热水，我们被迎入它温暖的怀里。

身子深浸在热水中，喧闹地泼着水，大家都驱除了马背上的疲劳，身心又都充满了活力，黎明时我们走上了最后几里路程。精神奕奕，心情愉快，在马背上唱着歌往前走。迄今，我仍清晰记得，起程时，为了对唱歌、食物、温泉、屋顶、木柴这些意外的馈赠表达谢意，拿出了一些金钱，他们断然拒绝:

"这只不过是一件小事，没有什么。"

在这几个字里，岂不是包含了许多话语、理解和梦想？

女士们，先生们：

我不曾从书本里学得作诗的方法，因此我也不认为会给后来的诗人留下写诗的知识。我在这演讲中所以要谈过去的事情，所以要在这不合时宜的地方叙述绝不敢遗忘的事，主要是因为我想指出：在我的人生旅途中随时都可以找到必要的帮助。这种必要的帮助并非只够描写一次的素材而已，它们一直等待我，让我能够了解我自己。

我在这漫长的旅途中找到了写诗的要素。我从大地与人的灵魂得到莫大的资产。于是，我认为，写诗是刹那间的严肃行动，其中含有孤独与团聚、感情与行动、对自己或他人的接近与自然的神秘启示，两者相对而平等。进而，我又以同样的信念想到：一切——人及其阴影、人及其行动、人及其诗情——这一切都得到随时间而扩大的社区、以及梦想和现实永远在我们心中合而为一的行为模式的支持，因为诗情会把这些统一、混合。经过漫长的岁月，到了今天，我们仍然不知道，在横渡那骇人的河流时，在牛的头盖骨四周跳舞时，在用高台上的净水沐浴时，我得到教益是为了再传达给许多人？还是别人送给我的咨文？那瞬间体验的诗以及后来我所歌咏的经历，到底是真实的，还是虚幻的？是刹那间的，还是永恒的？我不知道。

我的朋友们，诗人必须向别人学习，这是从我刚才所说的所有事物中体悟到的。没有不能克服的孤独。所有的道路都通向一点，那就是把我们原有的形象传达给别人。因此，要抵达可以跳原始之舞、唱叹息之歌的圣城，就必须慢慢超越孤独与严酷、孤立与沉默，在这舞蹈与歌唱中，满含着远古以来的仪式：相信人之所以为人的自觉和人的共同命运。

即使有一些人或许多人认为，我是一个有很强党派性的人，不能同时坐在友谊与责任的圆桌旁，我也不想辩驳，因为指责和辩驳不是诗人的工作，也就是说，任何诗人都不曾控制过诗。如果诗人中有人指责同行，不管合理与否，就挺身而辩，我相信那是虚荣使他们困惑。我认为，诗的敌人不是拥抱诗、庇护诗的人，而是那些与诗人没有共同心境的人们。因此，诗人最可怕的敌人就是不能得到他那时代最易被遗忘、最受压榨者的理解。这是任何时代、任何国家都一样的。

诗人不是"小小的神"，呵，决不能是"小小的神"，不能受他神秘的

使命所左右，神秘的使命往往被视为比从事其他生计或职业的人的工作更为珍贵。过去我常常说，最好的诗人就是日常给我们面包的人，就是从不梦想自己是“神”的面包店老板。他从事的是了不起的朴实的工作，并视之为行业的义务。他每天都把面粉放入灶中烤成面包并交给我们。如果诗人把自己应承担的工作交给别人，去参加绝不会终止的斗争，理解并献身于日常的工作，那诗人——呵，不，我们诗人就可以共享汗水、面包、葡萄酒以及全人类的梦。只有经由这条凡人的道路，我们才能使各时代慢慢展露的广袤性再度回归诗的世界。



引导我获得相对真理的错误，以及使我一再犯错误的真理，都不会引导我走向写作过程和到达难以臻及的文学顶峰，也不能教给我这些。我曾有过一种感觉：我们常常任性地创造神话、制造幻影。我们制造、或想制造的灰泥，到后来往往会堵塞我们自己前进的道路，我们一定要走向现实和现实主义。换句话说，要强烈地意识到我们四周的一切事物与其变化的规律。即使到我们觉得太迟的时候，也应发觉我们已建造了太厚的墙壁，不仅没有使生命萌芽开花，反而扼杀了活生生的东西。虽是事后发现，但如不肩负起比砖头还重的现实主义，甚至连我们曾设想的不可缺少的部分建筑也建不起来。另一方面，如果我们无视现实及现实的堕落，我们马上会被闭锁于不可知的世界中，陷于树叶、泥泞和雪的沼泽，而在窒息的感觉中艰难地呼吸。





尤其是就我们所知，我们这些在幅员辽阔的美洲地区的作家，我们不断地聆听到这样的呼唤：用血肉填满这广大的空间吧！我们已感觉到我们作为建设者的义务——在这人口稀少，但不公正，惩罚和苦难却不少的世界里，促进沟通已是我们不能推卸的义务，而且我们觉得有责任唤起往昔的梦，这梦不仅沉眠在石像和半塌的纪念碑下，也沉眠在这辽阔大地的沉默中，在深深的密林里，在雷鸣般咆哮的河流中。这大陆有许多遥远的土地还沉浸在沉默中，必须用语言填满这些地区。说话或命名的工作使我们沉迷。我现在这种态度是有理由的。如果此言不虚，我这夸张的表现，我的作品和我的话语，对于美洲的需要来说，实是最单纯的。希望我的每篇文章都能凝固为可以实际触及的东西；希望我的每首诗都会成为有助于实际工作的工具；希望我的每只歌都会成为路标，成为人们可在上面刻上新标志的石块与木板，对这个世界有所帮助。

不管对或者错，把诗人的义务升华到最终的目的，就是即使力量微薄，也要努力去帮助别人，这种努力才是对社会与人生应有的态度。我已下了这样的决心，我是看到那些光荣的失败、孤独的胜利与辉煌的挫折后才下这决心的。置身于美洲的战场上，我领悟到自己作为一个人的使命，那就是要以

鲜血和整个心灵、热情和希望去参加广大群众有组织的活动，因为只有从这浩瀚澎湃的激流中才能孕育出作家和民众所需要的变革。即使我的态度曾经遭受激烈的反对和亲切的驳斥，或许今后仍会引起这种反对与驳斥，只要希望能在黑暗中开花，只要那些不知道读我们的书、或不识字、不能书写、不知道写信给我们的几百万人，能够坚守人之为人的那不可缺少的尊严，那么在这个辽阔而残酷的美洲国家里，作家所能走的道路也就只有这么一条。

我们民族继承了几个世纪以来在惩罚中苟延残喘的不幸的命运。这个民族以石块和金属建造出奇妙的高塔，光洁照人的器物，却猛烈遭遇至今犹存的殖民主义的恐惧时代，遭受掠夺，被封住了嘴巴。

指示我们方向的星辰是战争和希望。但是，没有一个人的战斗，也同样没有只有一个人的希望。遥远的时代、忍耐、错误、苦难、现代的紧迫、历史步履，已被人们混糅为一。然而，如果我以某种形式去帮助维持美洲的封建传统，我将会变成怎样？如果我丝毫不以参加我国目前的变革为荣，我今天又怎能在瑞典颁赐给我的这项荣誉面前昂首无愧？黑暗之神已将侮辱和掠夺强加给美洲人民，但为什么会有许多作家不愿意采取行动呢？要了解这一点，就必须看看美洲的地图，就必须面对那历史的往复和环绕在我们的空间的宇宙性宽容。

我选择了分担责任的艰难道路，而不再将个人奉为太阳系的太阳和中心。我宁愿在一支光荣的军队中谦卑地服役，这支军队尽管时时犯错误，但是永远勇往直前，每天都同那些落后于时代的顽固者和急躁不安的固执己见者作斗争。因为我认为，我作为一个诗人的职责不仅同玫瑰、匀称、高尚的爱和无尽的渴望紧密相连，而且同人类始终不懈的工作密不可分，我已将之融汇到我的诗歌之中。

有一个不幸而又杰出的诗人，所有绝望的灵魂中最令人敬畏的灵魂，在距今整整100年前，写下了下面的预言：

“我们在燃烧的忍耐中武装，随着拂晓进入光辉的城镇。”

我相信兰波的这一预言。我来自被黑暗笼罩、地形险峻、与世隔绝的国家。我是最孤独的诗人。我的诗具有地域性，像雨一样悒郁。我决不会放弃希望。或许正是因为这一点，我才带着我的诗和旗帜攀登上了我现在所达到的高峰。

最后，我想告诉各位善良的人，劳工和诗人们，所有的前途全包含在兰波这句话中，只有靠“燃烧的忍耐”，我们才能拥有能赐予全人类光明、正义和尊严的“光辉城镇”。

这样，诗歌才不会徒然吟唱。

## ■ 作品赏析

演讲前部分，聂鲁达讲述了自己曾经和几个伙伴为了寻找祖国智利与阿根廷的边界，而进行的一次孤独、惊险的旅行。在极其危险的处境中，聂鲁达和伙伴们在雄牛的头盖骨中放上一些随身携带的食物，希望能给后来者以帮助。由此聂鲁达省悟：“不相识的人之间也能沟通。在这世界上最边远、人迹罕至的地方，也有关怀、愿望与感应。”聂鲁达“在不合时宜的地方”讲述自己难忘的旅行，是为后半部分的议论作铺垫。他从难忘的旅行得出的结论，在人生的旅途中随时都可以找到必要的帮助，由此阐述了诗人的责任和义务就是：即使力量微薄，也要去努力地帮助别人。演讲的前半部分色彩鲜明、感情饱满，以描写和抒情为主，后半部分则是以议论为主。但这两部分却完成了很好的过渡，让人觉得整个演讲自然而流畅。

**⊙演讲者简介⊙**

聂鲁达，1904 年出生在智利帕拉尔城。13 岁开始发表诗作，16 岁进入圣地亚哥智利教育学院学习法语。1923 年，发表第一部诗集《黄昏》。1928 年进入外交界，担任驻外领事、大使等职。1937 年后，聂鲁达的创作进入全盛时期，完成了著名长诗《西班牙在我心中》和代表作《诗歌总集》。1945 年被选为国会议员，并获智利国家文学奖。1949 年，因政局变化而流亡国外。1950 年，获斯大林国际和平奖。1952 年回国，1957 年任智利作家协会主席。1971 年获诺贝尔文学奖，1973 年逝世。

# 核时代的文学

演讲者：巴金（1904 ~ 2005）
演讲时间：1984 年
演讲地点：第 47 届国际笔会大会
演讲者身份：中国著名作家

## ■ 历史背景

巴金被视为中国知识分子的良心，备受世界文学界赞誉，不断被邀请演讲。这篇演说，就是他在 1984 年日本举行的第 47 届国际笔会大会上发表的。

## ■ 原文欣赏

主席先生：

亲爱的朋友们：

我衷心祝贺第 47 届国际笔会大会在东京召开，感谢好客的东道主日本

笔会为大会作了很好的安排，让来自世界各国的作家们在安静的环境里亲切交谈，交流经验，表达彼此的思想感情。

在这个讲坛上发言，我很激动，我想到全世界读者对我们的期望。这次大会选定了它的总议题：核时代的文学和作家的关系，要我就这个问题发表一点个人的意见。出席东京盛会，跟同来的中国作家一起和全世界的同事，特别是日本的同事议论我们的文学事业，我不能不想到三十九年前在这个国土上发生过的悲剧。多次访问的见闻，引起我严肃的思考。我们举行一年一次的大会，“以文会友”，盛会加强我们的团结，增进我们的友谊。但友谊不是我们的唯一目的。作家的最大目标是人类的繁荣，是读者的幸福。世界各地的作家在东京聚会，生活在日本人民中间，就不能不关心他们的喜怒哀乐。我曾经访问过有名的广岛和长崎，它们是全世界仅有的两个遭受原子弹灾害的城市。在那里今天还可以遇到原子病患者和幸存者，还能看见包封在熔化的玻璃中的断手，还听得到关于蘑菇云、火海、黑雨……的种种叙述。据说，单是在广岛，原子弹受难者的死亡人数最终将达到五十几万。我在那两个城市中听到了不少令人伤心断肠的故事，在这里我只讲一个小女孩的事情。在广岛原子弹爆炸十年后，一个十二岁的小姑娘发了病，她相信传说，以为自己折好一千只纸鹤就能够恢复健康。她躺在病床上一天天地折下去，她不仅折了一千只，还多折了三百只，但是她死了。人们为她在和平公园里建立了“千羽鹤纪念碑”，碑下挂着全国儿童送来的无数只纸鹤。我曾经取了一只用蓝色硬纸折成的鹤带回上海。我没有见过她，可是这个想活下去的小姑娘的形象，经常在我眼前出现，好像她在要求我保护她，不让死亡把她带走。倘使可能，我真愿意用我的生命换回她的幸福！这个时候，我才明白什么是作家的勇气和责任心。

东京大会选了“核时代的文学”这个总议题，选得很及时，它反映了当前时代的特点和人民的愿望。“为什么我们写作？”这一问问得好！多少年来我一直在寻求答案，并不是一问一答就能解决问题，我已经追求了一生。

每个作家从不同的道路接近文学。通过创作实践，追求真理，认识生活。为什么写作？每一本书、每一篇作品就是一次的答案。古往今来有数不清的作家，读不完的作品。尽管生活环境各异，思想信仰不同，对人对事的看法也不一样，但是所有真诚的作家都向读者交出自己的心。他们的作品在读者中一代一代地流传下去。每位作家都有自己的创作道路，但也有一个共同的

情况。我们写作，只是因为我们有话要说，有感情要倾吐，我们用文字表达我们的喜怒哀乐。我还记得，1961 年我在东京访问一位著名的日本作家，我们交谈了彼此的一些情况，他告诉我他原是一位外交官，患病求医，医生说他活着的日子不多了。他不愿空手离开人世，还想做一件对人有益的事情，他决定把一生见到的美好的事物留给后人，便拿起笔写了小说。没有想到医生诊断错误，他作为作家一直活到今天。他一番恳切的谈话深深地印在我的心上。

我也有我个人的经历。最初拿起笔写小说，我只是一个刚到巴黎的中国学生，我想念祖国，想念亲友，为了让心上的火喷出来，我求助于纸笔。我住在一家小旅馆五层楼上充满煤气味的房间里，听着巴黎圣母院的钟声，急急地动着笔。过去的爱和恨、悲哀和欢乐、受苦和同情、希望和绝望一齐来到我的笔端。写完了小说，心里的火渐渐熄灭，我得到了短时期的安宁。小说发表后得到读者的承认，从此我走上了文学的道路。从 1927 年到现在，除了“文革”的十年外，我始终不曾放下这支笔。我写作只是为了一个目标：对我生活在其中的社会有所贡献，对读者尽一个同胞的责任。我从未中断同读者的联系，一直把读者的期望看成对我的鞭策。我常说，如果我的作品能够给读者带来温暖，在他们步履艰难的时候能够做一根拐杖给他们用来加一点力，我就十分满意了。我还想起苏联卫国战争时期一个少女的故事。列宁格勒被纳粹长期包围，整个城市实行灯火管制，没有电，没有蜡烛，她在黑暗中回忆自己读过的小说，托尔斯泰的《安娜·卡列尼娜》帮助她度过了那些恐怖的黑夜。文学作品的确经常给读者以力量和支持。

我是从读者成为作家的。在我还是一个孩子的时候，我就从文学作品中汲取大量的养料。文学作品用具体的形象打动了我的心，把我的思想引到较高的境界。艺术的魅力使我精神振奋，作者们的爱憎使我受到感染。一篇接一篇，一本接一本，我如饥似渴地读着能拿到手的一切书刊。平凡的人物，日常的生活，纯真的感情，高尚的情操，激发了我的爱和我的同情。不知不觉中我逐渐改变了自己对人对事的看法。优秀的作品给了我生活的勇气，使我看到理想的光辉。前辈作家把热爱生活的火种传给我，我也把火传给别人。我这支笔是从抨击黑暗开始的，看够了人间的苦难，我更加热爱生活，热爱光明。在创作实践中，我追求，我探索，我不断地磨炼自己，我从荆棘丛中走出了一条路。任何时候我都看见前面的亮光，前辈作家的“燃烧的心”在引导我们前进。即使遭

遇大的困难，遭受大的挫折，我也不曾灰心、绝望，我们有一个多么丰富的文学宝库，那就是多少代作家留下来的杰作，它们支持我们，教育我们，鼓励我们，要我们勤奋写作，使自己变得更善良，更纯洁，对别人更有用，而且更勇敢。是的，面对着霸主们核战争的威胁，我们需要更大的勇气。我们的前辈高尔基在小说中描绘了高举“燃烧的心”在暗夜中前进的勇士丹柯的形象，小说家自己仿佛就是这样的勇士，他不断地告诉读者：“文学的目的是要使人变得更好。”在许多前辈作家的杰作中，我看到一种为任何黑暗势力所摧毁不了的爱的力量，它永远鼓舞读者团结、奋斗，创造美好的生活。我牢记托尔斯泰的名言：“凡是使人类团结的东西都是善良的、美的，凡是使人类分离的东西都是恶的、丑的。”

亲爱的朋友们，讨论核时代的文学，我们不会忘记当前的国际紧张局势，外国军队还在侵犯别国领土，屠杀别国人民，摧残别国文化。两个核大国之间，核裁军的谈判没有取得成果，愈演愈烈的核军备竞赛，就像悬在世界人民头上的达摩克里斯的利剑，倘使有一天核弹头落了下来，那么受害的绝不是一个广岛，整个文明世界都面临大的灾难。然而核时代的文学绝不是悲观主义的文学，我们任何时候都不能低估人民的力量，他们永远是我们作品中的主人公。发达的科学技术是应当用来造福人类的，原子能应当为人类的进步服务。只有和平建设才能够促进人类的昌盛繁荣，保卫世界和平正是作家们不可推卸的责任。核时代的文学本来应当是和平建设的文学——人类怎样用自己的聪明才智创造美好的生活，建设灿烂的文明。在作者的笔下可以产生许多感人的诗篇，人们在生活中创造的奇迹丰富了我们的作品，我们的作品又鼓舞读者。在东京的大会上我们用欢欣的语调畅谈未来的美景，这是多么自然的事情。但是，我们不能这样做，我们的头上还聚着乌云，我们耳边还响着战争的叫嚣，我不能不想到广岛的悲剧。1980年春天我访问了那个城市，在和平纪念资料馆的留言簿上我写下我的信念：“全世界人民绝不容许再发生1945年8月6日的悲剧。”关于广岛，我读过不少“鲜血淋淋”的报导和一本当时身受其害的医院院长的日记。那次访问日本我特别要求去看看广岛。在那里迎接我的不是三十几年前的一片废墟，而是现代化城市美好繁荣的景象。美丽的和平公园就是在原子弹爆炸中心的废墟上建立起来的。我们陶醉在濑户内海的一片春光中：如茵的草地，盛开的樱花，觅食的鸽群，嬉笑的儿童，华丽的神社，高效率的工厂，繁华、清洁的街道……短短的两天中，我看了许多，也想了许多。

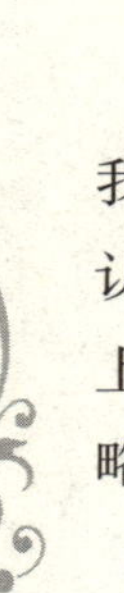



我对广岛人说："我看到了和平力量、建设力量的巨大胜利。"我又一次认识到无比强大的人民的力量，这是任何核武器所摧毁不了的！在广岛我上了这动人心魄的一课。不允许再发生广岛的悲剧，人民的力量是不能忽略的。

亲爱的朋友们，各国作家在东京集会讨论核时代的文学，我们最大的愿望就是不让任何一个国家遭受核武器的祸害。我们反对战争，更反对核战争。我们主张和平，更期望长期的和平。我们并不轻视自己，笔捏在我们手里就可能产生一种力量。通过潜移默化，文学塑造人们的灵魂。水滴石穿，作品的长期传播也会深入人心。用笔作武器，我们能够显示真理，揭露邪恶，打击黑暗势力，团结正义的力量。只要世界各国一切爱好和平、主持正义的人们紧密地团结在一起，掌握着自己的命运，世界大战、核战争就一定能够避免。总有一天广岛和平公园中的"和平之灯"会熄灭，那就是世界上没有了核武器，也就是原子能完全用来为人类的幸福与安乐服务的时候。那么广岛人对和平的热烈愿望就完全实现了……

最后，感谢大会的组织者，尤其是井上靖先生，让我这个抱病的老人在庄严的大会上讲出我心里的话。同这么多的作家在一起讨论我们事业的前途，我感到很高兴。我坚信，人民的力量一定会冲垮一切的核武库！我们的愿望终将成为现实：在一个无核武器的美丽世界中，人们将和平利用原子能取得最大的成就。中国作家愿意和各国作家一道，为达到这个光辉目标而共同努力，贡献出自己的一份力量。

祝东京大会取得圆满成功！

谢谢大家！

## ■ 作品赏析

生动、典型而又引人注意的小故事是本篇演讲最具特色的地方。演讲的开始，巴金给听众们讲述了一个"千羽鹤纪念碑"的小故事，将演讲引入中心议题。接着在论述为什么要写作的时候，巴金又用故事引出回忆，讲述自己投身文学创作的经历。在他眼里，文学作品用具体的形象打动了他的心，把他的思想引到较高的境界；优秀的作品给了他生活的勇气，使他看到理想的光辉。在说明文学作品的力量时，巴金又引用苏联卫国战争时期，一个被纳粹包围的少女凭借托尔斯泰作品的力量度过恐怖的故事。这些小故事的加入，不仅增加了演说的趣味性，也使之更有说服力。在讲述文学作品的巨大力量后，他指出，在受到核霸主威胁的当今，作家们更要负起自己的责任，

给广大读者以力量。

另外，流畅优美的语言使得整个演讲更加出色，更具感染力。

⊙演讲者简介⊙

巴金像

巴金，原名李尧棠，生于四川成都一个旧式家庭。“五四”运动时，年轻的巴金接受了民主主义和无政府主义的思潮。1920 年进入成都外语专门学校攻读英语，参加《半月》杂志，宣传反封建。1923 年前往上海读书，时常发表宣传无政府主义的论文和译文。1927 年赴法国留学，在巴黎完成了他的第一部中篇小说《灭亡》，引起了强烈反响。1928 年冬回国，写出了大量优秀的作品。1935 年，担任上海文化生活出版社总编辑。1936 年与靳以创办《文季月刊》。抗日战争期间，辗转于上海、广州、桂林、重庆等地，宣传抗日，给广大的中国人民以精神上的激励。1949 年，在第一次全国文代会上当选文联常委。之后，一直担任中国文化界的重要职务。巴金的代表作有《家》、《春》、《秋》以及《随想录》等。

巴金给后人留下了丰富的文化遗产，他的著作被翻译成多个国家的文字，受到世界人民的好评。此外，他曾获得“意大利但丁国际荣誉奖”、“法国荣誉勋章”和“香港中文大学荣誉文学博士”、“美国文学艺术研究院名誉院士”等奖项和称号。

# 生命与死亡的尊严

演讲者：加缪（1913 ~ 1960）
演讲时间：1957 年
演讲地点：瑞典斯德哥尔摩
演讲者身份：法国著名作家

## ■历史背景

在短暂的创作生涯中，加缪创作了以《陌生人》、《鼠疫》等为代表的一大批水准很高的作品，为他赢得了巨大的荣誉。加缪擅长以白描手法，客观地传达人物的言行，文笔简洁、朴实，笔调优雅，有着传统文学的纯正风格。同时，他的作品蕴含着对人生的严肃思考和艺术家的强烈激情，对世界文学的发展产生了巨大影响。1957 年“由于他重要的著作，在这著作中他以明察而热切的眼光照亮了我们这时代人类良心的种种问题”，加缪获得诺

贝尔文学奖。本篇就是他的获奖感言。

## ■原文欣赏

在接受你们自由的学院如此慷慨地给予我荣誉之际，特别是考虑到这份奖赏远远超过了我个人的成绩，我要致以深切的谢意。每一个人，在更充分的理由上说，每一个艺术家，都希望获得认可，我也一样。但是，在得悉你们的决定时，我不能不把它所产生的影响同真实的我加以比较。对于一个还算年轻、仍充满了疑惑，正在提高其作品水准，并习惯于孤独地工作或回避友情的人，突然间听到殊荣降临，单独置身于耀眼的聚光灯中央，怎能不教他感到惶恐？当欧洲的其他作家，特别是那些最伟大的作家，不得不在他们的祖国遭受到无止境的蹂躏时保持沉默的情况下，他一人接受这个荣誉，又会带着怎样的心情呢？

我既感到震惊，内心又有些惶恐。简言之，为了重新获得内心的平静，我不得不接受这份过于慷慨的运气。由于我个人的成就并配不上这一荣誉，我发现除了那终生支持我的、即使身处逆境时也不曾懈怠的观念以外，别无其他任何东西可以支持我了：也就是我对艺术和作家之职能所持有的观念。请允许我以感激和友爱之情，尽量简单地把这种观念告诉诸位。

就我个人而言，没有艺术便无法生活。但我又从来没有把艺术摆在一切事物之上。在另外一方面，假如我需要艺术，那是因为艺术把我的同胞们紧密相连，因为它使我这样的人能够跟同胞们生活在一个水平之上。艺术有能力展现普通人的欢乐或痛苦的图景，以此来打动绝大多数人。它使得艺术家与人民紧密相连，使他服从于最不足道且最普遍的真理。一个人往往由于自以为与众不同而选择做了艺术家，但他很快就会认识到，除非他承认与众相同，否则，他就既不能维持他的艺术，也不能维持他的差异。艺术家在生活中觉得不能没有美感和不能脱离他生活的社会时，便与他人结合在一起了。这就是真正的艺术家不能轻视任何事物的原因：他必须去理解，而不是去作判断。而且，倘若他们不得不在这个世界上选择立场的话，那么，或许就只能选择与社会站在一起的立场。根据尼采的卓越言论，在这个社会里，进行统治的不是法官而是社会的，不管这个创造者是工人还是知识分子。

出于同样的观点，作家在履行职能时不能回避艰苦的任务。根据这一界定，在当今，他就不能使自己服务于那些创造历史的人们，而应服务于那些经受历史苦难的人们。不然，他就会孤立无援，失去艺术。即使数百万的暴政大军，也不能使他摆脱孤立的处境，即便是并且特别是，当他与这些大军同流合污的时候。但是，在世界另一端，一个遭受侮辱的、不知名的囚犯的沉默，却足以让作家摆脱自己被流放般的状态，至少当他在自由的特权之中不至于忘记这种沉默，并且他还努力传递这种沉默，以使沉默通过他的艺术手段回响于世界。

在我们当中，谁都无法伟大到足以担当这项任务。然而，无论在什么生活状况下，不管是默默无闻还是取得了暂时的声望，不论是受拘于暴政的镣铐还是一时之间可以畅所欲言，作家只有尽其所能，接受为真理服务和为自由服务的两项任务，其作品才会成其伟大，才能赢得社会大众的心，并得到他们的认可。由于他的任务是团结尽可能多的人民，他的艺术就不能向谎言和奴役妥协，因为凡是谎言和奴役横行的地方都将滋生孤独。不管我们个人有什么弱点，我们作品的高贵一向植根于两项难以持续的使命：对自己所了解的拒不撒谎，对压迫进行抵抗。

在过去 20 多年的疯狂历史中，像这一代所有的人一样，我对时世变乱不知所措、迷惘失望，只有一件事支持着我：一种深藏在内心的感情，我认为，在今天，写作是一种荣誉，因为这种活动是一项使命，并且不仅仅是写作的使命。具体地说，就我的力量和境况而言，这项使命让我与经历过相同历史的所有人一起，承载我们共有的不幸与希望。这些人出生于第一次世界大战初期；在希特勒上台和第一次革命爆发时，他们正处于 20 岁左右的青春年华；而后，在西班牙内战、第二次世界大战、集中营和充满酷刑的拷打和囚禁的欧洲，他们完成了学业；也正是他们，今天必须生儿育女，开始在核武器的威胁下搞创作。我认为，谁都无法要求他们成为乐观主义者。我甚至认为，我们应当理解他们的错误，并永不停息地与这种错误进行较量。他们正是在过度的绝望之中才误入歧途，行使过不光彩生活的权利，并且一窝蜂地陷入时代的虚无主义之中。而事实依然是，在我的国家，在欧洲，我们大多数人都摈弃了这种虚无主义，积极寻求公正。为了获得重生，公开地反对在我们历史上正发挥作用的死亡本能，他们必须学会一种在灾难时代生存的艺术。

毫无疑问，每一代人都会感到变革世界的使命。而我这代人却知道，我们不会去变革世界，然而我们的任务或许更为重大。这个任务在于阻止世界的自我毁灭。我们这代人是腐朽历史的继承者。在这种历史里，混杂着堕落的革命、疯狂的技术、死亡了的诸神和破旧的意识形态——平

庸的势力可以摧毁一切，却不知道怎样让人信服；心智沦落，成为仇恨和压迫的奴仆。这代人从自我否定出发，不得不在身心内外重新确定一点点使生与死具备尊严的东西。在分崩离析之险迫在眉睫的世界中，那些大审判官铤而走险建立永恒的死亡王国，我们这代人知道，应该在跟时间的疯狂竞赛当中，恢复各民族之间没有奴役的和平，重新和解劳动和文化，并与所有的人一起重新制造“和约之舟”。这代人能否完成这项巨大任务，尚无法确定。然而，世界各地的人民已经起来反对那对真理和自由的双倍挑衅，并且知道在必要时如何为之献身。无论在哪里发现这种人，他们都值得尊敬和鼓励，特别是在他们作出自我牺牲的时候。无论如何，我应当把你们授予我的这项荣誉，转赠给这一代人，这你们肯定会完全同意的。

与此同时，在简要介绍了作家创作的高贵性之后，我应该把作家放在恰当的位置上。他除了与自己的战友共享的秉性以外，没有任何其他秉性：容易受伤却坚持不懈，遭受不公却热切地伸张正义，无论在什么人面前都不卑不亢地从事自己的事业，时刻承受着痛苦与美丽之间的割裂状态，最后则献身于他在双重的追求中所创造的新东西，这是他在历史的毁灭运动中顽强地树立起来的创造物。在这种种经历之后，谁能企盼他给予完全的解答并同时具备高尚的道德呢？真理是神秘的、难以捉摸的，永远需要人们努力去征服。自由是危险的，既令人欢欣鼓舞，也难以与之共存。我们必须痛苦而又坚定地迈向这两个目标，并且事先明白，在这样漫长的一条道路上，会出现失败。那么，现在，又有什么样的作家敢于心安理得地自诩为美德的布道者呢？就我个人而言，我必须再次宣布，我不是这样的作家。我从来不会放弃光明、存在的欢乐以及成长的自由环境。可是，虽然这种怀旧感说明了我的种种错讹失误的原因，但无疑也有助于我更好地理解自己的创作能力。这种怀旧感仍然在帮助我毫不迟疑地支持那些默默无闻的人，他们之所以还忍受这个世界强加于他们的生活，只是因为能够回忆那短促而自由的幸福生活。

这样，便还原了我本来的面目。在说明了我的局限、欠缺，以及举步维艰的信念之后，在结束讲话时，我就可以比较释然地评论一下你们方才授予我这项荣誉的慷慨大度，就可以比较释然地告知各位，我接受这项荣誉，把它当做对所有那些共同进行过同一战斗，却没有获得什么优待，反而饱尝了痛苦和迫害的人们的一种敬意。我还是要从内心深处感谢诸位，并且，为了

表达我的感激之情，向你们公开道出每一位诚实的艺术家天天都对自己默许的同一个古老的诺言，这就是忠实。

## ■ 作品赏析

加缪认为，没有艺术就无法生活，但是艺术不能摆在一切事物之上，艺术家的立场是要和社会一致的，任务是为真理服务、为自由服务。只有完成了社会赋予的任务，作品才能获得社会大众的心，赢得他们的认可。加缪还认为作品应该是高贵的，是不能撒谎的，要对压迫反抗到底。论述完对艺术和作品的观点后，加缪回顾了他那一代人在过去 20 多年的生活背景，引出他那一代人创作的使命——阻止世界的自我毁灭，指出应该在跟时间的疯狂竞赛中，恢复各民族之间没有奴役的和平，重新和解劳动和文化。他赞同那些为真理和自由而战的人，并且觉得应当把他获得的这份荣誉转赠给他们。加缪强调，作家的秉性应该是坚持不懈地伸张正义，不卑不亢地从事自己的事业，不断创造新东西。最后，加缪呼应开头，谦虚地评论了自己获得的荣誉，希望和每一位艺术家分享。

这篇演讲言辞恳切而有力度，很好地表达了作者获奖的感受和他对艺术创作的理解，对走在创作道路上的人有很大鼓舞作用。

### ⊙演讲者简介⊙

加缪像

加缪，1913 年 11 月 7 日生于阿尔及利亚的蒙多维。幼年丧父，生活拮据，凭奖学金读完中学，之后又在亲友的资助下，半工半读读完大学取得哲学学士学位。希特勒上台后，加缪参加了反法西斯运动，并加入了法国共产党，后来退党。从 1935 年开始，加缪从事戏剧活动，创办过剧团，写过剧本，还当过演员。1944 年，担任《战斗报》的主编，写了不少著名的论文。1957 年，加缪获得诺贝尔文学奖。1960 年，由于车祸不幸身亡。

他创作的剧本主要有《误会》、《卡利古拉》、《戒严》、《正义》等。此外，加缪还写过不少小说，中篇小说《局外人》既是他的成名作，也是荒诞小说的代表作。获法国批评奖的长篇小说《鼠疫》，更是确立了他在法国文坛上的地位

# 人们一思索，上帝就发笑

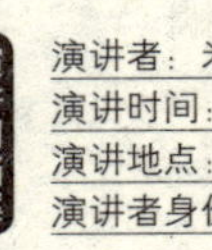

演讲者：米兰·昆德拉（1929 ~ ）
演讲时间：1985 年
演讲地点：耶路撒冷
演讲者身份：捷克著名小说家

## ■历史背景

耶路撒冷文学奖是以色列最重要的文学奖项。该奖项创办于 1963 年，此后每两年颁发一次，意在表彰其作品涉及人类自由、人与社会和政治间关系的作家。1963 年，罗素获得首届耶路撒冷文学奖。1985 年，米兰·昆德拉以《生命中不能承受之轻》而获得此奖。这篇演说，就是昆德拉接受这项文学大奖时在耶路撒冷发表的。

## ■原文欣赏

小说家不是代言人。严格说来，他甚至不应为自己的信念说话，当托尔斯泰构思《安娜.卡列尼娜》的初稿时，他心目中的安娜是个极不可爱的女人，她的凄惨下场似乎是罪有应得。这当然跟我们看到的定稿大相径庭。这当中并非托氏的首选观念有所改变，而是他听到了道德以外的一种声音。我姑且称之为“小说的智慧”。所有真正的小说家都聆听这超自然的声音。因此，伟大的小说里蕴藏的智慧总比它的创作者多。认为自己比其更有洞察力的作家不如真实性改行。

可是，这“小说的智慧”究竟从何而来？“小说”又是怎么回事？我很喜欢一句犹太谚语：“人们一思索，上帝就发笑。”这句谚语带给我灵感，我常想象拉伯雷有一天突然听到上帝的笑声，欧洲第一部伟大的小说就呱呱坠地了。小说艺术就是上帝笑声的回响。

为什么人们一思索，上帝就发笑呢？因为人们愈思索，真理离他愈远。人们愈思索，人与人之间的思想距离就愈远。因为人从来就跟他想象中的自己不一样。当我们从中世纪迈入现代社会的门槛，他终于看到的真面目：堂吉诃德左思右想，他的仆役桑丘也左思右想。他们不但未曾看透世界，连自身都无法看清。欧洲最早期的小说家却看到新环境，从而建立起一种新的艺术，那就是小说艺术。

……

无论是有意还是无意，每一部小说都要回答这个问题：

“人的存在究竟是什么？其真意何在？”

斯特恩同时代的费尔丁认为答案在于行动和大结局。斯特恩的小说答案却完全不同：答案不是在行动和大结局，而是行动的阻滞中断。

因此，也许可以说，小说跟哲学有过间接但重要的对话。18世纪的理性主义不就奠基于莱布尼兹的名言：“凡存在皆合理。”

当时的科学界基于这样的理念，积极去寻求事物存在的理由。他们认为，凡物都可计算和解释。人要生存得有价值，就得弃绝一切没有理性的行为。所有的传记都是这么写的：生活总是充满了起因和后果，成功与失败。人类焦虑地看着这连锁反应，急剧地奔向死亡的终点。

……

今天，时光又流逝了50年，布洛克的名言日见其辉。为了讨好大众，引人注目，大众传播的“美学”必然要跟“Kitsch”同流。在大众传媒无所不在的影响下，我们的美感和首选慢慢也Kitsch起来了。现代主义在近代的含义是不墨守成规，反对既定思维模式，决不媚俗取宠。今日之现代主义(通俗的用法“新潮”)已经融会于卖力地迎合既定的思维模式。现代主义套上了媚俗的外衣，这件外衣就叫Kitsch。

那些不懂得笑，毫无幽默感的人，不但墨守成规，而且媚俗取宠。他们是艺术的大敌。正如我强调过的，这种艺术是上帝笑声的回响。在这个世态领域里，没有人掌握绝对真理，人人都有被了解的权利。这个自由想象的王国是跟现代欧洲文明一起诞生的。当然，这是非常理想化的“欧洲”，或者说是我们梦想中的欧洲。我们常常背叛这个梦想，可也正是靠它把我们凝聚在一起。这股凝聚力已经赶超欧洲地域的界限。我们都知道，这个宽宏的领域无论是小说的想象，还是欧洲的实体是极其脆弱的，极易夭折的。那些既不会笑又毫无幽默感的家伙老是虎视眈眈盯着我们。

在这个饱受战火蹂躏的城市里，我一再重申小说艺术。我想，诸位大概已经明白我的苦心。我并不是故意回避谈论大家都认为重要的问题。我觉得今天欧洲文明内外交困。欧洲文明的珍贵遗产——独立思想、个人创见和神圣的隐私生活都受到了威胁。对我来说，个人主义这个欧洲文明的精髓，只能珍藏在小说历史的宝盒里。我想把这篇谢词归功于小说的智慧。我不应再饶舌了，我似乎忘记了，上帝看见我在这儿煞有介事地思索演讲，他正在一边发笑。

## ■ 作品赏析

演讲一开始，米兰·昆德拉就指出，他是作为小说家来接受这个奖的，

而且重复了两次表示强调。如此表达，意在表明演讲中反复提及的“智慧”，说的就是小说的智慧。借用“人们一思索，上帝就发笑”的著名格言，通过对各个知名的小说家的评述，昆德拉展开了对小说智慧的探讨。演讲中，昆德拉还拿哲学的智慧和小说的智慧作比较，使听众对小说智慧的印象更加深刻。他认为小说不是从理论精神中产生而是从幽默精神中产生，因此，在这个不宣战的永久的战争年代，在这个命运如此悲惨和残酷的城市，他决定只谈小说。

昆德拉的演讲蕴涵深意、充满激情，讽刺了战争。虽然本篇演讲的篇幅比较长，但听众依然兴致勃勃，因为他们可以从昆德拉颇具讽刺意味的语言中能寻找到快乐的元素。这篇演讲的魅力还在于，它能让你在聆听之后，长久地去品味。

**⊙演讲者简介⊙**

米兰·昆德拉，1929年生于捷克布尔诺市。因为父亲为钢琴家，所以他从小就受到了良好的音乐熏陶。少年时代，他开始广泛阅读世界文艺名著。青年时代，他写过诗，创作过剧本，画过画，搞过音乐，从事过电影教学。20世纪50年代初，昆德拉作为诗人登上文坛，创作了《人，一座广阔的花园》、《独白》、《最后一个五月》等诗集。30岁左右，在写出自己的第一部小说之后，他确信找到了自己人生的奋斗方向，开始投身小说创作。1967年，他的第一部长篇小说《玩笑》出版，在捷克引起了广泛的关注。当时由于苏联入侵捷克，昆德拉的文学创作无法进行。1975年，他离开捷克，来到法国。在法国，他完成了《笑忘录》、《生命中不能承受之轻》、《不朽》等作品，成为最受欢迎的作家之一，之后多次获得国际文学大奖。

# 第十二篇

# 人格的高昂和成功的感言

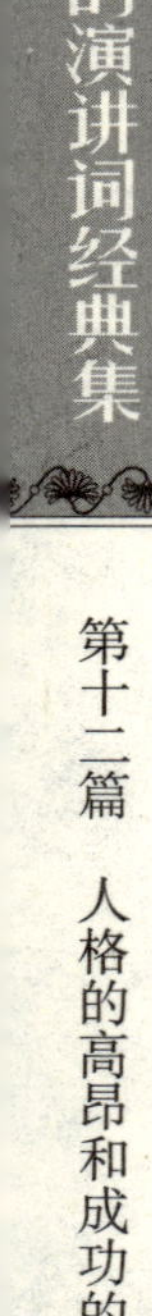






# 成功之路

演讲者：卡内基（1835 ~ 1919）
演讲时间：1885 年 6 月 23 日
演讲地点：柯里商学院
演讲者身份：卡内基公司创始人

## ■ 历史背景

从 1859 年起，卡内基就开始进行投资。1865 年，他的投资获得巨大成功。之后，卡内基致力于钢铁生产行业。他引进新技术，添置设备，兴建新厂房，事业迅速壮大起来。1881 年春，昔日那个身无分文的穷孩子，而今的百万富翁卡内基衣锦还乡，给自己的母亲带来巨大荣耀。1885 年春，他的母亲生病，卡内基回到匹兹堡看护，为此他甚至取消了一年一度的英国旅行。夏天，母亲的病情有了起色，他趁便到柯里商业学院参加当年的毕业典礼。这篇演说，就是在商学院典礼上的讲话。

## ■ 原文欣赏

年轻人应该从头学起，担当最基层的职务，这是件好事。匹兹堡有许多大企业家在创业之初都肩负过重任。他们与扫帚结伴，以清扫办公室度过了企业生涯的最初时光。我注意到现在的办公室都配备了男女工友，这使我们的年轻人不幸失去了这个有益的企业教育的内容。不过，比如哪一天早晨专业清扫工碰巧没来，某一位具有未来合伙人气质的青年就会毫不犹豫试着拿起扫帚。有一天，一位颇为时髦、溺爱孩子的密歇根母亲问一位小伙子是否见过像她女儿普里茜拉那样的女郎如此潇洒地在房间里打扫卫生。小伙子说从未见过，那位母亲高兴得乐不可支。但小伙子顿了顿说：“我想看到的是她在室外清扫。”如有必要，新来者在办公室外清扫对他丝毫无损。我本人就曾打扫过的。

假如你们都得到了聘用，而且都有了良好的开端，我对你们的忠告是“志存高远”。对那些还没有把自己视为某家重要公司的合伙人或领军人物的年轻人，我会不屑一顾。你们在思想上一刻也不要满足于充当任何企业的首席

职员、领班或总经理，不管这家企业的规模有多大。你们要对自己说："我的位置在最高处。"你们要梦寐以求登峰造极。

获得成功的首要条件和最大秘密是：把精力、心思和资本完全集中于所从事的事业上。一旦开始干一行，就要下决心干出个名堂来，就要独占鳌头，就要不断进取，就要采用最好的机器，而且要精通此行。

失败的企业往往是那些分散了资本的企业，即分散了精力的企业。它们东投资，西投资，这里投一下，那里投一下，遍地开花。"别把所有的鸡蛋都放进一个篮子"之说大错特错。我告诉你们，"要把所有的鸡蛋都放进一个篮子，然后照管好那个篮子。"瞻前顾后，时时留神，能这样做的人往往就会立于不败之地。管好并提好那一个篮子很容易。在我们这个国家，想多提篮子的人才打碎最多的鸡蛋。有三个篮子的人就得把一个篮子顶在头上，这样就很容易摔倒。美国企业家往往犯的一个错误就是未能全力以赴。

一言以蔽之，树立远大的目标，千万不要涉足酒吧；千万不要酗酒，即使仅在用餐时也别贪杯；千万不要投机；签署支付的款项时，千万不要透支。取消订货的目的永远在于挽救货主的利益；集中精力，把所有鸡蛋放进一个篮子并照管好那个篮子；永远不要超前消费；最后，不要失去耐心，因为正如爱默生所说，"除了你自己，没有人能哄骗你离开最后的成功。"

## ■ 作品赏析

卡内基是一位成功的企业家，本篇演讲是他经商多年以来总结的经验。卡内基指出，通往成功之路的基本条件和重大秘密是：把精力、思想和资本全部集中于你所从事的事业之上。此外，他还在演讲之中提到走向成功之路需要注意的几个问题，如把公司的利益看成是你自己的、要专注、"要把所有的鸡蛋都放进一个篮子并照管好那个篮子"。这其中的每一点，卡内基都作了认真、仔细的介绍，以便让学生们理解得更深刻。

整篇演讲没有什么豪言壮语，也没有一个成功的企业家训斥自己后辈的那种盛气凌人，有的只是朴实的语言和恳切的语气。总之，卡内基的演讲让人觉得很亲切，听众会不由自主地追随他的思路，并根据演讲，做出自己的判断。在演讲的最后，卡内基进一步强调了自己的观点，同时也增强了听众的记忆。卡内基的演讲是他多年经营的心得，是宝贵的商业财富，对于每个立志从商的人，具有永恒的价值和积极的指导意义。

⊙演讲者简介⊙

卡内基，1835年11月25日出生于苏格兰古都丹弗姆林。受祖父的影响，卡内基从小就乐观进取、能言善辩。14岁的时候，他在电报公司做起了信差的工作，凭借自己的聪明，很快就熟悉了电报技术。1853年，宾夕法尼亚州铁路公司西部管区主任斯考特聘请卡内基做私人电报员兼秘书。在铁路公司，卡内基学到了很多，也渐渐成熟起来。1862年，他与几个朋友创立了建造铁桥的公司，并且利用美国南北战争的机会发展了起来。1890年，将公司命名为卡内基钢铁公司。19世纪末20世纪初，卡内基钢铁公司成为世界上最大的钢铁企业。卡内基在经营企业的过程中，积累了许多经验，至今还被人学习和借鉴。卡内基晚年信奉佛教，致力于慈善事业，用自己的财富建立学校、图书馆等，为社会作出了巨大的贡献。

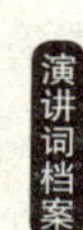


演讲者：蔡元培（1868～1940）
演讲时间：1917年
演讲地点：上海爱国女校
演讲者身份：中国杰出的民主革命家、教育家

# 爱国要培养完全的人格

## ——在上海爱国女校的演说

## ■历史背景

蔡元培是中国现代史上最杰出的教育家，不论是在教育制度的变革、教育机构的创设，还是教育思想的研究上，都有着了不起的贡献。1902年，他和章炳麟在上海创办了爱国女校。1917年，已经是北大校长的蔡元培回到上海爱国女校，对学生们发表了这篇精彩演讲。

## ■原文欣赏

本校初办时，在满清季年，含有革命性质。盖当时一般志士，鉴于满清政治之不良，国势日蹙，有如人之罹重病，恐其淹久而至不可救药，必觅良方以治之，故群起而谋革命。革命者，即治病之方药也。上海之革命团体，名中国教育会，革命精神所在，无论其为男为女，均应提倡，而以教育为根本。故女校有爱国女学，男校有爱国学社，以教育会会员担任办理之责，此本校校名之所由来也。其后几经变迁，男校因苏报案而解散；中国教育会，亦不数年而同志星散；惟女校存立至今。辛亥革命时，本校学生，多有从事于南京之役者，不可谓非教育之成效也。当满清政府未推倒时，自以革命为

精神，然于普通之课程，仍力求完备，此犹家人一面为病者求医，一面于日常家事，仍不能不顾也。至民国成立，改革之目的已达，如病已医愈，不再有死亡之忧，则欲副爱国之名称，其精神不在提倡革命，而在养成完全之人格。盖国民而无完全人格，欲国家之隆盛，非但不可得，且有衰亡之虑焉。造成完全人格，使国家隆盛而不衰亡，真所谓爱国矣。完全人格，男女一也，兹特就女子方面讲述之。

夫完全人格，首在体育，体育最要之事为运动。凡吾人身体与精神，均含一种潜势力，随外围之环境而发达。故欲其发达至何地位，即能至何地位。若有障碍而阻其发达，则萎缩矣。旧俗每为女子缠足，不许擅自出门行走，终日幽居，不使运动，久之性质自变为懦弱。光阴日消磨于装饰中，且养成依赖性，凡事非依赖男子不可。苟无男子可依赖，虽小事亦望而生畏，倘不幸地有战争之事，敌兵尚未至，畏而自尽者比比矣，又安望其抵抗哉！是皆不运动不发达其身体之故，卒养成懦弱性质，以减杀其自卫能力与胆量也。欧美各国女子，尚不能免此，况乎中国。闻本校有体育专修科，不特各科完备，且于拳术尤为注意，此最足为自卫之具，望诸生努力，切勿间断。即毕业之后，身任体操教员者，固应时时练习，即担任别种事业者，亦当时时练习。盖此等技术，不练则荒，久练益熟，获益非浅也。

次在智育，智育则属精神方面。精神愈用愈发达，吾前已言及矣。盖人之心思细密，方能处事精详，而练习此心思使之细密，则有赖于科学。就其易于证明者言之：如习算学既可以增加知识，又可以使脑力反复运用，入于精细详审一途。研究之功夫既深，则于处世时，亦须将前一事与后一事比较一番，孰优孰劣，了然于胸。而知识亦从比较而日广矣。故精究科学者，必有特别之智慧，胜于恒人，亦由其脑筋之灵敏也。

更言德育，德育实为完全人格之本，若无德，则虽体魄智力发达，适足助其为恶，无益也。今先言吾国女子之缺点。女子因有依赖男子之性质，不求自立，故心中思虑毫无他途，惟有衣服必求鲜艳，装饰必求美丽，何也？以其无可自恃也。而虚荣心于女子为尤甚，喜闻家中人做官，喜与有势力人往还皆是。故高尚之品行，未可求诸寻常女界中也。今欲养成女子高尚之品行，非使其除依赖性质有自立性质不可。然自立不可误解，非傲慢自负、轻视他人之谓，乃自己有一定之职业，以自谋生活之谓。夫人果能自谋生活，不仰食于人，则亦无暇装饰，无取虚荣矣。尚有一端，女子之处家庭者，大凡姑媳妯娌间，总是不和，甚至诟谇，其故何在？盖旧时习惯，女子死守家庭，不出门一步，不知社会情状，更不知世界情状，所通声息者，家中姑媳妯娌间而已，耳目心思之范围，既限于极小之家庭，自然只知琐细之事，而所争者，亦只此琐细之事。若是而望女子之品行日就高尚，难乎其难，盖其所处之势使然也。女子之缺点固多，而优点亦不少。今举其一端，如慈善事业。恻隐之心，女子胜于男子。不过昔时专在布施，反足养成他人懒惰之习，今则推广爱人以德，与人为善之道。凡有善举，宜使受之者亦出劳力有益于社会，则其仁慈之心，为尤恳挚矣。女子讲自由，在脱除无理之束缚而已，若必侈大无忌，在为无理之自由，则为反对女学者所藉口，为父兄者必不送女子入学。盖不信女学为培养女德之所，而谓女学乃损坏女德之地，非女学之幸也。又今日女子入学读书后，对于家政，往往不能操劳，亦为所诟病。必也入学后，家庭间之旧习惯，有益于女德者，保持勿失。而益以学校中之新知识，则治理家庭各事，比较诸未受教育者，觉井井有条。譬如裁缝，旧时只知凭尺寸裁剪而已，若加以算学知识，则必益能精。如烹饪，旧时亦只知当然，若加以化学知识，则必合乎卫生。其他各事，莫皆不然。倘女学生能如此，则为父兄者，有不乐其女若妹之入学者乎！

夫女子入校求学，固非脱离家庭间固有之天职也，求其实用，固可相辅而行者也。美国有师范学校，教授各科，俱用实习，不用书籍。假如授裁缝时，为之讲解自上古至现在衣服之变更，有野蛮时代之衣服与文明时代之衣服，是即历史科也；为之讲解衣服之原料，如丝之产地、棉之产地等，则地理科也；衣服之裁剪，有算法焉，其染色之颜料，有理化之法则焉，是即数学理化科也；推之烹饪等料，亦复如是。寓学问于操作中，可见女学固养成女子完全之人格，非使女子入学后，即放弃其固有之天职也。即如体操科之种种运动，近亦有人主张徒事运动而无生产，为不经济，有欲以工作代之者，庶不消耗金钱与体力，使归实用，此法以后必当盛行。益可见徒知读书，放弃家事，为不合于理矣。

## 作品赏析

演讲开始，蔡元培简单回顾了女校的历史，并引出“欲副爱国之名称，其精神不在提倡革命，而在养成完全之人格”。接下来从体育、智育、德育三个方面论证了什么是完全的人格。蔡元培把“体育”放在完全人格的首位，他指出旧社会女子缠足的弊端，希望女子能够丢掉“懦弱性质”，提高在战争年代中对付敌人时的自卫能力和胆量。智育方面，蔡元培认为“智育则属精神方面”，他没有给学生们讲要如何积累知识，而是重点阐述如何培养思维能力。这种观点的先进性已经大大超出了当时的教育理念。智育之后，蔡元培着重论述了德育。

他采用“先破后立”的方法，先从当时女子的缺点说起，点出需要改进的地方，然后得出“今欲养成女子高尚之品行，非使其除依赖性质有自立性质不可”的结论，并就这一结论解释了德育中学生需要注意的问题。论述中穿插社会中的真实案例，增强了生动性和说服性。

演讲的结束，蔡元培指出了培养完全人格的途径——“寓学问于操作中”。这篇演讲不论是在当时还是现在，对学校教育都有着积极的指导意义。

**⊙演讲者简介⊙**

蔡元培像

蔡元培，浙江绍兴人，中国近代民主革命家、教育家。1883年中秀才，1889年中举人，1892年中进士，被授予翰林院庶吉士。甲午战争后，开始接触西学。他认为维新运动失败的原因就是没有培养人才，于是决心兴办教育。1898年9月，他在绍兴中西学堂担任监督，提倡新学。1901年7月奔赴上海，出任南洋公学教习。1902年，他与蒋观云等组织中国教育会，并在上海创办爱国女校及爱国学社，还将《晨报》作为阵地，宣传排满革命。1905年冬，他在上海建立光复会，并担任会长，次年加入同盟会。1912年，任南京临时政府教育总长，主张采用西方教育制度，实行男女同校。1917年1月，担任北京大学校长，提出“思想自由”、“兼容并包”的办学方针，使北大面貌焕然一新。五四运动中支持学生的爱国行动，曾多次营救被捕学生。1932年，与宋庆龄、鲁迅等组织中国民权保障同盟，积极开展抗日爱国运动。1940年3月5日在香港病逝，葬于香港仔山巅华人公墓。

# 需要有坚强意志，努力学习

演讲词档案

演讲者：奥斯特洛夫斯基（1904～1936）

演讲时间：1935年12月6日

演讲地点：亚速夫黑海边区作家大会

演讲者身份：苏联伟大的无产阶级作家

## ■历史背景

奥斯特洛夫斯基的《钢铁是怎样炼成的》问世之后，受到了读者的广泛欢迎。很多人想请他谈论一下写作的感想，特别是一些也想成为作家的年轻人。1935年12月，亚速夫黑海边区作家大会召开，奥斯特洛夫斯基应邀参加，在会上作了这篇广播演说。

## ■原文欣赏

诸位想要成为作家，到此来开会，很想知道怎样成为作家这个问题。青年人以为有这样一个神奇的药方，可以教给人这种方法。老作家都知道，这是一件辛苦的工作，但也是无限愉快的工作。

我的青年同志们，你们应该知道，谁都可以成为作家。但是要达到这一点就必须有坚强的意志，努力地学习，不断地用知识来丰富自己，无止境地向着文化的最高峰猛进。诸位应该明白，也要牢牢记住，不这样努力，作出书来可能有星星点点的天才表露出来，但是不能作出伟大的东西。

我乐意讲一讲我自己。十五六年以前我曾是伟大斗争、伟大事件的见证人和参加者，我看见了英勇的战士们。但是那时候我是一个粗通文字的人，能不能写出我现在经过了努力的学习以后，有了革命斗争底理论知识，并且也能够以艺术的形式总结自己的经验之后，所写出来的东西呢？那时一定不能。因为光是看见、观察和感觉还不够。需要学习，需要求得高深的生活知识，知道世界文学的最好著作，以扩大自己的眼界，并用马克思列宁主义的理论来照亮自己的经验。然后才能大胆地拿起笔来，归纳自己的观察，并写出有价值的作品。

《钢铁是怎样炼成的》电视剧照

因此作家个人的历史乃是很重要的问题。青年作家只有在长成人，长成一个战士，并且与全国一齐成长着，那时才能成为一个作家。一下子是办不到的。青年同志们必须记住，想要连跑带跳地把过去的一切文化遗产都得着，那是办不到的。必须稳重地、顽强地、努力地工作。要知道，在这条路上克服困难，这件事本身就是非常好的兴奋剂。诸位的目的是成为作家。但是你们知道，作家乃是导师。可是要教导别人，自己就必须比所要教导的人知道更多，也必须有得可说。须知，我们的千百万读者已成了大圣人。他知道的很多，他对我们的枯燥、平凡的东西是不会原谅的。

所以我们作家必须走在进军的最前行列里，而不要留在后方。作家若是蹲在后方，就没有权利去教导已经远远地走在他前边的人。

作家不能站在生活与斗争之外，不能像那些辛辛苦苦地在自己的研究室里研究自己的化学和解剖学的资产阶级学者；不能做一个漠不关心的“旁观者”。

只有站在最前列的战士中间，充满斗争的热情，与全国人民一起，因失败而痛苦，因胜利而欢乐，那样他才能写出正确的、动人的、有号召力的书来。我们的文学是真理的文学，是现在及将来人类底社会主义真理的文学。

资产阶级作家，亲眼看见了一小撮寄生虫对劳动人民可怕的压迫，他们就必须在自己的著作中对读者多多撒谎。银行家和交易所的投机家，白天疯狂地无情地由工人身上榨取血汗，晚上安逸无事地抚爱自己的老婆和孩子，描写这种人很难写出好的东西。但是我们就用不着撒谎。我们的生活惊人地美丽，富有诗意。生活给我们造出许多优美的典型，成群结队地到脑子里来，充满它，一个比一个更美好更有力。我们刚刚能赶上生活，赶上它那疾风般的前进速度。我们面前已经有了以前未曾见过的、有共产主义道德的、属于未来的、美好的新人物的形象。我们必须在我们的作品中造出它的典型。生活给了我们多么丰富的材料呀！多少题材呀！有些人常说：“这个题材过时了”。这话不对。没有过时的题材。有人说，国内战争的题材过时了，什么时候也不过时！再过十年，再过一百年这种题材也将仍是新鲜的仍是美好的。只要能用新的典型来描写它，用新的彩色来给它加添生气。这只有不停地前进，不断地努力学习才行。

青年的文艺后代，我们就应当这样地发育起来。也只有这样，我们才能作出与我们的美丽祖国相称的作品来！

## ■作品赏析

在这篇感人的演讲里，奥斯特洛夫斯基以自己的亲身经历，向青年们介绍了成长为一个作家的经验。他年轻时参加过苏联红军，为了保卫国家出生入死。经历过与洪水的搏斗之后，他全身瘫痪，双目失明。但就是在这样的情况下，他凭借对祖国、对生活的热爱，由一个只读过三年书的人，写成了轰动全世界的不朽名著《钢铁是怎样炼成的》。在平实的叙述中，他本人崇高的精神清晰地展现出来，这种伟大的信念和坚强的意志打动了所有的听众。奥斯特洛夫斯基告诫那些走在写作道路上急于求成的青年，“想要连跑带跳地把过去的一切

文化遗产都得着，那是办不到的。必须稳重地、顽强地、努力地工作”。他指出，想成为作家，就要走在时代的最前列，要坚持真理，要热爱祖国，深入生活，带着激情工作。

奥斯特洛夫斯基的演说，真切朴实，以情感人，回答了青年作家心中的疑问，激起了他们的创作热情，也陶冶了他们的道德情操。

**⊙演讲者简介⊙**

奥斯特洛夫斯基像

奥斯特洛夫斯基，1904 年 9 月 29 日出生于乌克兰维里亚村。由于家境贫寒，他 11 岁便辍学当童工，1919 年加入共青团，之后参加国内战争，1924 年加入共产党。由于长期在艰苦的环境中斗争，他的身体受到了严重损害，但他毫不屈服，以顽强的毅力同病魔作斗争。1929 年，他全身瘫痪，双目失明。1930 年，他以自己的战斗经历为素材，开始创作长篇小说《钢铁是怎样炼成的》，小说完成后反响强烈。1934 年，奥斯特洛夫斯基成为苏联作家协会成员。1935 年底，由于他在文学方面的创造性劳动和卓越的贡献，获得了列宁勋章。1936 年 12 月 22 日，也是他完成长篇小说《暴风雨所诞生的》的校订工作后的第 8 天，奥斯特洛夫斯基旧病复发，在莫斯科逝世。

## 幸福的父母往往会有最优秀的子女

演讲词档案

演讲者：马卡连柯（1888 ~ 1939）
演讲时间：1938 年 7 月 22 日
演讲地点：苏联《社会活动家》杂志社
演讲者身份：苏联教育家、作家

### ■历史背景

马卡连柯认为，苏维埃的教育应该培养出政治觉悟高，有责任感、有朝气的优秀社会主义青年。而实现这样的教育，必须通过集体。在他看来，家庭也是一个集体，父母对孩子的影响是很大的。为阐述这一教育理念，他在《社会活动家》杂志社发表了这篇演说。

### ■原文欣赏

我的幸福是不依赖任何一种物质福利的。

每一个人都要说：我要我的儿子成为一个能够立功的人，成为一个心

地好的、热情的、有希望和有志气的真正的人，同时我要他不致成为能把一切都花光的废物，因为，您看，这种好心地会使他成了一个穷光蛋，使老婆、孩子也陷入穷困的状态，而且由于这种善良甚至也会丧失精神上的财富。

我们的伟大的无产阶级革命所赢得的、年年都在增长着的那种人类的幸福应该属于所有的人，我呢——作为一个个别的人——也有权利来享受这种幸福。我想成为一个英雄，我想立功，我想给国家和社会以更多的贡献，同时，我也想成为一个幸福的人。我们的孩子也应该是这样的。必要的时候，他们应该毫不犹疑，毫无盘算，幸福也好，悲哀也好，不去斤斤计较地把自己贡献出来，而从另一方面来说呢，他们应该成为幸福的人。

可惜，我还没有作完全的检查，但是，我已经看到，幸福的父母往往会有最优秀的子女。而所谓幸福的父母，并不等于说他们的住宅有煤气装置，有澡盆，有一切舒适的设备。完全不是这样的。我看见许多人的住宅有五个房间，有煤气设备、有热水、冷水，此外还有两名家庭女工，可是孩子们并不好。有的妻子走掉了，有的丈夫走掉了，有的不好好上班了，有的想要第六个房间或者另要一座别墅了。我也看到许多幸福的人，他们在许许多多方面都感到缺乏。我在我本人的生活当中就有这样的情况，然而，我是一个非常幸福的人，我的幸福是不依赖任何一种物质福利的。请回忆一下你们自己的最美妙的时代罢，那时候好像不是缺这个，就是少那个，可是在心灵里有一致的精神力量。可以放心前进。

这种纯粹的幸福的全部可能性，它的必要性、义务性是由我们的革命所赢得的，是由苏维埃制度保证的。我们的人的幸福在于我国人民的团结一致，在于对党和伟大的斯大林的信任。应该成为一个诚实的、在自己的思想和行为当中具有党性的人，因为，幸福的必不可少的条件就是信念，就是正确地生活下去，就是并不在暗地里隐藏着卑鄙、懦弱、狡猾、陷害以及任何一种其他的败行。这种光明磊落的、诚实的人的幸福不但给本人带来极大的好处，而且首先给自己的儿女带来极大的好处。因此，请允许我对你们这样说：为了有优秀的儿女起见，你们都要成为幸福的人。鞠躬尽瘁，使用你们全部的天才、全部的能力，带动你们的朋友、熟人，都成为具有真正的人类幸福的人。可是，往往也有这样的事情，一个人打算获得幸福，于是就抓住了几块石头，将来用它们来建立幸福。我自己有一回也犯了这样的错误。在我看来，假如我一抓住这个东西的话，这当然还不是幸福，而是在以后，要在这个东西上面求得幸福。完全不是这么回事。这些作为地基用的石头，这些为了以

后在它们上面盖成幸福的宫殿的石头，后来却往往砸破了人的头脑，造成了纯粹的灾难。

这一点是不难想象的，那就是说，有些幸福的父母，他们是由于自己的社会活动、自己的文化、自己的生活而感到幸福的，他们也善于支配这种幸福，——这些父母经常会有优秀的子女，他们经常能正确地教育子女。

这个定义的要点就在这里，关于这个定义，我在一开始的时候就提到了：在我们的教育活动当中是应该有一个中庸之道的。中庸是介于我们的重大的、献身于社会的工作与我们从社会取得的幸福之间的。不管你们采用哪一类家庭教育方法，你们都需要找到一个尺度，因此，也就需要在自己的身上培养分寸感。

拿最困难的一个问题（在我看来，这是人们的一个最困难的问题）来说罢——这就是关于纪律的问题。严厉和慈爱——这是一个最难解决的问题。

可是，在大多数的场合，人们不善于给慈爱和严厉制定标准，而在教育上，这种本领是完全必要的。最常引人注意的是人们虽然在解决这些问题，可是他们心里却在想：不错，严厉是应当有标准的，慈爱是应当有标准的，不过，这是孩子长大到六、七岁的时候才需要的，六岁以前是可以不要什么标准的。事实上，主要的教育基础是在五岁以前奠定的。还有，你们在五岁以前所作的一切，等于整个教育过程里的百分之九十的工作，以后，一个人的教育还在继续进行，一个人的锻炼也还在继续进行。不过，一般说来，你们却开始尝到了果实，至于你们所照料的那些花朵，却在五岁以前就开过了。因此，在五岁以前，有关严厉与慈爱的尺度的问题是最重要的一个问题。人们往往过分地让一个孩子去耍脾气，让他整天叫喊，完全不让他哭泣。另一个孩子乱忙乱闹，把一切都抓在手里，这个也问问，那个也问问，没有一分钟的安静。第三个完全唯命是听，像一个玩偶似的，不过，在我们这里，这种情况是很少见的。

你们都可以在所有的这三种情况当中看到严厉和慈爱的缺乏标准。自然，在五岁、六岁以至七岁的时候，这个标准，这个黄金一般的中庸，某种介于严厉和慈爱之间的和谐，永远是应该具备的。

有人在这一点上反驳我说：您谈的是严厉的尺度，然而，教育孩子是可以不要任何一种的严厉的。假如您理智地、慈爱地去处理一切，那么，您一辈子也用不着去严厉地对待孩子的。

我认为严厉并不是什么愤怒，也不是什么歇斯底里地叫喊。完全不是这样的。严厉这个东西只有当它并不具有歇斯底里的任何特征的时候才是有效的。

我在自己的实践当中学会了怎样在非常慈爱的口吻中保持严厉。我能够十分温和、慈爱而又冷静地说出一些话，但是我的学生们会由于这些话而变得脸色苍白起来。严厉不一定是以大嚷大叫为前提的。这是多余的。你们的镇静、你们的信念、你们的坚决的意志，即使你们表现得很慈爱，同样会造成强烈的印象。“出去”——这会造成这种印象，如果说“请你离开这里”——也同样是造成那种印象，或许，甚至会造成格外强烈一些的印象。

第一条规则就是，要特别在你们过问孩子生活的程度这一问题上有某种标准的规则。这是一个异常重要的问题，它在家庭里面往往解决得不很正确。独立性的成分应该有多么大，要给孩子什么样的自由，在哪一种程度上需要“手把着手指导”，在哪一种程度上需要他自己来加以解决，禁止什么，什么应该取决于他本人的意志？

孩子走到街上去了。你们高声大叫：别往那里跑，别往这里走。这在哪一程度上才算是正确的呢？如果你们想到的只是对于孩子的无限的自由，那么，这是有害的。可是，假如孩子应该什么都问，应该永远到你们那里来，经常由你们去决定并且按照你们所说的那样去行动，那么，孩子就没有发挥自己的主动性、机动性和从事个人冒险的任何余地了。这也是要不得的。

我谈到了“冒险”这两个字。孩子在六、七岁的时候已经应该在他自己的行为当中冒一冒险了，你们应该看着他冒险，应该在一定的程度上允许他去冒险，以便使孩子成为一个勇敢的人，以便使孩子不要完全由于你们的责任心的影响而形成这样的性格：妈妈说过了，爸爸也说过了，他们什么都知道，一切应该由他们来决定，我将要按照他们所说的那样去做。你们的那种最大限度的过问，会使儿子不能长大成为一个真正的人。他有时长大成为一个毫无主见的、既不能作出任何的决定、又不能作任何的冒险和勇敢行为的人，而有时候适得其反，他服从，在某种程度上服从于你们的压力，然而，奔腾着的、要求出路的力量有时爆发起来，结果演成家庭的乱事：“本来是一个好孩子，结果却成了这么一副样子。”事实上，当他服从、听话的时候，他一直是在变成这副样子的，不过是自然所赋予他的、随着成长和学习而发展着的那种力量产生了他的行动罢了，起初，他秘密地进行反抗，而以后是公然反抗而已。

往往也有另一种极端，这也是屡见不鲜的，就是人们认为孩子应当表现出全部的主动性，应当为所欲为，至于孩子们究竟在怎样地生活，他们正在

干些什么，人们却完全不去注意，这样，孩子们就习惯于毫无拘束的生活、思维和作决定了。许多人这样想，在这种场合，在孩子身上是培养着坚强的意志的。其实不是这样。在这种场合并没有培养任何意志，因为真正的坚强的意志绝不是一种想什么就获得什么的那种本事。坚强的意志——这不但是想什么就获得什么的那种本事，也是迫使自己在必要的时候放弃什么的那种本事。意志——这不单纯是欲望和欲望的满足，同时也是欲望和制止，欲望和放弃。假如你们的孩子仅仅受到实现自己的愿望的训练而没有受到克制那种愿望的训练，他是不会有最大的意志的。没有制动器就不可能有汽车，而没有克制也不可能有任何的意志。

我的公社社员们对于这样的一个问题一向是非常熟悉的："你为什么不克制你自己，你已经知道，这里需要抑制。"我问他们。而在同时要求："你为什么不放心，你为什么拿不定主意，等我来告诉你吗？"同样是有错误的。

在孩子身上需要培植制止和抑制自己的能力。这自然不是那么简单的事。我将要在自己的书里详细地谈谈这个问题。

此外，还需要培养一种十分重要的能力，这种能力培养起来并不十分困难：这就是判断的能力。它常常表现在一些小事小节上。你们要从你们孩子的幼年时代就注意他怎样辨别事物。他说些什么话。这时候，如果来了一个外人，也许不完全是一个外人，而是你们的社会和你们家庭的附加的分子，如访问者、客人、姨妈或者祖母，孩子们就应该懂得什么话需要说，什么话这时候不需要说（例如在上岁数的人的面前不需要说老年的事情，因为他们不喜欢听这种话。一开始的时候听人讲话，后来自己说，等等）。儿子对于他们所处的情况的感觉能力，对所处时间的感觉能力——这种能力是极其需要培养的，也是不难加以培养的。只要在两三件事情上充分地注意一下，再跟儿女谈一谈，你们的推动就会产生良好的影响。判断能力对于周围的人来说、对于掌握和精通它的人来说是非常有益的、令人愉快的。

## ■ 作品赏析



马卡连柯在演讲中首先提到了父母的幸福问题，他认为父母的幸福不是单纯意义上物质上的幸福，而应该是精神生活上的幸福，而这种幸福只能是自给。最重要的是，父母拥有这样的幸福，会给孩子们的成长带来极大的帮助，因此他得出结论：父母们为了有优秀的儿女起见，都要成为幸福的人。接着，马卡连柯的话锋转向了第二个问题，幸福的父母只是言传身教，树立起一个好榜样

是不够的，还要学会正确地教育孩子。马卡连柯分三部分解答了这个问题。首先要解决自身的问题——在教育孩子之前先培养自己的“分寸感”，把握好严厉和慈爱的度；然后，他告诉家长们要培养孩子的综合能力，但是不能走向两个极端，既不能唯唯诺诺，也不能为所欲为；最后，他阐述了如何从小事上入手，及时引导、训练孩子的判断能力。

这篇演讲给我们一种又回到了课堂上的感觉，仿佛循循善诱的老师在向我们讲述有益的思想。虽然篇幅较长，但那些生动形象的语言，却能让我们一直沉浸于演讲的始终。

**⊙演讲者简介⊙**

马卡连柯，苏联著名教育实践活动家和教育理论家，出生于乌克兰共和国别洛波里城。17 岁开始当小学教师。15 年的教学实践，为其教育思想的形成打下了坚实的基础。十月革命胜利后，马卡连柯主要从事对流浪儿和少年违法者的教育改造。1920 年，他受委派组织一所“少年违法者工学团”（后改名为“高尔基工学团”）。他大胆进行教育实践和革新，成功感化了数百名犯罪儿童。1927 年，马卡连柯从工学团离开，组织领导了相同性质的“捷尔任斯基儿童劳动公社”，创立了工读教育形式，改造了数千名误入歧途的青年，引起国内外的广泛关注。1935 年以后，马卡连柯主要进行教育理论的总结、研究与宣传工作。他的主要著作有：《教育诗》、《塔上旗》、《父母必读》、《教育过程的组织方法》、《儿童教育讲座》等。

# 在宾夕法尼亚大学的演说

演讲者：富兰克林·罗斯福（1882 ~ 1945）
演讲时间：1940 年 9 月 20 日
演讲地点：宾夕法尼亚大学
演讲者身份：美国第 32 任总统

## ■ 历史背景

宾夕法尼亚大学是美国著名的私立大学，由著名科学家、政治家、独立宣言起草人之一的本杰明·富兰克林于 1740 年创办。创办之初，该校为一所慈善学校。在 200 多年的历史中，该校秉承富兰克林确定的方针，传播自由平等理念，倡导新知识的研究和运用，为美国培养了大批人才，在美国各界有着巨大的影响力。1940 年 9 月，罗斯福进行总统竞选巡回演说，来到宾夕法尼亚大学，适逢该校庆祝建校 200 周年，罗斯福在校庆大会上作了这篇演讲。

## ■ 原文欣赏

你们还记得，在我们取得政治自由之后，发生了两种相反的观点的论争：一种是亚历山大·汉密尔顿的观点，他真诚地相信由少数几个热心公务而往往又是家道富足的公民组成的政府的优越性；另一种是托马斯·杰弗逊的观点，他竭力主张政府由全民选出的代表组成；他主张人人享有自由思想的权利，自由选择生活方式的权利，自由信仰宗教的权利，自由发表意见的权利；而最最重要的是，人人都有自由选举的权利。

许多具有杰弗逊派思想的人都坦率地承认汉密尔顿和他这一派具有高尚的动机和无私的精神。那时，许多美国人都乐于承认，倘若政府能够保证维持像汉密尔顿派所说的那种高水平的无私的服务精神，当然就用不着担心。因为汉密尔顿派的理论基础是，采用四年一次的选举制度，仅在少数受过高等教育和最有成就的公民中进行选举，总是能选出最优秀的分子来治理国家的。

然而，时间已经证明，正是杰弗逊以罕有的锐利目光明确地指出的，按照人类本性就存在弱点的法则，按汉密尔顿理论的做法长期发展下去，必然会使政府变成由自私自利分子把持的政府，或是为个人谋私利的或代表一个阶级的政府。这种做法最终会使自由选举归于乌有。因为杰弗逊认为，正是我们这个完全不受牵制的自由选举制度能够最确实可靠地保证组成一个民众的政府。只要全国的选举人，不论受教育程度的高低与财产的多寡，都能在投票地点不受阻碍地自由选举，国家就不会有专制寡头统治之虞。

从那个时候以来，在我们将近一个半世纪的历史上，有过许许多多美国人力求将选举权局限在一小部分人之中。记得 25 年前，哈佛大学的埃利奥特校长曾把这种观点归纳起来，对我说了大意如下的一番话："罗斯福，我坚信，即使我们在美国各州成倍地增设大学，即使高等教育已得到全面普及，只要选举权局限在得到学位的人当中，不出几年，这个国家就要毁灭。"这番话若是由一个刚得到学位的人向在座许多早已持有学位的老前辈说出来，未免会失之于无礼；但是，向我说出这种观点的却是一位以在全国努力推广大学教育而闻名的伟大的教育家。

我必须承认我完全同意他的估计：全体选民通过自由的、不受牵制的选举从而对政治社会问题作决定的能力一定大大优于上层社会少数人形成的小集团的能力。

本杰明·富兰克林对我们这所大学作出过极大贡献，他也认为虽然自然科学、社会科学和道德的基本原则是永恒的、不变的，但是这些原则的应用则应随着一代代人生活条件、模式的变化而作必要的变化。倘若他今天仍然健在，我可以肯定他必然会坚持这样的观点：哲学家与教育家的全部职责在于根据现时的条件而不是过去的条件将真理、善良与正义的永恒理想付诸实用。生长与变化是一切生命的法则。昨日的答案不适用于今日的问题——正如今天的方法不能解决明天的需求一样。

永恒的真理如果不在新的社会形势下赋予新的意义，就既不是真理，也不是永恒的了。

教育的作用，美国一切大学术机构的作用，是使我们国家的生命得以延续，是将我们经过历史烈火考验的最优秀文化传给青年一代。同样，教育有责任训练我们青年的心智和才能，通过具有创造精神的公民行动，来改进我们美国的学术机构，适应未来的要求。

我们不能总是为我们青年造就美好未来，但我们能够为未来造就我们的青年一代。

正是一些像这所学校一样伟大的学府，冶炼和塑造各种保证国家安全、创造明天历史的思想。文明的形成有赖于许多知名与不知名的男女公民，他们心胸开阔，孜孜不倦，勇于探索，决不屈服于专制力量。

现在不是钻进象牙塔里，空喊自己有权高高在上，置身于社会的问题与苦难之外的时候。时代要求我们大胆地相信：人经过努力可以改变世界，达到新的、更美好的境界。没有人能够仅凭闭目不看社会现实的做法，就可以割断自己同社会的联系。他必须永远保持对新鲜事物的敏感，随时准备接受新鲜事物；他必须有勇气与能力去面对新的事实，解决新的问题。

要使民主得以存在，善于思索的人与敏于行动的人都必须去除傲慢与偏见；他们要有勇气、有全心全意的献身精神，最重要的是要有谦虚精神，去寻求与传播那使人民永保自由的真理。

朝着上述目标，我们会寻找到个人的平静，那不是歇息而是经过努力奋斗后的平静；我们会对自己的有所作为感到由衷的满意；为取得力所不能及的成就而感到深深喜悦；懂得了我们所创造的远比我们所知道的要更为辉煌灿烂。

## ■ 作品赏析

大学是民主的发源地和成长地，是民主精神最为浓厚的地方。在这样的时间和场合之中，罗斯福向宾夕法尼亚大学的师生们谈论这样的话题，既说出了自己对民主的想法，也是对宾夕法尼亚大学的褒扬。他借用亚历山大·汉密尔顿和托马斯·杰弗逊在民主上截然相反的两种观点，来表明自己在民主上的观

点，“全体选民通过自由的、不受牵制的选举从而对政治社会问题作决定的能力一定大大优于上层社会少数人形成的小集团的能力”，也间接地告诉听众们什么才是真正的民主。接着他说明了教育的作用和青年一代在国家中的地位，并呼吁绝不屈服于专制力量。这是他的民主信念，也是对当代青年的希望。最后，他强调民主的存在需要年轻的一代有勇气、有全心全意的献身精神，最重要的是要有谦虚精神，去寻求与传播那使人民永保自由的真理。

罗斯福朴实的语言中，蕴含着无穷的力量，给宾夕法尼亚大学的学生们上了一堂生动的民主课。

演讲词档案

演讲者：小约翰·洛克菲勒（1874 ~ 1960）
演讲时间：1941 年 7 月 8 日
演讲地点：联合服务组织广播节目
演讲者身份：美国著名慈善家

# 家族的信条

## ■ 历史背景

洛克菲勒家族是美国最著名的财富世家，从老洛克菲勒至今，历经六代，繁盛 100 多年。小洛克菲勒是这个家族的第二代掌门人。作为一个令人羡慕的常盛之家，洛克菲勒家族的许多信条都是极有价值的，并且，小洛克菲勒对这些信条也颇为自豪。1941 年 7 月，小约翰·洛克菲勒在联合服务组织广播节目中，作了这篇演说。

## ■ 原文欣赏

这些是我和我太太在教育子女的时候所尽力倚仗的信条，这些是我父亲所深信并以之为人生律条的信条，这些信条中的大部分是我从母亲的膝下秉承而来的。

这些信条告诉人们如何快乐而有所作为地活着，也告诉人们如何勇敢而安详地面对死亡。

假如这些信条于诸位的意义如同它们于我的意义，那么也许它们可以有效地指导和鼓舞我们的儿女们。

让我说出这些信条：

我相信，个人拥有无上的价值，拥有生存、自由和追求幸福的权利。

我相信，每一项权利都必然包含着责任，每一个机遇都必然包含着义务，每一种获得都必然包含着职责。

我相信，法律为人而制，而非人为法律而生，政府是人民的公仆，而非人民的主人。

我相信，无论体力劳动还是脑力劳动都是高尚的，世界不会让人不劳而获，而会给人一次谋生的机会。

在美国商业空前发展的20年里，约翰·洛克菲勒和他的标准石油公司曾一度控制了国内石油贸易的85%和美国全部出口的90%。漫画家将标准石油公司画成一只多触角的章鱼，形象地说明了这一点。

我相信，无论在政府、商业还是个人事务中，勤俭节约都是合理安排生活之基本要素，而经济适用是健全的金融机制之必需。

我相信，真理和正义是任何一个长治久安的社会秩序之基础。

我相信，承诺是神圣的；我也相信，假如人的言语能和契约同样可靠，那么这种品质——而非财富、权势与身份地位——就具有至高无上的价值。

我相信，人类共同的职责是有用地服务社会，只有在自我牺牲的炼火中，自私的沉渣才会被焚为灰烬，人类灵魂中的伟大情操才会显现。

我相信，有一位无所不知、大慈大悲的上帝存在——尽管人们对他的称呼各不相同——人们能在与他的意志和谐生活的过程中得到最高的满足感、最大的幸福感，以及最广博的成就感。

我相信，世界上最伟大的事物就是爱，只有爱能够战胜仇恨，而真理能够而且必定能击败强权。

无论怎样表达，以上就是那些信条——世界上所有不计种族、信仰、宗教、地位或职业的善良的人们所代表的信条——而且正是为了这些信条，他们中许多人正在忍受折磨，甚至正在死去。

只有凭借这些信条，人类才能建立起人人如手足、上帝如慈父的新世界。

## ■ 作品赏析

就像小约翰·洛克菲勒说的：“这些信条告诉人们如何快乐而有所作为地活着，也告诉人们如何勇敢而安详地面对死亡。”不仅这样，洛克菲勒家族的信条，也可以成为每一个人的人生信条，特别是在那个战火纷飞的年代，这些信条可以给人很大的鼓舞。小约翰·洛克菲勒用清晰的结构讲述了他的家族信条，每一条都用“我相信”来作为开头，这不但没有给人拖沓、冗繁的感觉，相反起到了强调的作用，可以让听众清晰地知道每一条信条的内容。信条包含的范围极广，小到人的品质，大到人类及法律，正如小约翰·洛克菲勒自信地说道：“只有凭借这些信条，人类才能建立起人人如手足、上帝如慈父的新世界。”

小约翰·洛克菲勒的这篇演讲没有华丽的词藻，没有优美的语言，却能让听过它、读过它的人为之感动，朴实通俗的语言之中充满了力量。

**⊙演讲者简介⊙**

小约翰·洛克菲勒，是洛克菲勒家族中的重要人物。为了和他父亲的名字相区别，所以在名字前面加上“小”字。1889年，小洛克菲勒进入专为他和洛克菲勒家族中其他孩子而设立的布朗宁学校。中学毕业后，小约翰·洛克菲勒被耶鲁大学录取，但在芝加哥大学校长和其他人的鼓动下，进入布朗大学，攻读社会科学课程。1897年，获得文学士学位。大学毕业后，进入他父亲的标准石油公司。小洛克菲勒成了家族的掌门人后，在纽约建立了洛克菲勒中心。他热心慈善和公益事业，积极并挽救美国西部山区的古老红杉，对保护历史文物和保护环境有着浓厚的兴趣。

约翰·洛克菲勒像

# 每天四问

演讲者：陶行知（1891～1946）
演讲时间：1942年7月20日
演讲地点：育才学校三周年纪念晚会
演讲者身份：中国著名教育家、社会活动家

## ■历史背景

育才学校是陶行知为帮助烈士的遗孤和街头流浪儿，于1939年创立的。当时育才学校没有设立“训育处”，不使用国民党政府审定的教科书，所以受到了反动政府政治高压和经济封锁。1941年育才学校的师生生活极端困难，每人每顿只能吃10颗胡豆充饥。但是陶行知凭着“背着爱人游泳，越游越有劲”的顽强精神，渡过了难关。这是1942年育才学校三周年纪念晚会上陶行知发表的演讲。

## ■ 原文欣赏

今天是本校三周年纪念，我有一些意见提出来和大家谈谈，作为先生同学和工友们的参考。

本校从去年的二周年纪念到今年的三周年纪念，能在这样艰难困苦中支持了一年，几乎是一个奇迹。这一个奇迹，不是一个人的力量所能够做得出来的，而是全体先生同学工友共同坚持，共同进步，共同创造；以及社会关心我们人士的尽力赞助所得来的。

本校在这一年中，好像是我们先生同学工友二百人坐在一只船上，放在嘉陵江中漂流，大的漏洞危险虽然没有，但是小的漏洞是出了一些，这些小漏洞也可以变成大漏洞，使我们的船沉没下去的！然而我们的船没有因为这些小漏洞沉没，竟因为我们这些同船的人，一见有小漏洞，即想尽方法用力去堵塞，有时用手去堵，有时用脚去堵，甚至有时用头用全身的力量去堵：终于把这只船上这些小漏洞堵塞住，而平稳地度过这一年，而达到了目的地，这是一个奇迹，一个共同努力，共同创造的奇迹。

“一切为纪念”，刚才主席说的这一个口号，当然提出的意义是有他的作用的，大家用力对着这一个目的来创造，是很好的。但是我对于这一个口号有点骇怕，骇怕费钱太多，骇怕费力太多，以至精疲力尽，恐怕得不偿失，所以我主张明年四周年纪念，要改变方针，我们的成绩，要从明天起，即开始筹备，日积月累，“水到渠成”的成绩。不要再在短期内来多费钱和多费力量，只要到了明年7月1日，开始把平日的成绩装潢一下，便有很丰富的成绩，再不像今年和去年这样忙了。大家也可以很从容很清闲而有余裕的过着四周年纪念。

现在我提出四个问题，叫做“每天四问”：

第一问：我的身体有没有进步？

第二问：我的学问有没有进步？

第三问：我的工作有没有进步？

第四问：我的道德有没有进步？

第一问：“我的身体有没有进步？”

首先，我们每天应该要问的，是“自己的身体有没有进步”，有，进步了多少？为什么要这样问？因为“健康第一”。没有了身体，一切都完了！不禁使我想到了去年二周年纪念前9日邹秉权同学之死！与今年三周年纪念前9日魏国光同学之死！两人之死的日子是恰恰一周年，不过时间上相差八九个钟点罢了。因为这两位同学的死，使我联想到，我们必须继续建立“健

康堡垒”。要建立健康堡垒，必须注意几点：（一）“科学的观察与诊断”。（二）“饮食的调节与改进”。（三）“预防疲劳的休息”。（四）“用卫生教育代替医生”。……我们要以决心推进卫生教育的效力来代替医生，以保证健康的胜利。以卫生教育代替医生，在两月前，我已有信来学校，提出十几条具体事实来，希望照行，现在想来，还是不够，需要补充。待补充之后，提交校务会议商决进行。但是今天在此先提出来告诉大家，希望大家多多准备意见，贡献意见。在建立“科学的健康堡垒”上多尽一份力量，便是在卫生教育施行上多一份力量，卫生教育胜利上多一份保证。大家都成为建立“科学的健康堡垒”的主要的成员之一，健将之一，共同来保证“健康第一”的胜利。

第二问：“我的学问有没有进步？”

其次，我们每天应该问的，是“自己的学问有没有进步？有，进步了多少”，为什么要这样问？因为“学问是一切前进的活力的源泉”。学问怎样能够进步？重要在有方法研究。现在我想到有五个字，可以帮助我们学问易于进步。哪五个字呢？

第一个，是“一”字。一是“专一”的一。荀子说：“好一则博。”这句话是很有精义的。因为有了一个专一的问题做中心，从事研究，便可旁搜广引，自然而然的广博起来了。我看世界名人学者对于治学的解释，尚少如此精约的，治学必须“专一”的“一”，这是天经地义的了。“专一”在英文为 Concentration，我们对于一件事物能够专心一意的研究下去，必然能够有一旦豁然贯通之时。所以我希望有能力研究的先生和同学，必须择定一个题目从事研究，即使是一个很小的问题，也可以研究出很深刻很渊博的大道理来。于人于己都可得到切实的益处，而且可能有大的贡献。

第二个，是“集”字。集是“搜集”的集。集照篆字的写法，好像许多钩钩一样。我们研究学问有了中心题目，便要多多搜集材料，我们便像“集”的篆写一样，用许多钩钩到处去钩，上下古今，左右中外的钩，前前后后，四面八方的钩，钩集到一起来，好细细研究。集字在英文为 Collection，我们有了丰富的材料，便可以源源本本的彻头彻尾的来研究它一个明明白白，

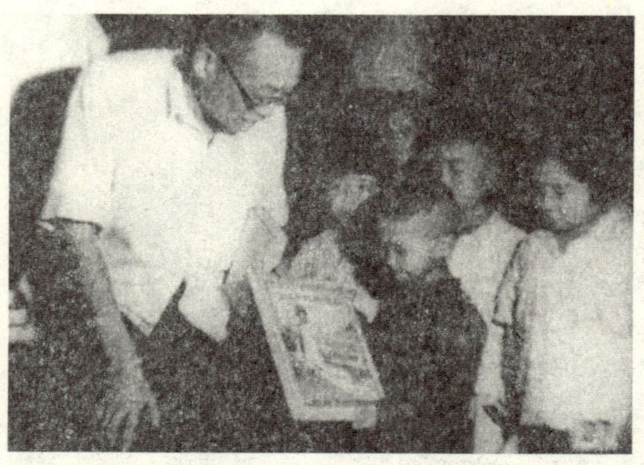

陶行知与重庆育才学校的孩子们在一起

才能够真正理解这个问题的症结所在，才能够“迎刃而解”，才能够收得“水到渠成”的效力。所以我希望大家对于每一个问题，都必须多多搜集材料，以便精深的精益求精的研究。在研究上发生力量，在研究上加强创造力量，集体创造，共同创造，在创造上建立起我们事业的新生命，树立起我们事业的新生机，稳定我们事业的新基础。

第三个，是“钻”字。钻是钻进去的钻，就是深入的意思，钻是要费很大的力量，才能够钻得进去，深入到里面去，看得清清楚楚，取得了最宝贵的宝贝。做学问虽不能像钻东西那么钻，但是能够用最好的方法，也可以很快钻进去。我在外国，参观一个金矿，他们开采的机器，是运用大气的压力来发生动力的。我见到他们开采的速度，是比现代所称的“电化”的电力，还不知要增加若干倍咧。我们做学问也是一样，如果我们能够在学术气氛中的大气压力下，发生动力去钻，一定能够深入到里面去，探获学问的根源奥妙与诀窍，而必有很好的收获。“钻”字在英文为Penetration，所以我希望大家对于一个问题拿定了，便要尽力向里面钻，钻出一大套道理来，使我们学术气氛有着飞跃的进步。

第四个，是“剖”字。剖是“解剖”的剖，就是“分析”的意思。有些材料钻进去还不够，必须解剖出来看它的真伪，是有用的还是有毒素的？以便取舍，清化运用。“剖”字在英文为Analyzation，所以我希望大家对于每一个问题搜集得来的材料，除了钻进深入之外，必须更加着意做一番解剖的工夫，分析入微，如同在解剖刀下，在显微镜下，看得明明白白，分析得清清楚楚，真的有用的没有毒素的就拿来运用；如果是假的有毒素的就舍去抛掉不用。如此，鉴别材料，慎选材料，自然适宜了。

第五个，是“韧”字。韧是坚韧，即是鲁迅先生所主张的“韧性战斗”的韧。做学问是一种长期的战斗工作，所以必须有韧性战斗的精神，才能够在长期战斗中，战胜许许多多困难，化除种种障碍，开辟出一条新的道路，走入新的境界。“韧”字在英文中尚难找得一个适当的字来翻译，勉强可以译为Toughness，所以我希望大家在做学问上，要用韧性战斗的精神，历久不衰的，始终不懈的，坚持下去，终可达到“柳暗花明又一村”的境界。

我想我们每一个人，能把“一”、“集”、“钻”、“剖”、“韧”五个字做到了，在做学问上一定有豁然贯通之日，于己于人于社会都有贡献。

第三问：“我的工作有没有进步？”

再次，我们每天要问，是“自己担任的工作有没有进步？有，进步了多少”，为什么要这样问？因为工作的好坏影响我们的生活学习都是很大的。我对于工作也提出几点意见。以供大家参考。

第一点最要紧的，是要“站岗位”。各人所负的责任不同，各人有各人的岗位，各人应该站在各人自己的岗位上，守牢自己的岗位，在本岗位上努力，把本岗位的职务做得好，这是尽责任的第一步。我最近在想，人人应该有“站岗位”的教育。站牢在自己的工作岗位上，教育自己知责任，明责任，负责任——教育着自己进步。

第二点最要紧的，是要“敏捷正确”。人常说，做事要“敏捷”，这是对的。但我觉得做事只是做到敏捷还不够，敏捷是敏捷了，因敏捷而做错了怎么办？所以敏捷之下必须加上“正确”二字，工作敏捷而正确才有效力。一件工作在别人做起来需要四小时，你只要二小时或三小时就做好了，而且做得很正确，这才算是工作的效力。工作怎样能够做得敏捷正确呢？这就要靠熟练与精细。粗心大意，是最易弄错弄坏事情的。做事要像做算术的演算草一样，要演得快演得正确。

第三点最要紧的，是要“做好为止”。有些人做事，有起头无煞尾，做东丢西，做西丢东，忙过不了，不是一事无成，就是半途而废。我们做事要按照计划，依限完成，就必须毅力坚持，一直到做好为止。

第四问：“我的道德有没有进步？”

最后，我们每天要问的，是“自己的道德有没有进步？有，进步了多少”，为什么要这样问？因为道德是做人的根本。根本一坏，纵然使你有一些学问和本领，也无甚用处。否则，没有道德的人，学问和本领愈大，就能为非作恶愈大，所以我在不久以前，就提出“人格防”来，要我们大家“建筑人格长城”。建筑人格长城的基础，就是道德。现在分“公德”和“私德”两方面来说。

先说“公德”。一个集体能不能稳固，是否可以兴盛起来？就要看每一个集体的组成分子，能不能顾到公德，卫护公德，来衡量它。如果一个集体的组成分子，人人以公德为前提，注意着每一个行动，则这一个集体，必然是日益稳固，日益兴盛起来。否则，多数人只顾个人私利，不顾集体利益，则这个集体的基础必然动摇，并且一定是要衰败下去！要不然，就只有把这些不顾公德的分子清除出这个集体；这个集体才有转向新生机的希望。所以我们在每一个行动上，都要问一问是否妨碍了公德？是否有助于公德？妨碍公德的，没有做的即打定决心不做，已经开始做的，立刻停止不做。若是有助于公德的，大家齐心全力来助他成功。

再说“私德”。私德不讲究的人，每每就是成为妨碍公德的人，所以一个人私德更是要紧，私德更是公德的根本，私德最重要的是“廉洁”。一切坏心术坏行为，都由不廉洁而起。所以我在讲“建筑人格长城”的时候，提

到了杨震的“四知”，甘地的漏夜“还金”，华盛顿的勇敢承认错误，和冯焕章先生所讲的平老静“还金镯”的故事，这些，都是我们大家私德上的好榜样。我们每个人都可以效法这些榜样，把自己的私德建立起来，建筑起“人格长城”来。由私德的健全，而扩大公德的效用，来为集体谋利益，则我们的学校必然的到了四周年，是有一种高贵的品德成绩表现出来。

我今天所讲的“每天四问”，提供大家作为进德修业的参考。如果灵活运用的说到做到，明年今日四周年纪念的时候，必然可以见出每个人身体健康上有着大的进步，学问进修上有着大的进步，工作效能上有着大的进步，道德品格上有着大的进步，显出“水到渠成”的进步，而有着大大的进步。

## ■ 作品赏析

陶行知要求的“每天四问”中，包含了德、智、体等关系着学生全面发展的内容。身体方面，他提出要注意“科学的观察与诊断”、“饮食的调节与改进”、“预防疲劳的休息”、“用卫生教育代替医生”，并回顾了前两年两名学生的死，这让学生们从思想上重视起“体育”。学问方面，陶行知提出了“一”、“集”、“钻”、“剖”、“韧”五点要求，并一一作出了解释。工作上，要求学生们做到“站岗位”、“敏捷正确”、“做好为止”。道德上，强调既要讲究“公德”，也要讲究“私德”。陶行知每做一问的论证，都会加入一个事实作为例证，既增强了说服力，也让演讲变得丰富起来。此外，陶行知还在演讲中加入了大量的设问句，这不但吸引了学生的注意力，还增加了演讲的趣味性。

总之，整篇演讲结构严谨，论证充分，内容丰富，给学生们留下了很深的印象，起到了教育和激励学生的作用。“每天四问”直到今天还有它的现实意义，我们在日常生活中也可以用它来督促自己，使自己变得更加优秀。

### ⊙演讲者简介⊙

陶行知，原名陶知行，1891 年 10 月 18 日生于安徽歙县的一个清苦农家，自幼聪明好学。1906 年，进入教会学校免费读书，学习了英文、数学等课程，开始接受西方教育。1914 年，从南京金陵大学毕业后，赴美国留学。1917 年回国，历任南京高等师范学校教授、教务主任等职。“五四”运动后，创办晓庄师范。1930 年 4 月，国民党反动政府武力封闭晓庄师范，通缉陶行知。他被迫逃往日本，1931 年春返回上海。“九一八”事变后，他积极从事抗日救亡运动。1939 年 7 月，在四川重庆创办育才学校，培养有特殊才能的儿童。1946 年 1 月，又在重庆创办社会大学，推行民主教育。抗日战争胜利后，陶行知回到上海，加入到反独裁、反内战的斗争之中。1946 年 7 月 25 日，因劳累过度，突发脑溢血逝世。

演讲词档案

演讲者：井植薰（1911 ~ 1987）
演讲时间：1986 年
演讲地点：日本三洋公司
演讲者身份：三洋公司创始人

# 造就自己

## ■ 历史背景

到 20 世纪 80 年代，三洋在世界各地已经拥有上百家子公司，从事制造及销售。企业成功的秘密何在，未来的发展道路应该怎样走，都是需要企业领袖向员工解答的问题。为此，井植薰发表了这篇演说，阐述了自己领导企业和经营企业的理念。通过对“造人”思想的论述，井植薰清晰地说明了企业发展的缘由和动力所在，并明确指出了三洋公司未来的发展思路，给企业上下以极大鼓舞。

## ■ 原文欣赏

何谓经营之根本？我认为是“造就人”。就经营而言，无论从哪个角度看，人都是第一重要的。无论是在我曾为之效力过约 25 年的松下公司，还是在三洋电机公司的创业者——我的哥哥岁男那儿，我都时时受到了这种“造就人”的思想的熏陶。我也继承了这一思想，把职工教育视为头等大事，几乎有一半工作时间花费于此。

我在松下公司工作时，经常受到这样的教诲，如有人问：“松下公司制造什么？”你应回答：“松下公司也制造商品。”人们定对“也”字不解其意，自然要问：“除商品外还制造什么？”回答是：“制造人。”这种思想正是一切经营的立足点。

先制造“优质人”，再由“优质人”制造“优质商品”，因为是“优质商品”，因而“销路畅通”。松下公司之所以发展到如今的强盛局面，我觉得其秘密即在于此。在目前严峻的经营环境中，这种思想就显得尤为重要了。

如有人问：“三洋电机公司制造什么？”我们的回答则不能只停留在松下公司的“制造人”的水平上，而应更深一步，否则赶超松下只是一句空话。那么如何才能更深一步呢？我以为这就是先要“造就自己”。只有先造就了自己才能造就别人，造就部下，从而造就出优质商品。劣质的自己要造就出优质的部下是绝无可能的。“欲善人，先善己”，这就是我的

主导思想。

那么，怎样才能造就自己呢？这就需要学习，进行自我启发。需要一种在教导部下“如何做”之前，自己首先好好学习做出榜样的表率精神。在受邀为中小企业的经营者作演讲时，我总要发表如下感想。

“我想诸位的公司都订有就业规则吧。那么，谁应遵守就业规则呢？要是认为规则是专为普通职工订的话，那就错了。这是包括总经理在内的所有在公司服务的职工必须遵守的规则。在座的各位总经理是否都严格遵守了这些规则？如以为自己是总经理就可在10点上班，那是不行的，应该身先士卒，自己来造就自己啊！”

因为我是总经理，我就严格遵守就业规则，并使其他董事也来遵守。比如我在效力于松下公司时曾在制造部门待了很长时间，那时我就制订了自己的规则，并自觉严格遵守。我的这条规定就是，“厂长要迎接半数以上的职工，送走半数以上的职工”。

意思是，半数以上的职工在上班前15分钟到厂，在下班后15分钟离厂。对此，厂长虽无须站在工厂门口迎送，但应在办公室里默默地说“今天也请加油干”，“辛苦啦”，以表达迎送之意。

因此，我在上班时提前15分钟到厂，只要没有其他事则推迟15分钟下班。而且，除了应酬客人之外，我是不会对部下说：“你们好好地干吧，我去打高尔夫球了。”如果董事不能遵守这一规则，那只能请他当非专职的董事。

第一，什么是董事？所谓董事，并不是“责任轻微的职位”，而是写作“责任重大的职位”（日语中“董事”一词写成“重役”）。就像有人写作“十役”（日语中“重役”的谐音，意为负有许多责任）那样，责任确实重大。他们必须每天工作24小时。当然，“工作24小时”并不是说“在公司待24小时”，而是指必须有一种24小时考虑公司的工作，即使晚上做梦也要做公司的梦的觉悟。

而对管理干部，我则对他们说，“工作16小时即可”，对于他们，我想在睡觉时，做什么梦可悉听尊便，但在不睡觉时则得思考着公司的工作。并且，对于管理干部，要力戒“不明下落”。

一旦有急事，打电话到某人家里，回答是“尚未回家”。以为他可能在公司加班，一问，却回答已按时下班，再打电话向夫人询问，答曰：“他总是11点左右回家，现在在哪儿我也不知道”。

作为一个人，在哪儿喝喝酒，与同事搓搓麻将也并非不可，这是个人自由。

但既然难以预料何时会出什么事，那就得事先向夫人说："如公司因急事有电话来，就让打电话到哪里哪里。"不知踪影就不好办了。

其次，对普通职工，则要求他们"只要用8小时考虑公司的工作就行了"。对于他们来说，虽然下班后一跨出公司大门即可过自己愿意的生活。但如仅满足于此，那么这一辈子就不可能就任董事等要职，而可能以普通职工告终。否则，就必须在工作以外的时间里学习，进行自我启发。

## ■ 作品赏析

演讲伊始，井植薰就直截了当地设问，"何谓经营之根本？我认为是'造就人'"。接着，他讲述了在松下公司受到的教诲：公司在制造商品之外，还在"制造人"，并说明这是松下公司发展得好的秘密，而三洋想要发展得好，也必须要"制造人"，而且还要是先"造人"，后"造商品"。"那么，怎样才能造就自己呢？"井植薰又用一个设问，完成了演讲的过渡。他拿自己做例子，说明了对领导者的要求；也以领导的立场，说出了对下属的要求，提出了著名的"24—16—8"的工作制度。他这样的演讲就避免了在"造就自己"的问题上的泛泛而谈，增强了演讲的效果，吸引了听众的注意，巧妙地提高了对员工们的要求。

从井植薰的这篇演讲中，我们可以得知三洋在短短的几十年内快速地发展成为一家跨国公司的秘密。他的"造就自己"的理念，道出了企业成功的法则，值得每一位企业领导和每一位员工学习。

### ⊙演讲者简介⊙

井植薰，1911年2月9日出生于日本淡路岛一个撑船运货的船夫家庭。4岁时，父亲因病逝世，母亲艰难地抚养8个儿女。为了生活，14岁时井植薰就离开家乡来到大阪，在其姐夫松下幸之助的松下电器制作所里当学徒。他在松下公司度过了24个春秋，由学徒到分厂厂长，直到公司常务董事兼制造部部长，成长为松下公司重量级的人物。但井植薰一心想拥有自己的事业，1949年，他向松下幸之助辞职。松下幸之助对他一再挽留，并动员了几批说客给他做思想工作，始终没能劝服他。1949年底，井植薰离开了松下公司。次年，他和大哥办起了三洋机电公司，从自行车上的反光板，到塑料外壳的收音机，再到洗衣机、电视机、冰箱，短短10年就成为日本家电行业的领先者。20世纪80年代，三洋已经成为国际上的知名公司。

演讲者：丁肇中（1936～　）
演讲时间：1991 年 10 月 18 日
演讲地点：北京人民大会堂
演讲者身份：著名美籍华裔物理学家

# 应有格物致知精神

## ■ 历史背景

1976 年，因为发现 J 粒子，丁肇中获得诺贝尔物理学奖，成为享誉世界的大科学家，也给中国人带来荣耀。作为一个华裔科学家，丁肇中热心为中国培养高能物理学人才，经常选拔一些中国青年科学工作者加入他领导的小组工作。同时，他还热心到中国讲学，阐述他的学术思想。他的学术思想很有特点，特别重视实验在科学研究中的作用。1991 年《瞭望》周刊授予他创作的《怀念》“情系中华”征文特别荣誉奖，他在人民大会堂作了这次获奖演讲，在阐述自己学术思想的同时，对中国学生加以指点。

## ■ 原文欣赏

我非常荣幸地接受《瞭望》周刊授予我的“情系中华”征文特别荣誉奖。我父亲是受中国传统教育长大的，我受的教育的一部分是传统教育，一部分是西方教育。缅怀我的父亲，我写了《怀念》这篇文章。多年来，我在学校里接触到不少中国学生，因此，我想借这个机会向大家谈谈学习自然科学的中国学生应该怎样了解自然科学。

在中国传统教育里，最重要的书是“四书”。“四书”之一的《大学》里这样说：一个人教育的出发点是“格物”和“致知”。就是说，从探察物体而得到知识。用这个名词描写现代学术发展是再适当也没有了。现代学术的基础就是实地的探察，就是我们现在所谓的实验。

但是传统的中国教育并不重视真正的格物和致知。这可能是因为传统教育的目的并不是寻求新知识，而是适应一个固定的社会制度。《大学》本身就说，格物致知的目的，是使人能达到诚意、正心、修身、齐家、治国和田地，从而追求儒家的最高理想——平天下。因为这样，格物致知的真正意义被埋没了。

大家都知道明朝的大理论家王阳明，他的思想可以代表传统儒家对实验的态度。有一天王阳明要依照《大学》的指示，先从“格物”做起。他决定

要“格”院子里的竹子。于是他搬了一条凳子坐在院子里，面对着竹子硬想了7天，结果因为头痛而宣告失败。这位先生明明是把探察外界误认为探讨自己。

王阳明的观点，在当时的社会环境里是可以理解的。因为儒家传统的看法认为天下有不变的真理，而真理是“圣人”从内心领悟的。圣人知道真理以后，就传给一般人。所以经书上的道理是可“推之于四海，传之于万世”的。这种观点，经验告诉我们，是不能适用于现在的世界的。

我是研究科学的人，所以先让我谈谈实验精神在科学上的重要性。

科学进展的历史告诉我们，新的知识只能通过实地实验而得到，不是由自我检讨或哲理的清谈就可求到的。

实验的过程不是消极的观察，而是积极的、有计划的探测。比如，我们要知道竹子的性质，就要特别栽种竹树，以研究它生长的过程，要把叶子切下来拿到显微镜下去观察，绝不是袖手旁观就可以得到知识的。

实验的过程不是毫无选择的测量，它需要有小心具体的计划。特别重要的，是要有一个适当的目标，以作为整个探索过程的向导。至于这目标怎样选定，就要靠实验者的判断力和灵感。一个成功的实验需要的是眼光、勇气和毅力。

由此我们可以了解，为什么基本知识上的突破是不常有的事情。我们也可以了解，为什么历史上学术的进展只靠很少数的人关键性的发现。

在今天，王阳明的思想还在继续地支配着一些中国读书人的头脑。因为这个文化背景，中国学生大都偏向于理论而轻视实验，偏向于抽象的思维而不愿动手。中国学生往往念功课成绩很好，考试都得近100分，但是面临着需要主意的研究工作时，就常常不知所措了。

在这方面，我有个人的经验为证。我是受传统教育长大的。到美国大学念物理的时候，起先以为只要很“用功”，什么都遵照老师的指导，就可以一帆风顺了，但是事实并不是这样。一开始做研究便马上发现不能光靠教师，需要自己作主张、出主意。当时因为事先没有准备，不知吃了多少苦。最使我彷徨恐慌的，是当时的唯一办法——以埋头读书应付一切，对于实际的需要毫无帮助。

我觉得真正的格物致知精神，不但是在研究学术中不可缺少，而且在应付今天的世界环境中也是不可少的。在今天一般的教育里，我们需要培养实验的精神。就是说，不管研究科学，研究人文学，或者在个人行动上，我们都要保留一个怀疑求真的态度，要靠实践来发现事物的真相。现在世界和社会的环境变化得很快。世界上不同文化的交流也越来越密切。我们不能盲目地接受过去认为的真理，也不能等待“学术权威”的指示。我们要自己有判断力。在环境激变的今天，我们应该重新体会到几千年前经书里说的格物致知真正的意义。这意义有两个方面：第一，寻求真理的唯一途径是对事物客观的探索；第二，探索的过程不是消极的袖手旁观，而是有想象力的有计划的探索。希望我们这一代对于格物和致知有新的认识和思考，使得实验精神真正地变成中国文化的一部分。

## ■ 作品赏析

在演讲中，丁肇中选取了“格物致知”这一传统命题，阐述了中国学生应该怎样了解自然科学，怎样在学术上有所突破。“格物致知”在两千多年前的《大学》一书中就提出来了，并成为中国传统教育的出发点，然而事实上，传统的教育并没有立足于这一出发点，只是一味地偏向于抽象思维，“格物致知”的作用被埋没，没有发挥出它实际的作用。通过矛盾分析法分析论述，丁肇中指出新的知识只能通过实地试验而得到，不是由自我检讨或哲理的清谈就可求到的，强调了实验精神在掌握知识和学术突破上的重要性。而且科学的发展也充分说明了这一点。丁肇中还给听众讲述了实验的一些特点，以便加深他们的印象。此外，他还以自己的经历，把中国的教育和西方的教育作了对比，表达了对中国学生“高分低能”的现象的担心和忧虑，也殷切希望中国的新一代能对“格物致知”有一个新的认识。

丁肇中的演讲言辞恳切，富有说服力和感染力，可以说给我们上了生动的一课，我们应该感谢他的演讲，感谢他激起我们对“格物致知”的关注。

### ⊙演讲者简介⊙

丁肇中，美国华裔实验物理学家，祖籍山东省日照市。1936 年 1 月生于美国密歇根州安阿伯，3 个月后随父母回到中国。童年时期，先后在重庆、南京和青岛三地上小学。1948 年，随父母去了台湾。1949 年，考入台北成功中学，次年，转入台湾建国中学。1955 年考入成功大学的机械工程系。1956 年，转到美国密歇根大学，学习物理系和数学，1962 年获物理学博士学位。1963 年，获得福特基金会奖学金，到瑞士日内瓦欧洲核子研究中心工作。1964 年起在美国哥伦比亚大学工作。1965 年，到纽约哥伦比亚大学授课。1967 年起担任麻省理工学院物理学教授。他在物理学上有突出的贡献，在 1976 年获得诺贝尔物理奖。此外，他凭借优秀的研究成果，还获得过多种奖章和荣誉。

# 做一个世界级谈判高手

演讲词档案

演讲者：马克·H. 麦克科迈克
演讲时间：1992 年
演讲者身份：美国著名的商业咨询师

## ■ 历史背景

美国是一个典型的商业社会，所有的商业机构对于关于商业活动的诸多细节都十分关注，他们期望完善每一个交易环节，提升企业竞争力，促进企业发展。20 世纪 20 年代后期，商业谈判和技巧成为当时的热门话题，并且学术界也有不少人进行深入研究，麦克科迈克便是其中突出的一位。作为一个杰出的商人和大牌咨询师，麦克科迈克经常应邀演讲。这篇演讲，是麦克科迈克应友人之邀，向他们介绍有关谈判的策略和技巧。

## ■ 原文欣赏

做一个好的谈判者，要具备什么素质呢？在谈判之前他们至少应该知道：

1. 为什么而谈判；
2. 这个协议将维持多久；
3. 什么人将被牵扯进来；
4. 什么问题将被包括进来；
5. 将易手的金额有多大。

这些是谈判的基础。记住了这些基础，即使在长时间的紧张的谈判中，你至少能够与对方抗衡。

但是参加谈判远不是记住关于什么东西，什么人，多长时间，多大金额这几点就足够了。在告诉你这几个基本点之后，我还要再详细介绍做一个世界级谈判高手应具备的素质及直觉。具备了这些素质的谈判高手无需使自己，包括自己的客户的业务作出让步，并且在对方意识不到自己作出了让步的情况下获取成功。

1. 把容易引起冲突的问题留在后面。

很多人误以为坚韧的谈判好手就是咄咄逼人地进攻。这是不对的。双方的争执在谈判中是一个必要的部分，但这一部分被滥用得太多了。争论与坚韧或男子气概毫无关系，倒是更多地与时间安排有联系。

在每次谈判中，我总是将可能引起冲突的讨论留到最后。一旦有什么问

题使人觉得可能会引起争论，我就将其搁置一边，待协议中所有其他条款全都通过以后再来解决。

这样安排有两点好处。第一，使你在谈判的开始阶段保持一个良好的姿态。不管怎么说，如果谈判伊始，你就在一个问题上坚持不让，那么在随后的谈判中就很难指望对方作出较多的让步。第二，使谈判临近结束的时刻对自己有利。在艰苦工作了数周甚至数月之后，人们往往变得较为容易让步。对谈判桌上遗留的最后一个问题，不管这个问题是多么棘手，他们总是希望尽快解决它。

2. 故意安排缺席。

谈判高手们在决定本公司参加谈判的人员名单时总是非常仔细。

例如，在很多谈判中，我本人有意识地缺席是我所能够采取的最精明的手段。当对方在某个微妙的问题上强迫我们表态时，我的代表可以很自然地说："我觉得很不错，这个想法对我来说是可取的，不过我还得和迈克商量商量。"这种拖延的手段可能会激怒对方，但是，这样能够制造在晚些时候私下讨论这个问题的机会，并能改善我们的处境。

同样的，如果我组织本公司所有与谈判有关的人员坐在谈判桌旁，等于就是放弃了一个可以和不在场的某某人进行讨论的机会。

根据我的经验，不让全部有关人员进入谈判室就是给自己创造了一个极好的有利条件。

3. 检查自己的"包袱"。

坐在谈判桌前，几乎人人都背着某种"包袱"。比如，过去的经验，个性上的缺陷，老板审视的目光，等等。

一个世界级谈判高手总是事先确认自己所背的包袱是否恰恰是对方愿意背过去的。

有一次谈判之前，我的助手建议我不要参加这次谈判。理由就是因为我是个远近闻名的谈判强手。根据他的逻辑，对方会因此而采取过度补偿的做法，以其人之道还置其人之身。因而他们会变得非常顽固，并提出很多要求。

虽然这段话听起来很舒服，我还是谢绝了他的建议。仅仅因为谈判对方很尊敬我，并努力使自己很坚韧地工作，我没有理由离开这块阵地。

这件事还使我想起伯格有一次在谈到自己作为威姆布莱顿一号种子选手时说的话。

我问他："对抽签结果感觉如何？"

他说："这有什么区别呢？"紧接着又说："我是世界第一，我一定会

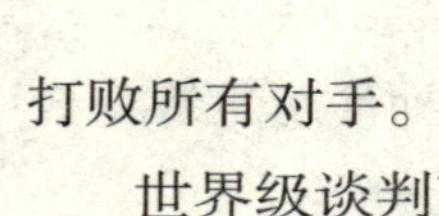

打败所有对手。”

世界级谈判高手往往能利用对方的竞争心理和在谈判的紧张气氛中采取直言相告的方法，解脱僵局或挽回败局。

4. 利用对方的竞争心理。

谈判对手的竞争心理是影响任何一次谈判的无形因素（往往也是不受重视的因素）。任何一个公司总是担心其竞争对手做了些什么，正在做什么，或者将要做什么。这些忧虑刺激着他们，耗费他们的精力，并往往驱使他们意气用事，作出一些反常的决定。如果你看到这些竞争，在谈判中往往可以争取到一些你做梦都不敢想的有利条件。

记得几年前，美国艺术家电影制片厂的高级管理班子在同一天里集体辞职。此时这家制片厂新组建的管理班子面对的问题很明显：向电影界显示美国艺术家电影制片厂仍然活跃在舞台上。显示的方法就是尽快地拿出成果，而拿出成果在好莱坞就是“花费大量金钱”的代名词。

这个状况的受益者是报纸撰稿人盖·泰勒斯。他当时正在出售自己的一本书《邻人之妻》的电影版权。这是一本畅销书，但它不是小说，而且有黄色内容。按照很多人的观点，它完全不适合改编成电影。泰勒斯的代理人马丁·鲍威尔注意到美国艺术家电影制片厂的急切心情，他们急于让别人知道自己的魅力并且将这种情绪带到了谈判桌上。

最后，电影厂付出了创记录的250万美元购买《邻人之妻》的电影版权，因为他们需要向同行们作一个展示，而泰勒斯的代理人则充分利用了这个需要。到今天为止，这本书尚未搬上银幕。

虽然好莱坞有其独特的规律，不过同样的竞争意识造成的冲动在任何一个行业中都存在。在福特与通用汽车之间，百事可乐与可口可乐之间，还是一个街区里的两家杂货店之间，都能看到这种现象。一个世界级谈判高手应该敏感地注意到这一点，并使自己从中获利。

5. 直言相告是一种好的解决办法。

一个世界级谈判高手的个性应该是直率多于含蓄。这种素质非常难得，对消除对方的疑虑、怒气等很有好处。

当谈判趋于紧张或几近破裂时，直率显得特别有效。简单说一句：“我非常希望这次谈判能够成功”，或者“这个对我非常重要”。一句坦率的表白可能奇妙地结束谈判桌上的僵局，改善气氛，并使对方知道你们的意图所在。

至于在谈判中在什么问题上采取直言相告的策略效果最好，我发现恰恰

是人们常常感到难以开口的价格问题。绝大多数人害怕报出“巨额数字”。也许是因为担心别人会以为他们要赚取太高的利润。我则没有这份心理负担。我敢于报价是因为我愿意向对方提供本公司的成本和利润数据以便参考。

最近，我们为一个项目向一家电视网报价1000万美元。他们对我们的方案很满意。但是谈判却总是没有进展。终于我们弄明白了，他们误以为我们在这个项目上能赚800万美元，而这简直太没有道理了。

很多项目常常在这个时候遭到失败。一方希望知道对方能赚多少钱，而另一方则被激怒，开始防范起来，扔出一句：“我的利润关你什么事？”

其实，这个时候直言相告是最好的解决方法。我们一步一步地向这家电视网介绍我们的预算，并使他们承认10%的利润并不算高，而我们公司也许应该获得更高的报酬。

对方很明智地不再继续追问究竟我们的利润是多少，但是谈判却从此顺利地进行下去了。

## ■ 作品赏析

整篇演讲采用自问自答的形式，给听众一个清晰的思路。麦克科迈克开门见山地提问道：“做一个好的谈判者，要具备什么素质呢？”而且还强调“参加谈判远不是记住关于什么东西，什么人，多长时间，多大金额这几点就足够了”，而还要具备其他的更高的素质和直觉。提问的方式可以激起听众的好奇心，而论述上的转折更是让他们的兴致高涨。

麦克科迈克的演讲生动通俗、深入浅出，把深刻的道理放于具体的事例之中，使得听众更能深刻地理解其中的含义。在阐述谈判者具备的素质时，麦克科迈克没有过多的谈论理论，而是简单直接地叙述了以下几点：把容易引起冲突的问题留在后面；故意安排缺席；检查自己的“包袱”；利用对方的竞争心理；直言相告是一种好的解决办法。虽是简单的几句话，但却已经阐述了演讲的主题，也把高手谈判的“秘笈”展示在了听众面前。麦克科迈克的这篇演讲虽然语言平实却蕴含着深刻的哲理，从中我们可以感受到他渊博的知识和他驾驭文字的高超本领。

### ⊙演讲者简介⊙

马克·H.麦克科迈克，美国著名咨询师。早年就读于耶鲁大学商学院，曾在律师事务所担任主力律师。大学毕业后，成为网球、高尔夫球赛事主办人，后在传媒界崭露头角，受到商界的重视和关注。后来，独立创建的“国际管理集团（IMG）”，在19个国家，30多个城市建立了几十个办事处，向数百家公司提供商业咨询。他曾在很多重大国际活动中，如1992年奥运会组委会起了重要作用。著有《哈佛学不到》等书。

# 成功 3Q

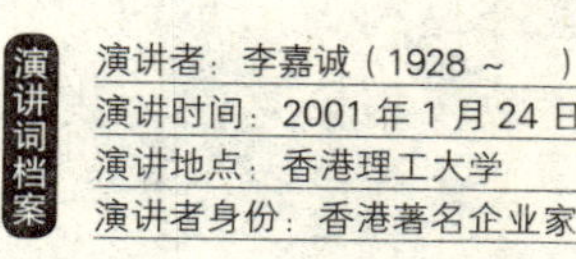


## ■历史背景

在少年时代，李嘉诚历尽艰辛，深知那些无助的人多么需要帮助。当他经过几十年的奋斗，成为令人景仰的亿万富豪之后，便决心推动国家慈善公益事业的发展。1980年，他创立李嘉诚基金会，以“推动建立‘奉献文化’及培养创意、承担和可持续发展的精神”为宗旨。李嘉诚基金会成立后，对教育、医疗、文化及公益事业支持的款额约110亿港元。同时，李嘉诚也乐于与年轻人交流，分享自己的成功经验。2001年，李嘉诚捐赠一亿港元给香港理工大学。1月24日，他应邀出席香港理工大学李嘉诚楼命名典礼，并发表了这篇题为《成功3Q》的演讲。

## ■原文欣赏

今天很高兴在这里与各位聚首一堂，理工大学在胡应汀主席、校董会同人和渊宗光校长领导下，成功地为香港的高等教育肩负重要的使命。理大历史悠久，她前身是培养专业技术及管理人才的理工学院，是中小型企业的摇篮，很多毕业生亦已成为各行各业的骨干，她对香港的成长，实有不可磨灭的贡献。本人能为理工大学的发展尽一份力，是一件非常有意义的事，承大学方面以本人名字为这座宏伟的大楼命名，谨表谢意。

你们可能不知道，当我为今天讲话定题的时候，同事们马上议论纷纷，不同的分析论点接踵而来。有些说光是3Q是不准确的，5Q比较切实，有些说无限Q(nQ)才是绝对概括，老实说我并非学者，今天也不是作学术报告，我所知的都是从书本及杂志吸收而来，但我的知识及见解却是自己的经验和观察所累积。究竟成功人生有没有放之四海而皆准的方程式？

每个人都可以有巨大的雄心及高远的梦想，分别在于是否有能力实现这些梦想，当梦想成真的时候，能否在成功的台阶上更知进取？当梦境破灭、无力取胜、无能力转败为胜时，能否被套在自命不凡的枷锁里？抑或会跌进万念俱灰无所期待的沮丧之中？再有学识再成功的人，也要抵御命运的寒风，虽然我在事业发展方面一直比较顺利，但和大家一样，无论我喜欢或不喜欢，

我也有达不到的梦想、做不到的事、说不出的话，有愤怒、有不满、伤心的时候，我亦会流下眼泪。

人生是一个很大、很复杂和常变的课题，我们用分析、运算、逻辑理性的智商(IQ)解决诸多的问题；用理解和自我控制的情绪智商(EQ)去面对问题；用追求卓越、价值扩激发自强的心灵智商(SQ)去超越问题。在这个人经历中，对此3Q的不断提升是必要的。IQ、EQ、SQ皆重要：学术专业的知识，使我们有能力去驰骋于社会各行各业中；对自己及他人环境的了解，能发挥人与人之间的同情心，加强家庭、学校、机构的团队精神；慎思明辨的心灵能力驱使我们对意义和价值的追求，促动创造精神，把经验转化成智慧，在顺境和逆境之中从容前进。

今日全球经济明显欠佳，平常生活中经历的所有挫折，均显得更加沉重，遗憾的是在经济转型中，并没有即时显效的灵丹妙药，亦没有人可以向你保证说所面对的问题会持续多久。只有睿智的人洞悉到今天不是昨天，知道要承担无可逆转的改变，尽管今天没有破译的方法，他们也不会凝固于痛苦与自我折磨之中，不会斤斤计较面对、思考及冲破问题，是构成丰盛人生的重要环节，及为人生累积最有价值的财富。即使处境可能不会因自己的主观努力或意志转移，但他们早已战胜生活的苦涩，为转危为机做好一切准备。

各位朋友，世人都想有一本成功的秘籍，有些人穷一生精力去找寻这本无字天书，但成功的人，一生都在不断编制自己的无字天书。今天在这里希望能与大家共勉。谢谢大家。

## ■ 作品赏析

每个人都想实现自己的理想和抱负，但是成功是不是真的有一个放之四海而皆准的方程式呢？李嘉诚坦率地给出了自己的经验：“用分析、运算、逻辑理性的智商（IQ）解决诸多的问题；用理解和自我控制的情绪智商（EQ）去面对问题；用追求卓越、价值扩激发自强的心灵智商（SQ）去超越问题。”他认为要对3Q作不断地提升，才能在所处的环境中从容地前进。此后，他用简洁明了的话概括了自己对成功秘笈的理解：“世人都想有一本成功的秘籍，有些人穷一生精力去找寻这本无字天书，但成功的人，一生都在不断编制自己的无字天书。”演讲结束，李嘉诚也对自己之前的提问作出了回答，每一个人都有属于自己的成功模式，要在行动中寻找它，而不是找到之后才行动。

这篇演讲虽然简短，但却让人受益匪浅。相信读完它之后，你会对成功的秘诀有一个新的认识。

⊙演讲者简介⊙

李嘉诚像

李嘉诚，1928 年生于广东潮州。抗日战争时期，潮州遭到日本人的侵略，11 岁那年，一家人背井离乡，流落到香港。父亲病逝后，家庭一下子就陷入了困境。为了养家，他 13 岁便辍学工作。李嘉诚不放弃学习，工作之余，到夜校进修，补习文化。由于聪明好学，他 20 岁就当上了一家玩具制造公司的总经理。两年后，李嘉诚用自己的积蓄创办了“长江塑胶厂”。1958 年，李嘉诚开始投资房地产，由于他的眼光独特，长江实业迅速壮大。1972 年，长江实业上市。1979 年，李嘉诚收购老牌英资商行和记黄埔，成为第一个收购英资商行的华人。1984 年，又控股香港电灯公司。李嘉诚现任长江实业集团有限公司董事局主席兼总经理及和记黄埔有限公司董事局主席。李嘉诚十分热衷于公益事业，捐赠过大量资金在教育和其他事业上。

# 凝练的过程：抓住事物的本质

演讲者：卡莉・菲奥莉娜（1954 ～ ）
演讲时间：2001 年 6 月 17 日
演讲地点：斯坦福大学
演讲者身份：惠普公司前董事会主席兼首席执行官

## ■ 历史背景

1999 年 7 月，菲奥莉娜加盟惠普。之后，她大刀阔斧，对公司进行了全面改造。基于她在公司管理方面的巨大成就，2001 年 6 月，斯坦福大学邀请她到毕业典礼上为学生们作演说。

## ■ 原文欣赏

谢谢，大家早上好！

回应黑尼斯校长刚才的话，我想对今天相聚于此的父母、亲人和朋友表示欢迎，也想将父亲节的祝福送给在座的众位父亲以及长者。我自己的父亲今天早上也来了。爸爸，父亲节快乐！

虽然我们都很爱自己的父亲，不过，今天他们可不是主角。

今天我们相聚于此，庆贺坐在我们面前的这群年轻人所取得的成就，他们目光炯炯，哦，都让人有点儿头晕目眩，他们穿着黑色长袍以及其他各式衣服。

2001届的毕业生们、研究生和本科生们，我深感荣幸，能够成为第一个恭祝你们完成斯坦福四年学业的人。

我敢保证，你们的父母此时此刻感到无比骄傲，如果不是因为你们的“傻事”那肯定是骄傲于你们取得的成就，今天他们实际上都在笑，有点如释重负的感觉，又感到无比亲切。

我看你们穿戴的学位服和学位帽，和我二十五年前在弗罗斯特剧场时穿戴的一模一样，当时我们通常都是在那个剧场举行毕业典礼。今天我穿的这件肯定要重一些，不过它勾起了我的许多往事。

最近几个星期我一直在想，在离开斯坦福二十五年以后，在这个主席台上我能分享些什么呢？

我所得到的最恳切的建议是几个星期前来自于前本科毕业班主席，来自德尔菲、布兰德和迈克以及罗伦。他们说：“要个人化。告诉我们你离开这个地方时是怎么样想的，告诉我们一切都会很好的。”

我将他们的要求铭记在心。引导我今天演讲的是对我21岁毕业离开斯坦福时那些感受的回忆，这些早年的探索和坎坷确定了之后25年我的经历。

几个星期前，有天下班后我开车在校园里绕，想点燃记忆。我上学的时候，生活和你们现在所体验的完全不一样，更不要说农场之外的世界了。

我经过了古老的房子“西塔塞”，在20世纪70年代，那是乐队的伙计聚会的地方，由于我有着男人的名字而成为荣誉成员。在那次成立仪式上，有大杯伏特加酒和超强的胃，不过我们没有加入。

当时在那里的父母也许还记得，在70年代中期，我们的男篮球队还不是冠军的料，大概在当时的8支球队里处于中不溜丢的位置。那时，女篮球队还没组建。

说到音乐，当时“力量之塔”阵容庞大，彼得·富拉姆敦刚“复活”，“塔克西”当时用他们的立体声系统把他们的专辑录制到磁带上去。

我在这儿的时候，“斯坦福印第安”更名为“斯坦福主教”。我在乐队的死党当时为争取把罗伯·巴伦斯作为吉祥物而开展活动，管理者不高兴了。

我在这儿的时候，巴蒂·赫斯特被绑架了，就在伯克利湾的那边。

虽然我在这儿的时候纷纷扰扰，但有些事情是相似的：我们挣扎于能源危机，事实上，在我毕业典礼上演讲的人说的是能源储备；“滞胀”扰乱了市场；毕业生的就业前景相当严峻。

虽然你们并没有真正面对滞胀，自从你们进了斯坦福，你们对于工作的期待毫无疑问降低了。

电脑行业已经为你们之前的毕业生提供了很多工作岗位。如果你主修中世纪历史，正踌躇彷徨，有兴趣参加你认为是最新的加利福尼亚淘金潮，如果你获得的是一份网络公司的职位，具有副总头衔和具有职工优先认股权，这会让你父母大吃一惊。

不过，2001 届的毕业生们，时代变了。

也许我提出下面的想法是个人偏见，如果春季学期使你对就业前景的看法和我当年一样的话，那么我可以说，在你们穿戴的学位服和学位帽（或者任何你头上戴的的东西）下面，你们的忧虑之情和你们的兴奋之情是一样大，甚至更大。

我曾经心怀忧虑之情。事实是，我走进斯坦福的那天就是如此，我走出的时候同样如此。

我害怕在经济时局动荡的年代离开这里的保护罩，走进未知的领域。我害怕在那些和自己以及其他人对我的期待不一致的事业上，浪费我在斯坦福所学到的令人难以置信的才能。我害怕无所事事，害怕犯下无可挽回的错误。如果你们今天也感到害怕，那我问你们：你们将如何处理你的恐惧？你们是让它成为推进器还是抑制剂呢？

你们是唯一能够回答这个问题的人。不过我能够给你们提供的指导以及鼓励是一个故事，这是一个斯坦福毕业生在时常面对恐惧的情况下，跌跌撞撞去寻求自己位置的过程。

我想先从我在“历史角”的经历说起。

我在斯坦福所上的最有价值的课不是经济学，而是一个本科生的研究会“中世纪的基督教、伊斯兰教和犹太政治哲学”。

每个星期我们必须读完一本中世纪哲学的名著，阿奎那、培根、阿伯拉尔，这些书都是很厚重的，我们每周怎么也得读 1000 多页。周末的时候，我们必须把他们的哲学论述凝练成 2 页纸。

这个过程就像是开始是 20 页，接着是 10 页，5 页，最后是 2 页，一张纸的正反两面，这可不止是总结。它从众多观念中舍弃冗余，将其浓缩成最本质的内容。下个星期，你又得重新开始这个过程，不过面对的又是另外的长篇大论。

这些哲学和思想肯定在我脑海中留下了印象。不过在凝练的过程也是一种练习，虽然艰苦，但真才实学就是由此产生的，这是需要掌握的惊人的机智的技巧。这么些年以来，我不断地运用它，综合和凝练的思维活动直抵事物的核心。

我在这门课上所学到的思考过程也是生活的过程，因为每个人的生命都是一部伟大的作品，具有丰富的天赋和可能性。

当你们由此毕业的时候，带着上千页的个人文本，上面铭刻着这些年的教育、家庭中的相互作用，人际关系和生活体验所塑造的信念和价值。

埋藏在这几千页书中的是你个人的真理、你的本质。因此，你如何来凝练你的生活以得到其本质？你可以通过面对你的恐惧来开始这个过程。

现在，距离那课 25 年之后，我明白了，正是通过类似的个人凝练的过程，我对抗着我的恐惧并克服了它们。

每当我遇到恐惧的时候，每当我有惊奇之感的时候，我就距离确认我的本质、我的真心、我的真我又近了一步。

第一次顿悟的时候，我突然意识到我是够格的，它和克服对自己不足的恐惧有关。

记住，当你们还只十七八岁初进或作为急切的研究生进入斯坦福的时候，你们的情绪处于巅峰，你们对自己的能力相当自信，是不是？随后，当你们到达宿舍，或是参加系里第一次会议，或是和你们的同龄人谈过两三次之后，你们也许会觉得自己无足轻重，非常差劲。

如果你们像我一样，你们内心的对白会是这样的："天哪，招生办公室糟糕透了，他们肯定把我们误认为另外一个卡莉了。这些人都是其他圈子里的人，他们奇怪我们在这里干什么！我们怎么和他们说呢？"

我提醒你们，我的 A 型同类们：你们一生当中也许会多次感到自己的不足。黑尼斯校长提到过，我在 AT&T 干过好些年，当我出现在那里的时候，再一次的，每个人看起来都比我聪明。对于工作，他们看起来比我更自信，更成竹在胸，准备更加充分。

不过，慢慢地，你们会赢上几局，你们用自己的工作证明了自己。你们失败了，你们挺过来了。你们学到了东西，也许你们甚至还当了领导，先前那种恐惧逐渐消退。看吧，你们已经从你们自己这本大书中去掉了几百页，你们已经开始了凝练的过程，你们开始确定你们的人生。

不过，当你们再次感到你在同辈之中具有一席之地的时候，新的恐惧又潜入了。早上醒来你们会想：等等，我们是过的自己的生活吗？还是别人的生活呢？我们的人生篇章是留在我们的故事中，让我们自己来书写的吗？

我是在 1980 年进入商界的，这么些年来一直工作在东海岸，我的生活节奏稳定有效。我遇到并嫁给了合适的对象，我的好老公弗兰克，他今天也在这里。我们生了两个宝贝女儿，拥有一个热情而又充满活力的属于菲奥莉娜式的家庭。最终我在意大利的经历还是有所收获的，我们喜爱东海岸，打算在此度过余生。

不过，出乎意料地来了一个电话，建议也许我会想回到这个社区，来领导催生了硅谷的这个公司：惠普。

尼尔松·曼德拉曾经说过："我们最深切的恐惧不是我们能力不够，我们最深的恐惧是我们具有无法衡量的力量。"这是我将与你们分享的最后一次体悟。我意识到，你们不仅能够掌控你们自己生活，而且你们也有能力去影响其他人的生活。

我开车到帕洛奥托去和董事会的人进行最后一次面谈。看起来早到一点儿是比较合适的，我坐在车里，车就停在马库斯 & 米里卡普公司的停车场，街对面就是惠普公司。我在想，生活是如何以某些预料不到而又真实的方式绕圈的。

在进行大家通常所说的决定一生的那次面试之前，我在停车场坐着，我在思考，如果我接任了惠普总裁的位置，前面会有怎样的战斗。我知道，领导这家有着悠久历史却又正在寻找其未来的公司，我会面对巨大的挑战，对此我没有丝毫幻想。我知道，选择我来坐这个位置是出乎意料之外的。我知道，接任这个工作会引来相当多的挑剔和批评。对比所值得做的事情，我对所有这些都进行了权衡。

我坐在车里，接受一个伟大遗产时的那种巨大的责任感让我有点自惭形秽。不过我并不害怕，我已经见过我母亲面对死亡时的勇敢，从那次的经历我知道了要勇敢真正意味着什么。我把恐惧抛到了九霄云外。

我第一次作为惠普的新总裁走进惠普的时候，我感到完全令人惊讶，同时又觉得熟悉得令人惊讶。

惠普是一个巨大的产业，它值得保存，它值得重获新生，它是具有独特价值和个性的公司，和这个社区，和斯坦福，和帕洛奥托，和硅谷，都具有特殊的联系。不仅如此，它是能够制造技术的公司，能够将其好处带给所有人。

我的任务就是使惠普在新的时代发挥重要作用。

今天我对你们的祝愿是，25 年后你们重聚的时候，这个时间会比你们想象的来得更快，你们将已经在世界上找到一席之地，在这个世界中，你们的价值、你们的个性都轻松自在。你们的行动和你们的心灵都完全统一在一起了。

要让你们的恐惧激发你们而不是抑制你们，要对自己提出如下尖锐的

问题：

我是在完成一个任务，还是在经历事实？

我还在作出选择吗？或者我已经不再作出选择？

我现在所处的位置是否占据我的头脑，抓住我的心灵？

我沉迷于过去还是在确定我的将来？

在我的两页纸上，我将给这个星球留下什么？

在你们离开之前，后退一步，思考一下目前为止你们那巨大的人生之书，确认其重量和复杂性。在你们离开之前，反思一下你们所得到的支持，今天到场的为你们所作出的牺牲，这样你们回斯坦福就会拥有难忘的经历。今天是你们用你们的快乐和恐惧来向他们致敬的日子，他们帮助你们拥有了这份体验，这是你们永远不会忘记的，你们将从中有所吸取。

在你们离开之前，确认你们在斯坦福这个大集体中所拥有的令人难以置信的丰富资源。斯坦福也是一个巨大的产业，无论你们从帕洛·阿尔托会走出多远，你们可以依赖这个持久的、丰富的、多样的网络，这是你们所构建的观念、知识和友谊的网络。

记得要鼓励他人，互相提醒：如果你们让你们的恐惧来激发你们开始严峻但是让人无限满足的、终身的凝练过程，那么生活就会变得越来越好。这个过程就是书写你们自己的故事，它只有两面，没有空行。

当你们进行编辑，决定取舍的时候，你们会承认那些对你们的本质而言是正确的决定。你们会知道什么是值得做的，你们将会去做。这将会是令人惊讶的，同时也是熟悉得令人惊讶的。

我祝你们好运，不过我更要祝你们保持勇气，坚忍不拔，得到你们所爱之人的支持。

我衷心地祝愿你们，还有你们的父母、家人和朋友。

谢谢你们，祝你们活得精彩！

## ■ 作品赏析

在这次演讲中，卡莉·菲奥莉娜结合自己25年的职业经历，教导斯坦福大学的毕业生们如何抓住事物的本质，掌握自己的人生。简短的开头之后，她告诉听众，世界在剧烈变化，毕业生们所要面临的考验比以前更大。那么，毕业生们应该如何去做呢？菲奥莉娜由此引出主题——要学会凝练。讲述凝练的时候，菲奥莉娜采用由浅入深的方法，先是讲述了自己上学的时候对哲学知识的凝练，进而引出人生也是如此，需要一个凝练的过程。她强调不要为自己的选

择所羁绊，作出决定，然后选择下一步该做什么，要让自己的恐惧激发自己而不是抑制自己”，要抓住人生的本质。

⊙演讲者简介⊙

卡莉·菲奥莉娜，1954年9月出生，父亲是律师，母亲是艺术家。毕业于斯坦福大学，原来是修读中世纪历史和哲学，后在马里兰大学获得MBA学位。1998年入选美国《财富》杂志评选出的全美50位商业女强人。1999年7月底，出任惠普公司首席执行官。2005年初，结束了在惠普6年的职业生涯，后任思科系统董事会成员。

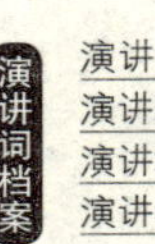

演讲词档案

演讲者：比尔·盖茨（1955～　）
演讲时间：2001年5月21日
演讲地点：哈佛大学
演讲者身份：微软公司创始人

# 改变这个世界深刻的不平等

## ■历史背景

1975年，比尔·盖茨从哈佛退学，开始发展自己的公司。通过20多年的奋斗，他把微软公司创办成世界上最成功的软件企业，并对世界计算机产业和人类的文明进步作出巨大贡献。时隔20多年，比尔·盖茨重回校园，拿到哈佛大学的毕业证，填补自己学业上的遗憾。这是他在2001年的毕业典礼上，作为一名特殊的毕业生所作的演讲。

## ■原文欣赏

尊敬的博克校长、瑞丁斯坦前校长、即将上任的福斯特校长、哈佛集团的各位成员、监管理事会的各位理事、各位老师、各位家长、各位同学：

有一句话我等了30年，现在终于可以说了：“老爸，我总是跟你说，我会回来拿到我的学位的！”

我要感谢哈佛大学在这个时候给我这个荣誉。明年，我就要换工作了……我终于可以在简历上写我有一个本科学位，这真是不错啊。

我为今天在座的各位同学感到高兴，你们拿到学位可比我简单多了。哈佛的校报称我是“哈佛大学历史上最成功的辍学生”，我想这大概使我有资格代表我这一类学生发言……在所有的失败者里，我做得最好。

但是，我还要提醒大家，我使得斯特夫·鲍尔莫也从哈佛商学院退学了。因此，我是个有着恶劣影响力的人，这就是为什么我被邀请来在你们的毕业

典礼上演讲。如果我在你们入学欢迎仪式上演讲，那么能够坚持到今天在这里毕业的人也许会少得多吧。

对我来说，哈佛的求学经历是一段非凡的经历。校园生活很有趣，我常去旁听我没选修的课。哈佛的课外生活也很棒，我在英国的拉德克利夫过着逍遥自在的日子。每天我的寝室里总有很多人一直待到半夜，讨论着各种事情，因为每个人都知道我从不考虑第二天早起。这使得我变成了校园里那些不安分学生的头头，我们互相粘在一起，作出一种拒绝所有正常学生的姿态。

拉德克利夫是个过日子的好地方，那里的女生比男生多，而且大多数男生都是理工科的。这种状况为我创造了最好的机会，如果你们明白我的意思。可惜的是，我正是在这里学到了人生中悲伤的一课：机会大，并不等于你就会成功。

我在哈佛最难忘的回忆之一发生在 1975 年 1 月。那时，我从宿舍楼里给位于阿尔伯克基的一家公司打了一个电话，那家公司已经在着手制造世界上第一台个人电脑，我提出想向他们出售软件。

我很担心，他们会发觉我是一个住在宿舍的学生从而挂断电话，但是他们却说："我们还没准备好，一个月后你再来找我们吧。"这是个好消息，因为那时软件还根本没有写出来呢。就是从那个时候起，我夜以继日地在这个小小的课外项目上工作，这导致了我学生生活的结束以及通往微软公司的不平凡旅程的开始。

不管怎样，我对哈佛的回忆主要都与充沛的精力和智力活动有关。哈佛的生活令人愉快，也令人感到有压力，有时甚至会感到泄气，但永远充满了挑战性。生活在哈佛是一种吸引人的特殊待遇……虽然我离开得比较早，但是我在这里的经历、在这里结识的朋友、在这里发展起来的一些想法永远地改变了我。

但是，如果现在严肃地回忆起来，我确实有一个真正的遗憾。

我离开哈佛的时候，根本没有意识到这个世界是多么的不平等。人类在健康、财富和机遇上的不平等大得可怕，它们使得无数的人们被迫生活在绝望之中。

我在哈佛学到了很多经济学和政治学的新思想，我也了解了很多科学上的新进展。

但是，人类最大的进步并不来自于这些发现，而是来自于那些有助于减少人类不平等的发现。不管通过何种手段——民主制度、健全的公共教育体系、高质量的医疗保健，或是广泛的经济机会——减少不平等始终是人类最

大的成就。

我离开校园的时候，根本不知道在这个国家里有几百万的年轻人无法获得接受教育的机会。我也不知道发展中国家里有无数的人们生活在无法形容的贫穷和疾病之中。

我花了几十年才明白了这些事情。

在座的各位同学，你们是在与我不同的时代来到哈佛的。你们比以前的学生更多地了解世界是怎样的不平等。在你们的哈佛求学过程中，我希望你们已经思考过一个问题，那就是在这个新技术加速发展的时代，我们怎样最终应对这种不平等以及我们怎样来解决这个问题。

为了讨论的方便，请想象一下，假如你每个星期可以捐献一些时间、每个月可以捐献一些钱，你希望这些时间和金钱可以用到对拯救生命和改善人类生活有最大作用的地方，你会选择什么地方？

对梅林达和我来说，这也是我们面临的问题：我们如何能将我们拥有的资源发挥出最大的作用。

在讨论过程中，梅林达和我读到了一篇文章，里面说在那些贫穷的国家，每年有数百万的儿童死于那些在美国早已不成问题的疾病。麻疹、疟疾、肺炎、乙型肝炎、黄热病，还有一种以前我从未听说过的轮状病毒，这些疾病每年导致50万儿童死亡，但是在美国一例死亡病例也没有。

我们被震惊了，我们想，如果几百万儿童正在死亡线上挣扎，而且他们是可以被挽救的，那么世界理应将用药物拯救他们作为头等大事。但是事实并非如此，那些价格还不到一美元的救命药剂并没有送到他们的手中。

如果你相信每个生命都是平等的，那么当你发现某些生命被挽救了，而另一些生命被放弃了，你会感到无法接受。我们对自己说：“事情不可能如此，如果这是真的，那么它理应是我们努力的头等大事。”

所以，我们用任何人都会想到的方式开始工作，我们问：“这个世界怎么可以眼睁睁看着这些孩子死去？”

答案很简单，也很令人难堪。在市场经济中，拯救儿童是一项没有利润的工作，政府也不会提供补助。这些儿童之所以会死亡，是因为他们的父母在经济上没有实力，在政治上没有能力发出声音。

但是，你们和我在经济上有实力，在政治上能够发出声音。

我们可以让市场更好地为穷人服务，如果我们能够设计出一种更有创新性的资本主义制度——如果我们可以改变市场，让更多的人可以获得利润，或者至少可以维持生活——那么，这就可以帮到那些正在极端不平等的状况

中受苦的人们。我们还可以向全世界的政府施压，要求他们将纳税人的钱花到更符合纳税人价值观的地方。

如果我们能够找到这样一种方法，既可以帮到穷人，又可以为商人带来利润，为政治家带来选票，那么我们就找到了一种减少世界性不平等的可持续的发展道路。这个任务是无限的，它不可能被完全完成，但是任何自觉地解决这个问题的尝试都将会改变这个世界。

在这个问题上，我是乐观的。但是，我也遇到过那些感到绝望的怀疑主义者，他们说："不平等从人类诞生的第一天就存在，到人类灭亡的最后一天也将存在——因为人类对这个问题根本不在乎。"我完全不能同意这种观点。

我相信，问题不是我们不在乎，而是我们不知道怎么做。

此刻在这个院子里的所有人，生命中总有这样或那样的时刻，目睹人类的悲剧，感到万分伤心。但是我们什么也没做，并非我们无动于衷，而是因为我们不知道做什么和怎么做。如果我们知道如何做是有效的，那么我们就会采取行动。

改变世界的阻碍并非是人类的冷漠，而是世界实在太复杂。

为了将关心转变为行动，我们需要找到问题、发现解决问题的方法、评估后果，但是世界的复杂性使得所有这些步骤都难于做到。

即使有了互联网和 24 小时直播的新闻台，让人们真正发现问题所在，仍然十分困难。当一架飞机坠毁了，官员们会立刻召开新闻发布会，他们承诺进行调查、找到原因、防止将来再次发生类似事故。

但是如果那些官员敢说真话，他们就会说："在今天这一天，全世界所有可以避免的死亡之中，只有 0.5% 的死者来自于这次空难。我们决心尽一切努力，调查这个 0.5% 的死亡原因。"

显然，更重要的问题不是这次空难，而是其他几百万可以预防的死亡事件。

我们并没有很多机会了解那些死亡事件，媒体总是报告新闻，几百万人将要死去并非新闻。如果没有人报道，那么这些事件就很容易被忽视；另一方面，即使我们确实目睹了事件本身或者看到了相关报道，我们也很难持续关注这些事件。看着他人受苦是令人痛苦的，何况问题又如此复杂，我们根本不知道如何去帮助他人，所以我们会将脸转过去。

就算我们真正发现了问题所在，也不过是迈出了第一步，接着还有第二步：那就是从复杂的事件中找到解决办法。

如果我们要让关心落到实处，我们就必须找到解决办法。如果我们有一个清晰可靠的答案，那么当任何组织和个人发出疑问"我如何能提供帮助"

的时候，我们就能采取行动，我们就能够保证不浪费一丁点儿全世界人类对他人的关心。但是，世界的复杂性使得很难找到对全世界每一个有爱心的人都有效的行动方法，因此人类对他人的关心往往很难产生实际效果。

从这个复杂的世界中找到解决办法，可以分为四个步骤：确定目标、找到最高效的方法、发现适用于这个方法的新技术、同时最聪明地利用现有的技术，不管它是复杂的药物，还是最简单的蚊帐。

艾滋病就是一个例子。总的目标，毫无疑问是消灭这种疾病；最高效的方法是预防；最理想的技术是发明一种疫苗，只要注射一次，就可以终生免疫。所以，政府、制药公司、基金会应该资助疫苗研究。但是，这项研究工作很可能十年之内都无法完成。因此，与此同时，我们必须使用现有的技术，目前最有效的预防方法就是设法让人们避免那些危险的行为。

要实现这个新的目标，又可以采用新的四步循环。这是一种模式，关键的东西是永远不要停止思考和行动。我们千万不能再犯上个世纪在疟疾和肺结核上犯过的错误，那时我们因为它们太复杂而放弃了采取行动。

在发现问题和找到解决方法之后，就是最后一步——评估工作结果，将你的成功经验或者失败经验传播出去，这样，其他人就可以从你的努力中有所收获。

当然，你必须有一些统计数字，你必须让他人知道，你的项目为几百万儿童新接种了疫苗。你也必须让他人知道，儿童死亡人数下降了多少。这些都是很关键的，不仅有利于改善项目效果，也有利于从商界和政府得到更多的帮助。

但是，这些还不够，如果你想激励其他人参加你的项目，你就必须拿出更多的统计数字。你必须展示你的项目的人性因素，这样，其他人就会感到拯救一个生命对那些处在困境中的家庭到底意味着什么。

几年前，我去瑞士达沃斯旁听一个全球健康问题论坛，会议的内容有关于如何拯救几百万条生命。天哪，是几百万！想一想吧，拯救一个人的生命已经让人何等激动，现在你要把这种激动再乘上几百万倍——但是，不幸的是，这是我参加过的最最乏味的论坛，乏味到我无法强迫自己听下去。

那次经历之所以让我难忘，是因为之前我们刚刚发布了一个软件的第13个版本，我们让观众激动得跳了起来，喊出了声。我喜欢人们因为软件而感到激动，那么我们为什么不能够让人们因为能够拯救生命而感到更加激动呢？

除非你能够让人们看到或者感受到行动的影响力，否则你无法让人们激

动。如何做到这一点，并不是一件简单的事。

同前面一样，在这个问题上，我依然是乐观的。不错，人类的不平等有史以来一直存在，但是那些能够化繁为简的新工具却是最近才出现的。这些新工具可以帮助我们将人类的同情心发挥出最大的作用，这就是为什么将来同过去是不一样的。

这个时代无时无刻不在涌现出新的革新——生物技术、计算机、互联网——它们给了我们一个从未有过的机会去终结那些极端的贫穷和非恶性疾病的死亡。

60年前，乔治·马歇尔也是在这个地方的毕业典礼上宣布了一个计划，帮助那些欧洲国家的战后建设，他说：“我认为，困难的一点是这个问题太复杂，报纸和电台向公众源源不断地提供各种事实，使得大街上的普通人难于清晰地判断形势。事实上，经过层层传播，想要真正地把握形势是根本不可能的。”

马歇尔发表这个演讲之后的30年，我那一届学生毕业，当然我不在其中。那时，新技术刚刚开始萌芽，它们将使得这个世界变得更小、更开放、更容易看到、距离更近。

低成本的个人电脑的出现；使得一个强大的互联网有机会诞生，它为学习和交流提供了巨大的机会。

网络的神奇之处不仅仅是缩短了物理距离，使得天涯若比邻，它还极大地增加了怀有共同想法的人们聚集在一起的机会，我们可以为了解决同一个问题共同工作。这就大大加快了革新的进程，发展速度简直快得让人震惊。

与此同时，世界上有条件上网的人只是全部人口的1/6。这意味着还有许多具有创造性的人们没有加入到我们的讨论中来。那些有着实际操作经验和相关经历的聪明人却没有技术来帮助他们，将他们的天赋或者想法与全世界分享。

我们需要尽可能地让更多的人有机会使用新技术，因为这些新技术正在引发一场革命，人类将因此可以互相帮助。新技术正在创造一种可能，不仅是政府，还包括大学、公司、小机构、甚至个人，能够发现问题所在，能够找到解决办法，能够评估他们努力的效果，去改变那些马歇尔60年前就说到过的问题——饥饿、贫穷和绝望。

哈佛是一个大家庭，这个院子里在场的人们是全世界最有智力的人类群体之一。

我们可以做些什么？

毫无疑问，哈佛的老师、校友、学生和资助者已经用他们的能力改善了全世界各地人们的生活。但是，我们还能够再做什么呢？有没有可能哈佛的人们可以将他们的智慧用来帮助那些甚至从来没有听到过“哈佛”这个名字的人？

请允许我向各位院长和教授提出一个请求——你们是哈佛的智力领袖，当你们雇用新的老师、授予终身教职、评估课程、决定学位颁发标准的时候，请问你们自己如下的问题：

我们最优秀的人才是否在致力于解决我们最大的问题？

哈佛是否鼓励她的老师去研究解决世界上最严重的不平等？哈佛的学生是否从全球那些极端的贫穷中学到了什么——世界性的饥荒——清洁水资源的缺乏——无法上学的女童——死于非恶性疾病的儿童——哈佛的学生有没有从中学到东西？

那些世界上过着最优越生活的人们有没有从那些最困难的人们身上学到东西？

这些问题并非语言上的修辞，你必须用自己的行动来回答它们。

我的母亲在我被哈佛大学录取的那一天，曾经感到非常骄傲，她从没有停止督促我去为他人做更多的事情。在我结婚的前几天，她主持了一个新娘进我家的仪式。在这个仪式上，她高声朗读了一封关于婚姻的信，这是她写给梅林达的。那时，我的母亲已经因为癌症病入膏肓，但她还是认为这是又一次传播她的信念的机会。在那封信的结尾，她写道：“对于那些接受了许多帮助的人们，他们还在期待更多的帮助。”

想一想吧，我们在这个院子里的这些人被给予过什么——天赋、特权、机遇——那么可以这样说，全世界的人们几乎有无限的权力期待我们作出贡献。

同这个时代的期望一样，我也要向今天各位毕业的同学提出一个忠告：你们要选择一个问题、一个复杂的问题、一个有关于人类深刻的不平等的问题，然后你们要变成这个问题的专家。如果你们能够使得这个问题成为你们职业的核心，那么你们就会非常杰出。但是，你们不必一定要去做那些大事。每个星期只用几小时，你就可以通过互联网得到信息，找到志同道合的朋友，发现困难所在，找到解决它们的途径。

不要让这个世界的复杂性阻碍你前进，要成为一个行动主义者，将解决人类的不平等视为己任，它将成为你生命中最重要的经历之一。

在座的各位毕业的同学，你们所处的时代是一个神奇的时代。当你们离开哈佛的时候，你们拥有的技术，是我们那一届学生所没有的。你们已经了解到了世界上的不平等，我们那时还不知道这些。有了这样的了解之后，要

是你们再弃那些你们可以帮助的人们于不顾，就将受到良心的谴责，只需一点小小的努力，你们就可以改变那些人们的生活。你们比我们拥有更大的能力，你们必须尽早开始，尽可能长时期坚持下去。

知道了你们所知道的一切，你们怎么可能不采取行动呢？

我希望，30 年后你们还会再回到哈佛，想起你们用自己的天赋和能力所做出的一切。我希望在那个时候你们用来评价自己的标准不仅仅是你们的专业成就，更包括你们为改变这个世界深刻的不平等所作出的努力以及你们如何善待那些远隔千山万水、与你们毫不涉及的人们，你们与他们唯一的共同点就是同为人类。

最后，祝各位同学好运。

## ■ 作品赏析

演讲前面的部分是轻松的，比尔·盖茨幽默地讲述了自己年轻的时候放弃学业，进入微软的往事。随后，比尔·盖茨用自己的感受和世界上存在的实际情况，来告诉哈佛的毕业生们，现实中存在着深刻的不平等，它们的减轻和消失需要有智慧、有能力的人作出努力，而哈佛的毕业生就具备这样的条件。可以说在这次毕业典礼上，比尔·盖茨让即将踏上社会的学生们知道了自己身上神圣的使命。比尔·盖茨呼吁哈佛学生行动起来，并告诉他们要做些什么，该如何去做。当然这方面也没有泛泛而谈，而是结合了世界上存在的比较严重的事实，如还有几百万儿童受疾病的折磨，挣扎在死亡线上。事实的加入，让演讲变得更加有说服力。

盖茨的演讲开始时“幽默”，继而“严肃”，过渡自然，浑然天成。演说中饱含着对人类命运的关怀和对青年一代的殷切期望，体现了一位卓越领袖的阔大襟怀和崇高信念。

**⊙演讲者简介⊙**

比尔·盖茨，微软公司创始人。1955 年 10 月出生于美国西雅图。曾就读于西雅图的公立小学和私立的湖滨中学。1973 年，考上哈佛大学。在哈佛学习期间，他为第一台微型计算机 MITS Altair 开发了 BASIC 编程语言的一个版本。1975 年，大学三年级的时候，盖茨毅然离开校园，与好友把全部的精力放在了计算机研究和创建微软公司上。在他的带领下，微软公司迅速壮大，成为全球软件企业霸主。

比尔·盖茨像

# 保持求知欲，保持赤子心

演讲词档案

演讲者：史蒂夫·乔布斯（1955 ~ 2011）
演讲时间：2005 年 6 月 12 日
演讲地点：斯坦福大学
演讲者身份：苹果电脑公司和皮克斯动画公司首席执行官

## ■ 历史背景

乔布斯的传奇经历和他的坚韧意志，得到全社会的广泛关注和赞誉，他为世人树立了不懈进取的光辉榜样。作为美国最杰出的大学，斯坦福大学特别邀请乔布斯为2005届毕业生作演讲，这篇演说就是他在毕业典礼上所作。

## ■ 原文欣赏

今天能参加你们的毕业典礼，我感到很荣幸。你们要离开的是世界上最好的大学之一，而我从来没有大学毕业过。说老实话，这是我最亲密接触大学毕业的时刻了。今天我想告诉你们我生命中的三个故事。就这些，没啥壮举，不过是三个故事。

第一个故事是关于连起生命中的点滴。

我进里德大学读了半年之后就退学了，不过还是作为在校生在校园里晃荡了一年半才最终真正离开。我为什么要退出呢?

（退出）这事在我出生前就开始了。我的生母当时是年轻的未婚大学毕业生，她决定把我送给人收养。她态度很坚决，收养我的人必须是大学毕业生，这样，由一名律师及其妻子来收养我的事在我出生前就全都弄好了。可是当我呱呱坠地的时候，他们在最后关头确定他们真正想要的是女孩。这样，我现在的父母，当时他们也在备选名单上，在晚上接到一个电话，告诉说有一个意外出生的男婴，问他们是否想要，他们说当然想要。我的生母后来才发现，我的养母不是大学毕业生，我的养父连高中都没有读完。她拒绝在最后的收养文件上签名。几个月后当我养父母保证以后我会上大学之后，她才妥协。

17 年之后，我上大学了。不过当时不懂事，选择了一所花销昂贵的大学，几乎和斯坦福大学不相上下。我父母都是工薪阶层，他们的积蓄都用来支付我的学费了。过了半年，我看不到这么做有什么价值。我不知道以后如何生活，也不知道大学如何来帮我对生活作出规划。而我在这里花的是我父母一生所积攒的钱。于是，我决定退学，并且相信这个决定会被证明是成功的。在当时，这个决定还是很让人惊慌的，不过回头去看，这是我作出的最好的

决定之一。我退学了，就不用再去上那些我不感兴趣的必修课了，我开始旁听那些看起来有意思的课程。

整个事情并非全都那么具有传奇色彩。我没有宿舍房间，只好睡朋友房间的地板，我把可乐瓶还回去，这样可以得到5美分来买吃的东西，每周日的晚上我会步行7英里横穿城区，到黑尔克力斯纳教堂吃那每周一顿的美食。我喜欢这种状态。我凭着好奇和直觉，无意中涉足的很多事情后来证明都是非常有价值的。

我给你们举个例子说明。

当时里德大学提供的可能是全国最好的书法课程。整个校园里每张海报，每个抽屉上的每张标签都是非常漂亮的手写体。因为我已经退学，不必再去上那些常规课程，于是我决定去上书法课，这样就能学会漂亮的手写体。我学习衬线和衬线字体，学习在不同字母组合中改变间距，学习如何使印刷排版和外观变得好看。这个过程非常美妙，具有历史意义和艺术上的精致，这种方式是科学所无法获取的，我发觉它令人陶醉。

当时我根本没有想到，这会在以后的生活中得到实际的运用。不过，10年之后，当我在设计第一台迈克因特斯电脑时，它全都在我记忆中复活了。我将其设计到“迈克因特斯”中去，它是第一台具有漂亮的排版样式的电脑。如果我在整个大学生活中没有旁听，那么“迈克因特斯” 就永远也不会有多种字体或间距合理的字体。由于Windows已经仿照 “迈克因特斯”了，可能现在个人电脑没有用我们的这些字体了。如果我没有退学，我也不会旁听这门书法课，个人电脑也许就不会像现在那样具有奇妙的排版样式了。当然，我在大学的时候还不可能看那么远，将这些点滴连起来。不过，在过了10年之后回头来看，这个线索是非常清晰的。

再说一次，你们不可能联结未来的点滴，你只有回头看的时候才能将它们联结起来。因此，你们必须要相信那些点滴在将来总会连起来的。你们必须要信任某种事物——你们的直觉、命运、因缘，或者无论其他什么。这种方法从未让我失望过，它造就了我生命中所有的转机。

我的第二个故事是有关爱与失去的。

我很幸运，我很早就发现了我喜欢的是什么。当我20岁的时候，沃兹和我在我父母的车库里开创了我们的苹果公司。我们很努力，10年内，苹果公司从当初车库里就我们两个人，发展为拥有4000名员工，产值达20亿的公司。一年前，我们刚推出我们最完美的产品“迈克因特斯”，这时我刚到而立之年。可是，接着我就被炒了鱿鱼。你怎么会被你自己开创的公司炒了鱿鱼呢？是的，随着苹果的发展，我们聘用了新人，我认为他很有才干，能够和我一起管理公司，开始的一年左右一切正常。可是，接下来我们对于未来的设想开始有了分歧，最终我们闹翻了。当我们闹翻之后，董事会站在他那边。于是，在而立之年我就这样出局了，并且闹得沸沸扬扬。以前我整个成人生活中所集中关注的事情都消失了，而这是摧毁性的。

我真的不知道如何来打发最初的几个月。我觉得我让业界的前辈们失望了，当接力棒传给我的时候，我却把它失落了。我碰到大卫·派科德和鲍勃·诺里斯，试图为自己的糟糕表现道歉。我是公认的失败者，我甚至想到从硅谷逃走。不过我渐渐明白了某件事，我仍将热爱我过去所做的事情，苹果公司所发生的事情的变动丝毫没有 改变这一点。我被拒绝了，可是我还有爱。因此，我决定重新开始。

那时我没有看到这点，不过后来我发现，被苹果炒鱿鱼是我所经历的最好的事情。保持不败之地的重负被再次成为开拓者的轻松所取代，这使我得到解放，从而进入了我生命中最具有创造性的时期。

在接下来的五年，我开了两家公司，一家叫奈克斯特，另一家叫皮克斯。我和一个令人着迷的女人谈起了恋爱，她后来成为我的妻子。“皮克斯”制作了世界上第一部电脑动画电影《玩具总动员》，现在是世界上最成功的动画制作公司。形势发生了巨大的变化，苹果买下了“奈克斯特”，我回到了苹果，我们在“奈克斯特”研发的技术成了苹果公司现在复兴的核心因素。伦妮和我现在共同拥有一个美好的家庭。

我确信，如果我没有被苹果公司炒鱿鱼的话，这一切都不会发生。这是苦药，可是我想，病人是需要它的。有时生活对你的沉重打击让你措手不及，不要丧失信心。我确信，我之所以能够一直前进，唯一的原因就是我喜欢我所做的事情。你要去发现你所喜爱的，这点对你的工作是如此，对你的爱人也同样如此。你的工作将占据你生命中的很大一块，创造伟业的唯一办法就是去热爱你所做的事情。如果你还没有找到，那么就继续寻找，不要停顿，依靠心灵的力量，当找到它的时候你会知道你找到了，而且，正如其他所有伟大的事业一样，它也是随着时间的流逝而变得越来越好。因此，继续寻找，直到你找到，不要停顿。

我的第三个故事是有关死亡的。

我 17 岁的时候，读到如下的话：如果你把每天都看做是最后一天来过的话，那么有一天你会发现你这么做肯定是对的。这句话给我留下了深刻的印象，从那以后，在过去的三十三年里，每天早上我对着镜子问自己：“如

果今天是我生命的最后一天，我还会做我今天打算要做的事情吗？”如果一段时间内每天的答案都是否定的，那么我知道我需要做出改变。

记住自己很快就要死去，这是我所遇到的最重要的工具，它能帮助我做出生命的重大抉择。因为几乎所有的事情、所有外在的期望、所有的尊严、所有对于尴尬或失败的恐惧，在面对死亡的时候就都烟消云散了，只留下真正重要的事情。记住你很快就要死去，能够使你避免陷入认为自己会遭受损失的心理误区。据我所知，这是最好的办法了。你已经是赤条条无牵挂了，没有理由不听从自己的内心。

大约一年以前，我被诊断出患有癌症。我是早上 7 点半做的扫描，结果清楚显示我的胰腺上有一个肿瘤。我当时连胰腺是什么都不知道。医生告诉我，这种癌症属于那种几乎无法治愈的，不要指望能够活过三到六个月。我的医生建议我回家安排后事，这话隐含的意思就是让我做好死亡的准备。它意味着你要在接下来的几个月中告诉他们你本打算在以后十年告诉他们的话。它意味着要确保对一切都要守口如瓶，这样才能使你的家庭尽可能轻松地面对。它意味着和这世界说拜拜。

那天我一直遭受这个诊断结果的折磨。那天晚上我做了一个活组织切片检查，他们在我的喉咙下面插入了一个内诊镜，穿过我的胃，到达我的肠子，插了一根针到我的胰腺，从肿瘤中取出了一些细胞。我还比较镇静，不过我妻子，她当时也在，告诉我说，当他们在显微镜下观察细胞的时候，医生们叫喊起来，因为证明那是一种少见的胰腺癌，可以通过手术治愈。我接受了手术，现在我一切正常。

这是我距离死亡最近的一次，我希望这也是我以后几十年内离死亡最近的一次。经历过这件事之后，比起死亡对我来说还是一个有用但纯粹是思维概念的时候，现在我可以更加肯定地告诉你们：没人想死。即使那些想上天堂的人也不会为了要去那里而想去死。死亡仍然是我们共同拥有的目的地，没人能逃脱。事实如此，因为死亡很可能是生命中唯一最好的创造了，它是改变生命的手段，它除旧布新。现在，你是新人，不过要不了多久，你就会逐渐成为老人，被清除出去。很抱歉，是这样的具有戏剧性，不过，这真的是事实。

你们的时间是有限的，因此不要浪费时间去过别人的生活。不要被教条所羁绊，这样你就是在根据别人思考的结果来生活。不要让其他人的观点所发出的声音淹没了你自己内心的声音。最重要的是要有勇气听从你自己的心灵和直觉。它们总会知道你真正想成为什么人，其他一切事情都是次要的。

当我年轻的时候，有本令人感到惊奇的出版物《全球目录》，它是我们那

一代人奉为经典的书之一。它是由一个叫做斯图亚特·博兰德的人创办的，在门罗公园，离这儿不远。博兰德用他的诗意格调使这本杂志焕发生机。这是在20世纪60年代晚期，在个人电脑和台式印刷系统出现之前，因此这个出版物全部都是用打字机、剪刀、宝丽来制作的。它有点像纸质的google，不过是在google出现前的35年。它是理想主义的，充满着整洁的图案和卓越的观念。

斯图亚特和他的团队出版了几期《全球目录》，当刊物寿终正寝的时候，他们出版了最后一期。那是在70年代中期，那时我正处在你们现在这个年龄。在他们最后一期刊物的封底上有一幅清晨乡间小路的照片，如果你勇于冒险你会在这种路上招手搭便车。照片下面印着这些话：保持求知欲，保持赤子心，这是他们停止活动时的告别词。保持求知欲，保持赤子心，我一直都希望能做到这样。现在，当你们作为毕业生重新开始新生活的时候，我祝愿你们能做到这样。

保持求知欲，保持赤子心。

谢谢大家！

## ■ 作品赏析

本篇演讲是由三个故事组成的，这种别开生面的演讲激起了听众的兴趣，同时也让演讲本身变得更具生动性和趣味性。说到底，乔布斯是用三个感人的故事对自己走过的人生作了一个简单的介绍。这些故事都是蕴涵哲理的，乔布斯想对斯坦福大学的毕业生说的话都包含在故事之中。在每一个故事结束之后，乔布斯都会作一个简单的总结，这让学生们有了更明确的听讲目标。

### ⊙演讲者简介⊙

史蒂夫·乔布斯，1955年出生后不久就被人收养，1972年高中毕业后，进入俄勒冈州波特兰的Reed学院学习。为了减轻家庭的负担，他在一个学期后就办理了休学。1974年，乔布斯找到了一份设计电脑游戏的工作。1976年，与沃兹尼艾克在自家的车库里成立了苹果电脑公司，并研制出了第一台个人电脑。1983年，苹果公司的业务扩大，乔布斯聘任约翰·斯库利。1985年，乔布斯离开苹果公司。1986年，乔布斯买下了数字动画公司Pixar，制作出了《玩具总动员》等畅销动画电影，开创了他事业上的第二个高峰。1996年，苹果公司重新雇佣乔布斯担任兼职顾问一职。1997年9月，乔布斯重新当上苹果公司的首席执行官。

## 声 明

由于时间及地域等原因，无法与权利人一一取得联系，为了尊重作者的著作权，编者特委托北京版权代理有限责任公司向权利人转付稿酬。请您与北京版权代理有限责任公司联系并领取稿酬。联系方式如下：

吴文波

北京版权代理有限责任公司

北京海淀区知春路 23 号量子银座 1401 室

邮编：100083

电话：（010）82357056/57/58-230　传真：（010）82357055